U0111673

と

な

ぬ

ね

の

は

ま

み

む

め

も

や

ゆ

よ

…間

用法 ①「間」是名詞，接在名詞、助詞加格助詞「の」的後面。

✿表示空間、時間、人或事物之間的關係、範圍，相當於漢語的「…之間」「…中間」「…期間」「…時候」「當中」等意。

◊ 彼は木と木の間から首を出した (他從樹與樹之間探出腦袋)。

◊ 美術館に行くまでの間ずっと桜並木だった (去美術館的路兩邊全都是櫻花樹)。

◊ 夜の間ずっと強風が吹いていた (夜間一直刮著大風)。

◊ 田中さんは会議の間ずっと居眠りをしていた (田中在開會期間一直在打瞌睡)。

◊ 私は青と藍の間の色が好きだ (我喜歡綠色與藍色之間的顏色)。

◊ その論争は君たち二人の間で決着をつけなさい (那場論戰就在你們倆之間結束吧)。

◊ 三社の間に協定が結ばれた (3個公司之間達成了協定)。

◊ その歌手は十代の少年少女の間で人気ある (那位歌手受十幾歲的少男少女們的歡迎)。

用法 ②接在持續動詞或狀態詞 (指動詞、形容詞) 連體修飾形的後面。持續動詞要用「ている」的形式。

✿表示某種動作、狀態持續的期間，相當於「在…期間」「…時候」。

◊ 音楽を聴いている間は、嫌なことも忘れてしまう (在聽音樂的時候，會把不喜歡的事情忘掉的)。

◊ みんなが勉強している間、彼だけ一人で遊んでいた (大家都在學習的時候，只有他一個人在玩)。

◊ 鈴木さんは中国にいる間、たくさんの流行語を覚えていた (鈴木先生在中國時記住了很多流行詞語)。

◊ 家から学校へ来る間は、ずっと車がいっぱいだ (從家到學校期間，路上一直是車輛擁擠)。

◊ 子供が小さい間は、なかなか自分の好きなことができなかった (在孩子小的

時候，根本無法做自己喜歡的事情）。

◊ 若い間、あまり運動をしていなかったから、年を取って体が悪くなった（年輕時，不怎麼運動，所以上了年紀，身體就衰退了）。

用法 ③常以「間に」的形式，接在動作或狀態詞（指動作性動詞的持續體「ている」、形容詞和形容動詞連體形、名詞或格助詞加「の」）的後面。

✽表示在這一區間內完成某一動作或發生了某種狀態，相當於漢語的「在…之間」「趁…時候」「在…期間」。

◊ 電車に乗っている間に、新聞読み終わった（我在乘電車的期間，看完了報紙）。

◊ 生きている間に私はあなたのお世話をする（在我活著的時間裏，我就會照顧你的）。

◊ 日本にいる間に、たくさんの友達ができた（在日本的時候，結交了很多朋友）。

◊ 若い間に好きなことをしなさい（趁年輕做自己喜歡的事吧）。

◊ 熱い間にはやく食べるとおいしい（趁熱趕快吃，就很香）。

◊ 静かな間によく勉強しなさい（趁著安靜，好好學習吧）。

◊ 祖母が元気な間にいろいろ話を聞いておこう（趁祖母身體硬朗的時候，想問很多事情）。

◊ 夏休みの間に、海水浴でずいぶん日焼けて黒くなった（暑假期間，因洗海水浴，曬得很黑）。

◊ 留守の間に、泥棒が入った（我不在家的時候，小偷進來了）。

◊ 夜七時から九時までの間に電話をしてください（請你在晚上7點到9點之間給我打電話）。

敢えて

用法 ①「あえて」是副詞，後續肯定式謂語。

✽表示「敢…」「還是要…」「硬…」。

◊ 負けると知っていたが、あえて彼に挑戦した（我知道自己要輸，但還是要向他挑戰）。

◊ あえて挙げれば勤勉が彼の取り柄です（硬要列舉的話，勤奮就是他的優點）。

◊ 彼はできるはずがないのに、あえてやるという（他做不了，卻硬要做）。

◊ この映画はあまりストーリー性がないのだが、あえて説明すれば、二組のカップルがあちらこちらを旅して回り、行く先々で事件が起こるというものだ（這部電影不太有情節性，如果硬要說明的話，那就是講兩對情侶去各地旅

行，在他們所到之處都會發生案件)。

用法 ②同樣是副詞，後續否定式謂語，構成「あえて…ない」的形式。

✿表示不必勉強做某事。相當於漢語的「沒必要」「並不」「不見得」「未必」等。常用於書面語。

◊ あなたが話したくないことを、私はあえて聞こうとは思わない(你不願講的話，我並不硬要打聽)。

◊ ちょっとした病気ですから、あえて心配するには及ばない(因為是一點小病，所以不必擔心)。

◊ 彼は天才であると言ってもあえて過言ではない(即使說他是一個天才，也不過分)。

◊ 彼はそのやり方にあえて反対はしないが、不満はのこっているようだ(他雖然並沒有反對這種做法，但好像還是有意見的)。

あがる

用法 ①「あがる」是補助動詞，接在自動詞的「ます」形後面，構成複合動詞。

✿表示動作、狀態向著上面、往上移動或變動，相當於漢語的「…起來」「…上」。

◊ あの人は椅子から立ち上がって、腰を伸ばした(那個人從椅子上站起來，伸了一個懶腰)。

◊ 田村さんはライバルを押しのけて、スターの座にのし上がった(田村戰勝了競爭對手，登上了明星的寶座)。

◊ 凧が空高く舞い上がった(風箏高高地升上了天空)。

◊ 彼女は一気に階段を駆け上がって、教室に飛び込んだ(她一口氣跑上樓梯，鑽進了教室)。

用法 ②補助動詞，接在極少數自動詞的「ます」形後面，構成複合動詞。

✿該動詞所表示的事態已經發展到了某種極端的程度，需要靈活翻譯。

◊ 長い間、雨が降らないので、湖も干上がった(由於長時間不下雨，湖水乾枯了)。

◊ その大声に彼は震え上がった(他被那聲大叫嚇得直哆嗦)。

◊ 彼は成功のためにのぼせ上がった(他被成功沖昏了頭腦)。

◊ この学生は先生に叱られてちぢみあがっていた(這個學生被老師訓得縮成了一團)。

用法 ③補助動詞，接在動詞的「ます」形後面，構成複合動詞。

✱表示動作的結束或完成，相當於漢語的「…完」「…好了」。

◊ 注文していた年賀状が刷り上がってきた（訂的賀年卡都印好了）。

◊ セーター編みの毛糸を染めあがった（編織毛衣的毛線染好了）。

◊ 焼肉はまだ出来上がっていない（烤肉還沒有做好）。

◊ 卵がゆであがったので、食べてもいいです（雞蛋煮好了，可以吃了）。

あげく

用法 「あげく」是名詞，常接在名詞加格助詞「の」和動詞「た」形後面，在句子中做狀語時，也可用「あげくに」的形式，做定語時可用「あげくの」的形式。其強調形為「あげくの果て」。

✱往往表示經歷過種種情況以後，最終只好做出或出現了一種令人感到遺憾或精神上有壓力的結果，相當於漢語的「結果…」「最後…」。

◊ この問題については、長時間にわたる議論のあげく、とうとう結論は出なかった（關於這個問題進行了長時間議論，結果最終沒有得出結論）。

◊ 田中さんのお父さんは長い病気のあげくに亡くなった（田中先生的父親久病在身，最後去世了）。

◊ よく考えたあげく、招待会の出席を断った（經過認真考慮之後，拒絕出席招待會）。

◊ さんざん道に迷ったあげくに、結局駅前に戻って交番で道を聞かなければならなかった（暈頭轉向徹底迷路了，最後不得不返回車站前的交警處問路）。

◊ 何日間も協議を続けたあげくの結論として、今回はわれわれの学校は代表を送らないことにした（作為好幾天來商談的結果，決定這次我們學校不派代表了）。

◊ あの子は狂ったように勉強したあげくの果て(に)、神経がおかしくなった（那孩子發瘋似地拼命學習，最後神經錯亂了）。

明けても暮れても

用法 「明けても暮れても」是一個詞團✱，起副詞作用。

✱表示「無論什麼時候都」「一年到頭總是如此」的含義，相當於漢語的「總是」

✱詞團：屬於日語中的一種特別稱呼，既不是詞組也不是固定慣用語，而是各種不同的品詞的組合，包括實詞與虛詞、虛詞與虛詞的組合。

「經常」「整日整夜」「日日夜夜」。

♢ 彼は明けても暮れても本ばかり読んでいる（他整日整夜光看書）。

♢ 彼女は明けても暮れても家事と育児に追われどおしでした（她經常是為了家務和照顧孩子忙得不可開交）。

♢ 明けても暮れても亡くなったおばちゃんの顔は頭の中を去らなかった（死去的阿姨的面容總是在腦海裏，揮之不去）。

あげる

用法 ①「あげる」是補助動詞，接在他動詞的「ます」形後面，構成複合動詞。

✱表示該動作將對象向上移動或變動，相當於漢語的「…起來」「…起」。

♢ あの子は声を張り上げて泣いてしまった（那個孩子大聲號哭起來）。

♢ 彼は受話器を取り上げてよく聞いている（他拿起話筒仔細地聽著）。

♢ 外国語を読み上げる練習は重要です（朗讀外語的練習很重要）。

♢ 私は一人でおおきな石を持ち上げようとしたが、持ち上がれなかった（我想一個人把這大石頭抬起來的，可是抬不起來）。

用法 ②補助動詞，接在他動詞的「ます」形後，構成複合動詞。

✱表示該動作經過一番努力徹底完成了，相當於漢語的「…好」「…完」。

♢ 来週出すレポートを書き上げた（下週要交的學習報告寫好了）。

♢ 図書館から借りてきた研究資料はまだ読み上げていない（從圖書館借來的研究資料還沒有看完）。

♢ 彼は田を刈り上げて、ふるさとを離れた（他把稻穀收割完之後就離開了家鄉）。

♢ みんなで一日かかってまとめ上げたデータが何者かに盗まれた（大家花了一整天整理好的數據不知被誰給偷走了）。

あたかも…ようだ

用法 「あたかも」是副詞。「ようだ」是比況助動詞，接在體言加「の」的後面，接動詞時常用「かのようだ」的形式。該句型常用於書面語。口語中常使用「まるで…ようだ」的形式。另外文語辭彙「ごとし」也可代替「ようだ」，接續方法相同。

✱表示用一種事物去比喻說明其他事物，相當於漢語的「宛如…」「好像…似的」「猶如…」「彷彿…」。

♢ 日差しが暖かくて、あたかも春のようだ（陽光和煦，宛如春天）。

◊ あの人はあたかもドイツ人のようにドイツ語を話す（他說起德語就像德國人一樣）。

◊ 山田さんは負けたのに、あたかも勝ったような顔をしている（山田已經輸了，但卻顯出一副得勝的樣子）。

◊ 大火事がおさまると、町はあたかも空襲で焼き払ったかのように、ビルも家も跡形も無く燃え尽きてしまった（大火熄滅後，整個城鎮就宛如受到過空襲一般，大樓、民房全部燒光了）。

◊ 彼女はいつも、あたかも目の前にその光景が浮かび上がってくるかのような話し方で、人々を魅了する（她總是以一種彷彿一切就浮現在眼前一樣的口吻說給大家聽，使大家入迷）。

◊ あたかも帰心矢のごとし（彷彿歸心似箭一般）。

… あたり

用法 ①「あたり」是接尾詞，接在表示事件、地點、人稱等辭彙後面。

✿表示差不多那個樣子，相當於漢語的「大約」「上下」「左右」「之類」「之流」。

◊ 鈴木さんは次の土曜あたりには来るだろう（鈴木大概會在下星期六前後回來的）。

◊ 会費は千円あたりとみておけばだいじょうぶだ（會費照1000日元左右算應該沒有問題）。

◊ 絶版になった本を探すなら、神田あたりの古本屋へ行ってみたらどうですか（你要是找絕版書，到神田一帶的舊書店看看如何）？

◊ 適任者といえば田村さんあたりなら一番可能性がある（若說合適的人，田村〔那樣的人〕可能性最大）。

用法 ②是接尾詞，接在數量詞「一」的後面。

✿表示均等，相當於漢語的「平均」「每」。

◊ 十日間で一万円もらったから、一日あたり千円になる（10天我領了10000日元，平均每天1000日元）。

◊ 予算は一人あたり五百円です（預算是每人500日元）。

◊ グラムあたりの値段はどのぐらいでしょうか（每克的價格是多少呢）？

◊ タイプで打った一ページあたりの語数は約八百五十である（平均每頁所打的字數約850個）。

… あっての

用法　「あって」是「ある」的連接式，後續格助詞「の」修飾體言做定語。它的前後都接體言。

✽表示有了前面的體言，才會出現其後的體言，相當於漢語的「有了…才…」「沒有…就不可能…」。

◊ これはみんなの 協力 あっての成功だ (這是有了大家的合作才取得的成功)。

◊ 愛あっての結婚生活だ。愛がなければ、いっしょに暮す意味がない (有愛才有婚姻生活。如果沒有愛，生活在一起就沒有意義)。

◊ わたしたちはお客 あっての仕事だから、お客を何より大切にしている (有客人才有工作，所以我們很珍惜客人)。

◊ 學生あっての大学だ。學生が来なければ、いくら教室が広くてもむだでしょう (沒有學生，就稱不上大學。如果學生不來，教室再寬敞也沒有用)。

あっという間に/あっという間もなく/あっという間の

用法　「あっという間に」和「あっという間もなく」都作為副詞使用，而「あっという間の」後續體言起定語作用。

✽表示在很短的時間內、一眨眼的功夫，相當於漢語的「一瞬間」「一轉眼」「一刹那」「轉瞬間」「轉眼間」。

◊ 彼は来たと思うとあっという間にいなくなった (他剛剛才來，一轉眼就不在了)。

◊ ゴールデンウィークはあっという間に過ぎ去ってしまった (黃金週轉眼就過去了)。

◊ あっという間もなく 桜 が散ってしまった (轉瞬間櫻花就凋謝了)。

◊ あっという間もなく大きな舟が沈んでしまった (一眨眼的工夫大船就沉沒了)。

◊ それはあっという間の出来事だった (那是發生在一瞬間的事情)。

◊ あっという間のことで、彼女は呆気に取られた (由於是突如其來的事，她嚇得目瞪口呆)。

あてがある/あてがない/あてもない

用法　「あて」是名詞，可以寫成「当て」。「あてがある」用於肯定語氣，「あてがない」和「あてもない」用於否定語氣。「あてもない」的否定語氣較強，作為

副詞使用時要用「あてもなく」的形式。

✱「あて」本身表示目標、希望、依靠等含義。在肯定的表達方式中，表示「有希望」「有把握」「有目的」；在否定的表達方式中，表示「沒有希望」「沒有目標」「沒有把握」。

◊ どこか就職するあてがあるのか (哪兒有就職的希望呢)？

◊ 事件解決のあてがありました (已經有了解決事情的希望了)。

◊ あてがない旅なら、やめたほうがいい (沒目的的旅行還是不去的好)。

◊ あてのない学習はむだです (沒有目標的學習是無用的)。

◊ 今度の実験は成功のあてもないようだ (這次的試驗似乎沒有成功的希望)。

◊ あの人は返せるあてもないのに、借金した (那個人沒有把握償還，卻借了錢)。

◊ 田中さんは当てもなく町をさまよった (田中毫無目標地在街上徘徊)。

◊ 友達と一緒に当てもなくアメリカへ行った (我和朋友毫無目的地去了美國)。

あてにする

用法　「あてにする」是一個詞組，可以被視為他動詞，其前面需要跟表示賓語的格助詞「を」，構成「體言＋を＋あてにする」的形式。

✱表示期待、依賴前面的對象，相當於「依靠」「指望」「相信」。

◊ 彼の助けを当てにしていたが外れた (本指望他的幫助，可是期待落空了)。

◊ 友人の援助を当てにする (指望朋友的援助)。

◊ すべてのことは君をあてにするよ (所有的一切都靠你啦)。

◊ やたらに他人の言うことをあてにするな (不要過分相信別人的話)。

あてになる

用法　「あてになる」是一個詞組，可以被視為自動詞使用，其否定式是「あてにならない」。

✱表示某一事物是否指望得上，肯定表達為「可靠」「靠得住」「可依賴」「可信」，否定表達為「不可靠」「靠不住」「不可依賴」「不可信」。

◊ 田中さんはあてになる男だよ (田中是一位可信的男性)。

◊ あてになる供給者を探すのは容易ではないね (尋找可靠的供給者不容易啊)。

◊ 日本の製品はあてになるから、買うのがすきです (因為日本的產品靠得住，所以我喜歡買)。

◊最近の天気予報はどうもあてになりませんね(最近的天氣預報真是不可信吶)。
◊あの男の言うことは少しもあてにならない(他的話一點兒也靠不住)。
◊あのニュースはあてにならないでしょう(那個消息大概沒準兒吧)。

あと…で

用法　「あと」是副詞,「で」是格助詞,「あと」與「で」之間必須接數量詞。有時,根據狀態也可以不用「で」。

✼表示在現有的數量上再增添一定的數量,使某事物具備了完成的條件,帶有剩餘數額的含義,相當於漢語的「再有…」「還有…」「再過…」。

◊この仕事はあと一週間で終わるだろうと思う(我認為再有一週這項工作就會結束)。
◊あと十メートルでゴールインというところで、その選手は転んでしまった(那位選手在還有10公尺就是終點的地方摔倒了)。
◊あと二、三日で用事が済む(再過兩三天事情就可以辦完)。
◊彼は百歳の誕生日まであと一日というところで他界した(他在距離100歲還差一天的時候去世了)。
◊りんごはあと二個しかない(蘋果就只剩下兩個了)。
◊あと二人人手がほしい(想再要兩個人手)。
◊出発まであとまだ三日ある(再有3天就出發)。

數量詞+あまり

用法　「あまり」是接尾詞,接在數量詞後面。

✼表示數量之餘,超出該數量,相當於漢語的「…多」「…餘」「…以上」。

◊五年余り前にアメリカに行ったのです(是在5年多以前去美國的)。
◊日本では七十歳余りの老人が多い(在日本,70歲以上的老人很多)。
◊別れてからもう十年あまりになったね(自分別以後已有10多年了)。
◊この小学校には五十人あまりのクラスが十あります(這所小學50多人的班級有10個)。

あまり

用法　「あまり」是副詞,後續肯定的謂語形式。一般多與形容詞、形容動詞連用。它也可以用「あまりに/あまりにも」或「あんまり/あんまりにも」的形

式。其中，前者多用於書面表達，後者多用於口語表達。

✿表示程度之甚，遠遠超出一般程度，多帶有貶義，相當於漢語的「太…」「過於…」。

◊ あまり嬉しかったので、涙が出てきた（因為太高興了，眼淚都流出來了）。

◊ 夜になって、あたりがあまりに静かだから、ひとりでとても怖い（到了晚上，周圍太寂靜了，我一個人感到害怕）。

◊ あまりあせるからへまをやったのだ（因為太急了，所以出了差錯）。

◊ このラーメンはあまりにもまずくて、とても食べられなかった（這種麵條太難吃，無法下嚥）。

◊ あんまり疲れたので、座ったまま寝てしまった（由於太累了，所以坐著就睡著了）。

◊ このコートは私にはあんまりにも大きすぎるよ（這件大衣對我來說太大了）。

あまり … ない

用法 「あまり」是副詞，後續否定的謂語形式。在口語中常用「あんまり」的形式。

✿表示程度不過分，降低程度，相當於漢語的「不太…」「不怎麼…」。

◊ 山田さんの容体はあまりよくない（山田的身體不太好）。

◊ このあたりはあまり静かではない（這一帶不太安靜）。

◊ 田中さんはあまり小説を読まない（田中不怎麼看小說）。

◊ 私はあんまりパンを食べません（我不怎麼吃麵包）。

あまりの … に

用法 「あまり」後續格助詞「の」做定語，「に」是格助詞，接在表示程度意義的名詞後面，帶有原因的意味。

✿表示由於該程度的過分，才導致後面的必然結果，相當於漢語的「因為太…所以…」「由於太…因而…」。

◊ あまりの暑さに皆は水ばかり飲んでいた（因為太熱了，所以大家一個勁兒地喝水）。

◊ あまりの嬉しさに、彼女は踊りだした（由於太高興，她跳起舞來）。

◊ あまりの驚きに声も出なかった（因為太吃驚，〈我〉說不出話來了）。

◊ あまりの喜びに声をあげた（由於太興奮而叫出了聲音）。

危うく（危なく）…ところだった

用法 「危うく」和「危なく」都是副詞，後續過去式結句，常用動詞原形加「ところだった」的形式，也可以直接用動詞的過去式或動詞的「ます」形加樣態「そうになった」的形式。

✿表示說話時，回顧以前的動作或狀態差一點就要發生或出現，相當於漢語的「差一點兒…」、「差點兒…」、「險些…」。

◊ 危うく彼の店を見落とすところだった（我差一點兒把他的商店忽略過去）。

◊ 危うく反対方面の列車に乗るところだった（我差點兒乘上相反方向的火車）。

◊ あの子は危なくはしごから落ちるところだった（那孩子險些從梯子上掉下來）。

◊ 彼らは危なく正面衝突というところだった（他們差點兒發生了正面衝突）。

◊ 彼は交通事故で危うく死にそうだった（他在交通事故中險些喪命）。

◊ あの人は信号を無視して、危なく車に引かれそうになった（他闖紅燈差一點兒被車軋到）。

◊ その言葉が危うく口にかかりそうになった（那句話差點兒就說出口了）。

あるいは…かもしれない

用法 副詞「あるいは」常和詞組「かもしれない」相呼應使用。「かもしれない」接在體言、形容動詞詞幹、動詞和形容詞的終止形後面。「かもしれない」是簡體表達形式，其敬體為「かもしれません」。表達肯定、否定和各種時態時，要靠「かもしれない」前面的詞語表示，有時前接格助詞「の」表示說明、解釋的含義。

✿表示說話人的一種推測，相當於漢語的「或許…」、「說不定…」、「也許…」。

◊ あの人はあるいは日本人かもしれない（他也許是日本人）。

◊ 今週の日曜日はあるいは暇かもしれない（這週的星期天或許有空閒）。

◊ あるいは、あしたは天気がいいかもしれない（也許明天是好天氣）。

◊ あるいは、この魚は新鮮ではないかもしれない（說不定這魚不新鮮）。

◊ あるいは急行に間に合うかも知れないと思って走った（想著也許趕得上快車，就跑了起來）。

◊ 彼はあるいは来ないかも知れません（他說不定不來了）。

◊ あの人はあるいは忘れたのかも知れません（也許他已經忘記了）。

言うまでもない

用法 「言うまでもない」是簡體詞組，敬體為「いうまでもありません」，其副詞形式為「言うまでもなく」。

✽表示明擺著的事情，不用說大家都知道，相當於漢語的「不言而喻」「很顯然」「當然」「不用說」「大家都清楚」。

◊ よく勉強しなければいい成績をあげることができないのは言うまでもないことだ（當然，不好好學習就不能取得好成績）。

◊ 試験に合格した彼らがたいそう喜んだことは言うまでもない（不用說，他們考試通過了非常高興）。

◊ いうまでもないことですが、日光や水は人間にとって必要なものです（大家都知道，陽光、水等對人來說是必需的）。

◊ 熱波に襲われ、言うまでもなく収穫は打撃を受けた（受到熱浪的侵襲，很顯然收成受到了破壞）。

◊ 彼は、英語は言うまでもなく、フランス語もよくできている（他不要說英語了，就連法語都很好）。

◊ 言うまでもなく日本は高齢化社会になりつつある（不言而喻，日本正在向老齡化社會發展）。

数量詞＋いか

用法 「いか」是副詞，其當用漢字為「以下」，接在數量詞的後面。

✽表示該數量的不足，相當於漢語的「以下」「低於」「不到」「不足」。

◊ このカメラは八万円以下では売らない（這種相機低於8萬日元就不會賣）。

◊ 十二歳以下の児童は入場料が半額になる（12歲以下的兒童，入場費減半）。

◊ 五人以下でクループをつくりましょう（讓我們按照5人以下一組來組成小組吧）。

◊ 五百グラム以下のパックは五十円引きです（不足500克一包的便宜50日元）。

名詞＋いか＋數量詞

用法　「いか」是副詞，可以寫成「以下」，接在名詞和數量詞之間。第一個名詞多為職務名或團體名稱。主要用於書面語或較為鄭重的口語。

✿表示以前面的名詞為首的一個集體或團體，相當於漢語的「以…為首」「以…為主」。

◊ 社長以下五名の重役は会議に出席した（以總經理為首的5名董事出席了會議）。

◊ 首相以下諸大臣および官吏たちは少子化社会に関心を寄せている（以首相為首各大臣以及政府官員都關心少子化社會）。

◊ その企業グループはA社以下十社からなっている（該企業集團以A公司為主由10家公司組成）。

◊ 田中組長以下十二名がボランティアに参加しました（以田中班長為首有12人加入了志願者）。

以外

用法　①接在動詞原形或「た」形或體言後面，後續肯定式謂語。它常以「以外に」的形式做狀語，修飾後面的句子或短語，有時根據說話人要表達的情況，也可用「以外で」「以外には」「以外にも」等形式。

✿表示除此以外的含義，相當於漢語的「除…以外…」「另外」「之外」等意。

◊ きょうは課長以外、みんな揃っているようだ（今天好像除了科長以外，大家都到齊了）。

◊ 先週の日曜日、山登りに行った以外に、何をやったのか（上週日你除了爬山之外，還做了什麼）。

◊ これ以外でもっと大きい鞄はありますか（除了這個以外還有更大一點兒的包嗎）？

◊ 海水浴に行ってのんびりする以外にも、何かいいアイディアを考えてみなさい（請大家想想，除了去海水浴場好好輕鬆一下以外，還有什麼好主意）。

◊ ヨーロッパ旅行でフランス以外にどんな国へ行きましたか（去歐洲旅行除了法國以外，還去了什麼國家）？

◊ 必修科目以外に選択科目を最低五科目履修しなければならない（除必修課以外，至少還必須修完5門選修課程）。

用法　②接在動詞原形或「た」形、形容詞原形、形容動詞「な」形或體言後面，後續否定式謂語，多用於書面語。常用「以外に」的形式，做狀語，修飾後面的句子或短語。當它做定語時，可用「以外の」的形式。

✲表示除此之外，沒有別的，相當於漢語的「只好…」「只有…」「除…以外，沒有…」。

◊この問題についてこのように解釈する以外に方法はない（關於這個問題只好這樣解釋了）。

◊今朝ちょっと学校に行ってきた以外に、今日はどこへも行かなかった（除了今天早晨去了一會兒學校以外，今天哪裏都沒有去）。

◊佐藤さんは力が強い以外に取りえがないと言える（可以說佐藤先生除了力氣大沒有別的可取之處了）。

◊彼はテニスが得意な以外に何のスポーツもできない（他除了網球拿手以外，其他運動都不會）。

◊鈴木さんは仕事以外に何の趣味もないようだ（鈴木先生好像除了工作以外沒有任何興趣愛好）。

◊それ以外のものは全然欲しくない(除此以外的東西一概不想要)。

以外の何物でもない

用法　接在動詞的原形或體言後面。

✲表示強烈的肯定，相當於漢語的「不外乎…」「無非是…」「就是…」。

◊田中さんはそれを聞いてちょっと苦笑する以外の何物でもない（田中先生聽到那個無非是苦笑了一下）。

◊皆さんの努力によって成功できる以外の何物でもない（靠大家的努力就能取得成功）。

◊主義を曲げるのは降参すること以外の何物でもない（放棄主義就是投降）。

◊それは自尊心以外の何物でもない（那無非是一種自尊心）。

いかなる（體言）…ても

用法　「いかなる」是文語連體詞，可以寫成「如何なる」，相當於現代日語的「どんな」「どういう」，其後可以直接接體言。「ても」是接續助詞，接在動詞「て」形後面，五段動詞要發生音便。

✲表示無論什麼樣的情況也都會積極面對或採取某種行動，相當於漢語的「無

論…都…」「無論…也…」「不管…都…」。

◊ いかなる結果になっ<u>ても</u>、あきらめることはしない（無論結果如何，我也不會放棄）。

◊ いかなるものを食べ<u>ても</u>控えなければだめだ（不管吃什麼東西都必須節制）。

◊ いかなることが起き<u>ても</u>慌ててはいけない（無論發生什麼情況都不許慌慌張張）。

いかなる（體言）… でも

用法　「いかなる」是文語連體詞，可以寫成「如何なる」，相當於現代日語的「どんな」「どういう」，其後可以直接接體言。「でも」是副助詞，接在體言後面。也可以用「であっても」「であれ」的形式接在體言的後面，所表達的含義與「でも」一樣，後者常用於書面語。

✱ 表示任何某種東西，相當於漢語的「無論…都…」「任何…都…」「不管…都…」。

◊ <u>如何なる仕事でも</u>やる人がいる（無論什麼工作都有人做）。

◊ これは<u>いかなる人でも</u>できることだ（這是什麼人都會做的事情）。

◊ <u>いかなる苦労でも</u>、子供を丈夫に育てることができるのは嬉しい（不管怎麼辛苦，能把孩子健康地撫養長大就感到高興）。

いかなる（體言）… う（よう）とも

用法　「いかなる」是文語連體詞，可以寫成「如何なる」，相當於現代日語的「どんな」「どういう」，其後可以直接接體言。「う（よう）」是意志助動詞，接在動詞的意志形後面，即一段動詞去掉詞尾「る」直接加「よう」，五段動詞是把詞尾變成該行的「オ段」之後再接「う」構成長音，「サ變」動詞「する」的意志形態是「しよう」、「カ變」動詞「来る」的意志形態是「こよう」。「とも」是文語接續助詞，與表示意志的助動詞連用，同「ても」的含義相同。體言後面可以接「であろうとも」的形式。

✱ 表示無論遇到什麼情況都得去做某事或採取某種行為，相當於漢語的「無論…都…」「無論…也…」「不管…都…」。

◊ <u>如何なる状況になろうとも</u>、最後まで頑張りぬくことにした（我決定無論遇到什麼情況，都堅持到底）。

◊ <u>いかなる事柄が起きようとも</u>、常に冷静に物事を考えるべきだ（不管發生

了什麼事情，都應該冷靜地思考）。

◊ いかなることをしようとも、計画を立ててやったほうがいい（你不管做什麼事，都還是定一個計畫再做為好）。

◊ いかなる時に来ようとも、来る前に電話をかけてください（無論什麼時間來，請你來之前打個電話）。

◊ いなかる結果であろうとも、前向きな態度をもって生きるはずだ（不管結果怎樣，我都會積極向前看）。

いかなる（體言）（に）も … ない

用法 「いかなる」是文語連體詞，可以寫成「如何なる」，相當於現代日語的「どんな」「どういう」，其後可以直接接體言。「に」是格助詞，與提示助詞「も」連用接在體言後面；「も」與否定式謂語相呼應，單獨使用「も」在句中或做動作的主體或做他動詞的對象，而「にも」則用於表示動作、作用的對象或範圍等；「ない」是否定助動詞，接在動詞的「ない」形後面，即一段動詞去掉詞尾「る」直接加「ない」，五段動詞是把詞尾變成該行的「ア段」之後再接「ない」，「サ變」動詞「する」的否定形態是「しない」，「カ變」動詞「来る」的否定形態是「こない」。

✱無論前項事物如何，都對後續事項表示否定，相當於漢語的「無論什麼 … 都不 …」「任何 … 也不 …」。

◊ 彼はいかなる質問にも答えられない（他任何問題都回答不上來）。

◊ そういう理屈はいかなる場合にも当てはまるものではない（那樣的道理並不是在任何場合都適用）。

◊ いかなる人も私の提案に賛成してくれないようだ（好像誰都不贊成我的提案）。

◊ 大きなミスをしたら、如何なる理由も聞きたくない（如果你犯了大錯誤，我不想聽任何理由）。

いかなる（體言）（に）も … まい

用法 該句型是「如何なる …（に）も … ない」句型的一種推量或決意的說法，相當於「ないだろう」或「ないつもりだ」。其中「まい」是否定推量助動詞，在口語中接在動詞的原形後面，非五段動詞也可以接在「ない」形後面，「サ變」動詞「する」後續「まい」構成「するまい」或「しまい」，「カ變」動詞「来る」後

續「まい」構成「来るまい」或「来まい」。

✿對後續事項表示否定意義的推量或否定意義的決心和意志，相當於漢語的「無論…都不會…吧」「無論…恐怕也不會…」「任何…也不會…」。

♢事ここに至っては、いかなる方法もあるまい（事已至此，無論什麼方法恐怕都不會有用吧）。

♢今朝、彼は起きて気持ちが悪くなって、今はいかなるものも食べるまい（今天早晨他起來就感到不舒服，現在任何東西也不會吃的吧）。

♢私はいかなる失敗にも屈するまい（我對任何失敗都不會屈服的）。

いかに … か

用法 「いかに」是副詞，用於書面語，口語中多使用「どんなに」。「か」是終助詞，接在用言原形或體言後面。

✿一方面表示對事物的感歎，另一方面表示該如何對待事物，相當於漢語的「多麼…」「該如何…」。

♢読んでみると、この小説がいかにつまらないかはよく分かった（讀了之後，我徹底明白這本小說多麼無趣了）。

♢子供の頃、両親に死なれた彼女がいかに悲しい思いをしているか想像できないだろう（小時候失去父母的她該是多麼悲傷，恐怕難以想像）。

♢この写真で今度の台風がいかに大きな被害をもたらしたかはっきりわかった（從這張照片裏，可以清楚地明白這次颱風所帶來的災害多麼嚴重）。

♢情報社会ではパソコンがいかに便利なものかは体験できる（在訊息社會裏，可以體驗到個人電腦是一個多麼便利的東西）。

♢情勢の変化に直面していかに対処すべきかは大きな問題だ（面對形勢的變化該如何應對是一個很大的問題）。

♢いかに生きていくかよく考えなさい（該如何生活下去，請好好想一想）。

いかに … ても / でも

用法 「いかに」是副詞，用於書面語，口語中多使用「どんなに」。「ても」是接續助詞，接在動詞「て」形和形容詞尾「く」後面，五段動詞要發生音便。名詞和形容動詞的詞幹後面要接副助詞「でも」。

✿表示在任何一種行為方式或程度下也怎樣，是一種加強後續事項的語氣表達，相當於漢語的「無論怎樣…都」「不管多麼…也」「無論再…也…」。

◊ あしたはいかに雨が降っても、ハイキングに行くつもりだ（明天無論怎麼下雨，也打算去徒步旅行）。

◊ いかに読んでも、その意味が分からない（無論我怎樣閱讀，也不懂它的意思）。

◊ いかに悲しくてもみんなの前で泣いてはいけないよ（不管多麼悲傷也不要當著大家的面哭泣啊）。

◊ 昔、いかに貧乏でも、立身出世を志す人が多かった（過去，有很多人無論怎麼窮都以立身揚名為志）。

◊ いかに親しい仲でもこの秘密は話せない（無論多麼親密的朋友，也不能把這個秘密告訴他）。

いかに … といっても

用法　「いかに」是副詞，用於書面語，口語中多使用「どんなに」。「といっても」是詞組，其中格助詞「と」是後續動詞「いう」的指示內容，「ても」是接續助詞，接在動詞「いう」的「て」形後面而構成，也可寫成「と言っても」，接在簡體句的後面。

✱表示承認前後事項的同時仍堅持對後項事物的主張，主要用於表示前項和後項是一種矛盾關係的場合，相當於漢語的「再…也…」。

◊ いかに彼が有能だと言っても、一人でこの仕事をするのでは無理だろう（他本事再大，一個人也做不了這項工作）。

◊ いかに医療技術が進んだといっても、治療して必ず回復するとは限らない（醫療技術再發達，治療以後身體也未必能痊癒）。

◊ いかにこの問題が難しいといっても、解決の方法がある（這個問題再難，也有解決的方法）。

◊ いかに海産物が嫌いだと言っても、そのかわりに動物の肉ばかり食べてはいけない（再討厭海產品，也不能光吃動物肉而一點兒都不吃它）。

いかに … とはいえ

用法　「いかに」是副詞，用於書面語，口語中多使用「どんなに」。「とはいえ」是詞組，其中格助詞「と」是後續動詞「いう」的指示內容，「は」是提示助詞，表示加強語氣，「いえ」是「いう」的命令形態。該詞組接在體言、用言的原形後面，是書面語，具有文語的色彩。該句型所表達的含義同「いかに … といっ

ても」基本相同。

✱表示在承認前項事實存在的同時，又主張後項的內容，前後是一種轉折的關係，相當於漢語的「雖說… 但是…」「雖說… 但也…」「雖然… 但是（卻）…」。

◊ いかにもう立春だったとはいえ、まだ寒い日が続いている（雖說已經是立春了，但是每天都還很冷）。

◊ いかに才能の芸術家とはいえ、自慢たらしいと思ってはいけない（雖說是位有才能的藝術家，但也不能自以為了不起）。

◊ いかに実験に失敗したとはいえ、豊富な経験を積んだのだ（雖說試驗失敗了，但是卻積累了豐富的經驗）。

◊ いかに家賃が高いとはいえ、こんなにいい環境は大好きだ（雖說房租貴，但是我非常喜歡這麼好的環境）。

◊ いかにコンピューターの使い方が簡単だ（である）とはいえ、よく勉強しなければやはりできない（雖說計算機的使用方法簡單，但是不好好學習還是不會）。

いかにも … らしい

用法 ①「いかにも」是副詞，「らしい」是形容詞型的接尾詞，一般接在體言後面。

✱表示該主體充分具備了「らしい」前面名詞所應有的特性、氣質、形象等，相當於漢語的「的確像…」「確實符合…」。

◊ 今日はいかにも春らしい天気だ（今天的天氣的確春意盎然）。

◊ 中村さんはいつもいかにもサラリーマンらしい制服を着ている（中村先生總是穿著一身符合工薪人員身份的制服）。

◊ 山村さんはいかにも男らしい男になった（山村君的確變成了一名真正的男子漢了）。

用法 ②「いかにも」是副詞，「らしい」是形容詞型的推量助動詞，接在體言、形容動詞詞幹和形容詞、動詞的原形後面。

✱表示說話人根據眼前的實際情況、狀態進行客觀的推測或婉轉的斷定，感覺的確好像如此，相當於漢語的「總好像…」「實在是像…」「真像是…」「真的是…」「完全像是…」等。

◊ あの子はいかにも風邪を引いたらしい（那孩子總好像是感冒了）。

◊ この雑誌はいかにも面白みがないらしい（這本雑誌實在是沒意思）。

◊ 学校の辺りは夜になると、いかにも静からしい（到了晚上，學校周圍好像很安靜）。

◊ 彼らがいかにも勉強しているらしかったので、私たちは話し声を小さくした（因為他們都像是在學習，我們就壓低了嗓門說話）。

◊ これはいかにもクラスメートの小島さんの鞄らしい（這眞像是班上同學小島的書包）。

いかにも … ようだ

用法　「いかにも」是副詞，「ようだ」是形容動詞型的比況助動詞，接在體言加格助詞「の」、用言連體形或連體詞後面。

✽表示說話人根據感覺而做出某種直覺上的判斷，相當於漢語的「實在是像 …」「真的好像 …」「似乎 …」「完全像是 …」等。

◊ この頃、彼は仕事に追われていかにも疲れてしまったようだ（最近幾天他忙於工作，好像很疲勞）。

◊ 道に迷っている子供はいかにも困ったような顔をしているね（迷路的孩子眞的是一副不知如何是好的表情呢）。

◊ このケーキはいかにもおいしいようだから、買いましょう（這個蛋糕像是很好吃，就買它吧）。

◊ あの叔父さんはいかにも元気がないようだ（那個叔叔確實好像沒有精神）。

◊ スミスさんはいかにも刺身が好きなようだ（史密斯先生好像眞的很喜歡吃生魚片）。

◊ 向こうから来たのはいかにも数学の田中先生のようだ（對面走來的實在像是教數學的田中老師）。

◊ いかにもこのようなやり方ではだめですよ（似乎這種做法行不通）。

いかにも … そうだ

用法　「いかにも」是副詞，「そうだ」是形容動詞型的樣態助動詞，接在形容詞和動詞詞幹的後面。形容詞「いい」後續「そうだ」時，要變為「よさそうだ」的形式。

✽主要用於表示說話人客觀地描述自己觀察到、感覺到的某種事物的現象，相當於漢語的「就很像 … 的樣子」「實在是 …」「看上去就非常 …」等。

◊ 子供たちは公園でいかにも楽しそうに遊んでいる（孩子們在公園裡看起来很愉快地玩耍著）。

◊ 鈴木さんはいかにも物分かりがよさそうだ（鈴木同學看上去就非常懂事）。

◊ あの80歳のお爺さんはいかにも元気そうな顔をしているね（那個80歲的老爺爺看上去就很精神）。

◊ 彼は一日中いかにも退屈そうだね（他今天一天看上去非常無聊）。

… いかんだ

用法　「いかん」是副詞，可寫成「如何」，由「いかに」變化而來，可直接接在體言後面再後續斷定助動詞「だ」或在句末做謂語。「だ」也可用「による」來取代，構成「いかんによる」的形式。「に」是格助詞，是五段自動詞「よる」的對象。當在句子中做狀語時，可用「いかんで」或「いかんによって」的形式。其中，常使用「體言＋のいかんによって」的形式。

✽表示某一事項是否能完成要根據其情況、內容來決定，相當於漢語的「取決於…的怎樣」「根據…情況」「要看…如何」。

◊ この試みが成功するか否かは住民の協力いかんだ（這個嘗試是否會成功取決於居民合作的情況）。

◊ 今度の事件をどう扱うかは校長の考え方いかんによる（如何處理這次的事件要看校長的觀點如何）。

◊ 商品の説明のしかたいかんで、売れ行きに大きな差が出てきてしまう（根據商品說明的情況，銷售會出現很大的差別）。

◊ 国の政策の如何によって、高齢者や身体障害者たちの暮し方が変わってくるのは明らかだ（根據國家的政策，很明顯高齡者、殘疾者的生活方式會發生變化）。

… いかんでは

用法　「いかん」是副詞，可寫成「如何」，由「いかに」變化而來。「いかんでは」接在體言後面。而「いかんによっては」常接在體言加格助詞「の」後面，構成「…のいかんによっては」的形式。該句型常與「…こともある」相呼應使用。

✽表示在很多可能性當中舉出一種說法，有時根據某種場合也會出現其他情況，相當於漢語的「有時根據…情況，也會…」「有時要看…情況，也會…」。

◊ 君の今学期の出席率いかんでは、進級できないかもしれない（根據你這學

期的出勤率情況，說不定不能升級)。

◊ 本の売れ行きいかんでは、すぐに再版ということもあるでしょう(根據書的銷售情況，也許會馬上再版)。

◊ 出航は午後3時だが、天候の如何によっては、出発が遅れることもある(起航是下午3點，但有時根據天氣情況，出發也會推遲的)。

… 如何にかかっている

用法　「いかん」是副詞，可寫成「如何」，由「いかに」變化而來。「に」是格助詞，為後續詞「かかっている」的對象。「かかっている」是五段自動詞「かかる」的持續體。該句型直接接在體言後面。

✿ 表示是否能實現某一情況，與其內容、狀態有關，相當於漢語的「關鍵在於…如何」「取決於…怎樣」。

◊ 今度の実験に成功するかどうかは準備いかんにかかっている(這次的試驗是否成功關鍵在於準備的情況)。

◊ 環境破壊を食い止めることは、私たち一人一人の心掛けいかんにかかっている(阻止環境受到破壞取決於我們大家每一個人的關心程度如何)。

◊ この計画をどう立てるかは皆さんの意見如何にかかっている(如何制訂這項計畫要看大家的意見如何)。

… 如何にかかわらず

用法　「いかん」是副詞，可寫成「如何」，由「いかに」變化而來。「に」是格助詞，為後續詞「かかわらず」的對象。該句型接在體言加格助詞「の」後面，構成「…のいかんにかかわらず」的形式，是書面語。

✿ 表示一種逆接的條件，不管前項的情況如何，後項根本不受其限制，相當於漢語的「不管…，都…」「無論…也…」。

◊ 男女の如何にかかわらず、健康保険に加入すべきだ(不管男女，都應該加入健康保險)。

◊ 家賃のいかんにかかわらず、このような北向きの部屋は借りたくない(不管房租如何，這種朝北的房間我不想租)。

◊ 理由のいかんにかかわらず、いったん払い込まれた受講料は返金できないことになっている(規定無論什麼理由，一旦繳納了聽課費，就不能退)。

… いかんによらず

用法 「いかん」是副詞，可寫成「如何」，由「いかに」變化而來。「に」是格助詞，為後續詞「よらず」的對象。該句型既可以接在體言加格助詞「の」後面，構成「…のいかんにかかわらず」的形式，也可以直接接在體言後面。

✱表示一種逆接的條件，不管前項的情況如何，後項都與它沒有任何關係，相當於漢語的「不管…也…」「無論…都…」。

◊ 事情のいかんによらず、欠席は欠席だ（不管情況如何，沒來就是沒來）。

◊ 試験の結果いかんによらず、試験中に不正行為のあったこの学生の入学は絶対に認められない（無論考試如何，決不認可這名在考試中有作弊行為的學生入學）。

◊ 将来の如何によらず、小さな子供として今からよい習慣を養うのは大事だ（不管將來如何，小孩子從現在起養成好習慣很重要）。

いくらか … ようだ

用法 「いくらか」是副詞，可以寫成「幾らか」。「ようだ」是形容動詞型的比況助動詞，接在體言加格助詞「の」、用言連體形或連體詞後面。

✱表示一種不確切的說法，相當於漢語的「似乎有點…」「好像有些…」。

◊ 山中さんはスペイン語を幾らか知っているようだ（山中先生似乎知道一點兒西班牙語）。

◊ 谷崎さんは幾らか内気なところがあるようだ（谷崎小姐似乎有點兒腼腆）。

◊ 薬を飲むと、いくらか気分がよくなったようだ（吃了藥，感覺好像舒服一些了）。

◊ お父さんはこの頃いくらか忙しいようだね（你爸爸最近好像有點兒忙呢）。

◊ このあたりはいくらか賑やかなようだ（這一帶似乎熱鬧些）。

いくら … たって / だって

用法 「いくら」是副詞，在句中起加強程度的語氣作用。「たって」是接續助詞，接在動詞「て」形和形容詞「く」形後面，五段動詞要發生音便。「だって」是副助詞，接在名詞、形容動詞詞幹後面。

✱表示強調程度，是一種逆接條件的說法，相當於漢語的「無論再…也…」「即使…也…」「不管怎麼…也…」「無論怎麼…都…」。

◊ <u>いくら</u>説明し<u>たって</u>、彼は納得できないようだ（無論怎麼解釋，他好像都無法理解）。

◊ <u>いくら</u>お世辞を言った<u>って</u>、無駄だよ（不管說什麼好話，也沒有用）。

◊ <u>いくら</u>忙しく<u>たって</u>、電話をかける時間があるでしょう（再怎麼忙，打個電話的時間總有吧）。

◊ <u>いくらいやだって</u>やらなきゃならないのだ（再不喜歡，也必須做）。

◊ <u>いくら</u>金持ち<u>だって</u>永遠の若さは買えない（無論怎麼有錢，也買不到永遠年輕）。

いくら … ても / でも

用法 「いくら」是副詞，在句中起加強程度的語氣作用。「ても」是接續助詞，接在動詞「て」形和形容詞「く」形後面，五段動詞要發生音便。「でも」是副助詞，接在名詞、形容動詞詞幹後面。它們的用法以及含義和「いくら … たって／だって」相同。

✤表示任指一種方式或程度的逆接說法，相當於漢語的「無論再 … 也 … 」「即使 … 也 … 」「不管怎麼 … 也 … 」「無論怎麼 … 都 … 」。

◊ <u>いくら</u>彼が何をすることに決め<u>ても</u>、私 の関与するところではない（無論他決定做什麼，我都不會參與）。

◊ 今から<u>いくら</u>一生懸命に書い<u>ても</u>、なかなか書き終わらない（現在起無論怎麼拼命地寫，恐怕也寫不完）。

◊ <u>いくら</u>頭がよく<u>ても</u>成功するとは限らない（頭腦再好，也未必會成功）。

◊ <u>いくら</u>困難<u>でも</u>うまく完成させようと思う（不管怎麼困難，我也要把它完成好）。

◊ <u>いくら</u>いい薬<u>でも</u>処方を間違えたら効き目がない（無論再好的藥，搞錯了處方就無效了）。

いくらでも

用法 「いくら」是副詞，可以寫成「幾ら」。「でも」是副助詞，在句中修飾其後面的謂語動詞。

✤表示數量很多，加強程度之甚的語氣，相當於漢語的「無論多少都 … 」「不管多少也 … 」。

◊ このコーヒーでよろしければ<u>いくらでも</u>いれますよ（如果你喜歡這個咖啡，泡多少杯都行）。

◊ 芸 術 志望者は幾らでもいる（希望從事藝術的人相當多）。

◊ いくらでもほしいだけ持ってお帰りなさい（想要多少就拿多少吧）。

◊ 泣きたければいくらでも泣くがいいよ（想哭就哭個夠好了）。

いくらなんでも

用法 副詞慣用短語，起修飾用言或整個句子的作用。「いくらなんでも」在口語中還可以說成「いくらなんだって」。

✱ 表示無論從哪一方面考慮都覺得非同尋常，相當於漢語的「無論如何也 … 」「即使 … 也太 … 」「未免也太 … 」「不管怎樣 … 」。

◊ いくらなんでも西川さんほど忙しくないだろう（無論如何也沒有西川先生忙吧）。

◊ いくらなんでもそのお金は受け取れない（不管怎樣，那個錢不能收）。

◊ いくらなんでもこんなものは食えるか（無論怎樣，這種東西怎能吃呢）？

◊ このズボンは私にはいくらなんだって長すぎます（這條褲子對我來說未免也太長了）。

◊ こういう言い方はいくらなんだってひどすぎるよ（這種說法未免也太過分了）。

いささかも … ない

用法 「いささか」是副詞，後續提示助詞「も」，與否定式謂語連用，加強否定的語氣。

✱ 表示全面徹底的否定，相當於漢語的「一點兒也不 … 」「絲毫不 … 」。

◊ 今回の交通事故には運転手さんはいささかも関係ない（這起交通事故與司機毫無關係）。

◊ 突然の事件には彼はいささかも動じなかった（面對突發事件，他毫不驚慌）。

◊ 社長は自分に反対する人に対してはいささかも容赦しないので、部下に恐れられている（總經理對反對自己的人一點兒都不寬容，所以大家都懼怕他）。

いざしらず

用法 「いざしらず」是合成詞，由副詞「いざ」和動詞「知る」的否定式「知らず」構成，因此，可寫成「いざ知らず」。它常以「體言＋はいざしらず～」「體言＋なら（ば）いざしらず～」「體言＋だったらいざしらず～」等句型的形式出現。其中「は」是提示助詞，直接接在體言後面。「なら」是接續助詞，可以

直接接在體言後面。接續助詞「たら」是過去助動詞「た」的假定用法，接體言時要用「だったら」的形式。

✱表示對前項所舉出的事例不太清楚，而強調後項所敘述的另一件事，相當於漢語的「…（怎樣）不得而知」「…（如何）姑且不論」「…還情有可原」「…還可以」。

◊ 他人はいざ知らず、私は最後までがんばりぬく（他人怎樣不得而知，我要堅持到最後）。

◊ みなさんならいざ知らず、自分はこう信じるわ（暫且不談大家如何，我自己相信是這樣的）。

◊ 子供ならばいざしらず、大学生にもなって洗濯もできないとは驚いた（要是小孩子還情有可原，都已經是大學生了，竟然還不會洗衣服，真令人吃驚）。

◊ 暇なときだったらいざしらず、こんな忙しいときに客に長居されてはたまらない（空閒的時候還可以，在這麼忙的時候客人還呆這麼長時間，真讓人受不了）。

いざという時

用法 它是合成詞，其後加格助詞「に」在句中做狀語。其後加格助詞「の」在句中做定語。有時可以用「いざとなると」和「いざとなれば」來代替「いざという時に」。

✱表示發生了緊急情況的時候，相當於漢語的「緊急時刻」「發生問題的時候」「一旦有情況」「必要時」等意。

◊ 懐中電灯を用意しなさい。いざという時に役に立ちますから（準備好手電筒。一旦有緊急情況會派上用場的）。

◊ いざという時には直ちに兵力が出動できる（一旦有情況可以馬上出動兵力）。

◊ いざという時に必ず手を貸してやるから、ご心配なく（必要時，我會幫助你的，請不必擔心）。

◊ いざという時の覚悟をしなければならない（必須做好應付萬一的精神準備）。

◊ いざとなると（=いざとなれば）備えがあるから慌てることはない（一旦發生情況，我已經有所準備，所以不必驚慌）。

數量詞＋いじょう

用法 「いじょう」是造語，可以寫成「以上」，直接接在數量詞的後面。

✽表示包括所提數量在內，並超出其範圍，相當於漢語的「超出…」「…以上」「不少於…」「不止…」。

◊ この電車は時速二百キロ以上出せる（這輛電車時速能達到200公里以上）。

◊ 彼の点数は平均点以上だった（他的分數在平均分以上）。

◊ 30分以上待ったのに、かれはとうとう来なかった（我等了30多分鐘，他最終還是沒有來）。

◊ あの子は百以上数えられない（那孩子只能數到100）。

…以上に

用法 「以上」為名詞，接在體言和動詞後面，「に」是格助詞，在句中做狀語。

✽表示比起該名詞或動詞所指示的事物來程度要高，相當於漢語的「比…還要…」「比…更…」。

◊ 今度の試験は予想以上に難しかった（這次的考試比預想的還要難）。

◊ 山田さんは日本人なのに、中国人以上に中国の文化に詳しい（山田先生雖然是一個日本人，卻比中國人還要了解中國文化）。

◊ 言葉の意味はつねに我々が思っている以上に微妙だ（語言的意思往往比我們想像的更微妙）。

◊ そのレストランはみんなが言う以上にサービスも味も申し分なかった（那家餐館的服務、口味都比大家說的還要好，無可挑別）。

…以上の

用法 「以上」是名詞，接在體言和動詞後，「の」是格助詞，後續名詞做定語。

✽表示超出某種狀態、程度，相當於漢語的「超出」「更多」。

◊ 収入以上の暮らしをしてはいけない（不許過超出收入的生活）。

◊ 今度の試験で予想以上の好成績を取った（在這次的考試中，取得了意想不到的好成績）。

◊ これ以上のことは知らない（只知道這些／除此之外的事不知道）。

◊ 彼はみんなが期待している以上の働きをきっとしてくれる人だ（他是一個不辜負大家期望、一定會做得更好的人）。

◊ 今日は会社で思った以上の手当てをもらった（今天在公司裏我領到了超出想像的津貼）。

… 以上（は）

用法　「以上」是名詞，常常接在動詞的原形和「た」形後面，有時為了強調，可以後續提示助詞「は」。

✿表示前項強調某項條件或理由，後項多為勸告、決意、應盡義務等含義的表達方式，相當於漢語的「既然 … 就 … 」。

◊大学を止める以上、学歴に頼らないで生きていける力を身につけなければならない（既然要放棄上大學，就必須掌握不依靠學歷就能生存下去的本領）。

◊給料をもらっている以上、真剣に働くべきだ（既然領工資，就應該認真工作）。

◊他人と約束をした以上は、破ってはいけない（既然和別人約定好了，就不能爽約）。

◊その目で見た以上は、信じざるをえない（既然我親眼看到了，就不得不相信了）。

いずれ

用法　①「いずれ」是不定代詞，常用於書面語，其口語形式為「どれ」「どちら」。根據其所表達的含義不同可以後續提示助詞「も」和表示不定的副助詞「か」。

✿表示兩者或兩者以上事項中的其中之一，相當於漢語的「哪一個」「任何一個」「哪一個方面」等。

◊今度、いずれが試合に勝つかなかなか予測し難い（這次很難預測哪一個會取得比賽勝利）。

◊その実験はいずれの場合も失敗だった（那個試驗在任何情況下都會失敗）。

◊あの二人はいずれも忘れられない名優だ（他們兩個都是令人難忘的著名演員）。

◊目の前のいろんな鞄はいずれも彼女の気に入らなかった（眼前的各種包都不符合她的心意）。

◊赤いのと、黄色いのと、いずれか選びなさい（紅的、黃的，任選一個吧）。

用法　②「いずれ」是副詞。

✿表示時間，相當於漢語的「不久」「最近」「過幾天」「改日」。

◊いずれそのうちにお便りしましょう（過幾天我會給您寫信的）。

◊いずれまたいろいろとご援助をお願いします（以後還請您多幫忙）。

◊いずれ近いうちにお目にかかりましょう（不久我們會相見的）。

用法　③「いずれ」是副詞。

✿表示不管怎麼樣情況都如此，相當於漢語的「反正」「橫豎」「歸根到底」「早晚」等。

◊ 今度の事件で、いずれ君の誤りだった（歸根到底，在這次事件中是你不對）。

◊ 関口さんがいずれ来るから、安心してください（反正関口先生會来的，請你放心）。

◊ いくら隠してもいずれ分かることさ（無論怎麼隱瞞，早晚都會知道的）。

いずれにしても／いずれにしろ／いずれにせよ

用法 「いずれにしても」是一個詞團，起副詞作用，常用於句首。它既適於口語也適用於書面語。其鄭重說法為「いずれにしろ」和「いずれにせよ」。

✿表示無論何種情況其結果都是一樣的，後者是強調的重點，相當於漢語的「不管怎樣」「無論如何」「反正」「總之」。

◊ いずれにしても彼がその列車に乗らなかったという事実は動かせない（不管怎樣，他沒有乘坐這趟列車這一事實是不變的）。

◊ 好きかどうかよくわからないが、いずれにしても彼女に聞いてみたらすぐ分かる（我不知道她是否喜歡，無論怎樣你問一下她就會知道）。

◊ 彼は行くか行かないか迷っているようだが、いずれにしろ彼に集合地と時間を教えた（去還是不去，他好像在猶豫，反正我把集合地點和時間告訴他了）。

◊ いずれにしろ、良く準備しておいたほうがいい（不管怎樣，事先好好準備一下為好）。

◊ いずれにせよ、みなさんの意見には賛成しない（總之，我不贊成大家的意見）。

◊ いずれにせよそれはばかげた話だ（總而言之，那是件荒唐的事情）。

一概に … ない

用法 「一概に」是副詞，一般後續可能態否定式謂語和具有說明性質的消極詞語。 ✿表示不要單純地只去考慮某一方面的情況，相當於漢語的「不能一概地」「不能無差別地」「不能一律」「不能籠統地」「不能無條件地」。

◊ 古い慣習が一概に不合理だとは言えない（不能籠統地說舊習就是不合理的）。

◊ この学校の学生は、一概には言えおない（這個學校的學生不能一概而論）。

◊ 上司の意見を一概に我々に押し付けることはできない（你不能把上司的意見統統地強加給我們大家）。

◊ 舶来品なら上等だと一概に思い込むのは愚かなことだ（一律認定外國貨就

是最好的，那是愚蠢的）。

一向（に）

用法 ①「一向」是副詞，其後經常伴有格助詞「に」或「の」，後續肯定式謂語。

✿表示專心致志某一事物而不考慮其他，完全集中到事物的某一點，相當於「一心一意地」「一味地」「完全」「一向」「總」。

◊ 田中君は出家をして一向に念仏している（田中先生出家後一心向佛）。

◊ いくら非難されても彼は一向（に）平気だ（即使再受到責難，他也滿不在乎）。

◊ 勝手気ままに悪をするのは、一向の悪人だ（為所欲為做壞事的一向是壞人）。

用法 ②「一向」是副詞，其經經常伴有格助詞「に」。它與後面的否定式詞語相呼應，構成「一向（に）…ない」的句式。

✿表示說話人所期待的事項最終沒有實現，是一種否定表達，相當於漢語的「根本不…」「總不…」「絲毫不…」「一點兒也不…」。

◊ 太郎は一向に勉強する気配も見えないね（太郎一點兒也看不出用功的樣子啊）。

◊ 大久保さんは流行には一向に興味がないようだ（大久保似乎對時尚不感興趣）。

◊ 彼女がどこへ行ったか一向に知らない（她去了哪裏，我根本不知道）。

◊ 留学生のラースさんが金に困っているとは一向に聞かなかった（我一點兒也沒有聽說過留學生拉斯同學正在為錢發愁）。

いっさい

用法 ①「いっさい」是名詞，可以寫成「一切」，後續肯定式謂語，做定語時可以後接格助詞「の」。

✿表示包括所有的事物，相當於漢語的「全部」「一切」「都」。

◊ 会員の会費で一切の費用が賄われる（一切費用由會員的會費支付）。

◊ 月に一切の生活費は七万円だった（一個月全部生活費是7萬日元）。

◊ 火事で彼は一切を失った（火災使他失去了一切）。

用法 ②「いっさい」是副詞，可以寫成「一切」，其後經常伴有格助詞「に」。它與後面的否定式詞語或否定含義的詞語相呼應，構成「一切（に）…ない」的句式，用法與「まったく…ない」和「全然…ない」相似，屬於書面語表達。

✿表示全部否定，加強否定語氣，相當於漢語的「沒有任何…」「一點兒也不…」「完全不…」。

◊ お心付けはいっさい辞退いたします(小費一概謝絕)。

◊ スケジュールの変更はいっさいありません(日程完全沒有變更)。

◊ あの男とはいっさい関わりたくない(我不想和那個人有任何關係)。

◊ テストの失敗についての説明は今でもいっさいしない(對試驗失敗的情況，至今沒有做任何解釋)。

いったい

用法 「いったい」是副詞，可以寫成「一体」，常同疑問句式一起連用，構成「いったい…か」「いったい…だろう(か)」。其中「か」是疑問終助詞。它也可以同疑問詞相呼應。

✿表示根本搞不清楚是什麼或是怎樣的情況，相當於漢語的「究竟」「到底」。

◊ 一体なぜ昨日会社に来なかったのか(你昨天到底為什麼沒有來公司呢)？

◊ このセンテンスは一体どういう意味だろうか(這個句子到底是什麼意思呢)？

◊ このペンはいったいだれのだろう(這支鋼筆究竟是誰的呀)？

◊ きみはいったいだれだ(你到底是誰)？

◊ これはいったいどうしたのだ(這究竟是怎麼回事)？

いったん

用法 「いったん」是副詞，可以寫成「一旦」。它常同假定接續助詞「と」「たら」「ば」相呼應。

✿表示一經出現了某種情況就不會再改變，相當於漢語的「一旦…就…」。

◊ 山村さんはお喋り屋で、いったん話し出すと止まらない(山村女士是一個喋喋不休的人，一旦打開話匣就沒完沒了)。

◊ 一旦テレビゲームを始めると、すべて忘れてしまう(一旦開始玩上遊戲機，就會忘記一切)。

◊ あの人は一旦こうと決めたら、一歩も後へ引かない(那個人一旦決定這樣了就不會後退一步)。

◊ いったん貧乏になったら、たいへんだろう(一旦變成窮人就要命啊)。

◊ いったん体が回復すれば、毎日登山をするつもりだ(一旦身體恢復健康，我就打算每天爬山)。

◊ 一旦雨が降らなければ、徒歩で行こうと思う(一旦不下雨，我就要徒步走著去)。

一方 （いっぽう）

用法 ①「一方」是名詞，接在動詞的原形後面，其後可以接格助詞「で」。

✿表示做某事的同時又在做其他的事情，相當於漢語的「一方面 … 一方面 … 」「一邊 … 一邊 … 」「同時」。

◊ 褒める一方悪口を言う（一面表揚一面又説壞話）。

◊ よく仕事をする一方、酒にも目がない（一方面工作很能幹，一方面嗜酒如命）。

◊ 工業を発展させる一方で、農業も発展させなければならぬ（在發展工業的同時，也必須發展農業）。

◊ 彼はお金に困っているという一方、無駄遣いもしているらしい（他説自己錢很緊張，同時好像又亂花錢）。

用法 ②「一方」是接續詞，常用在句子的開首。有時也可以同表示轉折含義的接續詞「が」或接續助詞「が」一起連用，屬於書面語。

✿表示中止前面的話題，而轉向與之有關的另一個話題，前後事項不一致，具有相反的含義。相當於漢語的「一方面 … 另一方面 … 」「另一方面」「而另一方面」。

◊ 多くの国々はすでに独立を勝ち取っている。一方、独立を要求し立ち上がったばかりの国々もある（一方面，許多國家已經贏得了獨立。另一方面，還有一些國家也開始為要求獨立而奮鬥）。

◊ この地方では夏は湿気が多いので熱帯のように蒸し暑くなる。一方、冬は厳しい寒さに見舞われる（這個地方夏季潮濕，像熱帶一樣悶熱。另一方面，冬天又非常寒冷）。

◊ 上の息子は社交的だが、一方、下の息子のほうは引っ込み思い案である（我的大兒子善於社交，另一方面我的小兒子卻畏縮不前）。

◊ 北島さんは有名な数学者である。が一方、政治家としても活躍している（北島先生一方面是一位著名的數學家，而另一方面作為政治家也很活躍）。

… 一方だ （いっぽう）

用法 「一方」是名詞，在句中起接尾詞的作用，接在動詞原形後面，「だ」是斷定助動詞的簡體形式。

✿表示某一事物不斷朝著某一個方向或趨勢發展，相當於漢語的「越來越 … 」「一直」「一味」「一個勁兒」。

◊ 川の水は増す<u>一方である</u>（河水一個勁兒地漲）。

◊ 氷は厚くなる<u>一方だった</u>（冰結得越來越厚了）。

◊ 肺がんになってから痩せる<u>一方だ</u>（自從得了肺癌，就越來越瘦）。

◊ 最近、ドルは値下がりする<u>一方です</u>（最近，美元一直在貶值）。

一方では … 他方では

用法　「一方では」和「他方では」在句中起副詞作用，屬於書面語。它常同轉折含義的接續助詞「が」「ながら」「のに」「ものの」等搭配使用。有時可以用「もう一方では」代替「他方では」。

✿表示併列敘述兩個完全不同的事項，後一句往往帶有轉折的含義，相當於漢語的「一方面 … ，而另一方面卻 … 」「一面 … ，另一面卻 … 」。

◊ 日本人は<u>一方では</u>欧米から多くのことを学んだが、<u>他方では</u>自国の文化を育てることも忘れなかった（日本人一面向歐美學習很多東西，而另一方面卻不忘記培育本國的文化）。

◊ 国民は<u>一方では</u>政治に対する関心が高まっているものの、<u>他方では</u>腐敗しきった政府に対する諦めのムードが蔓延している（國民一方面對政治的關心不斷提高，而另一方面對腐敗透頂的政府失去信心的情緒卻正在蔓延）。

◊ 張さんは<u>一方では</u>学校で一生懸命各科目を勉強しながら、<u>他方では</u>会社のために熱心にポスターの企画をしている（小張一面在學校裏拼命地學習各門課程，而另一方面卻熱心地為公司規劃廣告宣傳）。

◊ 政府は<u>一方では</u>財政再建をしている。<u>もう一方では</u>減税を迫られている（政府一方面在重建財政，另一方面卻在被迫減稅）。

今から思えば

用法　「今」是名詞，「から」是格助詞，「思えば」是動詞「思う」的假定形式後續接續助詞「ば」而成，可以把「今から思えば」看成一個短語，用在句首，在句子中起副詞作用，其後常出現「のだ」「ものだ」的句式。

✿表示現在對過去事項的一種回想，特別是對後項事物帶有一種確認，只可惜當時沒有在意或意識到，相當於漢語的「現在回想起來」「現在回過頭想一想」。

◊ <u>いまから思えば</u>、そのとき彼はすでに死を決意していたのだ（現在回想起來，那時他已經決定去死了）。

◊ <u>今から思えば</u>、君の考えは正しかったのです（現在回過頭想一想，你的想

法是正確的)。

◊ いまから思えば、子供の時代はいたずらで、ずいぶん両親を心配させたものだ(現在回想起來,孩童時代我很調皮,讓父母很擔心)。

いまさら

用法 「いまさら」是副詞,可以寫成「今さら」和「今更」,在句中修飾用言。

✿表示重新提起以往的話題,帶有一種責難的口吻,相當於漢語的「事已至此」「事到如今」。

◊ いまさら諦めるわけにもいけない(事已至此,也無法放棄了)。

◊ 今さらまた何を言いたいのだ(事到如今,你還想說什麼啊)。

◊ 今更言うまでも無いことだった(事已至此,也沒有什麼好說的了)。

いまさら…ても

用法 「いまさら」是副詞,可以寫成「今さら」和「今更」。「ても」是接續助詞,接在動詞「て」形後面。有時也可以用「たところで」取代「ても」,接續方法不變。該句型經常同否定式或消極含義的詞語相呼應。

✿表示到了現在才做某事,顯然已經來不及了,相當於漢語的「現在才…也…」「到現在才…」。

◊ いまさら謝ってももう遅いよ(到現在你才道歉已經來不及了)。

◊ いまさら勉強しても、試験にはとうてい間に合わない(到現在才開始用功,考試已經來不及了)。

◊ 今さらそんなことを言ってももう無駄だよ(現在再那麼說也沒有用了)。

◊ いまさら嫌だと言ったところで、しなくてすむわけではない(現在再說討厭,不做也不行了)。

いまだ(に)…ない

用法 「いまだ」或「いまだに」都是副詞,可以分別寫成「未だ」和「未だに」,在句中做狀語。「ない」是否定助動詞,接在動詞的「ない」形後面。

✿表示所期待發生或出現的事情說話時還沒有發生或出現,相當於漢語的「還沒有…」「仍沒有…」「依舊沒有…」。

◊ それはいまだ聞いたこともない出来事だ(這是一個未曾聽說過的事件)。

◊ こんな大きな風船はいまだかつて見たことがない(這麼大的氣球至今還沒有

看到過)。

◊ いまだに彼の行方が分からない（我仍不知道他的行蹤）。

◊ 申し込んでから一ヶ月経ったのに、未だに連絡が来ない（申請了都一個月了，可依舊沒有人聯絡我）。

いまだに

用法　「いまだに」是副詞，可以寫成「未だに」，在句中做狀語，同肯定式謂語相呼應。

✽ 表示按照一般常規事情已該結束了，可說話時它還在持續著，相當於漢語的「仍然」「依舊」「還在」。

◊ 松下さんはいまだにあの雇い主を恨んでいる（松下君仍然還在恨那個雇主）。

◊ もう午後4時なのに、木村さんはいまだに眠っている（已經快到下午4點了，木村同學還在睡覺）。

◊ 退院して家に帰ってからお爺さんはいまだに病床にいる（爺爺出院回家以後仍臥病在床）。

いまでこそ…が

用法　「いま」是名詞，可以寫成「今」，「で」是格助詞，「こそ」是提示助詞。在此「今でこそ」可以視為一個短語，在句中起副詞作用，其後常常跟轉折含義的接續助詞「が」相呼應。

✽ 表示現在的情況已經和當時不一樣了，相當於漢語的「現在…可是…」「如今…但是…」。

◊ 山田夫婦はいまでこそ幸せに暮らしているが、結婚当初は毎日喧嘩が絶えなかった（山田夫婦現在生活得很幸福，可是剛結婚那陣子每天都吵架）。

◊ 今でこそ木下さんは良く勉強しているが、以前は遊びふけっていた（如今木下同學很用功，但以前他很貪玩）。

◊ いまでこそ海外留学も珍しくないが、お父さんが子供の頃は、留学など夢にも思わなかった（現在海外留學已經不稀奇了，可是你爸爸小的時候，留學是連做夢都沒有想到過的）。

いまでも

用法　「いま」是名詞，可以寫成「今」，「でも」是副助詞。「今でも」在句中起副

詞作用，其後常常與持續體「ている」或現在式相呼應。

✻表示某一情況至今仍然存在或保持，相當於漢語的「至今仍 … 」「到現在還 … 」。

◊いまでも子供時代の写真を持っている (我到現在還有孩童時代的照片)。

◊家族はいまでも田舎風の習慣を守っている (我們家至今仍保持著農村的風俗)。

◊学生時代の喜怒哀楽はいまでも忘れられない (學生時代的喜怒哀樂至今難以忘懷)。

いまにも … そうだ

用法 「いまにも」是副詞，可以寫成「今にも」。「そうだ」是形容動詞形的樣態助動詞，接在動詞的「ます」形後面。

✻表示某件事馬上就要發生，相當於漢語的「眼看著就要 … 」「馬上就要 … 」。

◊先生に叱られた惠美さんは今にも泣き出しそうだった (受到老師批評的惠美同學眼看就要哭了)。

◊今にも降り出しそうな空模様だ (天眼看就要下雨了)。

◊嵐はますます激しくなり、小さな船は今にも沈みそうに波に揉まれていた (暴風雨越來越厲害，小船在波濤中顛簸，似乎馬上就要沉沒了)。

いままでにない

用法 「いままで」是副詞，可以寫成「今まで」。「に」是表示時間的格助詞，「ない」是存在動詞「ある」的否定式，在句中做定語，與「かつてない」用法相同。

✻表示該事物是前所未有的，相當於漢語的「空前的」「前所未有的」「史無前例的」。

◊コロンブスがアメリカ大陸を発見したのはいままでにない快挙だ (哥倫布發現美洲大陸是史無前例的壯舉)。

◊あれは今までにないショッキングな事件だ (那是一個前所未有的駭人聽聞的事件)。

◊三峡ダムの建設はいままでにない大掛かりな建設事業だと言える (可以說三峽水庫的建設是一個空前的大規模的建設事業)。

いやというほど

用法 「いや」是形容動詞，「という」是短語，「ほど」是表示程度的副助詞。「い

やというほど」在句中起副詞作用。

✿表示程度之甚，感到十分膩煩，不能再接受了，相當於漢語的「…膩了」「…夠了」「很厲害」「很嚴重」。

◊ 毎日食堂で肉饅頭をいやというほど食べた（每天在食堂都吃肉包子，已經吃夠了）。

◊ 会社の訓示を朝から晩までいやというほど聞かされた（從早到晚地聽公司的訓話，真聽膩了）。

◊ あの子は頭をいやというほど柱にぶつけた（那孩子頭撞到柱子上，很嚴重）。

◊ 戦争中、両親はいやというほど苦しみを嘗めた（戰爭時期，我父母飽嘗了苦難）。

いわば…（の）だ

用法　「いわば」是副詞，可以寫成「言わば」。「の」是形式體言，主要接在用言簡體後面，體言謂語句可以不接。「だ」是斷定助動詞。

✿表示對某一事物的現象可以那麼說，相當於漢語的「可以說是」「說起來」。

◊ 集団主義はいわば日本文化の特色の一つだ（集團主義可以說是日本文化的特徵之一）。

◊ それはいわば一種の宣伝にすぎないのだ（那可以說只不過是一種宣傳）。

◊ あの人は言わばどんなことをやっても真面目にやるのだ（那個人可以說無論做什麼都會認真做的）。

◊ 今年の大学入試はいわばなかなか難しかったのだ（今年考大學的試題可以說相當難）。

いわば…ようだ

用法　「いわば」是副詞，可以寫成「言わば」。「ようだ」是形容動詞形的比況助動詞，接在動詞的簡體後面。體言是後續格助詞「の」再接「ようだ」，構成「體言＋の＋ようだ」的形式。它主要用於書面語表達。

✿表示為了讓人更明白某一含義而打比方，相當於漢語的「打個比方說…」「好比…」「可比喻為…」「好像…」。

◊ 毎日部屋の中に閉じ込められて、いわば籠の鳥のようなものさ（每天關在家中，說起來就像個籠中之鳥）。

◊ 彼女はいつも立派で綺麗な身なりをしていていわば王女のようだった（她總是裝扮得十分華麗漂亮，彷彿公主一般）。

◊ そんな商売に手を出すなんて、いわばお金を溝に捨てるようなものだ（做那種買賣可比喻為把錢扔在臭水溝裏）。

◊ この恋の物語は言わば現代版の梁山伯と祝英台とでもいったようなものだ（這個愛情故事可以說是現代版的梁山伯與祝英台）。

いわんや … においてをや（だ）

用法 「いわんや」是副詞，由「いう」的「ない」形後續文語推量助動詞「む」和表示反問的終助詞「や」構成，其中「む」音便為「ん」，可以寫成「況や」。「においてをや」是由短語「において」後續格助詞「を」和終助詞「や」構成，接在體言的後面。有時「や」後面可以後續斷定助動詞「だ」。這是一種省略後面謂語的說法。

✴表示這般情況都如此，就更不要說其他情況了，相當於漢語的「更何況…呢」「況且…呢」。

◊ 君でさえこの仕事が難しいというなら、いわんや僕においてをやだ（連你都說這項工作難的話，更何況我呢）。

◊ 大人でさえなかなか解けない。況や子供においてをや（大人都很難搞明白，更何況小孩子呢）。

◊ 母語もうまく出来ない。いわんや外国語においてをや（連母語都說不好，更何況外語呢）。

う

… 上（で）

用法　「うえ」是名詞，接在「サ變」動詞的名詞後面，構成「（サ變動詞的）名詞＋の＋うえ（で）」的形式。其中格助詞「で」可以省略。

✤表示做完一件事情以後，再去做與之相關的另一件事，相當於漢語的「在…之後」。

◊審査の上、受賞者の順位を発表します（審查之後，再公布獲獎者的名次）。

◊どの大学を受験するか、両親との相談の上で、決めるつもりだ（我打算和父母商量之後再決定報考哪一所大學）。

◊熟考の上で、ご返事をしてください（請您仔細考慮之後再給我答覆）。

… 上で（は）

用法　「うえ」是名詞，「で」是格助詞，「は」是提示助詞，根據句意可有可無。該句型接在體言和動詞的原形後面。接在體言後面時，要在體言後面加上格助詞「の」，即構成「體言＋の＋うえで（は）」的形式。當「うえで」在句中做定語時，可以後續格助詞「の」。使用該句型，其後所跟的辭彙或謂語句多為表示敘述狀態或表示重要、必要等詞，而不是表示具體動作的辭彙。

✤表示在某一個方面、領域或相關事情上，情況如何，相當於漢語的「在…上」「在…方面」「關於…」「對於…」「有關…」等。

◊この新発明はわが国の工業・農業の発展を促す上では大きな意義を持っている（這項新發明對促進我國工農業發展具有很大意義）。

◊テレビは外国語の勉強の上ではかなり役に立つものだ（電視機對於學習外語確實有幫助）。

◊今度の企画を成功させる上で、ぜひ皆さんの協力が必要なのだ（要取得這次規劃的成功，一定需要大家的共同努力）。

◊酒の上での交通事故に注意すべきだ（應該注意飲酒所造成的交通事故）。

… うえ (に)

用法　「うえ」是名詞，可以寫成「上」，「に」是表示添加含義的格助詞，在句中可以省略。該句型接在名詞加「である」和其他言連體修飾形的後面。

✿表示在原來的基礎上進行添加，相當於漢語的「不僅 … 而且 … 」「既 … 又 … 」「不但 … 而且 … 」「又 … 又 … 」。

◊荻原さんは文学者であるうえに心理学者でもある (獲原先生既是一個文學家，又是一個心理學家)。

◊ゆうべ道に迷ったうえ、雨にも降られてたいへんだった (昨天晚上不僅迷了路，而且還被雨淋到了，很狼狽)。

◊この機械は操作が簡単なうえに、小型で使いやすい (這台機器不但操作簡單，而且體積小，使用方便)。

◊上田さんの話は長いうえに、要点がはっきりしないから、聞いている人は疲れる (上田君的講話又長要點又不清，所以聽的人很累)。

… うえは

用法　「うえ」是名詞，可以寫成「上」，「は」是提示助詞。該句型接在動詞連體修飾形和動詞過去式「た」後面。

✿表示前項要出現或已經出現某種情況，後項必須採取與之相適應的行動，相當於漢語的「既然 … 就 … 」。

◊実行する上は、十分な準備が必要だ (既然要實施，就必須做好充分準備)。

◊日本に留学するうえは、日本のことを徹底的に知ってもらいたい (既然要去日本留學，就希望你徹底地了解一下日本)。

◊行きたくない上は、私も彼女を強いるわけにはいかない (既然她不想去，我也不能強迫她)。

◊むこうは約束を厳守したうえはこちらも約束した通りに実行せねばならない (既然對方嚴守諾言，我們也必須按約辦事)。

◊私は一旦引き受けたうえは、決して途中でやめない (我既然承擔下來了，就絕不半途而廢)。

… う (よう) か (同一動詞) まいか

用法　「う (よう)」是意志助動詞，其中「う」接在五段動詞意志形後面，「よう」

接在一段動詞、「サ變」動詞和「カ變」動詞的意志形後面。五段動詞在接「う」時要將其詞尾變成該行的「オ段」，一段動詞後接「よう」時，去掉該詞的詞尾「る」即可，「サ變」動詞後接「よう」為「しよう」，「カ變」動詞後接「よう」為「来こよう」。「まい」是否定推量助動詞，在口語中接在動詞的原形後面，非五段動詞也可以接在「ない」形的後面。「か」是併列副助詞。

✽表示對兩個動作選擇其一，相當於漢語的「是…還是不…」「要…還是不要…」「是否要…」。

◊ 朝出かけるとき、傘を持っていこうかもっていくまいかといつも迷っている（早晨出門時，總是猶豫要不要帶傘）。

◊ こんな高級品を買おうか買うまいかとなかなか決心がつかない（買還是不買那種高級品，怎麼也下不了決心）。

◊ 明日は試験があるので、友達に誘われて今晩おもしろい映画を見ようか見まいかと考えている（明天有考試，所以我正在考慮要不要應朋友之約看有趣的電影）。

◊ 知事は博覧会の主催を中止しようかするまいか、最後の決断を迫られていた（知事被迫下最後決斷是否要停止主辦博覽會）。

◊ ドイツへ留学しようかしまいか、両親と相談してから決める（跟父母商量後再決定是否去德國留學）。

◊ 古里からの小包が明日来ようか来るまいか、ぜんぜん知らない（我根本不知道家鄉寄來的包裹明天是否會到）。

疑問詞…う（よう）が／…う（よう）と（も）

用法 該句型接在動詞和形容詞後面，並與前面的疑問詞相呼應。「う（よう）」是意志助動詞，分別接在五段動詞和其他動詞意志形後面。接形容詞時，把其詞尾「い」變為「かろ」再加「う」的形式，形容詞「いい」應為「よかろう」。「が」是表示條件的接續助詞，也可以用「と（も）」替換，構成「…う（よう）と（も）」的形式。其中「と」是接續助詞，「も」是副助詞。後項多為否定式或消極含義的詞語。

✽表示任指任何一種情況，不管前項怎麼樣，後項都是成立的，相當於漢語的「無論…都…」「不管…也…」。

◊ 誰が何と言おうが、私は決心を曲げないつもりだ（不管誰說什麼，我都不打算改變我的決心）。

◊ どこで何をしようが僕の勝手だろう（在哪做什麼是我的自由）。

◊ 彼女はこれからどうなろうが、私の知ったことではない（她今後會怎麼樣，我可管不著）。

◊ あの人は周りがどんなにうるさかろうが、気にしない人だ（無論周圍如何吵鬧，他都不介意）。

◊ 質がどんなによかろうと、あまり高くて買えない（不管品質怎麼好，太貴就買不起）。

◊ どんなに悪く言われようと、あの人は平気らしいさ（無論別人如何惡語相向，他都好像滿不在乎）。

◊ 彼は他人がどんなに困っていようとも、心を動かない男だ（他是一個無論別人遇到什麼樣的困難都無動於衷的傢伙）。

…う（よう）が（同一動詞）まいが／…う（よう）と（同一動詞）まいと

用法　該句型接在動詞後面。「う（よう）」是意志助動詞，其中「う」接在五段動詞意志形後面，「よう」接在一段動詞、「サ變」動詞和「カ變」動詞的意志形後面。五段動詞在接「う」時要將其詞尾變成該行的「オ段」，一段動詞後接「よう」時，去掉該詞的詞尾「る」即可，「サ變」動詞後接「よう」為「しよう」，「カ變」動詞後接「よう」為「来こよう」。「まい」是否定推量助動詞，在口語中接在動詞的原形後面，非五段動詞也可以接在「ない」形的後面。「が」是表示條件的接續助詞，也可以用接續助詞「と」替換，構成「…う（よう）と…まいと」的形式。　✽表示無論做與不做、是否出現某種狀態或採取哪一種行為，後項都成立，相當於漢語的「不管是…還是不…都…」「不管是否…都…」「…也好，不…也好…」。

◊ 食べようが食べまいが私の自由だ（吃不吃是我的自由）。

◊ 雨が降ろうが降るまいが、この行事は毎年必ず同じ日に行われる（不管下不下雨，這個傳統活動每年都在同一天舉行）。

◊ 参加しようがするまいが、会費だけは払わなければならない（參加也好，不參加也好，會費都要繳納的）。

◊ あの人が来ようと来るまいと、私に関係ないことだ（不管那個人是否會来，都與我沒有關係）。

◊ 出來ようと出來まいとやってみるべきだ（會不會做都應該做做看）。

◊ 使おうと使うまいと用意しておいたほうがいいと思う（不管使不使用，我認為事先都要做好準備）。

…う（よう）が…う（よう）が／…う（よう）と…う（よう）と

用法 該句型主要接在正反含義的動詞句或詞語後面。「う（よう）」是意志助動詞，其接續方法同上，分別接在五段動詞和其他動詞意志形後面。「が」是表示條件的接續助詞，也可以用接續助詞「と」替換，構成「…う（よう）と…う（よう）と」的形式。

✽表示重複敘述正反兩面或類似含義的事情，不管前項如何，後項都是成立的，相當於漢語的「無論…還是…」「不論…還是…」「…也好…也好」「…也罷…也罷」。

◊ バスで行こうが自転車で行こうが君の勝手だ（無論你坐公交車去，還是騎自行車去，都是你的自由）。

◊ 大学の入試を受けようが止めようが自分で決めなさい（參加大學入學考試也好，不參加也好，請你自己決定）。

◊ 賛成しようが反対しようが結果は同じだ（贊成也罷，反對也罷，結果都是一樣的）。

◊ 煮て食べようと焼いて食べようとご自由に（不管煮著吃還是烤著吃，都隨你的便）。

◊ 勉強しようと遊ぼうとお好きなようにしなさい（學也好，玩也好，你喜歡怎麼樣就怎麼樣）。

◊ 私が行こうと君が来ようとかかる時間は同じぐらいだ（無論是我去還是你來，所需要的時間都差不多）。

…うち（範圍）

用法 「うち」是名詞，接在體言加格助詞「の」後面。

✽表示限定範圍，相當於漢語的「在…之中」「在…當中」。

◊ アメリカ人の友人のうちで彼が一番付き合いやすい（在美國朋友當中他最好相處）。

◊ 君たち二人のうち一人は後に残ってくれなくては困る（你們兩個人中，其中之一不給我留下來的話就不好辦了）。

◊ 林さんは乏しい給料のうちから親に送金している（小林每個月從他那不

富裕的工資裏拿出一部分寄給父母親）。
⇨タクシー代は旅費のうちに入らない（出租車費不包括在路費中）。
⇨この病気にかかるのは一万人のうち一人だけだ（患這種疾病的在1萬人當中僅有一例）。

…うちに

用法 ①「うち」是名詞，接在時間名詞加格助詞「の」、形容詞「い」、形容動詞「な」和助動詞「ない」後面。 ✽表示限定某一個時間段，相當於「在…之內」「在…的時候」「趁著…」「…之際」。
⇨朝のうちに洗濯を済ませた（早晨把衣物洗完了）。
⇨この一年のうちに三か月は外国で暮らした（這一年之內在國外生活了3個月）。
⇨足元の明るいうちに帰りなさい（趁著天還沒黑回去吧）。
⇨記憶が確かなうちに書き付けておいたほうがいいよ（還是在記憶清晰之際寫下來為好）。
⇨雨が降らないうちに早めに会場を離れた（趁沒有下雨之際提前離開了會場）。

用法 ②「うち」是名詞，接在時間名詞加格助詞「の」和表示狀態的動詞原形後面。 ✽表示事物處於某種狀態之中，相當於漢語的「…之中」「在…期間」。
⇨今度の国際シンポジュームは成功のうちに終わった（這次的國際研討會成功地結束了）。
⇨あの歌手は拍手喝采のうちに舞台を去った（那位歌手在大家鼓掌喝采聲中退下了舞台）。
⇨アメリカにいるうちに、ちょっとハリウッドを見学したい（在美國期間想參觀一下好來萊塢）。

用法 ③「うち」是名詞，接在動詞持續體「ている」或部分具有持續含義動詞原形的後面。
✽表示在某件事或某種狀態持續的過程中，出現了與意志無關的另一件事，相當於漢語的「…著」「在…的過程中」。
⇨日本人と付き合っているうちに、だんだん日本語が上手になった（在同日本人交往的過程中，日語漸漸好起來了）。
⇨本を読んでいるうちに、机に突っ伏して寝てしまった（看著看著書，就趴在桌子上睡著了）。
⇨彼はお酒を飲んでいるうちに顔が真っ赤になった（他喝著喝著酒，臉就變得

通紅起來)。

◊ 仕事を続けるうちに腕がだんだん上がった（在不斷工作的過程中，技術逐漸提高了）。

◊ 読み進むうちに次第に物語にのめりこんでいった（讀著讀著，漸漸地被故事所迷住了）。

…うちは

用法 「うち」是名詞，接在用言的定語形式和體言加格助詞「の」的後面。

✱表示後項在前項還沒有出現變化時仍然保持某種狀態，相當於漢語的「在…時期」「…期間」「…的過程中」。

◊ 寒いうちは冷水浴をしている（在寒冷期間一直洗冷水澡）。

◊ 体が丈夫なうちはそんなことは何でもない（在身體健壯時期，那種事不在話下）。

◊ 記憶力が衰えないうちは、多くの知識を身につけよう（在記憶力還沒有減退的時候，要多學一些知識）。

◊ 雨が降っているうちは、野良仕事はできなかった（下雨期間，無法幹農活）。

◊ 学生のうちは読書が一番大事だ（學生時代，讀書是最重要的）。

…う（よう）ではないか／…う（よう）じゃないか

用法 「う（よう）」是意志助動詞，其中「う」接在五段動詞意志形後面，「よう」接在一段動詞、「サ變」動詞和「カ變」動詞的意志形後面。五段動詞在接「う」時要將其詞尾變成該行的「オ段」，一段動詞後接「よう」時，去掉該詞的詞尾「る」即可，「サ變」動詞後接「よう」為「しよう」，「カ變」動詞後接「よう」為「来よう」。「ではないか」是「である」的否定疑問形式，在此為肯定的含義。在口語中它可以更換為「じゃないか」，其禮貌語形式為「ではありませんか」。

✱表示勸誘、勸說對方和自己一起做某事或徵求對方的同意，相當於漢語的「…吧」「…好嗎？」。

◊ 仕事がおわって一緒に飲もうじゃないか（工作完後一起喝酒吧）。

◊ ぶらぶら歩きながら話そうじゃないか（我們邊散步邊聊吧）。

◊ 成功のためにみんなで努力しようではないか（為了成功讓我們大家努力吧）。

◊ こんな計画をやめようではありませんか（我們放棄這種計畫好嗎）？

…う（よう）と思う／…う（よう）と考える

用法 「う（よう）」是意志助動詞，分別接在五段動詞和其他動詞意志形後面。「と」是格助詞，表示「思う」的內容。可以用「考える」替換「思う」。該句型用於第三人稱時，多使用「…う（よう）と思っている／考えている」和「…う（よう）と思った／考えた」的形式。第一人稱除了上述形式外，還可以用「…う（よう）と思う／考える」的形式。第二人稱可以用疑問句的形式，即「…う（よう）と思うか／考えるか」。

✽表示說話者做某件事的意志，相當於漢語的「要…」「想要…」。
◊ 将来、大学を出てアメリカに留学しようと思う（我將來大學畢業後要去美國留學）。
◊ 来年大学の入学試験を受けようと思いますか（你明年想考大學嗎）？
◊ 田中さんは貿易会社で働こうと考えている（田中同學想要在貿易公司裏工作）。
◊ 父はあたらしいマンションを買おうと思った（我父親想要買一所新公寓）。

…う（よう）としたが

用法 「う（よう）」是意志助動詞，分別接在五段動詞和其他動詞意志形後面。「とした」是「とする」的過去式，「が」是表示轉折關係的接續助詞。

✽表示以前或過去曾想要那樣做或剛要實現某種狀態，相當於漢語的「本想要…但是…」「剛想要…可是…」「剛要…卻…」。
◊ 電車のドアが閉まろうとしたが、ある男の人が飛び乗った（電車剛要關門，卻有一位男子跳上了車）。
◊ 家を出ようとしたが、雨が降り出した（剛想要離開家，可是開始下雨了）。
◊ 机に向かって勉強しようとしたが、電話のベルが鳴った（坐在桌子旁本想要學習，可是電話鈴響了）。

…う（よう）としたところ

用法 「う（よう）」是意志助動詞，分別接在五段動詞和其他動詞意志形後面。「ところ」是形式體言，接在「とした」後面。

✽表示動作的行為者剛想要做還沒有做某一動作的時候出現了另一種情況，相當於漢語的「剛想要…時」。
◊ お風呂に入ろうとしたところへ友達に来られた（剛想要洗澡的時候，朋友來了）。

◊ 晩ご飯を食べようとしたところに急に停電した（正想要吃晚飯的時候突然停電了）。

◊ 佐藤さんが自分の意見を発表しようとしたところで、終わりの時間になった（佐藤先生剛想要發表自己的意見時，就到結束的時間了）。

…（よ）うとしていたところ

用法 「う（よう）」是意志助動詞，分別接在五段動詞和其他動詞意志形後面。「ところ」是形式體言，接在持續體「としていた」的後面。

✽ 表示動作者在此之前已經有所打算，正準備做某事，相當於漢語的「正準備做…」「就要…」。

◊ 食事を作ろうとしていたところで、米がないと気付いた（正準備要做飯時發現沒有米了）。

◊ 寝ようとしていたところ、宿題がまだあると思い出した（正準備要睡覺，突然想起還有作業）。

◊ ちょっと待って、すぐ来ようとしていたところだ（請等一下，這就來）。

◊「洗濯はしないの。」「いや、いま洗濯をしようとしていたところだよ。」
（「不洗東西了嗎?」「不，現在正準備洗。」）

…う（よう）として

用法 「う（よう）」是意志助動詞，其中「う」接在五段動詞意志形後面，「よう」接在一段動詞、「サ變」動詞和「カ變」動詞意志形的後面。五段動詞在接「う」時要將其詞尾變成該行的「オ段」，一段動詞後接「よう」時，去掉該詞的詞尾「る」即可，「サ變」動詞後接「よう」為「しよう」，「カ變」動詞後接「よう」為「こよう」。「として」是「とする」的連接式。

✽ 主要表示兩種含義，一是動作或狀態的先後順序，二是前者為後者的原因，相當於漢語的「正想要…」「因為想要…」。

◊ 本屋で本を買おうとして、財布を盗まれたと気付いた（在書店正想要買書，發現錢包被偷了）。

◊ バスを降りようとして後ろの人に押されて転びました（正想要下車就被後面的人推了一下摔倒了）。

◊ 日本文化を研究しようとして、日本に留学した（因為想要研究日本文化，就來日本留學了）。

◊ いい成績を取ろうとして、一生懸命がんばっている（因為想要取得好成績，就拼命努力）。

◊ はやく会場に来ようとして昼寝をするつもりはなかった（因為想要早些來會場，就沒打算午休）。

… う（よう）としても … （可能動詞）ない

用法 「う（よう）」是意志助動詞，分別接在五段動詞和其他動詞意志形後面。「ても」是逆接條件的接續助詞，在此接在「する」的「ます」形後面。「ない」是否定助動詞，在此接在可能態動詞的「ない」形後面。當然，也可以用消極含義的詞語代替可能態動詞的否定式。

✿表示即使出現了前項的情況，其後項本應該出現的情況卻不可能發生，相當於漢語的「即使想要 … 也不能 …」「即使想 … 也 … 不了」「即使想 … 也 … 不成」。

◊ お金がないから、海外旅行に行こうとしても行けないだろう（因為沒有錢，想要去國外旅行也去不成）。

◊ 悪事をして逃げようとしても逃げられないよ（做了壞事想要逃跑也跑不了啊）。

◊ いまは停電しているところだ。掃除機で部屋を掃除しようとしてもむだだよ（現在停電了。想用吸塵器打掃房間也沒用）。

◊ 部屋の鍵がないから、はやく片付けに来ようとしてもむりだ（因為沒有房間鑰匙，所以想早點兒來收拾房間也不可能了）。

… う（よう）と（は / も）しない（思わない / 思っていない）

用法 「う（よう）」是意志助動詞，分別接在五段動詞和其他動詞意志形後面。「と」是格助詞，表示思考的內容。「しない」是「する」的否定式，表示不想，在此可以用「思わない」和「思っていない」代替。「は」和「も」在此為副助詞，其加強否定的語氣。第三人稱常用「思わなかった」「思っていない」的形式。第一人稱不受任何限制。 ✿表示說話人不想或不願意做某事，相當於漢語的「不想 …」「不肯 …」「不願意 …」。

◊ 私は今年の夏休みに故郷へ帰ろうとしない（我今年暑假不想回故里）。

◊ タバコが体に悪いから、いくら注意してもやめようともしない（吸菸有害身體，所以一再提醒大家，可是大家就不肯戒菸）。

◊ 鈴木さんは山田さんと一緒に出張しようとはしないようだ（鈴木君好像

不肯跟山田君一起出差）。

♢ 大学を出て、通訳になろうとは思わない（大學畢業後，我不想做口譯）。

♢ 彼はスペイン語を勉強しようとは思わなかった（他不願意學習西班牙語）。

♢ 私は将来父の会社に入って働こうとは思っていない（我以後不想進父親的公司工作）。

…う（よう）とする（とした／としている／としていた）

用法 ①「う（よう）」是意志助動詞，在此分別接在非意志形動詞的意志形後面。多用持續體「う（よう）としている」的形式。

✿ 表示將要出現某種狀態，相當於漢語的「將要…」「正要…」「即將…」。

♢ 夏休みがいよいよ終ろうとしている（漸漸地暑假即將結束）。

♢ 時計は正午を知らせようとしている（時針將指向正午12點）。

♢ 太陽ようが東の方からだんだん昇ろうとしている（太陽正從東方慢慢升起）。

用法 ②「う（よう）」是意志助動詞，在此分別接在意志形動詞的意志形後面。「とする」是現在式，「とした」是過去式，「としている」是現在進行式，「としていた」是過去進行式。

✿ 表示動作的主體想要或正要做某事，相當於漢語的「這就…」「想要…」「正要…」。

♢ もう夜の十二時になったから、寝ようとする（已經是晚上12點了，這就睡覺）。

♢ 出かけようとした時、稲妻が光っていた（剛要出門時，打閃了）。

♢ 私は将来医者になろうとしている（我將來想做一名醫生）。

♢ 先日、海外旅行の計画を立てようとしていたとき、地震が起こったので、やめました（前幾天剛要計畫到國外旅行的，就發生了地震，於是取消了）。

…う（よう）とすると

用法 「う（よう）」是意志助動詞，分別接在五段動詞和其他動詞意志形後面。「する」前面的「と」是格助詞，表示想要做的內容，後面的「と」是接續助詞，表示兩個事項共存。

✿ 表示剛要進行某個動作的同時就出現了另一個主體的行為、動作或狀態，而後項的結果往往不是以前項主體的意志為轉移的，相當於漢語的「剛想…就…」「剛要…就…」。

♢ パソコンを使おうとすると、電気がなくなった（剛要用電腦，就停電了）。

◊ 山を降りようとすると、小雨が降り出した（剛要下山，就下起小雨了）。

◊ 食事をしようとすると、お客さんが来た（剛想吃飯，客人就來了）。

…う（よう）とするところ（だ）

用法 「う（よう）」是意志助動詞，分別接在五段動詞和其他動詞意志形後面。「ところ」是形式體言，接在現在式後面。

✱表示某一動作馬上就要開始之前的樣子，相當於漢語的「將要…」「這就…」「剛要…」。

◊ タクシーに乗って帰ろうとするところだ（正要乘出租車回去）。

◊ 私は友達に電話をかけようとするところだ（我正要給朋友打電話）。

◊ そろそろ失礼しようとするところだ（這就要告辭）。

◊ 道を渡ろうとするところ、信号が赤になった（剛要過馬路，信號燈就變成紅色了）。

…う（よう）としているところ（だ）

用法 「う（よう）」是意志助動詞，分別接在五段動詞和其他動詞意志形後面。「ところ」是形式體言，接在現在進行時後面。　✱表示某一動作正準備開始進行之前的狀態，相當於漢語的「正要…」「正想…」。

◊ 宿題を終って小説を読もうとしているところだ（做完作業我正想看小説）。

◊ 食事後、散歩に出かけようとしているところだ（吃完飯後，正準備出去散歩）。

◊ 自転車に乗ろうとしているところ、パンクした（正要騎自行車，車胎爆了）。

…う（よう）とするなら（とすれば）

用法 「う（よう）」是意志助動詞，分別接在五段動詞和其他動詞意志形後面。「なら」是斷定助動詞「だ」で的假定形式，接在「とする」後面。在此「とするなら」可以用「とすれば」代替。

✱表示假定想要做某事，相當於漢語的「如果想要做…」「假如想要做…」。

◊ 小説を書こうとするなら、よく実生活を体験すべきだ（要想寫小説，就必須好好地體驗生活）。

◊ 日本に留学しようとするなら、いまから日本語を勉強しなければならない（如果要想去日本留學，從現在起就必須學習日語）。

◊ 朝はやく起きようとすれば、夜はやく寝たほうがいい（假如想要早晨早起，

晩上還是早睡為好)。

◊ 旅行に行こうとすれば、いろいろと準備を整えなさい (如果想要去旅行，就把各種準備做好)。

…う(よう)とする(した)矢や先_{さき}に

用法 「う(よう)」是意志助動詞，分別接在五段動詞和其他動詞意志形後面。「矢先」是名詞，其含義是「正當…的時候」。「に」是表示時間的格助詞。

✿ 表示即將或正要採取某一行動的時候，相當於漢語的「剛要…時」「正要…時」。

◊ お風呂_ろに入_{はい}ろうとする矢先にノックが聞_きこえてくる (剛要洗澡時就聽到敲門的聲音)。

◊ サッカーの試合_{しあい}をはじめようとする矢先に雨_{あめ}が降_ふり出_だした (剛要開始足球比賽時，下起雨來了)。

◊ 朝食_{ちょうしょく}をとろうとした矢先に電話_{でんわ}が鳴_なった (正要吃早飯的時候電話響了)。

◊ 降_おりようとしていた矢先に車_{くるま}が動_{うご}き出_だした (剛要下車時，車子就開動了)。

…う(よう)にも…ない

用法 「う(よう)」是意志助動詞，分別接在五段動詞和其他動詞意志形後面。「に」是格助詞，「も」是副助詞，加強否定的語氣。「ない」是否定助動詞，多接在可能態動詞的「ない」形後面。

✿ 表示動作的主體下決心想做某事也做不成，相當於漢語的「想要…也…不了」「想要…也…不成」。

◊ いったん癖_{くせ}になったら直_{なお}そうにも直_{なお}せない (一旦成了習慣，想改也改不掉)。

◊ 食欲_{しょくよく}がないから、食_たべようにも食_たべられない (沒有食慾，想吃也吃不下)。

◊ 川口_{かわぐち}さんと連絡_{れんらく}しようにも電話番号_{でんわばんごう}がわからないのだからどうしようもない (想和川口先生聯繫也不知道電話號碼，毫無辦法)。

◊ 機械_{きかい}を止_とめようにも方法_{ほうほう}がわからない (想關掉機器，卻不知道怎麼關)。

◊ 助_{たす}けを呼_よぼうにもなかなか声_{こえ}が出_でない (想呼救也喊不出聲來)。

…う(よう)はずがない

用法 「う(よう)」是意志助動詞，分別接在五段動詞和其他動詞意志形後面。「はず」是形式體言。　✿ 表示根據推測、想像加以判斷認為不會如此，相當於

漢語的「不可能會…」「該不會…」。

◊ われわれは自分の目で人工衛星が昼間見えようはずがない (我們用自己的肉眼在白天不可能看見人造衛星)。

◊ まだ習っていないから書くことができようはずがない (還沒有學過，因此不可能會寫)。

◊ 小林さんはおとなしい子で、そんな悪いことをしようはずがない (小林同學是一個老實的孩子，不會做那種壞事的)。

…う（よう）ものなら

用法 「う（よう）」是意志助動詞，分別接在五段動詞和其他動詞意志形後面。「もの」是形式體言，「なら」是斷定助動詞「だ」的假定形式。 ✽表示前項的事物或行為一旦出現或實現，後項就會出現極為消極的、不好的、不尋常的結果，相當於漢語的「假如…的話，就會…」「如果要…的話，就會…」。

◊ 彼のような責任感のない人が委員長になろうものなら、この委員会の活動はめちゃくちゃになる。私は反対だ (如果像他那樣沒有責任感的人當上了委員長的話，這個委員會的活動就會一團糟。我反對)。

◊ こんな不衛生な物を食べようものなら、コレラをするだろう (假如吃下這種不衛生的東西，就會得霍亂吧)。

◊ この学校は規則が厳しいから、断らずに欠席しようものなら、たいへんだ (這個學校的規章嚴格，所以，不打招呼就曠課的話，就不得了)。

… 得る

用法 「うる」是接尾詞，接在動詞「ます」形後面。它只用於肯定表達。其否定式為「得ない」。

✽表示具有發生某種情況的可能性或能夠採取某種行為，相當於漢語的「能…」「可能…」。

◊ それはありうることだ (那是有可能的事)。

◊ この絵のすばらしさはとても言葉で表しうるものではない (這幅畫的絕妙之處是很難用語言表達的)。

◊ 実行しえない計画を立ててもむだだろう (無法執行的計畫制定了也沒有用)。

◊ 秋山さんの仕事ぶりには失望の念を禁じえない (對秋山的工作態度不禁感到失望)。

え

… える

用法 「える」是接尾詞，接在動詞「ます」形後面，與「うる」相同，其否定式是
「えない」。

✿表示具有發生某種情況的可能性或能夠採取某種行為，相當於漢語的「能…」
「可能…」。

♦二十一世紀には人が月で生活することもありえるだろう（到21世紀或許人
類就能在月球上生活了吧）。

♦働きえる人はみんな野良に出ている（能幹活的人都下地勞動了）。

♦この仕事は私一人ではとてもなしえないことだった（這項工作靠我一個人
的力量怎麼也做不來的）。

お

おいそれと（は）…ない

用法 「おいそれと」是副詞，「は」是副助詞，加強否定的語氣。「ない」是否定助動詞，在此多接在可能動詞的「ない」形後面。

✱表示不會或不能輕而易舉地做某事，相當於漢語的「不能簡單地…」「不能貿然地…」「不能輕易地…」「不能隨便地…」。

◊ 通訳の仕事はおいそれと<u>できる</u>ものでは<u>ない</u>（口譯工作不是輕而易舉就能做好的）。

◊ 山口さんはいろいろなことを見聞きしているので、おいそれとは<u>驚</u>かない<u></u>だろう（山口先生見多識廣，不會輕易吃驚的）。

◊ そんな大仕事はおいそれと<u>引</u>き受けられ<u>ない</u>（不能貿然接受那麼重大的工作）。

◊ 大学を出て就職するか更に進学するかおいそれとは<u>決</u>められ<u>ない</u>（大學畢業後，是工作還是繼續上學，無法隨便決定）。

お（ご）…いたす

用法 「お」和「ご」是表示尊敬的接頭詞，常用「お＋動詞（ます形）＋いたす」「ご＋サ變動詞詞幹＋いたす」的形式。サ變動詞的詞幹前一般使用接頭詞「ご」，但也有例外，如「お電話いたす」「お掃除いたす」「お邪魔いたす」等。「いたす」是「する」的自謙語，在語氣上它比「する」更加謙遜。

✱這是一種自謙的說法，表示講述自己為受尊敬的人所做的行為。由於它帶有降低自己抬高別人的意味，所以只能用於說話者本人，而不能用於他人。它相當於漢語的「我為您做…」。

◊ この<u>鞄</u>はお持ちいたしましょう（這個包我來給您拿吧）。

◊ ちょっとお聞きいたしたいと思いますが（我想問您一下）。

◊ これから博物館をご案内いたしましょう（下面我陪您參觀一下博物館）。

◊ 今晩八時ごろお電話いたす（今晚8點鐘左右給您打電話）。

お（ご）…いただく

用法 「お」和「ご」是表示尊敬的接頭詞，常用「お＋動詞（ます形）＋いだだく」「ご＋サ變動詞詞幹＋いだだく」的形式。個別サ變動詞的詞幹前也用接頭詞「お」。

✿這是一種自謙的說法，語氣更為有禮貌而鄭重，表示第一人稱「我」請應該尊敬的對方或他人做某事，相當於漢語的「我請您做…」「請（應該尊敬的人）做…」。

◊ 安部先生にここにお名前とご住所をお書きいただきます（請安部老師在這裏填上姓名和住址）。

◊ 少々お待ちいただきます（請您稍等一會兒）。

◊ これについてちょっとご説明いただきたい（我想請您就這一點解釋一下）。

◊ ハイキングに行くかどうか、明日お電話いただきます（去不去郊遊，明天請您來個電話）。

お（ご）…ください

用法 「お」和「ご」是表示尊敬的接頭詞，常用「お＋動詞（ます形）＋ください」「ご＋サ變動詞詞幹＋ください」的形式。個別サ變動詞的詞幹前也用接頭詞「お」。

✿這是敬語的一種表達方式，表示說話人請求對方做某動作，相當於漢語的「請您…」「請大家…」。

◊ しばらくお休みください（請您休息一會兒）。

◊ おいしいですから、どうぞお召し上がりください（挺好吃的，請您嘗嘗）。

◊ よくご協力ください（請大家好好配合）。

◊ どうぞエレベーターをご利用ください（請大家乘坐電梯）。

◊ 名前を呼ばれたらすぐお返事ください（叫到名字的，請立刻答應一聲）。

お（ご）…くださる

用法 「お」和「ご」是表示尊敬的接頭詞，常用「お＋動詞（ます形）＋くださる」「ご＋サ變動詞詞幹＋くださる」的形式。個別サ變動詞的詞幹前也用接頭詞「お」。

✿這是敬語的一種表達方式，表示對方為我或我們做某事，相當於漢語的「給

我…」「給我們…」「為我們…」。

◊ お忙しいところをおいでくださって、ほんとうにありがとうございます（您在百忙當中來到這裏，我們非常高興）。

◊ きょうお話しくださった内容はとてもおもしろかった（今天您為我們講的內容很有趣）。

◊ ご臨席くださってうれしく存じます（您能出席，我感到很高興）。

◊ ご来店くださってありがとうございます（謝謝大家光臨本店）。

お（ご）…さま

用法 「お」和「ご」是表示尊敬的接頭詞，原則上漢語（音讀詞語）前面加「ご」，和語（訓讀詞語）前面接「お」，但也有例外，個別サ變動詞的詞幹前用接頭詞「お」。接尾詞「さま」是「さん」的尊敬語，常接在普通名詞和動詞「ます」形構成的名詞後面。

✱ 這是尊敬的一種說法，表示對對方的同情、慰問，相當於漢語的「您…」。在有些情況下沒有中文對應的詞語，可以不譯。

◊ お気の毒さま、ただいま品切れです（很遺憾，貨物剛售完）。

◊ すみませんが、お粗末さまでした（對不起，怠慢您了）。

◊ どうもお疲れさまでした（您實在是辛苦了）。

◊ ご苦労さま（您辛苦了）。

◊ 先日どうもご馳走さまでした（前些天謝謝您的盛情款待）。

お（ご）…する

用法 「お」和「ご」是接頭詞，向對方表示敬意，常用「お＋動詞（ます形）＋する」「ご＋サ變動詞詞幹＋する」的形式。個別サ變動詞的詞幹前也用接頭詞「お」。

✱ 這是一種自謙的說法，表示講述自己為受尊敬的人所做的行為。由於它帶有降低自己抬高別人的意味，所以只能用於說話者本人，而不能用於表示他人。它相當於漢語的「我為您做…」。

◊ 社長をお宅まで車でお送りした（我開車把總經理送到了家）。

◊ お食事をお持ちしましょう（我給您把飯拿來吧）。

◊ すみませんが、ちょっとお邪魔します（對不起，稍微打擾一下）。

◊ のちほどこちらから改めてご連絡します（過一會兒我再和您聯繫）。

お（ご）…できる

用法　「お」和「ご」是表示尊敬的接頭詞，常用「お＋動詞（ます形）＋できる」「ご＋サ變動詞詞幹＋できる」的形式構成敬語可能態動詞。個別サ變動詞的詞幹前也用接頭詞「お」。

✱表示可能的一種尊敬說法，相當於漢語的「能夠…」「可以…」。

◊ お手伝いをお願いできますか（能請你幫個忙嗎）？

◊ ちょっとお話しできますか（能和你談一談嗎）？

◊ 自分の故郷についてご紹介できるでしょう（能就自己的故鄉介紹一下吧）。

◊ 午後の会議にご出席できますか（你能出席今天下午的會議嗎）？

◊ だれでも自分の部屋をお掃除できる（誰都會打掃自己的房間）。

◊ 今お約束できますか（現在能答應嗎）。

お（ご）…です

用法　「お」和「ご」是表示尊敬的接頭詞，常用「お＋動詞（ます形）＋です」「ご＋サ變動詞詞幹＋です」的形式構成敬語動詞。個別サ變動詞的詞幹前也用接頭詞「お」。單音節的詞不能按此句型的形式變成敬語動詞。

✱表示尊敬長輩、上司、上級、地位高的人的行為的一種說法，其行為往往帶有一種持續的狀態，相當於漢語的「您…」。

◊ 部長、いまお帰りですか（部長，您現在回去嗎）？

◊ 今日の新聞はおありですか（您有今天的報紙嗎）？

◊ 学部長は今日の会議にはご欠席です（系主任不參加今天的會議）。

◊ お宅のご主人は本社にご栄転だそうですね（聽說您先生榮升到總公司了）？

◊ 学長はいま古代史をお勉強です（校長正在學習古代史）。

お（ご）…なさい

用法　「お」和「ご」是接頭詞，向對方表示敬意，常用「お＋動詞（ます形）＋なさい」「ご＋サ變動詞詞幹＋なさい」的形式。個別サ變動詞的詞幹前也用接頭詞「お」。單音節的詞不能按此句型的形式變成敬語動詞。「なさい」是補助動詞「なさる」的命令形。

✱表示命令的一種說法，其語氣比單純的動詞命令形柔和一些，但一般不用於長輩或應該尊敬的人，相當於漢語的「請…」，有時也不譯。

◊ おやすみ<u>なさい</u>（晚安）。

◊ ちょっとお待ち<u>なさい</u>（請等一下）。

◊ ごめん<u>なさい</u>（對不起）。

◊ 今晩のパーティーにご出席<u>なさい</u>（請出席今晚的晚會）。

◊ 自分の部屋を<u>お</u>掃除<u>なさい</u>（把自己的房間打掃一下）。

お（ご）…なさる

用法 「お」和「ご」是表示敬意的接頭詞，常用「お＋動詞（ます形）＋なさる」「ご＋サ變動詞詞幹＋なさる」的形式構成敬語動詞。個別サ變動詞的詞幹前也用接頭詞「お」。單音節的詞不能按此句型的形式變成敬語動詞。補助動詞「なさる」是特殊五段動詞形，後續「ます」時為「なさいます」。

✿對長輩或應該尊敬的人的行為表示尊敬，相當於漢語的「您…」。

◊ すみませんが、このコンピューターを<u>お</u>使い<u>なさい</u>ませんか（對不起，您用這台電腦可以嗎）？

◊ 先生は言葉の使い方について<u>お</u>話し<u>なさい</u>ました（老師就詞語的使用方法談了談）。

◊ お父さんはあなたの卒業式に<u>ご</u>参加<u>なさる</u>つもりですか（您父親打算參加你的畢業典禮嗎）。

◊ はやく<u>お</u>電話<u>なさった</u>方がいい（您還是早點兒打電話為好）。

お（ご）…になる

用法 「お」和「ご」是表示敬意的接頭詞，常用「お＋動詞（ます形）＋になる」「ご＋サ變動詞詞幹＋になる」的形式構成敬語動詞。個別サ變動詞的詞幹前也用接頭詞「お」。一般像「いく」「くる」「いる」「でる」「いう」等詞不能按此句型的形式變成敬語動詞。

✿對長輩或應該尊敬的人的行為表示尊敬，相當於漢語的「您…」。

◊ 今日の新聞は<u>お</u>読み<u>になり</u>ましたか（您看了今天的報紙了嗎）？

◊ 山田先生はどのホテルに<u>お</u>泊り<u>になって</u>いますか（山田老師住在哪個飯店呢）？

◊ 課長は毎朝七時に<u>ご</u>出勤<u>になります</u>（科長每天早晨7點上班）。

◊ ようこそ本学に<u>ご</u>来訪<u>になりました</u>（歡迎大家來我校訪問）。

お（ご）…願う

用法 這是一種較為鄭重的表達方式。「お」和「ご」是表示敬意的接頭詞，常用「お＋動詞（ます形）＋ねがう」「ご＋サ變動詞詞幹＋ねがう」的形式構成敬語動詞。個別サ變動詞的詞幹前也用接頭詞「お」。

✽表示說話者請求對方做某事，相當於漢語的「請您做…」「請求您做…」。

♦帰ったら電話してくださいと、田中さんにお伝えねがいます（請您轉告田中先生，回來後給我來個電話）。

♦私の気持ちをよくお考えねがいます（請您考慮一下我的心情）。

♦ご集合ねがいます（請大家集合）。

♦一言ごあいさつ願いますから、よろしくお願いします（請您講幾句話，拜託了）。

お（ご）…申しあげる

用法 這是一種自謙的說法。「お」和「ご」是表示敬意的接頭詞，常用「お＋動詞（ます形）＋申しあげる」「ご＋サ變動詞詞幹＋申しあげる」的形式。個別サ變動詞的詞幹前也用接頭詞「お」。多用於鄭重場合和書信來往。

✽表示說話者降低自己的身份抬高對方，為對方做某事，相當於漢語的「我來給您…」

♦謹んでお喜び申し上げます（謹表示祝賀）。

♦突然ながらお便り申しあげます（我貿然給您寫信）。

♦まずご来賓を皆さんにご紹介申し上げます（首先向大家介紹一下來賓）。

♦明日のスケジュールについてちょっとご説明申し上げます（就明天的日程給大家說明一下）。

…おかげで

用法 「おかげ」是名詞，接在用言的簡體形和名詞＋「の」的後面。

✽表示因為前項表示感激的積極原因，才出現後項積極肯定的結果，也表示出現後項消極的結果是因為前項中帶有諷刺、責難意味的原因，相當於漢語的「多虧了…」「幸虧…」「由於…的緣故」。

♦父は生まれつき体が丈夫なおかげで、年を取ってもとても元気でいる（我父親幸虧天生體格強壯，因此上了年紀還一直很健康）。

◊ 先生のおかげでいい大学に受かった (多虧了老師，我才考上好大學)。

◊ 手術が早かったおかげで、病気がすっかり治った (多虧手術動得早，病已經徹底好了)。

◊ 彼がしくじったおかげで我々の計画は駄目になった (由於他的失策，我們的計畫泡湯了)。

◊ 朝寝坊していたおかげで汽車に乗り遅れてしまった (由於睡懶覺的緣故沒趕上火車)。

… おきに

用法 「おき」是接尾詞，可以寫成「置き」，接在數量詞後面。「に」是表示基準的格助詞。

✱ 表示相隔一定的時間、距離就重複同一個動作或狀態，相當於漢語的「每隔…」。

◊ 五分置きに電車が駅に着く (電車每隔5分鐘就到達車站)。

◊ 街路には四メートル置きにポプラが植わっている (馬路上每隔4公尺種一棵白楊樹)。

◊ この赤い錠剤は六時間おきに飲んでください (這個紅色的藥片每隔6小時吃一次)。

◊ この辺りは高級住宅街で、二軒おきくらいに外車を持っている家がある (這一帶是高級住宅區，差不多每隔兩家就有一家擁有外國進口的小轎車)。

おそらく

用法 「おそらく」是副詞，可以寫成「恐らく」，常後續「だろう」「かもしれない」「にちがいない」「まい（＝ないだろう）」等詞，是一種比較拘謹、鄭重的表達方式。在口語中多使用「たぶん」。

✱ 表示說話人對事物進行一種推測、估計，相當於漢語的「恐怕…」「大概」「有可能…」「預計…」「估計…」等。

◊ おそらく彼はまったく知らないだろう (恐怕他完全不知道吧)。

◊ 今度のテストは恐らく失敗に終るでしょう (這次的試驗有可能會以失敗而告終)。

◊ おそらくあの人はきれいに忘れたのかもしれない (也許他已經忘得一乾二淨了)。

◊ 彼の家はおそらくこの辺に違いない (估計他的家就在這一帶)。

◊ 恐らく明日も雨がふるまい（或許明天也不會下雨吧）。

… おそれがある / … おそれはない

用法 「おそれ」是名詞，可以寫成「恐れ」。它接在動詞的原形和名詞加格助詞「の」的後面，其否定式用「… おそれはない」的形式。

✿表示有發生某種不好事情的可能性或擔心發生不好的事情，相當於漢語的「有 … 危險」「有可能會 …」「擔心會 …」「怕出現 …」等。

◊ 台風は本土に近づくおそれがある（颱風可能會靠近本土）。

◊ 彼はこんな重い病気で亡くなるおそれがある（他有可能會得這樣的重病去世）。

◊ 今夜から明日まで津波の恐れがある（從今晚到明天有發生海嘯的危險）。

◊ これからこの国では戦争が起きるおそれはない（今後在這個國家裏不會發生戰爭）。

◊ ハリケーンの被害が拡大するおそれはない（颱風受災區沒有擴大的可能）。

◊ 今年の夏は洪水の恐れはない（今年夏天不會出現洪水）。

おなじ …（の）なら / のだったら

用法 「おなじ」是副詞，可以寫成「同じ」，同表示假定的接續助詞「なら」相呼應。「なら」接在動詞的假定形後面。有時它可以用「動詞原形＋のだったら」的形式替換。「なら」前面的「の」是形式體言，可有可無。「だったら」前面的「の」也是形式體言，不可省略，在口語中會發生音便為「ん」。

✿表示既然同樣是做這樣的事情那最好還是選擇後項的事情去做，相當於漢語的「一樣是 …」「同樣做 …」「反正 …」「既然 …」。

◊ おなじお金を使うなら活かして使いなさい（一樣是花錢，請花在刀口上）。

◊ 同じ行くのなら、早く行ったほうがいい（既然要去，最好就早去）。

◊ おなじやるなら、他人が真似できないことをやりなさい（同樣要做，就做一件別人做不來的事）。

◊ 同じ買うのだったら、ちょっと高くて長持ちするものの方がいい（反正是買，最好還是買貴一點兒耐用的東西）。

◊ 同じ習うんだったら、だれでも簡単にできるような言語を勉強した方がいいと思う（同樣是學，我認為還是學一個大家都很容易學會的語言為好）。

··· おぼえはない

用法 ①「おぼえ」是名詞，可以寫成「覚え」。它接在動詞被動語態的後面。

❋表示說話人對對方的某種行為表示一種譴責和憤懣，相當於漢語的「難道你想對我···」「我可不想受你···」。

◊ お前に怒られる覚えはない (我可不想受你的氣)！

◊ 君にひどいことを言われる覚えはないぞ (我可不想被你這麼數落)！

◊ あなたのような冷たい人に「冷淡だ」と非難される覚えはないよ (像你這樣冷酷的人難道還想說我「冷淡」嗎)？

用法 ②「おぼえ」是名詞，可以寫成「覚え」。它接在動詞過去式「た」後面。其肯定式為「··· たおぼえがある」。

❋表示說話人不曾記得有某種經歷，主要用於當對方指責自己時為自己進行辯護的場合，相當於漢語的「(我)不記得有過···」。

◊ そんなことを言った覚えがない (不記得說過那樣的話)。

◊ どこかであの人に会った覚えはない (我不記得在什麼地方見過他)。

◊ このテレビ番組を見た覚えはない (我不記得看過這個電視節目)。

◊ かつてここに来た覚えがある (我記得以前來過這裏)。

◊ 高校時代、この小説を読んだ覚えがある (記得高中時看過這本小說)。

··· 折 (に) / 折の

用法 「おり」是名詞，接在名詞加格助詞「の」和用言的連體修飾形後面。「に」是表示時間的格助詞，在句中可以省略。「折の」後續名詞做定語。該句型主要用於書信。

❋表示某種時節、時候，相當於漢語的「在··· 時候」「··· 的時候」「··· 的時節」。

◊ 早春のおり、お元気でいらっしゃるでしょう (時值早春，想必您身體很健康吧)。

◊ 東京に行った折に小川さんを訪ねた (去東京的時候看望了小川先生)。

◊ 寒さ厳しい折、お体を大事にしてください (寒冬時節，請保重身體)。

◊ これは万里の長城に登ったおりの写真です (這是登萬里長城時拍的照片)。

◊ 彼ははじめてアフリカ戦争に出たおりの思い出話を書いている (他正在寫參加非洲戰爭的回憶錄)。

か

…か（終助詞）

用法　「か」是終助詞，接在句末。

✿① 表示疑問，相當於漢語的「…嗎」。

◊ これ、いくらですか（這個多少錢）？

◊ 君も行くか（你也去嗎）？

◊ どうすればいいか（怎麼辦呢）？

✿② 表示提議、勸誘，相當於漢語的「…吧」「…行嗎」「…怎麼樣」。

◊ 散歩に行きませんか（我們散散步，好嗎）。

◊ ちょっと休みましょうか（稍為休息一下吧）。

◊ 映画でも見ようか（看場電影怎麼樣）？

✿③ 表示反問，相當於漢語的「怎麼會…」「不…嗎」「怎能…」等。

◊ そんなことをしてだれが喜ぼうか（誰喜歡你做那種事呢）。

◊ うそなんかつくものか（我怎麼會撒謊呢）。

◊ 断ればいいじゃないか（拒絕對方不就行了嗎）。

✿④ 表示責問，相當於漢語的「什麼…嗎」「還…嗎」「怎麼…呢」。

◊ まだわからないのか（你還不明白嗎）？

◊ そんなことをしては駄目じゃないか（做那種事情，那哪成啊）？

◊ きょうはまたオムレツか（今天怎麼又是煎雞蛋捲）？

✿⑤ 表示自言自語，相當於漢語的「啊」「啦」「了」「呀」等。

◊ ああ、そうか（啊，原來如此啊）。

◊ 遅いなあ、どうしたのかなあ（這麼晚，是怎麼回事啊）。

◊ 今日は休校か（今天全校停課呀）。

✿⑥ 表示請求、希望，相當於漢語的「…好嗎」「…怎麼樣」。

◊ ペンを貸してくれませんか（把鋼筆借給我，好嗎）？

◊ ちょっと来てくれないか（請來一下好嗎）？

◊ これを読んでもらえるか（能請你念一下這個嗎）？

✿⑦ 表示吃驚。

◊ もう十時か(已經10點啦)！

◊ まだ寝ていないか(還沒有睡啊)！

◊ 地震なのか(是地震)！

✿⑧ 以「いいか」的形式表示提醒對方，相當於漢語的「要記住 …」「別忘記 …」。

◊ あした七時に集まるよ、いいか(明天7點集合，別忘記)。

◊ いいか、絶対言わないよ(要記住，千萬不要說)。

◊ いいか、頼むよ(要記住啊，拜託了)。

✿⑨ 表示推敲、驗證別人說的話或其他事物，需要靈活翻譯。

◊ あの子は泣きっぽいか、確かに泣き虫だよ(那孩子動不動就哭，可真是個愛哭的傢伙呢)。

◊ 火のないところに煙は立たぬか、それはそうだ(無風不起浪，那可真是如此)。

◊ ロシア語が難しいか、まったくそうだ(俄語難學，的確如此)。

疑問詞＋か

用法 ①「か」是副助詞，接在疑問詞的後面。

✿ 表示不確定，不知道什麼。

◊ 教室にだれかいますか(教室裏有沒有人呢)？

◊ なにか食べたいです(我想吃點什麼)。

◊ 田中さんはどこかへ行ったようだ(田中先生好像去了什麼地方)。

◊ 何年か前にその本を読んだ(我幾年前看過這本書)。

用法 ②「か」是副助詞，接在「何＋數量詞」的後面。

✿ 表示有說不清楚的數量，總之數量不多，相當於漢語的「幾個 …」等。

◊ 今日の聴解試験で何か所か聞き取れなかった(在今天的聽力考試中，有幾個地方沒有聽出來)。

◊ きのう図書館で何冊かの本を借りてきた(昨天在圖書館借來了幾本書)。

◊ 今朝遅刻した学生は何人かいる(今天早晨有幾位學生遲到了)。

… か（副助詞）

用法 「か」是副助詞，接在名詞之間。

✿ 表示選擇其中之一，相當於漢語的「… 或 …」「要麼 … 要麼 …」「… 或

者…」。

◊ 土曜か日曜の夜なら都合がいい（星期六或星期天的晚上的話，我都沒問題）。

◊ 斎藤さんか後藤さん、ちょっと来てください（齊藤同學或者後藤同學來一下）。

◊ ジュースかビールを持ってきて（拿果汁或啤酒過來）。

…か…か…

用法 ①「か」是副助詞，可以接在名詞後面，也可以接在動詞句後面，形容詞原形多用正反含義的辭彙，形容動詞多用正反含義的詞幹。

✱表示兩者選一，相當於漢語的「…或…」「…或者…」「…還是…」。

◊ あなたか私かどちらかが間違っている（你我當中有一個錯了）。

◊ 生か死かの間際にまず人民の利益を思った（在生死關頭首先想到了人民的利益）。

◊ 買うかやめるか迷っている（買還是不買，拿不定主意）。

◊ カラオケに行くか飲み屋に行くかはやく決めてください（去唱卡拉OK還是去喝酒，請趕快定下來）。

◊ その雑誌はおもしろいかつまらないか、読んでみてください（請讀讀看那本雜誌有沒有趣）。

◊ このケーキがおいしいかまずいか、食べてみたら分かる（這種糕點好吃還是不好吃，嘗了就知道）。

◊ 体が健康か不健康かは、顔色によって判断できるだろう（身體健康還是不健康，根據臉色能看出來吧）。

◊ 交通が便利か不便かよく分からない（我不清楚交通方便不方便）。

用法 ②「か」是終助詞，接在句末，併列兩個疑問句。

✱表示選擇，相當於漢語的「…還是…呢」。

◊ これはホテルの鍵ですか、寝室の鍵ですか（這是旅館的鑰匙，還是寢室的鑰匙呢）？

◊ 動物園に行くか、植物園にいくか（去動物園，還是去植物園呢）？

◊ 道が遠いですか、近いですか（路程遠還是近呢）？

◊ 彼はピンポンが上手ですか、下へ手たですか（他乒乓球打得好還是不好呢）？

…か…ないか

用法 「か」是副助詞，「ない」是否定詞，接在動詞「ない」形、形容詞「く」形後面、形容動詞以「詞幹＋ではないか」的形式使用。名詞同形容動詞詞幹的接

續方法一樣。該句型第一個「か」前後為同一詞。

✽表示選擇，相當於漢語的「…還是不…」「…是不是…」。

◊来るか来ないかはっきり言いなさい（去還是不去，請說清楚）。

◊このスカーフは新しいか新しくないか分からない（我不知道這條方巾是不是新的）。

◊このレストランが高級か高級ではないか、そのインテリアで判断できる（這個飯店高級還是不高級，根據其內部裝飾就能判斷了）。

◊運動会の始まりは来週の金曜日か金曜日ではないか、責任者に聞けばわかるでしょう（運動會是不是在下週的星期五開始，問一下負責人就知道了）。

… が（格助詞）

用法 「が」是格助詞，接在名詞的後面。

✽① 表示動作的主體。

◊赤ちゃんが泣いている（嬰兒正在哭）。

◊これは私が書いたのです（這是我寫的）。

◊田中さんが聞いた問題は難しいね（田中同學問的問題挺難的呢）。

✽② 表示存在的主體。

◊部屋に学生がいる（房間裏有3個學生）。

◊寝室には電話がある（寢室裏有電話）。

◊黒板に字が書いてある（黑板上寫著字）。

✽③ 表示客觀描述。

◊鳥が鳴いている（小鳥在鳴叫）。

◊人が多い（人多）。

◊月が出た（月亮出來了）。

✽④ 表示情感、巧拙、可能、擁有、需要、感覺、希望等含義的對象語。

◊だれでも中華料理がすきなようだ（好像誰都喜歡中國菜）。

◊橋本さんはテニスが下手だよ（橋本君不擅長打網球）。

◊一人で自習ができる（一個人能自習）。

◊私は弟が一人ある（我有一個弟弟）。

◊私は辞書がほしい（我想要本字典）。

◊ちょっと寒気がする（感覺有點發冷）。

水が飲みたい（我想喝水）。

✽⑤ 在主謂詞組裏做主語。

◊ 象は鼻が長い（大象鼻子長）。

◊ 南京は夏がとても暑い（南京夏天很熱）。

◊ 木村さんは気が狭い（木村君心胸狹窄）。

疑問詞＋が

用法　「が」是格助詞，接在疑問詞的後面構成疑問句。

✽表示主語。

◊ これについてだれが知っていますか（關於這一點誰知道啊）？

◊ どこが銀行ですか（哪兒是銀行呢）？

◊ どのベッドが幸子さんのですか（哪張床是幸子同學的）？

… が（接續助詞）

用法　「が」是接續助詞，接在句末。

✽① 表示前後事項為順接關係，不需要翻譯。

◊ すみませんが、いま何時ですか（對不起，現在幾點了）？

◊ 失礼ですが、お幾つですか（對不起，請問你多大了）？

◊ 昨日は中山さんに会ったが、とても元気でした（我昨天遇見中山君了，他很精神）。

✽② 表示前後事項為逆接關係，相當於漢語的「但是」「可是」「不過」。

◊ 私は貧乏だが、とても幸福だ（我雖然貧窮，但是很幸福）。

◊ 走ったがバスに間に合わなかった（跑去了，可是沒有趕上汽車）。

◊ 薬を飲んだが、熱がまだ下がっていない（儘管服了藥，但熱還沒退）。

… かいがある

用法　「かい」是名詞，常常接在名詞加格助詞「の」和動詞過去式「た」後面，也可以接在連體詞「その」後面，或單獨作為慣用句使用。其否定式為「かいがない」。

✽表示該行為沒有白費，獲得預想的成效，相當於漢語的「有成效」「沒白費」「有回報」「有價值」。

◊ 努力のかいがあってやっと一位になった（沒有白努力，總算獲得了第一名）。

◊ こういう知らせなら待った<u>かいがあった</u>（如果是這樣的消息，沒有白等）。

◊ 彼には忠告しても<u>かいがなかった</u>（即使對他進行勸告也沒用）。

◊ みんなの至れり尽くせりの看病をした<u>かいもなく</u>彼はやはり息を引き取った（大家無微不至地看護也沒用，他還是撒手人寰了）。

◊ 仲を取り持とうとしたがその<u>かいがなかった</u>（本想從中調解，但沒有成效）。

… がいがある

用法　「がい」是接尾詞，接在動詞「ます」形後面。

✿表示這樣做有意義、有價值，相當於漢語的「值得…」「有價值」「有意義」。

◊ なにかやり<u>がいのある</u>仕事につきたい（我想找份值得一做的工作）。

◊ われわれは毎日生き<u>がいがある</u>生活を送るべきだ（我們每天都應該過著有意義的生活）。

◊ みんなおいしいと言ってくれるから、私は作り<u>がいがある</u>（大家都說好吃，因此我做起來值得）。

… か否か

用法　前後兩個「か」都是副助詞，「いな」是感嘆詞。該句型接在體言、形容動詞詞幹和動詞、形容詞的原形後面，是書面語。

✿表示對兩種不同狀態、行為進行選擇，相當於漢語的「是否…」「是…還是〈不〉…」「是不是…」。

◊ 明日は休校<u>か否か</u>、まだ知らない（還不知道明天是不是停課）。

◊ お客さんへの応対が丁寧<u>か否か</u>、アンケート調査で分かる（接待客人是否周到，透過民意調查就會明白）。

◊ これでいい<u>かいなか</u>、自信がない（這樣行不行，沒有把握）。

◊ 提案に賛成する<u>か否か</u>を表明すべきだ（對提案是否贊成，應該加以表明）。

… が（は）いやだ

用法　「が」是表示對象的格助詞，接在名詞後面，根據語氣的不同可以換成提示助詞「は」或「も」。「いやだ」是形容動詞，可以寫成「嫌だ」。該句型接在動詞後面時要將其體言化。

✿表示對前面所出現的事物或某種行為產生一種厭煩心理，相當於漢語的「討厭…」「不願意做…」「不喜歡…」。

◊ 私 はたばこの 煙 がいやだ(我討厭香菸的煙霧)。

◊ みんなは単 調 な仕事が嫌だ(大家不願意做單調的工作)。

◊ 彼は毎日レポートを書くのがいやだと言った(他說不喜歡每天寫學習報告)。

◊ 彼と一緒に仕事をするのは嫌だ(我不喜歡和他一起工作)。

… がきらいだ

用法 「が」是表示對象的格助詞,接在名詞後面,根據語氣的不同可以換成提示助詞「は」或「も」。「きらいだ」是形容動詞,可以寫成「嫌いだ」。該句型接在動詞後面時要將其體言化。如果表示程度之甚,可以用「… が大嫌いだ」的形式。

✿表示天性就不喜歡某物或不喜歡做某事,相當於漢語的「不喜歡 … 」「不愛 … 」。

◊ 木村さんは納豆が嫌いだそうだ(聽說木村先生不喜歡吃納豆)。

◊ わたしは小さい頃から人前に出るのが嫌いだ(我打小時候就不愛在人面前拋頭露面)。

◊ なにも 断 らずに他人の物に手を出すのは嫌いだ(我不喜歡一點招呼都不打就拿別人的東西)。

◊ エロ・グロ・ナンセンスの 小 説が大嫌いだ(我很不喜歡看低級趣味的小說)。

數量詞+がかり

用法 「がかり」是接尾詞,接在「人」「日」「時間」等含義的數詞後面。

✿表示做某動作花費了很多的人力、時間等很不容易,相當於漢語的「花了 … 」「用了 … 」「費了 … 」。

◊ 十 人がかりでやっとその 彫 刻像を運んでいった(10個人一起抬,才把那尊雕像搬走了)。

◊ 三日がかりで年賀 状 を書きおわった(花了3天的時間寫完賀年卡)。

◊ 六年間がかりの努 力 で、この実験に成功した(經過6年的努力,取得了這個試驗的成功)。

… が気になる

用法 「気になる」是慣用句,其對象用格助詞「が」表示。「が」可以直接接在體言後面,也可以接在詞團後面。當前面為用言時,要將其體言化。根據語氣的

不同「が」可以換成提示助詞「は」。

✿表示說話人擔心某事的出現或發生，相當於漢語的「擔心…」「對…放心不下」。

◊ 検査の結果が気になる（我擔心檢查的結果）。

◊ 長い間連絡を取らなかったので彼の安否が急に気になった（很長時間沒有聯繫了，我突然擔心他是否平安）。

◊ 試験に落ちるのが気になって、いらいらしている（因為擔心考試不及格而不安）。

◊ 任務が果たせるかどうかが気になってしかたがない（我非常擔心能否完成任務）。

◊ 交通の不便なのが気になる（我擔心交通不便）。

◊ 君が言ったことは全然気にならないわ（你說的事情，我一點兒都不擔心）。

… かぎり

用法 ①「かぎり」是動詞「かぎる」的名詞形式，可以寫成「限り」。它接在動詞原形的後面。

✿表示達到最高限度，相當於漢語的「竭盡」「儘量」「儘…」。

◊ できる限り手を貸しましょう（我儘可能幫助你吧）。

◊ 難民は持てる限りの荷物を持って国を逃れてしまった（難民們最大限度地拿著行李逃離了家園）。

◊ そこは見渡すかぎり桜の花だった（那裏是一望無際的櫻花）。

用法 ②接在「見る」「聞く」「知る」「調べる」等認知動詞的簡體後面。可以用「かぎりで」或「かぎりでは」的形式。

✿表示依據自己所了解、知道的範圍加以判斷，相當於漢語的「在…的範圍內」。

◊ 私の知る限り、あそこのマンションの家賃はとても高い（據我所知，那裏的公寓房租很貴）。

◊ 私の聞いている限りで、山田さんの結婚相手は田村さんではないということだ（我所聽到的是山田先生的結婚對象不是田村小姐）。

◊ 私が今まで調べた限りでは、このワクチン開発は世の中ではまだ空白だったようだ（據我此前的調查，這種疫苗的開發在世界上還是空白）。

用法 ③接在動詞原形和持續體後面。

✿表示在持續的期間裏，前項為條件的範圍，後項為在這種條件下的結果，相當於漢語的「只要…就…」。

◊ 生きている<u>限り</u>、あなたに不自由はさせません（只要我活著就不會讓你不如意）。

◊ 家にいる<u>かぎり</u>は安全だと思う（只要在家就覺得安全）。

◊ 学生である<u>限り</u>、よく勉強すべきだ（只要是學生就應該好好學習）。

用法 ④接在動詞否定式「ない」形後面。

✱表示在不發生的期間裏，前項為條件的範圍，後項為在這種條件下的結果，相當於漢語的「只要不…就…」。

◊ 地域の人々が協力<u>しない限り</u>暴力団追放は難しい（只要當地的人們不配合，就很難肅清暴力集團）。

◊ 謝<u>らない限り</u>許してやらない（只要不道歉，就不原諒他）。

◊ 今の法律が<u>変わらないかぎり</u>、結婚したら女性は主人側の姓を名乗らなければならない（只要當今的法律不變，結婚以後女性就必須姓男方的姓）。

用法 ⑤「かぎり」是接尾詞，接在體言後面。

✱表示限定，相當於漢語的「只限於…」「只有…」「以…為限」。

◊ 展覧会はきょう<u>限り</u>開いている（展覽會到今天為止）。

◊ この場<u>かぎり</u>の話だから、どうぞそのつもりで（這是在這裏說的話，所以請記住不要外傳）。

◊ 彼女は今夜<u>限り</u>の命だろう（她也許只有今天晚上的活命了）。

… かぎりなく … に近い

用法 「かぎりなく」是副詞，可以寫成「限りなく」。「に近い」接在體言後面。

✱表示某一事物十分接近另一個事物，相當於漢語的「十分相像」「很接近」等。

◊ このコートは<u>限りなく</u>皮<u>に近い</u>レザーだ（這件大衣是很接近皮的人造革）。

◊ その百ドル札は<u>限りなく</u>本物<u>に近い</u>偽物だ（那張假的100美元紙幣幾乎同真的一樣）。

◊ スミスさんの中国語の発音は<u>限りなく</u>中国人<u>に近い</u>（史密斯先生的中文發音與中國人十分相像）。

… かぎりだ

用法 「かぎり」是動詞「かぎる」的名詞形式，可以寫成「限り」。它接在形容詞「い」、形容動詞「な」的後面。

✱表示所達到的程度極高，相當於漢語的「無比…」「極為…」「…之極」。

◊ 嬉しい<u>かぎりで</u>、涙が出た(高興至極,流下了眼淚)。

◊ 異国で故郷のお土産をもらうと、懐かしい<u>かぎりだ</u>(在異國他鄉收到家鄉的特産,感到無比懷念)。

◊ 桜が満開していて、きれいな<u>かぎりだ</u>(櫻花盛開,極為漂亮)。

◊ この辺りは静かな<u>限りだ</u>(這一帶安靜之極)。

… かけ

用法　「かけ」是接尾詞,接在動詞「ます」形後面構成名詞。

✱表示事情沒有做完,相當於漢語的「沒…完」。

◊ 食事中、電話がかかってきたので彼は食べ<u>かけ</u>で席を立った(正在吃飯的時候來了電話,因此他沒有吃完就離開了座位)。

◊ 時間がないから、新聞を読み<u>かけ</u>にして家を出た(因為沒有時間了,所以報紙看了一半我就離開家了)。

◊ あの子は飲み<u>かけ</u>のジュースをテーブルに置いて出かけた(那孩子把喝了一半的果汁放在桌子上就出去了)。

… かける

用法　「かける」是接尾詞,接在動詞「ます」形後面,按照一段動詞活用。

✱表示動作剛開始或做了一半還沒有結束,相當於漢語的「剛開始…」「…了一半」「沒…完」。

◊ ちょうど本を読み<u>かけ</u>たら彼が入ってきた(剛開始看書,他就進來了)。

◊ 彼は言い<u>かけ</u>てまたやめた(他剛說了個開頭就又不說了)。

◊ 先生の事務室まで行き<u>かけ</u>たが戻ってきた(去老師辦公室走到一半就返回來了)。

◊ 手紙を書き<u>かけ</u>たままにしていた(信寫了一半就不寫了)。

… か見当がつかない

用法　「か」是副助詞,接在體言和用言的簡體形後面,與句中的疑問詞相呼應,表示疑問。「見当がつかない」是慣用說法。

✱表示對前面的事物難以預計,相當於漢語的「無法估計」「搞不清」「猜不透」「沒把握」等。

◊ 読んでいないと、何の内容<u>か見当がつかない</u>(不看看就搞不清是什麼內容)。

◊ 彼がいったい何を言い表そうしているかなかなか見当がつかない（他到底想要表達什麼，一點兒也猜不透）。

◊ 検査の結果がでなければ、どんな病気になったのか見当がつかない（如果檢查的結果不出來，就不知道得了什麼病）。

◊ この仕事はどうすればいいか見当がつかない（這項工作怎麼做好呢，沒有把握）。

… がこわい

用法　「が」是表示對象的格助詞，接在名詞後面，根據語氣的不同可以換成提示助詞「は」或「も」。「こわい」是形容詞，可以寫成「怖い・恐い」。該句型接在動詞後面時要將其體言化。

✽表示說話人害怕某物或某一事項的出現，相當於漢語的「我怕…」「我害怕…」。

◊ 私は犬が恐い（我怕狗）。

◊ 蛇が恐い人は多いようだ（好像怕蛇的人很多）。

◊ 先生に叱られるのがこわいですか（害怕受到老師的批評嗎）？

◊ 一人で夜道を歩くのはとても恐い（我怕一個人晚上在路上走）。

… かさもないと

用法　「か」是副助詞，接在動詞原形和體言後面。「さもないと」是接續詞，口語中常用「さもなければ」替換。

✽表示在兩者之間進行選擇，相當於漢語的「不是…就是…」「…要不然就…」。

◊ そんなことをするのは馬鹿かさもないと気違いだ（做那種事情的人不是傻子就是瘋子）。

◊ 肯定するかさもないと否定するか、はっきり言いなさい（不是肯定就是否定，請明說）。

◊ お茶を飲むかさもなければコーヒーを飲むかだ（喝茶，要不然就喝咖啡）。

… かしら

用法　「かしら」是終助詞，接在句末。名詞、副詞、形容動詞詞幹可以直接後續「かしら」。它為女性用語。

✽表示自言自語疑問的一種心情，需要靈活翻譯。

◊ 明日は雨が降る<u>かしら</u>(明天會不會下雨啊)。
◊ 彼が言ったのは本当<u>かしら</u>(不知道他說的是不是真的)。
◊ これ、誰の忘れ物<u>かしら</u>(這是誰遺忘的東西啊)。
◊ 一体どういうつもりなの<u>かしら</u>(對方到底是怎麼打算的呢)。
◊ この辺りは買物に不便<u>かしら</u>(這一帶買東西不方便吧)。

… がする

用法 「が」是格助詞。該句型接在和人的感官(聽覺、味覺、嗅覺、身體感覺)
有關的名詞後面。

✽表示說話者具有某種感覺,相當於漢語的「感到…」「感覺…」。
◊ 隣の部屋からピアノの音<u>がし</u>た(聽到隔壁房間彈鋼琴的聲音)。
◊ 変なにおい<u>がする</u>ね(聞到一種怪味)。
◊ この棗はちょっと酸っぱい味<u>がする</u>(這個棗子吃起來有酸味)。
◊ 朝から目まい<u>がし</u>ている(自早晨就感到頭暈)。

… が関の山だ

用法 「が」是表示主語的格助詞,接在體言或動詞名詞化後面。「関の山」是名
詞。

✽表示最大限度,相當於漢語的「充其量…」「頂多…」「至多…」。
◊ 今度の試験で六十五点<u>が関の山だ</u>(這次考試頂多65分)。
◊ 安月給では一家三人食べていくくらい<u>が関の山だ</u>(這麼低的工資充其量夠
一家三口糊口)。
◊ 一日一万円稼ぐの<u>が関の山だ</u>(一天至多掙一萬日元)。
◊ 私は歩くのが遅くて一時間に二キロ歩くの<u>が関の山です</u>(我走路慢,一小時
頂多走2公里)。

… かそれとも …(か)

用法 「か」是表示選擇的副助詞,接在體言、形容動詞詞幹、動詞和形容詞原形
的後面。「それとも」是接續詞。該句型多用於口語表達。

✽表示兩者選一,相當於漢語的「是…還是…」「要嘛…要嘛…」。
◊ 彼は日本人<u>かそれとも</u>韓国人<u>か</u>、私は知らない(我不知道他是日本人還是韓
國人)。

◊ 私が行くかそれとも君が来るかです（要嚜是我去要嚜是你來）。

◊ コーヒーですか、それとも紅茶にしますか（你要咖啡，還是紅茶）？

◊ 引き受けるべきかそれとも断るべきかわからない（我不知道是應該接受還是應該拒絕）。

… がたい

用法　「がたい」是接尾詞，接在動詞「ます」形下面構成形容詞，有時可以寫成「難い」。

✿表示自己感覺該動作很難做，相當於漢語的「很難…」「難以…」等。

◊ 両親の恩情は一生忘れ難いものだ（父母的恩情今生難忘）。

◊ 彼の気持ちはなかなか理解し難い（他的心情實在難以理解）。

◊ 日本が戦時中アジア諸国で理由もなくたくさんの平民を殺したことは、動かしがたい事実だ（日本在戰爭時期在亞洲各國無故殺害了許多平民，這是不可動搖的事實）。

… かたがた

用法　「かたがた」是接尾詞，接在動作性的名詞後面。

✿表示做某一動作時順便又做另一個動作，相當於漢語的「順便…」「借機…」「兼…」。

◊ 散歩かたがた図書館に寄ってみた（出去散步，順便去了趟圖書館）。

◊ 出張かたがた観光する（借出差的機會遊山玩水）。

◊ 一度お礼かたがたお伺いする（向您致謝，順便拜訪您）。

… が … だから

用法　「が」是格助詞，做主語。「だ」是斷定助動詞。「から」是接續助詞，表示原因。「が」前後應為同一個體言。「だから」可以用「で」「だし」等表示原因的詞語所代替。

✿表示一種負面評價的原因。

◊ 親が親だから、子供があんなふうに生意気になるのだ（父母都不以身作則，孩子當然會變得傲慢無禮）。

◊ 体が体だから、できるだけ刺激の食物を控えたほうがいい（畢竟身體不好，最好儘量控制刺激性的食物）。

◊ 年が年で、あちこちにがたが来る (年齡不饒人，渾身都是病)。

◊ もう時間が時間だし、今から行っても間に合わないだろう (時間已經不早了，即使馬上去也恐怕來不及了吧)。

… が … だけに

用法 「が」是格助詞，「だけに」是詞團。「が」前後應為同一個體言。

❀ 表示該事物與眾不同，從其性質考慮理所當然如此，相當於漢語的「正因為…所以…」「由於…所致，所以…」。

◊ このレストランの料理は、素材が素材だけに味も格別だ (這家飯館的飯菜正因為講究材料，所以味道很好)。

◊ この店は味がたいしたことはないが、場所が場所だけにいつも満員だ (這家店的味道並不怎樣，但是正因為其地點好，所以客人總是滿滿的)。

◊ その作品は、内容が内容だけに、よく人々に愛読されている (那部作品由於內容精彩，所以受到人們的喜愛)。

◊ 事情が事情だけに特例として許されるべきだ (正因為情況特殊，所以應該作為特例得到許可)。

… かたわら

用法 「かたわら」是名詞，接在體言加格助詞「の」和動詞的原形後面。

❀ 表示在做某一動作的同時還做另一件事，相當於漢語的「一邊…一邊…」「…同時還…」。

◊ 仕事のかたわら勉強する (一邊工作，一邊學習)。

◊ 商売のかたわら絵も描く (做生意的同時還作畫)。

◊ 鈴木さんは銀行員として勤めるかたわら、小説家としても文壇で活躍している (鈴木先生作為銀行職員工作的同時，還作為小說家活躍在文壇)。

◊ 佐藤さんは学校で勉強するかたわら、ボランティアとして外国人に日本語を教えている (佐藤同學一邊在學校讀書，一邊作為志願者教外國人日語)。

… がちだ

用法 「がち」是接尾詞，接在體言和動詞的「ます」形後面構成名詞，「ありがち」可作為形容動詞使用。該句型多用於負面評述。

❀ 表示經常會出現某種情況或容易去做某種行為，相當於漢語的「經常…」「總

是…」「帶有…傾向」「動不動…」「往往…」等。

◊ あの子は幼い頃から病気がちだった（那孩子打小時候就體弱多病）。

◊ 小林さんは留守がちなので、電話してもいないときが多い（小林先生經常不在家，所以即使打電話也多不在家）。

◊ 最近曇りがちの天気が続いている（最近老是陰天）。

◊ 彼女は泣きがちの子だよ（她可是一個愛哭的孩子啊）。

◊ それは少女にありがちな感傷に過ぎない（那只不過是少女常有的一種傷感）。

… ができる

用法　「が」是對象語，接在表示技能、語言等體言和帶有動作性的名詞後面。

✽表示具有某種能力，相當於漢語的「能夠…」「會…」「可以…」。

◊ 斎藤さんはギターができる（齊藤同學能彈吉他）。

◊ 私はテニスができる（我會打網球）。

◊ 安部さんはフランス語ができる（安部先生會法語）。

◊ 弟は一人で自習ができる（我弟弟一個人可以自習）。

… がてら

用法　「がてら」是接尾詞，接在動詞的「ます」形和帶有動作性的名詞後面。

✽表示在做某件事情的同時順便把其他事情也做了，相當於漢語的「順便…」「在…同時」「借…之便」。

◊ 買物がてら、その辺をぶらぶらしましょう（我們買東西時順便到那裏溜達溜達吧）。

◊ 散歩がてら、手紙を出しに行く（外出散步，順便去寄封信）。

◊ 見学に行きがてら資料を集める（去参觀的同時收集資料）。

◊ 友達を待ちがてら雑誌を読む（等朋友的同時看看雜誌）。

疑問句＋かというと

用法　「か」是表示疑問的副助詞，「というと」是詞團，可以用「といえば」代替。該句型接在帶疑問詞的前句末尾。

✽表示後項對前項的設問進行回答、解釋，相當於漢語的「要說…」「要問…」。

◊ なぜ遅れたのかというと、バスに間に合わなかったからだ（要說為什麼遲到

了，是因為沒有趕上公共汽車)。

◊ 今度の日曜日何をする<u>かというと</u>、友達と日帰り旅行にいくつもりだ(要問下週星期天做什麼，我打算和朋友一起去一日遊)。

◊ どんな季節が一番すきだ<u>かといえば</u>、秋だよ(要問最喜歡什麼季節，那就是秋天了)。

◊ どちらがおいしい<u>かといえば</u>、イチゴつきのケーキがおいしいと思う(要說哪一個好吃的話，我認為帶草莓的糕點好吃)。

… かどうか

用法　「かどうか」是一個詞團。前後兩個「か」都是副助詞，「どう」是表示疑問的副詞。該句型接在體言、形容動詞詞幹和動詞、形容詞的原形後面。

✿表示對兩種不同狀態、行為進行選擇，相當於漢語的「是否…」「是…還是〈不〉…」「是不是…」。

◊ 彼が日本人<u>かどうか</u>は知らない(不知道他是不是日本人)。

◊ あの機械の操作が便利<u>かどうか</u>、青木さんに聞けば分かる(那台機器操作是否便利，你問一下青木先生就知道了)。

◊ その鞄が高い<u>かどうか</u>、当ててみなさい(請猜猜，這個包貴不貴)。

◊ 登山に行く<u>かどうか</u>教えてください(請告訴我去不去爬山)。

… かと思うと

用法　①「か」是表示不定的副助詞，「と」是格助詞，表示「思う」的內容。其後的「と」是接續助詞。該句型接在動詞的原形後面。

✿表示聯想到什麼事情就自然會產生某種情感，相當於漢語的「一想到…就…」。

◊ まもなく十年ぶりの友達に会える<u>かと思うと</u>、興奮している(一想到馬上就要見到闊別10年的朋友，就感到興奮)。

◊ 試験に落ちる<u>かと思うと</u>、悲しくなる(一想到考試會不及格就感到悲傷)。

◊ 質問される<u>かと思うと</u>、嫌になる(一想到要被提問，就厭惡起來)。

用法　②該句型接在體言、動詞的原形和持續體後面，可以用「と思えば」代替。

✿表示現實的情況與預想的結果相反，相當於漢語的「本以為…結果卻…」「原以為…可…」

◊ 今年は冷夏<u>かと思うと</u>、猛暑で毎日うだるような暑さだ(原以為今年是涼

夏，但每天卻酷熱難耐）。

◊ 彼は出張するかと思うと、家にいる（以為他會出差，結果卻在家）。

◊ 彼は勉強しているかと思うと、マンガを読んでいる（本以為他在學習，卻在看漫畫）。

用法　③該句型接在動詞的「た」形後面，可以用「と思ったら」代替。

❀表示兩個對比的事情幾乎在同時出現，相當於漢語的「剛…就馬上…」。

◊ 横になったかと思うと、もう眠っている（剛躺下就已經睡著了）。

◊ 空が暗くなったか思うと、雨が降り出した（天空剛暗下來就下起雨了）。

◊ あの子はさっきまで泣いていたかと思ったら、もう笑っている（那個孩子剛才還在哭，現在又笑了）。

… かと思うほど

用法　「か」是表示不定的副助詞，「と」是格助詞，表示「思う」的內容。「ほど」是表示程度的副助詞。該句型接在簡體句後面。

❀表示讓人感到程度之甚，相當於漢語的「讓人覺得幾乎要…」。

◊ その人のあいさつは永遠に終らないのかと思うほど長いものだった（那個人的致辭長得讓人感到完不了似的）。

◊ いつ休めるのだろうかと思うほど忙しい（忙得不知道什麼時候才能休息）。

◊ 死ぬんじゃないかと思うほど苦しかった（痛苦得幾乎覺得要死了）。

… かと思えば … も

用法　「か」是表示不定的副助詞，「と」是格助詞，表示「思う」的內容。「思えば」是「思う」的假定形式。「も」是副助詞，表示添加。該句型接在動詞的原形後面。

❀表示對比的兩個事物共存，相當於漢語的「既有…又有…」「有…也有…」。

◊ クラスには真面目に勉強している学生がいるかと思えば、遊びふけっている學生もいる（班上既有認真學習的學生，也有貪玩的學生）。

◊ 一日原稿用紙に向かっていても一枚も書けない日もあるかと思えば、一気に数十枚も書ける日もある（既有一天對著稿紙寫不出一頁的日子，也有一口氣寫出數十頁的日子）。

◊ 冬では葉が全部落ちた木があるかと思えば、まだたくさん残っている木もある（在冬季，有葉子落光的樹木，也有枝葉繁茂的樹木）。

… かな（あ）

用法 「かな」是終助詞，接在句末簡體形後面。在拉長尾音時變成「かなあ」。

✿表示說話者自言自語地抱有一種疑問或懷疑的態度，有時表示一種希望的心情，需要靈活翻譯。

◊ どうしたのかな（怎麼搞的嘛）。

◊ 今日は雨が降るかな（今天會下雨吧）。

◊ これでいいじゃないかな（這樣難道不行嗎）？

◊ 夏休みがはやく来ないかなあ（暑假還不快點來啊）。

… か … ない（かの）うちに

用法 「か」是表示不定的副助詞，接在動詞的原形或「た」形後面，其前後為同一個動詞。前面的動詞為肯定式，後一個動詞為否定式。其中「かの」可以省略。

✿表示前項動作剛一發生還沒有結束時就出現了後項的動作，相當於漢語的「剛一 … 就 …」「還沒 … 就 …」。

◊ 汽車が止まるか止まらないかのうちに、彼はホームに飛び降りた（火車還沒有停穩，他就跳到了站台上了）。

◊ 子供は「お休みなさい」と言ったか言わないかのうちに、もう眠ってしまった（孩子說「晚安」，話音未落就已經睡著了）。

◊ この頃、うちの会社では一つの問題が解決するかしないうちに、次々と新しい問題が起こってくる（最近，我們公司一個問題還沒有解決，就不斷出現新的問題）。

◊ うちの子はいつもご飯を食べるか食べないうちにテレビを見ている（我家的小孩子總是在剛一吃飯還沒有吃完時就看電視）。

… か … ないかに

用法 「か」是表示不定的副助詞，接在動詞的原形後面，其前後為同一個動詞。前面的動詞為肯定式，後一個動詞為否定式。後項一般用過去時結句。

✿表示前後兩個動作緊密銜接地出現，相當於漢語的「剛要 … 就 …」「剛一 … 就 …」。

◊ 外出するかしないかに友達からの電話がかかってきた（剛要外出，朋友的

電話就打来了）。

◊ 試合が始まるか始まらないかに雨が降りだした（比賽剛一開始，就下起雨來了）。

◊ 席につくかつかないかに演出が始まった（剛落座，演出就開始了）。

必ずしも … とは言えない

用法　「必ずしも」是副詞。「とは言えない」的「と」是格助詞，表示「言う」的內容，「は」加強否定語氣，「言えない」是可能態動詞「言える」的否定式。它接在簡體句的後面。

✿表示對該事物未必能如此斷言，相當於漢語的「不一定就能說 …」「不能斷言 …」「未必就能說 …」。

◊ 日本人は必ずしも誰でも礼儀正しいとは言えないだろう（不一定就能說日本人誰都懂禮貌）。

◊ 彼が言ったことは必ずしも全部本当だとは言えない（不能斷言他所説的話全部是真的）。

◊ 天気予報が必ずしも当たるとは言えない（未必就能說天氣預報一定準確）。

必ずしも … ない

用法　「必ずしも」是副詞，和否定式謂語相呼應。

✿表示某種道理並不是時時都適用，相當於漢語的「不一定 …」「未必 …」。

◊ おいしい物は必ずしも養分が多いというわけではない（好吃的東西不一定營養多）。

◊ 金持ちは必ずしも幸せではない（有錢未必幸福）。

◊ 値段が高いものは必ずしも質がいいものではない（價格高的東西未必就是品質好的東西）。

… かねない

用法　「かねない」是接尾詞，接在動詞「ます」形後面。

✿表示具有出現不好事態的可能性，相當於漢語的「很有可能 …」。

◊ こんな大雨では交通事故が起こりかねない（這麼大的雨，可能會發生交通事故）。

◊ あの人は目的を達するためにどんなことでもしかねない男だ（他是一個為

達目的什麼都可能做出來的人)。

◊ 風邪は油断で大きな 病 気になりかねない(感冒不注意很可能會轉成大病的)。

… かねる

用法 「かねる」是接尾詞,接在動詞「ます」形後面構成複合動詞。

✽ 表示這樣做有困難,從心理上產生一種抵觸情緒,相當於漢語的「不能 … 」「難以 … 」「不好意思 … 」。

◊ 残念ながら、その仕事は引き受けかねる(很遺憾,這工作不能接受)。

◊ 今のお気持ちは 私 にはなかなか理解しかねる(我很難理解你現在的心情)。

◊ みんなの前で自分の作文を読みかねる(不好意思在大家面前讀自己的作文)。

… かのようだ

用法 「か」是表示不定的副助詞,「ようだ」是比況助動詞。該句型接在名詞、用言的簡體形後面。做狀語時,用「かのように」的形式,做定語時用「かのような」的形式。

✽ 表示感覺眼前的事物就好像其他一樣,相當於漢語的「好像 … 一樣」「就像 … 似的」「似乎」。

◊ 四月になって雪が降るなんて、まるで冬が戻ってきたかのようだ(到了4月還下雪,簡直就像冬天回來了似的)。

◊ 辺りは一面霧に包まれ、別世界にいるかのようだ(周圍被霧氣籠罩著,就像在另一個世界一樣)。

◊ 山本さんはその写真を 宝 物か何かのように大切にしている(山本先生如獲珍寶似的珍惜著那張照片)。

◊ 本当は 見たこともないのに、いかにも自分の目で見てきたかのように話した(實際上根本沒有看到過,卻說的像親眼看見過一樣)。

◊ そのことについてよく知っているのに、彼は何も知らなかったかのような顔をしている(那件事情他十分清楚,卻裝作一副好像什麼也不知道的神態)。

◊ 極楽にいるかのような 幸 せな気分だなあ(感到就像在天堂裏一樣幸福啊)。

… が早いか

用法 「が早いか」是一個詞團,起接續助詞的作用。它常接在動詞的原形後面。

✽ 表示前項和後項幾乎在同一個時間裏發生,相當於漢語的「剛一 … 就 … 」。

◊ 金を受け取るが早いか彼は部屋を飛び出した (他剛一拿到錢就跑出了房間)。
◊ あの子は学校から帰るが早いか鞄を放り出して遊びに出てしまう (那孩子從學校剛一回來就會放下書包出去玩)。
◊ 小川さんはジョッキをつかむがはやいか一気に飲み干した (小川先生抓起大啤酒杯，就一口氣喝乾了)。

… がみえる

用法 「が」是表示對象的格助詞，「見える」是自動詞。該句型接在體言和動詞形式體言的後面。

✱表示自然看到某物或某種現象的發生，相當於漢語的「看到…」「看得見…」。
◊ 窓を開けると、富士山がはっきり見える (打開窗戶，就能清楚地看到富士山)。
◊ 木の上の方に鳥の巣が見える (看到樹上有個鳥窩)。
◊ 飛行機が青空を飛んでいるのが見える (看得見飛機在藍天飛翔)。

… かもしれない

用法 「かもしれない」是一個詞團，可以寫成「かも知れない」，接在體言、形容動詞詞幹和動詞、形容詞的簡體形後面，常用於結句。其敬體是「かもしれません」。

✱表示說話人對事物具有一種不確定的判斷，相當於漢語的「或許…」「說不定…」「也許…」「沒準…」。
◊ 今週の土曜日は休みかも知れない (這週六有可能休息)。
◊ 坂本さんは野球が得意かもしれない (也許坂本同學擅長打棒球)。
◊ この店のものは安いかもしれない (也許這個店的東西便宜)。
◊ あの人は承知を忘れたのかも知れません (或許他已忘記了了承諾)。
◊ 急行に間に合うかも知れないと思って走った (我想也許趕得上特快就跑了起來)。

… がもとで

用法 「が」是做主語的格助詞，「もと」是表示原因含義的名詞，「で」是表示原因的格助詞。該句型接在體言或形式體言後面。

✱表示主語是造成後項結果的原因，相當於漢語的「由於…」「是…的原因」。
◊ 風邪がもとで肺結核を起こした (感冒引發了肺結核)。

◊ 過労がもとで病気になった(由於過渡勞累而生病)。

◊ 酒を飲みすぎたのがもとで死んでしまった(因飲酒過量而死亡)。

… かもわからない

用法 ①「かもわからない」是一個詞團,可以寫成「かも分からない」,接在體言、形容動詞詞幹和動詞、形容詞的簡體形後面,常用於結句。

✿表示說話人的一種不確定的推測,相當於漢語的「有可能…」「說不定…」。

◊ あの人は韓国人かもわからない(他也許是韓國人)。

◊ あした雨が降らないかも分からない(明天可能不會下雨)。

◊ この魚は新鮮かも分からない(說不定這種魚新鮮)。

用法 ②「かもわからない」是一個詞團,可以寫成「かも分からない」,接在帶有疑問詞表達句式的後面,常用於結句。其敬體是「かもわかりません」。多用於應該知道卻不知道的場合。

✿表示不僅其他就連這個事情也不清楚,相當於漢語的「就連…都不清楚」「甚至連…也不知道」「連…都不明白」。

◊ 先生が何について話しているかも分からない(就連老師講的是什麼內容都不清楚)。

◊ 彼がいったい誰だかも分からない(連他到底是誰我都不知道)。

◊ あの人が何という名前かもわかりません(我甚至不知道他叫什麼名字)。

… がやっとだ

用法 「が」是做主詞的格助詞,「やっと」是副詞,斷定助動詞「だ」是現在時和將來時,過去時用「だった」。該句型接在具有動作性的名詞、動詞形式體言和副助詞後面。

✿表示好不容易實現某種情況,相當於漢語的「勉強…」「好不容易…」。

◊ 安月給で食べるだけがやっとだ(靠低工資勉強糊口)。

◊ 腰がたいへん痛いが、通勤がやっとだった(腰很痛,還勉強上了班)。

◊ 友達から入場券を二枚手に入れるのがやっとだった(從朋友那裏好不容易得到了兩張入場券)。

… から(原因)

用法 「から」是接續助詞,接在活用詞敬體或簡體後面。作為結論的後項可以用

命令、勧誘、推量、希望、意志等結句。

✽ 表示主觀上認為動作或作用發生的原因和理由，相當於漢語的「因為 … 所以 … 」「由於 … 」「因 … 」。

◊ 寒いから、まどを閉めてください（因為冷，所以請把窗戶關上）。

◊ 雨が降っていますから、行きたくない（正下著雨，所以不想去）。

◊ 今日は日曜日だから、銀座はたいへんな人出です（今天是星期天，所以逛銀座大街的人很多）。

◊ あまり好きではありませんから、買うのを止めました（因為不太喜歡，所以我就沒買）。

◊ よく知らないから、聞いてみよう（因為不太清楚，所以要問問看）。

◊ 交通が不便ですから、行かないほうがいいです（因交通不便，還是不去為好）。

… から

用法 「から」是格助詞，接在體言的後面。

✽① 表示時間、空間、場所的起點，相當於漢語的「從 … 」。

◊ 会議はごご三時から始まる（會議從下午3點開始）。

◊ 朝早く駅から出発すれば夜戻ることができる（早晨早些從車站出發的話，晚上能返回來）。

◊ 私はインドから来たものです（我來自印度）。

✽② 表示動作的主體、順序、起點等，相當於漢語的「由 … 」「從 … 」。

◊ 私からやりましょう（由我來做吧）。

◊ その話は田村さんから聞いたのだ（那件事是從田村那裏聽說的）。

◊ 母から小包をもらった（我收到了母親的包裹）。

✽③ 表示抽象事物的起點、出處等，相當於漢語的「從 … 」。

◊ 心から感謝する（從心裏表示感謝）。

◊ 失敗から教訓を汲み取る（從失敗中吸取教訓）。

◊ 家庭の雑事から解放された（從家庭瑣事中解放出來）。

✽④ 表示材料、成分，相當於漢語的「用 … 」「以 … 」等。

◊ 米から酒を造る（用米釀酒）。

◊ この繊維は石油から作る（這種纖維由石油製成）。

◊ 彼はさまざまな体験からこの手記をまとめ上げた（他把各種體驗彙集在這本手記裏）。

✽⑤表示原因、理由、根據，相當於漢語的「因為…」「根據…」等。

◊ 松本さんは過労から病気になった（松本先生因過渡勞累而生病了）。

◊ あまりの恐怖から口がきけなかった（由於太恐怖，嚇得目瞪口呆）。

◊ 好奇心からその部屋をのぞいた（出於好奇心而窺視了那個房間）。

✽⑥表示被動語態中的動作者，相當於漢語的「受」「被…」「為…所…」。

◊ 学生は先生から褒められた（學生受到老師的表揚）。

◊ 演出は観衆から大いに歓迎された（演出大受觀眾的歡迎）。

◊ 小学生が中学生からいじめられた事件はよくある（小學生被中學生欺負的
事情常常發生）。

✽⑦表示數量的範圍，相當於漢語的「起碼…」「在…以上」。

◊ 今度の交通事故で三十二人からの死傷者は出た（在這次的交通事故中起
碼有32名死傷者）。

◊ この時計は四千円からするだろう（這支錶大概4000日元以上吧）。

◊ この川は深いところが八メートルからあるそうだ（聽說這條河深的地方有8
公尺以上）。

✽⑧表示順序，相當於漢語的「從…起」。

◊ さて、何から話し始めようか（可是，從哪裏講起呢）?

◊ 右から三番目の部屋は事務室だ（從右邊起第三個房間是辦公室）。

◊ 発音から習いましょう（從發音開始學吧）。

…からある

用法　「から」是格助詞。該句型接在數量詞後面。當表示價值時，動詞「ある」
可以用「する」代替。做定語時，還可以用數量詞加「からの」的形式。

✽表示強調數量之多，相當於漢語的「足有…之多」。

◊ 四十階建てからある高層ビルが新しく建てられた（新建了一座足有40層的高
層大廈）。

◊ 私はその目で二メートルからある蛇を見たことはない（我沒有親眼看見過
足有兩公尺長的蛇）。

◊ この陶器は今では貴重で小皿が一枚で十万円からしている（這種陶器現
在很貴重，一個小碟子都價值10萬日元）。

◊ エレベーターが故障していたので、彼は二十キロからの荷物を背負って八階
まで階段を登った（由於電梯出故障，他背著20多公斤的行李爬上8樓的樓梯）。

…から言うと

用法 「から」是格助詞，「と」是接續助詞。該句型接在體言後面，可以用「から言えば」置換。

✱表示站在某一立場上加以評判，相當於漢語的「從…來說」「從…來看」。

◊ 性格からいうと、双生児の弟は私とまったく違っている（從性格方面來說，雙胞胎弟弟和我完全不同）。

◊ 先生の見方から言うと、私のやり方は正しくないかもしれない（從老師的觀點來看，我的做法也許是不對的）。

◊ 設備条件から言えば、このホテルは一番いい（從設備條件來看，這個旅館是最好的）。

◊ 民主主義の原則から言えば、これは問題がない（從民主主義的原則來看，這是沒有問題的）。

…から言って

用法 「から」是格助詞，「言って」是「言う」的連接式。該句型接在體言後面。

✱表示判斷的依據，相當於漢語的「依…來看」「從…來看」。

◊ あの態度から言って、彼女は引き下がる気はまったくないようだ（依她的態度來看，她絲毫沒有退讓的意思）。

◊ 彼の主張からいって、みんなの意見に反対するのだった（從他的主張來看，是反對大家的意見）。

◊ その口ぶりから言って、彼はもうその話をよく知っているだろう（依照他的口氣來看，他或許已經十分清楚那件事情了）。

…から言っても…から言っても

用法 兩個「から」都是表示起點的格助詞。該句型接在體言後面。

✱表示說明事物從兩個方面或角度來看都是如此，相當於漢語的「無論從…來說，還是從…來說，都…」。

◊ 経済から言っても軍事から言ってもアメリカは世界でとても強いものだ（無論從經濟來說，還是從軍事來說，美國都是世界上很強的國家）。

◊ ここは交通から言っても買物から言ってもなかなか不便だ（這裏無論從交通來說還是從購物來說都很不方便）。

◊ この国は農産物から言っても水産物から言っても豊かだ（這個國家無論從農產品來說，還是從水產品來說都很豐富）。

… からこそ

用法　「から」是表示原因的接續助詞，「こそ」是表示強調的副助詞。該句型接在活用詞的簡體形後面。結句多為「のだ」的形式。

✿ 表示強調原因或理由，相當於漢語的「正因為 … 才 … 」。

◊ あなただからこそ、いちいち話すのだ（正因為是你，我才詳細告訴你的）。

◊ 努力したからこそ成功したのだ（正因為努力了，才獲得了成功）。

◊ とても忙しいからこそ時間を有効に使うわけだ（正因為很忙，才要有效地使用時間）。

◊ よく知っているからこそ、なにも知らないふりをするのだ（正因為很清楚，才裝作什麼也不知道的）。

… からして / … からすると / … からすれば

用法　「から」是表示起點的格助詞，「して」是「する」的連接式，與「すると」「すれば」的用法一樣，都是接在體言後面。

✿ 表示說話者對事物做出判斷或評價的依據，相當於漢語的「從 … 來說」「從 … 來看」。

◊ あの口ぶりからして、彼はもうその話を知っているようだ（從他的口氣來看，他好像已經知道這件事了）。

◊ あの態度からして、彼は招待を引き受けるはずだ（從他的態度來看，他應該會接受邀請的）。

◊ 普通の常識からすると、この行為は許せない（從一般常識來說，不會允許這種行為的）。

◊ あの人の提案からすれば、実施するのは可能だ（從他的提案來看，是可實施的）。

… からして

用法　「から」是表示起點的格助詞，「して」是「サ變」動詞「する」的連接式。該句型接在體言後面。結句多為消極含義的。

✿ 表示舉出極端或典型的事例，相當於漢語的「就連 … 都 … 」。

◊ 食べ物からして南方と北方との習慣はまったく違う（就連吃的東西，南北

方的習慣都不完全一樣)。

◊ 私 はあの人が好きではない。その話し方からしていやだ (我不喜歡那個人。 就連他的講話方式都討厭)。

◊ この店の雰囲気は気にいらない。流れてくる音楽からして私の好みではな い (我不喜歡這個商店的氣氛。就連它播放的音樂都不是我喜歡的)。

…からといって / …からって / …からとて

用法 ①「から」是表示原因的接續助詞,「と」是表示內容的格助詞。「いって」 是「いう」的連接式。「からって」是口語,「からとて」是書面語。結句多為否 定或消極含義的表達。該句型接在活用詞的簡體形後面。

✿表示說話人的一種判斷或評價,一般依據前項無法做出正確的判斷,相當於漢 語的「不能僅因為…就…」。

◊ 相手が子供だからといってばかにしてはいけない (不能僅因為對方是小孩子 就瞧不起)。

◊ 野菜がきらいだからといってぜんぜん食べないねけにはいかない (不能僅因 為討厭蔬菜就一點兒都不吃)。

◊ 安いからってたくさん買う必要はない (沒必要因為便宜就買很多)。

◊ ここ二、三日学校に来ないからとて病 気だとは言えない (不能僅因為這兩 三天沒有來學校就說他生病了)。

◊ アメリカに住んでいたからとて英語がうまいとは限らない (不一定在美國住 過就英語好)。

◊ 大学 教 育を受けるからとて必 ずしも 教 養がない (不能僅因為受到大學教 育就認為教養好)。

用法 ②該句型接在活用詞的簡體形後面。結句部分多為積極含義的表達。

✿表示轉述或引用別人陳述的理由,相當於漢語的「說是因為…」。

◊ 読書が好きだからといって、山田さんは暇があると本を読む (說是因為喜歡 讀書,所以山田一有空就讀書)。

◊ 用事があるからといって彼は先に帰った (說是因為有事,他就先回去了)。

◊ もう手に入っているからって、彼女は買わなかった (說是因為已經有了,她 就沒有買)。

◊ 資源に乏しいからとて政府は有効に利用すべきだと国民にアピールした (說 是因為資源匱乏,政府就向全民呼籲應該有效地利用)。

… から（より）なる / … から（より）できる

用法 「から」和「より」都是表示要素、材料的格助詞，在此可以互換使用。「なる」同「できる」所表示的含義一樣，多用其持續體的形式。該句型接在體言後面。 ✿表示事物的構成或組成，相當於漢語的「由…構成」「由…組成」。

◊ このお酒は米からなっている（這種酒由大米釀造）。

◊ 審査委員会は五名の委員よりなっている（審查委員會由5名成員組成）。

◊ 水は水素と酸素からできている（水由氫和氧構成）。

◊ その長編小説は上中下三冊よりできている（那本長篇小説分上中下三冊）。

… から … にいたるまで

用法 「から」是表示起點的格助詞，「にいたるまで」是表示終點的詞團，其中「に」是表示到達點的格助詞，「いたる」是五段自動詞，可以寫成「至る」。「から」和「に」前面都為體言。該句型多用作書面語。

✿表示時間、空間的範圍，相當於漢語的「從…到…」。

◊ 来年の一月から三月にいたるまでずっとカナダにいるつもりだ（我打算明年1月到3月一直待在加拿大）。

◊ 社長から一社員に至るまでは会社の発展のためにがんばっている（從總經理到普通職員都在為公司的發展拼搏著）。

◊ ここから箱根に至るまで道路が閉鎖された（從這裏到箱根的道路都被封閉了）。

… から … にかけて / … から … へかけて

用法 「から」是表示起點的格助詞，「にかけて」是一個詞團，其中「に」是表示到達點的格助詞，可以用表示方向的格助詞「へ」代替。在表示時間上具有一定的間歇性。

✿表示時間或空間的範圍，相當於漢語的「從…到…」。

◊ 朝五時から午後十時にかけて四回ほど有感地震が起こった（從早晨5點到晚上10點發生了4次有感地震）。

◊ 九州から北海道にかけて台風に見舞われた（從九州到北海道都受到了颱風的襲擊）。

◊ 今日から週末へかけて雨が降るだろう（從今天到週末恐怕都要下雨的）。

◊ ここからあの寺へかけての道は遠くない（從這裏到那寺院的路程不遠）。

… からには

用法 「からには」是詞團，接在名詞、形容動詞詞幹加「である」以及形容詞和動詞的簡體形後面，常後續命令、請求、決心、義務等含義的句子，可以同「からは」置換。

✽表示前項既然成立，後項就應在此基礎上採取相應的行動，相當於漢語的「既然…就…」。

◊ 君がそう言うからには間違いあるまい（既然你這麼說就不會有錯）。
◊ 約束したからには守るべきだ（既然約好了，就應該遵守約定）。
◊ 欲しいからには自由に取ってください（既然想要，就請隨便拿吧）。
◊ 好きであるからには、やりましょう（既然喜歡就去做吧）。
◊ 学生であるからにはよく勉強しなさい（既然是學生，就請好好學習）。
◊ 引き受けたからは責任があるのだ（既然接受了，就有責任）。

數量詞+からの

用法 「から」是表示數量的格助詞。該句型接在數量詞後面。格助詞「の」後接體言。

✽表示超出某一數量，相當於漢語的「…以上」「…多」。

◊ 我がクラスには十名からの聴講生がいる（我們班上有10多名旁聽生）。
◊ この会社は千万元からの借金があるので、倒産した（這個公司有1000萬元以上的外債，所以倒閉了）。
◊ 一気に百階からの階段を登ることができる（能一口氣登100多層的樓梯）。

… からの

用法 「から」是表示起點等含義的格助詞，格助詞「の」在此代替某個動詞。該句型前後接的都是體言。

✽表示不同動詞含義的簡略說法。翻譯時需要靈活。

◊ 先生からのアドバイスをよく聞きなさい（好好聽聽老師給的忠告）。
◊ 京都大学からのアメリカの留学生は日本語スーピチコンテストで一等賞をもらった（來自京都大學的美國留學生在日語演講比賽中獲得了第一名）。
◊ 私からのプレゼントはこれだ（我送的禮物是這個）。

… から … へと

用法 「から」是表示起點的格助詞,「へ」是表示方向的格助詞,「と」是表示結果的格助詞。「から」和「へと」前後都接體言。

❀表示從一種狀況向另一種狀況轉化,相當於漢語的「由 … 成為」「由 … 到 … 」。

◊ 馬車から自動車へと変わってきた(從馬車變為了汽車)。

◊ 財政の収入は二年前の二億円から今年の八億円へと四倍に増えた(財政收入由2年前的2億日元增加了4倍,達到了8億日元)。

◊ 日本は戦前自動車の輸入国から戦後自動車の輸出国へと発展してきている(日本已經由戦前的汽車進口國發展成為戦後的汽車出口國)。

… から … まで

用法 「から」是表示起點的格助詞,「まで」是表示終點的格助詞,它們都接在體言後面。

❀表示時間、空間、距離等範圍,相當於漢語的「從 … 到 … 」。

◊ 大阪から奈良まで道が遠くない(從大阪到奈良路程不遠)。

◊ 毎晩七時から九時まで教室で自習している(每天晚上7點到9點在教室自習)。

◊ 子供から大人まで楽しめる番組はある(有從孩子到大人都能看的節目)。

… から見て / … から見ると / … から見れば

用法 「から」是表示依據的格助詞,「見て」可以置換成「見ると」「見れば」。該句型接在體言後面。

❀表示判斷、思考的依據,相當於漢語的「從 … 來看」「依 … 看來」。

◊ 結果から見てやることもやらないことも同じだ(從結果來看,做與不做都一樣)。

◊ 顔つきから見てこの夫婦はよく似ている(從長相看,這對夫婦很像)。

◊ 私から見ると、この計画は無理だ(依我看來,這個計畫不可行)。

◊ 敬語の使い方から見るととても複雑だ(從敬語的使用方法來看特別複雜)。

◊ 親の目から見れば、私は永遠に大きくなれない子供だ(在父母看來,我永遠是長不大的孩子)。

◊ イスラム教から見れば、このような格好は許せない（在伊斯蘭教看來，這種裝束是不允許的）。

… からも … からも

用法　「から」是表示出處、依據的格助詞，「も」是表示併存的副助詞。它們都接在體言後面。

✿表示無論從哪一方面對事物做出判斷，結果都如此，相當於漢語的「無論從…還是從…來看，都…」「從…從…來看，都…」。

◊ 学歴からも経験からも鈴木さんはこの役にふさわしい候補者だ（無論從學歷還是經驗來看，鈴木先生都是適合這一職務的候選者）。

◊ 前からも後ろからも人がたくさん集まっている（無論是前面還是後面都聚集了很多人）。

◊ 気候からも地形からもこの国は自然に恵まれている（這個國家從氣候、從地形上來看，都受到了自然的恩惠）。

… から … を守る / … を … から守る

用法　「から」是表示出處、由來的格助詞，接在具有消極含義的體言後面。表示對象語的格助詞「を」前面也為體言。

✿表示保護人身、財物、資源等免遭其他傷害，相當於漢語的「保衛…免遭…」「保護…免受…」。

◊ 敵の侵略から国を守る（保衛國家免遭敵人的侵略）。

◊ 危害から身を守る（保護身體免遭危害）。

◊ サングラスをかけて日光から目を守る（戴上墨鏡，保護眼睛免受陽光的侵害）。

かりに … ても

用法　「かりに」是表示假設的副詞，可以寫成「仮に」。「ても」是接續助詞，接在動詞的「て」形和形容詞「く」形後面。名詞和形容動詞詞幹後接「でも」。

✿表示逆接的假定條件，相當於漢語的「即使…也…」「即便…也…」。

◊ かりに明日は雪になっても出発する（即使明天下雪也出發）。

◊ かりに間違ってもあの人と口をきくのではないぞ（即使錯了也不要和他說話）。

◊ 仮に悲しくても泣きはしない（即便悲傷也不哭泣）。

◊ 仮に頭がよくても、成功するとは限らない (即便聰明也未必成功)。

◊ かりに暇でも、魚釣りに行きたくない (即便有空也不想去釣魚)。

◊ かりにきらいでもやりなさい (即使不喜歡也要做)。

かりに … としても

用法　「かりに」是表示假設的副詞，可以寫成「仮に」。「としても」是詞團，接在動詞「た」形、形容詞和形容動詞原形、名詞加「だ」形的後面。

✿表示逆接的假定條件，強調在一般情況下不會出現的事物而假設它出現，相當於漢語的「假設 … 也 …」「假定 … 也 …」「即便 … 也 …」。

◊ かりに手術で命が助かったとしても、一生寝たきりの生活となるだろう (即便做了手術可以得救，恐怕一輩子也都要躺在床上不能自理)。

◊ 仮に目が見えないとしても按摩を習わない (假設眼睛看不見也不學按摩)。

◊ かりに君の言うことが事実だとしても弁解の理由にはならない (假定你說的是事實也不能成為辯解的理由)。

◊ かりに私が君だとしても、そんなことはやらない (假設我是你，也不會那麼做的)。

◊ 仮にこの皮のコートがやすいとしても、私は決して買わない (假使這件皮大衣便宜，我也決不會買)。

◊ 仮にあの人がすきだとしても、結婚するつもりはない (就算我喜歡他，也沒有結婚的打算)。

かりに … とすると／かりに … とすれば／かりに … としたら

用法　「かりに」是表示假設的副詞，可以寫成「仮に」。格助詞「と」表示假設的內容。「すると」「すれば」「したら」都是「サ變」動詞「する」的假定形式，和「かりに」相呼應。該句型接在活用詞的簡體形後面，名詞多後續「だ」的形式。

✿表示假設的條件，相當於漢語的「假設 …」「假定 …」「假如 …」。

◊ かりにＸが六だとすると、計算の結果はどうだろう (假設Ｘ是6的話，那計算的結果是什麼呢)？

◊ 仮にあなたが賛成しないとすると、ほかに誰かが賛成しますか (假如你不同意，會有別人同意嗎)？

◊ かりにこの辺りの地価が五年前と同じように安いとすれば、すぐ買おうと思

う（假如這一帶的地價和5年前一樣便宜，就馬上購買）。

◊ かりに世界で石油がなくなったとすれば、それこそたいへんなことになるだろう（假如世界上沒有石油了，那就不得了）。

◊ 仮に彼が来ないとしたらどうするか（假如他不来了，怎麼辦）？

◊ 仮に君が僕の立場にいるとしたら、何が出来るかね（假定你站在我的立場上，能怎麼做呢）？

かりにも

用法 ①「かりにも」是副詞，可以寫成「仮にも」。與禁止、否定式謂語相呼應。常用於書面語。

✿表示絕對不能這樣做，相當於漢語的「萬萬不可…」「絕不…」「無論如何不要…」。

◊ 仮にも人に疑惑を起こさせるような行動を取ってはいけない（萬萬不可採取讓人懷疑的行動）。

◊ かりにもその話を口に出さない（無論如何都不要説出那件事情）。

◊ かりにも法を犯すようなことはしない（絕不做違法的事情）。

用法 ②「かりにも」是副詞，可以寫成「仮にも」。同「なら」「からには」「以上は」相呼應使用。

✿表示前項條件或理由成立的話，後項就相應地採取行動，相當於漢語的「既然是…就…」「如果是…就…」。

◊ かりにも学生なら学校の規則を守るべきだ（如果是學生，就應該遵守校規）。

◊ かりにもチャンピオンであるからには、この試合で負けるわけにはいかない（既然是冠軍，這次比賽就不能失利）。

◊ 仮にも医者である以上は、死にかかっている人を救助しなければならない（既然是醫生，就必須救死扶傷）。

…がる

用法 「がる」是接尾詞，接在情感形容詞、形容動詞的詞幹後面構成五段他動詞。

✿表示客觀敘述他人的某種感覺，相當於漢語的「覺得…」「感到…」。

◊ この子は犬を怖がっている（這孩子怕狗）。

◊ 彼女は友達が持っているものを何でも欲しがる（朋友有的東西她都想要）。

◊ 先生はこの学生の成績を不思議がる (老師對這個學生的成績感到很驚訝)。

◊ 田中さんはマーボー豆腐を得意がっている (田中先生覺得做麻婆豆腐很拿手)。

… かろう

用法　「かろう」是一種推量形。它接在形容詞的詞幹後面,「いい」為「よかろう」。形容詞的否定式為「くなかろう」,名詞和形容動詞詞幹否定式為「ではなかろう」。常用於書面語或口語中較為鄭重的場合。在口語中常用「だろう」的形式。

✿表示推測,相當於漢語的「…吧」。

◊ これでよかろう (這樣就行了吧)。

◊ ちょっと寒かろう (有點兒冷吧)。

◊ 今は忙しくなかろう (現在不忙吧)。

◊ その話は嘘ではなかろう (那件事不是謊言吧)。

◊ あの人は正直ではなかろう (那個人並不正直吧)。

かろうじて

用法　「かろうじて」是副詞,可以寫成「辛うじて」,後續動詞句,多用於書面語。

✿表示好不容易得到了一個好的結果,勉強維持現有的狀態,相當於漢語的「好不容易…」「終於…」「勉強…」。

◊ 辛うじて危機を乗り越えた (好不容易渡過了危機)。

◊ 辛うじて試合に勝った (勉強獲得比賽的勝利)。

◊ 彼女はかろうじて　をこらえているようだ (她像是強忍著眼淚)。

◊ 病人は医療器械の力を借りてかろうじて命を保っている (病人藉助醫療機械,勉強維持著生命)。

… かれ … かれ

用法　「かれ」接在詞義正好相反的形容詞詞幹後面,構成一個副詞詞團。

✿表示不論何種場合都如此,相當於漢語的「或…或…」「不論…」「無論…總之」。

◊ 遅かれ早かれ人は死ぬものだ (人早晚都要死的)。

◊ 多かれ少なかれ男にはうぬぼれがある (男人多少有點自負)。

◊ <u>よかれ</u>悪し<u>かれ</u>彼の仕事はユニークなものだ（無論好壞，總之他的工作是獨一無二的）。

… か分からない

用法　「か」是表示疑問的副助詞，「分からない」是「分かる」的否定式，可以用「知らない」置換。該句型接在含有疑問詞的簡體疑問句後面。

✿表示說話人對所疑問的內容不知道或不清楚，相當於漢語的「我不知道…」「我不明白…」「我不清楚…」。

◊ どちらがいい<u>か分からない</u>（我不知道哪一個好）。

◊ いつ出発する<u>かわからない</u>（我不清楚什麼時候出發）。

◊ あの人は誰だ<u>か知らない</u>（我不知道他是誰）。

◊ このことについて何遍言ったの<u>か知らない</u>（就這件事，我不知道說了幾遍）。

… かわりに

用法　「かわり」是名詞，可以寫成「替わり」「代わり」。格助詞「に」表示作為。該句型接在名詞加格助詞「の」和用言連體修飾形後面。

✿①表示代替、補償，相當於漢語的「取代…」「代替…」「作為補償…」。

◊ 石炭の<u>かわりに</u>なる燃料はたくさんある（取代煤炭的燃料有很多）。

◊ トムは無くした僕のナイフの<u>替わりに</u>新しいのをくれた（湯姆搞丟了我的小刀，作為補償給了我一個新的）。

◊ 家事の手伝いをしてもらう<u>代わりに</u>英語を教えている（他幫我做家務，我教他英語）。

◊ 先日奢ってくれた<u>かわりに</u>、今日は私が奢ろう（上次你請我吃飯了，今天我請你）。

✿②正反面兩方面的事物同時存在，相當於漢語的「相反」「儘管…但是…」「可是…」等。

◊ 彼は頭脳明晰である<u>代わりに</u>体が丈夫でない（他頭腦聰明，可是身體不好）。

◊ その娘は器量があまり良くない<u>代わりに</u>とても気立てが優しかった（那個少女雖然長相不怎麼好看但是心地善良）。

◊ ここは交通が不便な<u>かわりに</u>景色がいい（儘管這裏交通不便，但是景色優美）。

… 気<ruby>気<rt>き</rt></ruby>がある

用法 「気」是名詞。該句型接在動詞連體修飾形、形容詞「い」後面。表示否定時，格助詞「が」可以換成副助詞「は」。

✽表示一種心理活動，相當於漢語的「對 … 有意思」「心想 …」「願意 …」「想 …」。

◊ 君は彼女に気があるかどうか、はっきり言え (你對她有沒有意思，明說吧)。

◊ 大いにやってみる気がある (很願意試一試)。

◊ 息子は卒業してすぐ就職する気はないようだ (我兒子畢業後好像不想馬上就業)。

◊ 悪い気があってやったのではないから、許してください (我不是惡意做的，所以請原諒)。

… 気<ruby>気<rt>き</rt></ruby>がする

用法 「気」是名詞。該句型接在用言的連體修飾形後面。其否定式為「 … 気がしない」。

✽表示說話人的一種感覺，相當於漢語的「我覺得 …」「我感到 …」「我想 …」等。

◊ おなかが空いているような気がする (我感到肚子餓了)。

◊ 全然つまらない気がする (我覺得很無聊)。

◊ 顔色が変わりそうな気がする (我感到他的臉色要變了)。

◊ きょうは大変疲れた気がする (今天我感到很累)。

◊ 今は勉強する気がしない (我現在不想學習)。

きくところによれば … そうだ

用法 「きく」是動詞，可以寫成「聞く」，「ところ」是形式體言，「よれば」是「よる」的假定形接「ば」構成，可以同「よると」置換。「そうだ」是傳聞助動詞，接在活用詞的簡體形後面，可以同「らしい」「ということだ」置換。

✿表示傳聞，相當於漢語的「據說…」「聽說…」。

◊ 聞くところによれば、田中さんは先 週 もう帰国したそうだ (據說田中先生上週就已經回國了)。

◊ 聞くところによれば、近いうちに物価が上がるそうだ (據說最近物價要漲)。

◊ きくところによると、日本語の敬語の使い方はとても複雑だそうだ (聽說日語敬語的用法很複雜)。

◊ きくところによると、この 小 説はとてもおもしろいらしい (聽說這部小說很有趣)。

◊ 聞くところによれば、新茶の値段がものすごく高いということだ (據說新茶的價格很高)。

きっての

用法 「きっての」是一個詞團，接在表示地點或範圍的名詞後面，後續表示評價的名詞。

✿表示在某一地區或範圍內沒有人比得上，相當於漢語的「數一數二的」「首屈一指的」「頭號的」「第一的」「頭等的」「一流的」。

◊ 彼女は学内きっての人気者だ (她是校內數一數二的紅人)。

◊ 小 林 さんは当代きっての名ピアニストだ (小林先生是當代一流的鋼琴家)。

◊ 佐々木さんは銀座界隈きっての 顔 役だ (佐佐木是銀座一帶首屈一指的頭面人物)。

… 気味

用法 「気味」是接尾詞，接在名詞、動詞「ます」形的後面，構成複合名詞，多用於不好的場合。

✿表示有點這方面的感覺或傾向，相當於漢語的「覺得有點兒…」「稍微…」。

◊ 大橋さんはヒステリー気味の人だ (大橋君是個有點歇斯底里的人)。

◊ 朝起きてから風邪気味だ (從早晨起來就覺得有點感冒)。

◊ 最近彼女はどうも太り気味だ (最近覺得她有點胖了)。

◊ からかい気味の言葉を止せよ (不要說稍微有點嘲諷的言辭)。

… きらいがある

用法 「きらい」是名詞，可以寫成「嫌い」。該句型接在名詞加「の」、用言連體

修飾形現在式的後面，多用於不好的場合，是書面語表達形式。

✿表示具有某種不好的傾向，相當於漢語的「總有點兒…」「總愛…」。

◊ あの政治家は有能だが、やや独断専行の<u>きらいがある</u>（那位政治家雖然有才幹，但總有點兒獨斷專行）。

◊ 彼の言い方はちょっと恩きせがましい<u>嫌いがあった</u>（他說話的方式總有點兒以恩人自居）。

◊ 彼は熱心になりすぎる嫌いがあるね（他總有點兒熱心過頭呢）。

◊ 最近、国の選挙では投票率が低くなる<u>きらいがある</u>（最近國內選舉投票率總是很低）。

きり

用法 ①「きり」是副助詞，接在體言後面，與肯定式謂語相呼應。「これ」「それ」「あれ」後續「きり」時，常用「これっきり」「それっきり」「あれっきり」的形式。

✿表示限定，相當於漢語的「僅僅」「只有」「就…」。

◊ 手伝ってくれたのは太郎<u>きり</u>だった（只有太郎幫助了我）。

◊ 今度の事故で生存者は彼一人<u>きり</u>だった（在這次事故中倖存者只有他一人）。

◊ 手持ちはそれ<u>っきり</u>です（手頭上的錢只有這些）。

用法 ②「きり」是副助詞，接在體言後面，與否定式謂語相呼應。

✿表示限定，相當於漢語的「僅僅」「只有」「就…」。

◊ 先週、課長には一度<u>きり</u>会ったことがない（上週我只見過科長一次）。

◊ 財布にはただ二百円<u>きり</u>残っていない（錢包裏只有200日元了）。

◊ 息子は義務養育<u>きり</u>受けなかった（我兒子只接受了義務教育）。

用法 ③「きり」是副助詞，接在動詞「ます」形後面，口語中常為「っきり」。

✿表示不做其他事情只做一件事情，相當於漢語的「一直」「全身心地」。

◊ 熱を出した子供を<u>つきっきり</u>で看病した（一直守在發熱的孩子身邊，看護著他）。

◊ 母親は三人の子供の世話にかかり<u>きり</u>だ（母親全身心地照顧著3個孩子）。

◊ 立ち<u>っきり</u>の先生は数学の先生だ（一直站著的老師是數學老師）。

きり（で）/ … きりだ

用法 「きり」是副助詞，接在動詞過去式「た」後面。「で」可以省略。

✿表示一直保持動作以後的狀態，相當於漢語的「就一直…」。

◊ あの人はアメリカに行ったきり、向こうに住み着いてしまった (那個人自從去了美國，就一直定居在那裏了)。

◊ 彼はあさ出かけたきりで、まだ帰ってこない (他自早晨出門就一直沒有回來)。

◊ 田村さんとは一昨年一度お会いしたきりです (和田村前年見過一次之後，就一直再也沒有見過)。

◊ 友達は背広を着たきり、寝てしまった (朋友穿著西服就睡著了)。

… きりがない

用法 「きり」是名詞，可以寫作「切り」。該句型常接在表示假定詞語「ば」「たら」「なら」「と」「ても」後面。

✿表示沒有限度和節制，相當於漢語的「沒完沒了」「無止境」。

◊ 欲には切りがない (慾壑難填)。

◊ 彼の野望には全然切りがない (他的野心毫無止境)。

◊ 彼が決心するのを待っていたらきりがない (等他下決心，你就要永遠等下去)。

◊ お酒を飲むときりがない (一喝起酒來就沒完)。

◊ 口を出せばきりがない (一開口就沒完沒了)。

… きる

用法 「きる」是接尾詞，可以寫作「切る」，接在動詞「ます」形後面構成五段複合動詞。

✿① 表示動作、狀態的結束，相當於漢語的「完」「盡」「光」。

◊ この小説はもう読みきった (這本小說已經看完了)。

◊ 今月の給料はまだ使い切らない (這個月的工資還沒有花光)。

◊ 山を登りきった所に小屋がある (爬到山頂上有一間小房子)。

◊ 借りてきた十冊の本は全部鞄の中に入りきった (借來的10本書全部放進了書包裏)。

✿② 表示程度之甚，到了一種極限，相當於漢語的「完全」「極其」「充分」。

◊ 君が言ったのは分かりきった (你所說的我完全明白了)。

◊ 一日中の仕事で疲れきってしまった (由於一天的工作而累壞了)。

◊ 腐りきった金権政治がきらいだ (我討厭腐朽透頂的金權政治)。

… きれない

用法 「きれない」是「きれる」的否定式，在此起接尾詞的作用，可以寫作「切れない」，接在動詞「ます」形後面構成否定式複合詞。

✿表示不能完全做到，相當於漢語的「…不完」「…不了」「無法完全」。

♦使い切れないほどお金を持っていた (有用不完的錢)。

♦今日中に仕事を全部はやりきれない (今天一天無法把工作全部做完)。

♦このホールに五百人は入りきれない (這個禮堂容納不下500人)。

… 極まりない

用法 接在名詞、形容動詞詞幹和形容詞「い＋こと」，形容動詞「な＋こと」的後面。

✿表示達到了一種極限，相當於漢語的「極為」「非常」。

♦彼は貪欲極まりないやつだ (他是一個貪得無厭的傢伙)。

♦彼は無礼極まりない態度だ (他的態度十分沒有禮貌)。

♦君がライオンを飼うなんて危険極まりないことだ (你飼養獅子，是極其危險的)。

♦その相手の電話の切り方は不愉快なこと極まりないものだった (對方掛電話的方式令人相當不愉快)。

♦そこの景色は美しいこと極まりないものだった (那裏的景色美麗極了)。

… 極まる

用法 「極まる」是接尾詞，接在名詞、形容動詞詞幹後面，構成五段複合動詞。

✿表示達到了一種極限，相當於漢語的「極為」「非常」。

♦それは失礼極まる行為だ (那是一個很失禮的行為)。

♦何もかも裏目に出て進退極まってしまった (一切都事與願違，叫人進退維谷)。

♦彼の悪い態度はまったく不愉快極まっている (他那惡劣的態度讓人十分不愉快)。

♦あの人の振る舞いは無作法極まる (那個人的舉止極為粗魯)。

く

… くさい

用法 ①「くさい」是接尾詞，可以寫作「臭い」，接在名詞後面構成複合形容詞。

✿表示有某種氣味或味道，相當於漢語的「…味」。

◊ 汗臭いシャツを着替えなさい（把帶汗味的襯衫換下來）。

◊ 彼はいつもたばこ臭い（他總有一股菸味）。

◊ この部屋はガス臭い（這房間裏有煤氣味）。

用法 ②「くさい」是接尾詞，可以寫作「臭い」，接在名詞後面構成複合形容詞。多帶有不太好的含義。

✿表示說話人認為像那麼一種樣子，相當於漢語的「具有…派頭」「有…樣子」。

◊ 彼はいかにも学者臭い男だ（他實在是一個學究式的人）。

◊ それはまったく素人くさい演技だ（這完全是一種外行人的演技）。

◊ 彼にはどこか宗教臭いところがある（總覺得他有宗教派頭）。

用法 ③「くさい」是接尾詞，可以寫作「臭い」，接在形容詞和形容動詞詞幹的後面構成複合形容詞。

✿表示加強語氣，形容程度之甚，需要靈活翻譯。

◊ 彼は陰気臭い人だ（他是一個沉悶的人）。

◊ 面倒臭いからそんなことはしない（因為太麻煩了，我不會做那種事了）。

◊ 彼の考えが青臭い（他的想法幼稚）。

… くせして / … くせに

用法 「くせして」和「くせに」都是詞組，用法一樣，都接在名詞加格助詞「の」和用言的連體修飾形後面。前後主語要一致。「くせして」要比「くせに」語氣隨和。

✿表示後項與前項內容不相符，帶有一種責難、輕蔑、不滿的含義，相當於漢語的「卻」「可是」。

◊ 彼は自分では出来ないくせして、いつも人のやり方についてとやかく言う

（他自己不會做，卻總愛對別人的做法說三道四的）。

◊ 和子さんは好きなくせして、嫌いだと言い張っている（和子小姐明明很喜歡，卻偏說不喜歡）。

◊ 子供のくせしていろいろのことを知っている（這孩子小小年紀，卻知道很多事情）。

◊ 君は何も知らないくせに、なんでも知っているような事を言う（你什麼都不知道，卻說的好像什麼都知道似的）。

◊ 彼は金持ちのくせにけちだ（他很有錢，卻是一個小氣鬼）。

◊ あの選手は体が大きいくせに、まったく力がないようだ（那個選手個頭挺大，可是好像沒有力氣）。

數量詞＋くらい／數量詞＋ぐらい

用法　「くらい」和「ぐらい」都是副助詞，接在數量詞後面。如果是表示時間的數詞，一定是時間段，而不是時間的某一點，表示某一點時要用「くらいに」或「ぐらいに」。「くらい」比「ぐらい」口語性強。

✿表示概數，相當於漢語的「大概」「左右」。

◊ 部長は四十歳くらいだろう（部長大概40歲上下吧）。

◊ このクラスには女性が三十人くらいいる（這個班女同學有30人左右）。

◊ この道を五分間ぐらい歩くと、博物館がある（沿著這條道走5分鐘左右，就有一個博物館）。

◊ 午後三時ぐらいに来てください（請下午3點左右來）。

…くらい／ぐらい

用法　「くらい」和「ぐらい」都是副助詞，接在體言和用言簡體後面。「くらい」比「ぐらい」口語性強。

✿表示微不足道，帶有輕視的語氣，相當於漢語的「這麼一點點」。

◊ あいさつぐらいの簡単な言葉だけ話せる（只會講一點簡單的寒暄語）。

◊ あの人はこれくらいのことで怒った（他為這點兒小事就生氣了）。

◊ もうこどもじゃないんだから、自分の部屋ぐらい自分で掃除しなさい（你已經不是小孩子了，自己的房間自己打掃）。

◊ すこし歩いたぐらいで疲れたって（走了一點點路，就說累了）。

◊ ちょっと体がだるいくらい、休むと元気になるよ（感到身體有一點點累，

休息一下就會好的)。

… くらい / … くらいだ（表示程度）

用法　「くらい」是副助詞，可以用「ぐらい」置換。接在體言和用言簡體形後面。「くらい」比「ぐらい」口語性強。

✿表示程度，相當於漢語的「像…」「簡直…」「甚至…」「那麼…」。

◇彼くらい背の高い人はめったにいない（像他那麼高的人幾乎沒有）。

◇これぐらいいい音楽なら何度聞いても飽きない（這麼好的音樂聽多少遍也不厭倦）。

◇声も出ないくらい驚いた（吃驚得甚至發不出聲來）。

◇不思議なくらい彼女は落ち着いていた（她鎮靜得甚至令人不可思議）。

◇りんごは全部と言っていいぐらい腐っていた（蘋果幾乎都腐爛了）。

◇彼女は怒って泣きたいくらいだ（她氣得簡直要哭了）。

◇疲れて一歩も歩けないぐらいだ（累得簡直一步也走不了了）。

… くらいなら … 方がいい

用法　「くらい」是副助詞，可以用「ぐらい」置換，接在動詞的連體修飾形後面。「ほうがいい」中的「ほう」是形式體言，接在動詞的連體修飾形後面。形容詞「いい」可以用「よい」和形容動詞「ましだ」置換。「くらい」比「ぐらい」口語性強。

✿表示說話者認為後項比前項可取，相當於漢語的「與其…不如…」「與其…寧願…」「與其…倒不如…」。

◇映画を見に行くぐらいなら家で同名小説を読む方がいい（與其去看電影，不如在家裏看同名小說）。

◇途中でやめるくらいなら始めからやらないほうがよい（與其在中途放棄，倒不如一開始就不做的好）。

◇こじきするくらいなら飢えて死んだほうがましだ（與其做乞丐，寧願餓死）。

… くらい … はない / … ぐらい … はない

用法　「くらい」是副助詞，可以用「ぐらい」置換，接在體言和用言的連體修飾形後面，與否定式謂語相呼應。「は」是提示助詞，接在體言後面。「くらい」比「ぐらい」口語性強。

✿表示列舉事物是同類中最高的水準，相當於漢語的「沒有比 … 更 … 的了」「最 … 」。

◊ タバコぐらい体に悪いものはない（香菸對人的身體是最有害的東西）。

◊ 外国で病気をするくらい心細いことはない（沒有比在國外生病更讓人感到不安的事了）。

◊ あいつくらいばかな男はいない（沒有比那傢伙更愚蠢的人了）。

け

…げ

用法 「げ」是接尾詞，接在形容詞、形容動詞詞幹和極個別動詞「ます」形後面構成形容動詞。

❈表示帶有某種神情、樣子、情形、感覺等，需要靈活翻譯。

◊ 物欲しげな顔をするな（不要擺出一副眼饞的神情）。

◊ 金さんはいかにも怪しげな人だ（小金是一個很奇怪的人）。

◊ あの人は退屈げに雑誌のページをめくっていた（那個人百無聊賴地翻閱著雜誌）。

◊ 彼は出来あがったばかりの芸術品を満足げにじっと見つめている（他滿意地注視著剛做好的藝術品）。

◊ 彼のその曰くありげな子が私には気になった（他那欲言又止的樣子令我不安）。

けっきょく
結局

用法 「結局」是副詞，可以用在句首、句中。

❈表示最終的結果或結論，相當於漢語的「最後」「最終」「歸根到底」。

◊ 結局実力が勝つ（歸根到底實力獲勝）。

◊ この問題は結局だれにも分からなかった（這個問題最終誰都不明白）。

◊ いろいろ努力したが、結局駄目だった（做了很多努力，最終仍不行）。

けっして…ない

用法 「けっして」是副詞，常寫成「決して」，與否定式謂語相呼應。

❈表示強烈否定，相當於漢語的「決不…」「絕對不…」。

◊ そんなつまらない所へは決して二度と行かない（那麼無聊的地方再也不去了）。

◊ 今日言った話は決して他の人に言わない（今天講的事絕對不告訴其他人）。

◊ あの人は決して嘘をつくような人ではない（他絕不是個說謊的人）。

◊それは<u>決して</u>褒められたことではない（那絕對不是受到了表揚）。

…けれども / …けれど / …けど

用法 ①「けれども」是接續助詞，接在活用詞的簡體或敬體後面，在口語中經常會簡化為「けれど」和「けど」。

✽① 表示事物的先後關係不是矛盾的，而是一種順接，不需要翻譯。

◊すまない<u>けど</u>、今何時（請問，現在是幾點）？

◊わたし、清水です<u>けれど</u>、なんのご用か（我是清水，您找我什麼事）？

◊これはただ私個人の意見です<u>けれども</u>、その計画には賛成できません（這只是我個人的意見，我不贊成那項計畫）。

✽② 表示事物的先後關係是矛盾的，帶有轉折含義，相當於漢語的「雖然…但是…」「可是…」「儘管…卻…」。

◊全力を尽くした<u>けれども</u>失敗に終わった（雖然竭盡全力了，但還是以失敗而告終）。

◊こども<u>だけど</u>、思いやりがある（儘管他還是一個小孩子，卻有同情心）。

◊この仕事はとても難しいです<u>けれど</u>、やはり最後までやりました（這項工作雖然很難，但是我還是做到了最後）。

用法 ②作為終助詞來使用，置於句末，只限於口語表達。

✽表示委婉、客氣的語氣，相當於漢語的「不知…」「不過…」等。

◊ちょっとお願いがあるんです<u>けれど</u>（我有點事找您，不知…）。

◊とても行きたい<u>けど</u>（我很想去，不過…）。

◊それはそう<u>だけど</u>（那是這麼回事，不過…）。

こ

…こそ

用法 「こそ」是副助詞，接在體言後面。

✿表示強調，相當於漢語的「這才是…」「這正是…」「才…」。

◊ これこそ探していたものだ（這才是要找的東西）。

◊ こちらこそよろしく（哪裏哪裏，我才要請您關照）。

◊ 今年こそがんばろう（今年我可要努力了）。

…こそ…が

用法 「こそ」是副助詞，可接在體言後面。形容動詞為「詞幹＋でこそあるが」的形式，名詞加「である」時，為「名詞＋でこそあるが」的形式，動詞為「ます」形加「こそするが」。「が」是表示逆接的接續助詞，接在活用詞的簡體或敬體後面，可以用「けれども」置換。該句型多用於書面語表達。 ✿表示對前後事項先肯定後逆轉，相當於漢語的「雖然…但是…」「儘管…可是…」。

◊ その作家はベストセラーこそないが、人気作家だ（雖然這個作家沒有寫出什麼暢銷書，但是一個非常受歡迎的作家）。

◊ この靴はデザインこそ古いけれども、とても歩きやすい（這種鞋子雖然款式舊了，但是走起路來很舒服）。

◊ この店は立派でこそあるけれども、サービスはよくない（這個商店雖然很氣派，但是服務態度不好）。

◊ 彼は責任者でこそあるが、実権はまったくない（他雖然是一個負責人，但一點兒實權也沒有）。

◊ 読みこそしたが、その意味は分からない（儘管看了，但是沒有明白其含義）。

…こそすれ…ない

用法 「すれ」是「する」的假定形。「こそすれ」接在帶有動作性名詞、動詞「ます」形後面。形容動詞為「詞幹＋でこそあれ」、形容詞為「詞幹＋くこそなれ」的形式，「名詞＋がある」為「名詞＋こそあれ」的形式，名詞加「である」

時為「名詞＋でこそあれ」的形式。該句型與否定式謂語「ない」或「まい」相呼應，多用於書面語表達。

✿表示肯定前項否定後項內容，相當於漢語的「只有…不會…」「雖然…但是…」「儘管…但是…」。

◊ 事態はますます紛糾こそすれ収拾される見込みはないようだ（事態只是越演越烈，好像沒有收拾的餘地）。

◊ その言い方は皮肉でこそあれ、けっしてユーモアとは言えない（那種說法只是諷刺，不能說是幽默）。

◊ 彼に感謝こそすれ、怒ることはあるまい（對他只有感謝，不會生氣的）。

◊ このようにすれば、叱られこそすれ褒められるはずはない（這樣做只會挨批不會受表揚的）。

◊ 英語は読みこそすれ、話せない（英語只會讀，不會說）。

◊ これを塗ると美しくこそなれ、しみが残らない（塗上它只會變得漂亮，不會留下斑點）。

◊ 旅行は年寄りにとって時間こそあれ、体力はない（旅遊對老年人來說，雖然有時間，但是沒有體力）。

◊ 彼は学生でこそあれ、よく真面目に勉強しない（他儘管是學生，可是不好好學習）。

⋯こと

用法 ①「こと」是名詞，夾在表示人稱名詞之間，前者為通稱、筆名、外號等，後者為真名。　✿表示前者就是後者之意，相當於漢語的「即」「就是」。

◊ 小泉八雲ことラフカディオ・ハーンはギリシア生まれのイギリス人だ（小泉八雲，即拉夫加迪奧・哈恩，是出生於希臘的英國人）。

◊ 豊太閤こと豊臣秀吉は安土桃山時代の武将だ（豊太閤，即豊臣秀吉，是安土桃山時代的武將）。

◊ 藤村こと島崎春樹は長野県出身だ（藤村就是島崎春樹，出身於長野縣）。

用法 ②「こと」是名詞，接在動詞的連體修飾形和否定助動詞「ない」後面。它用於句尾，為書面語表達。　✿表示一種規定紀律或指示遵守事項，帶有命令的口吻，相當於漢語的「要…」「不要…」。

◊ 学校の規則を守ること（要遵守學校的規則）。

◊ 集合すること（集合）！

◊ 授業中おしゃべりしない<u>こと</u>（上課不要說話）。

用法 ③「こと」是名詞，接在名詞加「だ」、形容動詞詞幹加「だ」或「な」後面，接在形容詞「い」和動詞「ている」後面。

✿表示說話人一種感嘆、驚嘆、感動等心情，相當於漢語的「真…」「多麼…啊」。

◊ あら、素敵な洋服だ<u>こと</u>（哎呀，多麼漂亮的西服）！

◊ まあ、元気だ<u>こと</u>（啊，真精神啊）！

◊ この建物、立派な<u>こと</u>（這個建築物，可真壯觀啊）！

◊ その景色はなかなか美しい<u>こと</u>（這景色多麼美啊）！

◊ よく太っている<u>こと</u>、あの猫は（多肥啊，那隻貓）！

用法 ④「こと」是形式體言，接在用言的連體修飾形後面。

✿表示一個具體的事實。

◊ 音楽を聴く<u>こと</u>がすきだ（我喜歡聽音樂）。

◊ 大熊さんの魚がきらいな<u>こと</u>を知っていますか（你知道大熊同學不喜歡吃魚嗎）？

◊ 日曜日になって都合がいい<u>こと</u>は確かだ（到了星期天確實方便）。

… ことか / … ことだろう

用法 「こと」是形式體言，「か」是表示感嘆的終助詞。「ことか」有時可以用「ことだろう」來置換。該句型接在用言簡體形後面，常和副詞「どんなに」「どれほど」「さぞ」「なんと」等相呼應。

✿表示說話者發自內心的一種感嘆，相當於漢語的「多麼…啊」。

◊ とうとう成功した。この日を何年待っていた<u>ことか</u>（終於成功了，這一天等了多少年了啊）！

◊ この和服はなんときれいな<u>ことか</u>（這件和服多麼漂亮啊）！

◊ 昔は生活がどんなに苦しかった<u>ことか</u>（過去的生活多麼艱苦啊）！

◊ 大学に受かったらさぞ喜ぶ<u>ことだろう</u>（考上大學，該多高興啊）！

◊ 両親と死に別れてどれほどつらい<u>ことだろう</u>（父母去世，是多麼痛苦啊）！

… ことがある

用法 「こと」是形式體言。根據句意格助詞「が」可以用提示助詞「は」或「も」代替。該句型接在動詞原形後面。不能用於發生頻率很高的事情上。其否定式

為「…ないことがある」。

✿表示有時候、偶爾會發生某種行為或情況，相當於漢語的「有時」「偶爾」。

◊ 朝ご飯を食べないで学校に来ることがある（我有時不吃早飯就來學校了）。

◊ あの夫婦はとても仲がいいが、たまに口喧嘩をすることもある（那對夫婦關係很好，但偶爾也吵架）。

◊ この時計は遅れることはあるが、進んだことは一度もない（這個錶有時會慢，但是從來沒有快過）。

◊ 外で食事をしないことがある（有時不在外面吃飯）。

◊ 彼はま面目に勉強しないことがある（他有時候學習不認真）。

… ことができる

用法　「こと」是形式體言。根據句意格助詞「が」可以用提示助詞「は」或「も」代替。該句型接在動詞原形後面。其否定式為「… ことが（は）できない」。

✿表示外部條件允許或其本身有能力做該動詞所表明的動作，相當於漢語的「會…」「能…」「能夠…」。

◊ 金さんは日本語で歌を歌うことができる（小金會用日語唱歌）。

◊ 日本語を話すことはできるが、書くことはできない（我會說日語，但不會寫）。

◊ 今度は許すことができなかった（這次不能原諒你了）。

◊ 山田さんは中華料理が好きですが、自分でちょっと作ることもできる（山田先生喜歡中國菜，他也能夠自己做一點）。

… ことから

用法　「こと」是形式體言。該句型接在用言連體修飾形後面。它多用於書面語表達。

✿表示前項為後項所判斷的原因、理由和依據，相當於漢語的「由於…」「從…來看」「根據…」。

◊ 彼女はイタリア語ができることから、オリンピックの通訳に推薦された（由於她會義大利語，便被推薦到奧運會做翻譯）。

◊ 観衆が大勢集まっていることから、あの歌手の人気さがわかる（從聚集了這麼多觀眾，就知道那位歌手的受歡迎程度）。

◊ この辺が桜の木が多いことから、桜木町と呼ばれるようになった（由於這一帶櫻花樹木很多，所以被稱為「櫻木街」）。

… ごとし

用法　「ごとし」是文語比況助動詞，可以寫作「如し」。其連體修飾形為「ごとき」，連用修飾形為「ごとく」。它接在體言加「の」和動詞基本形後面。動詞也常用「がごとし」的形式。形容詞原形常後續「かのごとし」、形容動詞詞幹常後續「であるかのごとし」的形式。此外，「かのごとし」還可以接在動詞原形後面，「であるかのごとし」可以接在名詞後面。　✽表示事實雖非如此但好像是這樣，相當於漢語的「似…」「就像…」「好像…」。

◊ 帰心矢の如し（歸心似箭）。
◊ 山のごとき大波が背後から襲いかかった（排山似的大浪從背後襲来）。
◊ 大波に舟は木の葉が漂うごとく揺れる（在波濤中小船就像樹葉飄浮般地搖動著）。
◊ あたかも木によって魚を求むが如し（就像緣木求魚）。
◊ 彼女はそのことについてまったく知らないかのごとく態度だ（就這件事情，她的態度就好像根本不知道一樣）。
◊ 岡田さんはピンポンが得意であるかのごとく試合に出た（岡田同學像是擅長打乒乓球似的參加了比賽）。
◊ 課長はいつもたいへん忙しいかの如し（科長好像總是很忙）。

… ことだ

用法　「こと」是形式體言。該句型接在動詞原形後面。

✽① 表示勸誘、建議、忠告對方做某事，相當於漢語的「最好…」。
◊ タバコを止めることだ（最好把香菸戒掉）。
◊ 毎日暇を見て散歩することだ（最好每天抽空散散步）。
◊ 葡萄酒を少し飲むことだ（最好喝少量的葡萄酒）。

✽② 表示說話者的主張、希望，相當於漢語的「應該…」。
◊ 子供ならよく両親の話を聞くことだ（孩子應該好好聽父母的話）。
◊ 小中学生は毎晩早く寝ることだ（中小學生每天晚上應該早點兒睡覺）。
◊ 春になって自然を楽しむことだ（到了春天，應該欣賞大自然）。

… ことだから

用法　「こと」是名詞。該句型接在名詞加格助詞「の」後面。這裏的名詞多為人

稱名詞。該句型也可以用「名詞＋のことだ」來置換。 ✽表示說話者對話中提到的雙方都熟知的人或物做出某種判斷或推測，翻譯時需要靈活。

◊ 戦争中のことだから、何が起こるか分からない（戰爭期間你還不清楚，還不知道會發生什麼事）。

◊ 大宮さんのことだから、どうせ言われたとおりにやらないだろう（你還不了解大宮君，他恐怕不會按照要求去做的）。

◊ 慎重な横山課長のことだから、その辺のところまでよく考えてくれると思う（做事那麼慎重的橫山科長，我想他會充分考慮到這一點的）。

◊ いつも遅く来る山田さんのことだ。きっと20分ぐらいしたら来るよ（你應該知道總喜歡遲到的山田君，他肯定會過了20分鐘才來的）。

… ことですが / … 話ですが

用法 「こと」是表示提到相關內容的名詞，與「話」相同可以互換。該句型接在名詞加「の」和用言簡體形後面，用於口語表達。 ✽表示話題的引子、開場白等，相當於漢語的「我說的是 … 的問題」「是關於 … 的事情」。

◊ 試験のことですが、来週の金曜日八時から始まる（我說的是考試的事情，下週五早晨8點開始）。

◊ 山田さんの話ですが、彼は昨日病気で入院した（是關於山田先生的事情，他因病昨天住院了）。

◊ 家賃が高いことですが、安いのはありませんか（我說的是房租貴的問題，有沒有便宜的）？

◊ 試合に参加する話ですが、申し出る人がいますか（我說的是參加比賽的事，有報名的嗎）？

… ことと思う / … ことと思われる / … ことと存じる

用法 「こと」是形式體言，「と」是表示內容的格助詞。「思われる」是自發，而「存じる」是「思う」的一種自謙表達方式。該句型接在用言的連體修飾形後面，多用於書信、演講等鄭重場合。它常於「きっと」「たぶん」「さぞ」等副詞相呼應。

✽表示說話者的推測，相當於漢語的「大概 …〈吧〉」「可能 …〈吧〉」「想必 …〈吧〉」等。

◊ きっとご家族の皆様がお元気であることと思います（想必您全家人都好吧）。

◊ 突然お便りをしてびっくりなさった<u>ことと思います</u>（我突然給您寫信，您可能感到吃驚了吧）。

◊ 大学にうかって、ご両親もさぞ喜んでいる<u>ことと思われます</u>（你考上大學，想必你父母很高興吧）。

◊ たぶん近頃はたいへん忙しい<u>ことと存じます</u>（也許近來您很忙吧）。

…こととと次第によって

用法 「ことと次第によって」是一種慣用表達方式，起副詞作用，用於句首。

✽表示難以預測事態發展結果時進行講話的前提，相當於漢語的「根據情況…」「視其情況…」。

◊ <u>ことと次第によって</u>、計画を大幅に変更するかもしれない（根據情況，也許會大幅度修改計畫）。

◊ <u>ことと次第によって</u>、参加の資格を取り消すことになるだろう（視其情況，說不定會取消參加的資格）。

◊ <u>ことと次第によって</u>、事件の当事者だけでなく責任者も罰することになる（根據情況，不僅是事件的當事人，而且負責人也將要受罰）。

…こととて

用法 「こととて」是一個詞團，接在名詞加格助詞「の」和用言的連體修飾形後面。其後常伴有道歉、請求原諒的表達方式。

✽表示道歉的原因，相當於漢語的「因為…」「由於…」「因…」。

◊ 山の中の村の<u>こととて</u>、上等な料理などございませんが（因為是山裏的小村莊，沒有什麼上等的飯菜招待）。

◊ 世間知らずの若者のした<u>こととて</u>、どうぞ許してやってください（這是不懂事的年輕人幹的，請您原諒他吧）。

◊ 行き届かない<u>こととて</u>お許しください（因照顧不周，請原諒）。

◊ 私の操作が下手な<u>こととて</u>、ご迷惑をかけまして申し訳ない（由於我的操作不當，給您帶來了不便，對不起）。

◊ 考えが甘い<u>こととて</u>失礼しました（由於想法幼稚，對不起了）。

…ことなく

用法 「こと」是形式體言，「なく」是「ない」的連用修飾形，為加強語氣其間可

以加副助詞「も」構成「こともなく」的形式。該句型接在動詞的原形後面。一般用於書面語。

❋表示沒有發生或出現某種情況，相當於漢語的「不…」「沒有…」。

◊ 彼は先生にも友達にも相談する<u>ことなく</u>帰国してしまった（他既沒有跟老師也沒有跟朋友商量就回國了）。

◊ われわれはいつまでも変わる<u>ことなく</u>仲のいい友達だ（我們是永遠不變的好朋友）。

◊ 涙が止まる<u>こともなく</u>零れた（眼淚竟不停地流）。

… ことなしに

用法 ①「こと」是形式體言，「なし」是「ない」的文語。該句型接在動詞的原形後面，後項多為否定式結句，是一種語氣較為生硬的表達方法。

❋表示不做前項的事，就不能實現後項的事，相當於漢語的「不…就不…」。

◊ 努力する<u>ことなしに</u>成功はありえない（不努力就無法成功）。

◊ 血を流す<u>ことなしに</u>国を守ることが出来ない（不流血就不可能保衛國家）。

◊ 断る<u>ことなしに</u>人の部屋に入るな（不要不打招呼就進別人房間）。

用法 ②「こと」是形式體言，「なし」是「ない」的文語。該句型接在動詞的原形後面。後為肯定式結句。　❋表示沒有做前項而是做了後項的事，或表示沒有做其他事一直保持某種狀態，相當於漢語的「沒有…就…」。

◊ 子供のことが気になって朝まで眠る<u>ことなしに</u>起きていた（因放心不下孩子，到早晨都沒有睡著，一直醒著）。

◊ 横山先生は研究のため夏休み帰国する<u>ことなしに</u>、ずっとコロンビア大学に留まっていた（横山老師為了從事研究，暑假沒有回國，一直呆在哥倫比亞大學裏）。

◊ 休む<u>ことなしに</u>3時間ほど歩きつづけた（沒有休息連續走了3個多小時）。

… ことに（は）

用法 「こと」是形式體言。提示助詞「は」接在格助詞「に」後面表示加強語氣，可以省略。該句型接在表示情感的形容詞「い」形、形容動詞「な」形和動詞「た」形後面。　❋表示說話者對某事感到一種驚訝、喜悅、惋惜、悲傷等心情，相當於漢語的「令人…的是」「很…」。

◊ 悲しい<u>ことに</u>、両親に死なれたあの子は孤児になった（令人悲傷的是，那孩

子失去父母成了孤兒)。

◊ 不思議なことには、ふだん遊びふけった彼は今度の試験で満点の成績を取っ
た (很不可思議，平時貪玩的他在這次考試中取得了滿分的成績)。

◊ 驚いたことには、保守政党と革新政党が共に手を組んで連立内閣を作った
(令人吃驚的是，保守黨和新黨聯手成立了聯合政府)。

◊ 困っていることに、うちの子は勉強が嫌いだ (讓人感到難辦的是，我家的
孩子不愛學習)。

… ごとに/ … ごとの

用法　①「ごと」是接尾詞，可以寫成「每」，接在體言和動詞原形後面。它後續
格助詞「に」作連用修飾語，而「ごとの」作連體修飾語。

✿表示毫不例外地對待每一個同類事情，相當於漢語的「每…」。

◊ 私は土曜日ごとに登山に行く (我每個星期六都爬山)。

◊ 郵便屋さんは家ごとに新聞を配る (郵遞員挨家挨戶送報紙)。

◊ 学校の各人ごとの意見を求める (向學校的每一個人徵求意見)。

◊ 列車が到着するごとに、ホームは人でいっぱいだ (每到達一趟列車，站台
上就擠滿了人)。

◊ 千メートル登るごとに気温が六度ぐらい下がるそうだ (聽說每爬1000公尺，
溫度就下降6度左右)。

用法　②「ごと」是接尾詞，可以寫成「每」，接在數量詞後面。它後續格助詞
「に」起副詞作用。　✿表示相同的時間或距離，相當於漢語的「每隔…」。

◊ 六時間ごとにこの錠剤を飲んでください (請每隔6小時吃一次這種藥片)。

◊ 三メートルごとに木を植えている (每3公尺種植一棵樹)。

◊ 一分ごとに電車が着く (每隔一分鐘到達一輛電車)。

… ことにしている

用法　「こと」是形式體言。該句型接在動詞原形的後面。其否定式為「… ない
ことにしている」。

✿表示說話者本人因自己做了某種決定而已經形成了一種習慣，長期一直堅持這
樣去做，相當於漢語的「都…」「總是…」「一直都…」。

◊ 毎日に日記をつけることにしている (我每天都寫日記)。

◊ 寝る前に歯を磨くことにしている (睡覺之前都刷牙)。

◊ 家に帰って学校で習った内容をよく復習することにしている(回家後總是把在學校學的內容好好複習一下)。

◊ 車を運転するときあまりスピードを出さないことにしている(開車的時候，一直都不大開快車)。

… ことにする

用法 「こと」是形式體言。該句型接在動詞原形的後面。其過去式為「…ことにした」，否定式為「…ないことにする」。 ✿表示說話者對將來的某個行為做出決定或下決心，具有自己的一種意志，而過去式則表示決定或決心已經形成，相當於漢語的「我要…」「我決心…」「我決定…」。

◊ 明日から毎朝早くおきることにする(從明天起我每天早晨要早起)。

◊ 今晩どこへも行かないで教室で復習することにする(我決定今晩哪裏也不去，就在教室裏複習)。

◊ 出張に行くことにした(我已經決定去出差)。

◊ 友達と海外旅行をやめることにした(我決定放棄和朋友一起到國外旅行)。

◊ 車を買わないことにする(我決心不買車子)。

… ことになっている

用法 「こと」是形式體言。該句型接在動詞原形的後面，也可以用「こととなっている」置換。其過去式為「ことになっていた」，否定式為「…ないことになっている」。 ✿表示某個團體或組織做出某種決定一直生效著，相當於漢語的「規定…」「按規定…」。

◊ この会社では社員は一年に一回健康診断を受けることになっている(這個公司規定公司職員每年要接受一次體檢)。

◊ 学校をやすむ場合、事務室に欠席届を出すこととなっている(按規定請假不上學時要向辦公室交假條)。

◊ 日本語の敬語では、他人に自分の父母を話すときに尊敬語を使わないことになっている(按照日語中敬語的規定，向他人談及自己的父母時，不使用尊敬語)。

◊ 仕事で出張することになっていた(過去因為工作原因經常出差)。

… ことになる

用法 ①「こと」是形式體言。該句型接在動詞的原形後面。其過去式為「…こ

とになった」，否定式為「…ないことになる」。

❉表示組織、團體或大家經過研究商定客觀地做出決定結果，與個體的主觀決定無關，相當於漢語的「決定…」。

◊ 今度の出張は山田さんが行くことになるだろう（這次出差，可能決定叫山田君去）。

◊ 来学期の始め、追試を受けることになった（已經決定下學期開始參加補考）。

◊ 通訳として来週の水曜日から土曜日まで日本に行くことになった（已決定作為翻譯從下週三到週六去日本）。

用法　②該句型接在動詞原形、過去時「た」形和否定式「ない」形後面。

❉表示根據事物的判斷，認為自然會出現某種結果，相當於漢語的「結果…」「也就是說…」「自然就…」。

◊ 雨天のせいで、運動会が予定どおりに行われないことになりそうだ（由於下雨天的緣故，估計運動會不會如期舉行了）。

◊ この事故による負傷者は、女性三人、男性五人あわせて八人ということになる（這次事故受傷者女性為3人，男性為5人，加起來為8人）。

◊ 三時に出発の汽車で行くなら、五時に着けることになる（乘坐3點鐘出發的火車，5點鐘就會到達）。

◊ 人民のために死ぬことは死に場所を得たことになる（為人民而死就死得其所）。

◊ 黙っているのは自分の誤りを認めたことになる（沉默就是承認自己的錯誤）。

◊ 高木さんは出張中だったのだから、そのとき家にいなかったことになる（高木君那個時候出差在外，也就是說不在家）。

…ことには

用法　①「こと」是形式體言。該句型接在動詞「言う」「話す」「おしゃべる」「おっしゃる」等表示說等類似含義的詞語後面。結句多用推量助動詞「らしい」和傳聞助動詞「そうだ」。

❉表示引文的出處，相當於漢語的「據…說」「據…講」。

◊ クラスの学生たちの言うことには、今度の試験はとても難しかったらしい（據班上的同學們說，這次的考試很難）。

◊ 先生のおっしゃることには、今の学生は個性が強いそうだ（據老師所說，現

在的學生個性很強)。

◊ 目撃者の話すことには、ひき逃げ運転手は黒い 車 を運転したらしい (據目
撃者講述,軋了人逃跑的司機開的是一輛黑色車子)。

用法 ②接在動詞否定式「ない」形後面。後項結句為否定式。

✿表示前項是後項成立的必要條件,相當於漢語的「如果不…就不…」「要是
不…就無法…」。

◊ 先生が来ないことには、授 業 が始まらない (如果老師不来,就無法上課)。

◊ よく勉 強 しないことには、卒 業 はできないだろう (要是不好好學習,恐怕
無法畢業吧)。

◊ この 病 気なら手 術 を受けないことには、どうしても治れない (這種病要是
不接受手術,根本無法治癒)。

… ことはいけない

用法 「こと」是形式體言。該句型接在動詞原形後面,可以用「…ことはなら
ない」置換。其中,「…ことはならない」比「ことはいけない」語氣要鄭重一
些。

✿表示禁止某種行為,相當於漢語的「不能…」「禁止…」。

◊ 閲覧室の本を貸し出すことはいけない (閲覧室裏的書不能外借)。

◊ 教 室でタバコを吸うことはいけない (在教室裏禁止吸菸)。

◊ 図書館で大きな声で 話 をすることはならない (在圖書館裏禁止大聲喧嘩)。

… ことは…が / … ことには…が

用法 「こと」是形式體言。「は」是提示助詞,「が」是表示轉折的接續助詞。其
中「ことは」可以同「ことには」互換,意思不變。「ことは」前後為同一個辭
彙,接在活用詞的連體修飾形後面,「が」接在動詞的敬體或簡體後面。

✿表示讓步,相當於漢語的「是…但是…」「倒是…但…」。

◊ 行きたいことは行きたいが、暇がないので、残念だ (想去是想去,但是沒有
時間,很遺憾)。

◊ 果物は好きなことは好きだが、毎日食べたいというほどではない (水果喜歡
倒是喜歡,但並不是每天都想吃)。

◊ 日本語は分かることはわかるのだが、話し方が速いとよく分からない (日語
明白是明白,但是說快了就聽不懂)。

◇日本に行く前に、日本語を勉強したことにはしたのですが、ただ一か月だけです（去日本之前，日語倒是學了，但是只學了一個月）。

◇この計算式は、習うことには習ったが、覚えられなかった（這個算式，學倒是學過，但是沒能記住）。

◇彼は、医者であることは医者だが、動物のために治療するのが専門だよ（他是醫生倒是一個醫生，不過是給動物看病的獸醫）。

… ことはない

用法　「こと」是形式體言。該句型接在動詞原形後面。

✿表示沒有必要那樣做，相當於漢語的「沒必要…」「用不著…」「不必…」。

◇ちょっとした風邪だから、心配することはない（是一點小感冒，沒必要擔心）。

◇私も悪いから、あやまることはない（我也不好，你不必向我道歉）。

◇電話で済むのだから、わざわざ行くことはありません（打個電話就可以了，所以不必特意去了）。

… ことはならない

用法　「こと」是形式體言。該句型接在動詞原形後面。

✿表示禁止或不允許，相當於漢語的「不能…」「不允許…」。

◇不良少年と付き合うことはならないとよく両親に注意されたものだ（我父母經常警告我不許和不良少年交往）。

◇あんな責任のない男と結婚することはならないよ（你不能和那種不負責任的男人結婚）。

◇何も断らずに他人の物に手を出すことはなりません（不允許不打招呼就拿別人的東西）。

このぶんでいくと/このぶんでは

用法　「ぶん」是名詞，可以寫成「分」。「この分でいくと」和「この分では」都是詞團，在句子中起副詞作用，兩者可以互換。

✿表示按照這種情況發展下去會出現一種必然的結果，相當於漢語的「照這個樣子」「照這樣下去」。

◇この分でいくと今週末までにはこの仕事は出来上がる（照這個樣子，這個

週末以前就能完成這項工作）。

◊ <u>この分では</u>何もかもだめになるだろう（照這樣下去，恐怕一切都不行）。

◊ 午後 十 時までただ半分ぐらい終った。<u>この分で行くと</u>徹夜になりそうだ

（到了晚上10點只做了一半。照這個樣子，今晚得做一個通宵了）。

… 込む

用法 「こむ」是接尾詞，接在動詞「ます」形後構成複合五段動詞。

✿① 表示裝入、填入、進入、進去等含義，需要靈活翻譯。

◊ 宿 帳 に 住 所氏名を書き<u>込む</u>（在旅館登記簿上寫上住址、姓名）。

◊ 勝手に彼の部屋に入り<u>込めない</u>（不能隨便進入他的房間）。

◊ 男 の子は橋から川に飛び<u>込んだ</u>（男的從橋上跳入河裏）。

◊ 講演をテープに吹き<u>込んだ</u>（把演講內容灌入磁帶裏）。

✿② 表示深入地、持續地、徹底地做下去，需要靈活翻譯。

◊ 彼はそこに座ってずっと黙り<u>込んで</u>しまった（他坐在那裏，一直沉默不語）。

◊ その知らせを聞くと彼は 考 え<u>込んで</u>しまった（聽到那個通知，他陷入了深思）。

◊ 彼がそんな悪いことを決してしないと信じ<u>込んで</u>いる（我深信他不會做那種壞事）。

◊ 我々は子供たちに人命の 尊 さを教え<u>込む</u>べきだ（我們應該對孩子們進行尊重生命的教育）。

これ以上 … ない

用法 「これ」是指示代詞，指代前面的程度或狀態。「これ以上」是詞團，在句子中起副詞作用，與否定式謂語相呼應。

✿ 表示超出這種程度或狀態，相當於漢語的「沒有比這再／更 … 」「再也沒有比這更 … ／再 … 」等。

◊ <u>これ以上</u>うれしいことはありません（沒有比這更高興的了）。

◊ <u>これ以上</u> 丈 夫なものはないようだ（好像沒有比這更結實的東西了）。

◊ もう結構だ。<u>これ以上</u>飲めないのよ（已經夠了，不能再喝了）。

… これでやっと

用法 「これ」是指示代詞，指代前面的內容，「で」是表示狀態的格助詞，「やっ

と」是副詞。

✽表示由於前項的關係，才好不容易做到後項的事情，相當於漢語的「這才…」「這樣才…」「才總算…」。

◊ 昨夜9時間も寝たのでこれでやっと疲れが取れた（昨天晚上睡了9個小時的覺，這才解除了困乏）。

◊ 半年もかかってこれでやっと終った（花了半年的時間，才算結束）。

◊ 重い病気が治ったからこれでやっと安心した（治好了重病，這才放心了）。

… これでは

用法　「これ」是指示代詞，指代前面的程度或狀態。「これでは」是詞團，起副詞作用，後項多為不好的判斷或預測，可以同「これだと」互換。

✽表示依照這種情況加以判斷，相當於漢語的「照這樣」「照現在這種狀況」「照現在這個樣子」。

◊ 一か月ただ三百元だけもらえた。これでは一家の生活は送っていけない（一個月只能拿到300元，照現在這種情況，一家的生活維持不下去）。

◊ 喧嘩ばかりをしている。これでは、問題はどうしても解決できない（光吵架，照現在這個樣子，根本解決不了問題）。

◊ これだとちょっと困るね（照這樣，叫人有點兒為難啊）。

… これという … ない

用法　「これ」是指示代詞，「という」是詞組，起連體修飾語的作用，後續體言。與之相似的還有「これといった」的說法。其連用修飾形為「これといって」。該句型常與否定式謂語相呼應。

✽表示沒有什麼特別像樣的、能值得特別一說的事情，相當於漢語的「沒有什麼特別的…」「沒有一定的…」「沒有什麼具體的…」等。

◊ これという説明はない（沒有什麼具體的解釋）。

◊ これという好きな果物はない（沒什麼特別喜歡的水果）。

◊ これといった仕事はやりたくない（不想做什麼特別的工作）。

◊ この薬を飲んだらこれといった副作用はない（吃了這個藥，不會有什麼明顯的副作用）。

◊ これといって得意な科目はないようだ（沒有什麼特別擅長的科目）。

◊ これといって食べたい物はありません（沒有什麼特別想吃的東西）。

さあ

用法 「さあ」是感嘆詞，用在句首。

✤① 表示催促或勸誘對方做某事時發出的聲音，相當於漢語的「來」「啊」「喂」等。

◊ さあ、始めよう（來，開始吧）。

◊ さあ、速く来い（啊，快點來）。

◊ さあ、タクシーが来たよ（啊，出租車來了）。

✤② 表示興緻勃勃、意氣風發時發出的聲音，相當於漢語的「啊」「嗯」「嗨」。

◊ さあ、がんばるぞ（嗨，加油啊）。

◊ さあ、今日から新学期だ（哎，新學期從今天開始了）。

◊ さあ、やってみせるよ（好，做給你瞧）。

✤③ 表示不明就裡、猶豫、困惑時發出的聲音，相當於漢語的「啊」「呀」「哎呀」等。

◊ さあ、君が間違っているかもしれないよ（啊，也許是你不對）。

◊ さあ、どう言ったらいいかな（呀，怎麼說好呢）？

◊ さあ、どうしようかな（哎呀，怎麼辦呢）？

… 際（に）/ … 際は / … 際の

用法 「際」是名詞，接在名詞加格助詞「の」和動詞連體修飾形後面。「際」做主題時，可以用「際は」的形式；做狀語時，常用「際に」或「際」；做定語時，用「際の」的表達形式。「際」前面很少用否定式。

✤ 表示時候、時機，相當於漢語的「在 … 的時候」「當 … 的時候」「… 的時候」「… 的機會」等。

◊ 出発する際、彼は元気になるだろう（在出發的時候，也許他會精神起來的）。

◊ 必要の際にはどうぞ電話してください（必要時，請給我打電話）。

◊ 緊急の際はこのボタンを押してください（緊急時，請按這個按鈕）。

◊ 非常の際はエレベータを使わずに、階段をご利用ください（緊急時刻請不要使用電梯，請走樓梯）。

◊ 目的地に着いた際の写真を何枚か撮った（拍了幾張到達目的地時的照片）。

◊ 私がボランティアセミナーを行った際の記録を見せたい（我想給你看看我在進行志願者討論時的記錄）。

…最中に/…最中だ

用法 「最中」是名詞，接在體言加格助詞「の」和動詞持續體「ている」後面。在句子中做狀語時常用「最中に」，做謂語結句時用「最中だ」。

✿表示某一行為或狀態正在進行當中，相當於漢語的「正在…」。

◊ お食事の最中に友達が訪ねてきた（我正在吃飯時，朋友來訪了）。

◊ 雨が降っている最中に外へ出てはいけない（外面正在下雨，不許出去）。

◊ 授業をしている最中だから、電話をうけることはできない（因為正在上課，所以無法接電話）。

◊ 昨日の断水の時、私はちょうどシャワーの最中だった（昨天停水的時候，我正好在洗淋浴呢）。

…さえ（も）

用法 「さえ」是提示助詞，接在名詞、助詞等後面。加強語氣時，可以用「さえも」「でさえ」的形式。

✿表示列舉極端的例子，來暗示其他，相當於漢語的「連…都…」「甚至…都…」。

◊ 病気で水さえも飲むことができない（因重病，連水都不能喝）。

◊ 朝から吐き気がしていたが腹さえいたくなってきた（自早晨起就感到想吐，甚至肚子都開始疼了）。

◊ 先生でさえ知らないのだからだれも知らないだろう（連老師都不知道，因此也許沒有人知道吧）。

◊ 彼は兄弟にさえ裏切られた（他甚至被兄弟給出賣了）。

…さえ…たら/…さえ…ば

用法 「さえ」是提示助詞，與假定接續助詞「たら」或「ば」相呼應。其接續形式有如下幾種：體言＋「さえ」＋用言的假定形＋「たら」或「ば」；體言＋「でさ

えあれば」；動詞「ます」形＋「さえすれば」或「さえしなければ」；形容詞「く」＋「さえあれば」；形容動詞詞幹＋「でさえあれば」。該句型用於積極肯定的事情。

✿表示前項是後項的必要條件，相當於漢語的「只要…就…」。

◊ 雨さえ降ったら、行くのを止めましょう（只要下雨就不去了吧）。

◊ このケーキさえおいしければ、食べたい（只要這個糕點好吃，我就想吃）。

◊ 食欲さえあったら、問題はない（只要有食慾的話，就沒有問題）。

◊ 学生でさえあれば、学校の規則を守るべきだ（只要是學生，就應該遵守學校的規則）。

◊ 引き受けさえすれば、うまくやろう（只要我接受了，就會做好的）。

◊ この家具はたくさんお金がかかりさえしなければ、買うつもりだ（只要這個家俱不需要太多的錢，我就打算買）。

◊ 安くさえあればどれでもいい（只要便宜，哪個都行）。

◊ 静かでさえあれば、部屋が狭くてもいい（只要安靜，房間小點兒也可以）。

さして…ない

用法　「さして」是副詞，與否定式謂語相呼應。

✿表示微不足道、不值得一提，相當於漢語的「並不怎麼…」「並不那麼…」等。

◊ 雪もさして深くない（雪沒有多麼深）。

◊ この仕事はさして苦にならない（這項工作並不怎麼艱難）。

◊ それはさして重要なことでもない（這也不是那麼重要的事情）。

さすが

用法　「さすが」是副詞。常用在句首。其後可以接格助詞「に」和提示助詞「は」。

✿表示某事的結果果然符合說話者所了解的情況，相當於漢語的「到底是…」「果真…」「真不愧是…」「的確…」。

◊ さすがに彼はとても冷静だった（他到底是很冷靜）。

◊ さすがは君だ、よくやった（真不愧是你，做得好）。

◊ あの人はさすが名声に違わず立派だ（他果真名不虛傳，很優秀）。

◊ 海南島はさすがに暑い（海南島的確是熱）。

さすがに … だけあって

用法 「さすがに」是副詞，常用於句首。「だけ」是副助詞，「あって」是「ある」的連接式。「だけあって」接在體言、用言的連體修飾形後面。

✿表示某事的結果果真符合說話者事先所了解的真實情況，從心裏感到佩服，相當於漢語的「真不愧是 …」「不愧為 …」「畢竟是 …」「到底沒有白 …」「到底是 …」等。

◊ さすがに横綱だけあって、相手を前にしてもびくともしない (真不愧是横綱，在對手面前紋風不動)。

◊ 彼はさすがに日本に十年ほど住んでいただけあって日本語が上手だね (他畢竟在日本待了10年，日語說得很好)。

◊ 田中さんはさすがによく努力しているだけあって、今度の期末試験でいい成績を取った (田中同學到底沒有白努力，在這次期末考試中取得了好成績)。

◊ さすがに熱心なだけあって鈴木さんは野球が上手になった (到底沒有白費心，鈴木先生棒球打得不錯了)。

◊ さすがに力が強いだけあって、こんな重い荷物も一人で持てた (不愧是力氣大，一個人就能拿動這麼重的行李)。

さすがの … も …

用法 「さすがの」後接體言，同副助詞「も」呼應。

✿表示舉出一個突出的事例，說明其他也不例外，帶有一定的暗示作用，相當於漢語的「就連 … 也 / 都 …」。

◊ さすがの頑固親父も子供には勝てなかった (就連頑固的父親也都戰勝不了孩子)。

◊ さすがの大男もその石は持ち上げられなかった (就連彪形大漢也抬不起這塊石頭)。

◊ さすがの強敵も敗退した (就連勁敵也敗北了)。

◊ さすがの先生もインタビューを受ける時に緊張した (就連老師在接受採訪時也緊張了)。

… (さ) せてあげる

用法 「(さ) せてあげる」是由使役態加授受動詞「あげる」組成，語氣比「(さ)

せてやる」要有禮貌。其中，「させてあげる」接在一段動詞後面去掉詞尾「る」和「力變」動詞後面，「せてあげる」接在五段動詞「ない」形和「サ變」動詞後面，「サ變」動詞「する」為「させてあげる」，「力變」動詞「くる」為「こさせてあげる」。

✿表示說話者允許或放任第三者的行為，相當於漢語的「就讓他／他們做…」「給他／他們做…」。

◊ そんなに行きたいのなら、行かせてあげよう (如果他那麼想去，就讓他去吧)。

◊ 用事がなければ、出かけさせてあげてもいい (如果沒有什麼事，可以讓他們出去了)。

◊ 自分の部屋をきれいに掃除させてあげた (讓他把自己的房間打掃乾淨了)。

◊ 友達と一緒に来させてあげる (讓他和朋友一起來)。

…（さ）せていただく

用法 「（さ）せていただく」是敬語中一種自謙的表達方式，比「（さ）せてもらう」要恭敬。其中，「させていただく」接在一段動詞去掉詞尾「る」和「力變」動詞後面，「せていただく」接在五段動詞「ない」形和「サ變」動詞後面，「サ變」動詞「する」為「させていただく」，「力變」動詞「くる」為「こさせていただく」。

✿表示說話者希望得到身份、地位等都比自己高或應該尊敬的對方的認可，相當於漢語的「請(您)允許我做…」。

◊ よく 考 えさせていただきます (請您允許我好好想一想)。

◊ では、お先に帰らせていただきます (那麼，請您允許我先告辭)。

◊ ちょっと 休 憩させていただきます (請允許我休息一下)。

◊ ごご三時に来させていただきます (請允許我下午3點鐘來)。

…（さ）せておく

用法 「（さ）せておく」是由使役態加補助動詞「おく」構成。「させておく」接在一段動詞後面去掉詞尾「る」和「力變」動詞後面，「せておく」接在五段動詞「ない」形和「サ變」動詞後面，「サ變」動詞「する」為「させておく」，「力變」動詞「くる」為「こさせておく」。

✿表示放任，相當於漢語的「隨…」「任…」「讓…」。

◊ この子が甘えて泣いているだけだから、そのまま泣かせておきなさい（這孩子哭是在撒嬌，你別管她，隨她哭吧）。

◊ 食事をする前にテレビを見させておきなさい（吃飯以前，就讓他先看電視吧）。

◊ 注意しても聞かないのだから、勝手に好きなことをさせておけばいいよ（你再提醒他也不會聽的，所以就任他愛做什麼就做什麼吧）。

… （さ）せてください

用法　「（さ）せてください」是一種敬語表達方式。「させてください」接在一段動詞後面去掉詞尾「る」和「カ變」動詞後面，「せてください」接在五段動詞「ない」形和「サ變」動詞後面，「サ變」動詞「する」為「させてください」，「カ變」動詞「くる」為「こさせてください」。

✽表示說話者請求對方允許自己做某事，相當於漢語的「請允許我…吧」「讓我來…吧」。

◊ ちょっと疲れましたが、少し休ませてください（我感到有點兒累了，請讓我休息一下吧）。

◊ お中が空いているから、何か食べさせてください（我肚子餓了，請允許我吃點東西吧）。

◊ 今度の試合に参加させてください（請允許我參加下次比賽吧）。

◊ 日曜日は業に来させてください（星期天請讓我來加班吧）。

… （さ）せてほしい

用法　「（さ）せてほしい」是由使役態加補助形容詞「ほしい」構成。「させてほしい」接在一段動詞後面去掉詞尾「る」和「カ變」動詞後面，「せてほしい」接在五段動詞「ない」形和「サ變」動詞後面，「サ變」動詞「する」為「させてほしい」，「カ變」動詞「くる」為「こさせてほしい」。在口語中常用「（さ）せてほしいんですが（けど）」的形式。

✽表示說話者就自己將要進行的動作求得對方的許可，相當於漢語的「希望允許我…」「希望能讓我…」。

◊ 私に行かせてほしいんですけど（希望讓我去）。

◊ 決める前によく考えさせてほしいんですが（在決定以前，希望能讓我好好想想）。

◊ このことについて少し説明させてほしいのですが(就這件事，希望允許我解釋一下)。

… (さ) せられる

用法 「(さ)せられる」是被動使役態，由使役態助動詞「(さ)せる」和被動態助動詞「られる」組合而成。「させられる」接在一段動詞後面去掉詞尾「る」和「力變」動詞後面，「せられる」接在五段動詞「ない」形和「サ變」動詞後面，「サ變」動詞「する」為「させられる」，「力變」動詞「くる」為「こさせられる」。當五段動詞後續「せられる」時，「せら」往往發生約音成「さ」，由此構成「される」的形式。被動使役態的句型為：被動使役者為主題「は」＋動作的使役者為補語「に」＋謂語被動使役態「(さ)せられる」。

✱① 表示被使役態者不是出自自願而是被強迫做某事，相當於漢語的「被迫…」「被硬逼著…」「迫不得已…」。

◊ 夕べ私は友達にお酒を飲まされた(昨天晚上我被朋友硬逼著喝了酒)。

◊ 弟は母に自分の部屋をきちんと片付けさせられた(弟弟被媽媽強迫把自己的房間收拾得井然有序)。

◊ 今日の午ご後ご、学校で二時間ほど自習させられた(今天下午我們迫不得已在學校自習了2個小時左右)。

✱② 表示被使役者被眼前的事物所感動而情不自禁地、自發地做某事，這時的動詞多為情感動詞，相當於漢語的「不由得…」「情不自禁地…」「真令人感到…」。

◊ 目の前のすばらしい景色に感動させられた(我不由得被眼前的景色所感動)。

◊ 彼の勉強ぶりに感心させられた(他的學習態度真令人感到佩服)。

◊ 昨日のサッカーの試合は、逆転につぐ逆転で最後まではらはらさせられた(昨天的足球賽，比分交錯上升，讓人一直都捏著一把汗)。

… (さ) せる

用法 「(さ)せる」是使役態助動詞，活用時按照一段動詞的變化規則。「させる」接在一段動詞後面去掉詞尾「る」和「力變」動詞後面，「せる」接在五段動詞「ない」形和「サ變」動詞後面，「サ變」動詞「する」為「させる」，「力變」動詞「くる」為「こさせる」。當謂語動詞為他動詞時，所使用的句型為：使役者

「は」＋被使役者「に」＋賓語「を」＋他動詞「（さ）せる」；當謂語是自動詞時，所使用的句型為：使役者「は」＋被使役者「を」＋自動詞「（さ）せる」。

✿表示一個人叫另外一個人做某事，即一個人按照某人的指示或命令去做某事，相當於漢語的「叫⋯」「讓⋯」「令⋯」。

♢先生は学生に大きな声で本文を読み上げさせる（老師讓學生大聲朗讀課文）。

♢父さんは私にタバコを買わせた（爸爸叫我買香菸）。

♢山田課長は岡田さんを事務室に来させた（山田科長叫岡田來到了辦公室）。

♢私は彼を出かけさせた（我讓他出去了）。

さぞ…だろう

用法 「さぞ」是副詞，與表示推量的「だろう」「ことだろう」「ことと思う」等詞語相呼應。「だろう」的敬體是「でしょう」，接在體言、形容動詞詞幹、形容詞、動詞的簡體形後面。當加強語氣時，可以用副詞「さぞがし」代替「さぞ」。

✿表示說話者的一種推測，相當於漢語的「想必⋯吧」「也許⋯吧」「一定是⋯吧」。

♢さぞ疲れただろう（想必你累了吧）。

♢さぞ喉が渇いているでしょう（你一定是口渴了吧）。

♢ハルビンではさぞがしお寒いことだろう（也許哈爾濱很冷吧）。

♢あなたに会ったらご両親もさぞお喜びになることと思います（見到你，想必你父母很高興吧）。

さっぱり…ない

用法 「さっぱり」是副詞，同否定式謂語相呼應。否定式多接在動詞「ない」形後面。

✿表示強烈的否定含義，相當於漢語的「一點兒也不⋯」「絲毫不⋯」「根本不⋯」「完全不⋯」。

♢彼が何を言っているのかさっぱり分からなかった（一點兒也不明白他說的是什麼）。

♢彼は近ごろさっぱり姿を見せない（他近來根本沒有露面）。

♢どうしたらいいか、さっぱり見当がつかない（怎樣做才好，心中完全沒有數）。

さっぱりだ

用法 「さっぱり」是副詞，後接斷定助動詞「だ」，做謂語。

❀表示情況不好、不理想，相當於漢語的「不好」「糟糕」「不行」。

◊ ここのところ英語の成績はさっぱりだ（最近英語成績糟糕）。

◊ 不景気で売り上げはさっぱりだ（由於經濟不景氣，銷路不好）。

◊ 体の調子はさっぱりだ（身體不行）。

さて

用法 「さて」是接續詞，用在句首。

❀① 表示話題轉變，相當於漢語的「那麼…」「且說…」「卻說…」。

◊ さて話を元に すと、その結果は想像できなかった（那麼，言歸正傳，其結果難以想像）。

◊ これはよいとして、さて次はどうかな（這個就算可以了，那麼下一個怎麼樣呢）？

◊ さて先日ご依頼の件ですが（卻說，前幾天您囑咐的事情…）。

❀② 表示接著前面的話題繼續談下去，同「それから」「そして」「そこで」的用法很接近，相當於漢語的「那麼…」「然後」「於是」。

◊ 説明を読み終わった。さて、実際にやろう（説明書看完了，那麼實際操作一下吧）。

◊ 食事が済んだ。さて、散歩に出かけた（吃完飯，然後出去散步了）。

◊ 鍋に水を入れる。さて、五分間加熱すると出来上がる（往鍋裏加水，然後加熱5分鐘就好了）。

さほど…ない

用法 「さほど」是副詞，同否定式謂語相呼應。

❀表示程度不高，相當於漢語的「並不那麼…」「不太…」「不怎麼…」。

◊ 今日の試験はさほど難しくなかった（今天的考試不怎麼難）。

◊ 刺身はさほど好きではない（我不太喜歡吃生魚片）。

◊ さほど行かないうちにスーパーが見えた（沒走幾步就看到了超市）。

さも…ようだ

用法 「さも」是副詞，常與形容動詞型的比況助動詞「ようだ」、形容動詞型的

樣態助動詞「そうだ」和形容詞型的推量助動詞「らしい」相呼應。「ようだ」接在體言＋格助詞「の」和用言的連體修飾型後面。「そうだ」接在動詞的「ます」形和形容詞、形容動詞詞幹後面。「らしい」則接在體言、形容動詞詞幹和形容詞、動詞的簡體後面。

✼表示一種外觀的視覺感，相當於漢語的「好像…」「彷彿…」「看來很…」「顯出…」「看上去好像…」等。

◊ さもいいこと尽くめのように言う（說得好像天花亂墜）。

◊ その子はさも幽霊でも見たような顔をしている（那孩子好像是一副看到幽灵的模樣）。

◊ さもうれしそうに笑った（看來很高興地笑了）。

◊ 彼はさも残念そうな顔をしている（他顯出一副很遺憾的表情）。

◊ その植木はさも本物らしく作ってある（那盆花看上去做得像真的一樣）。

◊ 彼はさも本気で言ったらしい（看來他是認真說的）。

… ざるを得ない

用法 「ざる」是文語否定助動詞「ず」的補助活用，相當於現代日語的否定助動詞「ない」。該句型接在動詞「ない」形後面。「サ變」動詞「する」後接「ざるをえない」為「せざるをえない」。

✼表示說話者本來不想這樣做，可是出於沒有辦法而只好這樣，別無選擇，相當於漢語的「不得不…」。

◊ うちの生活がとても苦しいので、私は大学進学をあきらめざるを得なかった（因為家庭生活貧困，所以我不得不放棄上大學）。

◊ 約束した以上、実行せざるをえない（既然約好了，就不得不照辦）。

◊ 先生に言われたのだから、やらざるをえない（因為是老師吩咐的，所以不得不做）。

… し …

用法 「し」是接續助詞，接在活用詞的簡體後面。

✿① 表示併列兩個事物，相當於漢語的「又…又…」「既…又…」「不僅…而且…」「…而且…」。

◊ このアパートは静かだし、日当たりもいい（這個公寓又安靜，光線又好）。

◊ この部屋は鍵がかかっていなかったし、窓もあいていた（這個房間不僅沒有上鎖，而且窗戶還開著）。

◊ 学校の食堂の料理はおいしいし、値段がそれほど高くない（學校食堂裏的飯菜既好吃，價錢又不貴）。

✿② 表示在各種事項中列舉出一個主要的事項，以此作為理由加以判斷，相當於漢語的「又…所以…」「…因此…」等。

◊ 道が遠いし、行くのを止めようか（路途又遠，就不去了吧）？

◊ 用事があるし、今日はこれで失礼します（今天我有事，所以就此告辭了）。

◊ バスもタクシーも来ないし困ったな（公交車、出租車又都沒有來，真急人啊）。

… しか … ない

用法 「しか」是副助詞，接在體言、助詞等後面，與否定式謂語相呼應。「しか」與格助詞「が」「を」重疊時，往往可以取代它們，當接在「に」「で」「と」「から」等時其他助詞時，要重疊在它們的後面。

✿表示限定，相當於漢語的「只有…」「只…」「僅…」。

◊ その曲をうまく歌えるのは彼しかいない（能唱好這首歌曲的人只有他）。

◊ 彼には一度しか会ったことがない（我只見過他一次）。

◊ 私はこれだけしか持っていない（我只有這個）。

◊ 私には彼の行為は裏切りとしか思えなかった（我只能認為他的行為背叛了我）。

… 仕方がない

用法 「しかたがない」是詞組，常用做謂語，其狀語為「しかたがなく」。在口

語中，常說成「しょうがない」的形式。

✿表示沒有其他什麼方法，相當於漢語的「只好…」「只得…」「沒辦法」。

◊ 社長の命令だから仕方がない（因為是總經理的命令，沒有辦法）。

◊ 運命なんだから仕方がないさ（這就是命，也沒有辦法啊）。

◊ 彼は仕方なく出ていった（他只好出去了）。

◊ 重い病気だから、しかたがなく手術を受けたのだ（因為得了重病，只好做了手術）。

… しかない

用法 「しかない」是詞團，接在動詞的原形後面。 ✿表示沒有別的方法，只好這樣做，相當於漢語的「只有…」「只好…」「只得…」。

◊ いやなら止めるしかない（不願意的話，就只有作罷）。

◊ 明日は大雨になったら、運動会は延期するしかない（如果明天下大雨，運動會只得推遲）。

◊ 昨日会えなかったので、今日はもう一度行くしかない（昨天沒有見到，今天只好再去一趟）。

… し…し…

用法 「し」是接續助詞，接在活用詞的簡體後面。

✿表示併列兩個以上的事實作為後項的原因或理由，相當於漢語的「又…又…所以…」「又…又…」「又…因此…」。

◊ 交通が不便だし、道が遠いし、行きたくない（交通又不方便，路途又遠，所以我不想去）。

◊ 言葉ばが通じないし、知り合いが一人りもいないし、たいへん困っている（語言不通，熟人又一個也沒有，因此感到很為難）。

◊ バスで足を踏まれたし、後ろから人に押されて転びそうになったし、今日は本当にひどい目に会った（今天在公車上被人踩了腳，又被人從後面推了一把，差點摔倒，真是倒了大霉了）。

… 次第

用法 「次第」是接尾詞，接在動詞的「ます」形和「サ變」動詞的詞幹後面。前項多為自然經過的事情，而後項多為說話者有意識的行動。

❈表示前項剛一結束，就立即採取下一步行動，相當於漢語的「一…就立刻…」「一…就馬上…」「一…隨即…」。

◊ スケジュールが決まり次第、すぐ知らせてください（日程一定下來，就請立刻通知我）。

◊ 会長が到着し次第、会を始めたいと思う（我想會長一到，我們就馬上開會）。

◊ 新しい実験室がもうすぐできる。完成次第、器具類のテストを始める予定だ（新實驗室就要建成了。一建好，隨即就要開始測試各種器械）。

◊ 出発次第、すぐ電話で教えます（一出發，就馬上打電話告訴你）。

… 次第だ（說明）

用法 「次第」是名詞，接在連體詞、活用詞連體修飾形後面，常用於書面語。

❈表示說明原委或理由，相當於漢語的「情況是…」，也可以不譯。

◊ まあざっとこんな次第です（情形基本上是這樣的）。

◊ こんなことになって、恥かしい次第だ（事情弄成這樣，真感到難為情）。

◊ とりあえずお知らせした次第です（暫且通知）。

◊ 課長から帰れという連絡が入りまして急いで帰ってきた次第です（接到科長叫我回來的通知，就急忙趕回來了）。

◊ 以上のような次第で、来週の工場見学は中止にさせていただきます（由於以上的緣故，所以取消下週去工廠參觀的計畫）。

… 次第だ / … 次第で（依据）

用法 「次第」是接尾詞，接在體言後面。 ❈表示事件或動作發生的依據，相當於漢語的「要看…」「取決於…」「就看…」。

◊ これから先は君の腕次第だ（今後就看你的本事了）。

◊ 何事も人次第だ（事在人為）。

◊ お天気次第でどこへ行くか決めよう（要看天氣再決定去哪裏吧）。

◊ 努力次第で成功します（成功取決於努力）。

… 次第では

用法 「次第」是接尾詞，接在體言後面。

❈表示從事態發生的很多可能性當中列舉其中之一加以敘述，相當於漢語的「要

根據 … 如何」「依據 … 的情況」「要看 … 」等。

◊ 成績次第では、あなたは別のコースに入ることになる（要看你成績如何，也許會進入別的課程學習）。

◊ 道の込み方次第では、着くのが大幅に遅れるかもしれない（要看道路擁擠的情況，也許會很晚到達）。

◊ 考え方次第では、苦しい経験も貴重な思い出になる（要看你怎麼看，痛苦的經驗也會成為寶貴的回憶）。

実は

用法 「実は」是副詞，常用於句首。

✿表示說明事物的真相或真實情況，相當於漢語的「其實 … 」「說實在的 … 」「老實說 … 」「說真的 … 」「事實是 … 」等。

◊ 実は今朝着いたばかりなのだ（其實今天早晨剛到）。

◊ 実は彼は今日来ないんだ（老實說，他今天不會來了）。

◊ 実はわたしにもよく分からない（說真的，我也不知道）。

◊ 彼は実は補欠だったが直前になって出場選手に選ばれた（他其實是一個替補隊員，在比賽前才被選為出場選手）。

実を言うと

用法 「実を言うと」是一個慣用說法，起副詞作用，常用於句首。

✿表示說明真相，相當於漢語的「說實話 … 」「實話對你說 … 」「老實說 … 」等。

◊ 実を言うと、彼は先週もう首になったのだ（說實話，他上週就已經被解雇了）。

◊ 実を言うと、私の幼児の時、両親は離婚してしまったんだ（老實說，在我幼小的時候，父母就離異了）。

◊ 実を言うと、彼女は別れた女房なんだ（實話對你說，她就是我的前妻）。

… 始末だ

用法 「始末」是名詞，接在連體詞、動詞的原形後面。也常用「始末になる」的表達方式。

✿表示經過前項不好的事實，到最後終於發生了後項不好的結果，相當於漢語的「結果 … 地步」「落到 … 田地」「搞成 … 樣子」「竟然 … 」等。

◊ バブル崩壊で、会社は倒産してしまう始末だった（由於泡沫經濟崩潰，公司到了倒閉的地步）。

◊ あの夫婦は喧嘩ばかりして、とうとう離婚すると言う始末だ（那對夫婦淨吵架，最後終於提出要離婚）。

◊ こんな始末になってたいへん遺憾です（落到了這步田地，感到非常遺憾）。

◊ 社長があの始末ではどうにもならない（總經理那種樣子的話，真是沒辦法了）。

…じゅう

用法 「じゅう」是接尾詞，可以寫成「中」。它常接在表示場所、範圍、時間、期間等名詞後面。

✱表示整個範圍之內和在此期間內，相當於漢語的「整個…」「全…」「整整…」。

◊ 家じゅうを探しました（整個家裏都找遍了）。

◊ 町じゅうに噂が広まった（風言風語傳遍了整個城鎮）。

◊ 実験のため、一晩中起きている（為了試驗，一晚上都沒有睡）。

◊ 午後中、ずっと宣伝カーの音でうるさかった（整整一個下午，宣傳車的聲音都在響個不停，吵死了）。

…上

用法 「上」是接尾詞，接在名詞後面。

✱表示出於或鑒於某種情況，從某一個觀點來看或在某一個方面，相當於漢語的「從…來看」「出於…」「鑒於…」「在…方面」「…上」。

◊ 立場上、その質問に答えられない（鑒於我的立場，無法回答這個問題）。

◊ 安全上、作業中はヘルメットを必ず被ること（出於安全考慮，在整個操作過程中必須戴安全帽）。

◊ この映画は子供の教育上よくない（從教育孩子的觀點來看，這部電影內容不好）。

◊ 彼とはただ仕事上の付き合いだけだ（我和他僅僅是工作上的往來）。

◊ 技術上はまったく問題ない（在技術上毫無問題）。

す

…ず / …ずに

用法　「ず」是文語否定助動詞，接在動詞「ない」形後面，「サ變」動詞「する」接「ず」時，為「せず」。有時，「ず」後面可以接格助詞「に」表示狀態。「ず」相當於現代日語中的「ないで」。它常用於書面語。

✿表示否定，相當於漢語的「不…」「沒有…」。

◊ 今日はバスに乗らず、自転車で会社に来た(今天沒有坐公交車，騎自行車來公司的)。

◊ 出発先日までホテルの予約が取れず、心配させられた(到了出發前一天都沒有預定上旅館，叫人擔心)。

◊ 胃潰瘍で何も食べずに寝た(因為胃潰瘍，所以什麼也沒有吃就睡了)。

◊ 誰にも相談せずに、自分で決めた(我和誰都沒有商量，就自己決定了)。

… 末(に)

用法　「末」是名詞，接在體言加格助詞「の」和動詞的過去式「た」後面。該句型為書面語。

✿表示經過某一段時間或經過某一個階段，最終做出後項的事情，相當於漢語的「經過…之後」。

◊ はげしい議論の末、ようやく結論を出した(經過激烈的討論，總算拿出了個結論)。

◊ 口論の末、取っ組み合いになった(經過一番口角之後，扭打起來了)。

◊ よく考えたすえに、大学院進学を諦めた(經過深思熟慮之後，放棄了讀研究生)。

◊ 今月の末に、学長は代表団を率いて貴学校を訪問する(這個月的月底，校長將率代表團訪問貴校)。

◊ 大型トラックは一キロ暴走した末に、ようやく止まった(那輛重型卡車狂奔了1公里之後，終於停下來了)。

… すぎ

用法 ①「すぎ」是接尾詞，可以寫成「過ぎ」，接在表示時間、年齡等數量詞後面構成名詞。

✿表示時間、年齡的超過，相當於漢語的「…多」。

◊飛行機は定刻三十分過ぎに着陸した(飛機過了預定時間半個多小時才著陸)。

◊会は定刻十分過ぎに始まった(會議過了預定時間10分鐘才開始)。

◊田中さんのお父さんはもう六十歳すぎだったよ(田中先生的父親已經60多歲了)。

用法 ②「すぎ」是接尾詞，可以寫成「過ぎ」，接在動詞的「ます」形後面，構成複合名詞。

✿表示超出了一般程度，相當於漢語的「太…」「過於…」「過分…」「過火…」。

◊彼は飲み過ぎだ(他喝得太多)。

◊それは少し言い過ぎだ(說得有些過火了)。

◊彼女は最近太りすぎだ(她最近過胖了)。

… すぎる

用法「すぎる」是接尾詞，可以寫成「過ぎる」，接在動詞的「ます」形和形容詞、形容動詞的詞幹後面，構成複合動詞。

✿表示超出了一般程度，相當於漢語的「太…」「過於…」「過分…」「過火…」。

◊彼は働き過ぎて病気になった(他工作太拼命而生病了)。

◊親には孝行し過ぎるということはない(沒有說對父母過於孝順的)。

◊この本は難し過ぎてわからない(這本書太難了，看不懂)。

◊彼は熱心過ぎる(他過於熱情)。

すくなくとも

用法「すくなくとも」是副詞，可以寫成「少なくとも」，修飾用言。

✿表示數量程度的最低限度，相當於漢語的「至少…」「最少…」「起碼…」。

◊彼は少なくとも三千冊の本を持っている(他至少有3000本書)。

◊一日に少なくとも二十ドル要る(一天最少要20美元)。

◊ この仕事を終えるには少なくとも一か月かかる（要完成這項工作，起碼需要一個月）。

… ずくめ

用法 「ずくめ」是接尾詞，接在名詞後面，構成名詞。

✿表示清一色、完全的意思，相當於漢語的「全是…」「淨是…」「老是…」。

◊ 今晩の食事はご馳走ずくめだった（今天晚餐全都是好吃的）。

◊ 彼女は赤ずくめの服装だった（她的服装老是一身紅）。

◊ 小言ずくめでうんざりした（淨是些牢騷，都膩了）。

すこしも … ない

用法 「すこしも」是副詞，可以寫成「少しも」，與否定式謂語相呼應。

✿表示徹底否定，相當於漢語的「一點也不…」「絲毫不…」「根本不…」。

◊ そんなことは少しも気にならない（那種事根本不放在心上）。

◊ 彼が不誠実だとは少しも知らなかった（我一點兒也不知道他不誠實）。

◊ 少しも疑わしい点はない（絲毫沒有可疑的地方）。

… ずつ

用法 「ずつ」是副助詞，接在數量詞後面。

✿① 表示等量的分配，相當於漢語的「每…」「各…」。

◊ サンプルを四人に一個ずつ配った（每4個人發一個樣品）。

◊ 少年たちはそれぞれ五千円ずつ受け取った（少年們每人各收到了5000日元）。

◊ 五人ずつ一組になった（每5個人為一組）。

✿② 表示等量的反覆。

◊ 共鳴者が二、三人ずつ増えていった（共鳴者每次增加了兩三人）。

◊ お皿を一枚ずつ重ねた（把碟子一只只摞起來）。

◊ 少しずつ元気を回復した（一點點恢復了健康）。

すなわち

用法 「すなわち」是副詞，可以寫成「即ち」，接在短語或短句後面。

✿表示該事物的具體內容，相當於漢語的「即…」「就是…」。

◊彼の祖父、すなわち故山本大将だよ（他的祖父就是已故的山本大將啊）。
◊日本の中等教育は二つの学校、すなわち中学校と高等学校で行われる（日本的中等教育是在兩類學校，即初中和高中實施）。
◊金陵すなわち今の南京はすっかり変わった（金陵，就是現在的南京，完全變了）。

…ずにいる

用法　「ず」是文語否定助動詞，接在動詞「ない」形後面，「サ變」動詞「する」接「ず」時，為「せず」。有時，「ず」後面可以接格助詞「に」表示狀態。「ず」相當於現代日語的「ないで」。「に」是表示狀態的格助詞，「いる」是補助動詞，表示狀態。該句型為書面語，口語為「…ないでいる」。

✲表示目前這一階段一直沒有做某行為，它所呈現的是一種狀態，相當於漢語的「一直沒有…」「一直不…」「老不…」。
◊このごろ家族のみんなは山登りに行かずにいる（最近全家一直沒有去爬山）。
◊風邪は治らずにいるそうだ（據說感冒一直都沒有治好）。
◊私は病気で出勤せずにいる（我因生病一直沒有上班）。

…ずにおく

用法　「ず」是文語否定助動詞，接在動詞「ない」形後面，「サ變」動詞「する」接「ず」時，為「せず」。有時，「ず」後面可以接格助詞「に」表示狀態。「ず」相當於現代日語的「ないで」。「に」是表示狀態的格助詞，「おく」是補助動詞。該句型為書面語，口語為「…ないでおく」。

✲表示為了某種特定的目的而事先不做某事，相當於漢語的「先不要…」「暫不…」等。
◊お母さんがいま気持ちが悪そうだから、その悪いことを教えずにおきなさい（你媽媽現在好像心情不好，所以請你先不要把這壞消息告訴她）。
◊先生に電話がかかってきたが、授業をやっているから、邪魔せずにおいた（有人來電話找老師您，因為您正在上課，我就沒有打擾您）。
◊あした病院で検査を受けるから、朝ご飯は食べずにおきたい（因為明天要到醫院檢查身體，所以我想先不吃早飯）。

… ずにすむ

用法　「ず」是文語否定助動詞，接在動詞「ない」形後面，「サ變」動詞「する」接「ず」時，為「せず」。有時，「ず」後面可以接格助詞「に」表示狀態。「ず」相當於現代日語的「ないで」。「に」是表示狀態的格助詞，「すむ」是補助動詞，可以寫成「済む」，表示完了。該句型為書面語，口語為「…ないですむ」。

✤表示不用再做原本想要做的事情，相當於漢語的「不用…」、「不要…」。

♪君のノートを借りずに済みそうだ（好像不用借你的筆記本了）。

♪社長が出席せずに済むだろう（總經理大概不要出席了吧）。

♪外国電報を打つのに電報局に行かずにすむ（打國際電報不用去電報局）。

… ずにおる / … ないでおる

用法　「ず」是文語否定助動詞，接在動詞「ない」形後面，「サ變」動詞「する」接「ず」時，為「せず」。有時，「ず」後面可以接格助詞「に」表示狀態。「ず」相當於現代日語的「ないで」。「に」是表示狀態的格助詞，「おる」是補助動詞，表示狀態。該句型為書面語，口語為「…ないでおる」。該句型是一種自謙或鄭重的表達方式。

✤表示目前這一階段一直沒有做某行為，它所呈現的是一種狀態，相當於漢語的「一直沒有…」、「一直不…」、「老不…」。

♪母親は赤ちゃんの世話をするので、デパートで働かずにおる（因為母親要照看嬰兒，所以一直沒有在百貨商店裏工作）。

♪植物園の中には梅の花は咲かずにおる（植物園裏面的梅花一直沒有綻放）。

♪私は学校へ来ずにおる（我一直不來學校）。

… ずにしまう

用法　「ず」是文語否定助動詞，接在動詞「ない」形後面，「サ變」動詞「する」接「ず」時，為「せず」。「ずに」相當於現代日語的「ないで」，「に」是表示狀態的格助詞，「しまう」是補助動詞，表示結束。該句型為書面語表達，口語為「…ないでしまう」。同「…ずに終る」的用法一樣。

✤表示某一件事情最終沒有出現，相當於漢語的「沒…就結束了」、「沒…就完了」、「沒有…」。

♪その辛い話はとうとう口に出さずにしまった（這種痛苦的經歷最終沒有說

出来)。

◊ 発 表 会で 私 はまだ何も発 表 せずにしまった(在發表會上我什麼都還沒有發表就結束了)。

◊ 部 長 はついに夕 食 を食べずにしまい、また会社の会議に出た(部長終於沒有吃晚飯,就又去參加公司的會議了)。

… ずにはいられない

用法 「ず」是文語否定助動詞,接在動詞「ない」形後面,「サ變」動詞「する」接「ず」時,為「せず」。「ずに」相當於現代日語的「ないで」,「に」是表示狀態的格助詞,「は」是提示助詞,加強否定的語氣,「いられない」是補助動詞「いる」的可能態否定式。該句型為書面語,口語為「… ないではいられない」。它不能直接用於表現第三人稱,若要使用,在結句處應加上「だろう」「ようだ」「らしい」「そうだ」「のだ」等詞。

✿表示說話者難以控制住自己的意志,自然就表現出某種狀態或行為,相當於漢語的「不得不 …」「不能不 …」「控制不住地 …」「禁不住 …」。

◊ この映画を見ると、誰でも感動せずにはいられないだろうと思う(我想無論誰看了這部電影都會感動的)。

◊ お中の痛さに我慢できないので泣かずにはいられなかった(我難以忍受肚子疼痛,忍不住哭了)。

◊ おいしい、おいしいと薦められて、食べずにはいられなかった(大家都對我說好吃好吃,我就不得不吃了)。

◊ 尾川さんは困った人を見ると、助けずにはいられないそうだ(聽說尾川君看到有困難的人就會禁不住幫助他)。

… ずにはおかない

用法 「ず」是文語否定助動詞,接在動詞「ない」形後面,「サ變」動詞「する」接「ず」時,為「せず」。「ずに」相當於現代日語的「ないで」,「に」是表示狀態的格助詞,「は」是提示助詞,加強否定的語氣,「おかない」是補助動詞「おく」的否定式。該句型為書面語,口語為「… ないではおかない」。

✿表示不論說話者的意志如何,都必然導致某種行為或狀態的發生,相當於漢語的「必然」。

◊ 山田さんが事故 調 査についての説明は人々に不満を抱かせずにはおかない

（山田先生就事故調查的説明必然會使大家感到不満）。

◊ 彼の身の上は聞く人を感動させずにはおかない（他的身世必然會使聽眾感動）。

◊ 今のような政治情勢では国民に不信感を与えずにはおかいらしい（現在的政治形勢必然引起國民的不信任感）。

… ずにはすまない

用法 「ず」是文語否定助動詞，接在動詞「ない」形後面，「サ變」動詞「する」接「ず」時，為「せず」。「ずに」相當於現代日語的「ないで」，「に」是表示狀態的格助詞，「は」是提示助詞，加強否定的語氣，「すまない」是補助動詞「すむ」的否定式。該句型為書面語表達，口語為「…ないではすまない」。

✿表示處於當時的情況如果不這樣做是不允許的，相當於漢語的「不得不…」「不能不…」「不好不…」。

◊ 大切なものを壊してしまったので、新しいのを買って返さずにはすまない（因為把一個很重要的東西搞壞了，所以不得不買一個新的償還）。

◊ 検査の結果によって、手術を受けずにはすまないだろう（根據檢查的結果，恐怕不得不接受手術治療了）。

◊ 責任者としてその会議に出席せずにはすまない（作為領導不得不參加這個會議）。

… すら / … ですら

用法 「すら」是副助詞，接在體言和助詞的後面，加強語氣時用「ですら」。其用法與副助詞「さえ」相同。「すら」本身可以頂替格助詞「が」和「を」。

✿表示舉出極端的事例來暗示其他，相當於漢語的「就連…也」「甚至連…都」等。

◊ 橋本さんは食事をする時間すら惜しんで、研究している（橋本先生在做研究時，甚至連吃飯的時間都怕浪費）。

◊ 幼い子供を失った彼女は生きる希望すら無くなってしまった（她失去幼小的孩子後連活著的希望都沒有了）。

◊ 彼は仲のいい友達にすら騙された（就連好朋友也欺騙了他）。

◊ 富士山の頂上は夏ですら雪が残っている（富士山的山頂上就連夏天也積雪）。

◊ この計算がとても 難 しくて数学の 上 手な井上さんですら困っている (這道計算題很難，甚至連數學很好的井上同學都做不出來)。

…すら…ない

用法 「すら」是副助詞，接在體言和助詞的後面，與否定式謂語相呼應，加強語氣時用「ですら」。「すら」本身可以頂替格助詞「が」和「を」。

✿表示舉出一個非常極端的例子強調不能或無法怎樣，相當於漢語的「就連…也不…」「連…都不…」。

◊ 腰の骨を痛めて、歩くことすらできない (感到腰骨疼痛，連路也走不了)。

◊ 父親は一 生 涯よそのところへすら行ったことはない (父親一輩子連外地都沒有去過)。

◊ 大学 教 授ですらわからない数学の問題は十歳の子供が解けた (一個10歳的小孩子解開了一個連大學教授都不會的數學問題)。

◊ こんな重い荷物なら、力 が強い野村さんですら持てない (這麼重的行李，就連力氣大的野村君都抬不動)。

副詞＋する

用法 「する」是「サ變」動詞，接在副詞後面。

✿表示事物的性質或狀態。

◊ 日本人はあっさりした味が好きなようだ (日本人好像喜歡清淡的味道)。

◊ 定年退 職 してからの生活はのんびりしている (退休以後的生活很悠閒)。

◊ この紙はざらざらしている (這張紙不光滑)。

數量詞＋する

用法 「する」是「サ變」動詞，接在數量詞後面。

✿表示時間或費用的花費，相當於漢語的「需要…」「花了…」「用了…」。

◊ それから二時間してようやく部品が届いた (此後用了兩個小時，零件終於到了)。

◊ あと一 週 間したらきっと終ると思う (我覺得再用一週的時間，肯定會結束的)。

◊ この種の時計は 十 万円ほどするでしょう (這種錶大約要10萬日元)。

◊ その洋服はいくらしましたか (這件西服花了多少錢)?

すると

用法 「すると」是接續詞，單獨使用。

✽① 表示一個事物出現之後，接著又出現了另一個事物，相當於漢語的「於是…」。

◊ 風邪をひいて 薬 を飲んだ。すると、体 が少し元気になった（感冒吃了藥，於是感覺身體好些了）。

◊ 私 が出かけた。すると、彼も私の後について出た（我出去了，於是他也跟著我離開了）。

◊ こんな時間になって、バスがもうなくなった。すると、タクシーに乗って帰ってきた（到了這個時間已經沒有公車了，於是我就乘坐計程車回來了）。

✽② 表示根據前項的事實加以推測，而自然得出後項的結論，相當於漢語的「那麼說…」「這麼說…」

◊ A：先 週 山田さんは 出 張 でまだ会社にもどってこなかった（上週山田先生出差還沒有回到公司裏）。

B：すると、彼はその場にはいなかったのだね（這麼說，他不在現場了）。

◊ A：明日は日 曜 日で休みだよ（明天是星期天休息）。

B：すると朝ははやく起きる必要はないね（那麼說早晨不必起得很早了）。

◊ A：来 週 運動会が 行 われることになった（下週將舉行運動會）。

B：すると、休 校だね（這麼說要停課啦）。

せ

… せいか

用法 「せい」是形式體言，接在名詞加格助詞「の」和用言的連體修飾形後面。「か」是表示不確定的副助詞。

✿表示對不好原因或理由加以推測，相當於漢語的「也許是因為 … 的緣故吧」「或許是由於 …」「說不定是因為 …」等。

◊ 汚染のせいか、ガンになる人が年々増えている（也許是因為污染的緣故，得癌症的人年年在增加）。

◊ 雨が降っているせいか、気持ちが悪い（或許是因為下雨的緣故吧，心情不好）。

◊ 夕べよく眠れなかったせいか、今朝起きてから頭が痛くなった（說不定是因為昨天晚上沒有睡好，今天早晨起來就感到頭疼）。

◊ たいへん暑いせいか、食欲はない（或許是由於天氣太熱而沒了食慾）。

◊ 彼はとても親切なせいか、人受けがいい（也許是因為他待人很熱情，所以很有人緣）。

… せいで／… せいだ

用法 「せい」是形式體言，接在名詞加格助詞「の」和用言的連體修飾形後面。「で」是表示原因的格助詞。「せいで」用於句中，而「せいだ」用於結句。

✿表示不好的原因，具有把責任、矛盾、失敗等轉嫁於其他人或事的語氣，相當於漢語的「由於 … 的緣故」「之所以 … 是因為」「由於 … 的原因」。

◊ 薬のせいで眠くて仕方がなかった（由於藥物的緣故而特別想睡）。

◊ 気のせいだよ。地震なんてなかったよ（這是由於心理作用，沒發生什麼地震）。

◊ 汽車に遅れたのは交通渋滞のせいだ（之所以沒有趕上火車就是因為交通堵塞）。

◊ 体がだるいのは酷い風邪を引いたせいだ（感到身體乏力是由於患重感冒的原因）。

せいぜい

用法 「せいぜい」是副詞，常用於修飾謂語或用言。

✱① 表示最大範圍，相當於漢語的「頂多…」「充其量…」「最多也只有…」。

◊ この少女はせいぜい九歳だったと思う（我認為這位少女頂多9歲）。

◊ 出願者はせいぜい五百人ぐらいだろう（申請者大概最多也只有500人左右）。

◊ 後で地団太を踏むことがせいぜいだろう（以後頂多也只會頓足捶胸而已）。

◊ この機械が持つのはせいぜい三年くらいだね（這個機器的壽命頂多只有3年左右的時間）。

✱② 表示盡最大可能去做某事，相當於漢語的「儘量…」「盡力…」「盡可能…」。

◊ せいぜい努力して頑張ろう（盡最大努力堅持下去）。

◊ せいぜいお体をお大事にしてください（請儘量多保重）。

◊ せいぜいよく勉強しなさい（請盡力好好學習）。

せっかく … からには

用法 「せっかく」是副詞，與詞團「からには」相呼應。「からには」接在名詞、形容動詞詞幹加「である」以及形容詞和動詞的簡體形後面。後項常用表示意志、願望、建議等含義的表達方式。

✱表示前項事物來之不易，後項應將其充分加以利用，相當於漢語的「既然好不容易才…就…」。

◊ せっかく日本に留学するからには、できるだけ多くの知識を勉強したい（既然好不容易要去日本留學，就想儘量多學些知識）。

◊ せっかく就職したからには、一生懸命よく働かなければならない（既然好不容易找到了工作，就必須拼命地好好幹）。

◊ せっかく大学に受かったからには、大学での生活を大事にすべきだ（既然好不容易才考上了大學，就應該珍惜大學裏的生活）。

せっかく … けれども

用法 「せっかく」是副詞，與表示轉折關係的接續助詞「けれども」或「が」相呼應。「けれども」和「が」接續用法一樣，都可以接在活用詞的敬體或簡體後

面。

✿表示雖然經過一番努力或費盡周折，但還是沒有能實現或達到預期的目的，帶有一種遺憾的心情，相當於漢語的「雖然努力⋯但是⋯」「儘管費力⋯可是⋯」。

◊ <u>せっかく</u>頑張りました<u>けれども</u>、やはり失敗に終りました (雖然努力了，但還是以失敗而告終)。

◊ <u>せっかく</u>応急手当をした<u>けれども</u>、患者はとうとう死んでしまった (儘管費力進行了搶救，但病人最終還是去世了)。

◊ <u>せっかく</u>作ったのですが、喜んではもらえなかったようです (儘管好不容易做了，但對方卻不滿意)。

◊ <u>せっかく</u>相手の許可をもらったが、計画どおりに完成できなかった (雖然好不容易才得到對方的許可，可是卻沒有能按計畫完成)。

せっかく ⋯ のに / ⋯ せっかく ⋯ ても

用法 「せっかく」是副詞，與接續助詞「のに」或「ても」相呼應。「のに」接在活用詞的連體修飾形後面，「ても」接在動詞的「て」形後面。一般來講「のに」用於確定的事態，「ても」用於假定的事態。

✿表示雖然經過一番苦心，但沒有得到應有的結果，感到十分遺憾，相當於漢語的「好不容易⋯卻⋯」「儘管費力⋯但也⋯」「即使努力⋯了，但也⋯」等。

◊ <u>せっかく</u>訪ねてくれた<u>のに</u>私はあいにく留守だった (她特意來拜訪我，我卻湊巧不在家)。

◊ <u>せっかく</u>たくさんご馳走を作って待っていた<u>のに</u>、お客さんはとうとう来なかった (儘管好不容易做了一些好吃的等著，可是客人最終沒有來)。

◊ <u>せっかく</u>休みな<u>のに</u>、ひどい雨でどこへも行けない (好不容易有個休息日，卻下大雨，哪裏也去不成)。

◊ <u>せっかく</u>謝りに来<u>ても</u>、許してやらない (即使專程來道歉，我也不會原諒他)。

◊ <u>せっかく</u>招待してくれ<u>ても</u>、パーティーに出る暇がないので、すみません (即使特意邀請我，我也沒有時間參加晚宴，對不起)。

せっかくですが

用法 「せっかくですが」是一個慣用句，其中「が」是表示轉折關係的接續助

詞。

✽表示向特意邀請自己的對方表示感謝的同時加以婉轉的拒絕，相當於漢語的
「謝謝您的好意，可是 …」「謝謝你的邀請，可是 …」「有違您的好意 …」。

◊ せっかくですが、あしたは朝から出発しなければならなりませんから（謝
謝您的好意，可是明天一早我就必須要離開了）。

◊ せっかくですが、今回はお伴できません（謝謝您的邀請，可是這次我不能陪
您了）。

◊ せっかくですが、今日の都合はちょっと悪いんです（有違您的好意，今天我
不方便）。

せっかくの＋體言

用法 「せっかく」是副詞，後續格助詞「の」修飾體言。

✽表示難得的一個好機會或通過艱苦努力好不容易才完成的行為，卻因為沒有好
好利用而感到惋惜，或是希望要很好地利用起來，相當於漢語的「好不容易
的 …」「難得的 …」「費盡心血的 …」等。

◊ せっかくの日曜日が彼のために駄目になってしまった（難得的一個星期天，
因為他而泡湯了）。

◊ 大雨でせっかくの晴れ着が台無しだ（好不容易才有那麼一件盛裝，卻被大雨
糟蹋了）。

◊ せっかくの機会だったのに逃してしまった（難得的一個好機會，卻被放過
了）。

ぜひ

用法 「ぜひ」是副詞，可以寫成「是非」，用來修飾用言。常與希望、請求、意志
等含義的表達方式相呼應。它不與否定式一起使用。

✽表示說話人一種強烈的願望，無論如何也必須這樣去做，相當於漢語的「一
定 …」「務必 …」「必須 …」「無論如何 …」。

◊ これはぜひ読みたいと思っていた本です（這是我一直想讀的書）。

◊ ご来訪の前に是非お電話ください（請您來訪前，務必給我打個電話）。

◊ 彼女に是非と勧められたのでその映画を見に行った（她向我推薦說一定要
看，所以我就去看那部電影了）。

せめて

用法 「せめて」是副詞，後續表示決心、願望等含義的表達方式。

✿表示程度的降低，相當於漢語的「至少…」「起碼…」「哪怕…」。

◊ せめてもう一時間でも長くいられたらなあ（哪怕能再待上1個小時也好啊）。

◊ せめて二キロくらいなら駅まで歩くのだが（要是只有兩公里的話，就走去車站了）。

◊ 彼女にとって絵をかくことがせめてもの楽しみだ（對她來説，至少畫畫是她的樂趣）。

せめて … だけでも / せめて … なりとも

用法 「せめて」是副詞，同詞團「だけでも」相呼應。其中「だけでも」接在體言後面，可以同詞團「なりても」置換。

✿表示在程度上降低要求，相當於漢語的「哪怕…」「最起碼…」。

◊ せめてパリだけでも見たい（最起碼想看看巴黎）。

◊ せめて一晩だけでも泊めてくださいませんか（能否讓我住下，哪怕一晚上也行）。

◊ せめて相手の電話番号なりとも知ればいいのだが（哪怕知道對方的電話號碼也好，可是…）。

全然 … ない

用法 「全然」是副詞，同否定式謂語相呼應。常用於口語表達。

✿表示全面否定，相當於漢語的「一點兒也不…」「根本不…」「絲毫不…」等。

◊ この小説は全然おもしろくない（這本小説毫無意思）。

◊ そんなことは全然気にしていない（那種事情根本沒放在心上）。

◊ それがどういうことなのか全然わからない（我一點兒也不清楚這是怎麼一回事兒）。

◊ 聞いていたのとは全然違っていた（和聽到的完全不一樣）。

そ

そう…ない

用法 「そう」是副詞，同否定式謂語相呼應。基本用法和意思都同「それほど…ない」相同。

✿表示在程度上有所降低，相當於漢語的「並不那麼…」「並不太…」「並不怎麼…」等。

♢この本はそう面白くない（這本書並不那麼有趣）。

♢小川さんは物理がそう得意ではない（小川同學並不怎麼擅長物理）。

♢たいしたことではないから、そう驚くことはないよ（不是什麼大事，不必那麼大驚小怪的）。

♢山田さんはクラスでそう目立たない学生だよ（山田同學在班上並不是一位太顯眼的學生）。

そういえば

用法 「そういえば」是一個慣用句，起副詞作用，可以寫成「そう言えば」。

✿表示接著對方的話題，加以敘述相關的內容，有時也表示自問自答，相當於漢語的「那麼說來…」「那麼說…」「那麼一說…」。

♢A：田中さんは今日欠席で病気かな（田中君今天沒有來，生病了吧）。

B：そういえば、昨日も見えなかったわよ（那麼一說，昨天也沒有看到他呢）。

♢A：明日試験だよ（下週要期末考試了）。

B：そう言えば、みんなよく復習している道理だ（那麼說來，怪不得大家都在認真複習吶）。

♢今日は日曜日だ。そういえば、約束のあった友達が遊びに来るよ（今天是星期天，那麼說，約好的朋友今天要來玩了）。

そうかと言って

用法 「そう」是副詞，「か」是表示疑問的終助詞，「と」是表示內容的格助詞，「言って」是「言う」的連接式。該句型在句中單獨使用，起接續詞的作用。

✿表示前項與後項是一種轉折關係，相當於漢語的「儘管如此，但…」「雖然如此，卻…」。

◊ 刺身が大好きだが、そうかと言って、毎日食べると嫌になる（我很喜歡生魚片。儘管如此，但每天吃也會厭煩的）。

◊ 今は体が丈夫そうに見える。そうかと言って、養生しないと衰えていくかもしれない（現在看起來身體還硬朗。雖然如此，但不養生也許就會衰老的）。

◊ 普通の紙があればいい。そうかといって、どんな紙でもいいというわけではない（有普通紙就可以了。雖說如此，卻並非什麼紙都行）。

そうしたら

用法　①「そうしたら」是慣用句，起接續詞的作用。後項為現式結句。它常用於口語表達。　✿表示按照時間順序連接前後兩個即將出現的事物，相當於漢語的「這樣一來…」「那樣的話…」。

◊ 再来年海外旅行しよう。そうしたら、いまから貯金する必要がある（後年去國外旅行吧，這樣一來，從現在起就要存錢了）。

◊ ここに娯楽場ができるそうだ。そうしたら、賑やかになるだろう（聽說這裏要建一個娛樂場，那樣的話，會很熱鬧的）。

◊ 明日医務室で血液検査を受ける。そうしたら、空腹で行こう（明天將在醫務室驗血，這樣一來，就要空腹去了）。

用法　②「そうしたら」是慣用句，起接續詞的作用。後項為過去式結句，不能用於意志等含義的表達。它常用於口語表達。

✿表示因某事或契機而發生的事情，後項是前項的繼發事物，相當於漢語的「結果…」。

◊ 暑いので窓を開けた。そうしたら、大きな蛾が飛び込んだ（因為天熱打開了窗戶，結果飛進來一隻大蛾子）。

◊ 日曜日学校の図書館に着いた。そうしたら、ドアが閉まっている（星期天到了學校圖書館，結果門關著）。

◊ 高熱で点滴を受けた。そうしたら、熱が下がった（因發高熱而打了吊針，結果，熱退下去了）。

そうすると

用法　①「そうすると」是慣用句，起接續詞的作用。不能用於意志等含義的表

達。　✿表示以前項事物為契機而發生後項事物，相當於漢語的「結果⋯」「這樣一來⋯」。

◊ 今からすぐ出かけなさい。そうすると、五時には着きます（現在就出發，這樣一來，5點鐘就會到達）。

◊ 今日まで宿題を全部やろう。そうすると、明日一日中日帰り旅行の時間ができる（今天全部要把作業做完。這樣一來，明天一天就有時間一日遊了）。

◊ 教室に戻った。そうすると、鍵がかかった（我返回到教室，結果門已經鎖上了）。

用法　②「そうすると」是慣用句，起接續詞的作用。多用於口語表達。其用法和含義都與「すると」一樣。

✿表示承接對方所講的內容，加以陳述，得出符合邏輯的結論，相當於漢語的「那樣的話⋯」「那麼說⋯」等。

◊ A：明日の朝、出発時間は七時です（明天早晨出發的時間是7點鐘）。

　B：そうすると、五時半ごろ起きなければなりませんね（那樣的話，5點半就得起床了）。

◊ A：パスポートは去年取ったのです（護照是去年領的）。

　B：そうすると、今年も来年も大丈夫ですね（那麼說，今年和明年都沒有問題囉）。

◊ A：秋山さんは今日また学校に来なかった（秋山先生今天又沒有來學校）。

　B：そうすると、彼はもう一週間ほど顔を出さなかったのだ（那樣的話，他已經有一週沒有露面了）。

… そうだ（傳聞）

用法　「そうだ」是形容動詞型的傳聞助動詞，接在活用詞的簡體形後面。如果表示傳聞的出處，可以用「⋯の話では」「體言によると」。

✿表示傳聞，相當於漢語的「聽說⋯」「據說⋯」「據報導⋯」。

◊ 社長はその提案に反対投票したそうだ（據說總經理對這個提案投了反對票）。

◊ 杉山さんの話では、来週の日曜日、山田さんは結婚式を披露するそうだ（聽杉山君說，下個星期天，山田君將舉行婚禮）。

◊ 鈴木さんの話によると、課長はいま事務室にいないそうだ（據鈴木君說，科長現在不在辦公室裏）。

◊ 海南島は冬も暑いそうだ（據說海南島冬天也很熱）。

◊ この辺りはむかしはとても賑やかだったそうだ (聽說這一帶以前特別熱鬧)。

◊ 展覧館は毎日人でいっぱいだそうだ (聽說展覽館每天都人山人海)。

◊ テレビのニュースによると、砂嵐が北の方を襲いかかるそうだ (據電視新聞報導,沙塵暴將襲擊北方地區)。

…そうだ（様態）

用法 「そうだ」是形容動詞型的様態助動詞,接在動詞「ます」形和形容詞、形容動詞詞幹後面。形容詞「いい」後續「そうだ」時,為「よさそうだ」。形容詞否定式「…（く）ない」後續「そうだ」時,為「…（く）なさそうだ」,形容動詞否定式「詞幹ではない」後續「そうだ」時,為「詞幹ではなさそうだ」。動詞否定式要用「…そう（に）もない」和「…そうではない」的形式。様態助動詞「そうに」可以用來做狀語,「そうな」可以用來做定語。「そうだ」常和副詞「今にも」「いかにも」相呼應。

✲表示客觀描述說話者觀察到、感覺到的某種樣子、跡象、情景等,相當於漢語的「像是…」「好像…」「看上去…」「看來…」等。

◊ 台風で松の木が今にも倒れそうだ (由於颱風,松樹眼看就要倒了)。

◊ 雨はいまにも降りそう（に）もない (好像不會很快下雨)。

◊ この車は動き出しそうではない (看來這輛車子不會啓動)。

◊ 期末になってみんな忙しそうだね (到了期末,大家都好像很忙)。

◊ 智子さんは物分かりがよさそうだ (智子小姐像是很懂事)。

◊ 今度の数学の試験はそれほど難しくなさそうだ (這次數學考試好像沒有那麼難)。

◊ 雨の日でいかにも退屈そうだね (下雨天,實在感到很無聊啊)。

◊ 彼の勉強振りはあまり真面目ではなさそうだ (他的學習態度好像不太認真)。

◊ 田中さんはおいしそうにラーメンを啜っている (田中先生好像在津津有味地吸著麵條)。

◊ 子供たちは真剣そうに歌を歌っている (孩子們正在認真地唱著歌曲)。

◊ 今日はいかにも雨が降りそうな天気です (今天一看就是一個下雨的天氣)。

◊ 彼女は先生に叱られて、泣きそうな顔をしている (她受到老師的批評之後,快要哭了)。

…そうにみえる

用法 「そうに」是由樣態助動詞「そうだ」的連用修飾語後續「みえる」構成。其中「みえる」可以寫成「見える」。該句型接在形容詞和形容動詞的詞幹後面。

✻表示從外表上看像是這麼一回事，相當於漢語的「顯得好像…」「看上去像是…」。

◊あのおばさんは若そうに見えるが、実際はもう六十歳以上だった（那位阿姨看上去很年輕，其實已經60多歲了）。

◊顔色が悪そうに見えるが、どこか悪いですか（你臉色看上去不好啊，哪兒不舒服嗎）？

◊結婚してから、小野さんはいかにも幸せそうに見えた（自結婚以後，小野小姐看上去很幸福）。

◊父親は退院して元気そうに見えた（父親出院以後顯得精神多了）。

そこへ

用法 「そこへ」是接續詞，後續動詞多為移動性的。

✻表示就在這個時候或在這個場合下，相當於漢語的「就在這時…」「這時…」。

◊夕立が来たと思ったら、そこへ運よくタクシーが通り掛かった（剛下起雷陣雨，這時，很幸運過來了一輛計程車）。

◊子供たちは部屋で騒いでいる。そこへ母親が外から帰ってきた（孩子們正在房間裏喧鬧，就在這時，媽媽從外面回來了）。

◊友人の噂話をしていたら、そこへ当の本人が来てしまった（我們正在談論朋友，就在這時，他本人來了）。

そして

用法 ①「そして」是表示併列的接續詞，既可以直接接在體言、用言中頓式後面，也可以單獨用在下面一個句子的開首。多用於書面語。

✻表示在列舉事物時，再加上其他相同事物，相當於漢語的「還有…」「而且…」「又…」。

◊リーダーとして指導力、判断力そして決断り力が欠かせない（作為一個領導，必須具備領導力、判斷力還有決斷力）。

◊この鞄は便利でそして軽い（這個包既方便又輕巧）。

◊ 兄は特待生だった。そして弟も劣らず秀才だ（哥哥是一個特等免費生，而且弟弟也不示弱，是一個優等生）。

◊ 今日は楽しくそして有意義な日だった（今天是一個愉快而又有意義的日子）。

用法 ②「そして」是表示繼起的接續詞，既可以接在動詞的中頓式和連接式後面，也可以單獨用在下面一個句子的開首。多用於書面語。

✿ 表示按照時間的順序敘述事情或行為發生的過程、結果，相當於漢語的「然後…」「接著…」「於是…」等。

◊ 友達が午後四時ごろ私のうちへ遊びに来て、そして五時半ごろ帰った（朋友下午4點鐘左右來我家玩的，然後大概5點半回去的）。

◊ 山田さんのスピーチは終った。そして次は私の番だった（山田同學的演講結束了，接著就輪到我了）。

◊ 観客は一人帰り、二人帰り、そして最後には誰もいなくなってしまった（觀眾走了一個，走了兩個，結果到最後一個人也沒有了）。

その上

用法 「その上」是接續詞，既可以單獨接在另一個句子的開頭，也可以接在前面一個句子的連接式後面。它可以與接續詞「それに」置換。

✿ 表示將相同事物不斷添加，相當於漢語的「而且…」「再加之…」「並且…」「又…」等。

◊ 田中さんは大酒飲みでその上ギャンブル狂だ（田中君不僅是一個酒鬼，而且還是一個賭徒）。

◊ 彼は先週母親に死なれたし、その上悪いことに（不幸にも）子供も交通事故で死んでしまった（上週他不僅失去了母親，而且不幸的是他的孩子又在交通事故中喪命）。

◊ このパソコンは操作が簡単だ。その上、スピードも速い（這台個人電腦操作簡單，並且速度也快）。

◊ そこのレストランの料理は安くてその上おいしい（那家餐館的飯菜既便宜又好吃）。

その内（に）

用法 「そのうちに」是副詞，其中格助詞「に」可以省略。多用於口語表達。

✿ 表示從現在起過不了多久的時間，相當於漢語的「過一會兒」「不久」「過些日

子」等。

◊ <u>その</u>うちにお<ruby>目<rt>め</rt></ruby>にかかりましょう（改日再見吧）。

◊ <u>その内</u>に<ruby>病<rt>びょう</rt></ruby><ruby>気<rt>き</rt></ruby>もよくなるだろう（不久病也就會好的吧）。

◊ <ruby>横田<rt>よこた</rt></ruby>さんは<u>そのうち</u><ruby>来<rt>く</rt></ruby>ると<ruby>思<rt>おも</rt></ruby>うよ（我想橫田君一會兒就會來的）。

そのかわり（に）

用法　「そのかわりに」是接續詞，其中格助詞「に」可以省略，「かわり」可以寫成「代わり」。它用於下面一句的開首。

✿表示先後項所敘述的內容相反或者後項可以取代前項的內容，相當於漢語的「不過…」「可是…」「另一方面…」「相反…」等。

◊ <ruby>今日<rt>きょう</rt></ruby>よく<ruby>遊<rt>あそ</rt></ruby>んだから<u>その代わり</u><ruby>明日<rt>あした</rt></ruby>はま<ruby>面<rt>じ</rt></ruby><ruby>目<rt>め</rt></ruby>に<ruby>勉<rt>べん</rt></ruby><ruby>強<rt>きょう</rt></ruby>するのですよ（今天好好玩了，不過明天要認真學習了）。

◊ <ruby>品物<rt>しなもの</rt></ruby>はよいが<u>その代わり</u><ruby>値段<rt>ねだん</rt></ruby>が<ruby>高<rt>たか</rt></ruby>い（東西好但價錢高）。

◊ <ruby>特<rt>とく</rt></ruby>に<ruby>才能<rt>さいのう</rt></ruby>はないが<u>その代わり</u>なみなみならぬ<ruby>努<rt>ど</rt></ruby><ruby>力<rt>りょく</rt></ruby>ができる（沒有什麼特別的才能，可是能付出不尋常的努力）。

そのくせ

用法　「そのくせ」是接續詞，常與表示轉折關係的接續助詞「が」「のに」等相呼應，同「それなのに」的含義相同。

✿表示轉折關係，帶有一種責難對方的心情，相當於漢語的「可是…」「雖然…但是…」「儘管…可是…」。

◊ <ruby>妹<rt>いもうと</rt></ruby>はたいへん<ruby>明<rt>あか</rt></ruby>るい<ruby>子<rt>こ</rt></ruby>だが、<u>そのくせ</u><ruby>変<rt>へん</rt></ruby>にはにかみ<ruby>屋<rt>や</rt></ruby>だ（我妹妹雖然很開朗，但又特別害羞）。

◊ <ruby>太田<rt>おおた</rt></ruby>さんはひどく<ruby>強気<rt>つよき</rt></ruby>な<ruby>男<rt>おとこ</rt></ruby>だが、<u>そのくせ</u><ruby>人<rt>ひと</rt></ruby>が<ruby>自分<rt>じぶん</rt></ruby>をどう<ruby>思<rt>おも</rt></ruby>っているかを<ruby>気<rt>き</rt></ruby>にする（太田先生是一個非常好強的人，可是他卻在乎別人如何看待自己）。

◊ <ruby>田村<rt>たむら</rt></ruby>さんは<ruby>体<rt>からだ</rt></ruby>が<ruby>大<rt>おお</rt></ruby>きいのに、<u>そのくせ</u><ruby>力<rt>ちから</rt></ruby>が<ruby>弱<rt>よわ</rt></ruby>い（田村君儘管個子很高，但沒有力氣）。

◊ <ruby>佐藤<rt>さとう</rt></ruby>さんは<ruby>上達<rt>じょうたつ</rt></ruby>しないと<ruby>嘆<rt>なげ</rt></ruby>きながら、<u>そのくせ</u>ちっともよく<ruby>勉強<rt>べんきょう</rt></ruby>しない（佐藤同學抱怨自己沒有進步，可是他一點都不用功）。

そのとたん（に）

用法　「そのとたんに」是一個慣用句，起接續詞的作用，其中格助詞「に」可以

省略，「とたん」可以寫成「途端」，用在後項句子的開首。

✿表示在這個時候或在這個節骨眼上，相當於漢語的「就在這時…」「此時…」「這時…」。

◊ 彼が出ていった。その途端に彼女が帰って来た (他出去了。就在這時，她回来了)。

◊ ドアを開けた。その途端に猫が家に飛び込んできた (打開了門，這時一隻貓跑進了家裏)。

◊ 出かけようとしたが、その途端電話のベルが鳴った (正要出門，這時電話铃響了起來)。

… そのもの

用法 ①「そのもの」是詞團，接在體言後面。

✿表示加強前面那個名詞的含義，指事物的本身、個體，相當於漢語的「… 本身」。

◊ 布地そのものはよいが、型が気に入らない (布料本身不錯，但是款式不滿意)。

◊ 農薬そのものは悪いわけではない (農藥本身並不是壞東西)。

◊ この薬そのものでは癌は治らない (這個藥本身治不了癌症)。

用法 ②「そのもの」是詞團，接在體言後，再加斷定助動詞「だ」，構成句型為「體言＋そのものだ」。

✿表示某一事物不是其他，簡直就是前項所指的內容，相當於漢語的「簡直就是…」。

◊ あの人は悪魔そのものだ (他簡直就是魔鬼)。

◊ 彼女は鶯の声そのものだ (她的聲音簡直就是夜鶯的聲音)。

◊ あの小説は彼の人生そのものだ (那部小説描寫的簡直就是他的一生)。

用法 ③「そのもの」是詞團，接在形容動詞詞幹後面。

✿表示程度高，相當於漢語的「很…」「非常…」「極為…」。

◊ あの子は無邪気そのものの表情をしていた (那孩子露出一副非常天眞無邪的表情)。

◊ みんなは田中さんの真剣そのものの仕事ぶりに感心した (大家都很佩服田中先生那極為認眞的工作態度)。

◊ 小林先生は学生に熱心そのものだ (小林老師對學生非常熱心)。

… そばから

用法 ①「そばから」是詞團，起接續助詞的作用，接在動詞的基本形後面。

✿表示剛完成一個動作緊接著就出現了另一種情況，相當於漢語的「剛…就…」。

◊ 彼の絵は描くそばから売れた (他的畫剛一畫好，就賣掉了)。

◊ 小さい子供は、お母さんが洗濯するそばから、服を汚してしまう (媽媽剛把衣服洗好，小孩子就會把衣服搞髒)。

◊ 仕事を片付けるそばから、次の仕事を頼まれるので、体 が幾つあっても足りない (剛處理完一項工作，就又被指派了一項工作，即使有三頭六臂也不夠)。

用法 ②「そばから」是詞團，起接續助詞的作用，接在動詞的過去式「た」後面。

✿表示兩個行為、動作同時存在，相當於漢語的「邊…邊…」「隨…隨…」。

◊ もっと若いうちに勉 強 したほうがいい。今は習ったそばから忘れてしまうのだよ (還是應該趁年輕時學習。現在是邊學邊忘啊)。

◊ こんなにたくさんの登 場 人物の 小 説を読んだそばから抜けていって何も覚えていない (看有這麼多出場人物的小說，隨看隨忘，什麼也記不住)。

◊ 年寄りのせいで、忘れっぽくなった。聞いたそばからきれいに忘れてしまう (由於上了年紀，已經健忘了。這邊聽著，那邊就忘得一乾二淨了)。

それが

用法「それが」是接續詞，用於句首，同「ところが」「しかし」一樣。

✿表示前後事項為轉折關係，相當於漢語的「可是…」「然而…」。

◊ 朝からとてもいい天気だった。それが、昼過ぎから 急 に風が吹き出した (一大早天氣還挺好的，然而過了中午就突然刮起風了)。

◊ 息子はでかけたと思っていた。それが、二階で昼寝していたのだ (我以為兒子出去了，可是他正在樓上睡午覺呢)。

◊ すばらしい新車を見つけた。それが、値段がものすごく高い (我發現了一輛很漂亮的新車，可是價錢太貴了)。

それから

用法 ①「それから」是接續詞，接在體言之間，同「そして」一樣。

✲表示列舉同類事物，相當於漢語的「還有…」。

◇この料理を作るには砂糖と塩とそれから酢が少々必要だ(做這道菜必須稍放一點糖、鹽，還有一點醋)。

◇毎日はほとんどシューマイ、パンそれから肉饅頭を食べている(每天我幾乎都要吃燒賣、麵包還有肉包子)。

◇海外旅行といえば、カナダ、アメリカそれからメキシコといった外国へ行きたい(說起海外旅行，我想去加拿大、美國，還有墨西哥等國家)。

用法 ②「それから」是接續詞，接在用言的連接式或後項句子的開首。常用於口語表達。

✲表示按時間順序敘述事情的發生，相當於漢語的「然後…」「其後…」「從那以後…」。

◇きのうの午後六時に家に帰って、それから家族で食事に出かけた(昨天下午6點回到家，然後同家裏人一起出去吃晚飯了)。

◇彼は手術室に入った。それから十時間がたった(他進了手術室，從那以後過去了10個小時)。

◇十年前に田中さんはパリに行った。それから彼はずっとそこに住んでいる(10年前田中先生去了巴黎，從那以後他就一直居住在那裏)。

それで

用法 「それで」是接續詞，用在後項的句首。

✲一方面表示客觀存在的原因、理由，另一方面表示催促對方引起下文，起承上啟下的作用，相當於漢語的「所以」「因此」「那麼」「後來」等。

◇彼は予備校へ通った。それで、成績がよくなった(他去補習學校學習，所以成績上去了)。

◇吉田さんは病気だった。それで、今日うは欠席した(吉田同學生病了，因此今天沒有來)。

◇昨日はよく眠れなくて、それで頭が痛かった(昨天沒有睡好，所以頭疼)。

◇A:来週から試験だ(下週要考試了)。

B:それで(那怎麼樣)?

A:それで暫く遊べない(所以，暫時不能玩了)。

A:幸子さんは去年交通事故で大怪我をしたって(聽說幸子小姐去年遇到車禍，受了重傷)。

B：それでどうなったのか（後來她怎麼樣了）？
A：大丈夫だったわよ（已經沒有生命危險了）。

それでこそ

用法 「それでこそ」是一個詞團，用在句首，起提示前面主題的作用。它只用於褒義。

✽表示正因為如此才給予高度評價，相當於漢語的「那才稱得上…」「那才叫…」「那才像是…」。

◊ 困難にあっても気落ちしない。それでこそうちの子だ（遇到困難也不沮喪，那才稱得上是我家的孩子）。

◊ 彼はいつも女性に譲ってばかりいる。それでこそ本当の紳士だね（他總是女性優先，那才叫真正的紳士呢）。

◊ 困った友達に暖かい手を差し伸べてやる。それでこそ真の友達だよ（向困境中的朋友伸出温暖之手，那才像是真正的朋友）。

それでは

用法 「それでは」是接續詞，用於句首。在口語中，它常發生音便為「それじゃ」。「それでは」是比較鄭重的表達方式。

✽表示推論、推斷、轉換話題等，相當於漢語的「如果是那樣」「要是那樣」「那麼…」「那…」。

◊ それでは私も行きたい（如果是那樣，我也想去）。

◊ それでは、次はニュースです（那麼，下面是新聞）。

◊ それでは失礼致します（那麼我就失陪了）。

◊ それでは彼女が余りに気の毒だ（那她太可憐了）。

それどころか

用法 「それどころか」是接續詞，用於句首。

✽表示後項事物完全超出對方的想像，相當於漢語的「豈止如此」「何止是…」「相反」「非但如此，還…」等。

◊ 雨が降るって、それどころか、雲一つない良い天気だ（說要下雨?相反天氣好得連一絲雲都沒有）。

◊ 彼は最近結婚したって、それどころか、もう赤ちゃんが生まれたぞ（聽說他

最近結婚了，豈止如此，小孩子都生出来了）。

◊ 意外にも父は 私 を叱らなかった。それどころか褒めてくれた（沒想到爸爸 沒有批評我，非但如此，還表揚了我）。

それとも

用法 「それとも」是接續詞，接在疑問句或疑問短語之間。

✿表示選擇，相當於漢語的「或者」「或」「還是」「是…還是…」。

◊ コーヒーですか、それとも紅茶にしますか（你要咖啡還是紅茶）？

◊ 引き受けるべきか、それとも 断 るべきかわからない（我不知道是應該接 受，還是應該拒絕呢）？

◊ ご飯か、それとも饂飩か（是米飯還是麵條）？

それなのに

用法「それなのに」是接續詞，用於後項的句首。

✿表示前後事項為轉折關係，相當於漢語的「儘管如此，可是…」「雖然如此，但 還是…」。

◊ 彼のためにはずいぶん尽くした。それなのに彼は 私 を裏切った（為了他我 盡了很大的努力。儘管如此，他還是背叛了我）。

◊ 十 分な手当てをした。それなのに、この子は死んでしまった（做了充分的治 療。儘管如此，這孩子還是死了）。

◊ 薬 を飲んだ。それなのに、なかなか治らない（我服藥了。雖然如此，但還是 怎麼也治不好）。

それに

用法 「それに」是接續詞，既可以接在體言之間，也可以接在句子後面。當它接 在體言後面時，不能用「そのうえ」和「しかも」替換；當它接在句子後面時， 可以與「そのうえ」和「しかも」替換，且比「そのうえ」和「しかも」更口語化。

✿表示同類事物添加，相當於漢語的「還有」「而且」。

◊ 部屋は 机 と椅子と、それにガスストーブもあった（房間裏有書桌，椅子， 還有煤氣爐）。

◊ 鉛筆、消しゴムそれに 定 規は用意できた（鉛筆、橡皮還有尺子已經準備好 了）。

◊ 熱があるし、それに咳も出る（不僅發熱，而且還咳嗽）。

◊ このごろよく眠れない。それに時々目まいもする（最近睡眠不好，而且有時還頭暈）。

それにしては

用法　「それにしては」是一個接續詞，用在後項的句首。

❈ 表示相比較而言後項與前項所述的結果相反，相當於漢語的「可是卻…」「相比之下，可…」。

◊ 小熊さんはただ十五歳だが、それにしては落ち着いているのに感心する（小熊同學只有15歲，可是他卻很沉著，令人佩服）。

◊ 鈴木さんは名門大学を卒業した。それにしては仕事が出来ない（鈴木君畢業於有名大學。可是他卻不會工作）。

◊ 安田さんは四年間ドイツに留学したことがある。それにしては、ドイツ語は下手だ（安田君在德國留學了4年。相比之下，德語可不怎麼樣）。

それにしても

用法　「それにしても」是接續詞，用在後項的句首。

❈ 表示暫且承認前述情況，隨即又說出與之相反的事，相當於漢語的「即便如此，也…」「話雖如此，但是…」「即使那樣，也…」。

◊ 何か用事があったかもしれない。それにしても、電話ぐらいありそうだが（也許有什麼事情了。即便如此，至少也要來個電話啊）。

◊ ちょっと遅れると言ってくれた。それにしても、ずいぶん遅く来たね（說是要稍微晚來一點。話雖如此，但是來得也太晚了）。

◊ 彼は最近とても忙しいようだ。それにしても、電話するぐらいの余裕があるだろう（他最近好像很忙。儘管如此，打個電話的時間還是有的吧）。

それはさておき

用法　「それはさておき」是一個慣用句，起接續詞作用，用於句首。

❈ 表示提出新的話題，相當於漢語的「閒話休提」「那個暫且不提」「那個暫且不論」。

◊ それはさておきこの汚染問題についてまず話そう（那個暫且不論，先就這個污染問題談一談吧）。

◊ それはさておき記録係はどなたにお願いできますか（那個暫且不提，記錄員的工作委託誰做呢）。

◊ それはさておきこの提案についての意見をまとめる（閒話休提，我總結一下有關這個提案的意見）。

それはそうと

用法 「それはそうと」是接續詞，用在句首。

✽表示改變話題，用於突然想起某事而添加其他內容，相當於漢語的「此外」「另外」「順便說一句」「附帶問一句」。

◊ それはそうと君に言っておきたいことがあるんだ（另外，我還有一件事想說給你聽聽）。

◊ それはそうとあの本はやはり山田さんのでした（順便說一句，那本書果然是山田同學的）。

◊ それはそうと昨き日は中野さんに会いましたか（附帶問一句，昨天你遇見中野先生了嗎）？

それはそれとして

用法 「それはそれとして」是一個慣用句式，用於句首。

✽表示改換話題，相當於漢語的「那個暫且不談」「那個暫且不說」「那個暫且不論」。

◊ それはそれとして、この絵は何の魅力もない（那個暫且不談，這幅畫沒有一點兒吸引人的地方）。

◊ それはそれとして速く手前の仕事を仕上げたい（那個暫且不說，我想先快把眼前的工作做完）。

◊ それはそれとして将来は何をするつもりか（那個暫且不論，你將來打算做什麼呢）？

それほど…ない

用法 「それほど」是副詞，與後項的否定式謂語相呼應。

✽表示程度的降低，沒有達到一定的標準，相當於漢語的「沒有那麼…」「並非那麼…」「不那麼…」。

◊ 昨日の講座はそれほどおもしろくなかった（昨天的講座不那麼有趣）。

◊ ピンポンは<u>それほど</u>上手では<u>ない</u>（我乒乓球打得沒有那麼好）。

◊ <u>それほど</u>好きで<u>はない</u>ならやめなさい（你不那麼喜歡就算了吧）。

◊ 人は彼女を美人だと言いうが、<u>それほど</u>では<u>ない</u>（大家都說她是美女，但我並不這麼認為）。

それもそのはず（だ）

用法 「それもそのはず」是一個慣用句，後續斷定助動詞「だ」可以單獨構成一個句子。

✿表示前項的敘述是有道理的，相當於漢語的「這也難怪」「那也是很自然的」「那也是理所當然的」。

◊ 斎藤さんは今度の試験に落ちた。<u>それはそのはずだ</u>よ。ここ一週間、勉強しないでゲームばかりやっていたのだから（齊藤同學這次考試不及格。這也難怪，這一週，他不學習光打游擊來著）。

◊ 藤田さんは学校を止めた。<u>それはそのはず</u>、彼のご両親は仕事がなくて、生活は貧乏だから（藤田同學輟學了。那也是很自然的，他父母沒有工作，生活很貧困）。

◊ つい昨日、松下さんはまた新しい車を買った。<u>それはそのはずで</u>、彼は大金持ちだもの（就在昨天松下先生又買了一輛新車。那是理所當然的，他是個有錢人嘛）。

それゆえ

用法 「そのゆえ」是接續詞，用在後項的句首。它常用於書面語或較為鄭重的場合。

✿表示前後項為因果關係，相當於漢語的「因此…」「因而…」「所以…」。

◊ 私がずっといる。<u>それゆえ</u>、当方のことはご安心ください（有我一直在。因此，這邊的事情就請您放心吧）。

◊ 一人では足りない。<u>それゆえ</u>君の力を必要とするのだ（我一個人不夠。所以，才需要你幫忙）。

◊ きょうは悪天候だった。<u>それゆえ</u>、旅行は延期された（今天天氣不好。所以旅行推遲了）。

た

… たあげく（に）

用法 「あげく」是名詞，可以寫成「舉句」，接在動詞過去式「た」後面。後續格
助詞「に」可以省略。該句型後接名詞時用「…たあげくの」的形式。它多用於
該狀態持續後造成精神上的負擔或帶來一些麻煩的場合。

✿表示前述狀態持續以後的結局、解決方法以及發展的意思，相當於漢語的「最
後」「結果」「到頭來」。

♢どうしようかさんざん迷ったあげく、国へ帰ることにした（怎麼辦好呢？我
猶豫了好一陣子，最後決定回國）。

♢父に借金を頼んだら、二時間も説教されたあげく、一円も貸してくれな
かった（向父親借錢，卻被他訓了2個小時，結果他連1日元也沒有借給我）。

♢弟は六年も大学に行って遊びほうけたあげくに、就職したくないと言い
った（弟弟上大學以後，整整玩了6年，到頭來竟然說他不想工作）。

♢それは、好きでもない上司のご機嫌を取ったり、家族に当り散らしたりの
大騒ぎをしたあげくの昇進であった（他在公司討好自己並不喜歡的上司，
回到家裏就對家裏人發火，這樣鬧騰的結果才好容易升了官）。

…たあとから

用法 「あと」是名詞，可以寫成「後」，接在動詞過去式「た」後面。「から」是格
助詞。該句型用於敘述其後發生與之相反的事態的場合。

✿表示在某一件事完全結束之後，出現與前項不同的事情，相當於漢語的「…
（結束）以後（再）…」「…以後…」。

♢募集を締め切ったあとから応募したいと言っってこられても困る（招聘活
動都結束了，你又說要報名，這可難辦了）。

♢新製品の企画を提出したあとから、新しい企は当分見合わせたいと上司
に言われてがっかりした（提交了新產品企劃書以後，上司告訴我暫時不想搞
新產品了，讓我感到很失望）。

♢雷が鳴った後から、大雨が降り出した（雷聲過後就下起了大雨）。

… たあと（で）/その後で

用法　「あと」是名詞，可以寫成「後」，接在動詞過去式「た」後面。後面的格助詞「で」可以省略。「あとで」前後兩個動作在一般情況下多是同一個動作主體。「その後で」是一個詞團，起接續詞的作用，其中「その」就是指前項的狀態或動作。

✿表示出現或完成了前項的狀態或動作之後，再實現後項的動作，相當於漢語的「…以後」「…之後」。

♦仕事が終わったあとで散歩をします（工作完以後散散步）。

♦それをどうするか、一応検討したあとでお知らせいたします（那件事怎麼辦，我們研究之後再通知你）。

♦宿題を全部やった。その後でテレビを見ていた（作業全部做完了，之後看了電視）。

♦私は今から会議に出る。そのあとで、友達とテニスをやろう（我馬上開個會，之後再和朋友一起打網球）。

… たあとに … た

用法　「あと」是名詞，可以寫成「後」，接在動詞過去式「た」後面，「に」是表示時間的格助詞。該句型結句時一定要用過去時。

✿表示前一個事項完結之後，後一個事項緊接著發生，而且往往是填補前一個事項完了之後的空間。前後項往往不是一個行為主體，相當於漢語的「…以後」「…之後」「…結束之後」。

♦みんなが帰ったあとに彼が来た（大家回去以後他來了）。

♦雨が上がったあとに虹がかかった（雨停之後彩虹出來了）。

♦お父さんが死んだあとに幸子が生まれた（父親去世之後，幸子出生了）。

… たい / … たがる

用法　「たい・たがる」是希望助動詞，都接在動詞「ます」形後面。其中，「たい」用於第一人稱或第二人稱的疑問句式，按照形容詞型活用，「たがる」用於第三人稱，按照五段動詞型活用。「たい」接他動詞時，可以構成「…を…たい」和「…が…たい」兩種形式。一般說來，前者表示理性的願望，著重動詞部分，後者表示本能的願望，強調前面的對象語。「…たがる」多用其持續體

「…たがっている」的形式。在表示語氣委婉時，可以用「…たいと思う」的
形式。當說話者是第三人稱時，要用「…たいと思っている」「…たいと思っ
た」的形式，第一人稱不限。在定語句中無論主語是什麼人稱都可以用「た
い」。另外，當表示第三者的希望時，結句為「ようだ」「らしい」「そうだ」「だ
ろう」「…と言いった」等表達方式時，也可以用「たい」。當說話者重複第三
人稱對自己的看法時，可使用「たがる」。

✽表示說話者想做某事的一種希望、意願，相當於漢語的「想…」「要…」。

◊ 老後は暖かい所でのんびり暮らしたい (晚年我想在暖和的地方悠閒地度過)。

◊ 大学をやめたくはなかったのだが、どうしても学資が続かなかった (雖然我
本人並不想中斷大學的學習，但卻怎麼也交不起學費了)。

◊ インテリア・デザインの会社で働きたいと思っていますが、できるかどう
かまだ分かりません (我想到市內裝潢設計公司工作，但是還不知道行不行)。

◊ 木村さんは来年中国へ旅行したいと思った (木村先生想明年去中國旅遊)。

◊ 山田さんも田村さんも新しい車を買いたいと思っている (山田先生和田
村先生都想買一輛新車)。

◊ ツアーに参加したい人は20日までに申し込んでください (想參加團隊旅行的
人，請於20日以前提出申請)。

◊ あの人は裏話を聞きたがっている (他好打探秘聞)。

◊ どういうわけか、彼は誰にも会いたがらない (不知為什麼，他不想見任何人)。

◊ 横田さんはジュースが飲みたいらしい (橫田小姐好像想喝果汁)。

◊ 小林さんはフランス語を勉強したいと言ってくれた (小林同學對我說，
他想學法語)。

◊ 彼は僕が社長になりたがっていると思っているらしいが、僕はそんなつもり
はまったくない (他以為我想當總經理，可是我絲毫沒有那種打算)。

…たいんですが

用法　「たい」是形容詞型希望助動詞，「ん」是形式體言「の」的音便形式。該句
型接在動詞「ます」形後面，主要用於很有禮貌的口語體。

✽表示說話者想做某事的一個開場白，相當於漢語的「我想…」。

◊ 来月も受講を続けたいんですが、ちょっと時間がなくて (下個月我想繼續聽
課，但是卻沒有時間了)。

◊ すみません、ちょっとお聞きしたいんですが (對不起，我想向您打聽一下)。

◊ フェスティバルの日程_{にってい}が知_しりたいんですが（我想了解一下這次慶祝活動的日程）。

疑問表達方式＋だい

用法 「だ」是斷定助動詞，「い」是終助詞。「だい」接在疑問句或者含疑問詞的疑問表達方式後面。它為男性用語，在口語中顯得比較老氣。與「だい」表達相同含義的是終助詞「かい」，「かい」接在不含疑問詞的疑問句中。

✿表示加強疑問的語氣，帶有說話者向對方詢問或輕微責難的心境。

◊ どうだい。元気_{げんき}かい（怎麼樣？身體好嗎）？

◊ いつだい？美恵子_{みえこ}の入学式_{にゅうがくしき}は（美惠子的開學典禮是哪天啊）。

◊ 何時_{なんじ}にどこに集_{あつ}まればいいんだい（幾點，在什麼地方集合啊）？

◊ 何_{なん}だい、そんなことがあるかい（什麼呀，竟有那樣的事嗎）？

◊ 何_{なん}だい、今頃_{いまごろ}やってきて。もう準備_{じゅんび}は全部_{ぜんぶ}終わったよ（怎麼了，這時候才來。準備工作我們全都做完了）。

たいした … だ

用法 「たいした」是連體詞，可以寫成「大した」，其後多接表示「東西」「人物」「本領」「膽量」等含義的名詞。

✿表示對某人能力等的讚賞，相當於漢語的「了不起」「了不起的」「夠…的」。

◊ 日本語_{にほんご}を一年_{いちねんなら}習っただけであれだけ話_{はな}せるんだから、たいしたものだ（只學了一年日語就這麼能說，真了不起啊）。

◊ たいした人物_{じんぶつ}だ。たった一人_{ひとり}で今_{いま}の事業_{じぎょう}をおこしたのだから（他可是個了不起的人物。一個人就把這個事業給做起來了）。

◊ あんなに大勢_{おおぜい}のお客_{きゃく}さんに一人_{ひとり}でフルコースの料理_{りょうり}を作_{つく}るなんて、大した腕前_{うでまえ}だ（一個人能為那麼多客人做全套菜，本事真夠大的）。

◊ あの人_{ひと}、紹介状_{しょうかいじょう}も持たずに社長_{しゃちょう}に会_あいに行ったそうよ。たいした度胸_{どきょう}だね（據說他連介紹信都沒拿就去見總經理了。膽子可真夠大的啊。）。

たいした … ではない

用法 「たいした」是連體詞，可以寫成「大した」，後接體言與否定式「ではない」相呼應。「ではない」是簡體，其敬體為「ではありません」。

✿表示並不那麼重要、沒有達到很高程度的，相當於漢語的「不是什麼大不了

的」「沒有那麼⋯」。

◊ たいしたものではありませんが、おみやげにと思って買ってきました(不是什麼大不了的東西,我想把它作為禮品,就買回來了)。

◊ たいした病気ではありませんから、時期になおるでしょう(不是什麼大病,馬上就會好的)。

◊ 彼の英語は大したものではない(他的英語並沒有那麼好)。

◊ たいした傷口ではないから、ご安心なさい(不是什麼大的傷口,你放心吧)。

たいしたことはない

用法 「たいしたことはない」是一個慣用句式,可以寫成「大したことはない」。它可以獨立使用,其敬體為「たいしたことはありません」。

✱① 表示程度不那麼嚴重,相當於漢語的「不太⋯」「沒什麼」「不怎麼⋯」。

◊ A:かぜの具合はいかがですか(感冒怎麼樣了)?

B:おかげさまで、たいしたことはありません(托福托福,不太嚴重)。

◊ けがをしたけど、たいしたことはない(受了傷,但沒有什麼問題)。

◊ 父親の病気は大したことはない(我父親的病不怎麼嚴重)。

✱② 表示回答別人的稱讚,帶有謙虛的態度,相當於漢語的「哪兒啊」「哪裏哪裏」「沒什麼大不了的」「沒什麼了不起的」。

◊ A:日本語、うまいですね(你日語講得不錯啊)。

B:いや、たいしたことはありません。敬語の使い方なんか、まだまだです(哪兒啊,沒什麼。在敬語使用方面還差得遠呢)。

◊ A:なかなかお上手だね(做得可真不錯啊)。

B:いいえ、大したことはないよ(哪裏哪裏)。

たいして⋯ない

用法 「たいして」是副詞,可以寫成「大して」,與否定式謂語相呼應,與「それほど⋯ない」相近。該句型多用於對事物做出負面評價。

✱ 表示沒有達到特別值得提出的程度,相當於漢語的「並不那麼⋯」「並不太⋯」「並沒有怎麼⋯」。

◊ 今日は大して寒くないね。散歩にでも行こうか(今天不太冷啊,咱們去散散步吧)。

◊ 新しい機械を入れたが、能率はたいしてあがらない(雖然採用了新機器,但

是效率並沒有怎麼提高)。

◊ ダイエットしたのに、体重はたいして減らない(努力減肥，但是體重並沒有怎麼減)。

◊ 私としては精一杯のお年玉をあげたのに、子供はたいしてありがたがらない(我已經盡可能多地給了孩子壓歲錢，但是他並不太感激我)。

たいてい

用法　「たいてい」是副詞，可以寫成「大抵」。當它修飾體言時，要用「たいてい＋の＋體言」的形式。它不用於對將來事情的推測。

✿表示發生這種事情的頻率和概率很高，相當於漢語的「基本上」「一般」「差不多」。

◊ 私は、朝食は、たいていパンですね(我早飯基本上都吃麵包)。

◊ そんなに遠くない所なら、たいていは自転車を使うことにしています(不是那麼遠的地方，我一般都是騎自行車去)。

◊ 試験の成績が悪かった人は、たいていの場合、追試験を受けることになっています(考試成績不好的人，按規定差不多都得參加補考)。

… たいと思う / … たいと思っている / … たいと思った

用法　「たい」是形容詞型希望助動詞，接在動詞「ます」形後面。格助詞「と」是動詞「思う」的內容。「… たいと思う」用於表示第一人稱的願望。「… たいと思っている」「… たいと思った」既可以用於第一人稱又可用於第三人稱。該句型多用於委婉、有禮貌、較正式的場合。

✿表示說話者第一人稱或第三人稱想要做某事，相當於漢語的「想…」。

◊ 私は日本の近代文学を研究したいと思います(我想研究日本現代文學)。

◊ 私はかねてから海外旅行に行きたいと思っています(我早就想去國外旅行)。

◊ 恵子さんは外国に留学したいと思った(恵子小姐以前想去國外留學)。

… たいと (は / も) 思わない

用法　「たい」是形容詞型希望助動詞，接在動詞「ます」形的後面。格助詞「と」是動詞「思う」的內容。「は」和「も」都是副助詞，起加強否定語氣的作用。「思わない」是「思う」的否定式。

✿表示說話者不想做某事，相當於漢語的「不想…」「也不想…」

◊ 三流会社に就職したいとは思いません (我不想到三流公司工作)。

◊ アメリカに留学したいとは思いませんか (你不想去美國留學嗎)?

◊ 大学を卒業してから通訳になりたいとは思わなかった (我沒想過大學畢業以後做一名翻譯)。

◊ 結婚してから、両親と一緒に住みたいとも思わない (結婚以後，我也不想和父母親住在一起)。

… たくないと（は／も）思う

用法　「たくない」是形容詞型希望助動詞「たい」的否定式，接在動詞「ます」形的後面。格助詞「と」是動詞「思う」的內容。「は」和「も」都是副助詞，起加強否定語氣的作用。該句型以疑問句的句式可以用於第二人稱。第三人稱多用「たくないとは（も）思っている」和「…たくないとは（も）思った」的形式。第一人稱使用該句型時不受任何限制。

✽表示第一人稱或其他人稱不想做某事，相當於漢語的「（也）不想…」。

◊ あの本はつまらないですが、読みたくないとも思います (那本書挺無聊的，我〔也〕不想看)。

◊ あなたはハイキングに行きたくないとは思いますか (你不想去郊遊嗎)?

◊ 秋山さんは学校の寮に住みたくないとも思っている (秋山同學也並不想住在學校宿舍裏)。

たいへんだ／たいへんな

用法　「たいへんだ」是形容動詞，可以寫成「大變だ」，在句子中做謂語，做定語修飾體言時，要用「たいへんな」的形式。

✽「たいへんだ」表示對非同一般的事情或意外的事情表示驚訝、同情和感慨，相當於漢語的「糟了」「真夠」；「たいへんな」表示對非同一般的事情或意外的事情進行正面、負面的評價，相當於漢語的「了不起的」「真夠」。

◊ たいへんだ。財布がない (糟了，錢包沒了)。

◊ 日曜日も仕事ですか。大変ですねえ (星期天還工作，真夠忙的啊)。

◊ あのピアニストの才能はたいへんなものだ (那個鋼琴家可真是一個了不起的天才)。

◊ きのうはたいへんな雨でしたね (昨天那場雨可真夠大的啊)。

… たいものだ / … たいもんだ

用法　「たい」是形容詞型希望助動詞,「もの」是表示感嘆的形式體言,在口語中發生音便為「もん」。「だ」是斷定助動詞。「たいもんだ」比「たいものだ」更口語化、隨意化。該句型接在動詞「ます」形後面。

✽表示強烈希望該事項能夠實現,相當於漢語的「一定要…」「真希望…啊」「真想…啊」「很想…啊」。

◊それはぜひ見<u>たいものだ</u>(那是一定要看的)。

◊このまま平和な生活を続け<u>たいものだ</u>(真希望就這麼持續和平地生活下去)。

◊ 私 も彼の好運にあやかり<u>たいもんだ</u>(我也真想沾他的光交上好運)。

◊その 話 はぜひ聞き<u>たいもんだ</u>(很想聽一聽那件事情)。

… たうえ(で)

用法　「うえ」是名詞,可以寫成「上」,接在動詞過去式「た」後面,五段動詞要發生音便。「で」是格助詞,可以省略。當該句型在句中做定語時,常使用「…た上の」的形式。

✽表示在做完前接動詞動作之後,根據其結果再採取下一個動作的意思,它相當於漢語的「在…之後」。

◊一応ご 両 親にお 話 なさった<u>うえで</u>、ゆっくり 考 えていただいてけっこうです(你可以和父母商量一下以後再慢慢考慮)。

◊では、担当の者と相談した<u>上で</u>、 改 めてご返事させていただきます(那麼,我們和具體負責的人商量了以後再答覆您)。

◊申 込 書の書き方をよく読んだ<u>上で</u>、記 入 してください(請在仔細閱讀申請書的寫法之後再填寫)。

◊これは一晩よく 考 えた<u>上の</u>決心だから、気持ちがかわることはない(這是在經過一晚認真考慮之後下的決心,因此不會發生改變)。

だからこそ

用法　「だからこそ」是由接續詞「だから」後續提示助詞「こそ」構成,一般用於後項的句首。使用時常以「のだ」結句。

✽表示承接前句的內容,起到強調理由的作用,相當於漢語的「所以」「正因為如此」。

♫ 私ほど彼女の幸せを願っているものはいない。だからこそ、あの時あえて身を
ひいたのだ(沒有其他人比我更希望她幸福了。所以,那時我才勇敢地退出了)。

♫ A:高齢化社会が急速に進んでるね(老齡化社會發展得真迅速啊)。

B:だからこそ、今すぐ老人医療の見直しをやらなければならないんだよ
(所以現在要立刻重新考慮老年人的醫療問題)。

♫ A:最近この辺で空き巣に入られる事件が増えているらしいですね(據說,最
近這一帶闖空門事件發生有所增加啊)。

B:だからこそ、このマンションに防犯ベルをつけるようお願いしているん
です(正因為如此,我們才要求在這所公寓安裝防盜警鈴)。

だからといって

用法 「だから」是接續詞,「と」是格助詞,表示動詞「いう」的內容,「いって」
是「いう」的連接式。該句型一般用於後項的句首,表示後續部分多伴有否定
表達方式。有時,前面還經常和「しかし」等一起使用。

✿表示前後事項為逆接關係,即認可前面所說的理由,但即便以此為理由也不能
接受後項所說的事情,相當於漢語的「(但不能)因此而…」。

♫ 毎日忙しい。しかし、だからといって、好きなテニスをやめるつもりはな
い(每天都很忙。但是,我並不打算因此而放棄我所喜歡的網球)。

♫ 今この店で買うと五十パーセント引きだそうだ。しかし、だからといっ
て、いらないものを買う必要はない(聽說現在在這家商店買東西可以打五
折。但是,也沒有必要因此而買一些不需要的東西)。

♫ 確かに、あの会社は待遇がいい。しかし、だからといって今の仕事をやめる
のには反対だ(那家公司的待遇的確不錯。但是,我還是反對你為此而放棄現
在的工作)。

…たが最後

用法 「最後」是名詞,接在動詞過去式「た」後面。其後項往往帶有一種消極含
義。該句型與「…たら最後」相同。

✿表示後項一切全都完蛋、倒了霉運,相當於漢語的「一旦…就(糟了)…」「
(既然…)就必須…」「如果…就(糟了)…」。

♫ このパソコンのキーを押したが最後、フロッピーの中のメモリーは全部消え
てしまう(一旦按下電腦上的這個鍵,這個磁盤上的儲存內容就會全部消失)。

♦ この仕事はやり損ねたが最後、とりかえしがつかない（這項工作一旦搞砸就無法挽回了）。

♦ 學校内でタバコを吸っているのを見つかったが最後、停学は免れないだろう（在校内抽菸一旦被發現，大概停學處分是免不了吧）。

…たきり（で）…ない／たぎり（で）…ない

用法 「きり」是副助詞，接在動詞過去式「た」後面，格助詞「で」可以省略。「きり」有時會寫成「ぎり」。該句型與否定式謂語相呼應。

✽ 表示前項動作完成之後就終結了，應該發生的事項沒有發生，相當於漢語的「一…就（再沒）…」「…之後就…」。

♦ あの方とは一度お会いしたきりで、その後、会っていません（我和那位先生只見過一面，後來就再沒遇見過）。

♦ 子供が朝、出かけたきり、夜の八時になっても帰ってこないので心配です（孩子早上出去之後，到晚上8點還不回來，真讓人擔心）。

♦ 彼女には去年一度会ったぎりです。その後手紙ももらっていません（和她去年見過一面。後來連一封信都沒有）。

♦ 寝たぎり、ついに起き上がらなかった（臥床之後再也沒有起來）。

（可能態動詞）だけ（同一動詞）

用法 「だけ」是副助詞，接在動詞可能態之後，再接同一個動詞。

✽ 表示盡最大限度，相當於漢語的「儘量…」「儘可能…」。

♦ そう遠慮せずに食べられるだけ食べなさい（別那麼客氣，請儘量吃吧）。

♦ 必要なものを背負えるだけ背負って、川を渡った（把需要的東西儘可能背在身上過了河）。

♦ もう箱がありませんから、詰められるだけ詰めてください（已經沒有箱子了，能裝多少就裝多少吧）。

♦ 待てるだけ待ったが、彼は、待ち合わせの場所に現れなかった（等到不能再等了，可是他最終沒有出現在約好的地點）。

…た結果／（體言）の結果

用法 「結果」是名詞，接在動詞過去式「た」後面，或者可以接在體言加格助詞「の」後面。它是一種書面表達方式。

✿表示客觀地敘述一種事實的經過，它相當於漢語的「…的結果」「經過…之後」等。

◊ いろいろと 考 えた結果、やはり国に帰ることに決めた (反覆考慮，結果還是決定回國)。

◊ 立って歩くようになった結果、人間の生活は大きな変化をとげるようになった (由於站立行走，人類的生活發生了巨大變化)。

◊ 十 年も研 究 を重ねた結果、この本を成した (經過10年反覆研究，終於寫成此書)。

◊ 投 票 の結果、議 長 に山田さんが選 出 された (投票之後，山田被選為議長)。

◊ 長い 間 の努 力 の結果、彼はこの発明を完成した (經過長期努力，最後他完成了這項發明)。

◊ 繰り返した間違いの結果、人間はいくらか 賢 くなったようである (人類幾經挫折之後漸漸變得聰明了)。

… だけ / … だけの

用法 「だけ」是副助詞，接在體言、副詞、助詞以及動詞的連體修飾形後面。當其後續格助詞「が」和「を」，它們往往可以省略掉。其他助詞根據表達的含義可以在「だけ」前或「だけ」後。副詞「ただ」常與「だけ」相呼應。

✿表示限定某種範圍、程度或數量，相當於漢語的「只」「僅」「只有」「僅僅」「只是」等。

◊ 今度の事件に関係がないのは彼だけだ (與這次事件沒有關係的只有他一個人)。

◊ 秋山さんは毎晩テレビでニュースだけ見ている (秋山同學每天晚上看電視只是看新聞)。

◊ あの人だけ (が) 私 を理解してくれる (只有他能理解我)。

◊ あなただけにお知らせします (我只告訴你一個人)。

◊ あの人にだけは負けたくない (我就是不想輸給他)。

◊ 私 は何も買わないで見るだけだ (我什麼也不買，只是看看)。

◊ 来 週 の火曜日はただ二人だけで 京 都へ 出 張 に行くそうだ (聽說下週二只有兩個人去京都出差)。

… だけあって

用法 「だけ」是副助詞，以「だけあって」的形式，接在體言和用言的連體修飾

形後面。該句型常用於積極的肯定或讚美的語句中。

❋ 表示與某人或事物本身的價值、性質等相適應，相當於漢語的「不愧是…」「無怪乎…」。

◊ ここは一流ホテル<u>だけあって</u>、サービスが本当にうまい（這裏不愧是一流大飯店，服務非常好）。

◊ 彼女は學校で先生をしていた<u>だけあって</u>、今も前で話すのがうまい（不愧以前在學校當過老師，她現在在眾人面前講話仍非常自然）。

◊ 自慢する<u>だけあって</u>、大した腕前だ（無怪乎他自誇，眞有兩下子）。

… だけしか … ない

用法 「だけ」和「しか」都是副助詞，疊加在一起加強語氣。該句型接在體言後面，與否定式謂語相呼應，是「だけ…だ」的強調表達方式。

❋ 表示限定，除此之外別無其他，相當於漢語的「只有」「只」。

◊ 今のところ一人<u>だけしか</u>レポートを出してい<u>ない</u>（到現在提交小論文的只有一人）。

◊ 今月、残った金はこれ<u>だけしかない</u>（這個月剩的錢就只有這點了）。

◊ こんなことは、あなたに<u>だけしか</u>頼めない（這種事情，我只能拜託你了）。

… だけでも

用法 ① 「だけでも」是由表示限定的副助詞「だけ」和表示逆接條件的副助詞「でも」構成，接在體言後面。

❋ 表示即使如此加以限定也沒有什麼關係，相當於漢語的「僅…就…」「僅有…也…」「連…都…」「只…就…」。

◊ 会談は主要なもの<u>だけでも</u>十回に及んでいる（僅主要會談就進行了10次）。

◊ 上巻<u>だけでも</u>かまわないから、買ってくれ（僅有上卷也沒關係，給我買來吧）。

◊ 新聞雑誌<u>だけでも</u>読めるようにしておかなければ、せっかく習ったかいがあるでしょうか（如果連報紙雜誌都看不了，那不是白學了嗎）。

◊ これ<u>だけでも</u>、あんたにとって大きな励ましになるわね（只這一點對你來說也是個極大的鼓勵）。

用法 ② 接在動詞、助動詞連體修飾形後面。

❋ 表示舉出僅僅這樣的條件就行，相當於漢語的「只要…就…」「即使…也…」「哪怕只…也…」。

◊ 水と酸素の働きがあるだけでも、鉄はさびるものである（只要有水和氧發生作用，鐵就會生鏽）。

◊ 講堂は一本の針が地に落ちただけでもはっきり聞こえるほど静かである（禮堂很靜，即使一根針掉在地上也能聽得很清楚）。

◊ 一つの謎が解けただけでも、彼にとってどんなに嬉しかったか分かりません（哪怕只解開一條謎語，對他來說也是非常高興的）。

… だけに

用法　「だけ」是副助詞，以「だけに」的形式，接在體言和用言的連體修飾形後面。

✿表示前項提出原因或理由，後項表示前提條件下產生的相應結果或與前項的對應關係，相當於漢語的「正因為…」「因為…」。

◊ 年を取っているだけに、父の病気はなおりにくい（正因為上了年紀，父親的病難以治癒）。

◊ 有名な大学だけに、入るのも難しい（正因為是著名大學，所以很難考上）。

◊ さつまいもは美味しいだけによく売れる（因為紅薯好吃，所以銷路很好）。

（用言）だけの

用法　表示限定的副助詞「だけ」後續格助詞「の」，來修飾體言。

✿①表示某一範圍內的全部，相當於漢語的「能…的…都…」「只有」。

◊ 考えられるだけのことはすべてやってみた（能想到的我都試過了）。

◊ 今日の誕生会の飲み物はここにあるだけのもので、がまんしましょう（今天生日宴會的飲料只有這些，就將就一下吧）。

◊ このお金で、ほしいだけのパンを買ってきてね（用這些錢，就把你想要的麵包都買來吧）。

✿②表示程度，它相當於漢語的「足以能…」「能夠…的」「所…的」。

◊ どんなところでも生きていけるだけの生活力が彼にはある（他具有無論在哪裏都能生存下去的生活能力）。

◊ その日彼はコーヒーを一杯飲むだけの金もなかった（那天，他連喝杯咖啡的錢都沒有）。

◊ 妻に本当のことを打ち明けるだけの勇気もなかった（他連向妻子說出真相的勇氣都沒有）。

◊習っただけのものを全部暗記した（所學的東西都記住了）。

… たことにする

用法　「こと」是形式體言，接在動詞過去式「た」後面。「に」是格助詞，為「サ變」動詞「する」的對象語。

✽表示原本沒有做的事情，就算是做了，相當於漢語的「算做…」「算是…」「權當…」。

◊私がそのケーキを食べたことにする（就算是我吃了那塊糕點）。

◊昨日の会議に出たことにしてください（請你就當我出席了昨天的會議）。

◊そのことはぜんぜん知らなかったことにする（那件事情就權當我一點都不知道）。

（ただ）… だけでなく … も

用法　「ただ」是副詞，同副助詞「だけ」相呼應加強語氣，也可以省略。「も」是副助詞，表示添加，接在體言或助詞的後面。其中「だけでなく」接在體言、體言型謂語「である」和用言的連體修飾形後面，在口語中可以說成「だけじゃなく」的形式。

✽表示不限於前者，已涉及到後者，相當於漢語的「不光…還…」「不僅…也…」。

◊ただ国内だけでなく、外国でも問題になっている（不只是在國內，在國外也是個問題）。

◊宮本さんは数学者であるだけでなく、物理学者でもある（宮本先生不僅是數學家，還是物理學家）。

◊外国で仕事をするには、その国の言葉を覚えるだけでなく、習慣や制度もしっかり勉強しておいたほうがいい（在國外工作，不僅要掌握那裏的語言，而且最好也學一學那裏的習慣和制度）。

◊本田さんは会長として積極的に仕事をしただけでなく、つねに周りの人たちにも気を配っていた（本田先生不僅作為會長積極地工作，還常常關心周圍的人）。

◊あの先生はただ学者として優れているだけでなく、学生の相談ごとにもよく応じてくれる（那位老師不僅作為學者非常優秀，而且和學生們探討時也很認真地對待）。

◊鈴木さんは絵が上手なだけでなく、字もうまい（鈴木先生不僅畫畫得好，

字寫得也漂亮)。

◊ 小川さんの部屋は広いだけでなく、窓も大きい (小川君的房間不僅寬敞，而
且窗戶也大)。

(ただ) … だけだ

用法 「ただ」是副詞，同副助詞「だけ」相呼應加強語氣，也可以省略。「だ」是
斷定助動詞。「だけだ」接在體言和用言的連體修飾形後面。

✿表示限定除此以外，沒有其他。它相當於漢語的「只有…」。

◊ 外はただ一面の雪だけだ (外面只見一片白雪茫茫)。

◊ その絵はただ古いだけだ。あまり値打ちがない (那幅畫只是舊，沒有什麼價值)。

◊ 結果がどうであれ、今は目標に向かってただ勉強するだけだ (不管結果
如何，現在只朝著目標努力)。

◊ ただ一度会っただけだが、あの人が忘れられない (雖然和他只見過一次，卻
永遠也忘不了他)。

ただし

用法 「ただし」是接續詞，用於後項的句首。

✿表示講述後項是與前項相關的更為詳細的注意事項或非同一般的情況，相當於
漢語的「不過…」「但是…」。

◊ 修理はできます。ただし、ひにちがかかります (可以修理，不過得花幾天時間)。

◊ 日曜日は閉店します。ただし、祭日が日曜日と重なる場合は開店します (星
期天不開門。但如果星期天也是節假日時，就照常營業)。

◊ これだけは聞いて知っている。ただし、真偽の保証はできない (這一點我
聽說了。但是，不能保證它是否屬實)。

◊ 診察時間は夜七時まで。ただし、急患はこの限りではない (門診到晚上7點
為止。但是，急診不受此限制)。

ただでさえ … のに / ただでさえ … ところを

用法 「ただでさえ」是一個詞團，起副詞作用，常用於句首，與「のに」和「とこ
ろを」相呼應。其中，「のに」是接續助詞，接在動詞和形容詞連體修飾形以及
形容動詞「な」形或詞幹加「である」的後面。「ところを」是一個詞團，起接續
助詞的作用，同「のに」的接續法一樣，兩者可以互換。該句型多用於表述肯

定程度更加深的場合。

✤表示即使在一般情況下都這樣，更何況是在非一般情況下，相當於漢語的「本來就…」「平時就…」。

◊ ただでさえ寒いのに、雪が降っちゃたまらない（本來就很冷了，再下雪就更受不了了）。

◊ ただでさえ多忙であるのに、またこんな任務をうけいれちゃたまらないだろう（本來就很忙，再接受這樣的任務就更受不了了）。

◊ ただでさえ人手が足りなくて困っているところを、こんな小さな会社で一度に三人もやめられたらどうしようもない（本來就愁人手不夠，這麼一個小公司，一下又有3個人辭職，簡直沒法辦事）。

◊ ただでさえあまり国民に信用されていなかったところを、あんなへまをやってはあの政治家はもうだめだ（那位政治家平時就不怎麼受到國民的信賴，再幹出那種錯事的話，已經不行了）。

ただ…のみ

用法　「ただ」是副詞，同「のみ」相呼應。「のみ」是副助詞，接在體言、動詞的連體修飾形後面，多用於書面語。

✤表示別無其他，相當於漢語的「只有…」「唯有…」等。

◊ できるだけのことはやった。ただ、結果を待つのみだ（能做的都做了，只有等結果了）。

◊ 結果がどうであれ、今は目標に向かってただ勉強するのみだ（不管結果如何，現在只有朝著目標努力）。

◊ 優勝を目指して、ただ練習あるのみだ（要以冠軍為目標，只有苦練）。

◊ 人民、ただ人民のみが世界の歴史を創造する原動力である（人民，只有人民，才是創造歷史的動力）。

（ただ）…のみならず…も

用法　「ただ」是副詞，同詞團「のみならず」相呼應加強語氣，也可以省略。「も」是副助詞，表示添加，接在體言或助詞的後面。其中「のみならず」接在體言、體言型謂語「である」、形容動詞詞幹「である」和動詞、形容詞連體修飾形後面。該句型用於書面語。

✤表示不限於前者，已經涉及到後者，相當於漢語的「不只是…」「不僅…而

且…」「不僅…還…」。

◊ これはただ国内のみならず、外国でも問題になっている（這不只是在國內，在國外也是個問題）。

◊ ただ東京都民のみならず、大都市に住む住民にとってもゴミ処理の問題は頭が痛い（不僅對東京市民，而且對生活在大城市的居民來說，垃圾的處理是個讓人頭疼的問題）。

◊ 戦火で家を焼かれたのみならず、家族も失った（在戦火中不僅房屋被燒毀了，還失去了親人）。

◊ 宮田さんは英語を上手に話すことができるのみならず、文章をうまく書くこともできる（宮田先生不僅英語說得好，文章寫得也好）。

◊ 風が強いのみならず、雨もひどい（不僅風大，雨也大）。

◊ 彼女は聡明であるのみならず容姿端麗でもある（她不僅聰明，而且容貌端莊秀麗）。

…（た）ついでに…（た）/（體言）のついでに…（た）

用法 「ついで」是名詞，後續格助詞「に」，接在動詞過去式「た」後面，與過去式謂語相呼應。此外，還可以構成體言加格助詞「の」後續「ついでに」的形式。

✿表示一種附帶關係，相當於漢語的「順便…」「附帶…」。

◊ 歯医者に行ったついでに、スーパーで買い物をしてきた（去看牙醫時，順便去超市買了些東西）。

◊ 神田の古本屋へ行ったついでに、浮世絵を買ってきました（去神田的舊書店時，順便又買來了浮世繪）。

◊ 買い物のついでに、図書館へ行って本を借りてきた（去買東西時，順便到圖書館借了本書）。

◊ 兄は出張のついでに私の仕事場へ来た（哥哥出差順路到我工作的地方來了）。

…たって/だって

用法 「たって」是接續助詞，接在動詞「た」形、形容詞「く」形後面。體言、形容動詞詞幹要後續副助詞「だって」。「たって」同「ても」意義相同，「だって」同「でも」意義相同，多用於口語表達。

✿表示假定或既定的逆接條件，相當於漢語的「即使…也…」「連…也…」「無

論 … 都 …」等。

◊ あの人はいくら食べたって太らないんだそうだ (據說那個人無論怎麼吃都不發胖)。

◊ 笑われたって平気だ。たとえ一人になっても最後までがんばるよ (即使有人笑話我也不在乎。就是剩下我一個人也要堅持到底)。

◊ いくら高くたって買うつもりです。めったに手に入りませんから (再貴我也要買。因為這東西很難買到)。

◊ あの人はどんなにつらくたって、決して顔に出さない人です (他這個人，即使再痛苦也從不表現在臉上)。

◊ この靴は値段が百円だって買いたくない (這雙鞋子的價格即使是100日元，我也不想買)。

◊ 今日は暇だって、一人で日帰り旅行に行かない (即便今天有空，也不會一個人去一日遊的)。

◊ いやだって、やらずにはすまない (不願意也得去做)。

◊ 見みかけがきれいだって、中身が粗末では話にならない (即使外觀漂亮，裏面粗糙也不像話)。

…だって

用法 「だって」是副助詞，接在體言後面，同「でも」的意義一樣。

❉表示舉出極端的事例，相當於漢語的「就連 … 也」「連 … 都」。

◊ この問題は簡単で、子供だってできるよ (這個問題不難，連小孩子都會)。

◊ この漢字の書き方は複雑で、先生だって間違うことはある (這個漢字很複雜，就連老師有時都出錯)。

◊ 横山さんは冬だって冷水浴をするそうだ (聽說橫山先生連冬天都洗冷水澡)。

疑問詞＋だって

用法 「だって」是副助詞，接在疑問詞、助詞後面，同「でも」的意義一樣。

❉表示全面肯定，相當於漢語的「無論 … 都 …」。

◊ だれだってそんな批評をされたら怒るさ (誰受到那種批評，都會生氣的呀)。

◊ どんなに悲しい時だって、我慢できるかしら (無論多麼悲傷，都能忍受嗎)？

◊ 何時からだって間に合うよ (無論從何時起都來得及)。

◊ どこへだって行けるわよ (上哪裏我都能去啊)。

… だって … ない

用法 「だって」是副助詞，接在最小單位的數量詞「一」後面，與否定式謂語相呼應，同「でも」的意義一樣。

✿表示全面否定，相當於漢語的「連一…都沒有…」「連一…都不…」「連…也不…」等。

◊ アメリカへは一回だって行ったことはない (美國一次也沒有去過)。

◊ 今、教室には学生は一人だっていない (現在教室裏一個學生也沒有)。

◊ 一分だって無駄にしてはいけないよ (連一分鐘也不能浪費)。

… たっていい

用法 「たって」是接續助詞，接在動詞「た」形、形容詞「く」形後面。「いい」是形容詞，可以同「よい」「結構」「よろしい」等詞替換。該句型同「…てもいい」相同，用於口語表達。

✿表示許可，相當於漢語的「可以…」「…也行」「…也可以」「…也沒有關係」等。

◊ 紹興酒のかわりに、しょうゆで味をつけたっていい (用醬油代替黄酒調味也行)。

◊ 鉛筆で書いたってよい (可以用鉛筆寫)。

◊ 印鑑がなければ、サインしたって結構です (沒有圖章的話，簽字也可以)。

◊ 質がよければ、少しぐらい高くたってよろしい (品質好的話，價格稍微貴一些也行)。

… たってよかったのだが

用法 「たって」是接續助詞，接在動詞「た」形、形容詞「く」形後面。「よかった」是形容詞「よい」的過去式。「の」是形式體言，表示說明、解釋，「だ」是斷定助動詞，「が」是表示轉折關係的接續助詞。

✿表示原本是可以這麼做的，但由於其他原因最終沒有這麼做，相當於漢語的「…也可以」「…也行」。

◊ 学校でフランス語を勉強したってよかったのだが、選択の学生が多すぎるので、私はドイツ語を習った (本來在學校是可以學法語的，可是由於選的人太多，我就學德語了)。

◊ タクシーで行ったってよかったのだが、車で送ってくれるというので、乗せてもらった（本來坐計程車去也是可以的，但他們說開車送我，我就坐他們的車了）。

◊ 就職の時、東京の会社を選んだってよかったのだが、最終的には郷里に帰るほうを取ったのだ（當初就職時，選擇東京的公司也是可以的，但最終我還是選擇了回家鄉）。

…だっていい

用法　「だって」是副助詞，接在體言和形容動詞詞幹後面。「いい」是形容詞，可以同「よい」「結構」「よろしい」等詞替換。該句型同「…でもいい」相同，用於口語表達。

✿表示許可，相當於漢語的「可以…」「…也行」「…也可以」。

◊ 給料がよければ、すこしぐらい危険な仕事だっていい（工資高的話，即使工作稍微有點危險也行）。

◊ 試合をするのに人数がたりないので、下手だっていいですから、誰か参加者をさがしてください（參加比賽的人手不夠，技術差點也可以將就，你就給找幾個參加比賽的吧）。

◊ 私だってよければ、手伝いますよ（如果你覺得我行，我就幫忙）。

◊ 手紙だって、電話だって結構だから、連絡してみてください（寫信也行，打電話也行，請你聯繫一下）。

…たってかまわない

用法　「たって」是接續助詞，接在動詞「た」形、形容詞「く」形後面。「かまわない」是「かまう」的否定式，可以和「差し支えない」替換。與「…たってかまわない」相比，「…たってさしつかえない」略顯鄭重一些。「かまう」可以寫成「構う」。

✿表示許可、可能、讓步，相當於漢語的「…（也）沒有關係」「…也可以」「…也行」「…也無妨」等。

◊ いくら食べたってかまわないが、おなかをこわさないように気をつけてね（吃多少都沒有關係，可是注意別吃壞了肚子）。

◊ 最終的に決定するのに、全員の意見が聞けなくたってさしつかえないと思う（我認為做最後決定時，不聽全體人員的意見也沒關係）。

◊ 品物は上等なら、値段が少しぐらい高くたってかまいません（若是東西

好，價錢貴一點也可以）。

◊ はんこがなくたって構わない（沒有印章也沒事）。

◊ 質がよければ、値段が高くたって差し支えない（品質好，價錢高也無妨）。

… だってかまわない / … だってさしつかえない

用法　「だって」是副助詞，接在體言和形容動詞詞幹後面。「かまわない」是「かまう」的否定式，可以和「差し支えない」替換。與「…だってかまわない」相比，「…だってさしつかえない」略顯鄭重一些。「かまう」可以寫成「構う」。

✿表示前項是一個讓步條件，相當於漢語的「…也行」「…也可以」「…也無妨」等。

◊ 日曜日だってかまわないが、来てください（星期天也行，請來吧）。

◊ 今晩だって差し支えないよ（今天晚上也可以）。

◊ 家さえよければ、交通が不便だって構わない（只要房子好，交通不便也不要緊）。

◊ 意味が通じるのなら、表現は多少不自然だってさしつかえない（意思通的話，表達稍不自然也無妨）。

… たってしかたがない / … たってしょうがない

用法　「たって」是接續助詞，接在動詞「た」形、形容詞「く」形後面。「しかたがない」是一個詞團，在口語中可以說成「しょうがない」。

✿表示雖然是遺憾或者不滿的狀況，但也不得不接受，相當於漢語的「即使…也無可奈何」「即使…也只能如此」。

◊ 雨が降れば行ったってしかたがないから、やめましょう（如果下雨，去也沒用，還是別去了）。

◊ このごろ雨ばかりだから、ビアガーデンのお客が少なくたってしかたがない（最近老是下雨，露天啤酒屋的客人少也無可奈何）。

◊ あんなに雪が降っては、時間通りに着けなくたってしょうがない（下這麼大雪，不能按時到達也沒轍了）。

… たってだめだ

用法　「たって」是接續助詞，接在動詞「た」形、形容詞「く」形後面。「だめだ」是形容動詞的原形。

✿表示即使再做出什麼努力，結果還是不行，相當於漢語的「即使…也不行」

「就算…也不行」。

◊ 性格は直らないのだから、あの人に説教したってだめです（性格是改變不了的，即使怎麼勸他也是不行的）。

◊ 遅いですよ。今すぐ行ったってだめだ（已經遲了。就算現在立即去也不行了）。

◊ 医者に止められているので、甘いものは食べたくたってだめです（因為醫生有禁令，就算想吃甜的食品也不能吃）。

… だってだめだ

用法　「だって」是副助詞，接在體言和形容動詞詞幹後面。「だめだ」是形容動詞的原形。該句型用於口語表達。

✿表示即使再做出什麼努力，結果還是不行，相當於漢語的「即使…也不行」「就算…也不行」。

◊ 今からだってだめだ（就算現在開始也不行了）。

◊ 助けを呼んだってだめだ（就算呼救也不行）。

◊ いくら利口だってだめだ（無論怎麼聰明也不行）。

… だって … ない

用法　「だって」是副助詞，接在體言和形容動詞詞幹後面，與否定式謂語相呼應。該句型用於口語表達。

✿表示逆接，相當於漢語的「無論（就算是）…也不…」等。

◊ どんなに金持ちだって愛情に恵まれなければ幸福とは言いえない（多麼富有的人，如果沒有愛情也談不上幸福）。

◊ たとえいやだってやらなきゃならないんだ（就算討厭，也不得不做）。

◊ いくら利口だってこれには気付かないだろう（就算再聰明，也不會察覺這件事吧）。

… たつもりだ

用法　「つもり」是形式體言，接在動詞過去式「た」形後面，後續斷定助動詞「だ」。該句型除了用於第一人稱，還可以用於第二和第三人稱。當「知る」後接「つもりだ」時要用「知っているつもりだ」的形式。「…たつもりだ」的連接式為「…たつもりで」。

✿用於第一人稱，表示說話者自己這樣想或這樣認為，別人的想法和與事實是否

相符無關緊要，相當於漢語的「我自己覺得（認為）」；用於第二、第三人稱，表示該人信以為真的事情與（說話者或其他人想的）事實不符，相當於漢語的「以為」。其連接式表示原本要做卻沒有做，權且當做，相當於漢語的「就當是…」。

◊ よく調べて書いたつもりですが、まだ間違いがあるかもしれません（我自認為是經過充分調查才寫出來的，但仍保不住還有錯誤）。

◊ 君はちゃんと説明したつもりかもしれないが、先方は聞いてないといっているよ（也許你以為你講清楚了，可是對方卻說根本就沒聽你說過）。

◊ 彼女はすべてを知っているつもりだが、本当は何も知らない（她以為她什麼都知道呢，其實她什麼也不知道）。

◊ 自分の家に帰ったつもりで、ゆっくりお休みなさい（就當是回到了自己家，好好休息吧）。

◊ 昔にもどったつもりで、もう一度一からやり直してみます（就當是又回到從前，再從頭開始）。

…だと

用法 ① 「だ」是斷定助動詞，後續接續助詞「と」，接在體言、助詞後面。

❋表示假設，相當於漢語的「要是…就…」「如果…就…」。

◊ 天気だと、ぜひとも行きます（要是天氣好就一定去）。

◊ この調子だと、月末までに完成できるに違いない（如果按這種進展情況，到月底一定能完成）。

◊ 子供ばかりだと、ばかにされるから、気をつけなさい（如果都是孩子，就會被人家瞧不起，請注意一下）。

用法 ② 接在體言、否定助動詞「ない」形後面。是比「だって」更粗俗的表達方式，是男性用語。

❋表示反問，根據不同的語境可以翻譯成不同的漢語。

◊ 何だと？もう一度いってみろ（什麼？你敢再說一遍）？

◊ なに？行きたくないだと？そんなことは言わせないぞ（什麼？不想去了？這事我可不答應）。

たとえ…ても/たとえ…でも

用法 「たとえ」是副詞，同「ても」「でも」相呼應，加強語氣。「ても」接在動詞「て」形和形容詞「く」形後面。「でも」接在體言和形容動詞詞幹後面。「たと

え」可以同「たとい」置換。

✿表示假定或既定的逆接條件，相當於漢語的「即使⋯也」「哪怕⋯也」。

◊ <u>たとえ</u>成功し<u>ても</u>、おごりたかぶってはいけない（即使成功也不能驕傲）。

◊ <u>たとえ</u>そうならなく<u>ても</u>、この不利な状況も生まれてくる（即使不是這樣，這種不利情況也會發生）。

◊ <u>たとい</u>高価<u>でも</u>、一つ買わねばならぬ（哪怕貴也得買一個）。

◊ <u>たとい</u>小さなこと<u>でも</u>、ほんとうのことを言いわなくてはいけない（哪怕是一點小事也要說真話）。

たとえ ⋯ う（よう）とも

用法　「たとえ」是副詞。「う（よう）とも」是一個詞團，接在動詞的意志形後面。形容詞用「⋯くとも」，形容動詞詞幹和體言用「であろうとも」的形式。「たとえ」可以同「たとい」置換。

✿表示讓步條件，相當於漢語的「即使⋯也⋯」「不管⋯也⋯」。

◊ <u>たとえ</u>理由があろ<u>うとも</u>、人を殴ったりするものではない（即使有理由也不應該打人）。

◊ <u>たとえ</u>どんなに遅く寝<u>ようとも</u>、學校に遅れるようなことはしません（不管睡得多晚上學也不會遲到）。

◊ <u>たとい</u>雨がひど<u>くとも</u>、行く（不管雨有多大也要去）。

◊ <u>たとえ</u>条件が悪<u>くとも</u>大丈夫だ（即使條件不好也沒有關係）。

◊ <u>たとい</u>静か<u>であろうと</u>、よく眠れない（即使安靜也睡不好）。

◊ <u>たとい</u>賑やかな所<u>であろうとも</u>、住みたくない（即使是熱鬧的地方也不想居住）。

◊ <u>たとえ</u>親の命令<u>であろうとも</u>、正しくないことはしない（即使是父母之命，不正當的事情也不去做）。

たとえ ⋯ としても

用法　「たとえ」是副詞。「と」是格助詞。「としても」是一個詞團，起接續詞的作用。

✿表示讓步關係，相當於漢語的「即使⋯也」。

◊ <u>たとえ</u>わたしが行く<u>としても</u>、用事があるから、いますぐというわけにはいかない（我即使去，現在因為手邊有事情，也不能馬上就去）。

◊ <u>たとえ</u>多くの知識をもっている<u>としても</u>、そんなに人を 蔑 むものではない（即使知識淵博，也不該那樣瞧不起人）。

◊ <u>たとえ</u>その腕前があった<u>としても</u>、われわれは彼らに対抗できる方法をもっている（即使他們有本事，我們也有辦法對付他們）。

◊ <u>たとえ</u>外の人から誤解された<u>としても</u>、気分を悪くしてはならない（即使遭人誤會也不要鬧情緒）。

… たところ（が）

用法 ① 接在動詞過去式「た」形的後面。「ところ」是形式體言，後續接續助詞「が」可以省略。

✿ 表示順接關係，提示偶然的契機，起上下連續的作用，根據不同語境翻譯或者省略不譯。

◊ 美術工芸商店に問い合わせ<u>たところ</u>、日本の友人が買い求めたい陶器がありました（向美術工藝商店打聽了，那兒有日本朋友要買的陶器）。

◊ やってみ<u>たところ</u>、意外にやさしかった（試著做了一下，想不到很容易）。

◊ お医者さんからもらった薬湯を飲ん<u>だところ</u>が、なんの苦痛もなく、とてもよい気持ちでした（喝了醫生給的藥，沒有任何痛苦，覺得很舒服）。

用法 ② 接在動詞過去式「た」後面，可以和逆接的接續助詞「のに」互換。「が」不能省略。

✿ 表示逆接關係，相當於漢語的「可是 …」「還是 …」「反倒 …」。

◊ 今度勝つと思っ<u>たところ</u>が、意外負けた（我想這次一定會贏，可是竟然輸了）。

◊ 何回も読ん<u>だところ</u>が、よく分からなかった（讀了好幾遍，還是不大懂）。

◊ 忠告し<u>たところ</u>が、かえって恨まれた（勸告了他，反倒遭怨了）。

… たところだ

用法 接在動詞過去式「た」後面。「ところ」是形式體言，後續斷定助動詞「だ」。該句型常與表示「即將 … 之前」的時間副詞連用，如「ただいま」「ちょうどいま」「今」「ちょっと前」等。

✿ 表示動作、作用在說話時剛剛結束，相當於漢語的「剛剛 …」。

◊ 田中先生はただいま出かけ<u>たところだ</u>（田中老師剛剛出去）。

◊ 彼は今電報を受け取っ<u>たところだ</u>（他剛剛接到電報）。

◊ 電話したら、あいにくちょっと前出かけ<u>たところだった</u>（打電話一問，說是

不湊巧剛出門）。

◇ 海外勤務を終え、先日帰国したところです（結束了在國外的工作，前兩天剛回國）。

…たところで

用法 ①接在動詞過去式「た」形後面，「ところ」是形式體言，後續斷定助動詞「だ」的中頓形。

✿表示前面的動作結束告一段落時，發生了後面的動作和變化，相當於漢語的「在…時」。

◇ 論文の最後の一行を書いたところで、突然気を失った（論文寫到最後一行時，突然昏過去了）。

◇ 話の区切りが付いたところで、終わることにしましょう（談話告一段落時就結束吧）。

◇ ようやく事業に見通しがつくようになったところで、父は倒れてしまった（總算事業有所希望的時候，父親卻累倒了）。

用法 ②接在動詞過去式「た」的後面，同否定式或消極含義的謂語相呼應。為加強語氣，該句型常和「どんなに」「いくら」「たとい・たとえ」等副詞一起使用，與「たとえ…ても」意義相同。

✿提示逆接，表示即使成為那樣，也得不到所期待的結果，相當於漢語的「即使…也不（沒）」「不管…也…」。

◇ どんなに頼んだところで、あの人は引き受けてはくれないだろう（即使使勁求他，他也不會答應吧）。

◇ あんなに腹が立ったところで何にもならない（那麼生氣也無濟於事）。

◇ どんなに急がせたところで、二、三日で出來るはずはない（不管你怎麼催，兩三天內也完不成）。

用法 ③接在動詞過去式「た」後面，後項常伴有少量程度的表達。

✿表示即使發生了那樣的事情，其程度、數量等都是微不足道的，相當於漢語的「即使…」「再…也就…」「頂多…」。

◇ 泥棒に入られたところで、価値のあるものは本ぐらいしかない（即使小偷鑽進來，有價值的也只有書）。

◇ どんなに遅れたところで、せいぜい五、六分だと思います（再怎麼遲到，我想頂多也就五六分鐘吧）。

◊ たとえうちの夫は出世したところで、課長どまりだろう（我家先生即使出人頭地，頂多也就是做到課長）。

… たとたん（に）

用法 接在動詞過去式「た」形後面。「とたん」是名詞，可以寫成「途端」，其後接續助詞「に」可以省略。後項往往是一種消極的或意外的結果，不能用於說話者意志性的動作。

✿表示某一個動作剛做完或某一個狀態剛出現，緊接著就出現了其他意想不到的事情，相當於漢語的「在…瞬間…」「剛一…就…」「刹那…」。

◊ ふと下を見下ろしたとたんに、足もとがよろよろとなった（剛一往下看，腿就站不穩了）。

◊ 彼が旅館から出た途端に、警官に捕らえられた（他剛出旅館就被警察逮捕了）。

◊ ドアを開けたとたん、猫が飛び込んできた（開門的一刹那，一隻貓跳了進來）。

◊ 試験が終った途端、教室が騒がしくなった（考試剛一結束，教室就亂起來了）。

… たなり（で）

用法 接在動詞過去式「た」形後面。「なり」是接續助詞，後續格助詞「で」可以省略。它可以和「…たまま」互換。

✿①表示狀態維持原狀沒有進展，相當於漢語的「…著」「一直…」。

◊ 座ったなり動こうともしない（坐著不動）。

◊ 立ったなりでじっとこちらの様子を伺っている（一直站著窺探著這邊的動靜）。

◊ うつむいたなり黙り込んでいる（低著頭一言不發）。

✿②表示某種事態發生之後，沒有再發生一般認為會繼續發生的事情而保持著什麼都沒有發生的狀態。它相當於漢語的「…以後一直不（沒）…」。

◊ 彼は今朝出て行ったなり、まだ帰らない（他今早出去就沒有回來）。

◊ 買ったなりまだ読んでいない（買來以後一直沒看）。

◊ 母親を見みつめたなり、まばたきもしなかった（盯著媽媽，眼睛一眨也不眨）。

… だに

用法 「だに」是副助詞，接在體言、助詞、動詞原形的後面。它屬於文語表達方

式，同於現代口語的「さえ」「だって」「でも」。

✽表示舉出極端事例，相當於漢語的「光…就…」「只要…就…」「連…也…」等。

◊ あの人との再会は、想像するだに胸がどきどきする（只要一想到要和他再次見面，心就怦怦跳）。

◊ 今晩は星一つだに見みえない（今晚連一顆星星也看不見）。

◊ 私が賞をいただくなどとは夢にだに思わなかった（我做夢也沒有想到過要拿獎什麼的）。

◊ そんな危険をおかすなんて考えるだに恐ろしい（要冒這種危險，只要想起來就害怕）。

◊ 十年前には、今日のような経済の繁栄は想像だにしなかった（在10年以前，像今天這樣的經濟繁榮連想也沒有想過）。

…だの…だの

用法　「だの」是併列副助詞，接在體言、形容動詞詞幹和動詞、形容詞原形後面。後面一個「だの」可以用「など」替換。

✽表示併列、列舉事例，相當於漢語的「…啦…啦」「…和…等」。

◊ 食糧だの着物だのいろいろな物を運んできた（運來了糧食、衣物等各種東西）。

◊ 嫌いだの好きだのって言わないで何でも食べなさい（別說討厭這個啦、喜歡那個啦，不管什麼都吃吧）。

◊ 学習するだの観光するなど少しも暇がない（又是學習啦、又是觀光啦，沒有一點兒空閒）。

◊ 部屋代が高いだの、食事がまずいなどと文句ばかり言う（說什麼房租貴啦，伙食不好啦，盡發牢騷）。

…たばかりだ

用法　「ばかり」是副助詞，接在動詞過去式「た」形後面，後續斷定助動詞「だ」。

✽表示行為剛剛結束，從時間上來看，可以是說話時剛剛結束，也可以是相對的最近距離，相當於漢語的「剛剛…」「剛…」。

◊ 会議は始まったばかりです（會議剛剛開始）。

◇一年前に日本に着いたばかりで、西も東も分かりません（一年前剛到日本，不知道東西南北）。

◇聞いたばかりなのに、もう忘れました（剛聽到的事情已經忘得一乾二淨）。

… たばかりに

用法 「ばかり」是副助詞，接在動詞過去式和助動詞過去式「た」形後面。「に」是表示原因的格助詞。後項多為不好的結果。

✿表示原因，相當於漢語的「只因為…」。

◇冷蔵庫に残っていた魚を食べたばかりに、ひどい目にあいました（只因為吃了殘存在冰箱裏的魚，才倒了霉）。

◇運動中にちょっとよそ見をしたばかりに、事故を起こしてしまった（只因為運動過程中向旁邊看了一下，才引發了事故）。

◇準備運動が足りなかったばかりに、サッカーでけがをしてしまった（只因為準備活動做得不充分，踢球才受傷了）。

◇私が不注意だったばかりに、子供にけがをさせてしまった（正因為我沒留神，才使孩子受了傷）。

… たはずだ

用法 「はず」是形式體言，接在動詞過去式和助動詞過去式「た」後面，後續斷定助動詞「だ」。

✿表示說話者認為理所當然的事與現實不符，相當於漢語的「的確…」「確實…」「本應…」。

◇確かにここに置いたはずなのに、いくら探しても見つからない（確實放在這裏了，可怎麼也找不到）。

◇すみません。このへんに交番があったはずですが、どこでしょうか（對不起，記得這一帶有個派出所，是在哪兒呢）。

◇確かに受験番号は五〇一番だったはずだ（記得考號確實是501號）。

… たびに

用法 「たび」是名詞，接在體言加格助詞「の」和動詞連體修飾形後面。

✿表示反覆發生的事情的每一次，相當於漢語的「每當…」「每…」「每當…時就…」。

◊ クリスマスのたびに、新しい洋服をこしらえます（每當過聖誕節的時候都要做新西裝）。

◊ 会があるたびに、彼は必ず出席する（每逢開會，他必參加）。

◊ このことを思い出すたびに、私はいっそう力づけられ、いっそう大きな確信を与えられた（每當想到這件事，我就有了更大的力量，有了更大的信心）。

たぶん … だろう

用法　「たぶん」是副詞，同表示推量的「だろう」相呼應。「だろう」接在體言、形容動詞詞幹和形容詞、動詞、助動詞的簡體後面，其敬體是「でしょう」。「だろう」在書面語中，不分男女都可以使用，在口語中，一般只有男性使用。

✽表示說話者對事物的一種推測，相當於漢語的「大概 … 吧」「恐怕 … 吧」「也許 … 吧」。

◊ ベルを押しても、誰も出てきませんから、たぶん留守だろう（按了電鈴也沒有人出來，大概家裏沒人吧）。

◊ この辺は木も多いし、たぶん昼間も静かだろう（這一帶樹木也很多，白天一定很安靜吧）。

◊ 北海道では、今はたぶんもう寒いだろう（北海道現在已經很冷了吧）。

◊ 通訳なしでは、たぶん通じないだろう（沒有翻譯恐怕無法溝通吧）。

◊ 彼がその試験問題を見せてくれた。ひどく難しい。私だったら、たぶん全然できなかっただろう（他給我看了一下考試題，相當難。要是我，可能根本就答不上來了）。

◊ もう時間になったのにまだ来ない。たぶん今日の約束をわすれただろう（已經到時間了他還沒來，恐怕已經把今天的約定忘了）。

◊ 今年の生産任務はたぶん超過達成できるだろう（今年的生產任務大概能超額完成吧）。

◊ お母さんたちは今頃たぶんもうホテルについているだろう（媽媽她們現在恐怕已經到飯店了吧）。

… たまえ

用法　「たまえ」是補助動詞「たまう」的命令形，接在動詞「ます」形後面，常用於成年男子同輩之間或對晚輩的談話中。

✽表示語氣較客氣、隨和的命令或請求，相當於漢語的「請 … 」「… 吧」等。

◊ ぼくのかわりに見てくれたまえ (請替我看一看吧)。

◊ 電話で聞いてみたまえ (打個電話問一問吧)。

◊ これ以上、彼らを無意味な犠牲にするのはやめたまえ (別再叫他們做無謂的犧牲了)。

…ため（に）（原因）

用法 「ため」是形式體言，接在體言加格助詞「の」和活用詞的連體修飾形後面。後續格助詞「に」可以省略。

✿表示原因，它相當於漢語的「由於」「因為」。

◊ 過労のために三日間の休養が必要だ (由於勞累過度，需要休息3天)。

◊ 父親が頑固なために、みな困っている (由於父親很固執，大家都很為難)。

◊ 電波航法の信頼性は非常に高いために、いまその使用範囲は次第に広くなっている (由於無線電導航的可靠性非常高，現在它的使用範圍正在逐漸擴大)。

◊ 田中さんはほかの約束があるため、出席できない (田中因為有其他約定，所以不能出席)。

◊ 風が強かったために船が出なかった (由於風大，船沒有出海)。

◊ 株価が急落したために市場が混乱している (由於股票價格暴跌，市場發生混亂)。

◊ 台風が近づいているために波が高くなっている (由於颱風臨近，風浪很大)。

◊ 酒を飲みすぎたため胃をこわした (因為喝酒過量而傷了胃)。

◊ 当時、粉ミルクも買えず、牛乳もとれないため、おも湯で育てるほかなかった (當時因為買不到奶粉，也訂不到牛奶，只好用米湯餵養)。

…ために（目的）

用法 「ため」是形式體言，接在體言加格助詞「の」和動詞原形後面。「に」是表示目的的格助詞。

✿表示目的，相當於漢語的「為了…」。

◊ 私たちは祖国のために戦っているのだ (我們為國家而戰)。

◊ 健康のためには、早寝早起きが一番だ (為了健康，首先要早睡早起)。

◊ 人は食うために生きるのではなくて、生きるために食うのだ (人並非為了吃飯而活著，而是為了活著而吃飯)。

◊ 彼のために送別の宴を開いた (為他舉行了歡送宴會)。

…ためか

用法　「ため」是形式體言，接在體言加格助詞「の」和活用詞的連體修飾形後面。「か」是表示不定的副助詞。

✿表示不十分確定的原因，相當於漢語的「也許因為…」「大概是因為…」等。

◊栄養不良のためか、みんな唇がかさかさになって血がにじんでいる（也許因為營養不良，大家的嘴唇都出血了）。

◊雨が激しいためか、こられなかった（也許因為雨大沒有來）。

◊昨日運動をやりすぎたためか、足が痛くてならなかった（也許因為昨天運動過量，腿痛得不得了）。

◊病気のためか、試験がうけられませんでした（也許因為生病，沒能參加考試）。

…たら（假定條件）

用法　「たら」是表示假定完了的接續助詞，接在動詞過去式「た」後面。形容詞用「詞幹＋かったら」，體言和形容動詞詞幹後續「だったら」的形式。該句型多用於口語表達，且多用於偶然的、個別的事項。對於個人習慣性動作或特定事物的反覆動作也可以使用該句型。該句型的後項要用現在式。

✿表示假定前項條件成立或實現，在此基楚上敘述後項，相當於漢語的「如果…就…」「…就…」。

◊王さんに会ったら、よろしく言ってください（如果見到老王，請代我問好）。

◊ここまで来たら、一人でも帰れる（到了這兒，我自己就能回去了）。

◊あそこの景色があんなにきれいだったら、みんな行きたいだろう（那裏的景色那麼美的話，大家都想去吧）。

◊外は寒かったら、部屋に帰ってきましょう（外邊冷的話，就回屋裏吧）。

◊いつも五時になったらすぐ仕事をやめて、テニスをする（每天一到5點鐘我就馬上停止工作，去打網球）。

…たら

用法　「たら」是表示假定完了的接續助詞，接在動詞過去式「た」後面。後項往往與說話者的意志沒有關係，用過去式結句。

✿表示既定條件，前後事項同時很偶然地出現在一起，相當於漢語的「一…

就…」，翻譯要靈活。

◊ 山田さんは無口でおとなしい人だと思っていたが、よく話をしたらとても面白い人だということが分かった（本來以為山田是個不愛說話的老實人，可是跟他好好一聊，才知道他是一個很風趣的人）。

◊ お風呂に入っていたら、電話がかかってきた（正在洗澡時，就有人打電話來了）。

◊ デパートで買い物していたら、隣の奥さんにばったり会った（到百貨公司去買東西，碰巧遇上了隔壁鄰居太太）。

… たら（與事實相反）

用法 「たら」是表示假定完了的接續助詞，接在動詞過去式「た」後面。形容詞用「詞幹＋かったら」、體言和形容動詞詞幹後續「だったら」的形式。它常同「だろう」「はずだ」等詞語相呼應。

✽ 表示假定情況與事實相反，相當於漢語的「如果…就會…」「要（不）是…就…了」。

◊ あのとき精密検査を受けていたら、手遅れにならなかっただろう（如果當時做了進一步詳細的檢查，可能就來得及治療了吧）。

◊ 祖母が生きていたら、きっと喜んだはずだ（要是祖母還活著，她一定會很高興的）。

◊ 隕石が地球に衝突していなかったら、恐竜は絶滅していなかったかもしれない（要不是隕石撞擊了地球，也許恐龍就不會滅絕了）。

◊ ひどい話を聞かなかったら、こんなに酔うまで飲んだりしなかったに違いない（要不是聽到那麼可氣的話，我絕不會喝到如此爛醉）。

◊ 背があと十センチ高かったら嬉しかっただろう（個子要再高10公分就高興了）。

◊ 私が君だったら、行かなかった（我要是你的話，就不去了）。

◊ テニスが得意だったら、きっと試合に出るよ（我要是擅長打網球的話，就會參加比賽的）。

… たらいい

用法 ①「たら」是表示假定完了的接續助詞，接在動詞過去式「た」形後面。「いい」是形容詞，可以同「よい」「よろしい」替換。「よろしい」的語氣更禮貌。

✽ 表示勸誘對方做某事或建議對方這樣做，相當於漢語的「…就可以了」「…就行了」。

◊ この薬は一日一回飲んだらいい（這個藥每天吃一次就可以了）。

◊ 分からないことがあったら、この人たちに聞いたらよい（有什麼不懂的地方可以問問他們）。

◊ 埠頭へ行くには十三番のバスに乗ったらよろしいでしょう（去碼頭坐13路公共汽車就可以了）。

用法 ②接在動詞過去式「た」形後面。形容詞用「詞幹＋かったら」、體言和形容動詞詞幹後續「だったら」的形式。「いい」是形容詞，可以同「よい」替換。結句多伴有「のに」「なあ」「のだが」等表達方式。

✱表示說話者的願望，當不能實現時有一種遺憾的心情，相當於漢語的「要是…就好了」「要是…該多好啊」。

◊ 明日、晴れたらいいなあ（明天要是晴天就好了）。

◊ 夏休みが早く来たらよいのだが（暑假要是快些來就好了）。

◊ もう少し給料がよかったらよいのに（工資要是再高點兒就好了）。

◊ もう少し暇だったらいいなあ（再多有點兒空閒該多好啊）！

◊ 体がもっと丈夫だったらいいのに（身體要是再強壯一點兒就好了）。

◊ 今日は好天だったらいいなあ（今天是一個好天該多好啊）！

…たらきりがない / …ばきりがない / …ときりがない

用法 「きり」是名詞，可以寫成「切り」。「きりがない」是一個慣用說法。「たら」是表示假定完了的接續助詞，接在動詞過去式「た」形後面。它可以同「ば」「と」替換。「ば」是表示假定的接續助詞，接在動詞假定形後面。「と」也是表示假定條件的接續助詞，接在動詞原形後面。

✱表示一旦開始就沒有限度，相當於漢語的「一…就沒完沒了」「一…就沒有止境」。

◊ 親の借金を返していたら切りがない（一旦還錢給父母就沒完沒了）。

◊ 油田の建設中に現れた油田労働者の英雄的な業績はあげればきりがない（在油田建設中湧現出來的石油工人的英雄業績舉不勝舉）。

◊ 木村さんは欲を出せばきりがない男だ（木村君是個貪得無厭的人）。

◊ 雨季では雨が降り出すときりがない（雨季裏一下起雨來就沒完）。

◊ 彼女は話しだすときりがない（她說起來就沒完）。

…だらけ

用法 「だらけ」是接尾詞，接在體言後面。

✤表示沾滿或沾很多不好的東西，相當於漢語的「滿是…」「都是…」「淨是…」
「全是…」。

◊雨の中で少年たちがサッカーの試合をしている。全身泥だらけだ（少年們
在雨中進行足球比賽，滿身都是泥）。

◊パンがかびだらけになっていた（麵包上滿是霉跡）。

◊失業したので、借金だらけの生活をしている（因為失業了，都是靠借錢度日）。

…たら最後

用法 「たら」是表示假定完了的接續助詞，接在動詞過去式「た」形後面。「最
後」是名詞。該句型多用於否定或消極的結果。

✤表示一旦發生了前項的事情，後項的局面就不可挽回了，相當於漢語的「（一
旦…）就完了」「…就沒有希望了」。

◊彼は寝たら最後、周りでどんなに騒いでも絶対に目をさまさない（他一旦睡
著了，無論周圍的人怎麼吵鬧，也絕不會醒）。

◊彼は言い出したら最後あとへ引かない（他一旦說出來就不改口）。

◊すっぽんは一度嚙み付いたら最後どんなことがあっても離れない（甲魚一旦
咬上了，無論如何也不會撒嘴）。

…たら…だけ

用法 「たら」是表示假定完了的接續助詞，接在動詞過去式「た」形後面。形容
詞用「詞幹+かったら」的形式。形容動詞則是詞幹後續「だったら」的形式。
「たら」前後要使用同一個詞。「だけ」是副助詞，接在用言的連體修飾形後
面，形容詞為「い」，形容動詞為「な」，動詞多為過去式「た」形。

✤表示隨著前一項動作的進行，後項的程度逐漸加深。它相當於漢語的「越…就
越…」。

◊長引いたら長引くだけこちらが不利になる（時間拖得越久對我們越不利）。

◊測定回数を増やしたら増やしただけ、その平均値の信頼度も高くなった（測
定次數越多，其平均值的可靠性也就越高）。

◊働いたら働いただけ成果が上がる（勞動得越多成果就越多）。

◊値段が安かったら安いだけよい(價格越便宜越好)。
◊生活水準が高かったら高いだけ出費も嵩む(生活水準越高，開支越多)。
◊娯楽場は賑やかだったら賑やかなだけ人気がある(娛樂場越熱鬧越受歡迎)。
◊知識が豊かだったら豊かなだけいい(知識越豐富越好)。

…たらどうか

用法 「たら」是表示假定完了的接續助詞，接在動詞過去式「た」形後面。形容詞用「詞幹＋かったら」、體言和形容動詞詞幹後續「だったら」的形式。「どう」是表示疑問的副詞。「か」是表示疑問的終助詞。「どうか」的敬體為「どうですか」，其禮貌用語為「いかが」。該句型同「ては(ちゃ)どうか」意義一樣。

✼表示徵求對方意見，希望對方按照自己的意見去做，相當於漢語的「…好不好？」「行不行？」「…怎麼樣？」「…如何？」。

◊人にやらせないで、自分でやったらどうか(不叫別人做，自己去做怎麼樣)？
◊この問題について王先生に話してもらったらどうですか(關於這個問題，請王老師談談行不行)？
◊この辺でちょっと休憩したらいかが(在這兒休息一會兒怎麼樣)？
◊遠慮しないでもっと召し上がったらいかがですか(不要客氣，請再吃一點好不好)？

…たらよかった

用法 「たら」是表示假定完了的接續助詞，接在動詞過去式「た」形後面。形容詞用「詞幹＋かったら」、體言和形容動詞詞幹後續「だったら」的形式。「よかった」是形容詞「よい」的過去式。結句多伴有「のに」「なあ」「のだが」等表達方式。不過，「のに」一般不涉及自己的行為。

✼表示對不可能發生或與現實不相符的事情表示惋惜，相當於漢語的「要是…就好了」。

◊昨日のパーティーに来てくれたらよかったのに(你要是昨天來參加晚會就好了)。
◊あの人に会わなかったらよかったなあ(我要是不遇見他就好了)。
◊私は目がちょっと大きくなったらよかったのだけど(我的眼睛稍微大一點就好了)。
◊人口がもっと少なかったらよかったのに(人口再少些就好了)。
◊この部屋は南向きだったらよかったのだが(這房間要是朝南就好了)。

◊ きょうも明日も休みだった**ら**よかったなあ（今明兩天要是都休息就好了）。

◊ 昨日、会社の上司とはじめて飲みに行った。彼がもうちょっと話し好き**だったら**よかったのだが、会話が続かなくて困った（昨天，我第一次和公司的上司去喝酒。他要是再能聊點兒就好了，結果也沒什麼話，我們兩個人都挺難受的）。

… たらそれまでだ

用法 「たら」是表示假定完了的接續助詞，接在動詞過去式「た」形後面。「それまでだ」是一個慣用說法。該句型同「…ばそれまでだ」意義一樣。「ば」是表示假定的接續助詞，接在動詞的假定形後面。

✱表示事情就此告一段落，相當於漢語的「如果…那就算了」「…就完了」。

◊ 本人がいやだと言っ**たらそれまでだ**（如果本人不願意那就算了）。

◊ やり損なっ**たらそれまでだ**。何も心配することはない（如果失敗了那就算了，用不著擔心）。

◊ 行ってみて山田さんに会えなけれ**ばそれまでだ**（去了見不到山田先生就算了）。

◊ このケーキなんか食べてしまえ**ばそれまでだ**（這塊糕點吃了就沒有了）。

… たりする

用法 「たり」是接續助詞，接在動詞「た」形後面。形容詞用「詞幹＋かったり」、體言、形容動詞詞幹用「だったり」的形式。該句型有時也會用「…たり（など）する」的形式。

✱表示強調性或者概括性地舉出一例，同時暗示其他，相當於漢語的「…什麼的」「…之類的」，也可以根據情況不譯。

◊ 暇な時、新聞を読ん**だりします**（空閒時，看看報紙什麼的）。

◊ もし品物があまりよくなかっ**たりしたら**、買うのはやめます（如果東西不太好的話就不買了）。

◊ 交渉の相手を軽く見**たりしてはいけない**（不要輕視談判的對方）。

◊ 質がよかっ**たりすれば**、買うつもりだ（要是品質好什麼的就打算買）。

◊ 雨がひどかっ**たりしたら**ハイキングを止めよう（如果雨下得很大，就不去遠足了）。

◊ 暇だっ**たりすれば**大丈夫だよ（要是有時間什麼的，就沒有問題）。

◊ 交通が不便だっ**たりなどしたら**どうするの（如果交通不方便怎麼辦呢）？

… たり … たりする（だ）

用法　「たり」是接續助詞，接在動詞「た」形後面。形容詞用「詞幹＋かったり」、體言、形容動詞詞幹用「だったり」的形式。「する」有時可以用「だ」替換。

✿表示動作、作用的併列或者兩個事項的反覆交替出現，相當於漢語的「又…又…」「時而…時而…」「有時…有時…」。

◊ 今日一日中雨が降ったり風が吹いたりしました（今天一整天又下雨又刮風）。

◊ コピーをとったり、ワープロを打ったりして、今日は一日中忙しかった（又是複印，又是打字，今天忙了一整天）。

◊ 彼は学校に行ったり行かなかったりです（他上學三天打魚兩天曬網）。

◊ 薬はきちんと飲まなければいけない。飲んだり飲まなかったりでは効果がない（服藥必須要定時，不按時服藥就沒有效果）。

◊ 父は近頃あまり具合がよくなく、寝たり起きたりだ（我父親近來身體不大好，有時還能起來，有時就只能在床上躺著）。

◊ このごろは寒かったり暑かったりして、天気は定まらない（這陣子忽冷忽熱，天氣不穩定）。

◊ 成績は良かったり、悪かったりする（成績時好時壞）。

◊ 会議は午後だったり、午前だったりだ（開會有時是下午，有時上午）。

◊ 仕事振りは真面目だったり不真面目だったりしてはよくない（工作態度有時認真，有時不認真可不好）。

◊ 夜になると、この近くは静かだったり、賑やかだったりだ（到了晚上，這附近有時安靜，有時熱鬧）。

◊ 明日は山間部は晴れたり曇ったりの天気でしょう（明天山區的天氣時晴時陰）。

◊ 去年の秋は暑かったり寒かったりの天気だった（去年秋天天氣時冷時熱）。

… たりとも … ない

用法　「なりとも」是文語副助詞，接在表示「一」的數量詞後面。其後項往往是否定或消極含義。該句型是書面用語。在口語中常用「であっても」。

✿表示不允許有絲毫例外，相當於漢語的「哪怕一…也…」「即使一…也…」。

◊ 試験まであと一か月しかない。一日たりともむだにできない（離考試只有一個月了，哪怕一天也不能虛度）。

◊ この綱領について変更は一字たりとも許されない（這個綱領一個字也不許

更改)。

◊ 工事は一日たりとも遅らせることはだめだ（工程一天也不能拖）。

◊ 油断が一刻たりともだめだ（一刻也不能疏忽）。

… たる

用法 「たる」是文語助動詞，接在體言之間。它用於較拘謹的書面語或演說等比較正式的講話，相當於現代日語的「…である…」。

✽表示斷定或肯定的判斷，相當於漢語的「作為…的…」。

◊ 教師たる者にあるまじき行為（作為教師所不應有的行為）。

◊ 後継者たる者は以下の資格を備えていなければならない（作為接班人必須具備以下資格）。

◊ 国の代表たる機関で働いている（在代表國家的機關裏工作）。

◊ それは、指導者たる者のとる行動ではない（那不是作為領導應該採取的行動）。

… たると … たるとをとわず

用法 「たる」是文語助動詞，接在體言後面。「と」是接續助詞，「とわず」可以寫成「問わず」。該句型是書面語表達，相當於現代日語的「…であろうと…であろうと」。

✽表示無論什麼結果都一樣，相當於漢語的「不管是…還是…都…」「無論是…還是…都…」。

◊ 戦前たると戦後たるとをとわず、世界では経済恐慌が絶えなかった（不管是戰前還是戰後，經濟恐慌從未斷過）。

◊ 過去たると現在たるとをとわず、彼の立場ははっきりしている（不管是過去還是現在，他的立場都是鮮明的）。

◊ 医療活動は民間人たると、政府関係者たるとをとわず、全員を平等に扱う（在醫療活動中，無論普通平民還是政府官員都一視同仁）。

… たるもの（體言）

用法 「たる」是文語助動詞，接在體言後面。「もの」表示同位語的詞。該句型是書面語，相當於現代日語的「…である」。

✽表示判斷事物的觀點，相當於漢語的「作為…」「當…」「是…」等。

◊ 国会議員たるものはそんな無責任な発言するなんて、信じられない（作為國

會議員，竟能進行那樣不負責任的發言，真不敢相信）。

◊ 教師たるものは学生を叱るよりまず自分自身が勉強しなければ（作為教師，申斥學生不如先自己好好學學）。

◊ 人の師表たるものまず自身が学生であるべきだ（為人師表者自己應該先當學生）。

だれひとり（として）…は（も）ない

用法 「だれひとり」可以寫成「誰一人」，與否定式謂語相呼應。「として」是一個詞團，可以省略。「は」和「も」都是提示助詞。

✽表示強烈的全面肯定，相當於漢語的「沒有不…」「沒有一個人不…」「誰也沒有不…」。

◊ 誰一人として喜ばぬものはない（沒有不高興的）。

◊ この計画にだれひとり反対するものはなかった（沒有一個人反對這項計畫）。

◊ ベチューンの誠心誠意中國人民につくす精神に、だれひとり敬服しないものもない（對白求恩全心全意為中國人民服務的精神，沒有一個人不佩服）。

…だろう

用法 ①「だろう」是推量助動詞，接在體言和用言的簡體後面。它屬於書面語表達。在書面語中，不分男女都可以使用，但是在口語中，一般只有男性使用。其敬體或有禮貌的說法是「でしょう」。句尾發音為降調。

✽表示說話者的推測，相當於漢語的「…吧」「也許…吧」「可能…吧」「大概…吧」。

◊ あしたもきっといい天気だろう（明天肯定是個好天氣吧）。

◊ この辺は木も多いし、たぶん昼間も静かだろう（這一帶樹木也很多，白天也一定很安靜吧）。

◊ あそこでは、今はもう寒いだろう（那裏現在已經很冷了吧）。

◊ 去年の今頃の北海道では、もう寒かっただろう（北海道去年這時已經冷了吧）。

◊ その試験問題はひどく難しくて、私だったら、全然できなかっただろう（這道試題相當難，要是我根本就答不出來）。

◊ この程度の作文なら、だれにでも書けるだろう（這種程度的作文誰都會寫吧）。

◊ それは二年前のことで、君はもう忘れただろう（那是兩年前的事情了，你已經忘記了吧）。

◊ お母さんは今頃もうホテルに着いているだろう (您母親恐怕已經到飯店了吧)。

用法 ②接續與①相同，句尾發音升調。一般為男性使用。女性可以使用「でしょう」或「でしょ」的形式。

✿表示確認，含有希望聽話人能表示同意的期待，相當於漢語的「…吧？」。

◊ あのひと、学生だろう (他是學生吧)？

◊ A：美術館はバスをおりてすぐみつかりました (下了公共汽車馬上就找到美術館了)。

　B：行くの、簡単だっただろう (去那兒很容易吧)？

◊ 桂林へ行った？景色が美しいだろう (去桂林了？那兒景色漂亮吧)？

◊ 説明しないと、分からないだろう (不解釋的話，理解不了的吧)？

◊ やっぱり、納得できなくてもう一度自分で交渉に行ったんだ。分かるだろう、僕の気持ち。(我還是想不通，又自己去交涉了一次，你能理解我的心情吧)？

⬛ …だろうか

用法 「だろう」是推量助動詞，接在體言和用言的簡體後面。它屬於書面語。在書面語中，不分男女都可以使用，但是在口語中，一般只有男性使用。其敬體或有禮貌的說法是「でしょう」。「か」是表示疑問的終助詞。

✿表示說話者對事物的可能性加以懷疑或擔心，相當於漢語的「能…吧」「會…嗎」。

◊ 北村さんは十時までにここに来られるだろうか (北村同學10點以前能來嗎)？

◊ そんな不思議な話は誰が信じるだろうか (那種不可思議的事情，誰會相信呢)。

◊ 明日は確かに雨が降らないだろうか (明天確實不會下雨嗎)？

◊ あの人はスポーツマンだろうか (那個人是運動員嗎)？

◊ ロシア語を習うのは難しいだろうか (學俄語難嗎)？

◊ 昔、この辺りは工場だっただろうか (過去，這一帶是工廠嗎)？

⬛ (體言)だろうが…(體言)だろうが

用法 「だろう」是推量助動詞，接在體言後面。「が」是接續助詞。

✿表示後項的結果不受前面併列事項的影響，照樣進行，相當於漢語的「無論是…還是…」「…也好…也好」「…也罷…也罷」。

◊ 相手が部長だろうが社長だろうが、彼は遠慮せずに言いたいことを言う

（無論對方是部長還是總經理，他都毫不客氣地想說什麼就說什麼）。

◊ 子供だろうが大人だろうが、法律を守らなければならないのは同じだ（孩子也好，大人也好，都同樣要遵守法律）。

◊ ギターだろうが三味線だろうが、まともな学生のやるもんじゃない（吉他也罷，三弦琴也罷，這些都不是正經的學生玩的東西）。

だんじて … ない

用法　「だんじて」是副詞，可以寫成「断じて」，與否定式謂語相呼應。

✱表示堅決否定、拒絕或禁止，相當於漢語的「絕不 …」「斷然不 …」「絕對不 …」。

◊ 彼は断じて犯人ではない（他絕不是罪犯）。

◊ 補給はだんじて容易ではない（後勤供應也絕非那麼簡單）。

◊ 学ぶ決心さえあれば、日本語を身につけることは断じて難しくない（只要有學習的決心，掌握日語絕對不難）。

◊ そのような行為は断じて許さない（那種行為絕不允許）。

◊ だんじてそんなことはありえない（絕不會有那種事情）。

◊ あんなことはだんじてない（絕不會有那種事）。

たんに … だけ（のみ）ではない

用法　「たんに」是副詞，可以寫成「単に」。「だけ」是副助詞，接在體言和動詞簡體後面，可以同「のみ」替換。該句型做定語時可用「… だけ（のみ）の … ではない」的形式。

✱表示不僅僅限於前文所述的事項，相當於漢語的「不僅僅 …」「不單單 …」「不光是 …」「不只是 …」。

◊ 日本は単に工業がすすんでいるだけではなく、農業も相当進んでいる（日本不僅工業發達，而且農業也很發達）。

◊ その病気がなおってから、たんに耳が聞こえなくなっただけでなく、口もきけなくなった（那種病好了以後，不僅耳朵聽不見了，連話也不能講了）。

◊ 彼女は単にあまる才能に恵まれていたのみではなく、努力家でもあった（她不僅才華洋溢，還非常勤奮）。

◊ それはたんに技術だけの問題ではない（那不單是技術問題）。

◊ 橋本さんははん怒りっぽいのみではない（橋本君不單單是容易生氣）。

ちっとも … ない

用法 「ちっとも」是副詞，與否定形式謂語相呼應。該句型語氣較隨便，用於口語表達。

✿表示某種狀態完全不會出現，相當於漢語的「一點兒也不 …」「絲毫不 …」。

◊ あの子はいつもお母さんの側にばかりいて、ちっとも離れない（那個孩子總是跟在媽媽身邊，一步也不離開）。

◊ このことについて私はちっとも後悔していない（關於那件事情，我絲毫不後悔）。

◊ 雨がちっとも降らない砂漠に木を植えるのは難しい（在滴雨不下的沙漠裏種樹很困難）。

◊ この前の旅行はちっとも楽しくなかった（前幾天的旅行一點兒意思也沒有）。

◊ 彼の病気は前にくらべてちっともよくなったわけではなかった（他的病情和以前相比一點也不見好轉）。

ちなみに

用法 「ちなみに」是接續詞，可以寫成「因みに」，用於後項的句首。

✿表示前項講述完主要內容以後，後項再附加一些與之相關聯的內容，相當於漢語的「順便說一下」「附帶說一下」。

◊ 坂本陽一さんはもう営業部の部長になった。因みに十年前に彼は本学の卒業生だった（坂本陽一先生已經是營業部的部長了。順便說一下，10年前他是本校的學生）。

◊ 明日は数学の試験だ。ちなみに電卓などの持参は禁止する（明天是數學考試。順便提一下，不允許帶計算機什麼的）。

◊ 松下さんは一昨年の始め、新しい会社に転職した。ちなみにその年の彼の総収入は千万円だった（松下君前年年初跳槽到了一家新公司。附帶說一下，他那一年的總收入是1000萬日元）。

ちゃんとする

用法 「ちゃんと」是副詞，其後可以接「サ變」動詞「する」。後面接體言時，其形式為「ちゃんとした」。

❖表示該行為或狀態符合現在的狀況，相當於漢語的「規矩」「整齊」「正經」等。

◊ おばあさんはきびしい人だから、おばあさんの前ではちゃんとしなさい（奶奶可是個非常嚴厲的人，在她面前你可要規矩一些）。

◊ 客に会う前にちゃんとした服に着替えた（在見客人之前，換上了一件乾淨整齊的衣服）。

◊ これは変な名前なのに、ちゃんとしたレストランですよ（這兒名字雖然起的古怪，但可是家正正經經的餐館啊）。

…ちゅう

用法 ①「ちゅう」是接尾詞，可以寫作「中」，接在帶有動詞性的名詞後面。

❖表示動作正在進行或者狀態正在持續，相當於漢語的「正在…」。

◊ ただ今食事中ですから、暫くお待ちください（現在正在吃飯，請稍等一下）。

◊ 彼は日本留学中に結婚したそうです（據說他是在日本留學時結婚的）。

◊ 井上さんは勤務中です（井上先生正在上班）。

◊ エレベーターが故障中だから、階段をご利用ください（由於電梯出了故障，所以請大家使用樓梯）。

用法 ②接尾詞「ちゅう」接在表示時間、期間的名詞後面。

❖表示在某一時段、期間之內，相當於漢語的「…之內」「…期間」。

◊ 彼らは来月中に上京するつもりだ（他們打算下月進京）。

◊ 弟は読書中に眠ってしまった（弟弟讀著讀著書就睡著了）。

◊ 彼は在米中死んだそうだ（聽說他在美國期間去世了）。

◊ 返事は午前中に来るはずです（應該在上午之內就有答覆）。

用法 ③接尾詞「ちゅう」接在表示空間、範圍的體言後面。

❖表示在某個空間、範圍之內，相當於漢語的「…中」「…裏」。

◊ 空気中の水分が少ないと、のどが痛くなる（空氣中水分少了，嗓子就疼）。

◊ 出席者の五人中、二人の女の人でした（5位出席者中有兩位是女性）。

◊ あの人に仕事を頼めば、十中八九大丈夫でしょう（託他辦事的話，十有八

九沒問題）。

ちょうど…ようだ

用法 「ちょうど」是副詞，與比況助動詞「ようだ」相呼應。「ようだ」接在體言加格助詞「の」和用言的連體修飾形後面，做狀語時用「ように」的形式，做定語時用「ような」的形式。

✽表示某一事物與另一常見事物相似，相當於漢語的「好像…」「就像…」「簡直就像…」等。

◊膨れ上がって、ちょうどボールのようだ（漲得好像球似的）。

◊彼らはちょうど噴火口にいるように、終日恐れおののいている（他們就像是坐在火山口上一樣，惶惶不可終日）。

◊あいつはちょうど気がくるったように、よくげらげら笑ったり、しくしく泣いたりした（他簡直就像瘋了一樣，時而哈哈大笑，時而嗚嗚哭泣）。

◊兄は私にとって、ちょうど父親のような存在だった（對我來說，哥哥就像父親一樣）。

ちょっと…ない

用法 「ちょっと」是副詞，同否定式謂語或消極含義的謂語相呼應。

✽表示沒有多大的可能性，相當於漢語的「（一時）難以…」「不…」。

◊辞書を作る苦労はちょっと想像もつかない（編寫辭典的辛苦是難以想像的）。

◊自発的に今度の抗災闘争に参加した人々の数はちょっと見当がつかない（自願參加這次抗災鬥爭的人數一時難以估計）。

◊彼女がうそをつくなんてちょっと信じられない（說她撒謊，真是令人難以置信）。

◊こんなおいしいもの、ちょっとほかでは食べられない（這麼好吃的東西，在別的地方可吃不到）。

◊そのような条件ではちょっと無理だよ（那樣的條件，難以接受）。

ちょっとした

用法 「ちょっとした」是一個連體詞，直接後續體言。

✽①表示微不足道，非常普通，很一般，不足掛齒，相當於漢語的「有點兒」「輕

微的」「一點點」「小小的」。

◊ ちょっとしたアイデアだったが、大金になった（雖然是個小小的點子，卻賺了大錢）。

◊ 酒のつまみには、何かちょっとしたものがあればそれでいい（作為下酒菜，有點兒什麼就行了）。

◊ ちょっとした事にすぐ腹をたてると、気があまり小さいだろう（因小事就馬上生氣，度量太小了吧）。

◊ ちょっとした傷だから、ご安心ください（是一點輕傷，請放心）。

✿②表示非同一般，相當於漢語的「相當」「頗」「挺好的」「滿不錯的」等。

◊ パーティーでは奥さんの手料理がでた。素人の料理とはいえ、ちょっとしたものだった（宴會上夫人做了一道菜。雖然不是專業廚師，但也相當夠水準了）。

◊ 彼の帰国は、まわりの人にとって、ちょっとした驚きだった（他的回國，對周圍的人來說是個不小的震驚）。

◊ 村上さんはちょっとした社員だ（村上君是一個挺不錯的公司職員）。

◊ 岡田さんは学界ではちょっとした顔だ（岡田先生在學術界是一個頗有名的人）。

つ

…つ…つ

用法 「つ」是文語併列助詞，接在動詞「ます」形後面，用於書面語表達。它相當於口語的「…たり…たり」。

✿表示動作交替進行或狀態反覆出現，相當於漢語的「時而…時而…」。

◊久しぶりに友人と差し<u>つ</u>差され<u>つ</u>で酒を飲んで明かした(與久別的朋友你斟我勸一直喝到天明)。

◊追い<u>つ</u>追われ<u>つ</u>前へ進む(你追我趕向前行進)。

◊家の前を行き<u>つ</u>りつする(在家門前踱來踱去)。

◊暫くはため<u>つ</u>すがめ<u>つ</u>、それを見ていた(把那個東西仔細端詳了好半天)。

…ついで(に)

用法 ①「ついでに」是副詞，用在句首。

✿表示利用做某事的機會順便去做其他事項，相當於漢語的「順便」「就便」。

◊<u>ついでに</u>お耳に入れたいことがあります(順便有件事想告訴你)。

◊<u>ついでに</u>これもお願いします(這個順便也拜託給您了)。

◊<u>ついでに</u>ちょっと言っておくが、私は用事で会議に出られなくなる(順便告訴你一聲，我有事不能參加會議了)。

◊<u>ついでに</u>私のノートを先生に渡してください(就便請把我的本子交給老師)。

用法 ②「ついで」是名詞，後續格助詞「に」可以省略，接在體言加格助詞「の」和用言簡體後面。

✿表示利用做某事的機會做另一件事，相當於漢語的「順便…」。

◊検査の<u>ついでに</u>、部品の交換をしてもらった(檢查時順便把零件給我換上了)。

◊話の<u>ついでに</u>、もう一つ、来月の会のこともお話しておきましょう(順便把下個月開會的事也説一下)。

◊国際会議に出席する<u>ついでに</u>東京大学の田中先生を訪ねたい(出席國際

會議時想順便拜訪東京大學的田中老師)。

◊ 車を洗ったついでに庭に水をまいた(洗車時順便往庭院裏灑了水)。

ついに

用法　「ついに」是副詞,同肯定式謂語相呼應,多用於過去式結句。

✽表示經過許多曲折之後最終才得以實現,相當於漢語的「終於」「最後」。

◊ 待ちに待ったオリンピックがついに始まった(盼望已久的奧林匹克運動會終

於開始了)。

◊ 客は、一人去り一人去りして、ついに誰もいなくなった(客人走了一個又走

了一個,最後一個客人也沒有了)。

◊ 二〇〇五年、トンネルはついに完成した(2005年,隧道終於竣工了)。

ついに … なかった

用法　「ついに」是副詞,同否定式謂語「なかった」相呼應。

✽表示最終沒有實現說話者所期待或預想的事情,相當於漢語的「終於 … 沒

有 …」「直到最後 … 也沒 …」。

◊ 長いこと断ったのだが、ついに断りきれなかった(推托了半天,最後還是

沒有推掉)。

◊ 彼の願いはついに実現しなかった(他的願望終於沒能實現)。

◊ 閉店時間まで待ったが、彼はついに姿を現さなかった(我一直等到關門,

他始終沒有出現)。

… っけ

用法　「っけ」是終助詞。體言、形容動詞詞幹用「だ(った)っけ」、形容詞用

「かったっけ」、動詞用過去式「たっけ」或原形「んだ(った)っけ」的形式。這

是一個比較隨和的口語表達。

✽表示由於自己記不清而請求確認,相當於漢語的「是不是 …」「是 … 吧」。

◊ あの人、山下さんだ(った)っけ(他是不是叫山下)?

◊ 君、これ嫌いだ(った)っけ(你不喜歡這個,是吧)?

◊ あのハンカチ、黄色かったっけ(那方手帕是黄色的吧)?

◊ しまった!今日は宿題を提出する日じゃなかったっけ(壞了!今天是不

是該交作業了)。

◊ もう手紙出したっけ（信已經發了吧）？

◊ 明日田中さんも来るんだ（った）っけ（明天，田中是不是也要來的）？

… っこない

用法　「っこない」是接尾詞，接在動詞「ます」形後面。這是一個比較隨便的口語表達，主要用於關係較親近的人之間的會話。

✿表示對某事發生的可能性進行強烈的否定，相當於漢語的「不可能…」。

◊ 田中さんは映画は嫌いらしいから、誘っても行きっこないよ（田中討厭看電影，即使叫他去，他也不會去）。

◊ 花子は僕の気持ちなんか理解できっこない（花子根本無法理解我的心情）。

◊ こんな難しい問題は、誰だってできっこない（這麼難的題誰也做不出來）。

… つつ

用法　「つつ」是文語接續助詞，接在動詞「ます」形後面，屬於書面語，相當於口語的「ながら」。

✿表示同一主體的兩個動作或行為同時進行，或同一主體的前項動作伴隨後項，相當於漢語的「一邊…一邊…」。

◊ 酒を飲みつつ月をながめる（一邊飲酒一邊賞月）。

◊ 子供を教育するには、興味を持たせつつ、指導していくことが大切だ（教育孩子重要的是一邊培養他們的興趣一邊進行指導）。

◊ 彼は名残惜しげに振り返りつつ去っていった（他依依不捨地回頭望著，離去了）。

… つつも

用法　接續助詞「つつ」後續副助詞「も」仍然起接續助詞的作用，接在動詞「ます」形後面，屬於書面語表達。「…つつも」同現代日語的「…ながらも」意思一樣。

✿表示逆接，即在某種狀態下，卻做出與這種狀態不相應的行為，相當於漢語的「雖然…但是…」「明知…卻…」。

◊ 庭の雑草取りをしなければならないと思いつつも、忙しくてなかなかできない（雖然知道院子裏的雜草該除了，但總忙得沒時間除）。

◊ 図書館に本を返そうと思いつつも、まだ返していない（雖然想去圖書館還

書，但是還沒有來得及還）。

◊ 体 によくないと知り<u>つつ</u>も、つい仕事の帰りに酒を飲んでしまう（明知對身體不好，但還是會在下班的路上喝點酒）。

◊ 母親は口では子供を叱り<u>つつ</u>も、やっぱり 心 の中では子供が可愛くてたまらないのです（媽媽雖然嘴上斥責了孩子，但是心裏還是非常疼愛孩子的）。

… つつある

用法 ①「つつある」是一個詞團，起接續助詞的作用，接在持續動詞「ます」形後面，屬於書面語，可以用「… ている」替換。

✤表示某動作持續進行，相當於漢語的「正在 …」。

◊ 人民の生活は向 上 し<u>つつある</u>（人民的生活水準在逐步提高）。

◊ 船は 港 に向かって進み<u>つつある</u>（船正在駛向碼頭）。

◊ 休みが増え、社員 食 堂ができ、職 場の 環 境 は改善され<u>つつある</u>（休息日增加了，又建起了職工食堂，工作環境正在改善）。

用法 ②接在瞬間變化的動詞「ます」形後面，屬於書面語表達，不可以用「… ている」替換。

✤表示情況正向某個方向持續發展或變化著，相當於漢語的「正在 …」。

◊ 私 は沈み<u>つつある</u>夕日を眺めながら、コーヒーをゆっくり飲んでいる（我一邊望著夕陽西下的景色，一邊悠閒地喝著咖啡）。

◊ 彼はいま自分が死に<u>つつある</u>ことを意識していた（他意識到現在自己正在走向死亡）。

◊ 新 しい若者文化が今も作られ<u>つつある</u>し、これからも作られていくだろう（新格調的青年人文化正在不斷湧現，今後更將層出不窮）。

… って

用法 ①「って」是助詞，接在體言、疑問詞的後面，是「… という」的縮略形式，用於口語表達。當它接在疑問詞「何」後面時，不使用「なんって」，而成為「なんて」的形式。

✤表示說話者不知道、或以為聽話人也許不知道的事物，相當於漢語的「叫 … 的 …」。

◊ これ、マリー<u>って</u>作家の書いた本です（這是名叫瑪麗的作家寫的書）。

◊ 古川さん<u>って</u>人に会いました。友達だそうですね（我見到一個叫古川的人。

聽說你們是朋友啊)。

◊「留守の 間 に人がきましたよ。」「なんて人？」(「你不在的時候，有人來過。」「來人姓什麼?」)

用法　②「って」是助詞，接在體言、形容詞、動詞原形或動詞原形加「の」後面，是「…というものは」的縮略形式，用於口語表達。

✿表示提起某事物作為話題，表述其意義或對其做出評價，給其下定義等，相當於漢語的「…是…」「所謂…」。

◊ゲートボールって、どんなスポーツですか(門球是一種什麼體育運動啊)。

◊うわさって、怖いものです(流言蜚語真可怕)。

◊WHOって、なんのことですか(所謂WHO是什麼意思啊)。

◊若いって、すばらしい(年輕真好)。

◊都会でひとりで暮らす(の)って、大変です(獨自一人生活在大城市，這很不容易啊)。

◊反対する(の)って、勇気のいることです(反對，是需要勇氣的)。

用法　③「って」是助詞，接在簡體句後面，與表示引用的格助詞「と」相對應。它用於口語表達。

✿表示引用，相當於漢語的「說…」。

◊彼はすぐ来るって言ってますよ(他說了，馬上就來)。

◊それで、もうすこし待ってくれって言ったんです(後來，他說再等他一會兒)。

◊電話して聞いてみたけど、予約のキャンセルはできないって言った(我打電話問了，人家說預訂了就不能取消)。

用法　④「って」是助詞，接在簡體句後面，或者採用「名詞、形容動詞詞幹＋なんだって」「形容詞、動詞原形＋んだって」的形式，用於比較隨便的會話。

✿表示從別人那裏聽到某種訊息，相當於漢語的「據說」「聽說」。

◊この辺は、昔はさびしい村だったって(聽說這一帶過去是一個荒涼的村莊)。

◊あの人はテニスがとても上手だって(聽說他網球打得很不錯)。

◊この本、とってもおもしろいって(聽說這本書非常有意思)。

◊花子さんは早く結婚したい、早く子供を生みたいって(花子說想早一點結婚，早一點生孩子)。

◊田中さんに聞いたら、知らないって。知らないはずはないのに(問了田中，

他說不知道，可是他不會不知道啊）。

◊ 僕がそう言ったって？そんなことを言った覚えがないね（你說是我這麼說了？可我不記得曾說過這種話呀）。

◊ あの人、先生なんだって（聽說他還是老師呢）。

◊ 山田さん、お酒、嫌いなんだって（據說山田不喜歡喝酒）。

◊ あの店のケーキ、おいしいんだって（聽說那家店的蛋糕特別好吃）。

◊ 鈴木さんがあす田中さんに会うんだって（聽說鈴木明天要見田中）。

用法 ⑤「って」是助詞，接在體言、簡體句後面，用於口語表達。

✿表示重複對方說過的話，用以應付對方的質問、或對其進行反問，相當於漢語的「（你說）…」。

◊「これ、どこで買ったの？」「どこって、マニラだよ。」（「這是在哪兒買的啊？」「哪兒？馬尼拉。」）

◊「もうこの辺でやめてほしいんだが。」「やめろって、一体どういうことですか。」（「我想你就到這兒吧，別做了。」「你叫我別做了，這到底是為什麼？」）。

◊ 行きたくないって、なぜか（說什麼不想去了，為什麼啊）？

用法 ⑥「って」是助詞，接在簡體句後面，是「と言って」的縮略形式，用於口語表達。

✿表示說話者說完某事就緊接著做其他事了，相當於漢語的「說是…」。

◊ 映画を見に行くって出かけた（說是去看電影，就走了）。

◊ 好きだからって、買った（說是因為喜歡，就買下來了）。

◊ この小説がとてもおもしろいって借りてきた（說是這部小說有趣，就借來了）。

用法 ⑦「って」是助詞，接在動詞句過去式後面，與消極或否定式謂語相呼應。它是「としても」的縮略形式，用於口語表達。

✿表示假定的讓步條件，相當於漢語的「即使…也」「縱使…也」。

◊ 今出掛けたって間に合わないかもしれないよ（即使現在出發，說不定也來不及了）。

◊ 来たってだめなんだよ（即使來了也沒用了呀）。

◊ 水泳に誘ってくれたって、私は行かない（即便邀我去游泳，我也不去）。

…ってば

用法 ①「ってば」是一個詞團，接在名詞、簡體句後面。它是「…と言えば…」

的約音形式，用於口語表達。

✿表示說話者強調自己的主張，相當於漢語的「說起…」「提起…」。

◊お母さんってば、私の言うことを一つも聞いてくれないんだから（提起媽媽，她一點也不聽取我的意見）。

◊お金があるってば、佐藤君はお金がたくさんあるよ（說起有錢，佐藤有的是錢）。

◊悪いことをやったってば、君も一緒にやったのだ（若說做壞事，你也一起做了）。

用法　②「ってば」是一個詞團，接在句尾。

✿表示急躁、不滿的心情，有再次提醒的語氣。

◊ぼく、そんなことを言ってないってば（我根本就沒說過那種話）。

◊君、静かにしろってば（你安靜一點兒！〔聽見了沒有？〕）。

◊このようにしてはだめだってば（〔告訴你〕這樣做可不行啊）。

… っぱなし

用法　「っぱなし」是接尾詞，接在動詞「ます」形後面，多含有消極的評價。

✿①表示做了前項動作之後沒有做接下來應該做的事，對前項的狀態置之不理、放任不管，相當於漢語的「就那樣放著…」「只…」，或需要靈活翻譯。

◊水道の水は出しっぱなしにしないで、必ず蛇口を閉めること（不要開著自來水不關，一定要把水龍頭關上）。

◊床を敷きっぱなしで会社へ行ってしまった（被子沒疊就去了公司）。

◊留守の時、窓を開けっぱなしにしてはいけない（外出時不能不關窗）。

◊ラジオをかけっぱなしのまま眠っている（開著收音機睡著了）。

◊言いっぱなしで実行しないのでは、だれも君について来ないよ（光說不做，誰都不會聽你指揮的）。

✿②表示相同的事情或相同的狀態一直持續著，相當於漢語的「一直」「總是」。

◊うちのチームはここのところずっと負けっぱなしだ（我們隊最近一直輸）。

◊新幹線はとても混んでいて、東京から大阪まで立ちっぱなしだった（新幹線很擁擠，從東京到大阪一直站著）。

◊今日は失敗ばかりで、一日中文句の言われっぱなしだった（今天老是出錯，一整天都在被埋怨）。

…っぽい

用法 「っぽい」是接尾詞，接在動詞「ます」形、形容詞詞幹、形容動詞詞幹、名詞後面構成複合形容詞。

✲表示前接詞的某種傾向或特點比較明顯，帶有否定評價的語氣，需要靈活翻譯。

◇物事(ものごと)に飽(あ)きっぽいと大(おお)きな仕事(しごと)はできない(沒常性就成不了大事)。

◇怒(おこ)りっぽい彼(かれ)はみんなにいやがられている(愛發脾氣的他不受大家的歡迎)。

◇そんな安(やす)っぽいネクタイをしめないでちょうだい(請別再戴這種廉價的領帶了)。

◇男(おとこ)は白(しろ)っぽい服(ふく)を着(き)ていた(那個男的穿了一件泛白的衣服)。

◇秋山(あきやま)さんは理屈(りくつ)っぽい人(ひと)だよ(秋山同學可是一個愛講理的人啊)。

◇四十歳(よんじっさい)にもなって、そんなことで怒(おこ)るなんて、子供(こども)っぽいね(都40歲了，還為那種事情生氣，像小孩子一樣)。

◇水(みず)っぽいスープは美味(おい)しくない(淡得像水一樣的湯不好喝)。

…つもりだ/…ないつもりだ

用法 ①「つもり」是形式體言，後續斷定助動詞「だ」，接在動作性動詞原形或動詞性名詞加格助詞「の」後面。主要用於第一人稱，以疑問句的形式用於第二人稱。其否定形式為「ないつもりだ」和「つもりはない」。其中，「ないつもりだ」接在動詞「ない」形後面，「つもりはない」同「つもりだ」的接續法一樣。

✲表示打算、意圖，相當於漢語的「打算…」。

◇来年(らいねん)はアメリカへ旅行(りょこう)するつもりだ(打算明年去美國旅行)。

◇すぐ返(かえ)すつもりだったが、なかなか金(かね)の都合(つごう)がつかない(本打算馬上就還，但是怎麼也籌不到錢)。

◇この仕事(しごと)はどうしても今日中(きょうじゅう)に終(お)わらせるつもりだ(這項工作無論如何也要在今天做完)。

◇金儲(かねもう)けのつもりはみじんもない(我絲毫沒有賺錢的打算)。

◇私(わたし)は就職(しゅうしょく)しないつもりです(我不打算工作)。

◇私(わたし)は就職(しゅうしょく)つもりはない(我沒有工作的打算)。

◊ もう三十分も過ぎたから、彼はたぶん来ないつもりなのだろう（已經過了30分鐘了，他大概不打算來了）。

用法 ②「つもりだ」接在用言連體修飾形和體言加格助詞「の」後面。

✤表示主觀想法，自我感覺，相當於漢語的「自以為…」。

◊ 彼女はすべてを知っているつもりだが、本当は何も知らない（她自以為自己什麼都懂，其實她什麼也不知道）。

◊ よく調べて書いたつもりですが、まだ間違いがあるかもしれない（我自以為這是經仔細查閱寫出來的，不過也許還會有錯誤）。

◊ あの人は自分では有能なつもりだが、その仕事ぶりに対する周囲の評価は低い（他自以為很有能力，可是周圍的人對他工作態度的評價很差）。

◊ フランス語が難しいつもりで、諦めた（認為法語難學，就放棄了）。

◊ 変わり者で、自分では日本一の彫刻家のつもりでいるらしい（他是一個有怪僻的人，好像自以為是日本首屈一指的雕刻家似的）。

て

…て

用法　「て」是接續助詞。形容詞用「詞幹＋くて」、一段動詞、「カ變」動詞「來る」和「サ變」動詞「する」在接「て」時，同「ます」形的接續法一樣。

　　　五段動詞接「て」時，要發生音便，詞尾是「た」「ら」「わ」行的，要發生促音便，構成「って」的形式；詞尾是「か」行的，要發生「イ」音便，構成「いて」的形式；詞尾是「ば」「な」「ま」行的，要發生撥音「ん」便，原來的清音「て」要變成濁音「で」，構成「んで」的形式；詞尾是「さ」行的，同「ます」形的接續法一樣。

　　　「行く」是例外，要發生促音便，構成「行って」的形式。動詞的「て」形和「た」形變化的規則完全一樣。

✽表示連接前後短句，根據語境可以表示動作發生順序先後、併列、輕微的原因、行為的手段等不同意思，可以靈活翻譯或省略。

◊ 毎朝起きて運動する習慣がある（我有每天早晨起來運動的習慣）。

◊ めずらしい人から手紙をもらってうれしかった（一個很少給我寫信的人來了信，我特別高興）。

◊ 電話をかけて、面会の約束をとりつけて、会いに行った（打電話約好見面時間，然後去見了他）。

◊ こちらに来て手伝ってください（請你到這裏來幫一下忙）。

◊ 食事をして散歩しましょう（吃過飯散散步好嗎）？

◊ 朝ご飯を作って、子供を起こした（做好早飯，叫孩子起床）。

◊ 先生がピアノを弾いて學生が歌を歌う（老師彈鋼琴，學生唱歌）。

◊ 喜んで協力する（樂於協助你）。

◊ 図書館へ行って本を借りる（去圖書館借書）。

◊ 今日は本当に暑くてやりきれない（今天真的是熱得受不了）。

◊ 道が遠くて不便です（路途遠，不方便）。

◊ 地下鉄ははやくて安全だ（地鐵既快又安全）。

… で（斷定助動詞）

用法 「で」接在體言後是斷定助動詞「だ」的連接式，接在形容動詞詞幹後是形容動詞詞尾「だ」的連接式。

❋連接前後兩個短句或者詞語，表示併列，可以根據語境靈活翻譯，也可以不譯。

◊ 王さんは中国人で、東京大学の留学生です（小王是中國人，是東京大學的留學生）。

◊ 彼女は病気で寝ています（她病了，躺著呢）。

◊ 外が真っ暗でこわかった（外面一片漆黑，挺可怕的）。

◊ ここは静かでいいところです（這兒很安靜，是個好地方）。

… で（格助詞）

用法 「で」是格助詞，接在體言後面。

❋① 表示方式、方法、手段、交通工具，相當於漢語的「用 …」「以 …」「乘 …」「坐 …」。

◊ ラジオで聞いた話だよ（從廣播裏聽到的事）。

◊ バスで行きたい（我想乘公車去）。

◊ 鉛筆で書いてもいい（可以用鉛筆寫）。

❋② 表示原因、理由，相當於漢語的「因為」「由於」「因 …」。

◊ 病気で学校を休んだ（因病請假沒有上學）。

◊ 用事で遅く来ました（因為有事，來晚了）。

◊ 暑さで食欲はない（因天氣熱而沒有食慾）。

❋③ 表示動作發生的場所，相當於漢語的「在 …」。

◊ 大宮さんはクラブでテレビを見ている（大宮正在俱樂部看電視）。

◊ 横田さんは毎晩九時まで教室で自習している（横田同學每天晚上在教室自習到9點鐘）。

◊ 母は台所で食事を作っている（媽媽在廚房做飯）。

❋④ 表示期限、限度，相當於漢語的「在 … 之內」「在 … 以內」。

◊ 一日でこの雑誌を読んでしまった（一天就讀完了這本雜誌）。

◊ 期限内で必ず仕上げる（在期限內一定完成）。

◊ 今月で計画によって完成する（在這個月以內將按照計畫完成）。

❋⑤ 表示材料，相當於漢語的「用 …」「由 …」「拿 …」。

◊ ミルクでチーズを作る（用牛奶製作奶酪）。

◊ プラスチックでいろいろの容器を作る（用塑料製作各種容器）。

◊ 花で会場を飾る（拿花裝飾會場）。

✿⑥表示動作進行的狀態、條件，相當於漢語的「以…」「用…」。

◊ 土足で部屋に入ってはいけない（不許穿著鞋子進房間）。

◊ 池田さんは着物姿でパーティーに行った（池田小姐穿著和服去參加晚會了）。

◊ 二人で出張したのだ（是兩個人一起出差的）。

✿⑦表示範圍，相當於漢語的「在…」。

◊ この建物は学校で一番立派だ（這個建築物在學校裏是最壯觀的）。

◊ 鈴木さんと小川さんは会社で新入社員だ（鈴木君和小川君在公司裏是新來的公司職員）。

◊ 世界で最も長い大河はナイル川だ（世界上最長的大河是尼羅河）。

✿⑧表示標準、基準、根據，相當於漢語的「按照…」「根據…」「憑…」「靠…」。

◊ 人を外見で判断してはいけない（不能以貌取人）。

◊ 試験の成績でクラスを分けている（根據考試成績分班）。

◊ 話し方でだれだか分かった（憑說話的方式就知道是誰了）。

✿⑨表示年齡、價格、時間。

◊ 十歳でソナタを作曲した（10歲就作了奏鳴曲）。

◊ このセーターを五千円で買った（這件毛衣是5000日元買的）。

◊ 弟は七月三日で十五歳になる（弟弟到7月3日就15歲了）。

…て…て

用法 「て」是接續助詞，接在動詞「て」形和形容詞詞尾「く」後面。「て」的前後為同一個單詞。形容動詞詞幹要用「…で…で」的形式。它一般多用於會話。

✿表示加強語氣，可以根據不同語境靈活翻譯。

◊ 走って走ってやっと間に合った（跑呀跑呀，拼命地跑，終於趕上了）。

◊ 書いて書いてやっと書き終った（寫啊寫啊，終於寫完了）。

◊ 初めて着物を着たら、帯がきつくてきつくて何も食べられなかった（第一次穿和服，帶子勒得緊緊的，搞得我什麼也沒吃下去）。

◊ 痛くて痛くて泣いてしまった（疼得要命，哭了起來）。

◊ 連絡がいつまで待っても来ないので、不安で不安で仕方がなかった（怎麼等也沒有消息，擔心得不得了）。

◊ 今度の試験の結果に不満で不満でたまらなかった（我對這次考試的結果非常不滿意）。

… てあげる / … てさしあげる / … てやる

用法 「て」是接續助詞，接在動詞「て」形後面。「あげる」是補助動詞，根據使用的對象不同，可以用「やる」「さしあげる」替換。

✿表示授受關係。「… てやる」表示動作主體為別人做某事，或者表示因憤怒或者憎恨而做對對方不利的事情，針對的對象一般是下級、晚輩或者動植物，相當於漢語的「給…」。「… てあげる」是「… てやる」的客氣說法，表示動作主體為他人做某種有益的事，針對的對象一般是平輩或者長輩，也用於敘述家庭成員之間的關係，相當於漢語的「給…」。「… てさしあげる」是「… てあげる」的自謙語形式，也表示動作主體為他人做某種有益的事，針對的對象一般是上級、長輩等，相當於漢語的「給您…」。

◊ 彼が新しい会社員だから、よく援助してやりなさい（他是位新職員，要好好幫助他）。

◊ 母親が小さい子供に着物を着せてやる（母親給小孩兒穿衣服）。

◊ 犬を広い公園で放してやったら、うれしそうに走り回った（在公園把狗放開，狗快活地繞圈跑）。

◊ あまり母の仕事を手伝ってはやりませんが、たまには家具をなおしてやったり部屋の掃除をしてやります（我不大幫媽媽的忙，只是偶爾幫她修一修家俱，打掃打掃房間）。

◊ こんな給料の安い会社、いつでも辞めてやる（工資這麼低的公司，我準備隨時辭職）。

◊ こんなでたらめを言ったら、なぐってやるぞ（你這麼胡說八道，我可要揍你啦）。

◊ このセーターをお母さんに買ってあげたら、きっと喜ばれますよ（給你媽媽買這件毛衣，她一定會高興的）。

◊ 私はおばあさんに新聞を読んであげます（我為老奶奶讀報）。

◊ 昨日は社長を車で家まで送ってさしあげた（昨天我開車把總經理送到了家）。

◊ 鈴木さんをご存知ないのなら、私のほうから電話で連絡してさしあげましょうか（如果您不認識鈴木的話，我打電話為您聯繫吧）。

… てある

用法 ①「て」是接續助詞,「ある」是補助動詞。「てある」接在他動詞「て」形的後面變成了自動詞,動作的主體不出現,其實語用「が」來表示。

✿表示某種人為的動作行為結果的存續,相當於漢語的「… 著 …」。

◊ 窓が開けてあるのは空気を入れかえるためだ (開著窗子是為了換換空氣)。

◊ 玄関に門松が飾ってあります (進門處擺著門松)。

◊ 花瓶には美しい花が何本か挿してあります (花瓶裏插著幾支美麗的花兒)。

用法 ②接在他動詞或極少數自動詞「て」形的後面。在此,他動詞接了「てある」以後,仍保持著他動詞的性質,如果動作的主體(一般為說話者或對方)出現了,其對象語仍為「を」;如果動作的主體不出現,對象語就用「は」表示。

✿表示完成或者準備工作已經做完。它相當於漢語的「(事先、預先)…好了」。

◊ 今日はお客さんが来るので、私はビールを三本買ってある (今天要來客人,所以我買了3瓶啤酒)。

◊ 必ず行くと言ってあるから、きっと待っているだろう (我說好了肯定要去,他一定會等著吧)。

◊ 部屋の掃除はしてありますか (你房間打掃好了嗎)?

◊ 今夜、徹夜できるようによく寝てある (為了今晚熬夜,已經睡足了)。

… であれ

用法 「であれ」是「である」的命令形,接在疑問詞後面。為加強語氣,常與副詞「たとえ」「たとい」等相呼應。

✿表示即便是極端的情況,後項的評價仍可以成立,相當於漢語的「不管 …(都)…」「不論 …」。

◊ 理由は何であれ、友達と喧嘩するのはよくない (不管是什麼理由,和朋友吵架總是不好)。

◊ 事情はどうであれ、この問題だけはどうしても解決せねばならない (不論情況如何,這個問題必須解決)。

◊ どのような体制の国家であれ、教育を重視しない国家は発展しないだろう (不管什麼體制的國家,不重視教育的國家是不會發展的)。

◊ たとえどれほど小さなものであれ、人のものを盗んではいけない (不管是多麼小的東西,都不應該偷別人的)。

… であれ … であれ

用法 「であれ」是「である」的命令形,分別都接在體言後面。該句型同「… であろうと … であろうと」可替換使用。

✱表示無論前項是何種情況,後項都可以成立,相當於漢語的「無論是 … 還是 …」「… 也好 … 也好」「… 也罷 … 也罷」。

◊ 晴天であれ、雨天であれ、実施計画は変更しない(無論是晴天還是雨天,實施計畫不變更)。

◊ 学校教育であれ、家庭教育であれ、長い目で子供の将来を考えなければならない(學校教育也好,家庭教育也好,都要以長遠的眼光為孩子的將來著想)。

◊ 彼は英語であれ、日本語であれ、上手に話されます(英語也好,日語也好,他都講得很好)。

… であろうと … であろうと / … だろうと … だろうと

用法 「であろうと」是「である」的意志形「であろう」加接續助詞「と」構成,接在體言後面。「だろうと」是斷定助動詞「だ」的推量形「だろう」加接續助詞「と」構成,接在體言後面。 ✱表示無論前項是什麼情況,後項都成立。它相當於漢語的「無論是 … 還是 … 都 …」「… 也好 … 也好 … 都 …」。

◊ この論文は内容であろうと形式であろうと、立派なものだ(這篇論文無論內容還是形式都很不錯)。

◊ 幸せな時であろうと、苦しい時であろうと、私たちはいつまでも共にいる(順利時也好,困難時也好,我們永遠都在一起)。

◊ 大国だろうと小国だろうと平等互恵にすべきだ(大國也好,小國也好,都應該平等互惠)。

◊ 犬だろうと、猫だろうと、我々人類の友達だ(無論狗還是貓都是我們人類的朋友)。

… ていい / でいい

用法 「て」是接續助詞。「いい」是形容詞,可以同「よい」替換。該句型接在動詞「て」形、形容詞詞尾「く」後面。體言、副詞、形容動詞詞幹要用「… でいい(よい)」的形式。

✱接在動詞後表示允許、許可,接在體言、形容詞、形容動詞等後面表示某種性

質、狀態、數量等符合一定的條件和標準，相當於漢語的「…可以」「可以…」「…行了」。

◊ 歴史上空前なことであると言っていい（可以說是史無前例的）。

◊ もし自分に欠点があれば、どんな人でも指摘してくれていい（如果自己有缺點，不管是誰都可以加以指正）。

◊ もし、相手がこの規約を守らなければ腕力に訴えてよいぐらいのものだ（如果對方不遵守這一規章，甚至可以訴諸武力）。

◊ コーヒーがいいんだけどなあ、じゃ、紅茶でいいよ（咖啡最好，不過紅茶也可以）。

◊ そんなにたくさん要りません、紙は三枚でいいです（不需要那麼多，有3張紙就可以了）。

◊ ざっとでいいから、掃除しておいてください（請把衛生打掃一下，簡單點就行了）。

◊ ちょっとでいいから、飲んでみてください（一點點就可以了，請你喝喝看）。

◊ 紙はちょっと丈夫でいい（紙張稍微結實一點可以）。

◊ 新鮮でいいと思う（我認為新鮮就可以了）。

… で（でも）いいから

用法 「で」接在體言、副詞後面是斷定助動詞「だ」的連接式，接在形容動詞詞幹後面的「で」是形容動詞原形詞尾「だ」的連接式。在此「で」可以同「でも」替換。「いい」是形容詞。「から」是表示原因的接續助詞。

✽表示前項內容是後項中願望、要求的最低條件或附帶條件，相當於漢語的「…也行…」「…也沒關係…」。

◊ 一度でいいから、一緒に行ってくれないか（一次也行，和我一起去好嗎）？

◊ 誰でもいいから、ちょっと出てあってくれたまえ（誰都行，出來見我）！

◊ 電話でいいから、連絡してみてください（打個電話也可以，請你和他聯繫一下吧）。

◊ 少しでもいいから、言ってみてください（一點點也行，所以請你說說看）。

… ていく（ゆく）／… てまいる／… ていらっしゃる

用法 「て」是接續助詞。「いく」是補助動詞，在口語中常說成「ゆく」，接在動詞「て」形後面。「まいる」和「いらっしゃる」也都是補助動詞，接續方法同

「いく」。其中,「…てまいる」是「…ていく(ゆく)」的謙語表達方式。「…ていらっしゃる」是「…ていく(ゆく)」的敬語表達方式。

✿①表示某動作由近到遠的移動,相當於漢語的「…去了」。

◊ 小河の水がさらさらと流れ<u>ていく(ゆく)</u>(小河水潺潺流去)。

◊ 山田君はこの部屋から出<u>てまいりました</u>(山田從這房間出去了)。

◊ 山田社長はこの部屋から出<u>ていらっしゃいました</u>(山田社長從這個房間出去了)。

✿②表示動作、狀態的發展趨勢,多指從現在向將來,相當於漢語的「…下去」或者根據具體語境靈活翻譯。

◊ こうどんどんインフレが進むと、とても暮らし<u>ていく(ゆく)</u>ことができなくなる(通貨膨脹如此不斷加劇的話,就難以生活下去了)。

◊ 結婚してからも仕事を続け<u>てまいる</u>つもりです(打算結婚後還繼續工作下去)。

◊ その事件で評判になって以来、彼の人気は日増しに高まっ<u>ていらっしゃった</u>(自從因那次事件聲名鵲起以來,他的聲望越來越高了)。

… ていただけるか / … ていただけないか

用法 「て」是接續助詞。「いただける」是「いただく」的可能態,接在動詞「て」形的後面。「か」是表示徵求對方同意的終助詞。「…ていただけないか」比「…いただけるか」請求的語氣更委婉、客氣。這兩個簡體句型均為男性用語。女性多用「…ていただけますか」「…ていただけないでしょうか」和「…ていただけませんか」的形式。 ✿表示請求對方為自己做某事,相當於漢語的「請您…好嗎?」「能不能請您…」。

◊ 十五分ほど待っ<u>ていただける</u>かな(請您等15分鐘好嗎)?

◊ 山田君が帰ってきたら、これを渡し<u>ていただけます</u>?(山田回來時,請您把這個交給他好嗎)?

◊ お別れに、何か一筆書い<u>ていただけないか</u>(要分別了,能不能請您給我寫幾個字)?

◊ ちょっと手伝っ<u>ていただけませんか</u>(能不能請您幫個忙)?

◊ その辞書を貸し<u>ていただけないでしょうか</u>(請您把這本字典借給我,好嗎)?

… ていない

用法 「て」是接續助詞。「いない」是補助動詞「いる」的否定式,接在動詞、動

詞型助動詞「て」形後面。　✽表示動作或作用還沒有實現，相當於漢語的「還沒有…」「沒有…」「不…」。

◊ こちらにはまだ何の仕度もできて<u>いない</u>（我這裏還沒做好準備）。

◊ もともと、私は彼に何の恨みも持って<u>いなかった</u>（本來我就對他沒有什麼仇恨）。

◊ ご恩は決して忘れられて<u>いない</u>（絕對沒有忘記您的恩情）。

◊ 田中さんは駅に来て<u>いない</u>（田中先生沒有來到車站）。

… て以来

用法　「以來」是名詞，接在動詞、動詞型助動詞「て」形後面。其後項一般是一直持續的某種反覆性的動作、行為或狀態。　✽表示過去某事發生之後至今為止的整個階段，相當於漢語的「…以來」「…以後」。

◊ スポーツクラブに通うようになって<u>以来</u>、毎日の生活に張りが出てきた（參加體育俱樂部以來，每天生活起來有勁頭了）。

◊ 大学を卒業して<u>以来</u>、田中さんには一度も会っていません（大學畢業以後，一次也沒見過田中）。

◊ アメリカから帰ってきて<u>以来</u>、彼はまるで人が変わったようだ（從美國回來之後，他簡直像換了一個人似的）。

… ている

用法　①「て」是接續助詞。「いる」是補助動詞，接在持續動詞「て」形後面。在口語中「…ている」常說成「…てる」的形式。「…ている」為動作的進行體。

✽表示動作仍在進行、正在進行的狀態，相當於漢語的「正在…」「…著」。

◊ 今、子供たちは庭で遊んで<u>いる</u>（現在，孩子們正在院子裏玩）。

◊ 五年前から、ずっと日本語を勉強して<u>いる</u>（從5年前就一直在學習日語）。

◊ りんごを食べ<u>てる</u>のは誰（在吃蘋果的那個人是誰）？

用法　②補助動詞「いる」接在瞬間動詞（多數是自動詞）「て」形後面，句中常出現表示過去時間的副詞。在口語中「…ている」常說成「…てる」的形式。「…ている」為動作的結果。

✽表示動作的結果仍然保留的狀態，相當於漢語的「…了」。

◊ 洗濯物はもう乾いて<u>いる</u>（洗的衣物已經乾了）。

◊ 彼は先月の末から北京へ行って<u>いる</u>（他從上個月末就去北京了）。

◊ 映画はもはや始まってる（電影已經開始了）。

用法 ③補助動詞「いる」接在狀態動詞「て」形後面。在口語中「…ている」常說成「…てる」的形式。

✿表示單純的恆常狀態，可以根據具體語境靈活翻譯或者不譯。

◊ あの子は顔も性格も父によく似ている（那個孩子長相和性格很像父親）。

◊ 日本は海に囲まれている（日本四面環海）。

◊ 中村さんは大きな目をして（い）る（中村小姐有雙大眼睛）。

用法 ④補助動詞「いる」接在動詞「て」形後面，在口語中「…ている」常說成「…てる」的形式。

✿表示某種動作、作用的反覆或習慣性，可以根據具體語境靈活翻譯或者不譯。

◊ いま、週に一回英会話教室に通っている（現在，每週到英語會話班去一次）。

◊ この川はしばしば氾濫を起こしている（這條河經常氾濫）。

◊ 最近高速道路で追突事件が頻繁に起こってるよ（最近在高速公路上追撞事故頻繁發生）。

用法 ⑤補助動詞「いる」接在動詞「て」形後面，在口語中「…ている」常說成「…てる」的形式。該句型是一種經驗記錄，句中常出現表示次數或者過去的時間的副詞。　✿表示過去曾有過某種經歷，在某種意義上，這種經歷與現在有某種關係，可以根據具體語境靈活翻譯或者不譯。

◊ 私はロサンゼルスにはもう五回行っている（我已經去過洛杉磯5次了）。

◊ 記録を見ると、彼は過去の体育大会で優勝している（查了一下記錄，他曾經在以前的運動會中獲得冠軍）。

◊ 山下さんが一か月前にその会社を辞めていると聞いた（我聽說山下君在一個月以前就辭職離開了那家公司）。

用法 ⑥多以「職業名詞をしている」的句式出現。補助動詞「いる」也可以接在動詞被動態「て」形後面。

✿表示委婉的斷定，相當於漢語的「是…」「做…」，或根據具體語境不譯。

◊ 父親は学校の教師をしている（父親是學校教師）。

◊ お仕事は何をしている（你是做什麼工作的）?

◊ 提案はみんなに反対されるものと見られている（看來提案會遭到大家的反對）。

…ていらっしゃる

用法　補助動詞「いらっしゃる」是特殊五段動詞，後續敬體助動詞「ます」時，

要用「いらっしゃいます」的形式。它接在動詞「て」形後面。「…ていらっしゃる」是「…ている」的敬語形式，用於下級、晚輩對上級、長輩。 ✻表示動作、行為的進行；動作、作用的狀態存續；單純的狀態；動作的反覆或習慣性；從事的職業；相當於漢語的「正在…」「…著」，或根據具體語境不譯。

◊ 木村社長は今電話をかけ<u>ていらっしゃいます</u>(現在木村經理正在打電話)。
◊ お父さんは本を読ん<u>でいらっしゃいます</u>(您父親正在看書)。
◊ お客様は試着室でコートを試着し<u>ていらっしゃいます</u>(客人正在試衣間試外套)。
◊ 眼鏡をかけ<u>ていらっしゃる</u>方は社長です(那位戴眼鏡的先生是總經理)。
◊ 佐藤先生はきょう青い顔をし<u>ていらっしゃいます</u>ね(佐藤老師今天臉色不好啊)。
◊ 学長はハーバード大学を卒業し<u>ていらっしゃった</u>そうだ(聽說校長畢業於哈佛大學)。
◊ ご両親は何をし<u>ていらっしゃいます</u>か(你父母是做什麼工作的)?

… ておる

用法 補助動詞「おる」是五段活用動詞，接在動詞「て」形後面。「…ておる」是「…ている」的鄭重語或者自謙語。表示自謙時，只能用於說話人自己或屬於自己一方的人。

✻表示動作正在進行或者狀態的持續，相當於漢語的「正在…」「…著」，或者根據具體語境不譯。

◊ お会いできる日を楽しみにし<u>ております</u>(我盼望著和您相見的日子)。
◊ テレビはたいていの家で持っ<u>ております</u>(大部分家庭都有電視機)。
◊ 社長は出張していて、まだ帰っ<u>ておりません</u>(我們總經理出差了，還沒回來)。
◊ 私はよく鈴木さんとテニスをやっ<u>ております</u>(我常和鈴木同學打網球)。
◊ このごろよく雨が降っ<u>ております</u>ね(這幾天老是下雨呢)。

… でいる / … でいらっしゃる / … でおる

用法 「いる」「いらっしゃる」和「おる」都是補助動詞。接在體言後面的「で」是斷定助動詞「だ」的連接式；接在形容動詞詞幹後面的「で」是形容動詞原形詞尾「だ」的連接式。「…でいらっしゃる」是「…でいる」的敬語表達方式。「…でおる」是「…でいる」的謙語表達方式。

✽表示處於或者保持某種狀態，相當於漢語的「還…」「一直…」等意思。

◊父も母もまだ達者でいる（父親母親都還健在）。

◊彼は去年借りたお金を返さないで平気でいる（他去年借的錢沒還，還若無其事）。

◊先生はお元気でいらっしゃいますか（老師您身體好嗎）？

◊部長は午前中机に向かったままでいらっしゃるようだ（部長好像一上午都在伏案工作）。

◊お爺さんは七十歳以上なのに、童心でおる（我爺爺都70歲了，還一直童心未泯）。

◊私はまだ独身でおる（我還是一個單身漢）。

… ているつもりだ

用法 「ている」是持續體，「つもり」是形式體言。「だ」是斷定助動詞。該句型接在動詞「て」形後面。當主語為第二、三人稱時，常用「… ているつもりだが」的形式。

✽主語為第一人稱，表示說話者自己在一段時間內這樣想或者這樣認為，相當於漢語的「我覺得…」「我自己認為…」；主語為第二、三人稱，表示該人信以為真的事情與事實不符，相當於漢語的「認為…（其實）…」。

◊お客様にご満足いただけるよう、毎日ベストをつくしているつもりです（我覺得自己每天都是盡自己最大努力以使客人們滿意）。

◊いい成績を取るために、毎日頑張っているつもりだ（為了取得好成績，我認為自己每天都在努力）。

◊彼女はすべてを知っているつもりだが、本当は何も知らない（她以為她什麼都知道呢，其實她什麼也不知道）。

◊中村さんは努力しているつもりだが、試験に落ちた（中村同學以為很努力了。可是，考試卻沒有通過）。

… ているところだ / … ていたところだ

用法 「ている」是持續體，「ところ」是形式體言。「だ」是斷定助動詞。該句型接在動詞「て」形後面。其過去式為「… ていたところだ」。

✽「… ているところだ」表示動作正在進行「當中」的階段，相當於漢語的「正在…」。「… ていたところだ」表示從以前到句子所表達的時點為止，該狀態一

直持續著，多用於表達說明思考和心理狀態，以及在那種狀態下發生變化產生了新發展的情況，相當於漢語的「(過去)正在…」。

◊ ただいま電話番号を調べているところですので、もう少々お待ちください (我正在查電話號碼，請你稍微等一會兒)。

◊ ふすまを開けると、妻は着物を片付けているところだった (打開拉門一看，妻子正在整理衣服)。

◊ さっきまで君のことばかり話していたところだよ (剛才我們還一直在談論你呢)。

◊ いい時に電話をくれました。私もちょうどあなたに電話しようと思っていたところです (你的電話來的真是時候，我也正想給你打電話呢)。

◊ 思いがけなくも留学のチャンスが舞い込んできた。そのころ私は、将来の進路を決められずいろいろ思い悩んでいたところだった (沒想到飛來個留學機會，當時我正為難以決定前途而煩惱不堪)。

… ているところへ

用法 「ている」是持續體，「ところ」是形式體言。「へ」是表示方向的格助詞。該句型接在動詞「て」形的後面，前後兩項一般為兩個動作的主體，後項的動作往往是「くる」這樣的詞語。當前後主體為一個人時，則表示不好的事項出現。 ✿表示前項表達內容正在發生的同時，又發生了後項的動作，相當於漢語的「正在…的時候…」「…時」。

◊ 田植えをしているところへ、土砂降りの雨が降ってきた (正在插秧的時候下起了傾盆大雨)。

◊ 皆でにぎやかに話しあっているところへ、奥の間からきちんとした服をき、顔に微笑みをうかべた元気にはちきれんばかりの人が出てきた (大家正談得來勁時，從裏屋走出來一個人，他著裝整齊，面帶笑容，十分精神)。

◊ ガソリンを注入しているところへ、火気を近づけてはいけない (加汽油時不得靠近火)。

◊ 田村さんは失業しているところへ癌にやられた (田村君失業的時候又罹患癌症)。

… ておく

用法 ①「おく」是補助動詞，接在動詞、動詞型助動詞「て」形後面。

✿表示將某種行為的結果繼續保持下去，相當於漢語的「一直…」「…著」，或者根據具體語境靈活翻譯。

◊ 電灯は消さないで、朝までつけ<u>ておこう</u>（電燈不要關，一直開到早晨吧）。

◊ 帰る時、窓を開け<u>ておいて</u>ください（要回去的時候，請把窗子就那麼開著）。

◊ これを記念に残し<u>ておき</u>なさい（請把這個作為紀念留下來吧）。

◊ ぜひお受け取りくださいと言ったので、もらっ<u>ておいた</u>（一定要我收下，我就收下了）。

用法 ②「おく」是補助動詞，接在動詞、動詞型助動詞「て」形後面。

✿表示預先做好某種準備，相當於漢語的「在…之前（事先）…」，或根據具體語境靈活翻譯。

◊ アメリカへ行く前に英語を習っ<u>ておく</u>つもりだ（打算去美國之前學好英語）。

◊ お正月用のギョーザは大晦日に作っ<u>ておきます</u>（過年吃的餃子除夕夜就包出來）。

用法 ③「おく」是補助動詞，多接在動詞使役態的「て」形後面。

✿表示放任不管，相當於漢語的「就…吧」，或根據具體語境靈活翻譯。

◊ 帰りたい者は帰らせ<u>ておけ</u>ばいいじゃない（想回去的，讓他回去不就得了嗎）?

◊ それはしかたがない。そのままにし<u>ておこう</u>（那可沒有辦法。就那麼著吧）。

◊ 構わないよ。その子を私の側にいさせ<u>ておき</u>なさい（沒關係的。就讓這孩子呆在我的身邊吧）。

… てかなわない

用法 「て」是接續助詞。「かなわない」是「かなう」的否定式，相當於「がまんできない」和「やりきれない」，接在形容詞詞尾「く」、動詞的「て」形後面。

✿表示負擔過大，對此不能忍耐，相當於漢語的「…得受不了」「…得不得了」等。

◊ 本当に忙しく<u>てかなわない</u>（忙得受不了）。

◊ このカメラは性能はいいが、重く<u>てかないません</u>（這台相機性能很好，不過重得不得了）。

◊ 水が飲みたく<u>てかなわなかった</u>ので、生水を飲んで腹をこわした（渴得不得了，喝生水把肚子喝壞了）。

◊ 今日は労働で疲れ<u>てかなわなかった</u>（今天勞動累得要命）。

◊ お中が空い<u>て</u>かなわない（肚子餓死了）。

… てから

用法 「て」是接續助詞。「から」是接續助詞，接在動詞「て」形後面。

✿表示時間上的先後關係，相當於漢語的「…之後…」。

◊ 夏休みになっ<u>てから</u>、一度も学校に行っていない（進入暑假之後，一次也沒去過學校）。

◊ 大学を卒業し<u>てから</u>、ずっと東京の銀行に勤めています（大學畢業後，一直在東京的銀行工作）。

◊ 結婚し<u>てから</u>は、たばこを吸わないようになった（結婚之後就不再吸菸了）。

… てからでないと … ない / … てからでなければ … ない

用法 「てからでないと」是一個詞團，起接續助詞的作用，接在動詞「て」形後面，與否定式謂語相呼應。該句型可以同「てからでなければ」替換。

✿表示不完成前面的事項，後面的事項就不能實施，相當於漢語的「沒…（之前）不…」。

◊ 使っ<u>てからでないと</u>、いいか悪いか分かることがない（沒使用不知道好壞）。

◊ 両親に聞い<u>てからでないと</u>、お答えすることができません（沒問父母之前不能回答）。

◊ いいかどうかは見<u>てからでなければ</u>わからない（好不好，沒看之前不知道）。

◊ この靴は履いてみ<u>てからでなければ</u>、自分の足に合うかどうか知らない（這雙鞋子不試穿一下，不知道是否合自己的腳）。

… てからというもの（は）

用法 「てからというもの」是一個詞團，後續副助詞「は」可以省略。它接在動詞、動詞型助動詞「て」形後面。該句型是「…てから」的強調形式，屬於書面語。 ✿表示強調和從前完全不一樣（包括情感在內），相當於漢語的「自從…以後…」。

◊ 新学期が始まっ<u>てからというもの</u>、忙しくて忙しくて、手紙を書く暇さえないぐらいです（自從新學期開始以後，忙得連寫信的時間都沒有）。

◊ 自分が子供を持っ<u>てからというもの</u>、親のありがたさがしみじみわかるようになった（自己有了孩子以後，才深深體會到父母的情深意重）。

◊ 彼のお父さんに怒鳴られてからというものは、わたしは一度も彼の家へ寄らなかった（自從被他父親訓斥後，我再也沒到他家去過）。

… てから初めて / … て初めて

用法 「はじめて」是副詞，接在「てから」之後。該句型接在動詞「て」形後面，同「… て初めて」可以替換。 ✿表示在發生了前項之後才意識到或明白後項所陳述的事實，相當於漢語的「… 之後才 …」「… 以後才 …」。

◊ 病気になってから初めて健康のありがたさがわかる（得病之後才知道健康的寶貴）。

◊ 親になってから初めて、母の苦労さがわかる（做了父母之後，才了解到母親的辛勞）。

◊ 外国に行って初めて自分の国について何も知らないことに気がついた（到了外國才感到自己對祖國一無所知）。

◊ 言われてみて初めて、自分がいかに狭量であったかに気がついた（被人説了以後才發現自己有多麼小心眼）。

… てください

用法 「て」是接續助詞。「ください」是特殊五段動詞「くださる」的命令形。該句型接在動詞「て」形後面，其否定式為「ないでください」。 ✿表示請求或要求別人為自己或自己一方的人做某事，相當於漢語的「請(你)…」。

◊ 今週中レポートを出してください（請在本週內把學習報告交上來）。

◊ この薬は一日三回、食後に飲んでください（這種藥每天服3次，請在飯後服用）。

◊ 踏切を渡るときは、列車に注意してください（過鐵路道口時請注意火車）。

◊ 今日、どこにも行かないでください（今天，請你哪兒也不要去）。

◊ 授業中、よそ見をしないでください（上課時請不要東張西望）。

… てくださいませんか

用法 「て」是接續助詞。「くださいませんか」是「くれないか」的敬體。其中，「か」是表示請求對方同意的終助詞。該句型接在動詞「て」形後面，它的語氣比「… てください」更加謙恭。 ✿表示請求為説話者或説話者一方做某事，相當於漢語的「… 好嗎?」「能 … 嗎?」。

◊ ちょっとここで待っていてくださいませんか（在這兒稍微等我一下好嗎）？

◊ 一緒に行ってくださいませんか（你能跟我一起去嗎）？

◊ ついでにこの手紙も出しておいてくださいませんか（順便幫我把這封信發了好嗎）？

…てくださる／…てくれる

用法　「て」是接續助詞。「くださる」是特殊五段補助動詞，是「くれる」的敬語，接在動詞「て」形後面。「…てくださる」是「…てくれる」的敬語形式。向別人敘述自己的家庭成員之間的授受關係時不用「…てくださる」，而用「…てくれる」。「…てくれる」表示別人為自己或自己一方的人做某事，可以是有益的和無益的，用於平輩、平級之間或對晚輩使用。該句型的對象語是「私に」「私たちに」或自己一方的人。其中「私に」常常可以省略。

❋表示別人為自己或自己一方的人做某種有益的事，相當於漢語的「為我〈我們〉…」，也可以根據具體語境靈活翻譯。

◊ 山下先生は熱心に私たちにダンスを教えてくださいました（山下老師熱心地教了我們跳舞）。

◊ わざわざ来てくださいまして、どうもありがとうございます（您特意光臨，我〔們〕非常感謝）。

◊ 送ってくださった本は確かに受け取りまして、ありがとうございました（您寄給我的書已經收到了，謝謝）。

◊ そうしてくだされば、私も子供もどんなにうれしいか知れません（如果能為我們這樣做的話，我和孩子不知會多麼高興）。

◊ 鈴木さんは弟に自転車を修理してくれた（鈴木給我弟弟修了自行車）。

◊ 誰もそのことを教えてくれなかった（誰也沒有告訴我那件事）。

◊ 田中君、これ、コピーしてくれない（田中，把這個給我複印一下行嗎）？

◊ 初めの時は、彼は口をきいてくれなかった（起初，他不肯和我說話）。

◊ とんでもないことをしてくれたもんだ（你可真給我闖禍啦）。

◊ 困ったことをしてくれた（你可給我惹麻煩啦）。

…てくる／…てまいる／…ていらっしゃる

用法　①「て」是接續助詞。「くる」是補助動詞，接在動詞「て」形後面。「…てくる」的自謙語或鄭重語的表達方式是「…てまいる」，其敬語表達方式是「…て

いらっしゃる」。

✿表示某動作由遠而近的移動，相當於漢語的「… 來了」。

◊ 子供たちは遠くから走ってきました（孩子們從遠處跑來了）。

◊ 大きな石が崖から落ちてきた（大石頭從懸崖上掉下來了）。

◊ きのう大阪に戻ってまいったのだ（我是昨天返回大阪的）。

◊ 小林先生は向こうから歩いていらっしゃった（小林老師從對面走來了）。

用法　②接在非意志動詞「て」形後面。

✿表示事物的狀態隨時間由遠而近的發展趨向，相當於漢語的「… 起來」。

◊ 電車の中はだんだん込んできた（電車裏漸漸擁擠起來）。

◊ われわれの生活は日に日によくなってまいりました（我們的生活一天天地好
　起來）。

◊ 佐藤部長は最近太っていらっしゃったらしいよ（佐藤部長最近好像胖起來了）。

用法　③接在動詞「て」形後面。

✿表示動作或者狀態一直持續到現在，相當於漢語的「一直…」。

◊ 四年前からずっと日本語を勉強してきた（自4年前起就一直學習日語）。

◊ 私は若い時から「読売新聞」をよんでまいった（我從年輕時起一直看《讀賣新
　聞》）。

◊ 主任は今日まで我慢に我慢を重ねていらっしゃったそうだ（聽說主任一直忍
　耐到現在）。

用法　④多使用「… てくる」和「… てまいる」的形式。

✿表示新事物的出現、產生，相當於漢語的「… 來了」「… 出來」。

◊ 言葉は生活の中から生まれてきます（語言從生活中產生出來）。

◊ 月が雲の間から出てまいった（月亮從雲層裏露了出來）。

◊ 霧が晴れて遠くの山がはっきり見えてきた（霧散雲開，遠處的山清晰地顯現
　出來）。

用法　⑤接在動詞「て」形的後面。多用於口語。

✿表示在其他場所做了某事之後又回到原來的場所，相當於漢語的「… 就回
　來」，也可以根據不同語境靈活翻譯。

◊ ちょっとたばこを買ってきます。ここでちょっと待っていてください（我去
　買一包菸［就回來］，你在這兒等我一會）。

◊ 遅くなってごめんなさい。途中で本屋に寄ってまいったものだから（對不
　起，我來晚了。因為途中順路到一家書店去看了看）。

… てくれ / … ないでくれ

用法 「… てくれ」是表示授受關係的「… てくれる」的命令式，用於平輩、平級之間或對晚輩，多為男性所使用。該句型接在動詞「て」形後面，其否定形式為「… ないでくれ」。

✿ 表示強烈命令對方為自己或自己一方的人做某事，相當於漢語的「給我是 …」。

◊ こんなものは、どこかに捨ててきてくれ（這種東西，把它扔出去吧）。

◊ 人前でそんなことを言うのはやめてくれよ（不要在別人面前說那種話）。

◊ 冗談は言わないでくれよ（不要開玩笑了）。

◊ そのこと、絶対に忘れないでくれ（千萬別把那件事給忘了）。

… てくれないか

用法 「て」是接續助詞。補助動詞「くれない」是「くれる」的否定式。「か」是表示徵求對方同意的終助詞。「… てくれない」比「… てくれ」的語氣要緩和、客氣，多用於平輩、平級之間或對晚輩。晚輩、下級對長輩、上級多使用更為客氣的敬體形式「… てくださいませんか」。該句型接在動詞「て」形後面。

✿ 表示詢問對方是否能為自己或自己一方的人做某事，相當於漢語的「（能不能）給（我）…」「（可不可以）給（我）…」「（為我）… 好嗎」。

◊ 何か古いものがあるそうだが、全部見せてくれないか（聽說你有一些古董，能不能都拿出來讓我們欣賞一下）？

◊ 私はまだ調べることがあるので、先に帰ってくれないか（我還有事要查一查，你可不可以先回去）？

◊ そちらの状況について詳しく聞かせてくれませんか（能不能給我詳細地談一下那裏的情況）？

◊ ここでちょっと待ってくれませんか（你在這兒等一會兒好嗎）？

… てこそはじめて

用法 「て」是接續助詞，「こそ」是副助詞，「はじめて」是副詞。該句型接在動詞「て」形後面，比「… て初めて」語氣強烈。 ✿ 表示由於前項的出現，才能產生後項的好結果，相當於漢語的「只有 … 才能 …」「唯有 … 才 …」。

◊ 純文学はよく味わってこそはじめて、その味が分かるものです（純文學只有

仔細玩味才能理解它)。

◊よく<ruby>勉強<rt>べんきょう</rt></ruby>してこそはじめてすばらしい<ruby>成績<rt>せいせき</rt></ruby>をおさめることができる (只有好好用功，才能取得優異的成績)。

◊けんかをしてこそはじめて<ruby>仲良<rt>なかよ</rt></ruby>くなれる (不打不成交)。

… てごらん / … てごらんなさい

用法 「てごらん…」是「…てごらんなさい」的省略形式，是「…てみる」的尊敬語表達的命令式。無論是「てごらん…」還是「…てごらんなさい」都帶有輕微的命令意思，所以不能對身份、地位高於自己的人使用，對長輩或應該尊敬的人，則使用「…てごらんになりませんか」的形式。該句型接在動詞「て」形後面。　✿表示試著做做看，相當於漢語的「…試試看」「…看看」。

◊もう<ruby>一度<rt>いちど</rt></ruby>やってごらん (再做一次試試看)。

◊<ruby>子供<rt>こども</rt></ruby>はいくらかな。<ruby>駅員<rt>えきいん</rt></ruby>さんに<ruby>聞<rt>き</rt></ruby>いてきてごらん (你去問問車站服務員，小孩票要多少錢)。

◊この<ruby>小<rt>しょう</rt></ruby><ruby>説<rt>せつ</rt></ruby>を<ruby>読<rt>よ</rt></ruby>んでごらんなさい。とてもおもしろいよ (你讀讀這本小說〔看看〕，很有意思的)。

◊このぺんを<ruby>使<rt>つか</rt></ruby>ってごらんなさい。<ruby>書<rt>か</rt></ruby>きやすいですよ (你用這支筆試試，挺好用的)。

… でさえ

用法 「で」是格助詞，「さえ」是副助詞。「でさえ」接在體言的後面。

✿表示前項列舉一種極端的情況，以此來推論後項中的一般情況，相當於漢語的「甚至…也…」「連…都…」。

◊<ruby>富<rt>ふ</rt></ruby><ruby>士<rt>じ</rt></ruby><ruby>山<rt>さん</rt></ruby>の<ruby>頂<rt>ちょう</rt></ruby><ruby>上<rt>じょう</rt></ruby>は<ruby>夏<rt>なつ</rt></ruby>でさえ<ruby>雪<rt>ゆき</rt></ruby>に<ruby>覆<rt>おお</rt></ruby>われている (富士山的山頂即使是夏天也覆蓋著白雪)。

◊<ruby>今<rt>いま</rt></ruby>でさえこうなのに、これから<ruby>先<rt>さき</rt></ruby>どうなるだろう (現在就這個樣子，將來真不堪設想)。

◊<ruby>大<rt>だい</rt><ruby>学<rt>がく</rt></ruby><ruby>者<rt>しゃ</rt></ruby>でさえ<ruby>解<rt>と</rt></ruby>けない<ruby>問<rt>もん</rt><ruby>題<rt>だい</rt></ruby>だから、<ruby>一般<rt>いっぱん</rt></ruby>の<ruby>人<rt>ひと</rt></ruby>に<ruby>分<rt>わ</rt></ruby>かるはずがない (這個問題連有名的學者都解不出來，一般人是不會明白的)。

… てしかたがない / … でしかたがない

用法 「て」是接續助詞。「しかたがない」是一個慣用說法，可以寫成「仕方がな

い」，接在動詞「て」形、形容詞詞尾「くて」後面。形容動詞詞幹要用「…でしかたがない」的形式。這種句型一般接在表示感情、感覺、希求之類的詞語後面。

✿表示程度非常嚴重，令人無法對付，相當於漢語的「非常…」「…得不得了」「很…」「…得要命」等。

◊年のせいか物忘れをしてしかたがない（或許是上了年紀的關係，很容易忘事）。

◊私は悔やまれてしかたがありません（我十分後悔）。

◊ゆうべ遅くまで起きていたので、今日は眠くてしかたがない（昨晚睡得很晚，所以今天睏得不得了）。

◊のどがかわいて、ビールが飲みたくてしかたがない（口渴了，很想喝杯啤酒）。

◊毎日毎日家にこもっていると、退屈でしかたがない（每天悶在家裏，無聊得不得了）。

◊あの子はジュースを飲んだら満足で仕方がないようだ（那孩子一喝果汁，好像就非常心滿意足了）。

… でしかない

用法　「で」是斷定助動詞「だ」的連接式。「しかない」是一個詞團。該句型接在體言後面。

✿表示前接詞是唯一的結論或評價，相當於漢語的「只能是…」「只不過是…」。

◊彼は学長にまでなったが、親の目から見るといつまでも子供でしかない（他雖然當了大學校長，但是在父母眼裏永遠只是個孩子）。

◊海南島はもちろん中国の一部でしかない（海南島當然只是中國的一部分）。

◊時間がなくてできないと言っているが、そんなのは口実でしかない。ほんとうはやりたくないのだろう（他說沒有時間，做不了。那只不過是藉口，實際上也許是不想做）。

… てしまう

用法　「て」是接續助詞。「しまう」是補助動詞。該句型接在持續動詞「て」形後面。在口語中「…てしまう」會發生音便成為「…ちゃう」的形式。

✿①表示動作、作用的結束或完成，相當於漢語的「…完」。

◊私は一晩でこの小説を読んでしまいました（我花了一晚上讀完了這部小說）。

◊ ベルが鳴る前に答案を書い<u>てしまわ</u>なければならない（必須在鈴響之前把答案寫完）。

◊ もうご飯を食べ<u>ちゃった</u>（已經把飯吃完了）。

✽②表示客觀造成與自己的意志相反的、消極的結果，有遺憾、無奈、出乎意料的語感。它相當於漢語的「…（卻）…」。

◊ 勉強の最中に、電気が消え<u>てしまった</u>（正學得起勁的時候，電燈卻滅了）。

◊ 友達からきた手紙を母に読ま<u>れてしまった</u>（朋友寄來的信被媽媽看了）。

◊ 弟はデジタルカメラを壊し<u>ちゃった</u>（弟弟把數位相機搞壞了）。

✽③表示加強感嘆語氣，需要根據不同語境靈活翻譯。

◊ 若者たちは、あの演出にすっかり魅了さ<u>れてしまった</u>（年輕人完全被那場演出迷住了）。

◊ そうなると、こっちも困っ<u>てしまう</u>よ（那樣一來，我也不好辦啊）！

◊ 彼の勉強振りにすっかり感心し<u>ちゃった</u>（真佩服他的學習態度）。

… でしょう／… だろう

用法　「でしょう」是「だろう」的敬體形式。「だろう」是男性的口語表達方式，女性一般使用「でしょう」。「でしょう」和「だろう」都接在體言和用言的簡體形後面。體言和形容動詞的簡體形過去式有兩種形式：「體言、形容詞詞幹＋だっただろう」和「體言、形容詞詞幹＋だったろう」。形容詞的簡體過去式也有兩種形式：「かった＋だろう」和「かったろう」。

✽①表示對事物進行推測，一般讀成降調，相當於漢語的「…吧」「大概…吧」等。

◊ 明日はいい天気<u>でしょう</u>／いい天気<u>だろう</u>（明天是個好天吧）。

◊ 母は若いころはずいぶん美人だった<u>でしょう</u>／美人だった<u>ろう</u>（媽媽年輕的時候一定很漂亮吧）。

◊ あの人はアメリカ人ではない<u>でしょう</u>／アメリカ人ではない<u>だろう</u>（他不是美國人吧）。

◊ 酒井さんの誕生日パーティーはきっとにぎやか<u>でしょう</u>／にぎやか<u>だろう</u>（酒井君的生日宴會一定會很熱鬧的吧）。

◊ 試験で大変だった<u>でしょう</u>／大変だった<u>ろう</u>（因為考試，挺難受吧）。

◊ 昔はこの辺りは賑やかではなかった<u>でしょう</u>／賑やかではなかった<u>ろう</u>（過去這一帶不熱鬧吧）。

◊ 桂林の景色は 美しいでしょう / 美しいだろう (桂林的景色很美吧)。

◊ さぞ苦しかったでしょう / 苦しかったろう (一定很痛苦吧)。

◊ 来週 の運動会は君がきっと行くでしょう / 行くだろう (下週的運動會,你一定會去的吧)。

◊ お中が空いたでしょう / 空いただろう (肚子餓了吧)?

✿②表示求得對方認同、確認,一般用升調,相當於漢語的「…吧?」「…是嗎?」「…對嗎?」

◊ そうでしょう (是那樣的吧)?

◊ いま 食事の時間ではないだろう (現在不是吃飯時間吧)?

◊ それは簡単だったでしょう (簡單吧)?

◊ 日曜なら暇だろう (星期天,有空對嗎)?

◊ もうやってみましたね。難しかったでしょう (你已經嘗試做過了。難吧)?

◊ その時計、安くないでしょう (這個錶不便宜,是嗎)?

◊ わかるだろう?僕の気持 (我的心情,你能明白的吧)。

◊ この漢字、習ったでしょう?きっと (這個漢字以前一定學過,對嗎)?

…て(で)しょうがない

用法　「て」是接續助詞。「しょうがない」是一個慣用句式,是「しかたがない」的隨便的口語表達方式,接在動詞「て」形、形容詞詞尾「くて」後面。形容動詞詞幹要用「…でしかたがない」的形式。這種句型一般接在表示感情、感覺、希求之類的詞語後面。

✿表示程度嚴重,令人無法對付,它相當於漢語的「非常」「…得不得了」等。

◊ 私は二度も自転車を盗まれた。腹が立ってしょうがない (我的自行車被偷了兩次,讓人非常生氣)。

◊ 山下さんは大学に受かって 喜んでしょうがない (山下同學考上了大學,高興得要命)。

◊ 春が来て 暖かくなったせいか、この頃眠くてしょうがない (也許是春天到了、天氣變暖的原因,最近睏得不得了)。

◊ 今日は暑くてしょうがないね (今天熱得不得了)。

◊ 私は父の病気が心配でしょうがない (我非常擔心父親的病)。

◊ 子供が遅くまで帰ってこないので不安でしょうがない (孩子到很晚還沒有回來,我感到非常不安)。

… てすます

用法　「て」是接續助詞。「すます」是補助動詞，可以寫成「済ます」，接在動詞「て」形、形容詞「くて」後面。體言後面要接「ですます」的形式。　✱表示以某種方式、某種程度就能解決問題，相當於漢語的「…就行」「…可以解決」。

◊ 月に十万円をもらっては済まされない（月收入10萬日元不行）。

◊ 笑って済まされる問題ではない（這不是笑笑就能解決的問題）。

◊ 水がなくては一日も済まされない（沒水的話，1天都不行）。

◊ 部屋が小さくて済ました（房間不大可以的）。

◊ お金で済ます問題じゃないよ（這可不是用錢就能解決的問題）。

◊ 問題はこのままでは済まされない（這樣的話解決不了問題）。

… てすむ / …（體言）ですむ / … だけですむ

用法　「て」是接續助詞。「すむ」是補助動詞，可以寫成「済む」，接在動詞「て」形、形容詞「くて」後面。體言後面要接「ですむ」的形式。「だけですむ」接在體言、動詞原形或簡體後面。　✱表示以某種方式、某種程度就能解決問題。它相當於漢語的「…就行」「…就可以」「…就夠了」「…完結了」。

◊ 謝ってすむことではない（不是道個歉就行的事）。

◊ 風邪にかかったが、軽くて済んだ（患了感冒，不過不嚴重）。

◊ タクシーだと八百円かかるが、電車だと百四十円ですむ（坐計程車要花800日元，而乘電車140日元就可以了）。

◊ 自転車に乗ってオート三輪にぶつかったが、軽い怪我ですんだ（騎自行車和三輪摩托車撞在一起了，不過只是受了一點輕傷）。

◊ 三回の相談だけで済むだろう（只商量3次就行了吧）。

◊ この仕事は一か月だけですむ（這項工作只要一個月就夠了）。

◊ 見るだけではすまないでしょう（只看看不行吧）。

◊ 詳しく説明しただけで済みそうに思える（我認為詳細解釋了就可以了）。

… ですら

用法　「で」是格助詞，「すら」是副助詞。「ですら」接在體言後面。加強語氣時，可以用「ですらも」的形式。　✱表示從極端情況向一般情況的推導，相當於漢語的「連…都…」「連…尚…」。

◊ 君ですら知らないことをぼくが知るものか（連你都不知道的事情我怎麼會知道呢）。

◊ 三歳の子供ですら知れ切っている理屈を詳しく述べ立てる必要はあるか（連3歳孩子都很明白的道理，何必詳細説明呢）。

◊ 有名な科学者ですらも舌をまくような研究を、彼が完成したのだから、たいしたもんだ（連著名科學家都不敢著手研究的課題他卻完成了，眞是了不起）。

◊ 聖人ですらも過失がある、ましてわれわれにおいてはなおさらだ（聖人尚且有過，何況你我呢）。

… てたまらない / … でたまらない

用法　「て」是接續助詞。補助動詞「たまらない」是「たまる」的否定式，接在動詞「て」形、形容詞「くて」後面。形容動詞詞幹要用「でたまらない」的形式。一般前面接表示感情、感覺、希求之類的詞。但是，它不能接表示自發的詞。

✽表示程度嚴重到讓人無法忍受，相當於漢語的「… 得不得了」「… 得受不了」「非常」。

◊ 小野さんはお父さんに死なれて悲しんでたまらないようだ（小野失去父親後悲傷得不得了）。

◊ 喉が渇いてたまらない（嗓子非常渇）。

◊ 薬を飲んだせいか、眠くてたまらない（也許是服了藥的關係，睏得不得了）。

◊ 喉が渇いて、水を飲みたくてたまらない（嗓子乾，非常想喝水）。

◊ 母の病気が心配でたまらない（非常擔心母親的病）。

◊ 本間さんは刺身が好きでたまらないそうだ（聽説本間同學愛吃生魚片愛吃得要命）。

… てちょうだい

用法　「て」是接續助詞。「ちょうだい」是「サ變」動詞詞幹，是「もらう」表示自謙的敬語形式，接在動詞「て」形後面。該句型多見女性、兒童對自己親近的人使用，不用於正式場合。

✽表示要求對方為自己做事，相當於漢語的「請…」。

◊ 純子さん、ちょっとここへ来てちょうだい（純子，請到這兒來一下）。

◊ ぼうや、台所から茶碗を持ってきてちょうだい（乖兒子，從廚房給我拿個

碗來)。

◇魚屋さん、明日もまた来てちょうだいね(賣魚的,請你明天再來一趟)。

てっきり…と思う

用法　「てっきり」是副詞,「と」是表示「思う」內容的格助詞。「と思う」接在簡體句的後面。該句型常用於一種事後說明或解釋。

✲表示說話者當時的想法很有把握,並信以為真,可是實際情況卻與所想的卻不一樣,相當於漢語的「我想一定是…」「我以為一定會…」等。

◇てっきり雨だと思っていたら晴れた(我想肯定要下雨,天卻晴了)。

◇てっきり電話をくださると思っていました(我一直以為他肯定會給我打電話的)。

◇てっきり先生だと思ったら、人ちがいだった(我想一定是老師,結果卻搞錯了)。

…でないと…ない

用法　「でないと」是斷定助動詞簡體「である」的否定式後續表示假定條件的接續助詞「と」構成,既可以接在體言後面,也可以接在後項句子的開首,單獨作為接續詞使用,與否定式謂語或消極含義的謂語相呼應。接在體言後面的「でないと」可以同「でなかったら」替換。　✲表示如果沒有前項的條件,後項就不能成立,相當於漢語的「如果不…就不…」「否則…」「不然的話…」。

◇ステンレス鋼管でないと、この種の化学反応装置に使うことができない(如果不是不鏽鋼管,就不能用於這種化學反應裝置)。

◇そのような材料でないと、普通の旋盤で加工できない(如果不是那樣的材料,就不能用普通車床加工)。

◇李さんは好きな所でなかったら、旅行に行かない(如果不是喜歡的地方,小李是不會去旅遊的)。

◇嘘でしょ。でないと困るわ(是謊言吧。否則,就讓人不好辦了呀)。

◇この食品は冷蔵庫に入れなさい。でないと変質してしまうよ(這個食品要放在冰箱裏。不然,會變質的)。

…でなくてなんだろう

用法　「でなくて」是「である」的否定式「でない」的連接式,後續「何だろう」

構成。該句型接在表示愛、命運、真實等含義的名詞後面，常用於小說、隨筆等書面語當中。　✱表示加強斷定的語氣，相當於漢語的「不是 … 又是什麼呢?」「難道不是 … 嗎?」。

◊ 彼女のためなら死んでもいいとまで思う。これが愛でなくてなんだろう（為了她就是死我也在所不惜。這不是愛又是什麼呢）。

◊ であったときから二人の人生は破滅へ向かって進んでいった。これが宿命でなくてなんだろうか（自從兩個人相遇之後，他們的人生就走向毀滅。這難道不是命裏注定的嗎）。

◊ これが痴人の夢でなくてなんだろう（這不是痴人說夢，又是什麼呢）。

… でなければ …

用法　「でなければ」是「でない」的假定形「でなけれ」後續假定的接續助詞「ば」構成。該句型接在體言、形容動詞詞幹後面，與肯定式謂語相呼應。動詞要使用該句型必須加以體言化。　✱表示如果沒有前項條件，就會出現後項結果或表示如果不是前項，就是後項，相當於漢語的「（如果）不（是）… 就（是）…」「除非 …」「若是不 … 就 …」。

◊ 病気でなければ、きっと出席するはずだ（如果不是生病，我一定會參加的）。

◊ 彼が帰ってくるのは土曜日の晩でなければ、日曜日の朝だ（他回來的時間不是星期六晚上，就是星期天早晨）。

◊ 反対でなければ、一緒にやろう（不反對，我們就一起做吧）。

◊ 交通が不便でなければ、バスで行こう（如果交通方便，就乘公車去吧）。

◊ 不真面目でなければ、きっとうまく行ける（如果不是不認真，就一定會順利進行的）。

◊ あの人は飛行機で来るのでなければ、船で来るのだ（他不是坐飛機來，就是坐船來）。

… でなければ … ない

用法　「でなければ」是「でない」的假定形「でなけれ」後續假定的接續助詞「ば」構成。該句型接在體言、形容動詞詞幹後面，與否定式謂語相呼應。

✱表示如果沒有前項條件，就沒有後項結果，它相當於漢語的「如果不是 … 就不 …」等。

◊ よほどの熟練者でなければ、そのような複雑な技術の問題をこんなに分か

りやすく説明することはできない(如果不很精通,就不能如此深入淺出地解釋那種錯綜複雜的技術問題)。

◊ 日曜日でなければ、私は家にはいない(若不是星期天,我不會在家)。

◊ あまり好きでなければ、よく研究できない(如果不喜歡的話,就不能很好地研究)。

◊ 交通が便利でなければ、行きたくない(如果交通不便,就不想去了)。

… でなければならない

用法 「でなければ」是「でない」的假定形「でなけれ」後續假定的接續助詞「ば」構成。「ならない」是五段動詞「なる」的否定式。該句型是雙重否定,接在體言和形容動詞詞幹後面。

✽表示強烈的肯定含義,相當於漢語的「必須是…」「應該是…」「非…不可」「不是…不行」。

◊ 今度の通訳の担当は中山さんでなければならない(這次擔當口譯的非中山先生不可)。

◊ 運動会が行われる場合、学校は休校でなければならない(舉行運動會時,學校應該是停課的)。

◊ 捜査は常に冷静で客観的でなければならない(捜查必須總是冷静而客観的)。

◊ どんなことをしても、真面目でなければならない(無論做什麼,都必須認真)。

… で(は)なしに

用法 「で」是斷定助動詞「だ」的連接式。「は」是加強否定語氣的副助詞,可以省略。「なし」是文語形容詞。「に」是表示狀態的格助詞。該句型接在體言後面,是書面語,相當於現代口語的「でなくて」。

✽表示不是前項,而是後項。它相當於漢語的「不是…而是…」。

◊ 木村さんでなしに、田中さんがその会議に参加した(不是木村,而是田中参加了會議)。

◊ 雑誌でなしに、新聞を買ってきた(買来的不是雜誌,而是報紙)。

◊ 午前ではなしに、午後に討論会を開くことにした(決定不是上午,而是下午召開討論會)。

◊ 試験ではなしにテストをやりたい(不是想要考試而是做些小測驗)。

…てならない／…でならない

用法　「て」是接續助詞。「ならない」是五段動詞「なる」的否定式，接在動詞「て」形、形容詞「くて」後面。「で」是形容動詞原形詞尾「だ」的連接式。「でならない」接在形容動詞詞幹後面。該句型可以用於積極和消極的評價。

✤用於積極評價時，表示某種感情、感受十分強烈，達到無法抑制的程度；用於消極評價時，表示某種心情到了一種難以忍受的程度。相當於漢語的「…不得了」「…得受不了」「…得厲害」「非常…」等。

◊ 昨日の英語の試験の結果が気になってならない（非常擔心昨天英語考試的結果）。

◊ この写真を見ていると、ふるさとのことが思い出されてなりません（一看到這張照片，就非常想念故鄉）。

◊ 騙されて、お金を取られたのが悔しくてならない（被人騙走了錢，懊悔得不得了）。

◊ 実験に成功できて嬉しくてならなかった（試驗成功，高興極了）。

◊ 子供のころ人参を食べるのがいやでならなかった（小時候非常討厭吃胡蘿蔔）。

◊ 君の考えは不思議でならない（你的想法非常不可思議）。

…での

用法　「で」是表示動作的手段、方法、原因、場所等含義的格助詞，「の」是做定語的格助詞。「での」前後接不同的體言。

✤表示前項是後項的場所、方式、方法、原因等，相當於漢語的「在…的…」「用…的…」「以…的…」「透過…的…」。

◊ 学校での仕事はとても忙しい（學校的工作很忙）。

◊ 電話での予約ができました（透過電話已經預約好了）。

◊ 出張での欠席は少ない（很少因出差而缺席）。

…ては

用法　「ては」是接續助詞，接在動詞「て」形後面。

✤① 表示假定條件，前項為條件，後項是不如意的、消極的結果或結論，相當於漢語的「若是…就會…」「要是…的話，就…」「如果…就…」。

◊ そんなに暗い所で勉強しては、目を悪くしますよ (在那麼暗的地方學習，會把眼睛弄壞的)。

◊ 雨に降られては大変だから、走って帰ろうよ (被雨淋到就糟了，我們跑回去吧)。

◊ この結果を彼女に教えてはたいへんだ (如果把這個結果告訴了她就糟糕了)。

✽②表示某種動作的反覆、交替出現，或每次前項條件的出現都會有後項結果出現，相當於漢語的「多次…」「一…就…」。

◊ 一行書いては考えこむので、執筆はなかなかはかどらない (寫一行就想一會兒，怎麼也無法加快速度)。

◊ 彼は幾度も目をつぶっては、目を開けた (他多次把眼睛閉上又睜開)。

◊ 梅雨になって雨が降っては止んでいる (到了梅雨季節，雨下下停停)。

… ではあるまいか

用法　「まい」是文語助動詞，「か」是表示疑問的終助詞。該句型接在體言和形容動詞詞幹後面。動詞和形容詞要進行體言化，用「簡體＋のではあるまいか」的形式。該句型屬於書面語，相當於口語的「ではないだろうか」。

✽①表示說話者的婉轉推斷，相當於漢語的「是不是…啊」等。

◊ あの人は田中さんではあるまいか (那個人是不是田中君呀)。

◊ 川村さんはとても親切ではあるまいか (川村先生是不是很熱情啊)。

◊ きょうは顔色が悪いのではあるまいか (今天臉色是不是不好啊)。

◊ 課長は部長の事務室にいないのではあるまいか (科長是不是不在部長的辦公室啊)。

✽②表示否定的推測，相當於漢語的「大概不會(是)…吧」等。

◊ 明日は試験ではあるまいか (明天大概不會考試吧)。

◊ この答案は正確ではあるまいか (這個答案不會是正確的吧)。

◊ 午後から雨が降るのではあるまいか (從下午起或許不會下雨吧)。

◊ 日本語の発音は難しいのではあるまいか (日語的發音也許不難吧)。

… てはいけない / … ではいけない

用法　「ては」是接續助詞，在口語中會發生音便為「ちゃ（あ）」。「いけない」是「いける」的否定式，在口語中會發生音便為「いかん」。「てはいけない」接在動詞「て」形、形容詞「く」形後面。「ではいけない」接在體言和形容動詞詞幹

後面。「では」在口語中會發生音便為「じゃ（あ）」。在會話中，一般用於上司對部下、長輩對晚輩，對長輩、上級或應該尊敬的人要用「ないでください」的形式。 ✽表示禁止，相當於漢語的「不要…」「不許…」「不準…」「不允許…」「…不行」等。

◊ 熱のある人はお風呂に入ってはいけない（發熱的人不要洗澡）。

◊ この場所に駐車しちゃいけないらしい（好像不允許在這裏停車）。

◊ 髪の毛があまり長くてはいけない（頭髮太長不行）。

◊ 定形郵便物は五十グラムより重くちゃいかん（定形郵件的重量不得超過50克）。

◊ 登校の際の服装はあまり派手ではいけない（上學時的裝束不要太華麗了）。

◊ 態度は不真面目ではいけない（態度不認眞不行）。

◊ サインはボールペンじゃいけない（簽字用圓珠筆不行）。

◊ フランス語を勉強するなら、この辞書ではいかんよ（學法語的話，這本字典可不行啊）。

… てはいけないが … なら … てもいい

用法 「が」是表示轉折關係的接續助詞。「てはいけないが」和「てもいい」接在動詞「て」形後面。「なら」在此是表示對比的接續助詞，接在名詞和副詞後面。 ✽表示前後事項的對比，相當於漢語的「不能…，但如果是…，可以…（也行）」等。

◊ この場所に駐車してはいけないが、自転車なら止まってもいい（這裏不能停車，但是如果是自行車的話，可以停）。

◊ この薬は、一日に一錠以上飲んではいけないそうだが、ビタミンCなら、三錠飲んでもいい（聽說這種藥1天不能吃超過1片，如果是維生素C的話，可以吃3片）。

◊ もう遅くなって、入ってはいけないが、早くなら、入ってもいいですが（現在已經遲了，不能進去了，如果早一些的話，是可以進入的）。

… てはいられない

用法 「ては」是接續助詞。「いられない」是「いる」的可能態否定式。該句型接在動詞「て」形後面。 ✽表示由於某種緊迫狀況，動作主體在心情上無法控制，不能再保持原來的某種狀態，它相當於漢語的「不能…」。

◊ 時間がないから、遅れてくる人を待っ<u>てはいられない</u>。すぐ始めよう(沒有時間了,不能等遲到的人了。我們馬上開始吧)。

◊ もうこれ以上黙っ<u>てはいられない</u>(再也不能沉默了)。

◊ 明日は英語の試験だから、こんなところでのんびり遊ん<u>ではいられない</u>(明天是英語考試,不能在這裏悠閒地玩了)。

… ではいられない

用法 「では」是副助詞。「いられない」是「いる」的可能態否定式。該句型接在體言後面。 ✿表示不能一直保持同樣的某種狀態,相當於漢語的「不能永遠…」「不能一直…」「…不行」。

◊ 我々は子供<u>ではいられない</u>(我們不能一直都是小孩子)。

◊ 君は学生<u>ではいられない</u>よ(你不可能永遠是學生)。

◊ 毎日休み<u>ではいられない</u>(不能每天都是休息日)。

… てばかりいる

用法 「ばかり」是副助詞,接在接續助詞「て」和補助動詞「いる」之間。該句型接在動詞「て」形後面。 ✿表示一味地重複做某事、總是處於同一狀態,有不滿的語氣,相當於漢語的「光…」「總是…」「淨…」「老是…」。

◊ この子は朝から晩まで遊ん<u>でばかりいる</u>(這孩子從早到晚光知道玩)。

◊ 食べ<u>てばかりいる</u>と太りますよ(總是吃可是會發胖的哦)。

◊ どうして眺め<u>てばかりいて</u>、食べないのですか(為什麼光看著不吃呢)?

… ては大変だ

用法 「ては」是接續助詞,在口語中會發生音便為「ちゃ」。「大変だ」是形容動詞原形。該句型接在動詞「て」形、形容詞詞尾「く」的後面。

✿表示如果出現前項情況的話就難辦了,相當於漢語的「如果…的話,就成問題(難辦)了」等。

◊ 勝手に出入りし<u>ては大変だ</u>(隨便出入就糟糕了)。

◊ 約束を守ってくれなく<u>ては大変だ</u>(你要不守信用的話,就成問題了)。

◊ 部屋が小さいから、あまり人数が多く<u>ては大変だ</u>(屋子小,人數太多的話就難辦了)。

◊ 道が遠く<u>ちゃたいへんだ</u>よ(路途遠的話,就不好辦了)。

… てはたまらない

用法 「ては」是接續助詞。補助動詞「たまらない」是「たまる」的否定式。該句型接在動詞「て」形、形容詞詞尾「く」的後面。 ✽表示照此狀態下去不堪忍耐、不能忍受，相當於漢語的「…的話，可受不了（可吃不消）」等。

◊ いくら丈夫な体でも無理がつづいてはたまらない（無論身體多麼健康，過分勞累的話可受不了）。

◊ 毎日こんなに早く起こされてはたまらないだろう（每天這麼早就被叫起來的話會受不了吧）。

◊ こんなに寒くてはたまらない（這麼冷我可吃不消）。

… てはだめだ / … たらだめだ

用法 「ては」是接續助詞，在口語中會發生音便為「ちゃ（あ）」。「だめだ」是形容動詞的原形，在口語中「だ」可以省略。該句型接在動詞「て」形、形容詞詞尾「く」的後面，多用於口語，語氣比「… てはいけない」更柔和一些。「てはだめだ」可以同「たらだめだ」替換。「たら」是過去助詞「た」的假定形，接在動詞「た」形、形容詞詞尾「かっ」的後面。

✽表示禁止、要求對方不要那樣做，相當於漢語的「不要…」「… 可不行」。

◊ そんな気の弱いことを言ってはだめだ（不要說那種喪氣話）。

◊ 君のように遊んでばかりいてはだめだ。学生はしっかり勉強しなさい（像你這樣光玩可不行，學生要好好學習）。

◊ つめ先が長くちゃだめよ（指甲長可不行）。

◊ 靴が汚くてはだめ（鞋子髒了可不行）。

◊ 労働者の素地を忘れたらだめだ（忘記勞動者的本色可不行）。

◊ そんな失礼な話をしたらだめだ（不要說不禮貌的話）。

◊ 写真を撮るのに、こんなに暗かったらだめよ（拍照片，這麼暗可不行）。

◊ 計算が難しかったらだめだと思う（我認為計算不能太難）。

… ては … ない / … では … ない

用法 「ては」是接續助詞，在口語中會發生音便為「ちゃ（あ）」，接在動詞「て」形、形容詞詞尾「く」的後面。「では」是副助詞，在口語中會發生音便為「じゃ（あ）」，接在體言和形容動詞的詞幹後面。該句型同否定式或消極含義的謂語

相呼應。

✤表示前項為假定或既定條件，後項為消極的結果，相當於漢語的「要是…就不（能）…」「倘若…就無法…」「如果是…就不…」等。

◊君にそう言われては、私も黙ってはいられない（被你這麼一說，我就不能再袖手旁觀了）。

◊返さなくては気が済まない（不還就過意不去）。

◊子供のことだから、重くては持てないだろう（他還是個孩子，要是重的話，就拿不動了吧）。

◊こんなに暑くちゃ食欲はないね（這麼熱可沒有食慾啊）。

◊周りがにぎやかでは勉強ができない（周圍喧鬧的話就無法學習）。

◊説明が簡単じゃたぶん分からないだろう（如果說明簡單了，恐怕大家不明白吧）。

◊日曜日ではどこへも行きたくない（如果是星期天，哪兒也不想去）。

◊営業部の木村さんでは無理でしょう（要是營業部的木村君恐怕不行吧）。

…てはどうか／…てはいかが

用法　「ては」是接續助詞，在口語中會發生音便為「ちゃ（あ）」，接在動詞「て」形後面。「どう」是疑問副詞，「か」是表示徵求對方意見的終助詞。該句型是書面語，主要用於書信和鄭重場合。在會話中可以用較隨便的「ちゃ（あ）どうか」的形式。其禮貌體是「てはいかがですか」的形式，更為客氣的說法是「…てはいかがでしょうか」。另外，「たらどうか」與「てはどうか」幾乎一樣，主要用於口語表達。

✤表示提出某種要求、勸誘對方，相當於漢語的「…怎麼樣？」「…如何？」。

◊このことについて弁護士に相談してみてはどうですか（關於這件事，和律師談一下怎麼樣）。

◊この問題については、山下さんに一任しちゃ（あ）どうか（這個問題全權委託給山下先生怎麼樣）。

◊計画を変えてみてはどうか（試著改變一下計畫怎麼樣）。

◊今晩一緒に映画を見に行ってはいかがですか（今天晚上一起去看電影如何）。

◊ちょっと休憩してはいかがでしょうか（稍微休息一下怎麼樣）。

◊ビールをもう一本とったらどうか（再要一瓶啤酒如何）。

… ではないか / … じゃないか

用法 「ではない」是簡體「である」的否定式。「か」是終助詞。「ではないか」接在動詞、形容詞簡體形和形容動詞詞幹、體言後面，其敬體是「… ではありませんか」，口語中經常說成「… じゃないか」「… じゃありませんか」。「じゃ」是「では」在口語中的約音。 ✲表示就自己的判斷徵求對方同意，或者表示驚訝、反問、反駁等，相當於漢語的「不是 … 嗎？」。

◊ それ、あそこに富士山が見えるではないか (你瞧，不是能看到富士山就在那兒嗎)。

◊ この文章、なかなかよくできているではありませんか (這篇文章不是寫得很好嗎)。

◊ 先週の金曜日、鈴木君に貸したじゃないか (不是上週五借給鈴木了嗎)。

◊ 彼は高校時代、いつも青いコートを着ていたじゃありませんか (他在讀高中的時候，不是總穿著藍色的外套嗎)。

◊ この店の料理、けっこうおいしいではないか (這家餐館的菜不是很好吃嗎)。

◊ こんな地図じゃ、難しくないじゃないか (這種地圖，不是不難嗎)。

◊ 彼の言葉づかいは乱暴じゃないか (他講話是不是太粗魯了)。

◊ 規約からこの条文まで削ってしまっては、まるで骨抜きじゃないか (連這一條都從章程中刪掉的話，那不就只剩下一個空架子了嗎)。

◊ それは私の自転車じゃありませんか (那不是我的自行車嘛)。

◊ 値段を下げれば、もっと売れるのではないか (降價的話，不是更好銷嗎)。

… ではないだろうか / … ではないでしょうか

用法 「ではない」是簡體「である」的否定式。「か」是終助詞。「だろう」是斷定助動詞「だ」的推量形。「ではないだろう」接在體言、形容動詞詞幹或用言的體言化後面，其敬體是「ではないでしょうか」。「ではないでしょうか」較「ではないだろうか」「ではないか」更為委婉、客氣。「では」在口語中常發生音便為「じゃ（あ）」。 ✲表示以不肯定的語氣表示內心想法，相當於漢語的「可能是 …」「… 吧」「… 不是嗎」。

◊ こういう状況からして、これは彼の仕業ではないだろうか (根據這種情況來看，這事可能是他幹的)。

◊ あの方は社長ではないだろうか(那位是不是總經理啊)。

◊ 子供の教育こそ真に大切なのではないでしょうか(對孩子的教育才是至關重要的吧)。

◊ あの人は馬鹿真面目じゃないでしょうか(他是不是太過於認真了)。

◊ 失敗の原因はコーチの手落ちにあるのではないだろうか(失敗的原因可能在於教練員的疏忽)。

◊ 青木さんは先週京都へ行ったのではないでしょうか(青木君是不是上週去了京都了)。

◊ 息が苦しいのじゃないだろうか(可能是呼吸困難吧)。

◊ ゆうべお宅に着いたのはずいぶん遅かったのではないでしょうか(昨天晚上您到家是不是很晚了)。

… ではなくて / … じゃなくて

用法 「ではなくて」是「ではない」的連接式,接在體言、形容動詞詞幹或用言的體言化後面。「では」在口語中常發生約音便為「じゃ」。「じゃなくて」是「ではなくて」的口語表達。後項多用「だ」或「のだ」來結句。 ✿表示否定前項而肯定後項,相當於漢語的「不是…,而是…」「並非…,而是…」。

◊ わたしが買ったのは、日英辞書ではなくて、英日辞書です(我買的不是日英辭典,而是英日辭典)。

◊ つまり、そうじゃなくて、仕事の量の問題なんです(也就是說,不是那樣,而是工作量的問題)。

◊ 私たちが彼のところへ行くのではなくて、向こうから来るというんです(不是我們去他那兒,而是他來我們這兒)。

◊ 行きたいのじゃなくて、行かされたのだ(不是我想去,而是被逼著去的)。

◊ 生ものが好きではなくて大嫌いです(並非喜歡吃生東西,而是很討厭)。

◊ 字が丁寧なのではなくて乱暴ですよ(字寫得並不仔細,而很潦草)。

◊ 今度の試験の成績がよかったのではなくて悪かったのだ(這次考試成績不是很好,而是很糟糕)。

◊ このコートは安いのじゃなくて高いのよ(這件大衣並不便宜,而是相當貴)。

… てはならない / … ちゃならない

用法 「ては」是接續助詞,在口語中會發生音便為「ちゃ(あ)」,接在動詞「て」

形後面。「ならない」是「なる」的否定式。該句型屬於書面語表達，多用於提醒或訓誡對方。口語中多用「…ちゃならない」「…ちゃだめだ」「…ちゃいけない」。　✽表示禁止，在道理上不允許那樣做，相當於漢語的「不要…」「不可…」「不準…」「不該…」「不能…」。

◊ 一度や二度の失敗であきらめ<u>てはならない</u>（不要因為一兩次的失敗就放棄）。

◊ これは子供が見<u>てはならない</u>ものです（這種東西不准小孩子看）。

◊ 運転手としては決して油断し<u>ちゃならない</u>（作為駕駛員，絕不可以疏忽大意）。

◊ 教室で大きな声で話し<u>ちゃならない</u>よ（在教室裏不許大聲喧嘩）。

… てほしい

用法　「て」是接續助詞。「ほしい」是補助形容詞，接在動詞「て」形後面。該句型同「…てもらいたい」一樣，不能對長輩、上級或應該尊敬的人使用。其否定式為「ないでほしい」。

✽表示說話者希望或請求別人做某事，或者期盼產生某種狀態，相當於漢語的「希望…」「想要…」「想…」。

◊ あなたの描いた絵を見せ<u>てほしい</u>です（希望你能讓我看看你畫的畫）。

◊ この展覧会にはたくさんの人に来<u>てほしい</u>（希望很多人都來參觀這個展覽會）。

◊ 雨が降っ<u>てほしい</u>な（真希望能下雨啊）。

◊ 寒い冬にはあきあきしてきた。早く春がやってき<u>てほしい</u>（寒冷的冬季已經過膩了，真希望春天早些到來）。

◊ 日本語の歌を歌っ<u>てほしい</u>（想請你唱首日語歌曲）。

◊ そう言わない<u>でほしい</u>（希望你不要那麼說）。

◊ そんなに悲観にならない<u>でほしい</u>（希望你不要那麼悲觀）。

… てまもなく

用法　「て」是接續助詞。「まもなく」是副詞，接在動詞「て」形後面。

✽表示時間沒過多久，相當於漢語的「…後不久…」「…後沒多久…」。

◊ 彼は出かけ<u>てまもなく</u>帰ってきた（他出去一會兒就回來了）。

◊ 私は大学を卒業し<u>てまもなく</u>結婚した（我大學畢業不久就結婚了）。

◊ 彼は入院し<u>てまもなく</u>死んだ（他住院後不久就去世了）。

… てみせる

用法 「て」是接續助詞。「みせる」是補助動詞，接在動詞、動詞型助動詞「て」形的後面。

✿① 表示為了使別人了解，做出某動作給別人看，相當於漢語的「做給 … 看」。

◊ 笛を吹くまねをしてみせる (做出吹笛子的樣子給人看)。

◊ ファックスの使い方がまだ分からないので、一度やってみせてくれませんか (我不知道傳真機的使用方法，你能操作一次給我看嗎)。

◊ 女性は自分をできるだけ美しくして見せたがるものです (女性總想儘量把自己打扮得漂亮一些給人看)。

✿② 表示說話者的強烈意志、決心，帶有顯示自己的力量、能力的語氣，相當於漢語的「一定要 …」。

◊ 今度の試験は百点を取ってみせます (這次考試我一定要得100分)。

◊ きっと自分の力でやり遂げてみせる (我一定要用自己的力量來完成)。

◊ 必ず彼女を救ってみせるぞ (我一定要把她救出來)。

… てみてはじめて

用法 「て」是接續助詞。「みる」是補助動詞，在此不表示嘗試而表示狀態。「はじめて」是副詞。該句型接在動詞「て」形後面。 ✿表示只有在某種狀態下，才會有新的認識或感受，相當於漢語的「只有 … 才 …」。

◊ 病気になってみてはじめて、健康の大切さが身にしみた (只有得了病，才切身感受到健康的重要性)。

◊ 両親に別れてみてはじめて生活の苦しさがわかった (只有離開了雙親，才知道生活的艱辛)。

◊ 自分が母親になってみてはじめて、お母さんの苦労がわかった (只有自己做了母親，才體會到媽媽的辛勞)。

… てみる／… てみなさい

用法 「て」是接續助詞。「みる」是補助動詞，接在動詞「て」形後面。「… てみなさい」是「… てみる」的命令形，不能對長輩、上司或應該表示尊敬的人使用，根據敬意的程度不同，其敬語表達形式由低到高為「… てごらんなさい」「… てごらんください」「… てごらんになってください」。

✽表示試探性或嘗試性地做某事，相當於漢語的「試著…」「…看看」「…試試看」「做做看…」等。

◊ いい本ですから、ぜひ読んでみてください（這本書很好，請你一定讀讀看）。

◊ 使ってみると、期待したほどの効果がでない（試用了一下，效果不如想像的那麼好）。

◊ いい本ですから、読んでごらんなさい（這本書很好，你讀讀看）。

◊ 失敗してもかまいませんから、自分で一度やってみなさい（失敗了也不要緊，自己試著做一下吧）。

◊ たいへん簡単だから、操作してみなさい（很簡單，操作一下試試看）。

… てみると／… てみれば／… てみたら

用法　「て」是接續助詞。「みる」是補助動詞。「と」是表示假定條件的接續助詞。「… てみると」接在動詞「て」形後面，可以同「… てみれば」「… てみたら」替換。　✽表示事情、情況發生的契機，相當於漢語的「當…一…」「那麼一做…就…」「…時候」等。

◊ 表にして比べてみると、両者は実際にはあまり違いがない（做成表格比較，二者實際上沒有什麼差別）。

◊ 生のイカなんて、みかけは気持ちが悪かったが、食べてみると、意外においしかった（生烏賊那副樣子真令人不舒服，可是嘗了一嘗，沒想到味道好極了）。

◊ そこへ行ってみれば、町並みの様子がわかる（到那裏去了，就會知道市容的情況）。

◊ ためしにやってみれば、複雑ではないだろうと思う（我想當你嘗試著做時，就不覺得複雜了）。

◊ 新聞に広告を出してみたら、予想以上の反響があった（在報紙上登出廣告，沒想到回響遠遠超出預料）。

◊ 結果をまとめる前にもうすこしデータを増やしてみたらどうですか（在歸納結果前，再稍微增加點數據怎麼樣）。

… てみたらどうか

用法　「て」是接續助詞。「みたら」是補助動詞「みる」後續接續助詞「たら」構成。「どう」是疑問副詞。「か」是表示勸誘對方的終助詞。該句型主要用於口

語表達。 ✤表示說話者勸誘別人嘗試著去做一下某事，相當於漢語的「…怎麼樣?」「…如何?」。

◊ 結婚のことについてよく考えてみたらどうか (關於結婚的事，好好考慮考慮怎麼樣)。

◊ もう一度やってみたらどうか (再重新做一遍如何)。

◊ この料理は食べてみたらどうですか (你嚐一下這個菜怎麼樣)。

… ても

用法 「ても」是接續助詞，接在動詞「て」形、形容詞「く」後面。

✤表示逆接條件，後項出現了與前項相反的情況或前項所敘述的事物、現象等不是後項的前提，相當於漢語的「即使…也…」。

◊ ずいぶん日がのびたと見えて、七時になってもまだ明るい (看起來白天長了許多，到了7點天還亮著)。

◊ 彼はどんなに笑われても平気です (他無論受到怎樣的嘲笑也不在乎)。

◊ いますぐできなくても、がっかりする必要はない (即使現在不能馬上做出來也沒有必要失望)。

◊ どんなに行きたくても、暇がなければだめです (無論多麼想去，沒有空閒的話也去不成)。

◊ 寒くても冷水浴をする (天冷也洗冷水澡)。

◊ このスーツケースは安くても買わないつもりだ (即使這個手提箱便宜，我也不打算買)。

… でも

用法 ①「でも」是副助詞，接在體言、格助詞、副助詞、形容動詞詞幹後面。

✤表示逆接條件，後項內容的成立不受前項內容的約束，相當於漢語的「即使…也…」「(就是)…也…」。

◊ 明日の運動会は雨天でも決行します (明天的運動會即使下雨也要舉行)。

◊ その車がたとえ八万円でも、今の私には買えない (那種車就是賣8萬日元，現在我也買不起)。

◊ いくら好きでも食べすぎてはだめです (就是再喜歡也不要吃過量)。

◊ 今からでも間に合うよ (從現在開始也來得及)。

用法 ②「でも」是副助詞，接在體言、格助詞後面。

✽表示以極端為例，暗示一般情況更不例外，相當於漢語的「連…都…」。

◊この算数の問題は大人<u>でも</u>できない（這道算術題連大人都算不出來）。

◊先生に<u>でも</u>よめない漢字が試験問題に出た（試題裏出了連老師都不會讀的漢字）。

◊休日<u>でも</u>休む暇はない（連節假日都沒有休息的時間）。

用法 ③「でも」是副助詞，接在體言、格助詞後面。

✽舉出一個主要例子，暗示不拘泥於此，相當於漢語的「之類的」「或者是」，根據具體語境也可以不譯。

◊お茶<u>でも</u>飲みながら話しあいましょう（咱們邊喝茶什麼的邊聊吧）。

◊日曜日に<u>でも</u>いいから、先生の病気見舞に行きましょう（星期天也行，咱們去探望生病的老師吧）。

◊映画<u>でも</u>見ましょうか（我們看看電影吧）。

用法 ④「でも」是副助詞，接疑問詞後面。

✽表示全面肯定，相當於漢語的「都…」「無論…都…」。

◊どれ<u>でも</u>お好きなのをお取りください（哪個都行，請您喜歡哪個就拿哪個）。

◊その事実は誰<u>でも</u>知っている（這個事實，誰都知道）。

◊谷川さんは何に<u>でも</u>興味を持っているらしい（谷川先生好像對什麼都感興趣）。

◊いつ<u>でも</u>遊びにいらっしゃい（請隨時來玩）。

でも

用法 「でも」是接續詞，用在後項的開首。

✽①表示前後項所敘述的事項為轉折關係，相當於漢語的「然而」「但是」「不過」「可是」。

◊これはいいわ。<u>でも</u>、今はほしくないのよ（這個不錯。可是，目前我不想要）。

◊青山さんは責任感がないんだ。<u>でも</u>両親の晩年の世話はよくした（青山是沒有責任感。然而，他常常照顧父母的晚年生活）。

◊斎藤さんは手紙を受け取ったとは言ってこなかった。<u>でも</u>便りをもらって喜んだことは分かっている（齊藤一直沒有說收到信件。不過，我知道他得到音信會很高興）。

✽②表示申訴理由或辯白，相當於漢語的「但是（你要知道）…」「不過…」等。

◊A：学校をサボったね（你逃學了吧）。

◊B：<u>でも</u>、病気になったんだもの（［你要知道］是因為我生病了啊）。

◊ A：全部食べなさい (你把它都吃掉)。

◊ B：でも、おいしくないんだもの ([你要知道]是因為不好吃啊)。

◊ A：また遅く来ましたね (你又來晚了啊)。

◊ B：でも、五分だけ遅れました (不過，只晚來了5分鐘)。

… でもあり、… でもある

用法　「でもあり」是「でもある」的中頓形式，它們都接在名詞、比況助動詞「よう」、形容動詞詞幹後面，屬於書面語。

✿表示二者都是的意思。它相當於漢語的「既是…又是…」。

◊ わが国は社会主義国家でもあり、発展途上国でもある (我國既是社會主義國家，也是發展中國家)。

◊ それはひとり言のようでもあり、またわたしに言い聞かせているようでもある (這句話既像自言自語，又像說給我聽的)。

◊ 今みんなに紹介したやりかたは簡単でもあり、便利でもある (剛才給大家介紹的做法既簡單又方便)。

… でもあるかのように (ような)

用法　「でも」是副助詞。「かのように」是一個詞團，其中「か」是表示不確定的副助詞，「ように」是比況助動詞「ようだ」的連用修飾形。該句型接在體言或者體言加斷定助動詞「で」後面，做狀語。其定語形式為「… でもあるかのような」。

✿表示樣態，多用於書面。它相當於漢語的「好像 (似乎) … (似的)」。

◊ 何か考え事でもあるかのように、空の方を見上げた (他好像在考慮什麼事情似的，仰頭看天)。

◊ 卒業式の歌でもあるかのような気で歌っている (好像唱畢業歌一樣在唱著)。

◊ 私はこの本が、平和の精神を提唱する本ででもあるかのように受け取られる (我覺得這似乎是本倡導和平精神的書)。

◊ まるで自分がアメリカの国民ででもあるかのような、アメリカの国民の視点でニュースを見る (好像自己就是美國公民、以美國公民的視點看新聞)。

… でもあるまい

用法　「まい」是文語助動詞。「でもある」中的「も」是加強語氣的副助詞。該句

型接在體言後面，常與「いまさら」「いまごろ」等連用。

✿表示判斷某事不合適，相當於漢語的「這時…已不…」「再…也不…吧」。

◊仕事を紹介してくださる人もあるが、私ももう七十だ。いまさら会社勤めでもあるまい（也有人給我介紹工作，可是我已經70歲了，這時已經不適合在公司工作了）。

◊自分から家を出ておきながら、今ごろになって、同居でもあるまい（是我自己從家裏搬出來的，現在再住在一起也不合適了吧）。

◊私はもう若手選手ではないから、今ごろになって出場でもあるまい（我已經不是年輕選手了，所以現在已不適合參加比賽了）。

… でもあるまいし

用法　「まい」是文語助動詞。「でもある」中的「も」是加強語氣的副助詞，也可以用「は」表示，構成「ではある」的形式。「し」是暗示原因的接續助詞。該句型接在體言後面，常用於批評、忠告等場合。

✿表示因為前項的條件已經不存在，自然就應該出現後項所敘述的事情，相當於漢語的「因為不是…所以…」「又不是…所以…」。

◊子供ではあるまいし、自分のことは自分でしなさい（又不是小孩子，自己的事情自己做）。

◊學生でもあるまいし、アルバイトはやめて、きちんと勤めなさい（又不是學生，不要打工了，要好好工作）。

◊神様でもあるまいし、十年後のことなんか私には分かるはずはない（我又不是上帝，10年以後的事情，我根本不可能知道）。

… てもいい／… てもよい／… ても結構だ

用法　「ても」是逆接條件的接續助詞。「いい」是形容詞，可以同形容詞「よい」「よろしい」和形容動詞「結構だ」「大丈夫だ」、動詞「かまいません」等替換。該句型接在動詞「て」形、形容詞「く」後面。其否定式用「… なくてもいい」的形式。　✿表示許可，允許對方做某事，相當於漢語的「… 也可以」「… 也行」「… 也沒有關係」「可以 …」等。

◊この字引は誰が使ってもいい（這本字典誰都可以使用）。

◊そのりんごを食べてもいいですか（我可以吃那個蘋果嗎）。

◊ここに座っても大丈夫だ（你可以坐在這裏）。

◊ 少し高くてもいいから、一足買ってきてくれ(稍微貴點兒也可以,給買一雙吧)。
◊ 部屋が狭くても結構だよ(房間不寬敞也沒有關係)。
◊ 飲めないのなら無理に飲まなくてもよい(不能喝的話不喝也行)。
◊ 何も言わなくてもかまいません(你什麼也不說也行)。
◊ 来る人数が多くなくてもいい(要來的人不多也無妨)。

… でもいい / … でもよい / … でも結構だ

用法 「でも」是逆接條件的副助詞。「いい」是形容詞,可以同形容詞「よい」
「よろしい」和形容動詞「結構だ」「大丈夫だ」、動詞「かまいません」等替換。
該句型接在體言、形容動詞詞幹後面。其否定式用「… でなくてもいい」的形
式。 ✿表示許可,允許對方做某事,相當於漢語的「…(也)可以」「… 也行」
「… 也沒有關係」「可以 …」等。

◊ 厚いものなら、どんなものでも結構だ(如果是厚的,什麼樣的都可以)。
◊ 会議はあさってでもよい(會議後天召開也行)。
◊ 朝ごはんは簡単でもいい(早餐可以簡單些)。
◊ 計算は複雑でもかまいません(計算可以複雜點兒)。
◊ 百科事典でなくてもいい(不是百科辭典也可以)。
◊ 急行電車でなくても大丈夫だよ(不是特快電車也沒有關係)。
◊ 字が丁寧でなくてもよい(字寫得潦草也可以)。
◊ 野球が得意でなくても結構だ(不擅長棒球也行)。

… てもかまわない / … てもさしつかえない

用法 「ても」是逆接條件的接續助詞。「かまわない」是動詞「かまう」的否定
式,可以寫成「構わない」,可以同「差し支えない」替換。該句型接在動詞
「て」形、形容詞詞尾「く」後面。「… てもさしつかえない」比「… てもかまわ
ない」語氣更為鄭重一些。其否定式用「… なくてもかまわない(差し支えな
い)」的形式。

✿表示讓步關係,相當於漢語的「(即使)… 也沒關係」「… 也行」「… 也沒關係」
等。

◊ 靴のまま入ってもかまわない(穿著鞋進也沒關係)。
◊ そういう意味に理解してもさしつかえないでしょう(那樣理解也可以吧)。
◊ 品物さえよければ、すこしくらい高くてもかまいません(只要東西好,稍微

貴一點兒也行）。

◊ ミルクは冷<ruby>冷<rt>つめ</rt></ruby>たくても構わないよ（牛奶冰的也行）。

◊ 返<ruby>返<rt>へん</rt></ruby>事<ruby>事<rt>じ</rt></ruby>は急<ruby>急<rt>いそ</rt></ruby>がなくてもかまいませんよ（不急著答覆也行）。

◊ この書<ruby>書<rt>しょ</rt></ruby>類<ruby>類<rt>るい</rt></ruby>ははんこがなくてもさしつかえない（這份材料不蓋章也沒關係）。

◊ この料<ruby>料<rt>りょう</rt></ruby>理<ruby>理<rt>り</rt></ruby>は辛<ruby>辛<rt>から</rt></ruby>くなくてもかまいません（這道菜不辣也可以）。

◊ お湯<ruby>湯<rt>ゆ</rt></ruby>は熱<ruby>熱<rt>あつ</rt></ruby>くなくても差し支えません（開水不熱也沒有關係）。

… でもかまわない / … でもさしつかえない

用法　「でも」是逆接條件的副助詞。「かまわない」是動詞「かまう」的否定式，可以寫成「構わない」，可以同「差し支えない」替換。該句型接在形容動詞詞幹、體言後面。「… でもさしつかえない」比「… でもかまわない」語氣更為鄭重一些。其否定式用「… でなくてもかまわない（差し支えない）」的形式。

✱表示讓步關係，相當於漢語的「（即使）… 也沒關係」「… 也行」「… 也沒有關係」等。

◊ 誰<ruby>誰<rt>だれ</rt></ruby>か一<ruby>一<rt>ひとり</rt></ruby>人呼んでください。山<ruby>山<rt>やました</rt></ruby>下さんでも、藤<ruby>藤<rt>ふじい</rt></ruby>井さんでもかまいません（叫個人過來，山下也行、藤井也行）。

◊ はんこを持<ruby>持<rt>も</rt></ruby>ってこなければ、サインでもさしつかえない（如果沒帶印章來的話，簽名也沒關係）。

◊ 意<ruby>意<rt>いみ</rt></ruby>味が通<ruby>通<rt>つう</rt></ruby>じるのなら、表<ruby>表<rt>ひょうげん</rt></ruby>現は多<ruby>多<rt>た</rt></ruby>少<ruby>少<rt>しょう</rt></ruby>不<ruby>不<rt>ふ</rt></ruby>自<ruby>自<rt>し</rt></ruby>然<ruby>然<rt>ぜん</rt></ruby>でもかまわない（意思通的話，表達方式有點不自然也沒關係）。

◊ 歌<ruby>歌<rt>うた</rt></ruby>が下<ruby>下<rt>へた</rt></ruby>手でも差し支えない（歌唱得不好也沒有事）。

◊ ワインでなくてもかまわない（不是葡萄酒也可以）。

◊ ことわざ辞<ruby>辞<rt>じてん</rt></ruby>典でなくてもさしつかえない（不是諺語詞典也沒有關係）。

◊ 料<ruby>料<rt>りょう</rt></ruby>理が得<ruby>得<rt>とくい</rt></ruby>意でなくてもかまいません（不會做菜也沒事）。

◊ 場<ruby>場<rt>ばしょ</rt></ruby>所は賑<ruby>賑<rt>にぎ</rt></ruby>やかでなくてもさしつかえません（場所不熱鬧也可以）。

… てもしかたがない / … てもしょうがない

用法　「ても」是逆接條件的接續助詞。「しかたがない」是一個詞團，可以寫成「仕方がない」，在口語中可以說成「しょうがない」。該句型接在動詞「て」形、形容詞連用形「く」後面。

✱表示對令人遺憾、不滿的情況感到無可奈何，只好接受事實，相當於漢語的「即使 … 也沒有辦法」「即使 … 也沒有用」「即使 … 也只能如此」。

◊ 雨が降れば、行っ<u>てもしかたがない</u>から、やめましょう（如果下雨的話，即使去了也沒有用，還是算了吧）。

◊ あんなに雪が降っては、時間どおりに着けなく<u>てもしかたがない</u>（下那麼大的雪，不能按時到達也沒有辦法）。

◊ いま行っ<u>てもしょうがない</u>。もう間に合わないから（現在去了也沒有用，因為已經來不及了）。

◊ この辺は便利だから、マンションの値段が高く<u>ても仕方がない</u>よ（因為這一帶很方便，所以公寓價格高也沒辦法）。

◊ よく雨が降って道が悪く<u>てもしょうがない</u>な（常常下雨，道路不好走也奈何不得啊）。

◊ 真冬になって大変寒さが厳しく<u>てもしかたがない</u>（寒冬時節，即使非常寒冷也無可奈何）。

… てもだめだ

用法 「ても」是逆接條件的接續助詞。「ためだ」是形容動詞的原形，接在動詞「て」形、形容詞詞尾「く」後面。它可以同「… たってだめだ」替換。在口語中，形容動詞詞尾「だ」可以省略掉。　✱表示即使做了前項也沒有用處，相當於漢語的「… 也不行」「… 也白費」「… 也沒有用」等。

◊ こうやっ<u>てもだめ</u>だし、ああやっ<u>てもだめ</u>だし、いったいどうすればいいんだ（這樣做也不行，那樣做也不行，究竟怎樣做才好啊）。

◊ いくら言っ<u>てもだめだ</u>（怎樣說也不行）。

◊ 部屋が広く<u>てもだめだ</u>（房間寬敞也沒有用）。

◊ 人が多く<u>てもだめだ</u>よ（人多也不管用啊）。

… でもだめだ

用法 「でも」是逆接條件的副助詞。「ためだ」是形容動詞的原形，接在體言和形容動詞詞幹後面。它可以同「… だってだめだ」替換。在口語中，形容動詞詞尾「だ」可以省略掉。

✱表示即使做了前項也沒有用處，相當於漢語的「… 也不行」「… 也白費」「… 也沒有用」等。

◊ 時間がないから、練習<u>でもだめだ</u>（沒有時間了，即使練習也不行了）。

◊ 宿題を出すのは今日限りだ。明日<u>でもだめだ</u>（交作業只限於今天，明天也不行）。

◊ それは値段があまり高いので、どんなに好きでもだめだ(價格太貴了,再喜歡也白費)。

◊ みんな言われたとおりにやっているから、お一人で嫌いでもだめ(大家都在按照所説的那様在做,所以就算你一個人討厭也不行)。

… でもって

用法 ① 「でもって」是一個詞團,起接續助詞的作用,接在體言後面。

✤意思和「で」相同,起強調作用,提示方式、手段、原因等。主要用於書面語。在句子中可以靈活翻譯。

◊ お酒や料理でもって客をもてなす(用酒菜款待客人)。

◊ 皆でもって歌を高らかに合唱する(大家齊聲高歌)。

◊ 募集は来る三日でもって締め切る(〔招生/招工〕徵集截至下月3號)。

◊ 火事でもって家屋敷をすっかり失ってしまった(由於火災,房子全都燒光了)。

用法 ② 「でもって」是一個詞團,起接續助詞的作用,接在形容動詞詞幹後面。

✤表示添加,相當於漢語的「既…又…」「又…又…」。

◊ 恵美さんは利口でもって心がやさしいお嬢さんだ(恵美小姐是一個聰明、善良的姑娘)。

◊ 吉田さんはけちでもってずるい男だ(吉田是個又小氣又滑頭的人)。

◊ この建物は立派でもってきれいだ(這個建築物既壯觀又漂亮)。

用法 ③ 「でもって」是一個詞團,起接續詞的作用,接在後項的開首。

✤表示補充談話內容,使談話繼續下去,相當於漢語的「而且」「然後」。

◊ 彼は酒に目がない人だ。でもって、人々に熱心だ(他是一個見酒沒命的人。另外對人很熱情)。

◊ A:きのう先生にひどく叱られたよ(昨天我被老師狠狠批了一頓)。

B:でもって、どうなったの(那後來怎麼樣了)。

◊ 花子さんは人気歌手です。でもって親孝行している(花子小姐是一個受歡迎的紅歌手。而且,她很孝敬父母)。

… ても … ても

用法 「ても」是逆接條件的接續助詞。接在動詞「て」形、形容詞詞尾「く」後面。該句型多和否定式謂語相呼應。

✽表示讓步關係，列舉兩個以上的條件，前項無論是哪種情況，後項都不會因此而改變，相當於漢語的「無論…還是…（都…）」「也好…也好」。

◊辞書をひい<u>ても</u>参考書を見<u>ても</u>この言葉は載っていない（無論是查辭典，還是看參考書，都沒有這個詞）。

◊あの子は親に叱られ<u>ても</u>殴られ<u>ても</u>、一向に言うことをきかない（那個孩子不管父母怎麼打怎麼罵，總是不聽話）。

◊高く<u>ても</u>安く<u>ても</u>、好きではないから、買わない（貴也好，便宜也好，由於不喜歡，我不會買的）。

◊道が遠く<u>ても</u>、近く<u>ても</u>、歩いていくのがいやだ（不管路途遠還是近，我都不喜歡走著去）。

…でも…でも

用法 「でも」是逆接條件的副助詞，接在體言和形容動詞詞幹後面。

✽表示讓步關係，列舉兩個以上的條件，前項無論是哪一種情況，後項都不會因此而改變，相當於漢語的「無論…還是…都…」「…也好…也好」「不管…還是…都…」等。

◊川<u>でも</u>海<u>でも</u>、波の高い日は釣りにならない（不管是河流還是大海，浪高的天就釣不了魚）。

◊発電は水力<u>でも</u>火力<u>でも</u>できる（發電不管水力還是火力都可以）。

◊辺りが静か<u>でも</u>賑やか<u>でも</u>、安心して勉強できる（不管周圍安靜還是喧鬧，我都能安下心來學習）。

◊好き<u>でも</u>嫌い<u>でも</u>、ピーマンは体にいいから、食べてちょうだい（喜歡吃也好，不喜歡吃也好，青椒對身體有好處，把它吃了）。

…ても…ない

用法 「ても」是逆接條件的接續助詞，接在動詞「て」形、形容詞詞尾「く」後面，與否定式謂語相呼應。

✽表示逆態關係，相當於漢語的「即使…也不…」「儘管…也不…」。

◊羊を失ってからおりをつくろっ<u>ても</u>、まだ遅くは<u>ない</u>（亡羊補牢，未為晚矣）。

◊死ん<u>でも</u>後退し<u>ない</u>（即使死也不後退）。

◊彼はお酒を飲ん<u>でも</u>、たばこはすわ<u>ない</u>（他喝酒卻不抽菸）。

◊雨が降らなくても、遠足に行きません（即使不下雨，也不去遠足）。

◊この本はおもしろくても読まない（儘管這本書有趣，我也不看）。

◊空が暗くても家へ帰らない（即使天黑了，也不回家）。

でも … ない

用法　「でも」是逆接條件的副助詞，接在體言和形容動詞詞幹後面，與否定式謂語相呼應。　✿表示逆態關係，相當於漢語的「即使（是）… 也不 …」「儘管（是）… 也不 …」等。

◊好天でも布団を干したくない（即使是好天，也不想曬被褥）。

◊一万円でも足りないだろう（即使一萬日元也不夠）。

◊これと全く同じでも要らない（即便和這個完全一樣，我也不要）。

◊どんなに好きでも食べすぎてはいけない（就算喜歡吃，也不要吃太多了）。

… でも … でもない

用法　「で」是斷定助動詞「だ」的連接式，「も」是表示添加的副助詞。兩個「でも」都接在體言或助詞後面。該句型可以與「… でもなければ … でもない」替換。　✿表示二者都不是，相當於漢語的「既不是 … 也不是 …」。

◊目下の情勢は平和交渉でも戦争でもないという状態が続いている（眼下的局勢一直是不戰不和的狀態）。

◊人員配分では、左でも右でもない中間派が三分の一を占めるように決めるべきである（在人員分配方面，應該規定不左不右的中間派占三分之一）。

◊この教室は日本語科一年生のでも英語科一年生のでもない（這個教室既不是日語專業一年級學生的，也不是英語專業一年級學生的教室）。

◊ここはホテルでもレストランでもない（這裏既不是旅館，也不是飯店）。

… でもなければ … でもない

用法　「でもなければ」是由斷定助動詞否定式「でない」的假定形插入副助詞「も」構成的，接在體言和形容動詞詞幹的後面。同樣，「でもない」也是在「でない」之間插入了副助詞「も」，接在體言和形容動詞詞幹的後面。兩個副助詞「も」表示添加的含義。

✿表示否定併列的同類事物，相當於漢語的「既不是 … 又不是 …」。

◊彼は学者でもなければ、教授でもない（他既不是學者也不是教授）。

◊ この建物は体育館でもなければ、水泳館でもない（這個建築物既不是體育館，也不是游泳館）。

◊ わたしはビールが好きでもなければ、嫌いでもない（我對啤酒既不喜歡也不討厭）。

◊ 吉野さんはピアノが上手でもなければ下手でもない（吉野同學鋼琴彈得既不好也不差）。

… でもなさそうだ

用法　「でもない」是在斷定助動詞否定式「でない」之間插入了副助詞「も」構成。「そうだ」是樣態助動詞，接在形容詞「ない」後面要用「なさそうだ」的形式。該句型接在體言後面。

✿表示推斷，看上去並不像這樣，相當於漢語的「並不像是…」。

◊ この建物は外貌からみれば工場でもなさそうだ（這個建築物外表看起來並不像是家工廠）。

◊ この學校は學校でもなさそうだが、むしろ兵営のようだ（這所學校並不像學校，倒像個軍營）。

◊ あの人は乞食でもなさそうだ（那個人不像是一個乞丐）。

… でもなんでもない

用法　「でもなんでもない」是一個詞團，接在名詞和形容動詞詞幹的後面。其中，「でも」是副助詞，該句型只用於口語。　✿表示強烈的否定，相當於漢語的「根本就不…」「並不是什麼…」「並沒有什麼…」。

◊ 私を訪ねてきたその人は親類でも何でもない（來訪的那個人並不是我的什麼親戚）。

◊ 彼は政治家でもなんでもありません。ただのペテン師です（他根本就不是個政治家，只不過是個騙子）。

◊ そんなことは不思議でも何でもない（那種事情根本就不足為奇）。

◊ この道具を使ってみると、便利でもなんでもない（試著用了一下這個工具，一點也不好使用）。

… てもはじまらない

用法　「ても」是逆接條件的接續助詞。「はじまらない」是補助動詞「はじまる」

的否定式，接在動詞「て」形後面。

✿ 表示即使做了也沒有用，無可挽回，相當於漢語的「即使 … 也白費」「… 也沒有用」「即使 … 也無濟於事」。

◊ もう停電してしまったから、スイッチを入れ<u>てもはじまらない</u>（已經停電了，即使打開開關也白費）。

◊ いまさら後悔し<u>てもはじまらない</u>（事到如今，後悔也沒有用）。

◊ あとで文句を言っ<u>てもはじまらない</u>（事後發牢騷也沒有用）。

… てもらいたい / … ていただきたい / … てちょうだい

用法「て」是接續助詞。「もらいたい」是動詞「もらう」後續希望助動詞「たい」構成的，接在動詞「て」形後面。「… てもらいたい」同「… てほしい」意義一樣，對長輩、上級或應該尊敬的人不能使用。對長輩等要用其自謙說法「… ていただきたい」的形式。而「… てちょうだい」不用於正式場合，多見女性、兒童對自己親近的人使用。

✿ 表示希望別人為自己做某事，相當於漢語的「希望 …」「請 …」。

◊ 来週もう一度来<u>てもらいたい</u>（下週希望你再來一趟）。

◊ 声を出して読ん<u>でもらいたい</u>（請大家朗讀）。

◊ 恩師に記念論文を一つ書い<u>ていただきたい</u>です（想請恩師給寫一篇紀念文章）。

◊ 田中先生から試験の結果を教え<u>ていただきたい</u>（我們想請田中老師講一下考試的結果）。

◊ 淳子、ちょっと手伝っ<u>てちょうだい</u>（淳子，過來幫我一下吧）。

◊ ほら、それを見<u>てちょうだい</u>（瞧，你看那個）。

… てもらう / … ていただく

用法「て」是接續助詞。「もらう」是補助動詞，接在動詞「て」形後面。該句型不能對長輩、上級或應該尊敬的人使用。對長輩等要用其自謙說法「… ていただく」的形式。

✿ 表示說話者請別人為自己或自己一方的人做某事，或從別人那裏得到某種好處，相當於漢語的「請你 …」「請 …」「讓 …」。

◊ 植木屋さんに庭の手入れをし<u>てもらう</u>（請花匠修整庭院）。

◊ 田中さんは王さんに太極拳を教え<u>てもらいました</u>（田中請小王教他太極拳）。

◊ 皆に千円ずつ出<u>してもらって</u>、お祝いの花束を買った（讓大家每人出了1000日元，買了表示祝賀的花束）。

◊ 授業中、学生は先生から冗談を言<u>っていただいた</u>（上課的時候，學生讓老師講了笑話）。

◊ ゆうべ池田さんは部長に映画を見<u>ていただいた</u>そうだ（聽說昨天晚上，池田君請部長看電影了）。

◊ 私は松下さんのお父さんにカメラを買<u>っていただいた</u>（我請松下的父親給我買了一部照相機）。

… てもらえるか / … てもらえないか

用法 「て」是接續助詞。「もらえる」是補助動詞「もらう」的可能態。「か」是徵求對方同意的終助詞。該句型接在動詞「て」形後面，該句型不能對長輩、上級或應該尊敬的人使用。比「… てもらえるか」更加委婉一些的說法是「… てもらえないか」的形式。

✿ 表示說話者請求或者建議對方為自己做什麼，相當於漢語的「請 … 好嗎？」「能不能請 …？」。

◊ ここは公共の場なんですから、タバコは遠慮<u>してもらえるか</u>（這兒是公共場所，請不要吸菸好嗎）。

◊ もう一度はっきり言<u>ってもらえるか</u>（請你再清楚地說一遍，好嗎）？

◊ 太極拳を教<u>えてもらえませんか</u>（能請你教我打太極拳嗎）？

◊ あした早く来<u>てもらえないか</u>（能不能請你明天早點兒來啊）？

… てやまない / … てやまぬ

用法 「やまない」是補助動詞「やむ」的否定式，接在動詞「て」形後面。該句型多用於書面語或正式講話的場合，可以同「… てやまぬ」替換。其中，「ぬ」是文語否定助動詞，接在動詞的「ない」形後面。

✿ 表示發自內心的感受，相當於漢語的「… 不已」「非常 …」「迫切 …」「衷心 …」。

◊ 山下氏は一生そのことを後悔<u>してやまなかった</u>（山下先生一生都為此事後悔不已）。

◊ あの方は私の父が尊敬<u>してやまなかった</u>方です（那位先生是我父親非常尊敬的人）。

◊ お目に掛かるのを期待してやまない (迫切期待著與您相見)。

◊ ご成功を願ってやまぬ (衷心祝願您成功)。

◊ 皆様のご協力を切望してやまぬ (衷心希望大家給予協助)。

… てやりきれない

用法 「て」是接續助詞。「やりきれない」是補助形容詞，接在動詞「て」形、形容詞詞尾「く」後面。

✿ 表示程度之甚，難以忍受，相當於漢語的「… 得不得了」「… 要命」「… 得受不了」等。

◊ うちの子は勉強が嫌いで、困ってやりきれない (我家的孩子不愛學習，真是頭疼得要命)。

◊ 子供たちはうちで騒いでやりきれない (孩子們在家鬧死了)。

◊ 周りがうるさくてやりきれない (周圍吵得要命)。

◊ このスープは塩辛くてやりきれない (這個湯鹹得受不了)。

… てよこす

用法 「て」是接續助詞。「よこす」是補助動詞，接在動詞「て」形後面。

✿ 表示動作的由遠及近，相當於漢語的「… 來」。

◊ 母から送ってよこした南京豆です。どうぞ (這是媽媽寄來的花生，請吃)。

◊ 明日の座談会はもう取りやめたと主催者が電話をかけてよこした (主辦人打來電話說明天的座談會已經取消了)。

◊ 早く返事を言ってよこしなさい (請快給一個回信吧)。

てんで…ない

用法 「てんで」是副詞，與否定式謂語相呼應。

✿ 表示從一開始就加以徹底否定，相當於漢語的「根本就沒 …」「一點兒也沒 …」「壓根兒就不 (沒有) …」。

◊ 話しはてんで分からない (根本就沒聽懂他的話)。

◊ その他のものは、てんで問題にされなかったほどである (至於其他人，根本就沒被當回事兒)。

◊ 鐘の音は彼の耳にてんで入ってこなかった (他一點兒也沒聽見鐘聲)。

◊ その話はてんで面白くない (這個故事壓根兒就沒有意思)。

と

數量詞＋と

用法　「と」是格助詞，接在數量詞後面，在句中做狀語。

✿表示重複、累加，相當於漢語的「一個又一個」「一個、兩個地」。

◊ 人々は一人、また一人<u>と</u>やってきた (人一個又一個地走來了)。

◊ 白鳥は一羽、また一羽<u>と</u>湖に降り立った (天鵝一隻又一隻地降落到湖面)。

◊ 人々は一人、二人<u>と</u>集まってきた (人們一個、兩個地聚集過來)。

◊ 二度三度<u>と</u>失敗を繰り返して、ようやく成功にこぎつけた (失敗了幾次後，終於成功了)。

數量詞＋と … ない

用法　「と」是格助詞，接在數量詞後面，同否定式謂語相呼應。

✿表示不超出某種範圍，相當於漢語的「不到…」「連…都不…」。

◊ 禁煙しようという彼の決心は三日<u>と</u>続か<u>なかった</u> (他下了決心要戒菸，可是沒堅持到3天)。

◊ あの人は気が短いから、一日<u>と</u>待っていられ<u>ない</u> (他沒耐性，等不到一天)。

◊ 昨日も今日も私は五時間<u>と</u>寝<u>なかった</u> (昨天和今天我連5個小時的覺都沒有睡上)。

◊ 肉饅頭をひとつ<u>と</u>食べることが出来<u>ない</u> (連一個肉包子都吃不下了)。

擬態詞＋と

用法　「と」是格助詞，接在擬態詞、副詞等後面，在句中修飾動詞。

✿表示動作和作用進行的狀況，相當於漢語的「…地…」，或者根據具體語境靈活翻譯。

◊ 彼はゆっくり<u>と</u>立ち上がった (他慢慢地站起來)。

◊ 雨がザーッ<u>と</u>降ってきた (大雨嘩地下了起來)。

◊ 傷口がずきんずきん<u>と</u>痛む (傷口絲絲作痛)。

◊ しっかり<u>と</u>頑張って (要努力堅持住)。

◊ 次から次へと事故が起こる（接連不斷地發生事故）。

… と（格助詞）

用法　「と」是格助詞，接在體言後面。

❀①表示事物的併列，相當於漢語的「和…」。

◊ 李さんと私は日曜日公園に行きました（小李和我星期天了公園）。

◊ 机の上にペン、本と花瓶があります（書桌上有鋼筆、書和花瓶）。

◊ ご家族は何人ですか。両親、兄と私四人です（你家裏有幾口人啊？父母、哥哥和我一共四口人）。

❀②表示動作的對象，相當於漢語的「和…」「同…」「與…」。

◊ 橋本さんと握手をする（和橋本先生握手）。

◊ 妹は私の友人の山田さんと結婚した（我妹妹同我的朋友山田先生結婚了）。

◊ 困難と戦う勇気がある（我們有與困難做抗爭的勇氣）。

❀③表示動作的共同者，相當於漢語的「和…一起」「跟…一起」「與…一起」。

◊ 小山さんは河野さんとテニスをしている（小山在和河野打網球）。

◊ 家族と一緒にのんびりと過ごす（和家裏人悠閒度日）。

◊ 姉は母と買物に行った（姐姐跟媽媽買東西去了）。

❀④表示思考、說話的內容。

◊ これはよくないと思う（我認為這個不好）。

◊ 本多さんは知らないと言った（本多先生說不知道）。

◊ 新しい車を買おうと考えている（我在考慮要買部新車子）。

❀⑤表示比較的對象，相當於漢語的「同…」「跟…」「與…」。

◊ これと同じ物がありますか（有與這個相同的東西嗎）？

◊ 君の意見と違う（和你的意見不一樣）。

◊ 私の部屋と比べたらどうか（同我的房間相比怎麼樣啊）。

❀⑥表示變化、決定的結果，相當於漢語的「成為…」「定為…」等。

◊ 福島さんはついに大科学者となった（福島先生終於成了一個大科學家）。

◊ 夜半から雨は雪と変わった（從半夜起，雨就變成了雪）。

◊ 裁判の結果、無罪と決まった（審判的結果，宣佈無罪）。

… と（一般條件）

用法　「と」是接續助詞，接在體言、用言、助動詞的原形後面，後項一般不能用

命令、希望、請求等表示意志的詞語結句。結句要用現在式。

✲表示恆常條件，前項條件成立時，後項的事情也會自然而然地發生，相當於漢語的「(一)…就…」。

◊仕事しないでよく買い物だとお金がだんだんなくなるよ(不工作卻老買東西的話，錢會慢慢用光的哦)。

◊あまり生活が便利だと、人は不精になる(生活太方便了，人就會懶惰起來)。

◊気温が低いと桜は咲かない(氣溫一低，櫻花就不開了)。

◊春になると暖かくなります(一到春天，天氣就暖和了)。

…と(反覆、習慣)

用法　「と」是接續助詞，接在體言、用言、助動詞的原形後面，常和「よく」「必ず」「いつも」「毎年」等表示習慣和反覆的副詞連用，與表示一般條件的「と」不同，句尾可以用現在式態，也可以使用過去時態。

✲表示特定的人或物的習慣和動作的反覆，相當於漢語的「一…就…」。

◊おじいさんは、いい天気だと裏山に散歩に出かける(天氣好的話，爺爺就去後山散步)。

◊空気がきれいだと、よく子供を連れて山登りに行く(空氣新鮮的話，我就帶著孩子去爬山)。

◊子供のころ、天気がいいと、この辺を祖母とよく散歩をしたものだ(小時候，一遇到好天氣，就和祖母在這一帶散步)。

◊僕がデートに遅れると、彼女は必ず不機嫌になった(我約會一遲到，她就肯定不高興)。

◊おじさんが遊びに来ると、娘たちはいつも大喜びをした(以前叔叔一來玩，女兒們總是很高興)。

…と(假定條件)

用法　「と」是接續助詞，接在體言、用言、助動詞的原形後面。後項一般不能用命令、希望、請求等表示意志的詞語結句，但可以用推量的表達方式。結句要用現在式。

✲表示假定條件，如果前項成立時後項也成立，後項是未實現的事情，前項既可以表示未實現的事情，也可以表示已經實現的事情，相當於漢語的「(如果)…就」。

◊ 雨天だと明日の試合は中止になります（如果明天是雨天的話，比賽就暫停）。

◊ 生活がこんなに不安定だと落ち着いて研究ができない（生活這麼不安定，就無法安心研究）。

◊ こんなにおいしいと、いくらでも食べてしまいそうだ（這麼好吃，有多少都能吃掉）。

◊ しっかりと勉強しないと卒業できないよ（不踏踏實實地學習，可畢不了業哦）。

◊ この小説を読むと世界観が変わるかもしれません（如果讀了這部小説的話，世界觀也許就會改變了）。

… と（確定條件）

用法　「と」是接續助詞，接在動詞的原形後面，後項可以是過去式謂語結句。該句型用於兩個不同主體幾乎同時進行某一個動作或行為，而後項不是說話人的意志行為。

✽表示兩個事項同時存在或兩個動作的同時併存，前項往往是後項的一個契機或偶然的一個事項，相當於漢語的「一…就…」，根據語境也可以靈活翻譯。

◊ トンネルを出ると、そこは銀世界だった（一出隧道，就看到一片銀白色的世界）。

◊ 私がベルを鳴らすと、女の子が出てきた（我一按門鈴，就出來了一個小女孩）。

◊ 彼は、手をふくと、ギターを手に取る（他擦了擦手，拿起了吉他〔用於劇本、小説等〕）。

◊ 私が後ろを見ると、高橋さんが携帯でにこにこしながら話している（我往後一看，只見高橋君正微笑著打手機）。

… と相まって

用法　「と」是格助詞，「相まって」是副詞。該句型接在體言後面，屬於書面語。

✽表示兩個事項相互結合、相互作用，相當於漢語的「與…相結合」「與…相互作用」等。

◊ 福田さんの才能は人一倍の努力と相まって、ついに見事に花を咲かせた（福田先生才能同加倍於常人的努力相結合，終於功成名就）。

◊ 技術の進歩とあいまって、生産性はますます向上している（隨著技術的進步，生産效率不斷提高）。

♢ 好天気とあいまって、この日曜日は人出が多かった (這個星期天正趕上好天氣，外出的人很多)。

♢ 日本の山の多い地形が、島国という環境と相まって、日本人の性格を形成しているのかもしれない (也許是因為日本多山的地形同島國環境融為一體，形成了日本人的性格)。

… とあって

用法　「と」是表示內容的格助詞，「あって」是「ある」的連接式，接在體言、用言的簡體後面。　✱表示前項是原因、理由，後項是說話者對某種特殊情況的觀察，相當於漢語的「因為 …」「由於 …」。

♢ 歳末大売り出しが始まったが、不景気とあって、デパートの人出はよくなかった (年末大減價已經開始了，但是由於不景氣，百貨公司沒有多少顧客)。

♢ 名画が無料で見られるとあって、席ははやばやと埋まってしまった (因為能免費看到著名大片，所以座位很快被佔滿了)。

♢ 大型の台風が接近しているとあって、どの家も対策におおわらわだ (因為強颱風來臨，不論哪家都緊張地採取方法應對)。

♢ 教壇に立つのは初めてとあって、ちょっと落ち着かないところがあった (初登講台，有些緊張)。

♢ 万一の危険に備えるためとあって、船員は教助用の小船には、水、食料及びそのた小道具を用意した (為了預防萬一，船員們在救生艇裏準備了水、食品和其他小工具)。

… とあっては

用法　「と」是表示引出內容的格助詞，「あっては」是由動詞「ある」的連接式後續接續助詞「ては」構成。該句型接在體言、動詞的簡體後面，與否定或消極謂語相呼應，屬於書面語表達。　✱表示前項為假定或既定條件，就會出現後項所述情況，相當於漢語的「如果 … 的話，那麼 …」「要是 … 就 …」。

♢ 佐藤さんの頼みとあっては、断れない (如果是佐藤拜託我的話，那我就不能拒絕)。

♢ 彼が講演するとあっては、何とかして聞きに行かねばならない (要是他演講，我必須想辦法去聽)。

♢ 最新のコンピューター機器がすべて展示されるとあっては、コンピューター

マニアの彼が行かないわけがない（要是最新的電腦都被展示出來的話，他這個電腦迷就肯定會去了）。

◊ 彼の発言内容が理解できないとあっては、問題の解決がちょっと難しい（如果不能理解他講話的內容，問題恐怕就難解決了）。

… とある

用法　「と」是表示引出內容的格助詞，「ある」可以看成是「書いてある」「話してある」「考えてある」等詞的省略表達。該句型接在體言、活用詞簡體句後面。　✿表示寫或者說的內容，相當於漢語的「寫著…」「說是…」。

◊ 彼の手紙には「来月帰国する」とあった（他信上寫著「下月回國」）。

◊ 学籍簿には、彼の父親は大工とあった（學籍冊上寫著，他的父親是位木匠）。

◊ 憲法には「労働者休息の権利を有する」とあった（憲法規定，「勞動者有休息的權利」）。

… とあれば

用法　「と」是表示引出內容的格助詞，「あれば」是動詞「ある」的假定形後續接續助詞「ば」構成。該句型接在體言和活用詞的原形後面。　✿表示如果出現某種情況，就採取某種措施或行動，相當於漢語的「如果…（就）…」。

◊ もしこの案に不賛成とあれば、意見を申し出てよろしい（如果不同意這個方案，可以提意見）。

◊ もし必要とあれば、自分の命を投げ出します（如果需要的話，我不惜自己的生命）。

◊ 子供の教育のためとあれば、お金を使ってもあたりまえだ（如果是為了孩子的教育的話，就算是花錢，也是理所當然的）。

◊ どうしてもだめだとあれば、諦めるよりしかたがない（如果怎麼都不行的話，就只好算了）。

◊ 行きたいとあれば、準備しておく（如果想去，就事先做準備）。

◊ やめるとあれば、率直に言ってもいい（如果不做，可以直率地講）。

… といい

用法　①「と」是接續助詞，「いい」是形容詞，可以與「よい」替換。該句型接在動詞原形後面。　✿表示勸說、建議對方做某事，相當於漢語的「還是…好」。

◊ この株は今買うといいですよ (這種股票還是現在買好)。

◊ 疲れたようだね。仕事は急がなくてもいいから、ソファで少し寝るとよい (你好像累了，工作不著急，還是在沙發上躺一會兒吧)。

◊ 分からない時は、この辞書を使うといい (不懂的時候，用這本辭典查查比較好)。

用法 ②「と」是接續助詞，「いい」是形容詞，可以與「よい」替換。體言、形容動詞詞幹要用「だといい」、形容詞和動詞要用「原形＋といい」的形式。

✿表示說話者希望實現自己的願望，它相當於漢語的「但願…」「…就好了」。

◊ 明日も天気だといいが (但願明天也是個好天氣)。

◊ 學生がもっと積極的だといいのだが (學生更積極些就好了)。

◊ 間違いがないといいが (但願不出差錯)。

◊ お嬢さんが大学に合格するといいですね (但願您女兒能考上大學)。

◊ あの人に会えるといいなあ (能見到他就好了)。

◊ お父さんが早く帰ってくるといいですね (你爸爸早點回來就好了)。

… といい … といい

用法 「と」是表示內容的格助詞，「いい」是動詞「いう」的中頓形。該句型接在體言後面。 ✿表示列舉事物的不同側面，後項是對此做出的評價，相當於漢語的「…也好…也好」「無論…還是…」。

◊ 実力といい、性格といい、彼は理想的な指導者だ (實力也好，性格也好，他都是位理想的領導)。

◊ 色といい、デザインといい、申し分のない品物だ (無論是顏色還是式樣，這東西都無可挑別)。

◊ ここは気候といい、景色といい、休暇を過ごすには最高の場所だ (這裏無論是氣候還是風景，都是渡假的最佳場所)。

… といいますと

用法 第一個「と」是表示內容的格助詞，第二個「と」是表示條件的接續助詞。該句型接在體言後面，是「…というと」的禮貌說法。 ✿表示提起、說起某一個話題，相當於漢語的「提到…就…」「說到…就…」。

◊ 先生といいますと、小学時代の受持先生を思い出す (提到老師，就想起小學時代的班主任老師)。

◊ 一時間といいますと、とても短いようだが、人を待っている時の1時間は、本当に長く感じられるものだ（說起一個小時，似乎給人的感覺很短，但是等人時的一個小時，卻使人感到很長）。

◊ サファリといいますと、アフリカの大自然が連想されます（提起遊獵遠征旅行自然就想起非洲大自然）。

という

用法 ①「という」是一個詞團，前後接不同的名詞。「と」是表示內容的格助詞，「いう」是形式動詞，不使用漢字，在此基本上失去了原有詞意或原有詞意變得極弱，在句中起一個聯繫上下文的作用。　✽表示人或者事物的稱謂，相當於漢語的「叫做…的…」，或者根據句子語境靈活翻譯。

◊ 中村という人に会いました（見了一個叫中川的人）。

◊「雪国」という小説は川端康成が書いたのです（《雪國》這部小說是川端康成寫的）。

◊ これは何という花ですか（這花叫什麼名字）?

用法 ②「という」是一個詞團，前面接數詞，後面接名詞。

✽表示強調，後項就等於前面所述的數量，根據語境翻譯要靈活。

◊ ゴールデンウィークには数千万という人が旅行に出かけた（在黃金週裏，數千萬人出門旅遊）。

◊ 一か月三万円という金では、とても生活できない（一個月靠3萬日元這點兒錢怎麼也無法生活下去）。

◊ 先週の大火事で二十戸という家屋が全焼した（上週的大火燒掉了多達20戶人家裏的住房）。

用法 ③「という」是一個詞團，前面接簡體句後面接名詞。

✽表示引用、說明後續詞的主要內容，根據語境翻譯要靈活。

◊ まだ夢を見ているのに、「起おきろ、起きろ」という母の声で目が覚めた（我還在做夢，就被媽媽的「起來，起來」的聲音吵醒了）。

◊ 先生から早く事務室に来てくださいという電話があった（老師來電話說請你快到辦公室去）。

◊ 横山さんは、近いうちに出張で京都に行くという友達のメールを受け取って喜んでいる（橫山接到朋友來的郵件說最近要來京都出差，很高興）。

用法 ④「という」是一個詞團，接在句末。該句型一般指報紙、雜誌上刊登的

消息或廣為流傳的消息，不能用於表示消息來源的直接關係者，其本身沒有過去式、否定式和敬體說法。

✽表示傳聞，相當於漢語的「聽說」「據說」。

◊ 今年は「国際コミュニケーション年」だという (據說今年是「國際通訊年」)。

◊ 殺人事件の原因はいま調べているという (據說殺人事件的原因正在調查之中)。

◊ あの俳優はインドで死んだという (聽說那個演員在印度死了)。

用法 ⑤「という」是一個詞團，前後接在同一個體言後面。

✽表示全部、一切，相當於漢語的「全部…都…」「所有的…都…」等。

◊ 今日の雨で、花という花は散ってしまった (由於今天的一場雨，所有的花都落了)。

◊ 洪水で村の家という家は流された (村裏所有房屋都被洪水沖走了)。

◊ この地域では学校という學校が流感で休校になっている (在這個地區，全部學校因流感而停課)。

… というか … というか

用法 「というか」是一個詞團，接在體言、形容動詞詞幹和動詞、形容詞簡體後面。「と」是表示內容的格助詞，「いう」是形式動詞，不使用漢字，在此基本上失去了原有詞意或原有詞意變得極弱，在句中起一個聯繫上下文的作用。「か」是表示選擇的併列助詞。

✽表示兩個方面的情況都有，或者無法分辨是屬於哪一方面，後項多為總結性判斷，相當於漢語的「是…還是…」「又…又…」等。

◊ そんなことを言うなんて、無神経というか、馬鹿というか、あきれてものもいえない (居然說那種話，是沒腦子還是傻瓜，真讓人無語)。

◊ 山田君もいい人だけど、ばか正直というかお人よしというか、何でもしゃべってしまうから困るね (山田倒也是個好人，不過，是死心眼呢還是老好人呢，他什麼都往外說，真沒辦法)。

◊ このスープは甘いというか、すっぱいというか、妙な味ですね (這個湯又甜又酸，味道挺特別)。

◊ 親切というかおせっかいというか、彼はとにかく他人のことによく口を出します (是一番好心呢，還是多管閒事呢。總之，他總愛管別人的事情)。

◊ あの人は泣いているというか、笑っているというか、とにかく一口に言い尽くせない (他是在哭還是在笑，一句話說不清楚)。

… ということだ / … とのことだ（傳說）

用法　「という」是一個詞團，後續形式體言「こと」和斷定助動詞「だ」，接在簡體句後面，常用於書面語表達。「ということだ」可以簡化為「とのことだ」的形式，可以有過去時，但沒有否定式的說法。

✽表示傳聞、直接引用的語感較強，相當於漢語的「據說…」「聽說…」。

◊ 来年の秋には、新しい図書館ができる<u>ということです</u>（據說明年秋天將建成新的圖書館）。

◊ 募集の締め切りは九月の末だ<u>ということだ</u>から、応募するのなら急いだほうがいい（聽說招人的截止日期是9月末，如果想報名的話最好早一點）。

◊ 山田さんは、近く会社をやめて留学する<u>ということだ</u>（聽說山田最近要辭掉公司的工作去留學）。

◊ あのピアニストの演奏はすばらしいものだ<u>とのことだった</u>が、聞いてみたら、それほどでもなかった（聽說那個鋼琴家的演奏很棒，可是聽了以後並不怎麼樣）。

◊ 昨日は国で大きな地震があった<u>とのことだ</u>（聽說昨天家鄉發生了很大的地震）。

… ということだ（說明）

用法　「という」是一個詞團，後續形式體言「こと」和斷定助動詞「だ」，接在簡體句後面。　✽用於解釋詞語、句子的意思或者解釋事情，相當於的漢語的「就是…」「是這麼一回事…」，或靈活翻譯。

◊ 「灯台もと暗し」とは、身近なことはかえって気がつかない<u>ということである</u>（「燈下黑」是指自己對身邊的事情反而意識不到的意思）。

◊ このことわざの意味は、時間を大切にしないといけない<u>ということだ</u>（這條諺語的意思是必須珍惜時間）。

◊ どうしてあの人は腕時計を指しているかというと、早くしろ<u>ということです</u>よ（說起他為什麼指著手錶，他是想表達快點的意思）。

◊ 第一は安全を保障する<u>ということだ</u>（首先就是要保證安全）。

… ということなら

用法　「という」是一個詞團，後續形式體言「こと」和接續助詞「なら」，接在活

用詞簡體後面。 ✽表示說話者根據第三者的發言所做出的應對，相當於漢語的「如果（他們）說…的話…就…」。

◊ 鳥インフルエンザだ<u>ということなら</u>退院させてくれるはずがない（如果說是禽流感的話，就不會讓我出院）。

◊ 期限内にできない<u>ということなら</u>、ほかの業者に頼むことにしよう（如果他們說規定的期限內完不成的話，我們就決定委託其他廠家）。

◊ 自分たちでやる<u>ということなら</u>、やらせてみてはどうか（如果他們說要自己做的話，就讓他們做做看怎麼樣）。

… ということにする

用法 「という」是一個詞團，「こと」是形式體言。格助詞「に」是「する」選定的結果。該句型接在體言或加斷定助動詞「だ」、形容動詞詞幹加「だ」和動詞過去式後面，多用於書面語表達。 ✽表示把某件事情按照某種情況加以處理，相當於漢語的「算做…」「當做…」「作為…」。

◊ その問題は検討中（だ）<u>ということにする</u>（就把這一問題當做我們正在研究之中）。

◊ 彼らの息子に学校で安心して勉強させるために、ふるさとのご両親がとても元気だ<u>ということにして</u>おく（為了他們的孩子在外安心讀書，我們就先告訴他父母親很好）。

◊ その話は聞かなかった<u>ということにしよう</u>（這話就當做我沒有聽見吧）。

◊ 写真を見て、お目にかかった<u>ということにする</u>（看了照片就算做是見到您了）。

… ということになっている

用法 「という」是一個詞團，「こと」是形式體言。格助詞「に」是「なる」的結果。該句型直接接在名詞句、動詞原形和否定助動詞「ない」後面。

✽表示團體或組織做出約定人們行為的種種規定，相當於漢語的「按規定…」「規定…」。

◊ 規則では、試験でカンニングを行った場合は失格<u>ということになっている</u>（按照紀律，在考試時有作弊行為就取消資格）。

◊ 学校の側門は毎晩十時に閉まる<u>ということになっている</u>（按規定學校每晚10點關閉邊門）。

◊ この図書室の雑誌は貸し出しできない<u>ということになっている</u>（規定這個圖書室裏的雜誌不能外借）。

… ということは

用法　「という」是一個詞團，後續形式體言「こと」和提示助詞「は」，接在體言、活用詞簡體後面。

✿表示對前面的內容加以解釋，或者根據前項得到某種結論，相當於漢語的「…就等於…」「…就表明…」「…這就是說…」，或者靈活翻譯。

◊ 朝寝<u>ということは</u>、若いということの証拠だ（早上晚起是年輕的證明）。

◊ 一日八時間月曜日から金曜日まで働く<u>ということは</u>、一週間で四十時間の労働だ（一天工作8小時，從週一到週五每天都工作，就等於每週工作40小時）。

◊ 真冬になっているのに、まだそんな薄着をしている<u>ということは</u>健康のしるしです（嚴冬還穿得那麼單薄，就表明身體健康）。

◊ 車が一台しかない<u>ということは</u>、私たちのうちだれかがバスで行かなければならないということだ（只有一輛車，這就是說我們幾個人中必須有人乘公共汽車去）。

… という点で

用法　「という」是一個詞團，「點」是名詞，後續表示範圍的格助詞「で」，接在名詞、活用詞簡體後面，在句中構成狀語。

✿表示就某一方面而言，它相當於漢語的「在…一點上」「在…方面」。

◊ この映画は人間愛<u>という点で</u>、人に深い影響を与えた（這部電影在「人類愛」這方面給人以深刻印象）。

◊ 地球に暮らしている<u>という点で</u>、人間も動植物も対等である（就生活在地球上這一點而言，人類和動植物都是平等的）。

◊ 「やってみなければ分からない」<u>という点で</u>意見が一致する（在「不做做看就不知道」這方面意見一致）。

… というと

用法　①第一個「と」是表示內容的格助詞，第二個「と」是表示條件的接續助詞。該句型接在體言後面。

✿表示提起某一話題，後項是有關此事的敘述，或又聯想起另一件事，相當於漢語的「提起…」「說起…」。

◊夏目漱石<u>というと</u>、「こころ」という小説を思い出す人が多いだろう（提起夏目漱石，會有很多人想起《心》這部小說吧）。

◊通勤<u>というと</u>、ラッシュアワーの混雑を想像するでしょう（說起上班，我們就會想起交通擁擠時間的混亂場面吧）。

◊北海道<u>というと</u>、広い草原や牛の群れを思い出す（提起北海道，就會想起遼闊的草原和牛群）。

用法 ②同①。　✿表示確認對方話題中提到的事項，相當於漢語的「你說的…」「你提到的…」。

◊A：古本を探すなら、神田へ行ってみたらどうですか（要是找舊書的話，去神田看看怎麼樣）。

B：神田<u>というと</u>、あの古本屋がたくさんある町ですか（你說的神田，是那條有很多舊書的街道嗎）。

A：「學校が終わったら山に登って夜景を眺めませんか（放學後不一起登山賞夜景嗎）？

B：山<u>というと</u>學校の後ろの山ですか。それは低いですよ（你提到的山是學校後面的山嗎？那很矮的）。

A：木村さんが総務課に来るらしいよ（木村好像要調到總務科來）。

B：木村さん<u>というと</u>、あの背の高い人のことですか（你說的木村，是那個個子高高的人嗎）。

用法 ③第一個「と」是表示內容的格助詞，第二個「と」是表示條件的接續助詞。該句型接在「名詞＋は」的後面。　✿表示兩項事物相對比，著重闡述後一項，相當於漢語的「說到…」「提到…」。

◊京都は世界的な観光地ですが、大阪<u>はというと</u>、関西一の商業都市です（京都是世界性的旅遊城市，而說到大阪，它是關西地區的最大的一個商業城市）。

◊山田さんはフランス語はペラペラ話せますが、ドイツ語<u>はというと</u>まったくできないようです（山田法語說得很流暢，但提到德語，好像一點兒也不會）。

◊春子さんのクラスはとても静かなクラスです、明子さんのクラス<u>はというと</u>、活発な人が多く、いつもとてもにぎやかです（春子的班級是很安靜的班級，說到明子的班級，活潑的人多，總是很熱鬧）。

… というと … のことですか

用法　前項「というと」是一個詞團，接在體言後面。後項「のこと」是「という
こと」的簡略形式，「か」是表示確認的終助詞，也接在體言後面。該句型主要
用於確認單詞、詞語的意義或定義等，多半是舉出前文中的詞語來詢問，口語
中可以用「って」來代替「というと」。

✿表示確認，相當於漢語的「… 就是 … 吧」「是 … 嗎」。

◊NGOというと、民間の援助団体のことですか (NGO就是民間援助團體
吧)。

◊「しめなわ」というと、お正月につける飾りのことですか (「標繩」就是新年
的一種裝飾品吧)。

◊A：困っていた時、ケリーがお金を貸してくれました (我為難的時候，凱利
借了錢給我)。

B：あの、ケリーというと、あの銀行家のケリーのことですか (你說的凱
利，就是那個銀行家凱利吧)。

A：ええ、そうです (嗯，是的)。

… というところだ

用法　「という」是一個詞團，「ところ」是形式體言，「だ」是斷定助動詞。該句
型接在體言後面。

✿表示範圍、程度等的大致情況，相當於漢語的「大概」「差不多」。

◊帰省？まあ、二年に一回というところで、故郷もすっかり遠くなってしまっ
た (回家省親？大概兩年一次，家鄉已經變得很遙遠了)。

◊留学生のアルバイトだったら、時給は七百円から千円というところだ
(如果是留學生課餘打工的話，計時工資也就是大概一個小時700日幣到1000
日幣吧)。

◊そうね、私、あんまりお酒は好きじゃないんだけど、一回にビール二本とい
うところかな (是啊，我不太喜歡喝酒，但是一次差不多能喝2瓶啤酒吧)。

… というのなら

用法　「という」是一個詞團，「の」是形式體言，「なら」是表示假定的接續助
詞。該句型接在活用簡體後面，也可以說成「ということなら」的形式。

✿表示說話者根據眼前的對方或第三者的發言做出應對，後續說話者對對方的許可和忠告、提議以及判斷等，相當於漢語的「如果說是⋯的話」。

◊ 責任をもつ<u>というのなら</u>、信頼して任せてみてはどうですか（如果他說負責任的話，就充分相信並全權委託他，如何）。

◊ 来たくない<u>というのなら</u>、来てもらわなくてもいい（如果你不想來的話，那就不勞你大駕了）。

◊ 子供が大事だ<u>というのなら</u>、もっと家庭を大切にしなくてはだめだ（如果你愛孩子的話，就應該更加珍惜這個家庭）。

⋯ というのに

用法　「という」是一個詞團，「のに」是表示逆接條件的接續助詞。該句型接在體言和用言的簡體句後面。

✿表示逆接條件，後項與前項事與願違、反常，相當於漢語的「可是」「卻」等。

◊ 四月も半ば<u>というのに</u>昨日雪が降った（已經是4月中旬了，可是昨天卻下雪了）。

◊ 雨が降っている<u>というのに</u>、彼は傘を持たず出かけた（外面下著雨，可是他不帶傘就出去了）。

◊ 田中さんは全然分からない<u>というのに</u>、分かったと言った（田中同學一點兒都沒有明白，可是她卻說明白了）。

◊ 辺りが静かだ<u>というのに</u>、眠れなかった（周圍挺安靜的，但睡不著）。

◊ あの人は背が高い<u>というのに</u>、力が弱い（那個人個子高，卻沒力氣）。

⋯ というのは / ⋯ とは

用法　「というのは」是一個詞團，可以簡略成「とは」的形式，接在體言後面。

✿表示對話題進行解釋或下定義，相當於漢語的「所謂⋯就是⋯」「所謂⋯說的就是⋯」。

◊ パラリンピック<u>というのは</u>、障害者のオリンピックです（所謂殘奧會就是殘障人奧林匹克運動會）。

◊ 歳暮<u>というのは</u>、一年の終わりにお世話になった人に贈る贈り物のことです（所謂歲暮，說的就是在年末的時候贈送給關照過自己的人的禮物）。

◊ 文楽<u>とは</u>、日本独特のものですか、それとも中国からはいってきたものですか（所謂木偶淨琉璃戲，是日本獨有的呢，還是從中國傳進來的呢）。

… というのは（表示原因）

用法　「というのは」是一個詞團，可以單獨使用，起接續詞的作用。後項常常以「のだ」「からだ」「ためだ」「せいだ」「から」等結句相呼應。

✱表示說明、解釋原因、理由，相當於漢語的「之所以…，是因為…」「之所以如此，那是因為…」。

◊ 体 がだるい。<u>というのは</u>、風邪を引いたからだ（感到身體乏力。之所以如此，那是因為感冒了）。

◊ 中 華 料 理が好きだ。<u>というのは</u>、おいしくて栄養たっぷりだから（我喜歡中國菜。之所以如此，那是因為中國菜好吃又營養豐富）。

◊ 今日は会社に遅れた。<u>というのは</u>、朝寝坊をしたのだ（今天去公司遲到了，是因為早晨睡懶覺了）。

◊ 黄山への旅行に行きたくない。<u>というのは</u>、やるべき仕事が一杯で、時間がないから（之所以不想去黃山，是因為要做的工作很多，沒有時間）。

… というのも … からだ

用法　「というのも」是一個詞團，接在活用詞簡體後面，與後項的「からだ」相呼應。「も」是表示添加的提示助詞。「から」是表示原因的接續助詞，「だ」是斷定助動詞。「からだ」接在活用詞簡體後面，也可以用「のだ」替換。　✱表示之所以這樣做或要這樣做的理由，相當於漢語的「之所以…也是因為…」。

◊ 彼が転 職 したというのも、空気のきれいな田舎で 病 弱 な子供を強くしたいと思ったからだ（他之所以調工作，也是因為想在空氣新鮮的鄉村使多病的孩子強壯起來）。

◊ 山下さんが怒ったというのも、部下がみんなあまりにも怠惰だったからだ（山下之所以生氣也是因為部下都太懶了）。

◊ 土地を売るというのも、そうしなければ相続税が払えないからだ（賣土地也是因為不賣就付不起遺產稅）。

… というふうに

用法　「というふうに」是一個詞團，接在體言、活用詞簡體後面。其中「ふうに」是形容動詞型活用表示方式或狀態的「ふうだ」的連用修飾形。

✱表示對其具體做法或狀態進行舉例說明，相當於漢語的「…就這樣…」或者根

據具體語境省略翻譯。

◊ 今月は京都、来月は奈良というふうに、毎月どこか近くに旅行することにした（決定這個月去京都，下個月去奈良，每個月都到附近去旅行）。

◊ 一人帰り、また一人帰るというふうにして、だんだん客が少なくなってきた（走了一個人，又走了一個人，就這樣，客人漸漸地少了）。

◊ 佐藤さんはコーヒー、田中さんは紅茶というふうに好きな飲み物が違う（佐藤喜歡喝咖啡，田中喜歡喝紅茶，他們喜歡的各自不同）。

… と言うほかはない

用法　「ほかはない」是一個慣用說法，接在動詞「言う」後面，表示只能說。「と」是表示内容的格助詞。該句型接在體言、形容動詞詞幹以及活用詞簡體後面，屬於書面語，也可以寫作「…というほかない」的形式。

✿表示這是唯一的結論，相當於漢語的「只能說…」「無非是…」。

◊ 十分な装備を持たずに冬山に登るなど、無謀というほかはない（沒有帶上充足的裝備就想冬季登山，只能說是胡來）。

◊ あんな高いところから落ちたのに、この程度のけがですんだのは、幸運だったというほかはない（從那麼高的地方摔下來卻只受了一點兒輕傷，無非是運氣好）。

◊ もし、ほんとうにこんなことがあったとしたら、無責任というほかはない（如果真發生了這種事的話，只能說是沒有責任心）。

◊ 今度は落第したら、ふだん真不面目と言うほかはない（這次考試要是不及格，只能說平時不認真學習）。

… というほどではない / … というほどでもない

用法　「という」是一個詞團。「ほど」是表示程度的副助詞，同否定式斷定助動詞「ではない」連用。該句型接在體言、副詞、形容動詞詞幹和形容詞、動詞簡體後面，可以同「というほどでもない」替換。在口語中，「というほどではない」可以說成「というほどじゃない」。

✿表示沒有達到那樣的程度，相當於漢語的「（也）算不上…」「談不上…」「沒有達到…的程度（水準）」「並非…」。

◊ 碁が上手だといっても名人というほどでもない（雖說棋下得不錯，但也算不上名人）。

◊仕事といっても忙しいというほどではない（工作也算不上很忙）。

◊英語は少し勉強しましたが、通訳ができるというほどではありません（雖然學過一些英語，但並沒有達到可以當翻譯的水準）。

◊やるべきことをやっただけだ。別段苦労したというほどでもない（我不過是做了應該做的事情。也談不上特別辛苦）。

◊使えぬというほどではないが、いかにも使いにくい（並非是不能用了，但確實是不好用）。

◊酒は好きだが、毎日飲まないではいられないというほどじゃない（雖然喜歡喝酒，但是並非每天不喝不行）。

…というほどの（體言）…ない

用法　「という」是一個詞團。「ほど」是表示程度的副助詞，後續格助詞「の」修飾體言，同否定式謂語相呼應。該句型接在體言後面。　✽表示沒有達到值得一提的程度，相當於漢語的「沒有像樣的…」「沒有多少…」等。

◊このあたりに工場というほどの工場はない（這一帶沒有像樣的工廠）。

◊この地方には川というほどの川がないので、灌漑に大変苦労します（當地沒有像樣的河流，灌溉十分困難）。

◊漁村あたりへ行くと、學校というほどの學校もない（去漁村一帶一看，那裏沒有一所像樣的學校）。

◊日本にひきあげた大村さんは財産というほどのものを持っていないから、暮らしに困っている（大村回到日本以後，由於沒有多少財產，生活很困難）。

…というもの

用法　「というもの」是一個詞團，接在表示時間的數詞、動詞「て」形加「てから」的後面。　✽表示整整一段時間（以來），一直保持著某種狀態或一直進行某個動作，相當於漢語的「整個…」「整整…」等。

◊この二、三日というもの、会議ばかりで、寝る時間さえなかった（這兩三天總是在開會，連睡覺的時間都沒有）。

◊冬の季節風のために、日本海の沿岸の地方はおよそ三か月というものが、一面氷雪に覆われてしまう（由於冬天的季風，日本海沿岸一帶大約有整整3個月被冰雪覆蓋著）。

◊お前のお父さんがなくなられてからというもの、私一人の女の細腕で支出

ばかりで、収入としてなく、どうしてお前に学問にさせることができよう（自從你父親去世以後，一直就靠我一個女人養家，光是支出，沒有進賬，哪有錢供你讀書啊）。

◊ 手術を受けてからというもの、体は悪くなった（自從做了手術以後，身體一直都不好）。

… というものだ

用法 「という」是一個詞團，「もの」是形式體言，後續斷定助動詞「だ」。該句型接在動詞原形的後面。

✿①表示說明某物的功能和內容，相當於漢語的「（就）是…」或者靈活翻譯。

◊ この研究は、生産量を十年のうちに二倍にするというものだ（這項研究可以使產量在10年裏增加到2倍）。

◊ 今回作られたタイムカプセルは二百年先メッセージを送るというものだ（這次製造的時空罐是送給200年以後的人們的祝福）。

◊ 先方から提示された取引の条件は、利益の三十パーセントを渡すというものだった（對方提出的交易條件是要我們把利潤的30%給他們）。

✿②表示感嘆，相當於漢語的「可說是…」「這可…」。

◊ もしこの稲の品種改良が成功したら、みんなのこれまでの骨折りのかいがあるというものだ（如果這種稻子品種改良成功的話，那麼大家過去的勞動可說是沒有白費）。

◊ それに正月ときているから、いっそう意味があるというものだ（特別是又趕上過年，這可更有意義了）。

◊ やれやれ、これで助かったというものだ（哎呀呀，這下可得救了）。

… というものではない / … というものでもない

用法 「という」是一個詞團，「もの」是形式體言，後續斷定助動詞「だ」的否定式。該句型接在活用詞簡體的後面，可以同「というものでもない」替換。

✿表示對某主張或想法不完全贊成，相當於漢語的「並非…」「（並）不是…」「…可不是…」。

◊ 速ければそれだけでいい車だというものでもないだろう（並非汽車光速度快就好）。

◊ 外国語は、そう簡単に身につけられるというものではない（外語可不是那麼

輕易就能學會的)。

◊ 人には自由があるからといって、何をしてもよい<u>というものではない</u>(雖說人有自由，但並不是說可以做任何事情)。

◊ まじめな人だから有能だ<u>というものでもない</u>(也並不是說認真的人就是有能力)。

… というものは

用法 「という」是一個詞團，「もの」是形式體言，「は」是提示助詞。該句型接在體言後面。

✿ 表示後項是對前項的解釋或敘述，相當於漢語的「所謂 …」「… 這東西 …」，或者根據具體語境靈活翻譯。

◊ 薬<u>というものは</u>間違って飲むと、たいへんなことになる(藥這東西吃錯了可就慘了)。

◊ 幸福<u>というものは</u>、あまりつづき過ぎると、感じられなくなる(幸福如果持續久了，就感覺不到了)。

◊ 老人<u>というものは</u>こらえ性のないものだ(老人就是沒耐性)。

◊ 人間<u>というものは</u>不可解だ(人是不可理解的)。

… というより

用法 「という」是一個詞團，「より」是表示比較的格助詞。該句型接在名詞、形容動詞詞幹和活用詞簡體後面，為了加強語氣常和「むしろ」相呼應。

✿ 表示在相比較的情況下，後項是對前項的修正、補充或否定性的最終認識，相當於漢語的「與其 … 還不如 …」。

◊ 野村さんは、學校の先生<u>というより</u>、銀行員のようだ(與其說野村是學校老師，還不如說他更像銀行職員)。

◊ 星から星へと旅してみることは、子供たちの夢(だ)<u>というより</u>は、むしろ全人類の永遠の憧れである(星際旅行與其說是兒童的夢想，不如說是全人類永恆的嚮往)。

◊ 昨日は三時間ほど戸外で子供たちと運動しました。もっとも散歩だった<u>というより</u>遊んだ(昨天和孩子們在戶外運動了3個小時，但是，與其說那是散步，不如說是玩耍)。

◊ これで手伝ってくれている<u>というより</u>、むしろ邪魔をしているようだ(這與

其說是來幫忙，不如說是添亂）。

◊ 大人しいというよりは、気が弱いというほうじゃありませんか（與其說是老實，不如說是窩囊）。

◊ きれい（だ）というより、かわいいというほうじゃないか（與其說是漂亮，不如說是可愛）。

◊ あの人は、失礼というより、無神経なのだ（與其說他不禮貌，不如說他沒有大腦）。

◊ 彼は、論争を静めるためというより、自分の力を見せつけるために発言したにすぎない（與其說他之所以發言是為了平息爭論，還不如說他只不過是為了顯示自己的能力才發言的）。

… というわけだ

用法 「という」是一個詞團，「わけ」是形式體言，「だ」是斷定助動詞。該句型接在體言、活用詞簡體的後面。

✿ 表示「結論、理由、換言之」等意思，在口語中也可以說成「ってわけだ」，它相當於漢語的「就是說…」。

◊ 彼女の父親は私の母の弟だ。つまり彼女と私はいとこ同士（だ）というわけだ（她的爸爸是我媽媽的弟弟，也就是說她和我是表兄妹的關係）。

◊ 日本とは時差が一時間あるから、台湾が十一時なら日本は十二時（だ）というわけだ（和日本有1小時的時差，就是說台灣如果是11點的話，日本就是12點）。

◊ A：明日から温泉に行くんだ（明天我們去溫泉）。
　B：へえ、いいね。じゃ、仕事のことを忘れて命の洗濯ができるというわけだ（啊，真好，那麼就是說可以忘掉工作清靜清靜了）。

… というわけではない

用法 「という」是一個詞團，「わけ」是形式體言，後續斷定助動詞「だ」的否定式。該句型接在活用詞簡體後面。

✿ 表示根據事實和道理得不出此結論，相當於漢語的「並非…」「並不是…」。

◊ 先生だって、何でも分かるというわけではない（即使是老師也並非什麼都明白）。

◊ 食べ物などは、安ければそれでいいというわけではない（食品等並不是便宜

就好)。

◊ 彼は確かに行きたくないと言ったことがあるけど、行かない<u>というわけではない</u>(他確實説過不想去,但並不是不去)。

◊ ここはうるさくないが、だからといって特に静かだ<u>というわけではない</u>(這兒不吵,但也並不是特別安靜)。

◊ 秋山さんは頭のよい学生だ<u>というわけではない</u>(秋山同學並非是一個聰明的學生)。

… といえども（全面否定）

用法　「といえども」是一個詞團。「と」是表示內容的格助詞,「いえども」是書面語詞團。該句型接在帶「一」的數量詞後面,同否定式謂語相呼應。

✽表示全面否定,相當於漢語的「哪怕是 … 也不 …」「連 … 也不 …」。

◊ この仕事は厳しそうだ。一日<u>といえども</u>ゆっくり休んではいられないだろう(這項工作似乎很嚴酷,連一天也不能好好休息吧)。

◊「この書類は一ページ<u>といえども</u>残すな」と課長の言ったとおりに大切にしている(「這份文件,連一頁也不能丟!」我按科長説的那樣,珍視這份文件)。

◊ 昨日のくたびれがまだ残っている。今日は一時間<u>といえども</u>つづけない(昨天的疲勞還沒有恢復。今天連一個小時也堅持不了)。

疑問句 … といえども（假定）

用法　「といえども」是一個詞團。「と」是表示內容的格助詞,「いえども」是書面語詞團。該句型接在含有疑問詞的體言後面,多同連體詞「いかなる」「どんな」「どれほど」等副詞相呼應。

✽表示前項假定極端事例,泛指任何一種情況,相當於漢語的「不管什麼樣的 … 也 …」「任何 … 也 …」「無論什麼 … 都 …」。

◊ いかなる有権者<u>といえども</u>、権力の乱用は許されない(任何一個掌權者都不許濫用權力)。

◊ どんな悪人<u>といえども</u>、悪いことをした後いい気分はしないと思う(我想任何壞人做了壞事以後該都不會心情舒暢的)。

◊ どれほどの悪条件<u>といえども</u>、一度決めた計画は必ず実行しなければならない(不管怎樣的惡劣條件,定下來的計畫就一定要執行)。

◊ いかほどの困難<u>といえども</u>、我々の決心を揺るがすことができない(無論什

麼困難都動搖不了我們的決心)。

… といえども

用法 「といえども」是一個詞團。「と」是表示內容的格助詞,「いえども」是書面語詞團。該句型接在體言和簡體句後面。

✽表示轉折,前項是既定條件,所述情況雖然已成為現實,後項也不受影響,相當於漢語的「雖說 … 然而 …」「即使 … 也 …」「儘管 … 可是 …」「雖然 … 但是 …」。

◊祖父は八十歳といえども、体 がかなり 丈 夫だ(雖說祖父已經80歲了,然而身體還很硬朗)。

◊あの子は未成年といえども、法律を犯したら罰を受けるべきだ(儘管那孩子還是未成年人,但是犯了法就應該受懲罰)。

◊世界が広いといえども、これほど 美 しい山はほかにないだろう(雖說世界很廣闊,但是如此美麗的山脈,其他地方再也沒有了吧)。

◊老いたりしたといえども、まだまだ、そこらの青二才には負けはせぬ(雖說老了,但是,對那些小毛孩子還是不服輸的)。

◊年を取ったといえども、わたしもまだこのぐらいの山には登れる(我雖然上了年歲,但是這樣的山還是能爬的)。

… と言えなくもない

用法 「と」是表示內容的格助詞,「言えなくもない」是一段動詞「言える」的否定式插入副助詞「も」構成。該句型接在簡體句後面,後項常帶有轉折含義的句式。

✽表示消極含義的肯定說法,相當於漢語的「不是不能說 …」「也可以說 …」。

◊A:最近、彼はまじめに勉 強 をしていますか(他最近認真學習嗎)?

B:まあ、前よりはましだといえなくもありませんが(啊,可以說是比以前認真,但是 …)。

A:山田君のゴルフはプロ並みだね(山田的高爾夫相當於專業水準啊)。

B:まあ、そう言えなくもないけど …(唉,也可以那麼說吧 …)。

◊この会社に入った当初は、仕事のあまりのきつさにどうなることかと思ったが、今では慣れてきたと言えなくもない(剛進這家公司時,覺得工作太累了,不知如何是好,現在也可以說適應了)。

… といえば

用法 「と」是表示內容的格助詞。「いえば」是五段動詞「いう」的假定形後續接續助詞「ば」構成。該句型接在體言、形容動詞詞幹和動詞、形容詞的原形後面，可以同「… というと」替換。

◊ 表示借用別人的話為話題加以議論，敘述相關聯想，或者對此加以說明，相當於漢語的「說起…」「提到…」「提起…」「說到…」「要說…的話…」。

◊ 今年の米の 収穫はかなりいいらしい。収穫といえば、去年もらったりんごはおいしかった（似乎今年大米的收成相當不錯，提到收穫，去年收的蘋果很好吃）。

◊ 林さんは転勤になるそうだ。転勤といえば、僕も来年は三回目の転勤になる（聽說小林要調工作了。提起調工作，我明年也要第3次調工作了）。

◊ 「勉強が好きだ」といえばうそになるが、全然しないわけではない（要是說「我喜歡學習」那是在說謊，可是我也不是完全不學習）。

◊ その青春小説は面白いといえばたしかに面白いと思う（要說那部青春小說有趣的話，我認為確實有趣）。

◊ 山下さんは 頭が切れるといえば切れるが特に目立った 秀才というわけではない（說到山下同學的腦子快是快，但並不是一個特別突出的秀才）。

◊ 青森さんはピンポンが 上手といえば、この前の試合で第三位に入ったね（說起青森君乒乓球打得好，他在上次比賽中獲得了第三名呢）。

… といえば … が

用法 ①「と」是表示內容的格助詞。「いえば」是五段動詞「いう」的假定形後續接續助詞「ば」構成。該句型接在體言加「だ」、形容動詞詞幹、形容詞和狀態性動詞原形後面，與表示逆接的接續助詞「が」「けれども」相呼應。「といえば」前後要使用同一個辭彙。該句型的重點含義在後項。

✲ 表示重複前項提出的情況，予以承認的同時又加以對立，相當於漢語的「要說…的確…可是…」「要說…倒也…但是…」等。

◊ 朗読の練習は無味乾燥だといえば無味乾燥だが、正しい発音を身につけるためどうしても必要なことだ（朗讀練習要說枯燥無味的確是枯燥無味，可是為了掌握正確的發音，也是必要的）。

◊ あの子はいたずらだといえばいたずらだけど、 頭がとてもいい（要說那孩子

調皮倒也是調皮，但是很聰明）。

◊ ハンバーガーが好きといえば好きだが、毎日食べるといやになる（要説喜歡吃漢堡包的確是喜歡吃，但是每天吃就不喜歡了）。

◊ 周りは静かといえば静かですが、人気が少ない（要説周圍安靜倒也是安靜，但是人煙稀少）。

◊ 質がいいといえばいいですが、値段が高いですよ（要説品質好確實是品質好，可是價錢高了）。

◊ 美味しいといえば美味しいけれど、量が少ないようだ（要説好吃的確是好吃，但是好像量太少了）。

◊ 困難があるといえばあるのだが、克服できる（要説有困難倒也有困難，但能夠克服）。

◊ ここでは雨が降るといえば降るが、年に一回しか降らない（要説這裏下雨確實也下雨，但是一年只下一回雨）。

用法 ②「と」是表示內容的格助詞。「いえば」是五段動詞「いう」的假定形後續接續助詞「ば」構成。該句型接在簡體句後面，與表示逆接的接續助詞「が」「けれども」相呼應。

✿表示前後項事物是相互對立的，相當於漢語的「說 … 可是 …」「說起 … 不過 …」等。

◊ この庭の景色がすばらしいといえば、なかなか魅力的ですが、惜しいことに自然景色ではありません（說起這院子裏的景色美，很有魅力的，可是遺憾的是它不是自然景色）。

◊ 一日に一回は部下を怒鳴りつけるといえば、こわい上司だと思われるけれども、実際はみんなにしたわれている（說他一天罵一次部下，讓人感到他是個可怕的上司，可是實際上大家都很敬慕他）。

◊ 緑が豊かだといえば、いい所だと思うが、実際は遠くて行くのが大変だ（說那兒綠地很多，讓人覺得是個好地方，實際上很遠，不方便過去）。

… といえば … かもしれない

用法 「と」是表示內容的格助詞。「いえば」是五段動詞「いう」的假定形後續接續助詞「ば」構成。「といえば」接在簡體句後面，同詞團「かもしれない」相呼應。　✿表示婉轉的評價，重點在後項，相當於漢語的「要說 … 也許 …」「說起 … 或許 …」。

◊ 彼らはビートルズの再来だといえば、ほめすぎかもしれない（要說他們是披頭士四人爵士樂隊再現，也許贊揚過頭了）。

◊ この議会は今までで最低だといえば、問題があるかもしれない（說起本屆議會是至今以來最差的，也許有問題）。

◊ このデザインのファッションが時代の流れを変えるといえば、あまりに大げさかもしれない（要說這種款式的服裝會改變時代的潮流，也許太誇張了）。

… と言える

用法 「と」是表示內容的格助詞，一段動詞「言える」是五段動詞「言う」的可能態。該句型接在簡體句後面。其中，名詞句後面的「だ」可以省略。

✱表示評價或下結論，相當於漢語的「可以說…」。

◊ 日曜日の銀座は歩行者の天国（だ）と言える（可以說星期天的銀座是步行者的天堂）。

◊ 日本は海に囲まれて、海洋性気候の影響を強く受けていると言える（可以說日本四面環海，受海洋性氣候影響很大）。

◊ 学生時代ほど楽しい時はないと言える（可以說沒有比學生時代再愉快的了）。

◊ 期末試験期になって、先生も学生も楽ではないと言える（到了考試期間，可以說老師和學生都不輕鬆）。

… といおうか … といおうか

用法 「と」是表示內容的格助詞。「いおうか」是五段動詞「いう」的意志形接助動詞「う」再後續表示選擇的併列助詞「か」構成。該句型接在體言、形容動詞詞幹、形容詞或動詞原形後面。

✱表示不定、拿不準，相當於漢語的「是 … 呢，還是 … 呢」。

◊ 反対といおうか、賛成といおうか、従来も明確な態度を表明しなかった（是反對呢，還是贊成呢，從來也沒有明確的表態）。

◊ 静かといおうか、寂しいといおうか、はっきりと言えない（是安靜呢，還是靜寂呢，說不清楚）。

◊ 私が同窓会会長に選ばれてしまって、おもはゆいといおうか、気がひけるといおうか、そんな気持ちですよ（被選為同學會會長，我的感覺不知是不好意思還是有些膽怯）。

… といけないから

用法 「と」是表示假定的接續助詞。「から」是表示原因的接續助詞。「いけない」是「いける」的否定式。該句型接在動詞原形後面，後項多為命令、勸誘、禁止、忠告等主觀表達句式。

✿表示為了防止前項情況發生，所以採取後項的行動，相當於漢語的「如果 … 就糟了，所以 …」「要是 … 可不行，所以 …」。

◊ 列車に遅れるといけないから彼は早く発った（如果趕不上火車就糟了，所以他早早就出發了）。

◊ 子供が泣くといけないからもう帰らなきゃ（孩子哭了就糟了，我得回去了）。

◊ 雨が降るといけないから傘をお持ちなさい（如果下雨就糟了，你還是帶著傘去吧）。

◊ 風邪を引くといけないから、厚着をしたほうがいい（感冒了可不行，還是多穿點兒吧）。

… といった

用法 「といった」是「という」的過去式，前後都接體言。

✿表示舉例說明，具有諸如此類的涵義，相當於漢語的「… 之類的 …」「… 這些（類）…」「… 等等的」。

◊ バスケットボールやバレーボールといったスポーツは大学生にはとても人気があります（籃球、排球之類的運動在大學生中很受歡迎）。

◊ この大学くには、タイ、インドネシア、マレーシアといった東南アジアの国々からの留学生が多い（這所大學裏有許多來自泰國、印尼、馬來西亞這些東南亞國家的留學生）。

◊ 私はすももやバイナップルといったようなすっぱい果物が好きです（我喜歡吃李子呀、鳳梨之類的味道酸的水果）。

… といったぐあい

用法 「といった」是「という」的過去式，「ぐあい」是名詞。該句型接在體言、副詞、活用詞簡體後面。「といったぐあいに」可以做連用修飾語，即狀語。

✿表示說明像這樣一種情況，相當於漢語的「… 的情況」，或者根據具體情況靈活翻譯。

◊ 手術後二日で食事がとれるようになり、三日で退院といったぐあいです（手術後2天可以進食了，3天後出院了）。

◊ この映画はまあまあといったぐあいです（這部電影也就是馬馬虎虎吧）。

◊ あの泥棒は慌てて逃げてしまったといったぐあいです（那個小偷匆忙逃走了）。

◊ 池田さんは詩もつくれば作曲もするといったぐあいに何でもできる（池田先生會寫詩又會作曲，樣樣都行）。

… といったところだ

用法 「といった」是「という」的過去式，「ところ」是形式體言。該句型接在體言和部分副詞後面，可以同「… というところだ」替換。 ✿表示用於說明處在那種階段的狀況，相當於漢語的「也就是…（那個程度）」。

◊ A：体の調子、どうですか（身體狀況怎麼樣啊）。
B：回復まであと一歩といったところです（也就差一點兒就恢復了）。
A：彼の運転の腕はどうですか（他開車技術怎麼樣）。
B：まあまあといったところですよ（也就是馬馬虎虎吧）。
A：最近よく借り出されるビデオは何ですか（最近經常租出的錄影帶是什麼啊）。
B：スターハードといったところですね（也就《星球大戰》之類的吧）。

… といったら

用法 「と」是表示內容的格助詞。「いったら」是五段動詞「いう」的假定形後續接續助詞「たら」構成。該句型接在體言、形容動詞詞幹和形容詞、動詞的簡體後面。 ✿表示前項提起的事物為主題，後項是對此事的敘述，這種敘述多帶有感嘆或驚訝的語氣，相當於漢語的「提起…」「說起…」「提到…」「說到…」「要說…」。

◊ 夕べの暑さといったら、蒸し風呂のようでした（說起昨晚的那個熱勁兒，簡直就像在蒸氣澡堂裏一樣）。

◊ 試験に受かった時のうれしさといったら、口では言い表せないほどでした（提起考試合格時的高興心情，幾乎無法用語言表達）。

◊ 東京といったら、行きたいな（要說東京，很想去啊）。

◊ 好きといったら、夢にでも見ているよ（要說喜歡，連做夢都在想啊）。

♦忙しいといったら、まるで猫の手も借りたいほどだったわよ（說到忙，簡直是不可開交啊）。

♦雨がひどく降るといったら、たいへんだ（要說下大雨，可夠受的）。

… といったらありはしない

用法　「といったら」是「という」的假定形式。「ありはしない」是五段動詞「ある」的「ます」形後續副助詞「は」再接「サ變」動詞「する」的否定式構成。該句型接在體言、形容詞的原形後面，用於消極的語句中，屬於書面語。它在口語中常說成「… といったらありゃしない」的形式。

✿表示某種狀態達到了極限，相當於漢語的「… 之極」「… 得不得了」。

♦六時間もかけて、やっと頂上にたどりつき、はるか雲の海の彼方から朝日がのぼるのを目にした時の、あの美しさといったらありはしなかった（花了6小時終於登上了山頂，朝陽從遙遠的雲海那邊升起，這些映入眼簾，令人感到景色絕美，無法比擬）。

♦ああ、一点差でまけちゃった、悔しいといったらありゃしないわ（唉！1分之差輸掉了，讓人覺得窩心得不得了）。

♦もう毎晩毎晩、隣の夫婦は大喧嘩、本当にうるさいといったらありはしない（隔壁的夫妻每天晚上都大吵一通，真是吵死了）。

… といったらない

用法　「といったら」是「という」的假定形式，後續否定式謂語，接在體言、形容詞原形和動詞過去式「た」後面。它在口語中常說成「… っったらない」的形式。　✿表示某事物的程度很高，無法形容，相當於漢語的「沒有見過…」「… 得不得了」「別提有多…」「再 … 不過了」。

♦それを聞いたときの彼の顔といったらなかった（聽到那件事的時候，他的神色真是沒見過啊）。

♦乱暴な言葉遣いったらないよ（他的言詞別提有多粗魯了）。

♦今朝は五時に起きたから、眠いといったらない（因為今天早晨是5點鐘起來的，所以太睏了）。

♦その病気が恐ろしいといったらありません（這種病可怕得不得了）。

♦突然のことだったから、驚いたといったらなかった（事出突然，讓人太震驚了）。

◊ 一日中 土運びで疲れた<u>といったらない</u>（運了一整天的土，再累不過了）。

… といって

用法 ①「といって」是「という」的連接式，接在簡體句後面。它可以寫成「と言って」的形式。該句型同肯定式謂語相呼應。 ✽表示由於前面所說的具體內容，而導致後項的結果，相當於漢語的「說是 …」「說 …」。

◊ 田中さんは用事がある<u>といって</u>出かけた（田中先生說是有事就出去了）。

◊ 中村さんは頭が痛い<u>と言って</u>病院に行った（中村小姐說頭疼就去醫院了）。

◊ 私は子供の頃、妹をいじめてばかりいる<u>と言って</u>、よく両親に叱られたものだ（我小時候常常受到父母的訓斥，說我淨欺負妹妹）。

◊ 音楽が大好きだ<u>と言って</u>、たくさんのCDを買った学生が大勢いる（有很多學生說非常喜歡音樂就買了很多CD）。

用法 ②「といって」接在句子後面，單獨使用，起接續詞的作用，同「といっても」意思相同。該句型同否定式謂語相呼應。

✽表示轉折，相當於漢語的「但是」「可是」。

◊ お金をなくしたのは気の毒だが、<u>といって</u>、わたしにも貸せるほどのお金はない（丟了錢挺可憐的，但是我也沒足夠的錢能借給他）。

◊ 最近の彼の働きは目覚しいが、<u>といって</u>、すぐ昇進させるわけにもいかない（最近他的工作成績顯著，可是也不能馬上就提升他）。

◊ 現代絵の展覧会に行ったが、<u>といって</u>おもしろい作品には出会わなかった（去參觀了現代畫展，可是沒有看到什麼特別有意思的作品）。

… といっては

用法 「といっては」是由「という」後續假定條件的接續助詞「ては」構成，接在體言、簡體句後面。

✽表示對前項事物的判斷或評論進行弱化，相當於漢語的「要說 …」。

◊ 神童<u>といっては</u>ほめすぎかもしれないが、その夜の彼の演奏は確かに見事だった（要說他是神童，可能有些過分誇獎了，但是他那天晚上的演奏的確很棒）。

◊ 彼女をワンマンだ<u>といっては</u>気の毒だ。ほかの人が働かないだけなのだから（要說她獨裁有點兒不公平，因為其他人不幹活嘛）。

◊ あの人はなまけものだ<u>といっては</u>言いすぎかもしれない（要說他懶，也許話說過頭了）。

… といっても

用法 「といっても」是由「という」後續逆接條件的接續助詞「ても」構成，接在體言和用言的簡體後面。 ✽表示承認前項的看法，但同時在後項引出部分修正或限制的內容，相當於漢語的「雖說 … 但 …」。

◊ 年収一億円<u>といっても</u>、高い税金をとられるので、実際に手に入る金はもっと少ないことになる（雖說年收入有1億日元，但是要繳納很高的稅金，實際拿到手的錢就更少了）。

◊ 飲み物<u>といっても</u>、紅茶、ジュース、ビール、コーラなどいろいろある（要說喝的東西，有紅茶、果汁、啤酒、可樂等各種飲料）。

◊ お酒が好きだ<u>といっても</u>、そんなにたくさん飲めない（雖說喜歡喝酒，但是也喝不了那麼多）。

◊ 英語がうまい<u>といっても</u>、同時通訳ができるほどではありません（雖說他英語好，但是還沒有達到能進行同聲傳譯的程度）。

◊ 日本語ができる<u>といっても</u>、小説つが読めるほどではありません（雖說會日語，但是沒有達到能看懂小說的程度）。

◊ シンガポールへ行った<u>といっても</u>、実際は一日滞在しただけです（說是去了新加坡，但實際上只在那兒待了一天）。

… といってもいいすぎではない / … といっても過言ではない

用法 「といっても」是由「という」後續逆接條件的接續助詞「ても」構成。「いいすぎ」是名詞，可以寫成「言い過ぎ」，也可以同「過言」替換。「過言」是漢語辭彙，多用於書面語表達。該句型接在體言和活用詞的簡體後面。

✽表示強調自己的主張，相當於漢語的「(即使)說 … 也不過分」「說 … 也不言過其實」。

◊ 成功は佐藤さんのおかげだ<u>といってもいいすぎではない</u>（說成功多虧了佐藤先生也不過分）。

◊ 彼は名人<u>といっても言過ぎではありません</u>（說他是名人也不言過其實）。

◊ 原因は政治の貧困にある<u>といっても過言ではない</u>（即使說原因在於政治方面

的欠缺也不算過分)。

◊ 君のせいでみんなが迷惑したといってもいいすぎではない(即使說是由於你給大家帶來了麻煩也不算過分)。

◊ 空気がなければ、生物がないといっても過言ではないよ(沒有空氣就沒有生物,這麼說也不過分)。

◊ 学校の食堂はまずいといっても過言ではない(說學校食堂的飯菜難吃不過分)。

… といってもいい / … といってもよい

用法 「てもいい」表示許可,同「てもよい」可以替換,接在「という」後面,構成「といってもいい(よい)」。該句型接在簡體句後面,比「…と言える」語氣委婉。「といってもいい(よい)」同「といっていい(よい)」的用法、意義一樣。

✿表示從主觀上做出判斷、評價或解釋,相當於漢語的「可以說…」。

◊ これは、この作家の最高の傑作だといってもいいです(可以說這是這位作家的最高傑作)。

◊ 事実上の決勝は、この試合だといってもよいです(可以說,事實上的決賽就是這場比賽)。

◊ 彼の答えは正しいといってもいい(可以說他的回答是正確的)。

◊ 日本語の発音はそれほど難しくないといってもよい(可以說日語的發音不那麼難)。

◊ この仕事なら、一人でできるといっていい(可以說這項工作一個人就能做)。

◊ 鈴木さんは谷川さんより歌が上手だといってよい(可以說鈴木小姐比谷川小姐唱歌好)。

… といってもいいくらい / … といってもいいほど

用法 「くらい」是表示大概程度的副助詞,可以同「ほど」替換。該句型接在體言、副詞和用言的簡體後面。

✿表示判斷、評價或解釋,相當於漢語的「甚至可以說…」「幾乎可以說…」。

◊ あの人は天才といってもいいくらい頭がいい人だ(他是頭腦聰明的人,甚至可以說他是天才)。

◊ 氾濫といってもよいくらい、自動車がひっきりなしに通過している(車一輛

接一輛駛過，幾乎可以說充斥街頭）。

◊ 彼は謹厳といってもいいほど真面目で、本をよくよみ、科学技術を熱心に勉強していた（他認真讀書，努力學習科學技術，態度認真得幾乎可以說是到了嚴謹的程度）。

◊ 彼らの家庭はほとんどといってよいほど青田市に働きに出ている（他們家幾乎都到青田市去幹活了）。

◊ 課長は日曜日のほか暇がないといっていいくらい忙しい（科長除了星期天以外可以說忙得沒有空）。

◊ 高橋さんはお酒を飲まない日はないといってよいほど最近よく飲む人だ（高橋君最近經常喝酒，可以說沒有一天不喝）。

… といわず … といわず

用法 「と」是表示內容的格助詞，「いわず」是動詞「いう」的「ない」形接文語助動詞「ず」構成。該句型接在體言後面。

✿ 表示列舉同類中具有代表性的兩件事物以暗示其他都是如此，相當於漢語的「不論 … 還是 … 都 …」「不分 …」「無論是 … 還是 …」。

◊ 風の強い日だったから、口といわず目といわず、砂ぼこりが入ってきた（由於那天刮了大風，嘴裏和眼睛裏都進了砂塵）。

◊ 昼といわず、夜といわず、机に向かってばかりいる（不分白天黑夜，終日伏案工作／或學習）。

◊ 人柄といわず学問といわず実に立派なお方です（無論是人品還是學問，他都非常出色）。

… といわれている

用法 「と」是表示內容的格助詞，「いわれている」是「いう」的被動語態「いわれる」後續持續體「ている」構成的。該句型接在體言或體言加「だ」、用言的簡體後面，其本身沒有否定式和過去式，並且，動作主體一般不出現。

✿ 表示一般人普遍公認的看法，相當於漢語的「被稱做 …」「人們都認為 …」「一般認為 …」「被稱為 …」「被認為 …」「據說 …」。

◊ あの老人は何でもよく知っているので、「生き字引」といわれている（那位老人什麼都知道，因此被人稱做「活字典」）。

◊ 山田君は将来性がある人物だといわれている（人們都認為山田君是一個有

發展前途的人）。

◊ 塩は清める力があると日本ではいわれている（在日本，一般認為食鹽有潔淨作用）。

◊ 昔、この町の経済は大変盛んだったといわれている（據說在過去這個城鎮的經濟很發達）。

… といわんばかり / … といわぬばかり

用法　「と」是表示內容的格助詞。「ぬ」是文語完了助動詞，接在動詞「ない」形後面。「ん」是「ぬ」的音便。「ばかり」是表示程度的副助詞。「といわんばかり」和「いわぬばかり」的用法、意義完全相同，當其後接格助詞「に」時，起狀語作用；當其後跟格助詞「の」時，起定語作用。該句型都接在體言和活用詞的簡體後面。其含義相當於「いかにも … そうだ」。　✲表示一種內心情感的流露，欲言又止，雖然沒有說出來，但已經表現出某種樣子，相當於漢語的「幾乎要說 … 似的」「好像 …」「心想 …」「似乎 …」「簡直就像 …」。

◊ みんな賛成といわんばかりに拍手した（大家幾乎要說贊成似的鼓起掌來）。

◊ 彼は否だといわんばかりに、生返事している（他的回答含糊其辭，好像說不行）。

◊ 母は不愉快だといわんばかりの表情をしている（媽媽呈現出一副好像不高興的表情）。

◊ 国から一通の書留が舞い込んだ。これはしめたといわぬばかりに、嬉しく封を切った（一封掛號信從家鄉寄過來。我心想，這可好了，就高興地開了封）。

◊ 私のすべてを聞いた彼は、はたして自分の自覚が的中したといわぬばかりのかおをしました（聽完我的所有情況後，他似乎要說：果然不出我所料）。

◊ 友人は眉をしかめ、おかしなことを言うやつだといわんばかりだった（朋友皺著眉頭，簡直像是在說，你真是個說傻話的傢伙）。

どうかすると … ことが（も）ある

用法　「どうかすると」是一個副詞，常同「ことが（も）ある」等表達形式相呼應。「ことが（も）ある」接在動詞的連體修飾形後面。　✲表示有時候會出現某種狀態或動作，相當於漢語的「有時候（也）…」「往往（也）…」。

◊ 体は丈夫ですが、どうかすると風邪をひいて休むことがあります（身體雖然結實，可有時也因感冒而休息）。

◊ 日曜日でも、彼はどうかすると公用で忙しい一日を送ることもある（即使星期天，他也往往為了公事而忙碌一天）。

◊ 高い山ではどうかすると夏でも雪が降ることもある（高山上有時夏天也下雪）。

どうかすると … 時が（も）ある

用法　「どうかすると」是一個副詞，同「時もある」等表達形式相呼應。「時もある」接在動詞連體修飾形後面。

✱表示有時會出現某種狀態或動作，相當於漢語的「有時候（也）…」。

◊ どうかすると、うまくいく時もある（有時也很順利）。

◊ どうかすると、日曜日に来る時がある（偶爾星期天也來）。

◊ どうかすると、月曜日に休む時もある（有時週一休息）。

どうかすると … がちだ

用法　「どうかすると」是一個副詞，同「…がちだ」等表達形式相呼應。「…がちだ」接在動詞「ます」形後面。　✱表示經常會出現某種狀態或動作，相當於漢語的「常常」「動不動就」「往往容易」。

◊ どうかすると、人に迷惑をかけがちだ（常常給別人添麻煩）。

◊ どうかすると、風邪を引きがちだ（動不動就感冒）。

◊ どうかすると、怒りがちだ（動不動就生氣）。

どうか … てください

用法　「どうか」是副詞。「ください」是「くださる」的命令形。該句型接在動詞「て」形後面。

✱表示鄭重地請求對方為自己做某事，相當於漢語的「請您…」「請你…」。

◊ どうかわれわれの友情を日本のお友達の皆様によろしく伝えてください（請將我們的友情轉達給日本朋友）。

◊ お願いですから、どうかお金を貸してください（求求您，借給我點錢吧）。

◊ どうか、ぜひ来てください（請你一定要來）。

どうか … をください

用法　「どうか」是副詞。「ください」是「くださる」的命令形。「を」是表示對象

的格助詞，接在名詞後面。　✽表示說話者請求對方把某個東西給自己，相當於漢語的「請把⋯給我」「請你給我」。

◊ どうか甘い水をください（請給我甜水）。

◊ どうかその薬をください（請把那種藥給我）。

◊ どうか『西遊記』という小説をください（請把《西遊記》這本小説給我）。

どうして … だろう（か）

用法　「どうして」是副詞，同表示推量的「だろう（か）」相呼應。「だろう（か）」常接在可能動詞的簡體後面。其中，終助詞「か」可以省略，意思不變。

✽表示反問，否定後項，相當於漢語的「怎麼能⋯呢」。

◊ 腰が痛いのに、どうして長く立てるだろうか（腰疼，怎麼能站得久呢）？

◊ こんな成績で彼はどうして満足できるだろうか（這樣的成績，他怎麼能滿足呢）？

◊ 先生に対してどうして失礼なことは言えるだろう（對老師怎麼能説失禮的話呢）？

どうして … よう（か）

用法　「どうして」是副詞，「よう」是推量助動詞，接在可能態動詞後面。該句型可以同「どうして⋯だろうか」替換。

✽表示反問，否定後項，相當於漢語的「怎麼能⋯呢」。

◊ 資金なしにどうして会社が経営できようか（沒有資金，怎麼能經營公司呢）。

◊ 今日の国際社会で、どうして日本だけ輸入を制限することができようか（在今天的國際社會中，怎麼只有日本限制進口呢）。

◊ 人間である以上、どうして家族を捨てられようか（既然是人，怎麼能抛棄家裏人呢）。

◊ どうして日本人が「物離れ」しないと言えようか（怎麼能説日本人就追求物質享受呢）。

どうしてならば … からだ / どうしてならば … ためだ

用法　「どうして」是副詞，「ならば」是斷定助動詞「だ」的假定形，後續接續助詞「ば」構成。「どうしてならば」常同表示原因的「からだ」「ためだ」等表達方式相呼應。其中，接續助詞「から」接在活用詞簡體後面，形式體言「ため」

接在體言加格助詞「の」和活用詞連體修飾形後面。這兩個句型和「なぜなら
ば…からだ」「なぜならば…ためだ」的用法、意思一樣。

✤表示因果倒置，相當於漢語的「要說為什麼…是因為…」。

◊ 明日は旅行に行けません。<u>どうしてならば</u>、仕事がある<u>から</u>です(明天不去
旅行。要說為什麼，是因為我還有工作要做)。

◊ 私 は 車 は持たないで、タクシーを利用することにしている。<u>どうしてなら
ば</u>、駐車場や維持費がかからず、結局 安上がりだ<u>から</u>です(我一直沒買
汽車，而是坐計程車。要說為什麼，是因為不用花停車費和保養費，結果還是
便宜)。

◊ 殿下のご結婚相手はまだ発表するわけにはいかない。<u>どうしてならば</u>、正
式な会議で決まっていない<u>ためだ</u>(殿下的結婚對象還不能公布。要說為什
麼，是因為還沒有在正式會議上通過)。

◊ 多くの人々は生活に苦しんでいる。<u>どうしてならば</u>、最近の物価上昇の
<u>ためだ</u>よ(很多人感到生活貧困。要說為什麼，是因為最近物價上漲的緣故)。

どうしてかというと … からだ / どうしてかというと … ためだ

用法　「どうして」是副詞，「か」是表示疑問的終助詞，「というと」是一個詞
團。「どうしてかというと」常同表示原因的「からだ」「ためだ」等表達方式相
呼應。其中，接續助詞「から」接在活用詞簡體後面，形式體言「ため」接在體
言加格助詞「の」和活用詞連體修飾形後面。這兩個句型和「なぜかというう
と…からだ」「なぜかというと…ためだ」的用法、意思一樣。

✤表示因果倒置，相當於漢語的「要說為什麼…是因為…」。

◊ 宇宙にいくと物が落ちない。<u>どうしてかというと</u>、地球の引力が働か
なくなる<u>から</u>です(到了宇宙東西不會掉下來。要說為什麼，這是因為地球的
引力不起作用了)。

◊ 天気は西から東に変化していく。<u>どうしてかというと</u>、地球が自転して
いる<u>から</u>です(天氣從西向東變化，要說為什麼，是因為地球自轉的原因)。

◊ 彼女は新しいスーツを買うつもりです。<u>どうしてかというと</u>、就職の面
接がある<u>ため</u>です(她打算買套裝。要說為什麼，是因為有就職的面試了)。

◊ 山田さんは最近辞職した。<u>どうしてかというと</u>、ひどい病気の<u>ためだ</u>(最
近山田辭職了。要說為什麼，是因為他身患重病)。

どうしてかといえば … からだ / どうしてかといえば … ためだ

用法　「どうして」是副詞，「か」是表示疑問的終助詞，「といえば」是一個詞團。「どうしてかといえば」常同表示原因的「からだ」「ためだ」等表達方式相呼應。其中，接續助詞「から」接在活用詞簡體後面，形式體言「ため」接在體言加格助詞「の」和活用詞連體修飾形後面。這兩個句型和「なぜかというと … からだ」「なぜかというと … ためだ」的用法、意思一樣。

✽表示因果倒置，相當於漢語的「要說為什麼 … 是因為 …」。

◊ 彼は遅刻した。どうしてかといえば、出かける前に電話がかかったからです（他遲到了是因為出發前有電話打過來）。

◊ 彼は力を尽くして勉強している。どうしてかといえば、弁護士資格をとるつもりだからです（他拼命地學習。要說為什麼，是因為他打算考律師資格）。

◊ 田中君はアメリカに留学した。どうしてかといえば、親戚がいるためです（田中君去美國留學了。要說為什麼，是因為他在那裏有親戚）。

◊ 昨日、小島さんは会社を休んだ。どうしてかといえば、ひどい風邪のためだったそうだ（昨天，小島君請假沒有來公司上班。要說為什麼，聽說是因為他得了重感冒）。

どうしても … ない

用法　「どうしても」是副詞，同否定式謂語相呼應。　✽表示無論用什麼手段，如何努力也達不到滿足，相當於漢語的「怎麼也不 …」「無論如何也不 …」。

◊ この問題はどうしても分からない（這個問題怎麼也不明白）。

◊ 仕事が忙しいので、今週の末まではどうしてもあなたのところへは行けません（因為工作忙，這個週末之前無論如何也去不了你那兒）。

◊ 彼はどうしてもそのお金を受け取らなかった（他怎麼也不肯收那筆錢）。

どうしても … なくてはならない

用法　「どうしても」是副詞，同「なくてはならない」相呼應。「なくてはならない」是一個詞團，由「ない」後續接續助詞「ては」再加「なる」的否定式構成，接在動詞「ない」形後面。該句型同「どうしても … なければならない」的用法、意思一樣。　✽表示無論做什麼努力都必須要做到，相當於漢語的「一定

要…」「無論如何得…」「無論如何必須…」。

◊ 私は来月にどうしても一度国へ帰らなくてはならない（我下個月一定要回國一趟）。

◊ 明日までにどうしても書きあげなくてはならない（無論如何明天也要寫完）。

◊ どうしても彼ともう一度相談しなくてはならない（無論如何要和他再商量一次）。

どうしても … なければならない

用法　「どうしても」是副詞，同「なければならない」相呼應。「なければならない」是一個詞團，由「ない」的假定形後續接續助詞「ば」再加「なる」的否定式構成，接在動詞「ない」形後面。　✽表示無論做什麼努力都必須要做到，相當於漢語的「非…不可」「一定要…」「無論如何必須…」。

◊ どうしても勝たなければならない（非取勝不可）。

◊ 私は将来どうしても海外留学に行かなければなりません（我將來一定要到國外留學）。

◊ どうしても病院へ行って胸の検査をしてもらわなければならない（無論如何也得到醫院檢查一下胸部）。

どうしても … ないといけない

用法　「どうしても」是副詞，同「ないといけない」相呼應。「ないといけない」是一個詞團，由「ない」後續假定接續助詞「と」再接「いける」的否定式構成，接在動詞「ない」形的後面。　✽表示如果不那樣做就不行，相當於漢語的「一定要…」「必須…」。

◊ 目上の人と話す時はどうしてもことばづかいに気をつけないといけない（和上司說話時一定要注意措辭）。

◊ どうしても家族のために働かないといけない（必須為了家人而工作）。

◊ どうしても辛さを我慢しないといけない（必須忍受辛勞）。

どうせ … なら

用法　「どうせ」是副詞，同斷定助動詞「だ」的假定形「なら」相呼應。「なら」接在體言、動詞簡體或動詞體言化「の」後面。　✽表示前項是不可否認的條件，

後項是對此採取的動作、行為，相當於漢語的「終歸…的話，那…」「早晚都
得…的話，就…」「反正…的話，那…」「反正…就…」等。

◊ どうせ助からないものなら、何でも好きなものを食べさせるがいい（終歸無
法挽救的話，想吃什麼就讓他吃什麼吧）。

◊ どうせ買うなら、丈夫なのを買ったほうがいいでしょう（終歸要買的話，還
是買結實點兒的好吧）。

◊ どうせ行かなければならないなら、早いほうがいい（早晚都得去的話，還是
早去為好）。

◊ どうせ生きているのなら、楽しく暮らしたほうがいい（反正要活下去，最好
高高興興地生活）。

どう…たらいいだろう（か）

用法　「どう」是副詞，同「たらいいだろう」相呼應。「たら」是過去助動詞「た」
的假定形，接在動詞「た」形的後面。「いい」是形容詞。「だろうか」中的終助
詞「か」可以省略，「だろう」的敬體是「でしょう」。　✿表示拿不定主意，猶
豫不決，相當於漢語的「怎樣…（才）好呢？」「怎麼…好呢？」。

◊ この実験はどうやったらいいだろう（這個實驗怎麼做好呢）？

◊ 彼女にどう説明したらいいでしょう（怎麼向她解釋才好呢）？

◊ この文はどう訳したらいいでしょうか（這個句子怎麼翻譯好呢）？

どう…たらいいものか

用法　「どう」是副詞，同「たらいいものか」相呼應。「たら」是過去助動詞「た」
的假定形，接在動詞「た」形的後面。「いい」是形容詞。「ものか」是一個詞
團，表示推測。

✿表示猶豫不決，不知道該怎麼去做，相當於漢語的「該怎麼…好呢？」「該如
何…好啊？」。

◊ 池袋駅から渋谷駅までどういったらいいものか（從池袋站到涉谷站應該怎
麼走啊）。

◊ 長年いろいろ面倒を見てくれたあなたにどうお礼を言ったらいいものか分か
らない（承蒙您長期以來多方關照，不知該如何感謝您）。

◊ 燃料油の消耗を少なくするには、どうしたらいいものか（要減少燃油的消
耗，應該採取什麼方法呢）。

とうてい … ない

用法 「とうてい」是副詞，同否定式謂語相呼應。

✿表示在任何意義上，用任何辦法都不能成立，相當於漢語的「無論如何也不…」「怎麼也不…」「根本不…」。

◊ 私 には、そんなことはとうてい信じられない（那樣的事情，我無論如何也不能相信）。

◊ このように 働 いたら、とうてい六時までには終わらない（這樣做的話，6點之前怎麼也結束不了）。

◊ そんな 難 しいことは、とうてい 小 学生にはできません（那麼難的事情，小學生根本做不到）。

とうとう

用法 ①「とうとう」是副詞，後續動詞過去時肯定式謂語。

✿表示花費長時間最終出現了某一結果，相當於漢語的「終於…」「最終…」。

◊ 実験を繰り返してとうとう予期した結果を得た（反覆做實驗，終於得到了預想的結果）。

◊ 山田さんはとうとう自分の 考 えを変えた（山田同學終於改變了自己的想法）。

◊ 病 気で寝たきりの加藤さんはとうとう亡くなった（因病長期臥床的加藤先生最終去世了）。

用法 ②「とうとう」是副詞，後續動詞過去時否定式謂語。 ✿表示所期待的結果最終沒有出現，相當於漢語的「終於沒有…」「最終沒有…」。

◊ 調 査の結果はとうとうはっきりしなかった（調查的結果最終仍不清楚）。

◊ 田中さんはとうとう来なかったんですね（田中君最終還是沒來啊）。

◊ 遭難者の遺体はとうとう発見されなかった（最終沒有發現遇難者的遺體）。

どうにか

用法 「どうにか」是一個副詞，與肯定式謂語相呼應。

✿表示經過種種努力，其結果雖不十分滿意，但也達到了一定的程度，相當於漢語的「總算…」「好歹…」「勉強…」。

◊ あらゆる困難をどうにか切り抜けた（總算克服了所有的困難）。

◊ 斎藤さんはどうにか大学を卒 業 した（齋藤同學勉強大學畢了業）。

◊ 急いで行ったら、どうにか間に合った (急忙趕去，總算趕上了)。

どうにかする

用法 「どうにか」是一個副詞，後接「サ變」動詞「する」構成一個慣用句式。同「何とかする」可以替換。 ✱表示採取某種方法來解決問題，相當於漢語的「想個辦法解決…」「設法…」。

◊ はやくどうにかしないと、手遅れになってしまうよ (如不快點想辦法，就要耽誤的)。

◊ この騒ぎをどうにかしてください (請想辦法解決這場鬧事)。

◊ どうにかしてここにもう少し早く来られませんか (能不能設法提早一點來到這裏呢)。

どうにかなる

用法 「どうにか」是一個副詞，後接五段動詞「なる」構成一個慣用句式。同「何とかなる」可以替換。

✱表示問題會自然得以解決，相當於漢語的「總會有辦法的」。

◊ 心配しないでどうにかなるさ (請不要擔心，總會有辦法的)。

◊ すべてのことを先生に任せればどうにかなるよ (把一切交給老師，總會有辦法的)。

◊ どうにかなるから、安心してね (總會有辦法的，請放心吧)。

どうにも … ない

用法 「どうにも」是副詞，同否定式謂語相呼應。 ✱表示無論用什麼辦法也達不到目的，相當於漢語的「怎麼也不…」「根本不…」。

◊ 簡単そうだが、どうにも解けない数学の問題が多くある (有很多看似簡單、卻怎麼也解不出來的數學題目)。

◊ 安い月給でどうにも暮らせない (靠微薄的工資根本無法生活)。

◊ 彼の怠惰性格は、どうにも直しようがない (他懶惰的性格怎麼也改不過來)。

どうにもこうにも … ない

用法 「どうにもこうにも」是副詞「どうにも」的強調形，同否定式謂語相呼應。 ✱表示無論用什麼辦法也不能達到目的，相當於漢語的「怎麼也不…」

「根本不…」。

◊ もっといい点を取りたいと思っても、私の力ではどうにもこうにも仕方がない(我想得個更高的分數，但是憑我的實力怎麼也不行)。

◊ 時間はせまるし、実験の結果は出てこないし、気持ちはいらいらしてどうにもこうにもならなかった(時間已經不多了，實驗還未得出結果，心裏焦躁根本平靜不下來)。

◊ これだけのお金ではどうにもこうにも生活できない(這點錢根本不能生活)。

どうも … そうだ / どうも … ようだ / どうも … らしい

用法　「どうも」是副詞，同樣態助動詞「そうだ」、比況助動詞「ようだ」和推量助動詞「らしい」相呼應，起加強語氣的作用。其中，「そうだ」接在動詞「ます」形、形容詞詞幹和形容動詞詞幹的後面，「ようだ」接在「名詞＋の」、動詞、助動詞連體修飾形後面，「らしい」接在名詞、形容動詞詞幹和動詞、形容詞簡體後面。　✽表示說話者基於一定的根據做出的推斷，相當於漢語的「總覺得…」「看樣子…」「好像…」。

◊ どうも雨が降りそうだ(總覺得要下雨了)。

◊ どうもむだあしになりそうだ(看樣子又要白跑一趟了)。

◊ どうもおいしそうだよ(看樣子挺好吃的啊)。

◊ どうも丁寧そうに見える(看上去很仔細)。

◊ 彼の言ったことは、どうも全部うそのようだ(總覺得他所講的話全都像是在撒謊)。

◊ あの人とどうもどこかで会ったようだ(總覺得在哪兒見過他似的)。

◊ どうも足がこごえて、もう言うことをきかなくなっているようだ(腳凍得似乎不聽使喚了)。

◊ こんなに皆の成績が悪いところを見ると、どうも問題が難しすぎたようだ(大家成績都這麼差，由此看來，總覺得考題好像太難了)。

◊ 食欲がないところを見ると、どうも病気らしい(從沒有食慾這一點來看，眞像是得病了)。

◊ 彼はいつも暗い顔をしていて、家族のことは話したがらない。どうも家族に複雑な事情があるらしい(他老是陰沉著臉，不願說及家事，看樣子家裏的情況似乎很複雜)。

◊ あの人とどうもどこかで会ったらしい(看來在哪兒見過他的)。

どうも … ない

用法　「どうも」是副詞，同否定式謂語相呼應。　✽表示基於直覺的判斷，帶有不知其故的語氣，相當於漢語的「怎麼也不…」「總覺得…不…」。

◊ あの人の考えていることは、どうもよく分からない（那個人的想法我怎麼也理解不了）。

◊ 努力はしているのだが、どうもうまくいかない（已經努力了，但總覺得做不好）。

◊ そんな仕事はどうも僕には向かない（總覺得那項工作對我不合適）。

どうやら…そうだ / どうやら…ようだ / どうやら…らしい

用法　「どうやら」是副詞，同樣態助動詞「そうだ」、比況助動詞「ようだ」和推量助動詞「らしい」相呼應，起加強語氣的作用。其中，「そうだ」接在動詞「ます」形後面，「ようだ」接在「名詞＋の」、動詞、助動詞連體修飾形後面，「らしい」接在名詞、形容動詞詞幹和動詞、形容詞簡體後面。　✽表示說話者不確切的推測，相當於漢語的「總覺得…」「似乎…」「好像…」。

◊ このぶんでいくと、どうやら桜の開花は早まりそうだ（照這種情況下去的話，總覺得櫻花會提前開花）。

◊ この調子なら、どうやら今週中に退院できそうですね（這種情況的話，似乎本週可以出院了）。

◊ 向こうから歩いてくるのは、どうやら田中さんのようだ（從對面走過來的好像是田中）。

◊ 事件はどうやら解決に近づいたようだ（事情好像快解決了）。

◊ われわれ労働者の苦労がどうやら経営者には分かっていないようだ（經營者似乎不理解我們工人的辛苦）。

◊ 彼はどうやらしっかりした人らしい（他似乎是個很讓人放心的人）。

◊ 私の説明であの人はどうやら納得したらしい（聽了我的說明，他似乎理解了）。

◊ どうやらこの山には、軍隊が駐屯しているらしい（山上好像有駐軍）。

どうやら（こうやら）

用法　「どうやら」是副詞，其強調形是「どうやらこうやら」，在句中做狀語。

✽表示雖然不夠充分但盡了努力，也總算達到了預期的結果，相當於漢語的「好
歹…」「總算…」「好容易…」。

◊どうやら解決がついた(問題好歹解決了)。

◊手術をしてどうやら命だけは助かった(經過手術生命總算得救了)。

◊急いで行ってどうやらこうやら間に合った(急忙趕去，總算趕上了)。

◊大学を出てどうやらこうやら就職できました(大學畢業後總算就職了)。

道理で

用法　「道理で」是副詞，在句中做狀語。

✽表示得知有關現狀的理由而感到確實如此，相當於漢語的「怪不得」。

◊彼は病気だったのか、道理で元気がなかった(他生病了啊，怪不得沒有精
神)。

◊道理で進歩がはやいと思いました(怪不得他進步那麼快)。

◊そうですか。道理で立派な体格ですね(是嘛，難怪體格這麼魁偉)。

… どおし

用法　「どおし」是接尾詞，可以寫成「通し」，接在動詞「ます」形後面，構成複
合名詞。「夜通し」是例外。

✽表示在某個時期內相同動作和狀態持續的樣子。它相當於漢語的「連續」「持
續」「總是」「老是」「一個勁兒地」。

◊一週間働きどおしだ(連續做了1個星期)。

◊一日中歩き通しで、足が痛くなった(持續走了一整天，腳都疼了)。

◊立ち通しだったので疲れた(老是站著，所以累了)。

◊夜通し勉強する(徹夜學習)。

… とおす

用法　「とおす」是接尾詞，可以寫成「通す」，接在意志形動詞「ます」形後面，
構成複合動詞。　✽表示堅持到最後，徹底完成，相當於漢語的「幹到底」「做
完」「堅持…下去」。

◊党から与えられた仕事をやり通した(完成了黨交給的任務)。

◊最後まで頑張りとおした(堅持到了最後)。

◊辛抱し通すことは出来なかった(無法忍受下去)。

…とおなじ

用法　「と」是表示比較的格助詞，「おなじ」是連體詞、形容動詞，可以寫成「同じ」，接在體言後面。　✽表示和前項一樣，相當於漢語的「和…一樣」。

◇十年前と同じで、少しの進歩もない（和10年前一樣，一點兒進步也沒有）。

◇背が鈴木さんとおなじ高いです（個頭和鈴木同學一樣高）。

◇僕の考えが皆さんとおなじです（我的想法和大家一樣）。

…と思いきや

用法　「と」是表示內容的格助詞，「思いきや」是書面語詞團。該句型接在簡體句後面。　✽表示出乎意料之外，相當於漢語的「以為…結果…」「想不到…」「從未想到…」。

◇行ったと思いきや、また戻ってきた（以為〔他〕走了，結果又回來了）。

◇あきらめると思いきや、またやりだした（以為他已經作罷了，想不到他又做起來了）。

◇会議がこれでおわると思いきや、一人の委員が発言し始めた（本來以為會議到此就結束了，想不到一位委員又開始講話了）。

◇忘れているだろうと思いきや、犬は僕を見てうれしそうにしっぽをふった（本以為那狗已經把我忘記了，沒想到它看見我高興地搖起了尾巴）。

◇反対かと思いきや、みんな賛成してくれてスムーズに行った（本以為會反對，結果大家都同意，進展得很順利）。

…と思う

用法　「と」是表示內容的格助詞，「思う」是表示心理活動的動詞，不能直接用於第三人稱。一般說來，第三人稱要用「…と思っている」「…と思った」的形式；第一人稱不受任何限制；第二人稱可以以疑問的形式出現。該句型接在簡體句後面。其否定式為「…とは思わない」。　✽表示說話者的主觀判斷或個人見解，相當於漢語的「想…」「覺得…」「認為…」。

◇彼の言ったことはうそだと思う（我覺得他說的不是真話）。

◇さっきの説明が不思議だったと思っている（我認為剛才的解釋不可思議）。

◇あの人のやり方はひどいと思った（我覺得他的做法太過分了）。

◇田中さんは行くのをやめたほうがいいと思った（田中先生覺得還是不去的

好)。

◊ ここで君に会えるとは思わなかった(沒想到能在這兒見到你)。

◊ 警察はあの男が犯人だと思っている(警方認為那個傢伙是罪犯)。

◊ これでよろしいと思いますか(你覺得這樣可以嗎)?

◊ 中山さんは気が小さいと思っていますか(你認為中山君氣量小嗎)?

… と思うか

用法　「と」是表示內容的格助詞,「か」是表示疑問的終助詞。該句型接在簡體句後面,用於第二人稱。　✿表示詢問對方的主觀判斷或個人見解,相當於漢語的「(你)認為…嗎?」「(你)覺得…嗎?」。

◊ こんなことは小さなことだと思いますか(你覺得這是小事一樁嗎)?

◊ 花子さんの言ったことは本当だと思いますか(你認為花子同學的話都是真的嗎)?

◊ 高橋さんはそのことを全然気にしないと思うか(你認為高橋同學完全不會把那件事放在心上嗎)?

… と思ったら

用法　①「と」是表示內容的格助詞,「思ったら」是「思う」的假定形式。該句型接在動詞過去式「た」形後面,可以同「…たかと思うと」替換。前接「か」時瞬間性加強。　✿表示剛剛完成前項,緊接著進行或出現後項,相當於漢語的「剛一…就…」。

◊ 空が晴れたと思ったら、また曇ってしまった(天剛一放晴,就又陰下來了)。

◊ いま帰ってきたと思ったら、もうどこかへ行ってしまった(剛剛回來,就又出去了)。

◊ 帰ってきたと思ったら、また出かけていた(剛一回來就又出去了)。

用法　②接在「疑問詞+か」的後面。　✿表示說話者感到奇怪而注視的樣子,後續為表示意外發現和促使吃驚的事,相當於漢語的「我還以為…呢」。

◊ 何を言うのかと思ったら、そんなくだらないことか(我還以為他要說什麼呢,原來是那麼無聊的事呀)。

◊ 会議中に席を立ってどこへ行くのかと思ったら、ちょっと空が見たいって言うんだよ。あいつ、最近おかしいよ(會開到一半離開座位,我還以為他要去哪兒呢,他卻說了一句想看看天空,那傢伙最近真怪)。

◊ 食事もしないで何をやってるのかと思ったら、テレビゲームか（我還以為他不吃飯在幹什麼事呢，原來是在玩電子遊戲啊）。

… と思われる

用法　「と」是表示內容的格助詞，「思われる」是「思う」的自發形態。該句型接在名詞、簡體句的後面，多用於論文、演講等書面語表達。其持續體「…と思われている」用於表達公認的看法。　✱表示不確切的判斷，客觀地闡述自己或大家的主張，相當於漢語的「我（不由）覺得…」「我們認為…」。

◊ 総括して言うと、これは机上の空論と思われます（總的來說，我覺得這是紙上談兵）。

◊ 世代が違えば考え方も違うのは当然なことだと思われる（時代不同，思考方法就不一樣，我認為這是理所當然的）。

◊ このような傾向は日本だけではないと私には思われる（我認為這種傾向不僅僅在日本才有）。

◊ 敬語の使い方がとても複雑だと思われる（我們認為敬語的使用方法很複雜）。

◊ 一般に芸術家はお天気屋だと思われている（一般認為，從事藝術的都是喜怒無常的人）。

◊ 銅は相当早くから人類に知られていたと思われています（一般認為，銅很早以前被人類所認識了）。

數詞（なん、いく）＋とおり

用法　「とおり」是接尾詞，可以寫成「通り」，接在數詞或疑問詞「何」「いく」後面。　✱表示方法和種類的數量，相當於漢語的「…種」。

◊ 駅から学校までには五通りの行き方がある（從車站到學校有5種走法）。

◊ やり方は、何とおりもありますが、どの方法がよろしいでしょう（做法有幾種，哪種好呢）。

◊「魚」の読み方は、いくとおりあるか知っていますか（你知道「魚」字有幾種讀法嗎）。

… とおり（に）/ … とおりだ / … とおりの

用法　「とおり」是接尾詞，可以寫成「通り」，接在體言加「の」連體詞和動詞連體修飾形後面。其後續格助詞「に」在句中做狀語，後續格助詞「の」做定語，

後續斷定助動詞「だ」用於結句。

✽表示和已知情況、內容等一樣，相當於漢語的「按…那樣」「正如…」。

◊ ご承知の通り、はじめたばかりですから、設備もまだまだ整っていません（如您所知，因為剛剛起步，所以設備還很不完善）。

◊ 人間の体もそのとおり軽くなるから、高跳びでも、幅跳びでもたやすくできるのである（因為人類的身體也變得如此之輕，所以不管是跳高還是跳遠，都很容易做到）。

◊ 私の言うとおりにやってみなさい（請按照我說的做一下試試看）。

◊ 先生が「窓を閉めなさい」とおっしゃいました。私は先生のおっしゃるとおりに窓を閉めました（老師說「關上窗戶」，於是我按老師說的那樣關上了窗戶）。

◊ 先生が言ったとおりに勉強すれば、能力試験に合格できますよ（按照老師說的那樣學習，能力考試就能合格）。

◊ そのとおりの話です（就是那樣的一件事）。

◊ 小林さんの奥さんは私が想像していたとおりの美人でした（小林的夫人正如我想像的一樣，是個美人）。

◊ ペキンは名勝旧跡の多い都市だといわれているが、ほんとうにそのとおりだ（都說北京有許多名勝古蹟，確實如此）。

◊ まったくおっしゃったとおりです（完全如你說的那樣）。

… どおり

用法 「どおり」是接尾詞，接在名詞後面，其後可以接格助詞「に」「の」和斷定助動詞「だ」。

✽表示和已知情況、內容等一樣。它相當於漢語的「如…」「按…那樣」。

◊ 彼らは予定どおり、この重要な会議に出席した（他們如期參加了這次重要會議）。

◊ 給料は社員の願いどおりには上がらない（薪水不能按公司職員們所期望的那樣上調）。

◊ これは注文どおりの品物だ（這和原定的貨絲毫不差）。

◊ 結果は予想どおりだった（結果和預想的一樣）。

… とか（傳聞）

用法 「とか」是副助詞，用在句末，後面省略了動詞「言う」。該詞接在簡體句

後面。　✸表示不確切的傳聞，相當於漢語的「說是 …」「據說 …」。

◊ 午後から夕立があるとか、傘を持って行ったほうがいいですよ（說是下午有雷陣雨，帶傘去比較好吧）。

◊ アメリカ西部大きな山火事が発生したとか（說是美國西部發生了火勢兇猛的山火）。

◊ そちらでは水不足が深刻だとか。さぞ不自由でしょう（據說那裏嚴重缺水，想必用水不方便吧）。

… とか … とか …（とか）

用法　「とか」是併列助詞，接在體言、活用詞簡體或敬體句後面。當它併列體言時，既可以使用三個「とか」，也可以省略最後一個「とか」，當然也可以用副助詞「など」替換「とか」。

✸表示羅列一些事物，或在同類事物中列舉一些例子，也可以列舉相反或者相對的事物，相當於漢語的「… 之類的 …」「…　…　…」等。

◊ 私はカレーとか、キムチとかの辛い食べ物が好きなんです（我喜歡吃咖喱飯啦、辣白菜等辛辣食品）。

◊ 私は映画とか芝居などはあまり好きではありません（我不太喜歡電影、戲劇之類的東西）。

◊ 梅とか、桃とか、桜とか、いろいろな花がある（有梅花啦、桃花啦、櫻花啦，各種各樣的花）。

◊ 弟は数学とか物理とか化学などの科目が上手だ（我弟弟數學、物理、化學等課程很好）。

◊ そんなに勉強ばかりしないで、ときどき散歩するとか運動するとかしたほうがいいよ（每天別那麼光是用功，最好是時常散散步啦、運動運動啦什麼的）。

◊ 夜遅くなっても、タクシーを拾うとか友達に送ってもらうとかして必ず家に帰ってきなさい（晚上即使遲了，或者打車，或者讓朋友送一下，一定要回家來啊）。

◊ いいとか、悪いとか、みんな違ったことを言っている（有說好的，有說壞的，大家說法不一）。

◊ 日本人は「いいお天気ですね」とか、「よく雨が降りますね」とか、とよく言うのだ（日本人是經常說「真是個好天氣啊」「老是下雨呢」之類的話）。

◊ 親切だ<u>とか</u>、不親切だ<u>とか</u>、さまざまな見方がある（有認為熱情的，有認為不熱情的，意見各不相同）。

… とかいう

用法「とか」是副助詞，接在名詞、動詞簡體後面。

✿ 表示把聽到的內容傳達給別人的場合，其中含有對該內容的準確性無十分把握的涵義，相當於漢語的「（說是）什麼」。

◊ お父さんが留守の時、木村<u>とかいう</u>人が訪ねてきました（爸爸不在家的時候，有個叫什麼木村的人來過）。

◊ 天気予報では、あしたは雪になる<u>とかいう</u>話です（據天氣預報，說是明天要下雪）。

◊ 天気予報によると台風が近づいている<u>とかいう</u>話です（據天氣預報說是颱風已臨近了）。

◊ 弟は午後町へ映画を見に行く<u>とか</u>言っていました（弟弟說什麼下午要到城裏去看電影）。

… とか … とかいう

用法「とか」是併列助詞，接在內容完全相反的活用詞簡體後面。「いう」是表示別人在說的動詞，可以寫成「言う」，有時可以省略。 ✿ 表示搞不清楚是哪一種情況，相當於漢語的「一會兒說…啦，一會兒又說…啦」等。

◊ 青森さんは行く<u>とか</u>行かない<u>とか</u>言って、迷っているようだ（青森一會兒說去，一會兒又說不去，好像猶豫不決）。

◊ あの二人は子供を生む<u>とか</u>生まない<u>とか</u>、態度がはっきりしない（他們兩人一會兒說要孩子，一會兒又說不要孩子，態度不明朗）。

◊ 妹は洋画が好きだ<u>とか</u>嫌いだ<u>とか</u>いうのだ（我妹妹一會兒說喜歡外國電影，一會兒又說不喜歡外國電影）。

◊ 課長はこれでいい<u>とか</u>、悪い<u>とか</u>言って、たいへんだね（科長一會兒說這樣可以，一會兒又說不行，真讓人傷腦筋啊）。

… とかいうことだ

用法「とか」是副助詞，「こと」是形式體言。該句型接在體言或體言、形容動詞加「だ」，或形容詞和動詞的簡體後面。 ✿ 表示不明確的傳聞，含有雖然不

太清楚，但是有所耳聞的意思，相當於漢語的「(好像)聽說…」。

◊ 彼は 病 気<u>とかいうことだ</u>(聽說他病了)。

◊ 明日はいい天気だ<u>とかいうことだ</u>(好像聽說明天是好天氣)。

◊ 桂林あたりの空気はきれいだ<u>とかいうことだ</u>(聽說桂林一帶空氣清新)。

◊ 隣 の娘 さんは来月結婚式を挙げる<u>とかいうことだ</u>(聽說鄰居的女兒下個月要舉行婚禮)。

◊ ニュースによると大雨で新幹線がストップしている<u>とかいうことだ</u>(據新聞報導，新幹線因大雨停運了)。

とかく

用法　①「とかく」是副詞，常和「…がちだ」「やすい/にくい」「傾向がある」「ものだ」等表達方式相呼應，屬於書面語。

✽表示不怎麼好的事情經常發生，相當於漢語的「常常」「往往是…」。

◊ この子は赤ん坊の時から<u>とかく</u>病 気がちでした(這孩子從小就常常鬧病)。

◊ そんな 誤 りは若いものには<u>とかく</u>あり<u>がち</u>なことだ(這種錯誤年輕人常犯)。

◊ 寒いときには<u>とかく</u>風邪をひき<u>やすい</u>(天冷時往往容易感冒)。

◊ <u>とかく</u>この世は住み<u>にくい</u>(總而言之，世間不好混)。

◊ われわれは、<u>とかく</u>学歴や身なりで人間の価値を判断してしまう<u>傾向がある</u>(我們有一種傾向，那就是往往憑學歷和衣著打扮來判斷人的價值)。

◊ 人は<u>とかく</u>自分の欠点には気がつかない<u>ものだ</u>(人往往看不到自己的缺點)。

用法　②「とかく」是副詞，可以同「とやかく」替換，多帶有貶義。

✽表示想過、做過或說過各種各樣的情況，相當於漢語的「種種」「這個那個」。

◊ 彼はやめさせられる前から<u>とかく</u>のうわさがあった(他在被免職之前就傳有種種流言)。

◊ <u>とかく</u>しているうちに時間ばかり過ぎていった(在忙這忙那之間，時間都過去了)。

◊ 先のことを今から<u>とかく</u>心配してもしようがない(現在擔心以後的事情也無濟於事)。

◊ <u>とかく</u>するうちに日が暮れた(忙這忙那不大工夫，天就黑下來了)。

◊ 他人のことを<u>とかく</u>言わないでください(請不要說三道四地講別人)。

… と変わりはない

用法 「と」是格助詞,「わり」是名詞。該句型接在體言、動詞的簡體加形式體言「の」或「こと」後面,和「…と同じだ」相似。

✿表示和某件事物一樣,沒有不同,相當於漢語的「和…一樣」「和…沒什麼分別」。

◊この授業の内容は十年前と変わりはない(這門課的內容和10年前是一樣的)。

◊あのマラソン選手走っている姿は普通の人と変わりはない(那名馬拉松選手跑步的姿勢和普通人一樣)。

◊こうして毎日ごろごろしていると、死んだのと変わりはない(如果每天這樣無所事事的話,那和死了沒什麼分別)。

… と考えられる

用法 「と」是表示內容的格助詞,「考えられる」是一段動詞「考える」的被動語態。該句型接在簡體句後面。其否定式為「…とは考えられない」。

✿表示將個人的想法當做客觀事實加以陳述,相當於漢語的「可以認為…」「一般認為…」「大家認為…」。

◊中国の経済は激しく発展していると考えられる(可以認為中國的經濟在迅猛發展)。

◊あの作家の小説はあまりおもしろくないと考えられている(大家認為那個作家的小說不怎麼有趣)。

◊中華料理世界で一番おいしいと考えられる(一般認為中國菜是世界上最好吃的)。

◊あの体の不自由な子は神童だとは考えられない(無法認為那個身體殘障的孩子是一個神童)。

とき

用法 「とき」是名詞,可以寫成「時」,接在體言加格助詞「の」、形容詞、形容動詞和動詞連體修飾形後面。

✿表示前項已發生或要發生的時候,後項的事情和狀態同時發生或成立,相當於漢語的「(在)…的時候…」「…時」。

◊ 子供のとき、田舎の小さな村に住んでいた（小時候，住在鄉下的小村莊中）。
◊ 先代が社長だった時は、この会社の経営もうまく行っていたが、息子の代
になってから、急に傾きはじめた（上一代當總經理時這個公司的經營也做
得很好，到了兒子這一代之後，突然開始衰敗了）。
◊ 暇な時には、どんなことをして過ごしますか（有空的時候，你怎麼度過啊）。
◊ 貧乏だった時は、その日の食べ物にも困ったものだ（窮的時候，甚至為當天
的飲食而發愁）。
◊ 祖父が体の調子がいい時は、外を散歩する（祖父身體狀態不錯的時候會到
外邊散步）。
◊ 子供がまだ小さかった時は、いろいろ苦労が多かった（在孩子還小的時候，
我吃了很多苦）。
◊ 暇のある時には、たいていお金がない（有空的時候，大多沒有錢）。
◊ 電車に乗るとき、後ろからおされて転んでしまった（上電車的時候，被後面
的人推倒了）。
◊ 東京にいた時は、いろいろ楽しい経験をした（在東京的時候，曾有過各種
各樣快樂的經歷）。
◊ 朝、人と会った時は、「おはようございます」と言います（早晨遇到人的時候
說「早上好」）。
◊ 寝ている時には地震がありました（睡覺時發生了地震）。
◊ ニューヨークで働いていた時に、彼女と知り合った（在紐約工作的時候，
和她相識了）。

… と聞く

用法 「と」是表示內容的格助詞，「聞く」是動詞，表示傳聞。該句型接在簡體
句後面，只用於書面語表達。不使用敬體的表達法，可以用「…と聞いてい
る」的形式代替。

✱表示一般公認的傳聞，相當於漢語的「據說…」「聽說…」。
◊ ここは昔は海だったと聞く（據說這裏以前是大海）。
◊ 近頃、高齢化社会の問題が起きているとよく聞く（最近時常聽說存在著老齡
化社會問題）。
◊ 今の市長は次の選挙には立候補しないと聞く（聽說現任市長不參加下屆競
選）。

… ときたら

用法 ①「と」是表示內容的格助詞，「きたら」是「カ變」動詞「くる」的過去假定形。該句型接在體言後面，後項多為消極含義的句子。　✿表示提起某一個話題，後項是對此話題的敘述或評價，相當於漢語的「提起…」「說起…」。

◊ ドイツ語は読むだけで、会話ときたら、ぜんぜんだめです（德語只是能看，提起會話，可是一點兒也不行）。

◊ 二階の学生ときたら、やかましくてしようがないですね（提起二樓的學生，簡直吵得人受不了）。

◊ うちの会社の部長ときたら、口で言うばかりで全然実行しようとしない（說起我們公司的部長，他光是嘴上說，一點也不想做）。

◊ 毎日の残業の後に飲み屋のはしごときたら、体がもつはずがない（每天加班後緊接著連續上幾家酒店喝酒的話，身體當然受不了）。

用法 ②接在體言後面，後項為積極含義的句子。

✿表示前項提出一個極端事例，後項是與其相適應的措施，相當於漢語的「…的話」「說到…」「要說…」。

◊ 新鮮な刺身ときたら、やっぱり辛口の日本酒がいいな（如果吃新鮮的生魚片的話，還是喝辣一點的日本酒好啊）。

◊ ステーキときたらやっぱり赤ワインでなくちゃ（說到牛排還是得喝紅葡萄酒）。

… ときに（は）

用法 ①「ときに」是副詞，可以寫成「時に」。「は」是提示助詞，起強調作用，有時可以省略。「時に（は）」在句子中做狀語。

✿表示不常有，相當於漢語的「偶爾」「有時」。

◊ ときには飛行機で出張することもある（有時也坐飛機出差）。

◊ いつも明るい人だが、ときに機嫌の悪いこともある（他平時很開朗，但偶爾也會心情不快）。

◊ 生真面目な彼だが、ときには冗談をいうこともある（他一本正經，不過偶爾也會說句笑話）。

用法 ②「ときに」是接續詞，可以寫成「時に」。不後接提示助詞「は」。同「さて」「ところで」意思相同。它用在會話中略顯生硬。

✿表示談話中另外轉換話題，相當於漢語的「可是」「不過」「但是」。

◊時に、加藤さんはお元気ですか（不過，加藤先生還好嗎）？

◊時に、あの結果はどうなったの（但是，那個結果怎麼樣了）？

◊ときに、鈴木さんはどこに住んでいますか（可是，鈴木現在住在什麼地方呢）？

ときとしては

用法 ①「ときとして」是一個詞團，起副詞作用，可以寫成「時して」，同消極含義的謂語相呼應，多用於書面語表達。

✿表示並非總是如此，相當於漢語的「偶爾」「有時」。

◊時して失敗することもある（有時也失敗）。

◊人は時して人を裏切ることもある（人有時也會背叛別人的）。

◊時してお医者さんの診断には誤りがある（醫生的診斷偶爾會有錯誤）。

◊時間厳守は時して難しい（嚴格遵守時間有時很難）。

用法 ②「時して」同否定式謂語相呼應，可以同「一時…ない」替換。

✿表示短時間、片刻都沒有，相當於漢語的「沒有…的時候」「沒有片刻…」。

◊ときとして油断できないよ（片刻不能大意）。

◊当時は心配事ばかり続き、ときとしては心休まる日はなかった（當時淨是擔心的事情，沒有一天安寧的時候）。

◊父は時として手を休まなかった（父親沒有片刻的休息）。

…とくると / …ときては

用法「とくると」是一個詞團，第一個「と」是表示內容的格助詞，第二個「と」是表示假定的接續助詞。該句型接在體言後面，可以同「ときては」替換，其後項可以是消極也可以是積極含義的。其中，「ては」是表示假定的接續助詞。

✿表示提起某一個話題，後項是對此話題的敘述或評價，相當於漢語的「提起…」「說起…」或者根據情況不譯。

◊あの教師とくると、本より外に何にも分からない（提起那個教師，他除了書本知識什麼都不懂）。

◊野球とくると、飯より好きだ（一提到棒球就顧不上吃飯了）。

◊ドイツ語は読むだけで、会話とくると、全然だめです（德語只是能看，要說會話，可是一點兒也不行）。

◊田中君は字はよく書くが、計算ときてはだめだ（田中字寫得很不錯，可是數學就不行了）。

◊彼のことときては、だれ一人賛嘆しないものはない（提起他來，沒有一個人不稱贊）。

どこか

用法 「どこか」是一個詞團，「か」是表示不定的副助詞。它用在「が」「を」「から」「で」「に」「へ」等助詞前面（「が」「を」經常被省略），在句子裏充當主語、賓語、狀語或獨立成分。

❋①表示不特定的某個場所，相當於漢語的「哪裏」「什麼地方」。

◊このテレビはどこか（が）壊れているらしい（這台電視機好像是什麼地方壞了）。

◊今頃はどこかをさまよっているかもしれない（現在他也許正在哪兒閒逛呢）。

◊どこかから赤ん坊の泣いている声が聞こえてくる（不知從哪兒傳來了嬰兒的啼哭聲）。

◊あの人はどこかで見たような気がする（好像在什麼地方見過他）。

◊彼はどこかこの辺に住んでいる（他就住在這一帶的什麼地方）。

◊休暇中どこかへ行きますか（假期到哪兒去嗎）。

❋②表示不確切，總覺得哪裏具有某些特點，相當於漢語的「總覺得…」「好像…」「有的（些）地方」。

◊あんたの話はどこか変だ（我總覺得你的話有點兒怪）。

◊この世の中どこか狂っている（覺得這個社會好像有點不正常）。

◊彼はどこか死んだおやじさんに似ている（他有的地方像他死去的父親）。

◊このあたりの風景には、どこか懐かしい記憶を呼び起こすものがある（這附近的景色有些地方喚起我的回憶）。

どことなく

用法 「どことなく」是副詞。 ❋表示雖然說不清是哪裏，卻有一種給予別人那種印象和感覺的地方，相當於漢語的「總覺得…」「不知為什麼總覺得…」。

◊どことなくよそよそしい人だ（總覺得他有些見外）。

◊どことなく体の具合が悪い（總覺得身體不舒服）。

◊彼女はどことなくかわいい（不知為什麼總覺得她有說不出來的可愛）。

… ところ

用法 ①「ところ」是形式體言，接在動詞原形後面。

✿表示將要進行某種動作的時間，相當於漢語的「這就…」「正要…」。

◊ いますぐ帰るところですから、ちょっと待ってください（這就回去，請稍等一會兒）。

◊ 駅に着いたとき、ちょうど電車が出るところだった（到車站時，電車正要開）。

◊ これから家を出るところですから、三十分ほどしたら着くと思います（我這就從家出去，大約過30分鐘後就能到）。

用法 ②「ところ」是形式體言，接在動詞進行時後面。

✿表示正在進行某種動作，相當於漢語的「正在…」。

◊ 今旅行の準備をしているところだ（現在正在做旅行的準備）。

◊ ただいま、電話番号を調べているところですので、もう少々お待ちください（我正在查電話號碼，請您稍等一下）。

◊ ご飯をたべているところに電話がかかってきた（正在吃飯時來電話了）。

用法 ③「ところ」是形式體言，接在動詞過去式「た」形後面。

✿表示某動作或行為在說話時剛剛完成，相當於漢語的「剛剛…」。

◊ 飛行機はいま、飛び立ったところだ（飛機現在剛剛起飛）。

◊ いま小切手を受け取ったところです（現在剛剛收到支票）。

◊ 私はいま会社から帰ってきたところです（我現在剛從公司回來）。

ところが

用法 ①「ところが」是接續助詞，接在動詞、助動詞過去式「た」後面，可以同「のに」互換。 ✿可以表示逆接，結果與所期待的事實相反，相當於漢語的「可是…」「但是…」。

◊ 昨日、私はわざわざ王先生を駅までお迎えに行ったところが、あいにく来られませんでした（昨天我特意到車站去接王老師，可是不巧他沒有來）。

◊ 確かめてみたところが、故障の確実原因をつきとめることができなかった（雖然做了檢查，但是故障的確切原因還是沒搞清楚）。

◊ 何回か実験してみたところが、やはり同じ結果がえられた（實驗了好幾次，可是還得出同樣的結果）。

◊ この話を新聞に書いたところが、いろいろな方からお手紙をいただきまし

た（我把這件事登了報，可是收到了多方來信）。

用法 ②「ところが」是接續助詞，接在動詞、助動詞過去式「た」後面。

✿表示結果同預期的內容一樣，相當於漢語的「果然」「果真」。

◊ 頼んでみた<u>ところが</u>、彼は 快 く引き受けてくれた（拜託他辦件事，他果然欣然接受了）。

◊ 来ないだろうと思っていた<u>ところが</u>、案の定 来なかった（我推測他不會來，果然他沒有來）。

◊ 絵を試しに 出 品してみた<u>ところが</u>、入 選してしまった（試著展出自己的畫，果真入選了）。

用法 ③「ところが」是接續詞，用在後項的開首。 ✿表示後項的內容與預期的情況相反或不一致，相當於漢語的「但是…」「可是…」

◊ 息子は部屋で勉 強 していると思っていた。<u>ところが</u>二階でテレビを見ていたんだ（我以為兒子在房間裏學習，但他卻在二樓看電視）。

◊ ダイエットを始めて三 週 間になる。<u>ところが</u>、体 重 がわずか一キロだけ減ってしまった（開始減肥快3週了，可是，體重只減少了1公斤）。

◊ 先生に手紙を出した。<u>ところが</u>、返事がない（我給老師寄信了。可是，沒有回音）。

… どころか

用法 「どころか」是接續助詞，接在體言、副詞、形容動詞詞幹或形容動詞「な」形、形容詞和動詞原形後面。後續事項可以是消極的也可以是積極的。

✿表示從根本上否定前項，並在後項中提出與前項程度相差很遠或內容相反的事實，它相當於漢語的「別說…」「豈止…」「不但不（沒有）…反而…」。

◊ 彼は日本<u>どころか</u>、ヨーロッパまで行ったことがある（豈止是日本，連歐洲他都去過）。

◊ しばらく<u>どころか</u>、一か月も待たせされた（哪裏是一陣子，讓我們等了一個多月）。

◊ 下手<u>どころか</u>、なかなか 上 手ですよ（不但不差，反而很棒）。

◊ 彼女は静かな<u>どころか</u>、すごいおしゃべりだ（她哪裏文靜，嘴碎極了）。

◊ 難 しい<u>どころか</u>、大変面白かった（不但不難，還很有趣）。

◊ お茶を飲む<u>どころか</u>、座って 休 憩することもできない（別說喝茶了，就連坐下歇一會兒都不行）。

◊ 褒められる<u>どころか</u>、あべこべに叱られた（不但沒有誇獎，反倒挨了一頓訓）。

… どころか … ない

用法 「どころか」是接續助詞，接在體言、副詞、形容動詞詞幹或形容動詞「な」形、形容詞和動詞原形後面，同否定式謂語相呼應。

✿表示否定前項，強調後項，出現相反結果，相當於漢語的「別說 … 連 …」「哪兒 … 連 …」。

◊ 百元<u>どころか</u>、一銭も<u>ない</u>（別說一百元，連一分錢也沒有）。

◊ 車の運転<u>どころか</u>、自転車にも乗れ<u>ない</u>（別說開車了，連自行車都不會騎）。

◊ 彼女の家まで行ったが、話をする<u>どころか</u>、姿も見せてくれ<u>なかった</u>（她家，我雖然去了，別說跟她聊聊天了，她根本就沒露面）。

◊ 社員旅行で温泉に行きました。旅行先で熱を出してしまって、楽しい<u>どころか</u>、温泉にも入れ<u>なかった</u>（公司職員旅行去了溫泉。但旅行途中發高燒，別說愉快了，連溫泉也沒洗上）。

◊ 暇（な）<u>どころか</u>、食事をする暇さえ<u>ありません</u>よ（哪兒有空啊，連吃飯的時間都沒有）。

… ところから

用法 「ところ」是形式體言，「から」是表示原因的格助詞。該句型接在動詞連體修飾形後面。

✿表示前項是後項判斷的理由或根據，並暗示還有其他方面的理由，相當於漢語的「從 … 來看 …」「由於 … 所以 …」。

◊ 富士山が見える<u>ところから</u>つけられた「富士見町」という地名はあちらこちらにある（由於起名的原因是能夠看到富士山，所以很多地方都有「富士見街」這個地名）。

◊ あまり頭を使いすぎた<u>ところから</u>、そんな病気になったのだ（是由於用腦過度才得了那種病的）。

◊ 土が湿っている<u>ところから</u>、昨夜は雨だったらしいと思った（從地面濕了這一點來看，我想昨晚好像是下雨了）。

◊ 江戸時代に長い時間鎖国が行われていた<u>ところから</u>、現在でも島国根性が残っている（由於江戸時代長期實行鎖國政策，所以現在仍舊遺留著島國秉性）。

… ところだった

用法 「ところ」是形式體言，後續斷定助動詞「だ」的過去式，接在動詞原形後面。該句型可以同「そうになった」替換。

✿表示險些造成某種後果，或達到某種程度，相當於漢語的「差一點兒就要…了」「險些就…」。

◊試験の結果が悪く、危なく留年になるところだった（由於考試成績不好，差一點留級）。

◊考えごとをしながら歩いていたので、危なく自動車にひかれるところだった（由於走路時考慮問題，險些被汽車撞著）。

◊もう少しで転ぶところだった。出入り口に物を積んでおいてはいけません（差一點兒沒絆倒。不要把東西堆放在門口）。

… ところで

用法 ①「ところで」是接續助詞，接在動詞過去式「た」形後面，後項往往是消極或否定含義的句式。

✿表示讓步或者逆態接續，相當於漢語的「無論…都…」「即使…也…」「不管…」。

◊人の前で威張ったところで、あなたの値打ちが下がるだけですよ（無論怎麼在人前逞威風，都只會降低你自己的身價）。

◊理屈を言ってみたところで、何のかいもない（試著講道理也無濟於事）。

◊どんなに催促したところで、今日中に出來るはずはない（無論你怎麼催促，今天是做不出來了）。

用法 ②「ところで」是接續助詞，接在動詞過去式「た」形後面。

✿表示無論程度還是數量都是微不足道的，相當於漢語的「即使…也就是…」「即便…也頂多…」「即便…也不過…」。

◊病気になったところで、ちょっとした風邪だよ（即使生病了，也不過是小感冒）。

◊損をしたところで、百元だ（即使損失，也頂多是100元）。

◊遅れたところで、二、三分だろう（即便遲到了，也不過是2、3分鐘）。

用法 ③「ところで」是接續詞，用在句子的開首。

✿表示突然轉變話題，相當於漢語的「可是」「不過」。

◊ところで、君の考えを知りたい（可是，我想知道你的想法）。

◊ <u>ところで</u>今はどこで食事をしますか（不過，現在在哪裏吃飯呢）？
◊ <u>ところで</u>この前の記事は一つ間違いがあったよ（不過，上次的報導有點錯誤）。

… ところでは

用法 「ところ」是形式體言，後續表示範圍的格助詞「で」加上提示助詞「は」，接在動詞連體修飾形後面。

✿表示前項是後項所述內容的判斷依據和來源，相當於漢語的「據…所說」「聽說」「據稱」。

◊ 新聞の伝える<u>ところでは</u>、どうやら台風が来るらしい（據報紙報導，颱風似乎要來了）。
◊ 聞いた<u>ところでは</u>、それほどひどい災害でもない（據說並不是那麼嚴重的災害）。
◊ 私の知っている<u>ところでは</u>、彼は日本へ留学したことがない（據我所知，他沒有去日本留過學）。

… どころではない

用法 「どころ」是副助詞，後續斷定助動詞「だ」的否定式，接在體言和動詞連體修飾形後面。該句型在口語中常說成「…どころじゃない」。

✿表示遠遠達不到某種程度或大大超出某種程度，相當於漢語的「哪裏談得上…」「哪能…」「豈能…」。

◊ こう忙しくて旅行<u>どころではない</u>（這麼忙，哪談得上去旅行啊）。
◊ この一か月は来客が続き、勉強<u>どころではなかった</u>（這一個月客人不斷，哪能學習啊）。
◊ 宿題がまだ終らないでテレビを見る<u>どころじゃない</u>（作業沒有完成，哪能看電視呀）。
◊ こんな忙しいのに遊ぶ<u>どころじゃない</u>（這麼忙，哪還談得上玩呢）。
◊ 仕事が残っていて、お酒を飲んでいる<u>どころではない</u>（工作還沒有做完，哪能喝酒啊）。

… どころの話ではない / … どころの騒ぎではない

用法 「どころ」是副助詞，後續格助詞「の」加名詞「話」再接斷定助動詞「だ」的否定式。其中，「話」可以同「騒ぎ」互換。該句型接在體言、形容動詞詞幹、動詞和形容詞的連體修飾形後面。句型「…どころの話ではない」「…ど

ころの騒ぎではない」在口語中常說成「…どころの話じゃない」「…どころの
騒ぎじゃない」，並且和「…どころではない」的意思一樣。

✿表示強烈否定，形容遠遠達不到某種程度或大大超出某種程度，相當於漢語的
「哪兒談得上…」「哪能…」「豈能…」「根本無法…」。

♪こう忙しくては、のんびり釣りどころの話ではない(這麼忙，哪兒有時間悠
閒地釣魚啊)。

♪体の調子がよくなくて、酒を飲むどころの話じゃない(身體不好，哪兒談得
上喝酒啊)。

♪夜まで騒いでいて静かどころの話ではないよ(到了晚上都很吵鬧，根本談不
上安靜啊)。

♪この頃は、北海道や九州どころの騒ぎではなくて、海外旅行にもよく出か
けています(最近別說去北海道、九州了，就連出國旅行都是常事)。

♪あの学生は困っているどころの騒ぎではない(那個學生都快愁出毛病了)。

♪明日は期末試験があって楽どころの騒ぎじゃない(明天有期末考試了，哪裏
還談得上輕鬆呢)。

♪このアイスクリームはおいしいどころの騒ぎではない(這種冰淇淋哪裏談得
上好吃啊)。

… ところに

用法 「ところ」是形式體言，後續格助詞「に」表示時間，接在用言連體修飾形
後面。　✿表示當行為主體正在做某事或處於某種狀態時，偶然發生了另一件
事，並對行為主體產生某種影響，相當於漢語的「正當…的時候」。

♪私が食べているところに、電話がかかってきた(我正在吃飯時電話打来了)。

♪昼寝をしようとするところに、電報が来ました(正要睡覺時，來了電報)。

♪心配していたところに母からの手紙を受け取って安心した(我正擔心時，收
到了媽媽的來信，感到放心了)。

♪静かだったところに選挙カーが来て急にうるさくなった(正當很安靜的時
候，競選車來了，一下子吵雜起来)。

… ところの

用法 「ところ」是形式體言，後續格助詞「の」修飾體言，接在動詞連體修飾形
後面，多用於書面語表達。在句子中即使省略掉「ところの」，意思也不變。

❋表示前面所涉及的具體事項，相當於漢語的「所…的…」。

◊ みなさんの理解し得ざる<u>ところの</u>問題と、解釈し得ない<u>ところの</u>問題は後回しにしよう（大家所不能理解的問題和解釋不了的問題以後再談吧）。

◊ 今わたしが治療を受けている<u>ところの</u>病院は立派なものです（現在我所接受治療的醫院相當好）。

◊ グラフによって得た<u>ところの</u>結果をもう一度計算して確かめよう（把由圖表得到的結果再計算驗證一下吧）。

◊ 明日開催される<u>ところの</u>会合には、彼も出席するはずである（明天舉行的集會他應該會參加的）。

… ところへ

用法　「ところ」是形式體言，後續格助詞「へ」表示時間，接在用言連體修飾形後面。　❋①表示當行為主體正在做某事時，偶然發生了另一件事，並對行為主體產生某種影響，相當於漢語的「正當…的時候」。

◊ ちょうどいい<u>ところへ</u>来ましたね（你來的可正是時候啊）。

◊ みんな静かだった<u>ところへ</u>、暴走族が騒がしい音を立ててやってきた（正在大家都很安靜的時候，駕車橫衝直撞的傢伙們就發動著噪音來了）。

◊ どうやったらいいか迷っている<u>ところへ</u>、先生が来た（正在猶豫不知怎麽辦好時，老師來了）。

❋②表示主體在做其他或處於某種狀態的同時又遭遇其他事情，相當於漢語的「在…的時候，又…」

◊ 鈴木君は失業している<u>ところへ</u>、病気にやられた（鈴木在失業的時候又得了病）。

◊ 作物がうまく育っていない<u>ところへ</u>連日の大雨に降られた（在莊稼還沒有長好的時候，又遭遇到連日的大雨襲擊）。

◊ 勉強で忙しい<u>ところへ</u>、芝居の下稽古を始めた（在學習很忙的時候，又開始排演戲劇了）。

… ところまでいかない

用法　「ところ」是形式體言，後續格助詞「まで」再接動詞「いく」的否定式，接在動詞原形後面。　❋表示事物沒有達到某種程度，相當於漢語的「沒能達到…的程度」「沒有達到…地步」。

◊ わが国の自動車生産は国内需要を満たすところまではいっていません (我國的車輛生產還沒能達到滿足國內需求的程度)。

◊ 人は困るところまでいかないと、なかなか自分の間違いには気がつかないものだ (人不到困境就難以發覺自己的錯誤)。

◊ 来年の計画に、課長は賛成できるところまでいかなかった (課長沒能同意明年的計畫)。

… ところまできていない

用法 「ところ」是形式體言，後續格助詞「まで」再接動詞「くる」的持續體否定式，接在動詞原形後面。 ✲表示從過去到現在還沒有達到某種程度，相當於漢語的「沒達到…(的程度)」「沒有達到…地步」。

◊ 日本語で話せるところまできていない (沒有達到能用日語交談的程度)。

◊ 英語で自由に自分の意見を表せるところまできていない (還沒有達到能用英語自由表達自己意見的程度)。

◊ 自分で料理ができるところまできていない (還沒能自己做飯)。

… ところまでくる

用法 「ところ」是形式體言，後續格助詞「まで」再接動詞「くる」，接在體言加格助詞「の」和動詞連體修飾形後面。 ✲表示已經達到某種程度，相當於漢語的「達到了…的地步」「到了…的程度」。

◊ 双方の対立は一触即発のところまできている (雙方的對立到了一觸即發的地步)。

◊ 敬語が使えるところまでくれば、もう日本語も上級だ (達到能夠使用敬語的程度，日語〔水準〕已經是高級了)。

◊ 日本語で簡単な日常会話ができるところまできた (達到能夠使用日語進行簡單的日常會話了)。

◊ この国はもう革命以外に救う道がないところまできている (這個國家已經到了除革命之外就不能獲救的地步了)。

… ところまではいかないが / … ところまでいかないとしても

用法 「ところ」是形式體言，後續格助詞「まで」加動詞「いく」的否定式再接表

示逆接的接續助詞「が」，接在用言連體修飾形後面。該句型同「…ところまで
いかないとしても」用法、意義一樣，其中「としても」表示假定或既定的條
件。　✿表示讓步，雖然還沒有完全達到某種程度，但也已經接近達到，相當
於漢語的「雖然沒有…的程度，但是…」「儘管沒有…的地步，但是…」。

◊ 完成というところまでいかないが、九十パーセントは出来上がった（雖然沒
有達到完成的程度，但已經完成了90%）。

◊ 賛成できるところまでいかないが、反対しない（儘管無法同意，但並不反對）。

◊ 納得できたところまでいかないとしても、彼の話が分かった（雖然沒能信
服，但也聽懂了他的話）。

◊ 百点はとれるところまでいかないとしても、優秀な成績でパスした（雖然
沒有達到取得滿分的地步，但也以優秀的成績通過了）。

… ところを

用法　①「ところを」是一個詞團，接在動詞連體修飾形後面，起接續助詞的作
用，其後項多接表示視覺、捕捉、救助之類的他動詞。

✿表示後項他動詞直接作用於前項動作的主體，相當於漢語的「正在…時…」，
或根據句意靈活翻譯。

◊ 警察は泥棒が家に帰ったところを捕まえた（警察在小偷回家時把他抓住了）。

◊ 来ないところを見ると、急用でもできているのでしょう（看他還不來，或許
是有什麼急事了吧）。

◊ 夕食を食べているところを写真にとられた（正在吃晚飯時被照了下來）。

用法　②接在用言連體修飾形和體言加格助詞「の」的後面。

✿表示逆接，前後兩項是互相矛盾的，並且後項多是意料之外的情況，相當於漢
語的「本應該…卻…」「可是…」，或者根據句意靈活翻譯。

◊ 彼が来るところを逆にこちらから出かけて行った（本應該他來，反倒我去
了）。

◊ お忙しいところをすみません。ちょっとお願いがあるんですが（百忙之
中，真對不起，有點事兒想求您…）。

◊ 危険なところを助けていただき、何とお礼を言ったらいいか、本当にありが
とうございました（危險之中您救了我，不知如何感謝才好，真是太謝謝了）。

◊ お仕事中のところを、ちょっとお邪魔してもよろしいでしょうか（正值您
工作，打擾一下可以嗎）。

… ところをみると

用法 「ところ」是形式體言。該句型多接在動詞持續體後面。

✿表示說話者判斷的依據，相當於漢語的「由此看來」「由…來看」。

◊ 部屋の電気がついている<u>ところをみると</u>、彼はまだ起きているようだ（他房間的燈還亮著，由此看來，他好像還沒有睡）。

◊ うれしそうな顔をしている<u>ところをみると</u>、試験がうまくいったようだ（從他那高興的樣子來看，他可能考得不錯）。

◊ お互いに遠慮しあっている<u>ところをみると</u>、あの二人はそう親しい関係ではないのだろう（從相互之間很客氣這一點可以看出，他們兩人的關係也許不那親密）。

… とされている

用法 「と」是表示內容的格助詞，「されている」是「サ變」動詞「する」的被動語態持續體。該句形接在名詞和簡體句後面，用於報導、論文等正規的文體中。

✿表示一般所公認的事實，相當於漢語的「一般認為…」「據說…」「被視為…」。

◊ 犬と猫とは会えば喧嘩するもの<u>とされている</u>（一般認為，狗和貓一見面就打架）。

◊ 早寝早起の人は長生き（だ）<u>とされています</u>（據說早睡早起的人長壽）。

◊ 夏によく泳いでおくと、冬になって風邪をひかない<u>とされている</u>（一般認為，夏天常游泳的話，到了冬天不感冒）。

◊ 地球の温暖化の一因として、大気中のオゾン層の破壊が大きくかかわっている<u>とされている</u>（據說地球變暖與大氣中臭氧層的破壞關係很大）。

◊ 中国人は気が大きい<u>とされている</u>（中國人被視為胸襟開闊）。

… としか思えない / … としか思われない

用法 「しか」是副助詞，同否定式相呼應。「と」是表示內容的格助詞，「思える」是「思う」的可能態，在此可以同「思われる」替換。該句型接在體言和簡體句的後面。 ✿表示說話者只能這麼認為，相當於漢語的「只能認為是…」。

◊ あの新聞にこんな文章がのっているのは挑発的な態度<u>としか思えない</u>（在那家報紙上刊登這樣的文章，只能認為那是一種挑釁的態度）。

◊ どう考えても、これは彼の間違いだ<u>としか思えない</u>（無論怎麼想，只能認為這是他的過錯）。

◊ 天はわざと私たちを困らせている<u>としか思われない</u>（只能認為是老天故意為難我們）。

◊ ほかの人の話を聞いて、高木さんは嘘をついた<u>としか思われない</u>（聽了其他人的説法，只能認為高木説了謊）。

… としたら

用法　「と」是表示内容的格助詞，「したら」是「サ變」動詞「する」的過去假定形。該句型接在體言和形容動詞詞幹加「だ」、形容詞和動詞的簡體後面，可以和「とすると」「とすれば」互換。但是，後項是表示意志、請求的詞語時只能用「…としたら」。

❋①表示順接的假定條件，相當於漢語的「如果…的話…」。

◊ この世の中で二度の命が与えられる<u>としたら</u>、私はあなたのような生き方をしたい（如果人生在世有兩次生命的話，我願意像你那樣生活）。

◊ 車だ<u>としたら</u>、二時間はかかる（如果開車去的話，需要兩小時）。

◊ 水が悪い<u>としたら</u>ここには長く住めない（如果水質不好的話，就不能在這裏長期居住）。

◊ もし実現不可能だ<u>としたら</u>、予算がたりないからだ（如果不能實現的話，就是因為預算不足）。

◊ 引き続きこの速度で建設を進められる<u>としたら</u>、このプロジェクトは今年末まで操業を始めることができるだろう（如果能繼續按這種速度進行建設，這個項目到今年年底就能投入生產）。

◊ 今十万円もらった<u>としたら</u>、何に使いますか（如果你現在得到10萬日元，你用它來做什麼）。

◊ あの時始めていた<u>としたら</u>、今ごろはもう終わっているだろう（如果那時就開始了的話，現在也該結束了吧）。

❋②表示既定條件，相當於漢語的「既然…就…」。

◊ これは君のだ<u>としたら</u>、持っていきなさい（既然這是你的，就把它拿走吧）。

◊ 知らない<u>としたら</u>、教えましょう（既然你不知道，就告訴你吧）。

◊ 寒い<u>としたら</u>、厚着をしなさい（既然冷，就多穿一點）。

◊ やっても無駄だ<u>としたら</u>、やめました（既然做了也沒用，就不做了）。

（體言）として（全面否定）

用法 「として」是一個詞團，接在「一」打頭的數量詞後面，同否定式謂語相呼應。　✤表示全面否定，相當於漢語的「沒有一個…」。

◊ 一つ<u>として</u>完全なものは<u>ない</u>（沒有一個完整的）。

◊ この子は一時<u>として</u>じっとしていることは<u>ない</u>（這個孩子一會兒也不老實）。

◊ 戦争が始まって以来、一日<u>として</u>心の休まる日は<u>ない</u>（戰爭爆發以來，我的心情沒有安定過一天）。

（體言）として（作為）

用法 「として」是一個詞團，接在體言後面。做定語時可以用「…としての」的形式。

✤表示身份、地位、資格、作用等，相當於漢語的「作為…」。

◊ 母<u>として</u>、子供を心配するのは当たり前でしょう（作為母親，擔心孩子是理所當然的）。

◊ 学長の代理<u>として</u>、会議に出席した（作為大學校長的代理出席了會議）。

◊ 田中さんは医者<u>として</u>よりも政治家<u>として</u>有名だ（田中作為政治家比作為醫生有名氣）。

◊ 趣味<u>として</u>書道を勉強している（作為興趣學習書法）。

◊ 彼にも男<u>として</u>の意地があるはずだ（他也應該有作為男子漢的氣概）。

◊ 親<u>として</u>の義務は何だろうか（作為父母的義務是什麼呢）？

（用言）として

用法 「として」是一個詞團，接在動詞原形後面。　✤表示認定、假定、考慮、聲稱等含義，相當於漢語的「認為…」「就算…」「假若…」。

◊ あの先生に原稿を頼む<u>として</u>、誰がお願いに行くの（就算請那位老師寫文章，可是誰去呢）。

◊ あした雨が降らない<u>として</u>、山登りに行きたい人はたぶん多くないだろう（假若明天不下雨，想去爬山的人可能也不會多吧）。

◊ 彼を探しに行く<u>として</u>、誰が行きますか（就算去找他的話，誰去啊）？

◊ これを買う<u>として</u>幾らかかりますか（要是買的話，需要多少錢呢）？

… としては

用法 「としては」是一個詞團,接在表示人物或組織的詞語後面,「は」是提示助詞。在正式場合下,常使用禮貌體「… としましては」「… といたしましては」。這裏的「は」不能省略。

✿表示某人或某個組織的立場、觀點,相當於漢語的「作為…」。

◊ 生産品の質を高めるために、製造業者としてはもう最善を尽くした(為了提高產品質,廠家已經盡了最大努力)。

◊ 私としてはこの提案に賛成でも反対でもない(作為我,既不贊同也不反對這個提議)。

◊ 審査委員会としては早急に委員長を選出する必要がある(作為審查委員會有必要儘快選出委員長)。

… としても

用法 「としても」是一個詞團,接在活用詞的簡體後面。

✿前項表示假定或既定的讓步條件,後項是與前項相反的結論,或者前項和後項是兩個方面的對比,相當於漢語的「即使…也…」。

◊ 軽蔑されたとしてもかまいません(即使被輕視也沒關係)。

◊ できたとしても、あまりいいものはできません(即使做出來了,也不會做得太好)。

◊ 彼はいいとしても、彼女が許してくれないだろう(即使他同意了,她也不會允許吧)。

◊ 体が丈夫だとしても衛生に注意しなければならない(即使身體結實也要注意衛生)。

◊ 山田さんの言っていることが事実だとしても、証拠がなければ信じるわけにはいかない(即使山田說的是事實,拿不出證據的話也不能置信)。

… とすぐ

用法 「すぐ」是副助詞。「と」是接續助詞,接在動詞的原形後面。

✿表示不間斷地去做另一個動作或出現另一種狀態,相當於漢語的「一…就馬上…」「一…就立刻…」。

◊ 子供は學校から帰るとすぐテレビのスイッチを入れる(孩子放學一回到家就

打開電視機)。

◊ 彼女は大学を卒業するとすぐ結婚した(她大學一畢業馬上結婚了)。

◊ ちょっと褒めるとすぐいい気になる(稍微一表揚就得意了)。

◊ 家につくとすぐ雨がばらついた(一到家就立刻滴雨滴了)。

… とすると / … とすれば

用法 ①第一個「と」是表示內容的格助詞，第二個「と」是表示假定的接續助詞。該句型接在活用詞的簡體或簡體句後面。句型「とすると」可以同「とすれば」和「としたら」互換，需要注意的是如果後項為意志、請求等詞語，只能用「… としたら」。　✿表示假定和既定條件，相當於漢語的「如果 … 就 …」「要是 …」「假如 … 就 …」。

◊ 水が悪いとするとここには長く住めない(如果水質不好的話，就不能在這裏長期居住)。

◊ 二週間休館だとすると、今日ちに必要な本を借りておかなければならない(如果閉館2週，今天之內就必須把需要的書借出來)。

◊ 今、十万円もらったとすれば、何に使いますか(如果你現在得到10萬日元，你用它來做什麼呢)。

◊ 一時間待ってまだ何の連絡もないとすれば、途中で事故にでもあったのかもしれない(要是等了1個小時還沒有什麼聯繫，那也許是途中遇到事故什麼的了)。

用法 ②「とすると」和「とすれば」在句子中單獨使用，起接續詞的作用。

✿表示承接前項的內容，在前項事實的基礎上，對後項事物進行判斷，相當於漢語的「要是那樣的話，就 …」「如果從 … 來看，就 …」「照這樣，那麼 …」。

◊ 明日もまた雨が降るそうだ。とすると、一週間降り続くことになる(聽說明天還有雨，如果那樣就連續下一星期了)。

◊ 今年の二月の平均気温は平年より数度も高いそうだ。とすると、桜の開花も早くなるだろう(據說今年2月的平均氣溫比往年高好幾度。照這樣，櫻花的開放也會提前吧)。

◊ こちらの通知が着かなかったそうだ。とすれば今日の欠席もやむを得ないさ(據說沒有收到我們的通知。要是那樣的話，今天缺席也是無可奈何的)。

◊ 一時間に五千ダース生産できる。とすれば、生産性は相当高い(1個鐘頭能生產5000打，這樣看來生產率相當高)。

… とすれば

用法　「と」是格助詞，後續「サ變」動詞「する」的假定形，接在表示人物的名詞後面，屬於書面語表達。口語中則多用「…にしたら」「…にしてみれば」的形式。

✿表示從某個人的角度來看或從某個立場出發，相當於漢語的「作為…」。

◊ 先生とすれば、学生の心身健康に関心を寄せるべきだ（作為老師，應該關心學生的身心健康）。

◊ 当事者の彼とすれば、そう簡単に決めるわけにはいかない（他作為當事人不會那麼簡單地做決定）。

◊ 子供とすれば、親孝行をしないと悪いよ（作為孩子不孝敬父母可不好呀）。

途中で

用法　「途中」是名詞，後續格助詞「で」，在句中起副詞作用。

✿表示時間和場所的中途，事情還沒有作完就中止了或者就出現了其他事情，相當於漢語的「中途」「半路上」「半道上」。

◊ 資金が続かず途中で止めた（資金接不上，中途停下來了）。

◊ 途中で計画をあきらめる（中途放棄計畫）。

◊ この道は途中で行き止まりになっている（這條道中間過不去）。

◊ 雨が降り出したので途中で引き返した（因為開始下雨了，半路上就返回了）。

途中で / 途中に

用法　「途中」是名詞，其後可以接格助詞「で」和「に」。一般情況下表示發生的地點用「で」，表示存在的場所用「に」，有時它們也可以省略。「途中で」和「途中に」的接續方法一樣，都接在動作名詞加格助詞「の」和動詞原形的後面。

✿表示在某個動作尚未沒有結束時，又發生了起他事情，或者在移動的場所中存在某事物，相當於漢語的「…的中途」「…的路上」「…的途中」。

◊ 会議の途中で電話に呼び出された（會議沒開完就被電話叫走了）。

◊ 山田さんは授業の途中で抜け出した（山田上了半節課就溜走了）。

◊ 仕事に行く途中で小林さんに出会った（在去上班的路上，碰見了小林）。

◊ 宇宙船は月へ向かう途中で、三回軌道を修正した（宇宙飛船在飛往月球的途中曾3次修正軌道）。

◊ 家へ帰る<u>途中</u>には美しい花が咲いていた（在回家的路上開著許多漂亮的花兒）。

◊ 駅へ行く<u>途中</u>に銀行がある（去車站的途中有一家銀行）。

◊ 通勤の<u>途中</u>（で）、地震にあった（在上班的路上，遇到了地震）。

◊ 買物に行く<u>途中</u>（で）友達の家に寄って来る（去買東西的途中，順便去了朋友家）。

どちらかといえば／どちらかというと

用法 「どちら」是疑問代詞，「か」是表示疑問的終助詞。「といえば」是一個詞團，可以同「というと」替換，在句子中起副詞作用。在口語中，它們分別可以說成「どっちかといえば」「どっちかというと」。

✽表示對人和事物的性格、特徵進行評價時，從整體上承認那種情況和特徵，相當於漢語的「總的來說」「比較起來」等。

◊ 私は<u>どちらかといえば</u>、人前で発言するのが苦手である（總的來說，我還是不善於在人前發言的）。

◊ 大阪も悪くないが、<u>どちらかといえば</u>私は京都のほうが好きだ（大阪也不壞，可總的來說，我還是喜歡京都）。

◊ 最近の大學生は、<u>どちらかというと</u>男子より女子のほうがよく勉強して成績もよい傾向がある（最近的大學生啊，總的來說有這樣的傾向，即女生比男生更努力學習，成績也更好）。

◊ 山田さんは<u>どちらかというと</u>馬鹿真面目な男だと思う（我認為比較起來山田是一個過於認真的人）。

とでもいえよう

用法 「と」是格助詞，表示「いえる」的內容。「でも」是表示例示的副助詞。「いえる」是「言う」的可能態動詞。「よう」是推量助動詞，接在一段動詞後面。該句型接在體言和動詞原形後面，屬於書面語表達，可以同「…とでもいおうか」互換。

✽表示把事物的性質、特徵比喻為其他，相當於漢語的「可以說…」。

◊ 学問の楽しみは、未知の世界を発見する喜び<u>とでもいえよう</u>（可以說，做學問的快樂是發現未知世界的喜悅吧）。

◊ 政府の代弁者は本年も引きつづき安全と繁栄への道を固めることができる<u>と</u>

でもいえよう（可以説政府代言人今年還將繼續穩步走安全和繁榮之路的吧）。

♢ 冷房のきいた部屋から外に出た時の感じは、まるで蒸し風呂に入った感じと

でもいえよう（從空調房間走出來的感覺，可以説是彷彿進入蒸氣浴池的感覺

吧）。

とでもいうのだろうか

用法　「と」是格助詞，表示「いう」的内容。「でも」是表示例示的副助詞，「の」
是形式體言，表示説明、解釋的含義。「だろう」是斷定助動詞「だ」的推量表
達。「か」是表示反問的終助詞。該句型接在體言和用言的簡體後面。

✿表示舉一例來暗示其他的反問，相當於漢語的「難道説 … 嗎？」。

♢ この事故のすべての責任が僕にあるとでもいうのだろうか（難道這次事故的

責任全在我嗎）？

♢ 一生懸命働いているのを自分のためとでもいうのだろうか（難道拼命工

作就是為了自己嗎）？

♢ 彼が言ったのは事実だとでもいうのだろうか（難道他説的就是事實）？

♢ 相手には間違いがないとでもいうのだろうか（難道對方就沒有錯誤嗎）？

とても … ない

用法　「とても」是副詞，和否定式謂語相呼應，主觀色彩較強，多用於主觀評價
或敘述的句子當中。　✿表示在思想上或能力上無法接受，相當於漢語的「怎
麼也不 …」「無論如何也不 …」。

♢ 日本語では日本人にはとてもかないません（在日語方面怎麼也趕不上日本

人）。

♢ こんなに宿題があるんだ。二時間や三時間ではとてもできないだろう（作

業這麼多，兩三個小時怎麼也做不完）。

♢ 歩いてはとてもついていけない（步行怎麼也跟不上）。

♢ 重いから、私にはとても持てない（挺重的，所以我無論如何也抬不動）。

… と同時に

用法　「と同時に」是一個詞團，接在體言和動詞、形容詞原形的後面。體言性謂
語和形容動詞謂語要用「… 體言、形容動詞詞幹＋であると同時に」的形式。
該句型經常與後項的副助詞「も」相呼應。

✿表示前項與後項行為在同一時候發生，也可以表示前後項的動作、行為或狀態
同時並存，相當於漢語的「一…就…」「…的同時」「既…同時還…」。

◊ 地震と同時にパニックが起きた（一地震就陷入混亂狀態）。

◊ 彼は医者であると同時に、文学者でもある（他是醫生，同時也是文學家）。

◊ 彼は意志が強いと同時に　もろいところもある（他意志堅強，同時也有脆
弱的一面）。

◊ その遊びは非常に痛快であると同時に危険でもある（那種遊戲非常痛快，
但同時也有危險）。

◊ 彼は日本語を勉強すると同時に、日本経済も研究しています（他在學習日
語的同時，也研究日本經濟）。

…と…と…と（疑問詞）が一番…か／…と…と… の中で（疑問詞）が一番…か

用法　3個「と」都是格助詞，接在體言後面。最後一個「と」可以用「の中で」的
形式替換。「が」是格助詞，接在疑問詞後面。「一番」是副詞，修飾後面的形容
詞和形容動詞。「か」是表示疑問的終助詞。該句型用於形容詞和形容動詞的最
高級。　✿表示三者之比，相當於漢語的「在…當中，哪一…最…呢？」。

◊ 野球とテニスとバトミントンと、どれが一番好きですか（棒球、網球和羽
毛球，最喜歡哪一種呢）？

◊ 高橋さんと野村さんと谷川さんと、誰が一番優秀ですか（高橋、野村和谷川
這3個人誰最優秀呢）？

◊ コートとセーターと靴の中で、何が一番買いたいですか（外套、毛衣和鞋
子，最想買什麼呢）？

◊ 横浜と京都と大阪の中で、どこが一番大きいですか（橫濱、京都和大阪，
哪座城市最大）？

…と…とどちらが

用法　兩個「と」是格助詞，接在體言後面。「どちら」是疑問代詞，後續格助詞
「が」與疑問句相呼應。「か」是表示疑問的終助詞。在口語中，「どちら」也可
以說成「どっち」。該句型是形容詞和形容動詞的比較級。

✿表示二者之比，相當於漢語的「…和…，…哪個…呢？」。

◊ 黄山と泰山と、どちらが高いですか（黃山和泰山，哪個較高呢）？

◊ 肉と魚とどちらがお好きですか（肉和魚，您喜歡哪個呢）？

◊ 春子さんと花子さんと、どちらがテニスが上手ですか（春子和花子哪個網球打得好呢）？

… とともに

用法　「とともに」是一個詞團，可以寫成「と共に」，接在體言和動詞、形容詞原形後面。體言性謂語和形容動詞謂語要用「…體言、形容動詞詞幹＋とともに」的形式。該句型經常與後項的副助詞「も」相呼應。

✿表示後項的動作或變化隨前項同時進行或發生。它相當於漢語的「…的同時，還…」「與…一起…」「隨著…」「…又…」。

◊ 地震の発生とともに津波が発生することがある（發生地震的同時有時會發生海嘯）。

◊ 隣国とともに地域経済の発展に努力している（與鄰國一道努力發展地域經濟）。

◊ ホテルの予約をするとともに、新幹線の切符も買っておく（在預約旅館的同時，也買好新幹線的車票）。

◊ 卒業して社会へ出るのは、嬉しいと共に心配でもある（畢業後踏上社會，既感到高興又感到擔心）。

◊ この建物は立派であると共に新しい（這個建築物又壯觀又新）。

◊ 鈴木さんは数学者であると共に作家でもある（鈴木先生是一個數學家，同時還是一個作家）。

… となく

用法　「となく」是一個詞團，接在疑問詞後面，在句中做狀語，屬於書面語表達。　✿表示多得無法確定具體數字，相當於漢語的「許多…」「很多…」。

◊ 今年になってから、何回となく風邪を引いた（今年以來，患了許多次感冒）。

◊ 公園のベンチには若いカップルが幾組となく腰掛けて愛を語り合っている（有許多年輕情侶坐在公園的長椅上談情說愛）。

◊ 何日となく、雨が降り続いた（雨一連下了很多天）。

… となく … となく／… ともなく … ともなく

用法　「となく」是一個詞團，接在詞義完全相反的一組名詞後面，可以同「とも

なく…ともなく」替換。

✿表示全部或程度之高，相當於漢語的「不分…」「不管…」。

◊ 工場の機械の音が昼となく夜となく鳴りつづけている（工廠裏的機器聲不分晝夜地響個不停）。

◊ 子供となく大人となく、漫画を読んでいる人が多い（不管是大人還是孩子，很多人都在看漫畫）。

◊ 新聞配達は雨ともなく風ともなく、毎朝時間どおりに新聞を配達している（投遞員不管刮風下雨，每天早晨都按時送報）。

◊ それは天からともなく地からともなく沸き起こる大叫喚だ（那是一種分不出從天上還是從地上響起的大叫聲）。

… となる

用法　「と」是格助詞。該句型接在體言後面。

✿表示事物發生的變化，相當於漢語的「成為…」。

◊ 彼女は十八歳なのに、もう未婚の母となった（她才18歲，卻已經是一名未婚媽媽了）。

◊ 人々は次々に島を出ていき、ついにそこは無人島となった（人們紛紛離開了島，終於那裏成了一個無人島）。

◊ 今回の協定は大筋では米国側の主張を受け入れた内容となっている（這次協定的大致內容是接受美國的主張）。

… となると

用法　第一個「と」是格助詞，第二個「と」是接續助詞。該句型接在體言、體言句加斷定助動詞「だ」和用言簡體後面。　✿表示前項為假定的情況，後項是對這假定情況下的事物進行評價，相當於漢語的「如果…」「要是…」。

◊ 課長となると、前よりも残業が多いと覚悟しなくてはならない（如果當科長，做好比以前加班多的心理準備）。

◊ 社長が賛成だとなると、問題はないだろう（要是總經理同意就不會有問題的）。

◊ 私立大学に進むとなると、かなりのお金が必要だろう（要是上私立大學，恐怕要交很多錢吧）。

◊ この時間になっても帰ってこないとなると、会社で業しているかもしれな

い (要是到了這個時間還沒有回來的話，說不定正在公司裏加班)。

◊ これほど大企業の経営状態が悪いとなると、不況はかなり深刻ということになる (如果大企業的經營狀況這麼糟的話，說明經濟不景氣很嚴重)。

◊ 言葉遣いが乱暴だとなると、相手は怒るだろう (要是言語措辭粗魯，對方會不高興的吧)。

… との（體言）

用法　「と」是表示內容的格助詞，「の」是起連體修飾語的格助詞。「との」接在簡體句後面，再後續體言，可以同「という」替換。

✿表示引述的內容，相當於漢語的「…(這樣)的…」。

◊ 山田先生から皆さんによろしくとのメッセージをいただいております (山田老師託我向大家問好)。

◊ 日本人の間から、中国の文化、教育、医療が知りたいとの声が強く出た (日本人當中，希望了解中國文化、教育以及醫療情況的人多起來了)。

◊ 私は医療隊に加わって牧畜区へゆくようにとの任務をうけた (我接受了參加醫療隊到牧區去的任務)。

… とのことだ

用法　「と」是表示內容的格助詞，「の」是起修飾體言作用的格助詞，「こと」是名詞，「だ」是斷定助動詞。該句型接在簡體句後面，其過去時為「… とのことだった」或「… とのことでした」，但沒有否定式的用法。它相當於「ということだ」的用法。　✿表示傳聞、轉述，相當於漢語的「聽說」「據說」「說…」。

◊ むこうは雪が降っているとのことだが、ひどく寒いだろう (聽說你們那裏正在下雪，很冷吧)。

◊ 山村さんは帰国したとのことだ (據說山村先生已經回國了)。

◊ みなさんによろしくとのことだった (他說向大家問好)。

どのように（して）… か

用法　「どのように」是複合疑問副詞，後續的「して」可以省略。該句型同疑問句相呼應。　✿表示說話者不知道該如何處理，所以詢問對方，相當於漢語的「怎樣 … 呢?」「如何 … 呢?」。

◊ どのようにすればいいですか (怎麼做才好呢)。

◊ どのようにして成功できますか（怎麼做才能成功呢）。

◊ どのようにして三月までにこれらの仕事をやりきれますか（要怎樣做才能在 3 月前做完這些工作呢）。

…とは

用法 ①「とは」是副助詞。該句型接在動詞、助動詞簡體後面。

❀表示對所見所聞表示驚訝或感嘆，根據具體情況靈活翻譯。

◊ 彼がそこまで言うとは思ってもみなかった（怎麼也沒想到他能說那樣的話）。

◊ あのもてない彼に恋人がいたとは（〔真想不到〕不招人喜歡的他竟然也有了戀人）！

◊ まさか、あの政治家ががんだったとは、知らなかった（真沒想到那個政治家竟然得了癌症）。

用法 ②「とは」是格助詞加提示助詞構成，接在體言後面，常同後項的「… のことだ」「… という意味だ」相呼應。　❀表示下定義，進行解釋，相當於漢語的「所謂的 … 就是 …」「所謂 … 即 …」。

◊ パソコンとは、個人で使える小型のコンピューターのことだ（所謂個人電腦就是個人使用的小型計算機）。

◊「普遍的」とは、どんな場合にも広く一般的に当てはまるという意味だ（所謂的「普遍」，就是在任何情況下都能廣泛適用的意思）。

◊ 青春とは一体何なのだろうか（到底什麼是青春）？

用法 ③「とは」是格助詞加提示助詞構成，接在簡體句後面，常同後項的「… ということだ」相呼應，可以用「というのは」來替換。

❀表示引用或歸納所述內容，相當於漢語的「就是說 …」。

◊ 友達が来たとは、今日の授業に出ないということだね（朋友來了，就是說今天不來上課了，對吧）。

◊ 退職するとは、今の会社に不満を感じるということだ（辭職，就是說對現在的公司感到不滿）。

◊「すみません」とは、ご迷惑をかけたということです（「對不起」，就是說給您添麻煩了）。

用法 ④「と」是表示內容的格助詞，「は」是提示助詞，起加強語氣的作用。該句型常接在體言後面，同否定式謂語相呼應。

❀表示加強否定的語氣，根據具體情況靈活翻譯。

◊ 高橋さんは六十歳以上とは見えない（一點兒看不出高橋先生有60多歲）。

◊ 不注意による間違いとは思われない（我並不認為是由於疏忽而引起的錯誤）。

◊ ここから秋葉原まで歩いて十分間とはかからない（從這裏步行到秋葉原根本用不了10分鐘）。

◊ あの方は偉い人物とは言えない（那位先生並不能算是一個了不起的人物）。

… とはいえ

用法 ①「とはいえ」是一個詞團，其中「と」是表示內容的格助詞，「いえ」是動詞「言う」的命令形，接在名詞、活用詞終止形的後面，屬於書面語表達。

✿表示後項的說明對前項的既定事實是一種否定，相當於漢語的「雖說…但是…」「儘管…可是…」。

◊ 春とはいえ、まだ風が冷たい（雖說已到了春天，但風還是很冷）。

◊ やさしいとはいえ、勉強せねばやはりできない（雖說容易，但不用功仍然不會）。

◊ あそこは静かだとはいえ、寂しい感じを人に与えた（那兒雖說安靜，但是給人以冷清的感覺）。

◊ 実験は成功したとはいえ、実用化するまでにはいまだほど遠い（儘管實驗已經成功了，可是距離實際應用還很遠）。

用法 ②「とはいえ」是一個詞團，起接續詞的作用，用在句首，屬於書面語表達。

✿表示逆接的轉折關係，相當於漢語的「雖然…但是…」「雖說…可是…」。

◊ もう四月になった。とはいえ、朝はまだ冷たい（雖然已經4月份了，可是早晨還是很冷）。

◊ 彼は今年で八十歳を迎えます。とはいえ、頭がしっかりしている（雖說他今年就要迎來80大壽了，但是頭腦還很清楚）。

◊ 池田さんは物事をあまりに単純に考えすぎる。とはいえ、そこが彼のいいところでもある（雖說池田君想問題太簡單，但這也是他的一個優點）。

… とはいっても

用法 「とはいっても」是一個詞團，其中「と」是表示內容的格助詞，「いっても」是由動詞「言う」的連接式後續接續助詞「ても」構成。該句型接在體言、活用詞的簡體後面。 ✿表示承認前項的看法，但同時在後項引出部分修正或

限制前項的內容，相當於漢語的「雖說 … 但是 …」「儘管說 … 但是 …」。

◊ 都市とはいっても、公園らしい公園もありません（雖說是個城市，卻連個像樣的公園都沒有）。

◊ 問題がやさしいとはいっても、できない學生がいる（雖說問題簡單，但還是有不會的學生）。

◊ 人間はみな平等だとはいっても、現実には金持ちも貧乏人もいる（儘管說人都是平等的，但實際上有的富、有的窮）。

◊ 日本語ができるとはいっても、ただ話せるだけで、文法など全然分かりません（儘管說會日語，但只是會說，語法之類的一點也不懂）。

◊ 将来のことは分からないとはいっても、少しは見当がつくでしょう（雖說將來的事情不得而知，可多少也是可以預見的吧）。

… とはいうものの

用法 「とはいうものの」是一個詞團，其中「と」是表示內容的格助詞，「ものの」是表示轉折關係的文語接續助詞。該句型接在體言、活用詞的簡體後面，屬於書面語表達。 ✽表示後項的結果與前項所認定的事實不相符，相當於漢語的「雖說 … 但是 …」。

◊ 四月とはいうものの風が冷たく、桜もまだだ（雖說是4月了，但風還很涼，櫻花也沒開）。

◊ 「石の上にも三年」とはいうものの、こんなに訓練が厳しくてやめたくなる（雖說是「功到自然成」，但是訓練這麼嚴格，都不想做了）。

◊ 幼ないとはいうものの、もう七つだ（雖說小，但也已經7歲了）。

◊ 渋谷はにぎやかだとはいうものの、銀座とは比べものにならない（涉谷雖說很熱鬧，但也不能和銀座相比）。

◊ われわれの経済建設は大きな成果を収めたとはいうものの、つねに客観情勢要求に追いつかない（我們的經濟建設雖然取得了很大的成績，但是總趕不上客觀形勢的需要）。

… とはいいながら

用法 「とはいいながら」是一個詞團，其中「と」是表示內容的格助詞，「ながら」是表示逆接的接續助詞。該句型接在體言、活用詞的簡體後面，和「とはいうものの」意思一樣。

✱表示前後項為轉折關係，相當於漢語的「雖說…但是(卻)…」。

◊ 男女平等の世の中<u>とはいいながら</u>、職場での地位や仕事の内容などの点で
まだ差別が残っている(雖說是男女平等的社會，但是在工作單位的地位和工
作內容等方面仍然存在歧視)。

◊ フランス語がうまい<u>とはいいながら</u>、ただ読むだけで、話せません(雖說法
語好，但是只能讀不能說)。

◊ 狭い<u>とはいいながら</u>、楽しい我が家(雖然狹小卻很快樂的我的家／金屋銀屋
不如自家的狗窩好)。

◊ 国際化が進んだ<u>とはいいながら</u>、やはり日本社会には外国人を特別視すると
いう態度が残っている(雖然國際化了，但是在日本社會仍然殘留著對外國人
另眼相看的態度)。

… とは思わなかった

用法　格助詞「と」是「思う」的內容，提示助詞「は」加強否定的語氣。「思わな
かった」是「思う」的否定過去時。該句型接在簡體句後面。

✱表示對某事物的發生感到吃驚、出乎意料，相當於漢語的「沒想到…」。

◊ 彼が試験に落ちる<u>とは思わなかった</u>(沒想到他會考不上)。

◊ あなたがそれほどまでに気にする<u>とは思いませんでした</u>(沒想到你竟然這麼
放在心上)。

◊ あんな真面目な人がこんな誤りを犯そう<u>とは思わなかった</u>(沒想到那麼認
真的人會犯這樣的錯誤)。

… とは限らない

用法　「とは限らない」的「と」是格助詞，表示「限る」的限定內容，「は」加強否
定語氣，「限らない」是「限る」的否定式。該句型接在簡體句的後面，有時也
可以用「…とも限らない」的形式。　✱表示一般來說是正確的，但是也有例
外，相當於「不一定…」「不見得…」「未必…」。

◊ 金持ちだからといって、幸せだ<u>とは限らない</u>(雖說有錢，但不一定幸福)。

◊ 田舎より都会のほうがいい<u>とは限りません</u>(不見得城市就比鄉下好)。

◊ きれいだからといって、必ずしも丈夫だ<u>とは限らない</u>(雖說漂亮，不一定
結實)。

◊ 大学に入ったからといって、立派な人間になれる<u>とも限りません</u>(儘管上了

大學，也不一定能成為優秀人才）。

… とばかり（に）

用法 「とばかりに」是一個詞團，其中格助詞「に」可以省略。該句型接在體言、簡體句後面。 ✽表示雖然沒說出來，但是從表情、動作上已經表現出來了，相當於漢語的「（似乎）認為…」「顯出…（的神色）」。

◊ 今がチャンス<u>とばかりに</u>、行動を始めた（認為現在正是機會，便開始了行動）。

◊ 失敗したのは私のせいだ<u>とばかりに</u>、彼は私叱った（他似乎認為失敗是由於我的緣故而訓斥我）。

◊ すみません、アンケートお願いしますと差し出したら、うるさい<u>とばかりに</u>はらいのけられた（當我遞上問卷說：「對不起，麻煩填一下可以嗎」的時候，被他們推開了，似乎嫌我煩）。

◊ あの子はお母さんなんか嫌いだ<u>とばかりに</u>、家を出て行ってしまった（那孩子從家裡跑了出去，似乎討厭母親）。

◊ もう二度と来るな<u>とばかりに</u>、私の目の前でピシャット戸を閉めた（〈他〉看樣子不會再來了，在我面前「啪」的一聲關上了門）。

… とはなにごとだ

用法 「とは」表示提起話題，「なにごとだ」可以寫成「何事だ」，表示「怎麼一回事」。該句型接在動詞的簡體後面。

✽表示詰問，通常是對有違公德的行為加以指責，相當於漢語的「怎麼能…呢?」「成何體統」「豈有此理」等，翻譯要靈活。

◊ そんなことをする<u>とは何事だ</u>（你怎麼做那種事情呢）?

◊ 両親と口答えする<u>とは何事だ</u>（和父母頂撞成何體統）!

◊ 一週間続いて会社に遅れる<u>とはなにごとだ</u>（連續一個星期上班遲到，真是豈有此理）。

◊ 人を騙す<u>とは何事だ</u>（騙人，你不覺得難為情嗎）?

… とは反対に

用法 「とは反対に」是一個詞團，其中「と」是格助詞，「は」是提示助詞。該句型接在體言後面，也可以用「…と（は）反対＋の＋名詞」的形式。在口語中，

「反対に」可以換成「あべこべに」。

✿表示情況相反，相當於漢語的「與…相反…」。

◊ 自分の 考 えとは反対に事態が 発展した（事態的發展與自己的想法相反）。

◊ 兄とは反対に 弟 がよく 働 く（與哥哥相反，弟弟很能幹）。

◊ 見掛けとは反対に、田中さんは 心 がやさしい（與外表相反，田中君和藹可親）。

◊ それとは反対の 場合、態度が 変る（在與此相反的情況下態度就會發生變化）。

◊ それとは反対のうわさを 聞いた（我聽到了與此相反的傳聞）。

… とまでいかないが / … とまでいかないとしても

用法　「と」和「まで」是格助詞，後續動詞「いく」的否定式再接表示逆接的接續助詞「が」，接在名詞、副詞、活用詞簡體後面。該句型同「…とまでいかないとしても」用法、意義一樣，其中「としても」表示假定或既定的條件。

✿表示讓步，雖然還沒有完全達到某種程度，但也已經接近達到，相當於漢語的「雖然沒有達到…程度，但是…」「儘管沒有達到…的地步，但也…」。

◊ けちとまでいかないが、倹約家と言える（雖然沒達到小氣鬼的程度，但是可以說他是很節儉的人了）。

◊ ぺらぺらとまでいかないが、あいさつ 言葉が 正しく 話せる（儘管還達不到流利的地步，但也能正確地表述寒暄語）。

◊ 女 一人海外旅行は必ず危険だとまでいかないが、注 意しなければならないと 思う（雖然不能說一個女性在海外旅行一定危險，但是也必須注意才好）。

◊ 完全無欠とまでいかないとしても、才色 兼備で気立てがよく、魅 力的な女性だった（雖然不能說她十全十美，但是她是個才貌雙全、很有魅力的女性）。

◊ 納得したとまでいかないとしても、彼の言い分は 分かった（雖然不能接受，但是明白了他的意思）。

… と見える

用法　「と」是表示內容的格助詞。該句型接在體言、用言的簡體後面，用於結句。表示中頓時，用「…と見えて」的形式。

✿表示根據所見到的情況進行推測，一般可以證明這種推測是有可靠根據的。它相當於漢語的「看起來好像…」「似乎…」。

◊ 隣の石田さんは不在と見えて、新聞が何日もたまっている（看來隔壁的石田不在家，已經堆了好多天的報紙了）。

◊ 最近忙しいと見えて、いつ電話しても留守だ（最近他好像很忙，什麼時候打電話他都不在家）。

◊ 国政に対する国民の強い不満は、しだいにおさまると見える（國民對國家政治的強烈不滿看來漸漸平息了）。

◊ 夜中に雨が降ったと見えて、水たまりができている（夜裏好像下雨了，地面上積了水）。

◊ 手紙がもどってきたところを見ると、彼はどこかに引っ越したと見える（寄給他的信退回來了，看起來他好像搬家了）。

◊ 電車が遅れていると見えて、隣のホームは人でいっぱいだ（看來電車晚點了，旁邊的站台上擠滿了人）。

… と見るや

用法 格助詞「と」是動詞「見る」的内容，「や」是接續助詞。該句型接在動詞過去時「た」後面，主要用於書面語表達。 ✿表示後項的情況緊隨前項而發生，相當於漢語的「剛一…就立刻…」「剛…就馬上…」。

◊ 飛行機から降りたと見るや、歓迎陣からどっと歓呼の声が沸きあがった（剛一下飛機，歡迎人群就立刻響起了歡呼聲）。

◊ 彼らは汽車から降りたと見るや、出迎えの人々は花束をもってかけよった（他們剛從火車上下來，歡迎的人群就拿著花束跑了過去）。

◊ 彼は家に帰ったと見るや、会社から電話がかかって来た（他剛一回到家，公司就打來電話）。

… とも

用法 ①「とも」是文語接續助詞，接在體言和形容動詞詞幹加「であろう」、形容詞詞尾「く」或「かろう」、動詞意志形「う（よう）」的後面，意思和「ても」一樣。為加強語氣，它可以同「たとえ」「どんなに」等副詞相呼應。

✿表示無論前項情況如何，後項也都是如此，相當於漢語的「無論…也…」「即使…也…」「不管…都…」。

◊ 高明な僧侶であろうとも、迷いを断てないこともある（即使是名望很高的和尚也有無法斬斷凡念的時候）。

◊たとえ健康であろう<u>とも</u>中年を過ぎたら、定期検診を受けたほうがいい（即使很健康，過了中年還是定期體檢好）。

◊どんなに苦しく<u>とも</u>、最後まで諦めないで頑張るつもりだ（無論多麼苦，也打算不懈地奮鬥到最後）。

◊どんなに苦労があろう<u>とも</u>、二人で助け合って幸せな人生を歩んでゆきたい（不管有多苦，兩個人都要互相幫助度過幸福人生）。

用法　②「とも」是接尾詞，接在體言、形容詞詞尾「く」後面。

✱表示全部和程度的限度，相當於漢語的「全都…」「連…在內」「至少…」「頂多…」「最…」。

◊今度のバレーボールの試合で、我がクラスの男女チーム<u>とも</u>優勝した（在這次排球比賽中，我們班男女隊都獲得了第一名）。

◊運賃<u>とも</u>二万円だ（連運費在內2萬日元）。

◊風袋<u>とも</u>十キロだ（毛重10公斤）。

◊多少<u>とも</u>仕事の経験がある人を募集中だ（正在招收有工作經驗的人）。

◊参加者は少なく<u>とも</u>五十人いるだろう（參加者至少有50人吧）。

◊お金は多く<u>とも</u>五千円持っている（頂多有5000日元）。

◊この仕事とは遅く<u>とも</u>九月中にできあがるようだ（這項工作最遲在9月份完成）。

用法　③「とも」是終助詞，接在句末。

✱表示強烈的肯定，相當於漢語的「當然」「一定」。

◊そのとおりです<u>とも</u>（當然是這麼一回事了）。

◊ああそうだ<u>とも</u>（那可不是嗎）！

◊そんなこと許しません<u>とも</u>（這種事，當然不允許了）。

◊もちろん行きます<u>とも</u>（我當然去了）。

◊これでいい<u>とも</u>（這樣當然可以了）。

◊それは知ってる<u>とも</u>（那當然知道了）。

◊大丈夫だ<u>とも</u>（當然沒有問題啦）。

…ども

用法　①「ども」是接尾詞，接在名詞（主要是表示人物、人稱的名詞）後面。

✱表示複數，用於第一人稱代名詞後面，表示謙虛；接在除第一人稱之外的代名詞後面時，多有瞧不起的意思在其中，相當於漢語的「…們」。

◊ 申し訳ありません。私どもの責任です（對不起，是我們的責任）。

◊ 手前どもの店では、この品物は扱っておりません（我們的商店不經營這種商品）。

◊ 野郎ども、みんなそろってかかって来い（混蛋們，你們一起來吧〔粗魯的吵架用語〕）。

用法 ②「ども」是文語接續助詞，接在動詞假定形後面。

✿表示逆接，相當於漢語的「即使…可是…」。

◊ 行けども行けども、原野は続く（即使走啊走，可還是一片原野）。

◊ 声はすれども、姿は見えず（聽到聲音，但是看不見身影）。

◊ 振り向いて見れども、そこには誰もいなかった（回頭看了一下，可是一個人也沒有）。

… ともあろうものが

用法 「ともあろうものが」是一個詞團，接在體言後面。

✿表示名聲較高的人或機構做出的事情與身份不符，相當於漢語的「身為…卻…」「像…這樣的卻（怎麼）…」。

◊ 大学教授ともあろうものが、賄賂を受け取るとは驚いた（身為大學教授卻接受賄賂，令人吃驚）。

◊ 警察官ともあろうものが、強盗を働くとは何ということだろうか（身為警察卻行搶，太不像話了）。

◊ あなたともあろうものがどうしてあんな人のうそに騙されたのですか（像你這樣的人怎麼還受那種人的騙了呢）。

… とも … とも言わない

用法 格助詞「と」是「言う」的內容，「言わない」是「言う」的否定式。該句型接在體言、簡體句後面。 ✿表示二者都不的意思。它相當於漢語的「（也）不說…也不說…」「既不說…也不說…」。

◊ うんともすんとも言わない（也不說是，也不說不是）。

◊ 行くとも行かないとも言わない（不說去，也不說不去）。

◊ わかったともわからないとも言わない（不說懂了，也不說不懂）。

◊ いいとも悪いとも言わなかった（我既沒有說好，也沒有說不好）。

◊ 彼は好きだとも嫌いだとも言わなかったようだ（他好像既沒有說喜歡也沒有

説不喜歡)。

ともかく

用法 ①「ともかく」是副詞，接在體言加提示助詞「は」後面。

✱表示不把名詞內容作為議論對象，而優先表述比其更為重要的後項事物，相當於漢語的「姑且不論」「先別說…」「暫且不論」。

◊ 見かけは<u>ともかく</u>味はよい (外觀姑且不論，味道挺好)。

◊ 学歴は<u>ともかく</u>、人柄にやや難点がある (學歷暫且不說，人品稍微有點兒缺點)。

◊ 細かい点は<u>ともかく</u>全体的に見れば、うまく行ったと言えるのではなかろう (小地方姑且不論，整體來看，可以說搞得不錯吧)。

用法 ②單獨修飾後面的動詞。

✱表示無論如何，不管怎樣，相當於漢語的「反正」「總之」。

◊ 雨で中止になるかもしれないが、<u>ともかく</u>行ってみよう (也許會因為下雨而中止，反正先去看一看吧)。

◊ <u>ともかく</u>お医者さんに見てもらったほうがよい (總之，還是看醫生好)。

◊ <u>ともかく</u>使ってみないことにはいい製品かどうかは分からない (總之不使用，是不知道產品好壞的)。

ともすると

用法 「ともすると」是副詞，修飾後面的句子。　✱表示以此為契機，動輒就發生不好的事，相當於漢語的「動不動」「常常」「經常」。

◊ 彼は<u>ともすると</u>会が終わる前に抜け出してしまう (他常常在會議結束前溜走)。

◊ 彼は<u>ともすると</u>些細なことでかっとなる (他動不動就因為瑣細小事而發火)。

◊ <u>ともすると</u>怠け心が起こる (經常有惰性)。

◊ 彼らは<u>ともすると</u>上司の悪口を言 (他們動不動就說上司的壞話)。

◊ <u>ともすると</u>忘れがちになった (我動不動就忘事)。

疑問詞＋（助詞）＋ともなく

用法 「ともなく」是一個詞團，接在疑問詞加助詞後面，有時助詞可以省略。

✿表示不能確定，相當於漢語的「不知」「說不清」。

♢どちらから<u>ともなく</u>話し声が聞こえてきた（不知從哪邊傳來了說話聲）。

♢生徒たちは夜遅くまで騒いでいたが、いつ<u>ともなく</u>それぞれの部屋に戻って
いった（學生們吵鬧到夜裏很晚，但不知什麼時候都各自回到了自己的房間）。

♢誰から<u>ともなく</u>拍手が起こりました（不約而同地鼓起掌來了）。

♢鳥はどこへ<u>ともなく</u>飛び去った（小鳥不知飛向了何處）。

… ともなく / … ともなしに

用法　「ともなく」是一個詞團，接在動詞原形後面。其前後多為同一動詞或者同
一類動詞。「ともなく」可以用「ともなしに」替換。

✿表示無意識地做出某種動作或行為，相當於漢語的「漫不經心地」「不知不覺
地」。

♢その話を聞く<u>ともなしに</u>耳に入ってきたのだ（那句話是無意中聽到的）。

♢どこを眺める<u>ともなく</u>、ぼんやりと遠くを見つめている（漫不經心地呆望著
遠方）。

♢散歩がてらに来る<u>ともなく</u>公園の前へ来た（散著步不知不覺地來到了公園門
前）。

♢鈴木さんはうつらうつら眠る<u>ともなしに</u>眠っていた（鈴木同學迷迷糊糊地不
知不覺睡著了）。

… ともなると / … ともなれば

用法　「ともなると」是一個詞團，接在體言、動詞的簡體後面，可以同「ともな
れば」「ともなっては」替換。

✿表示如果發展到了一定程度的話，就會理所當然出現某種情況，相當於漢語的
「如果 … 就（會）…」。

♢主婦<u>ともなると</u>、独身時代のような自由な時間はなくなる（當了家庭主婦，
就沒有單身時期那樣的自由時間了）。

♢結婚式<u>ともなると</u>、ジーパンではまずいだろう（如果參加婚禮，穿牛仔褲恐
怕不合適吧）。

♢夏<u>ともなれば</u>、この辺は海水浴客でにぎわう（這一帶到了夏天，由於海水
浴客多而非常熱鬧）。

♢子供を留学させる<u>ともなれば</u>、相当の出費を覚悟しなければならない（如

果讓孩子留學的話，必須要準備花相當大的一筆錢）。

… とやら

用法　「と」是格助詞，「やら」是表示不定的副助詞。「とやら」接在體言和簡體句後面。

✽表示不定，用於不明確的判斷或不明確的傳說，相當於漢語的「叫什麼」「說是什麼…」「據說什麼…」。

◊ 娘 が「ムサカ」とやらというギリシア 料 理を作ってくれました（女兒給我做了一道叫什麼「姆薩卡」的希臘菜）。

◊ 例の花子とやらとは、うまくいっていますか（你和那個叫什麼花子的還合得來吧）。

◊ 私 の答案を見て、先生がびっくりした顔をしていたとやら（據說老師看了我的答卷，好像很吃驚的樣子）。

◊ 結 局 あの二人は結婚して、田舎で仲良く暮らしているとやら（說是最後兩個人結了婚，在鄉下圓滿地生活著）。

どれだけ … だろう（か）

用法　「どれだけ」是副詞，同推量表達的「だろうか」相呼應。有時「だろうか」的「か」可以省略。「だろうか」接在形容動詞詞幹和動詞、形容詞的簡體後面。

✽表示感嘆，相當於漢語的「多麼…啊」「多少…呢？」。

◊ 試験に落ちてどれだけつらかっただろうか（考試失敗該多痛苦啊）。

◊ 子供が無事だと分かった時、わたしはどれだけうれしかっただろう（當得知孩子安全無恙時，我有多麼高興啊）。

◊ この人工湖はどれだけきれいだろう（這個人工湖該有多麼漂亮啊）。

◊ 地下鉄が出来てどれだけ便利だろうか（地鐵建成後，該多方便啊）。

◊ 君のことをどれだけ心配しただろうか（多麼替你擔心啊）。

◊ 私 はこの日がくることをどれだけ望んだだろう（我是多麼期待這一天的到來啊）。

とりわけ

用法　「とりわけ」是副詞，起連用修飾作用。

✿表示不同於尋常，特別突出，相當於漢語的「特別」「尤其」。

◊今夜はとりわけ寒い(今天晚上特別寒冷)。

◊気温の高い日が続くが今日はとりわけ暑い(連續幾天氣溫都很高，而今天尤其熱)。

◊とりわけ君には目をかけている(對你特別照顧)。

◊この点にとりわけご注意を願います(關於這一點，請特別注意)。

どれほど … か

用法 「どれほど」是副詞，同終助詞「か」相呼應。

✿表示對數量、程度產生疑問或感嘆，相當於漢語的「多少…?」「多麼…啊」。

◊記念切手はどれほど集めたのですか(收集了多少紀念郵票)?

◊昨日の買い物はみんなでどれほどですか(昨天買的東西一共多少錢)?

◊これはどれほど金がかかったか(這個東西花了多少錢)?

◊この不祥事により本校の名声にはどれほど影響があったことか(這起舞弊事件給本校的名譽帶來了多大影響啊)。

◊どれほど楽しいか、だれも知らない(誰也不知道，他有多麼高興啊)。

どれほど … ても

用法 「どれほど」是副詞，同表示逆接的接續助詞「ても」相呼應。「ても」接在動詞「て」形、形容詞「く」形後面。

✿表示無論前項如何，後項也照樣成立，相當於漢語的「(無論)多麼…也…」「怎麼…也…」。

◊どれほど忙しくても、毎日十分間ほど太極拳をやる(再怎麼忙，每天也要打10分鐘的太極拳)。

◊どれほど高くても買う(無論多麼貴也買)。

◊どれほど言っても、聞かない(怎麼說也不聽)。

◊どれほど犠牲を払っても、やり遂げよう(無論付出多大犧牲也要完成)。

◊どれほど注意しても誤差が出る(怎麼注意也有誤差)。

とんでもない

用法 ①「とんでもない」是複合詞或連語，是口語「とでもない」變化而來的，後接體言。

✿表示在意料之外、不合情理，相當於漢語的「根本沒想到」「意想不到」「不合情理」等。

♦それは<u>とんでもない</u>誤解だ(那是根本沒想到的誤解)。

♦<u>とんでもない</u>ところで彼に出会った(在意想不到的地方遇到他)。

♦まったく<u>とんでもない</u>要求だよ(完全是不合情理的要求啊)。

用法 ②在談話中單獨使用，其客氣的說法是「とんでもございません」。

✿表示強烈否定對方的話，相當於漢語的「沒有那事兒」「哪裏(的話)」。

♦私がいくなんて、<u>とんでもない</u>(我去?沒有那事兒)。

♦学者だなんて<u>とんでもない</u>(哪裏談得上是個學者)。

♦A：なんとお礼を申し上げてよいやらわかりません(不知道要怎麼感謝您才好)。

B：いや、<u>とんでもございません</u>(哪裏的話／別客氣)。

どんなに…か

用法 「どんなに」是副詞，同表示疑問的終助詞「か」相呼應，後面常跟「分かる」。它一般多用於書面語表達。

✿表示感嘆，相當於漢語的「多麼…」。

♦ご両親が<u>どんなに</u>心配しておられる<u>か</u>分からないのか(你難道不明白你父母有多擔心)?

♦彼の思想から<u>どんなに</u>多くの人々が影響を受けた<u>か</u>分からない(不知道有多少人受到他的思想的影響)。

♦肺癌が<u>どんなに</u>苦しい<u>か</u>は、経験のない人には全然分からないでしょう(肺癌有多痛苦，沒有得過這個病的人根本就不知道)。

♦地下鉄が<u>どんなに</u>便利なものか<u>よく分かった(很清楚地鐵有多麼方便)。

どんなに…(こと)だろう

用法 「どんなに」是副詞，同推量助動詞「だろう」相呼應。「だろう」接在形容動詞詞幹、形容詞和動詞簡體形後面，有時可以用「ことだろう」替換。「ことだろう」接在體言加格助詞「の」和用言連體修飾形後面。「どんなに…ことだろう」比「どんなに…だろう」語氣鄭重。

✿對未來的事物或想像中的事物表示感嘆，相當於漢語的「多麼…啊」。

♦彼は歌が<u>どんなに</u>上手だろう(他歌唱得真好啊)。

◊ 春の西湖はどんなにきれいなことだろう（春天的西湖多漂亮啊）。

◊ 鳥のように空を自由に飛び回ることができたら、どんなにすばらしいだろう（能像小鳥一樣在天空中自由飛翔的話，那該多好啊）。

◊ 月日が立つのはどんなに早いことだろう（歲月過得多麼快啊）。

◊ 父が生きていたら、どんなに喜んでくれただろうか（父親要是活著的話，他該多麼高興啊）。

◊ どんなにお力落しのことだろう（多麼令人沮喪啊）。

どんなに … ても

用法 「どんなに」是副詞，同表示逆接的接續助詞「ても」相呼應。「ても」接在動詞「て」形、形容詞「く」形後面。

✽表示後項的成立不受前項條件的約束，相當於漢語的「無論怎麼 … 也 …」「無論怎樣 … 也 …」。

◊ どんなにお金があっても、買えないものもあります（無論怎麼有錢，也有買不到的東西）。

◊ どんなに困っても、人のものを盗んだりしてはだめだ（無論怎麼困難，也不能偷別人的東西）。

◊ どんなに苦しくても最後までがんばります（無論怎麼艱苦，也要堅持到最後）

◊ 仕事がどんなにつらくても全力を尽くす（無論工作怎樣艱辛也全力以赴）。

な

… ないうちに

用法　「うち」是名詞，「に」是表示時間的格助詞。該句型接在動詞「ない」形後面。　✿表示前項行為或狀態尚未成立之前，後項的行為或狀態已經成立，相當於漢語的「還沒…就…」「趁著還沒…」。

♦ 暗くならないうちに、早く帰りましょう（趁著天還沒黑，我們快點回去吧）。

♦ あれから十分もしないうちに、またいたずら電話がかかってきた（那以後還沒過10分鐘就又打來了一次騷擾電話）。

♦ 彼はベットに入って一分もたたないうちに、もういびきをかき始めた（他上了床還沒過1分鐘就打起呼嚕來了）。

… ないか

用法　接在動詞「ない」形的後面。

✿表示委婉的建議，相當於漢語的「…怎麼樣？」「…好嗎？」「不…嗎？」。

♦ この本が面白いから、君も読ないか（這本書很有意思，你也讀讀怎麼樣）？

♦ 久しぶりに一緒に食事でもしませんか（好久不見了，今天一起吃頓飯好嗎）？

♦ なかなか良さそうな絵の展覧会があるんだけど、あした行ってみないか（有一個很不錯的畫展，明天不去看看嗎）？

… ないかしら / ないかな（あ）

用法　「かしら」是終助詞，接在動詞「ない」形、形容詞「く」形後面。「…ないかしら」是女性用語。「…ないかな（あ）」男女都可以使用，但不是禮貌的說法，直接對對方提問時只限關係親密者之間。

✿表示希望、願望、推測或懸念，相當於漢語的「沒…嗎」「多希望…啊」「要是…就好了」「不是…嗎」「…吧」。

♦ また、あの人から手紙が来ないかしら（要是能再收到他的來信就好了）。

♦ バス、すぐに来てくれないかしら（要是公共汽車馬上來就好了）。

♦ 向こうから来る人、鈴木さんじゃないかしら（對面來的不是鈴木嗎）。

◊ あんなに乱暴に扱ったら壊れないかしら(那麼粗暴地搬動,不會弄壞嗎)。

◊ 早く夏休みにならないかなあ(多希望暑假早點兒放啊)。

◊ 息子が一流大学に入ってくれないかな(多希望兒子能考進一流大學啊)。

◊ 彼だったら大丈夫じゃないかな(如果是他的話,可能沒事兒吧)。

◊ この靴、ちょっと小さくないかな(這鞋有點兒小吧)。

… ないかぎり

用法 「かぎり」是名詞,可以寫成「限り」。該句型接在動詞「ない」形後面。

✿表示後項的成立限定在某種條件的範圍之內,相當於漢語的「只要不…就…」「除非…否則…」。

◊ 向こうが謝らないかぎり、許さない(對方只要不認錯,就不能原諒)。

◊ 雨が降らないかぎり、明日の運動会は決行します(只要不下雨,明天的運動會就照常進行)。

◊ 先生が許可しないかぎり、この部屋に入れません(除非老師准許,否則不能進這個房間)。

… ないことには

用法 該句型接在動詞「ない」形後面,後項多為否定或消極的結果。

✿表示前項是後項成立的必要條件,相當於漢語的「如果不…的話就…」。

◊ いい辞書を手に入れないことには、外国語の勉強はうまく行かない(沒有好詞典的話就學不好外語)。

◊ ここで何か手を打たないことには、後で始末がつかなくなるよ(現在不採取點什麼措施的話,過後就沒法收拾了)。

◊ 体が健康でないことには、いい仕事はできないだろう(沒有一個健康的身體的話,就無法好好地工作吧)。

… ないことはない / … ないこともない

用法 「ないことはない」和「ないこともない」都接在動詞「ない」形後面,用於一種消極表達。 ✿表示不能說沒有這種可能性,相當於漢語的「不會不…」「不是不…」「不可能不…」。

◊ 外国語というものは、くりかえし練習したら、身につけられないことはない(外語這東西只要反覆練習就不會掌握不了)。

◊ 彼女は来ないことはないと思う（我想她不會不來）。

◊ やる気があればできないことはありません（如果想做的話，不可能做不完）。

◊ できないこともないのですが、かなり頑張らないと難しいです（並不是做不完，不過不付出很大努力就難以完成）。

◊ 行きたくないこともないけど、あまり気が進まないんだよ（不是不想去，是不太感興趣）。

◊ 東京駅まで快速で二十分だから、すぐ出れば間に合わないこともない（乘快速電車20分鐘能到東京站，馬上出發也不是趕不上）。

… ないで

用法 ①「ないで」是否定助動詞「ない」的連接式，接在動詞「ない」形後面，可以用「…ずに」替換，但不可用「…なくて」替換。

✿表示同一主體行為的伴隨狀態，相當於漢語的「不…（就）…」，或者根據具體句子靈活翻譯。

◊ 毎朝、ご飯を食べないで學校行きます（每天早晨不吃飯就上學）。

◊ あの人は返事をしないで、黙って部屋を出た（他沒有回答，默默地走出了房間）。

◊ 傘を持たないで出かけて雨に降られてしまった（出門沒帶傘，結果被雨淋了）。

用法 ②「ないで」是否定助動詞「ない」的連接式，接在動詞「ない」形後面，可以用「…なくて」替換，不可以用「…ずに」替換。

✿表示後項動作、狀態產生的原因，相當於漢語的「由於（因為）…（所以）…」，或者根據具體句子靈活翻譯。

◊ 仕事が進まないで、みんな心配している（由於工作不見進展，大家都很擔心）。

◊ 朝起きられないで授業に遅れた（早晨沒起來，所以上課遲到了）。

◊ 今月の家賃が出せないで困っている（因為交不起這個月的房租，正在為難）。

用法 ③「ないで」是否定助動詞「ない」的連接式，接在動詞「ない」形後面，可以用「…ずに」「…なくて」替換，但是「…なくて」沒有對比的含義。

✿表示兩個行為或狀態的併列性對比，後項多為相反的結果，相當於漢語的「沒有…（就）…」，或者根據具體句子靈活翻譯。

◊ 神戸に行かないで、大阪に行きました（沒有去神戶而去了大阪）。

◊ 漢字で書かないで仮名で書きます（不用漢字寫，用假名寫）。

◊ 苦手な科目はやらないで、好きな方をやっているだけです（不學不擅長的科目，光學喜歡的科目）。

用法　④接在動詞「ない」形後面，常用於口語表達，語氣比較隨便，不對長輩使用。

❋表示禁止，相當於漢語的「不要…」「別…」。

◊ 授業中、よそ見をしないで（上課時不要東張西望）。

◊ 運転中、話をしないで（開車時不要說話）。

◊ 今日、どこにも行かないで（今天你哪兒也不要去）。

… ないである

用法　「ある」是補助動詞。該句型接在他動詞「ない」形後面。

❋表示有意識不去做某事，使事物處於沒做的狀態，相當於漢語的「沒有…」。

◊ 手紙は書いたけれど、出さないである（信雖然寫了，但是沒有發）。

◊ 頂き物のメロンがまだ手をつけないであるから、召し上がれ（別人送的香瓜還沒有動，你嚐嚐吧）。

◊ このことはまだ誰にも知らせないである（這件事還沒對任何人說）。

… ないでいる

用法　「いる」是補助動詞。該句型接在動詞「ない」形後面。

❋表示預期動作一直未出現的狀態，相當於漢語的「沒有…」「不…」。

◊ 目が動くだけで、声一つ出せないでいる（光是眼珠動，一點聲音也發不出）。

◊ 昨日から何も食べないでいる（從昨天起什麼都沒吃）。

◊ 資料は集まったが、時間がないのでまだ書けないでいる（資料是收集齊了，但是因為沒有時間，所以還不能動手寫）。

… ないでおく

用法　「おく」是補助動詞。該句型接在動詞「ない」形後面。

❋表示因為有某種原因和目的，而有意識地不去做，相當於漢語的「不…」。

◊ 寝台は重いから、動かさないでおきましょう（床太重了，不要挪動）。

◊ 今日は日曜日だから、朝早く彼を起こさないでおいた（今天是星期天，早晨沒讓他早起）。

◊二、三日の休みだけだから、學生たちに宿題をやらせ<u>ないでおいた</u>（只有兩三天的假期，所以沒有給學生留作業）。

… ないですむ

用法　「すむ」是補助動詞。該句型接在動詞「ない」形後面。

✽表示不這樣做也可以解決問題，相當於漢語的「不…也行」「用不著」。

◊長崎の冬は暖かいのでオーバーを着<u>ないですむ</u>（因為長崎冬天很暖和，不穿大衣也行）。

◊このぶんなら、手術し<u>ないですむ</u>（如果是這種情況的話，好像不做手術也可以）。

◊これぐらいの病気なら、薬を飲ま<u>ないですむ</u>（這麼點兒小病，不吃藥也能好吧）。

… ないではいられない

用法　「いられない」是補助動詞「いる」的否定式可能態。該句型接在動詞「ない」形後面。

✽表示情不自禁地要做某種事，相當於漢語的「不能不…」「禁不住…」「非…不可」「不得不…」。

◊私は小林さんの困った様子を見て、助け<u>ないではいられなく</u>なったのです（看到小林為難的樣子，我不能不幫助他）。

◊おもしろい！読み始めたら、終わりまで読ま<u>ないではいられない</u>（真有意思！一開始看就禁不住要看到完為止）。

◊いやなことがあると、飲ま<u>ないではいられない</u>（一有煩心的事就非喝酒不可）。

◊会議中だったが、お中が痛くて、体を横にし<u>ないではいられなかった</u>（雖然是正在開會，但是由於肚子疼，不得不躺了下來）。

… ないではおかない

用法　「おかない」是補助動詞「おく」的否定式。該句型接在動詞「ない」形後面，常用於書面語表達。它可以同「…ずにはいられない」替換，帶有一種積極含義。

✽表示具有一種不可抑制的傾向或強烈的意志、慾望、方針，不這樣做是不行

的，相當於漢語的「必然…」「肯定…」。

◊ この作品は、読者の胸を打たないではおかないだろう（這部作品必然會打動讀者的心吧）。

◊ 彼の言動は皆を怒らせないではおかない（他的言行必然會觸怒大家）。

◊ 政府は急に方針を変えた。野党はそこを攻撃しないではおかないだろう（政府突然改變了方針，在野黨肯定會對其進行攻擊吧）。

◊ マナーが悪い人は罰しないではおかないというのが、この国の方針だ（不講禮貌的人必然懲罰，這就是這個國家的方針）。

… ないではすまない

用法　「すまない」是「すむ」的否定式。該句型接在動詞「ない」形後面，帶有一種被動、消極的語感。　✿表示在某種場合或狀態下必須要這樣做，相當於漢語的「應該…」「不…不行」。

◊ 大切なものを壊してしまったのです。買って返さないではすまないでしょう（把珍貴的東西搞壞了，應該買一個賠人家吧）。

◊ 検査の結果によっては、手術しないではすまないだろう（從檢查的結果來看，恐怕不手術不行了吧）。

◊ 今回、伊藤さんにあんなにお世話になったのだから、ひとことお礼に行かないではすまない（這次給伊藤添了那麼多麻煩，我們應該去向他道謝的）。

… ないでもない

用法　「ないでもない」可以說成「ないこともない」和「なくもない」。該句型接在動詞「ない」形後面。　✿表示某種行為或認識有可能成立，相當於漢語的「也不是不…」「也並非不…」「並不是不…」。

◊ 安くしてくれれば、買わないでもない（如果能便宜一些的話，也不是不買）。

◊ 洋子さんが行くなら、私も行かないでもないんですが（如果洋子去的話，我也不是不去）。

◊ お花見に行ってみたい気がしないでもなかったが、忙しかったので行けなかった（不是不想去賞櫻花，是因為太忙，沒去成）。

… ないで（も）よい

用法　形容詞「よい」可以用「いい」替換。該句型接在動詞「ない」形後面，其中

副助詞「も」可以省略，在口語中常用「なくてもいい」的形式。

✿表示沒有必要做某事，相當於漢語的「不…也行」「不…也可以」。

◊ 明日は来ないでもよいですか（明天不來也行嗎）。

◊ そんなことは言わないでもよいじゃありませんか（你不說那件事不行嗎）。

◊ この欄には何も書かないでよい（這一欄什麼都不寫也可以）。

◊ ここでタバコを吸わないでいいか（你別在這裏抽菸行嗎）。

… ないと … ない

用法　「と」是表示假定條件的接續助詞。「ないと」接在動詞「ない」形後面，同否定式謂語相呼應。

✿表示某事不成立的話，另一件事也不成立，相當於漢語的「不…就不…」。

◊ 世の中の動きに敏感でないと、優れた政治家にはなれない（對社會的動向不敏感，就成不了優秀的政治家）。

◊ 背が高くないとファッションモデルにはなれない（個頭不高就當不了時裝模特）。

◊ 食べないと大きくなれないよ（不吃長不大啊）。

… ないとも限らない

用法　「と」是格助詞，「も」是加強否定語氣的副助詞。「限らない」是五段動詞「限る」的否定式。該句型接在動詞「ない」形後面。

✿表示具有某種可能性，相當於漢語的「有可能…」「也許…」「未必不…」。

◊ この事件について、あの人は全然知らないとも限らない（關於這一事件，他未必一無所知）。

◊ 盗難にあわないとも限らないから、保険に入ろう（有可能被盜，還是參加保險吧）。

◊ こんなに雨が降り続くと川の水があふれないとも限らない（雨這樣不停地下，河水也許會氾濫）。

◊ 株がまた暴落しないとも限らないという不安から、株を売る人が増えた（由於擔心股票再次暴跌，賣股票的人增多了）。

… ないはずはない

用法　「はず」是形式體言。該句型接在動詞「ない」形後面。

✽表示一種有把握的判斷，相當於漢語的「(按道理來說)不會不…」「不該不…」。

◊この付近は工業地帯だから、公害の<u>ないはずはない</u>(這附近是工業區，不會沒有公害)。

◊これは中学生の問題だから、大学生に解け<u>ないはずはない</u>(這是中學生的題目，大學生不會做不出來)。

◊ぼくにできることが君にでき<u>ないはずはない</u>(我能做的事情你不會做不了)。

… ないまでも

用法 「まで」是表示程度的副助詞，「も」是加強語氣的副助詞。該句型接在動詞「ない」形後面。

✽表示從較高的程度退一步考慮後項較低的程度，相當於漢語的「即使不…也罷…」「雖然不…但是…」「儘管不…但也…」。

◊予習はし<u>ないまでも</u>、せめて授業には出てきなさい(即使不預習也罷，至少也要來上課)。

◊助け<u>ないまでも</u>、嘲笑することはないだろう(即使不幫助也罷，總不該嘲笑吧)。

◊行か<u>ないまでも</u>、電話でお礼ぐらいは言うべきです(即使你不去，也應該打個電話表示一下謝意)。

◊給料は十分とは言え<u>ないまでも</u>、これで親子四人がなんとか暮らしていける(雖然說工資不多，但是大人孩子4口人靠它也能勉強生活下去)。

… ないものか

用法 「ものか」是終助詞。該句型接在動詞「ない」形後面，其前面多與「なんとかして」之類的詞相呼應。它也可以用「ないものだろうか」的形式。

✽表示想方設法實現自己的強烈願望，相當於漢語的「能不能…」「(難道)不能…嗎」。

◊なんとか母の病気が治ら<u>ないものか</u>と家族はみんな願っている(家裏人都盼望著想辦法治癒母親的病)。

◊もう少し分かりやすく書け<u>なかったものか</u>(難道不能再寫得更容易辨認點兒嗎)。

◊何とかして晩までに青森まで行け<u>ないものか</u>考えてみよう(考慮考慮難道

不能設法在晚上之前到達青森嗎)。

◇ 私 の 力 でこの人たちを助けてあげられ**ないものだろうか**(能不能用我的力量來幫助一下這些人呢)。

◇ 誰かに 協 力 してもらえ**ないものだろうか**(能不能請誰幫幫忙啊)。

◇ 昔 から人間は、なんとかして天気を変えることができ**ないものか**と 考 えてきた(從很早以前人們就一直在考慮能不能用什麼辦法改變一下天氣呢)。

… ないものでもない

用法 該句型接在動詞「ない」形後面,可以同「ないまでもない」替換。在口語中「もの」經常會發生音便為「もん」。

✽表示說話者帶有一種消極的肯定,認為有這種可能性的發生,相當於漢語的「並不是不⋯」「也許會⋯」。

◇ この程度の 料 理なら、私 にも作れ**ないものでもない**(如果是這種菜的話,我也許會做)。

◇ 道は険しいが、気をつけて歩いて行けば行け**ないものでもない**(雖然路途艱險,但如果小心走的話,也並不是不能去)。

◇ 三人で 集 中 してやれば、四月までに完成し**ないものでもない**(如果3個人集中做的話,4月之前也許能完成)。

◇ 私 だってロックを聞か**ないもんでもない**よ。今度いいコンサートがあったら教えてください(我也並不是不聽搖滾啊。如果下次有好的音樂會,請告訴我)。

… ないわけではない

用法 「わけ」是形式體言。該句型接在動詞「ない」形、「名詞＋が」的後面,有時也用「… ないわけでもない」的表達形式。 ✽表示消極地肯定某一個事實,相當於漢語的「並非沒有⋯」「並不是不⋯」。

◇ 私 はテニスをやりたくな**いわけではない**。ただ 忙 しくてやる時間がないからだ(我並非不喜歡打網球,只是因為很忙沒有時間打)。

◇ 話せ**ないわけではありません**が、大勢の前で話すのがなんとなくきまり悪いんです(並不是不能說,只是覺得在大庭廣眾之下發言有點不好意思)。

◇ 多 少 の不満がな**いわけでもない**(並非沒有一點兒不滿)。

◇ この新製品の試作 中 に、困難や問題がな**いわけではなかった**(在這個新產品的試製過程中並不是沒有困難和問題)。

… ないわけにはいかない

用法 「わけ」是形式體言。該句型接在動詞「ない」形後面，常用於口語表達，其書面語為「ざるをえない」。

✿表示雖非己所願，但根據客觀情況或者按照情理來說不能不做某事，相當於漢語的「不能不…」。

◊ いくら忙しくても、親友の結婚式であれば、出席しないわけにはいかない（無論怎麼忙，如果是好朋友的婚禮就不能不參加）。

◊ 友達が待っているので、どうしても行かないわけにはいかない（因為朋友在等著，我不能不去）。

◊ 面倒だからといって、細かい所に注意を払わないわけにはいかない（不應該因為麻煩就忽略細微之處）。

◊ 今度の実験を通して、みんな彼の実力を認めないわけにはいかない（透過這次試驗，大家都不能不承認他的實力了）。

なお

用法 「なお」是副詞。 ✿①表示與其他同類事物相比，其程度更甚或表示相同狀態依然在持續著，相當於漢語的「更」「還」。

◊ あなたが来てくれれば、なお都合がよい（你來的話，就更好了）。

◊ 祖父は老いてもなお精力的に仕事を続けている（祖父雖然年邁，還精力充沛地堅持工作）。

◊ 薬を飲んだのに、病状はなお悪化した（儘管吃了藥，病情還是惡化了）。

✿②用於暫時中斷迄今的話題，追加與之相關的附加條款（補充說明）、例外或者追加與前邊句子無直接關係的其他話題的場合，相當於漢語「另外」。

◊ 参加希望者は葉書で申し込んでください。なお、希望者多数の場合は、先着順とさせていただきます（希望參加者請用明信片申請，另外，人數多時我們將按照申請的先後順序決定名額）。

◊ 明日は、二、三年生の授業は休講になります。なお、四年生のみが対象の授業は、通常どおり行いますので注意してください（明天2、3年級停課。另外，請注意，只對4年級開的課照常上）。

◊ 毎月の第二水曜日を定例会議の日とします。なお、詳しい時間などは、一週間前までに文書でお知らせすることにします（每月第2週的週三定為例會

日，另外具體時間於1週前以書面形式通知)。

… なおす

用法 ①「なおす」是接尾詞，接在表示意志行為的動詞「ます」形後面構成複合五段動詞。

❀表示再做一次已經做過的行為，相當於漢語的「重新」。

◊ 出版の際に、論文の一部を書きなおした (出版之時，重寫了論文的一部分)。

◊ 答案をもう一度見なおしてください (再重新檢查一遍答案)。

◊ 一度はこの大学をやめようと思ったが、思いなおして卒業まで頑張ることにした (我曾一度想退學不念了，但重新考慮後又決定堅持到畢業)。

用法 ②「なおす」是接尾詞，接在表示與人無關的無意志動詞「ます」形後面構成複合五段動詞。

❀表示自然而然地朝向好的方向，相當於漢語的「恢復」「轉變」。

◊ 今年になって、景気持ちなおした (到了今年，恢復景氣了)。

◊ 勇敢な態度を見て、彼にほれなおした (看到他那勇敢的態度，開始欣賞起他來)。

◊ 部長のことを見なおした (轉變了對部長的看法)。

なかなか … ない

用法 「なかなか」是副詞，同否定式謂語相呼應，也可以直接結句。

❀表示自己難以實現，指說話者在時間、程度、心理上處於很難實現，相當於漢語的「也還是不…」「難以…」「很難…」。

◊ 難しい文章なので、辞書を引いてもなかなか読めません (由於文章難懂，查了辭典也還是看不懂)。

◊ こんな説明では、なかなか納得できません (憑這樣的解釋難以理解)。

◊ 来週までにこの仕事とを仕上げるのはなかなかだ (在下週之前完成這項工作很難辦到)。

… ながら (接續助詞)

用法 ①「ながら」是接續助詞，接在動詞「ます」形後面。

❀表示同一個主體同時做兩個不同性質的動作，動作的重點在後一個，相當於漢語的「邊…邊…」「一邊…一邊…」「一面…一面…」。

◊ 歌を歌いながら歩く (邊唱歌邊走路)。

◊ コーヒーを飲みながら、テレビを見る (一邊喝咖啡，一邊看電視)。

◊ 昼間働きながら夜、学校へ通う (一面白天工作，一面晚上上學)。

用法 ②接在動詞的「ます」形、形容詞原形、形容動詞詞幹 (或是詞幹加であり)、名詞 (或是名詞加であり) 的後面。

✿表示後續的結果與預期的不同，前後兩項有矛盾，帶有一種轉折的含義。它可以後續「も」，構成「ながらも」的形式。它相當於漢語的「雖然…但是」「儘管…卻」「卻」「然而」。

◊ 悪いと知りながら嘘をつく (知道不對卻還撒謊)。

◊ 注意していながら間違えた (儘管注意了，卻還是搞錯了)。

◊ 狭いながらも楽しい我が家 (我家雖然很小但很温馨；金屋銀屋不如自己的草屋)。

◊ 残念ながらお目に掛かれない (很遺憾，無法見到您)。

◊ 父は耳が少し不自由でありながら、体は非常に元気だ (我父親耳朵有點背，但身體很硬朗)。

◊ 大金持ちながら、とても地味な生活をしている (雖然是個大款，但過著儉樸的生活)。

◊ 学生の身分でありながら、高級車で通学している (儘管身為學生，卻乘坐高級轎車上學)。

… ながら (接尾詞) / … ながらに / … ながらの

用法 「ながら」是接尾詞，主要接在名詞和部分表示狀態動詞的「ます」形後面。用「ながらに」做狀語，用「ながらの」做定語。

✿表示在原有不變的狀態下繼續進行某種行為或動作，相當於漢語的「照舊」「如故」「一如原樣」。

◊ 彼は皮ながらりんごを食べた (他連著皮把蘋果吃掉了)。

◊ 昔ながらの街並みはもう見えなくなった (一如往昔的街道已不見了)。

◊ 私は生まれながらの音痴だよ (我是個天生的五音不全呀)。

◊ 居ながらにして世の中のことを知っている (坐在家裏就知道天下事)。

… なかを

用法 「なかを」是詞組，可以寫成「…中を」。它接在「名詞＋の」、形容詞原

形、動詞原形的後面，其後項多接表示移動的自動詞。

✿表示後項動作進行的伴隨狀況，相當於漢語的「在…之中」。

◊ 激しい雨のなかをさまよった（在大雨中徘徊）。

◊ お忙しい中をご苦労様です（百忙之中您辛苦了）。

◊ 雪が降る中を五時間もさまよい続けた（在大雪中徘徊了5個小時）。

… なきゃだめ（だ）

用法 「なきゃ」是「なければ」的音便形式。該句型接在「名詞＋が」、動詞「ない」形後面，是「…なければだめ（だ）」的通俗口語說法。

✿表示不那麼做就不行，相當於漢語的「沒有…不行」「（如果）不…就不行」。

◊ 筆がなきゃだめだ（沒有筆不行啊）。

◊ お金がなきゃだめだよ（沒有錢可不行啊）。

◊ 早く行かなきゃだめだ（如果不早點去的話就不行）。

◊ もっと勉強しなきゃだめじゃないか（再不用功不行了）。

… なくしては

用法 「ては」是表示假定的接續助詞。該句型接在名詞後面，後項多為消極的結果。它多用於書面語表達。

✿表示否定的假定條件，相當於漢語的「如果不…」「如果沒有…」。

◊ 親の援助なくしては、とても一人で生活できない（如果沒有父母的援助，一個人怎麼也無法生活）。

◊ 努力なくしては成功は難しいだろう（如果不付出努力的話很難成功吧）。

◊ 愛なくしては何の人生か（如果沒有愛還談什麼人生）。

◊ 興味なくしては仕方がない（不感興趣就沒有辦法了）。

… なくちゃ

用法 「なくちゃ」是「なくては」的口語隨便的說法。該句型接在動詞「ない」形後面。 ✿表示不這樣做不行或如果不這樣做就會招致不良的後果，相當於漢語的「必須」「（如果）不（沒有）…」。

◊ 早く帰らなくちゃ（必須早回去）。

◊ 決められませんね、考えなくちゃ（不好好考慮一下決定不了）。

◊ 字引を引かなくちゃ、この語の意味が解けない（不查字典就解釋不了這個詞

的意思)。

◊ 聞いてみ<u>なくちゃ</u>、分からない (如果不問的話，我可不懂)。

… なくて

用法 ①「なくて」是「ない」的連接式，接在動詞「ない」形、形容詞「く」形、形容動詞詞幹加「で」的後面。接在動詞後面時，如果後項是主觀想法時，可以和「ないで」互換。接在形容詞、形容動詞後面時，不可以和「ないで」互換。 ✿表示前後項的因果關係，相當於漢語的「(因為)不…(所以)…」。

◊ 風邪がなおら<u>なくて</u>、三日間学校を休んだ (因為感冒沒有好，所以3天沒有上學)。

◊ 去年、あまり暑く<u>なくて</u>、ここに水泳に来る人は少なかったです (去年不太熱，所以來這裏游泳的人很少)。

◊ 子供の体が丈夫で<u>なくて</u>困っている (孩子身體不結實，讓人為難)。

用法 ②接在形容詞「く」形、形容動詞詞幹加「で」後面，不可以與「ないで」互換。 ✿表示前後項的併列關係，相當於漢語的「不…」。

◊ 日本の川は長く<u>なくて</u>流れが急だ (日本的河流不長，水流湍急)。

◊ この自転車は高く<u>なくて</u>二百元足らずだよ (這輛自行車不貴，不到200元)。

◊ 山田さんは野球が得意で<u>なくて</u>、ほとんどそれをやらない (山田君不擅長打棒球，幾乎不打)。

◊ 青木さんは旅行が好きで<u>なくて</u>、登山が好きだそうです (聽說青木先生不喜歡旅遊，喜歡爬山)。

… なくては

用法 「ては」是表示假定的接續助詞。該句型接在動詞「ない」形、形容詞「く」形、體言、形容動詞詞幹加「で」的後面。其後項多為否定或消極的結果。

✿表示否定的假定條件，相當於漢語的「若不…」「如果不…」。

◊ もっと食べ<u>なくては</u>大きくなれないよ (如果不多吃點兒，是長不大的喲)。

◊ 彼女が自分の側にい<u>なくては</u>残念だ (她不在自己的身邊，感到遺憾)。

◊ 成績がもっとよく<u>なくては</u>、この大学への合格は無理だろう (如果不再提高點成績，要想考上這所大學就不可能了吧)。

◊ 値段が安く<u>なくては</u>決して買えない (如果價格不便宜的話就絕對買不起)。

◊ 我慢強い人で<u>なくては</u>彼女と付き合うのは難しい (如果不是耐性強的人，

很難和她交往)。

◊ どんなにお金があっても健康でなくては 幸 せだとは言えない (不管多麼有
錢,若不健康,不能說幸福)。

… なくてはいけない / … なければいけない

用法 「ては」是接續助詞,在口語中會發生音便為「ちゃ(あ)」。「いけない」是
「いける」的否定式,在口語中會發生音便為「いかん」。該句型接在動詞「な
い」形、形容詞「く」形、體言和形容動詞詞幹加「で」後面,可以同「… なけ
ればならない」替換。 ✽表示必須,多指說話者主觀認為應該盡的義務,相
當於漢語的「必須」「應該」。

◊ 毎日予 習 する前に習った内容を復 習 しなくてはいけない (每天預習之前
應該將學過的內容複習一下)。

◊ 午後三時までに事務所へ来なくてはいけない (下午3點以前必須到辦公室
來)。

◊ 借りたものはできるだけ早く返すようにしなければいけません (借的東西應
當儘量早還)。

◊ 少しぐらいつらくても我慢しなければいけないよ (即使有點兒難受,也必須
忍著啊)。

◊ 参加者は多くなくてはいけない (參加人員應該多些)。

◊ このデザインのズボンは 丈 夫でなくてはいけない (這種款式的褲子必須結
實)。

◊ 通訳の担当者は酒井さんでなくてはいけない (擔當翻譯的人必須是酒井先
生)。

◊ パーティーを開くなら、このような広い部屋でなければいけない (舉辦晚會
的話,必須是這樣的大房間)。

… なくてもいい / … なくてもよい / … なくてもよろしい

用法 「ても」是表示逆接的接續助詞,「いい」是形容詞,可以用「よい」「よろ
しい」等詞替換。該句型接在動詞「ない」形和形容詞「く」形、體言、形容動
詞詞幹加「で」的後面。 ✽表示沒有必要做某事,相當於漢語的「不…也可
以」「不必…」「不…也沒有關係」。

◊ 都合が悪いなら、行かなくてもいい (不方便的話,不去也可以)。

◊ ここにサインしなくてもいい(這裏不必簽字)。

◊ 時間はたっぷりあるから、そんなに急がなくてもよいですよ(時間足夠了，不必那麼急)。

◊ あすは日曜日だから、早く起きなくてもよろしいですか(明天是星期天，不用起早也行吧)？

◊ 何も言いたくなくてもかまいません(什麼也不想說也行)。

◊ 部屋は大きくなくてもよい(房間不大也沒有關係)。

◊ 会議室でなくてもいい(不是會議室也可以)。

◊ 先生、答案を書く場合、ペンとボールペンでなくてもよろしいですか(老師，寫答案的時候，不用鋼筆和圓珠筆可以嗎)？

◊ 字は丁寧でなくてもいい(字不必認眞寫)。

… なくてもすむ

用法 「すむ」是補助動詞。該句型接在動詞「ない」形後面，和「ないですむ」一樣。 ✽表示不這樣做也可以解決問題，相當於漢語的「沒…」「不…也行」。

◊ 道がすいていたので、遅刻しなくてもすんだ(道路不擠，沒遲到)。

◊ 電話で話がついたので、行かなくてもすんだ(經由電話談妥了，不用去就解決了)。

◊ 貯金を全部おろせば、お金を借りなくてすむと思います(我想如果取出全部存款，那麼用不著借錢也行)。

… なけりゃ

用法 「なけりゃ」是「なければ」的口語表達形式，語氣較為隨便。該句型接在動詞「ない」形、形容詞「く」形、體言和形容動詞詞幹加「で」的後面，後項多為否定或消極含義的表達。 ✽表示否定意義的假定，相當於漢語的「如果不…的話，就…」「不…就…」。

◊ ころばなけりゃ勝てたのに(如果不摔跤就能取勝了，可是…)。

◊ 朝寝坊をしなけりゃ、学校に遅れないよ(如果早晨不睡懶覺，就不會上學遲到)。

◊ 料理は熱くなければ、おいしくない(菜不趁熱吃就不好吃)。

◊ 早くなけりゃ、間に合わない(如果不快的話，就趕不上了)。

◊ この仕事はあなたでなけりゃ勤まらない(這項工作非你做不行)。

◊ 体が丈夫で<u>なければ</u>この仕事は勤まらない（身體不健壯就做不了這項工作）。

… なければならない / … なくてはならない

用法　「なければ」是「ない」的假定形，「ならない」是五段動詞「なる」的否定式。該句型接在動詞「ない」形、形容詞「く」形、體言和形容動詞詞幹加「で」的後面，可以同「なくてはならない」替換。

✿表示從社會常識或事物性質來看，不那樣做就不合情理，一般用於對社會上的一般行為、道義、責任和義務，相當於漢語的「不 … 就不行」「必須 …」「應該 …」。

◊ 医者になるためには国家試験に合格し<u>なければならない</u>（當醫生必須要通過國家考試）。

◊ 学生として学校の規則を守ら<u>なければなりません</u>（作為學生必須遵守學校的規章制度）。

◊ 人生には我慢し<u>なくてはならない</u>ことがある（人生中有必須要忍受的事情）。

◊ 中国では車などは道の右側を走ら<u>なくてはならない</u>（在中國車子什麼的必須在馬路的右側通行）。

◊ 一人の国民として礼儀正し<u>くなくてはならない</u>（作為一個公民必須要有禮貌）。

◊ 老人の部屋は南向き<u>でなければならない</u>（老人的房間必須朝南）。

◊ 教師は生徒に対して公平<u>でなければならない</u>（教師對學生必須公平）。

… なさい

用法　「なさい」是敬語特殊五段動詞「なさる」的命令形，接在動詞「ます」形後面，通常用於教師對學生、父母對孩子，帶有親昵的語氣。但不可用於晚輩或下輩對上輩或上級。　✿表示命令、請求，相當於漢語的「請 …」「要 …」。

◊ 大きい声で本文を読み<u>なさい</u>（請大聲讀課文）。

◊ しっかり勉強し<u>なさい</u>よ（要好好學習啊）。

◊ ご飯はよくかんで、ゆっくり食べ<u>なさい</u>（吃飯要細嚼慢嚥）。

… なしに / … ことなしに（一般否定）

用法　「なし」是文語形容詞，「に」是格助詞。「なしに」是書面語，相當於現代

日語的「ないで」。該句型接在名詞（サ變動詞詞幹、個別動詞「ます」形）後面，可以同「ことなしに」替換。「ことなしに」接在動詞原形後面。

✿表示否定，相當於漢語的「不…就」。

◊ 彼女は今日はとても機嫌が悪いらしく、一言のあいさつもなしに、帰ていった（她今天好像心情特別不好，連個招呼也沒打就回去了）。

◊ 彼は、連絡なしに会社を休んだ（他沒和公司聯繫就休息了）。

◊ 母さん、断りなしに人の部屋に入るなって言ったろ（媽媽，你不是說過不要不打招呼就進入別人的房間嗎）！

◊ その国の言葉を知ることなしに、その国の文化を知ることはできない（不懂那個國家的語言，就不能了解那個國家的文化）。

◊ 高橋さんは間違うことなしにこの難題を解けた（高橋同學準確無誤地解開了這道難題）。

… なしには … ない

用法 「なし」是文語形容詞，「に」是格助詞，「は」是副助詞。「なしには」接在體言後面同否定式謂語相呼應。

✿表示前項的假定條件不成立，就不可能出現後項的結果，相當於漢語的「沒有…的話就不（能）…」。

◊ 長い間の努力なしには成功できない（沒有長期的努力就不能成功）。

◊ 皆さんの協力なしには、このような成功は望めなかったものだ（沒有大家的協助，就沒有希望取得這樣的成功）。

◊ 彼女の話は涙なしには聞けない（聽了她的話準會落淚）。

◊ 断りなしには他人の物に手を出すのはよくない（不打招呼就伸手拿別人的東西不好）。

なぜなら（ば）… からだ／なぜなら（ば）… ためだ

用法 「なぜならば」是一個詞團，其中「ば」可以省略。「から」是表示原因的接續助詞，接在活用詞的簡體後面。「からだ」可以用「ためだ」替換。「ため」是表示原因的形式體言，接在活用詞連體修飾形後面。

✿表示先講結果後講原因，相當於漢語的「為什麼呢？…（這）是因為…」「之所以…是因為…」等。

◊ 来年から会費を値上げしたいと思います。なぜならば、経営状態が赤字だ

からです（我想從明年起提高會費，這是因為經營上出現了赤字）。

◊ 明日はスキーに行けません。なぜなら会合があるからです（明天不能去滑雪，因為明天有聚會）。

◊ 原子力発電には反対です。なぜならば、絶対に安全だという保証がないためです（我反對利用核能發電。要說為什麼，是因為它沒有絕對安全的保證）。

◊ 横田さんは今日学校を休んだ。なぜなら、夕べ大雨に降られて風邪を引いたためだ（横田同學今天請假沒有上課。為什麼呢？是因為昨天晚上被大雨淋了，感冒了）。

なぜかというと … からだ / なぜかというと … ためだ

用法　「なぜかというと」是一個詞團，「から」是表示原因的接續助詞，接在活用詞的簡體後面。「からだ」可以用「ためだ」替換。「ため」接在活用詞連體修飾形後面。它們多用於日常會話。

✤表示就前述的事情，說明其原因和理由，多用於述說自然現象的原因和判斷的理由，相當於漢語的「要說為什麼 … 是因為 …」。

◊ なぜ睡眠不足になるかというと、通勤に時間がかかるからです（為什麼會睡眠不足呢？是因為上班的路上太費時間了）。

◊ 彼が犯人であるはずがない。なぜかというと、その時彼は私と一緒にいましたからだ（他不可能是罪犯。要說為什麼，是因為當時他和我在一起）。

◊ その計画が実行できないかもしれない。なぜかというと、それは実際の情況にそぐわないためだ（那個計畫也許實行不了，要說為什麼，這是因為它不符合實際情況）。

◊ 明日は休校です。なぜかというと、運動会が行われるためです（明天全校停課。要說為什麼，就是因為要召開運動會）。

なぜかと言えば … からだ / なぜかと言えば … ためだ

用法　「なぜかといえば」是一個詞團，「から」是表示原因的接續助詞，接在活用詞的簡體後面。「からだ」可以用「ためだ」替換。「ため」接在活用詞連體修飾形後面。它們多用於日常會話，和「なぜかというと … からだ」「なぜかといえば … ためだ」意思一樣。

✤表示就前述的事情，說明其原因和理由，多用於述說自然現象的原因和判斷的

理由，相當於漢語的「要說為什麼 … 是因為 …」。

◊ なぜ偏西風が吹くのかと言えば、地球が自転しているからです（為什麼刮偏西風呢？是因為地球在自轉）。

◊ 考えなおしてみることです。なぜかと言えば、あまり無理な要求だからです（你要重新考慮一下，因為你的要求太過分了）。

◊ 彼は背広とネクタイを新調した。なぜかと言えば、就職の面接がもうすぐあるためだ（他新做了西裝和領帶。因為馬上就有招工的面試）。

◊ 今度の夏休みに家族と一緒に旅行に行けなくなった。なぜかと言えば、仕事で出張することになったためだ（今年暑假不能和家裏人一起旅遊了。要說為什麼，是因為工作的關係要出差）。

… など

用法 ①「など」是副助詞，接在體言後面。

✿表示列舉，用於從各種各樣的事物中舉出主要的為例，暗示還有其他類似事物，相當於漢語的「等」「什麼的」，或省略翻譯。

◊ 机の上にはペンや本や花瓶などがあります（書桌上有鋼筆、書和花瓶等）。

◊ これなどいかがでしょうか（這些怎麼樣）？

◊ 観光客は博物館などのところを見物した（觀光客參觀了博物館等地方）。

用法 ②「など」是副助詞，接在人稱名詞的後面。

✿表示輕視對方，用於說話者自己時，表示謙遜，可以靈活翻譯。

◊ 難しいから、私などはできない（挺難的，所以像我這號人可不會）。

◊ 田中さんのことなど眼中にはないよ（我可不把田中這等人放在眼裏）。

◊ あの人など知っているか（你認識那小子嗎）？

… などする

用法 「など」是副助詞，後續「サ變」動詞。該句型接在動詞原形後面。

✿表示舉例，暗示其他，翻譯要靈活。

◊ ひげをそるなどして、もう少し身だしなみに気をつけてほしい（還是希望你刮下鬍子什麼的，稍微注意一下穿著打扮）。

◊ 時には呼びつけて注意するなどしたのですが、あまり効き目はなかったようです（有時也叫來提醒一下，但是沒有什麼效果）。

◊ お土産を買うなどしましょう（我們買些特產什麼的，怎麼樣）？

なにか

用法 ①「なにか」是由代詞「なに」和表示不定的副助詞「か」構成，可以寫成「何か」。它後接用言、體言和助詞，在句中多起副詞性作用。

❊表示內容不確定或未知的事物，相當於漢語的「什麼」「某種」「某些」。

◊ なにかわけがあるかもしれない（可能是有某種原因）。

◊ なにか言ったらどうだ（你說點什麼好不好）。

◊ なにか悪いことをしたのだろうか（做了什麼壞事嗎）。

◊ 何か新鮮な果物がありますか（有什麼新鮮的水果嗎）。

◊ この穴はなにかで塞いでおいたほうがいいだろう（這個洞還是用什麼東西堵上比較好）。

◊ 何かの理由で、行くのを止めた（由於某種原因不去了）。

用法 ②後接用言。 ❊表示說不出是什麼具體的原因，但總有某種感覺，相當於漢語的「總覺得有點（些）」「不知為什麼總覺得…」。

◊ そう言えば、今日の彼はなにかおかしかった（這麼說來，總覺得他今天是有點兒奇怪）。

◊ 一人で行けば、何か心細いような気がした（一個人去，總覺得有些心中不安）。

◊ 彼の態度はなにか不自然だ（總覺得他的態度有點兒不自然）。

◊ 彼女のことがなにか気になってしかたがない（不知為什麼總覺得非常掛念她）。

◊ 最近彼は何か怒っているばかりだ（最近不知何故總覺得他老是生氣）。

なにかにつけて

用法 「なにか」是由代詞「なに」和表示不定的副助詞「か」構成。該句型後接用言。

❊表示一遇到某種契機就容易出現某種情況，或任指其他事項，相當於漢語的「一有機會」「動不動」「無論做什麼」。

◊ 子供がなにかにつけて反抗し、言うことを聞かないので困っている（孩子動不動就反抗，並且不聽話，真是難辦）。

◊ 彼はなにかにつけて僕の悪口を言いふらしている（他一有機會就到處說我壞話）。

◊ 駅の近くだと、なにかにつけて便利だ（在車站附近的話，不管做什麼都方便）。

なにげない

用法　「なにげない」是形容詞，可以寫成「何気ない」，後接體言和動詞。接動
詞時，要用「なにげなく」的形式。

✿表示做某件事時並沒有什麼特別的目的、格外的注意和關心，相當於漢語的
「無心」「無意中」「若無其事」「漫不經心」。

◊ なにげないその一言が彼女の心をひどく傷つけた(無意中說的那句話深深
地傷了她的心)。

◊ 高橋さんは遅く来たのに、何気ない様子で席に着いた(高橋同學來晚了，卻
若無其事地坐到了位子上)。

◊ そのとき彼はなにげなく笑っていたが、その笑みの底には刃を含んでいたか
もしれない(那時他若無其事地笑著，但也許是笑裏藏刀)。

◊ 僕は何気なく、その音のする方を見た(我漫不經心地向發出聲音的方向看去)。

なにしろ

用法　「なにしろ」是副詞，可以寫成「何しろ」，在句中做狀語，常同接續助詞
「から」和「て」等形式相呼應，用以陳述理由。

✿表示雖然牽涉到很多事情，但是現在暫且不提別的事，只想強調某一點，相當
於漢語的「總之」「不管怎樣」「因為」「畢竟」。

◊ なにしろ私は私の実情から出発する(總之，我要從我的實際情況出發)。

◊ あの男は扱いにくいよ、何しろ頑固だもの(那個傢伙不好對付。不管怎樣
他是一個頑固派)。

◊ なにしろ十年も日本にいたのだから、日本語が上手なのも当たり前だ(畢
竟在日本住了10年，日語好也是理所當然的)。

◊ なにしろ近頃は忙しくて、買物に行く暇もない(因為最近很忙，連去購物
的空閒都沒有)。

なにひとつ … ない

用法　「なにひとつ」是詞團，可以寫成「何一つ」，同否定式謂語相呼應，在句
中起副詞作用。

✿對事和物進行全面的否定，相當於漢語的「沒有任何 …」「一點也不 …」「絲毫
沒有 …」。

◊ 部屋中を一生懸命探し回ったが、なにひとつ手がかりが見当たらなかった（把房間搜了個遍，可是沒有發現任何線索）。

◊ なにひとつ心配はない（一點也不用擔心）。

◊ 膨大な資料を調査してみたが、彼らの残した記録はなにひとつ見つからなかった（調查了大量的資料，但絲毫沒有發現他們留下的記錄）。

◊ みんな食欲が盛んで、料理は何一つ残らなかった（大家食慾都很旺盛，飯菜一點兒都沒有剩下）。

なにも … ことはない

用法　「なにも」是副詞，可以寫成「何も」。「こと」是形式體言，接在動詞的原形後面。

✱表示完全沒有必要那樣做，相當於漢語的「沒有必要」「不必…」「何必…」。

◊ ちょっと注意されただけなのに、なにもそんなに気にすることはないだろう（只是稍微提醒了你一下，你沒有必要那麼在意吧）。

◊ 先生がちゃんと付いていくので、なにも心配することはない（老師會跟著去的，不必擔心）。

◊ なにも試合直前になって延期したいと言ってくることはないだろうに（哪有像你這樣的，馬上就要比賽了卻說想延期）。

◊ 子供のやったことだし、何もそんなに怒ることはないだろう（是小孩子做的，何必那麼生氣呢）。

なにも … ない

用法　「なにも」是副詞，可以寫成「何も」，同否定式謂語相呼應。該句型多用於表達事、物或人以外的動物。

✱表示全面否定，相當於漢語的「完全不…」「什麼也不…」「什麼都沒…」。

◊ なにも痛くない（完全不疼）。

◊ 朝ご飯はなにも食べないで学校に行った（早飯什麼都沒吃就去了學校）。

◊ なにも用がない（什麼事也沒有）。

◊ 私はもう何も言うことはない（我已經無話可說了）。

なにより / なによりだ

用法　「なにより」是副詞，可以寫成「何より」，後面直接修飾用言，修飾體言

時後續格助詞「の」。加強語感時，用「なによりも」的形式。當它做謂語時，可以用「何よりだ」的形式。

✿表示超過任何事物，比任何事物程度都甚，其中「何よりだ」一般用來稱讚與對方有關的事物，不用於評價與自己有關的事物，相當於漢語的「比什麼都…」「最…」。

◊ 白い歯がなにより先に彼の視線を奪った (最先吸引他視線的是雪白的牙齒)。

◊ 息子が無事でいるかどうかが、なにより気がかりだ (我最擔心的是兒子是否平安無事)。

◊ 正直はなによりも大切だ (誠實比什麼都重要)。

◊ 古本を探すのがなによりの楽しみだ (尋訪舊書是最大的樂趣)。

◊ 無事に退院できたのは何よりだ (能平安出院真是太好了)。

…なら（ば）

用法 ①「なら」是斷定助動詞「だ」的假定形，接在體言後面，有時可以用「ならば」的形式。在很多情況下，接續助詞「ば」是可以省略的。在此，它起著提示助詞的作用。

✿把對方剛才提到的人或事物作為話題，將有關的談話繼續下去，相當於漢語的「…的話」「說到…」。

◊ A：ここから駅までバスで十分かかりますか (這裏到車站坐公交車要10分鐘嗎)。

B：バスなら、十分もかかりません (坐公交車的話用不了10分鐘)。

◊ 時間ならば十分ありますから、ご心配なく (時間的話足夠了，不必擔心)。

◊ 花なら、菊が一番好きだ (說到花，我最喜歡菊花)。

用法 ②接在體言、動詞和形容詞的簡體、形容動詞詞幹後面，同「もし…だったら」意義相同。

✿表示前項的假定是後項的條件，相當於漢語的「如果…」「要是…的話」。

◊ 海が静かなら、船に弱くないでしょう (如果海上沒有風浪就不會暈船吧)。

◊ 頭がそんなに痛いなら、早く帰ってもいい (如果頭那麼疼的話，可以早點回去)。

◊ 山田さんが出席するなら、私は行かない (要是山田君出席的話，我就不去了)。

◊ 私なら、そんなことを言いませんよ (要是我的話，就不會那麼說)。

用法 ③接在體言、動詞和形容詞的簡體、形容動詞詞幹和形式體言「の」(口語中為「ん」)後面,後項常用意志、命令結句。

✱表示前項為某人提到的事或某人的打算為前提、條件,後項是講話者的建議或意見,相當於漢語的「若是…的話」。

◊ 真相を知っているなら、私に教えてください(如果你知道真相,請告訴我)。

◊ 風邪を引くのなら、この薬が効くよ(要是感冒的話,這個藥有效)。

◊ 行きたいなら、バスで行ったほうがいい(如果想去的話,還是乘公車去較好)。

◊ この部屋は学校に近くて安いんならぜひ借りたいね(如果那房子距離學校又近又便宜的話,我就想租)。

◊ A:今日の新聞はありませんか(有沒有今天的報紙)?

　 B:今日の新聞なら雑誌の下にありますよ(今天的報紙在雜誌的下面)。

… ならでは … ない / … ならではの(體言)

用法 「ならでは」是一個詞團,接在表示人物或組織的名詞後面,常同否定式謂語相呼應。它同「しか…ない」的用法很相似。其定語形式為「ならではの+體言」。 ✱表示對前項進行高度的評價,指出只有前項才能實現後項,相當於漢語的「只有…才能」「不是…就不…」「…獨有的」。

◊ この絵には子供ならでは表せない無邪気さがある(這幅畫中有一股只有孩子才能表現出來的天真)。

◊ 愚人ならではそんな愚論を信じる者はない(不是笨蛋就不會相信那種謬論)。

◊ これこそ日本ならではの味だ(這才是日本獨有的味道)。

◊ 桜吹雪の舞う中を歩くのは春ならではの光景だ(在漫天飛舞的飄落的櫻花中穿行,是只有在春天才能看到的景象)。

… なら(疑問詞)でも

用法 「なら」是斷定助動詞「だ」的假定形,接在體言後面。「でも」是副助詞,接在疑問詞後面。

✱表示對提起的話題加以全面肯定,相當於漢語的「要說…都…」「要是…都…」。

◊ 運動なら何でも好きだ(要說運動什麼都喜歡)。

◊ 明日なら何時でもいい(要是明天,什麼時候都行)。

◊ 西瓜なら誰でも食べられるのか(要是西瓜的話,誰都能吃嗎)?

… なり

用法 ①「なり」是接續助詞，接在動詞原形後面。

✿表示前項動作剛剛完成，後項動作就緊接著發生了，多指前項動作剛做完就發生了沒有預想到的事情，相當於漢語的「一…就…」「剛剛…就…」。

◊ 彼は合格者のリストに自分の名前を発見するなり、飛び上がって大声を上げた（他一在合格者的名單上發現了自己的名字就跳起來大叫）。

◊ お金の入った封筒を受け取るなり、封を切った（一拿到裝有錢的信封就把它撕開了）。

◊ よほどまずかったらしく、彼はそれを口に入れるなり、吐き出した（好像相當難吃，他剛把它放到嘴裏就吐了出來）。

用法 ②接在動詞過去式「た」的簡體後面，可用「まま」替換，是一種比較陳舊的說法。

✿表示某件事情發生後，沒有接著發生一般認為會接下去發生的事，相當於漢語的「…之後，就…」「一直…沒…」。

◊ 部屋を散らかしたなり、遊びに行ってしまった（把房間弄得一團糟，就那樣出去玩了）。

◊ お辞儀をしたなり、なにも言わずに部屋を出て行った（鞠了個躬之後，什麼也沒說就走出了房間）。

◊ 家を出たなり一か月も帰ってこなかった（離開家之後有1個月都沒回來）。

用法 ③「なり」是副助詞，接在體言、體言加助詞、用言的原形後面。接用言時，後面多伴有「サ變」動詞「する」。

✿表示從幾種可能性中舉出一種作為例子，相當於漢語的「…之類」「…什麼的」。

◊ 何かお飲み物なりお持ちしましょうか（我拿點飲料什麼的來吧）。

◊ 映画になり行ってきなさい（你去看場電影什麼的吧）。

◊ 疲れているなら休むなりするほうがいい（要是累了的話休息一下比較好）。

◊ もう少し大きいなりすればどうにかなるがこんなに小さくちゃしようがない（如果再大一點總有辦法。可是，這麼小就沒有辦法了）。

… なりと

用法 「なり」是副助詞，來源於文語指定助動詞，後續格助詞「と」，構成「なり

と」接在體言、副詞後。有時也用「なりとも」形式，同副助詞「でも」相同。

✲表示最低限度的希望或消極的限定，以此暗示更理想的事物，相當於漢語的「至少」「哪怕…也好」。

◊ここに座ってお茶なりと飲んでください(請至少坐下來喝點茶)。

◊母に一目なりと会いたい(想見母親，哪怕看一眼也好)。

◊電話なりともかけてくれればいいのに(至少給我打個電話呀，可是…)。

◊わずかなりと残しておきましょう(多少留一點吧)。

疑問詞(＋格助詞)＋なりと

用法 「なり」是副助詞，來源於文語斷定助動詞，後續格助詞「と」，構成「なりと」接在疑問詞或疑問詞加格助詞後面。

✲表示全面肯定，相當於漢語的「無論…」「不管…」「任何…」。

◊だれとなりと、好きな人と一緒になるがいい(不管和誰，只要和你喜歡的人在一起就行)。

◊どこへなりと、お供します(我會陪您去任何地方)。

◊いつなりと、君の来たいときに来てください(你想來就來吧，無論什麼時候都行)。

◊君の考えていることをなんなりと言ってみなさい(你怎麼想的就怎麼說吧)。

…なり…なり

用法 「なり」是表示併列、選擇的副助詞，接在名詞、副助詞和用言原形後面。還可以同「が」以外的格助詞疊加使用。當它接動詞和形容詞時，後面常用「サ變」動詞「する」的形式。

✲表示從列舉出的同類或相反的事物中選擇一種，或表示大致的範圍，相當於漢語的「…也好…也好」「…或…」「…還是…」等。

◊困ったときは、親なり先生なりに相談しなさい(為難的時候，請找父母或老師商量)。

◊電話なりメールなりで知らせてください(請打電話或發郵件告訴我)。

◊京都なり奈良なり好きなところで生活すればいい(京都也好奈良也好，在自己喜歡的地方生活就行了)。

◊電車でなり新幹線でなり早く行きなさい(快乘電車或新幹線去吧)。

◊夏休みに家族と一緒にアメリカへなりカナダへなり旅行に行きたい(暑假，

我想和家裏人去美國或加拿大旅遊)。

◊ 読むだけなり書くだけなりなら外国語も簡単だが、話すのはそれほどたやすくない (外語只是讀或寫很簡單,可是說就不那麼容易了)。

◊ 行くなり帰るなり、勝手にしろ (去也好,回家也好,隨你的便)。

◊ やるなりやらないなり、はっきりした態度をとらなければならない (做還是不做,必須要有個明確的態度)。

◊ 君が来るなり、僕が行くなりしなくてはならない (要麼你得來我這裏,要麼我得去你那裏)。

◊ 長いなり短いなりしてちょうどいいのはない (或者長,或者短,沒有正好的)。

⋯なりに / ⋯なりの

用法　「なり」是副助詞,後續格助詞「に」在句子中做狀語,後續格助詞「の」在句子中做定語。它接在名詞、形容詞或動詞原形後面。

✽表示與某人或某事物相應的狀態,用於在承認其事物有限度或有缺欠的基礎上對其進行一些正面的評價,相當於漢語的「與⋯相應」「⋯那般」。

◊ 僕なりに頑張ってみたが、やはり失敗した (我盡了自己的努力,但還是失敗了)。

◊ 彼らは経験が浅いなりによく頑張ってやってくれた (他們雖然沒什麼經驗,但是很努力地去做了)。

◊ 子供には子供なりの考えがある (孩子有孩子的想法)。

◊ 断るには断るなりの手順というものがある (要拒絕的話有一個相應的拒絕程序)。

なるべく

用法　「なるべく」是副詞,在句中修飾用言。

✽後多接意志、希望、請求等表達方式,相當於漢語的「儘量」「儘可能」。

◊ なるべく早くご返事ください (請您儘早答覆)。

◊ 私はなるべく彼に逆らわない方針を取っている (我儘量採取不違抗他的方針)。

◊ この活動には、なるべく多くの人に参加してもらいたい (希望儘可能多的人來參加這項活動)。

なるほど

用法　「なるほど」可以作副詞和感嘆詞用。做副詞使用時，修飾後面的用言。做感嘆詞使用時，常見於會話的開首句。

✽一方面對從別人那裏得知的訊息或對方的主張表示贊同的心情，另一方面還用於表示再度確認自己所掌握的訊息是正確的，以及自己的疑問得到解答時的心情，相當於漢語的「果然」「的確」「原來如此」。

◊なるほど美しい人だ(果然是個美人)。

◊東京はなるほど人が多い(東京的確人多)。

◊あなたの言うことはなるほどもっともだが、私の立場も考えてほしい(你的話的確有道理，但也希望你考慮一下我的處境)。

◊A：これがこの料理を作るこつだ(這就是做這道菜的竅門)。

　B：なるほど(原來如此)。

… なるもの

用法　「なる」是文語斷定助動詞「なり」的連體修飾形，與「という」相同。「もの」是形式體言，指代事物。

✽表示說明、稱謂關係，相當於漢語的「叫做…」「所謂…」「所說的…」「…這種…」等。

◊エログロナンセンス小説なるものは精神上のアヘンだ(所謂色情、怪誕、低級趣味的小說就是精神上的鴉片)。

◊私は日本の味噌汁なるものを飲みたい(我想喝日本的一種叫做醬湯的東西)。

◊最近ダイエットフードなるものが流行っている(最近流行一種所謂的減肥食品)。

… なんか

用法　①「なんか」是副助詞，接在體言後面，是「など」的口語形式。

✽從許多事物中舉出主要的一件作為例子，暗示還有其他同類的東西，相當於漢語的「…等等」「…之類的」。

◊誕生日のプレゼントに花なんかどうでしょう(生日禮物送花之類的怎麼樣)？

◊お酒はワインなんかが好きで、よく飲んでいます(酒類中我喜歡葡萄酒之類的，經常喝)。

◊ 山本さんや鈴木さんなんかはこの案に反対のようです（山本和鈴木等人好像反對這個方案）。

用法 ②接在名詞或名詞加助詞等後面，後續否定或消極含義的表達。

✿對所提及事物表示輕視，相當於漢語的「連…都不」「怎麼會」。

◊ 君なんかにできるものか（豈是你這種人能做到的）。

◊ あんな男となんか口もききたくない（我連理都不想理那種男人）。

◊ 今日見た映画はちっとも面白くなんかない（今天看的電影一點兒意思也沒有）。

なんだか

用法 「なんだか」是副詞，在句子中修飾用言。

✿表示不清楚是什麼原因或理由，但總有那樣一種感覺，相當於漢語的「總覺得」「總有點兒」。

◊ なんだかさびしい（總覺得有點兒寂寞）。

◊ あなたと話していたら、なんだか少し気分が楽になってきた（和你說了話之後，不知為何心情變得輕鬆起來了）。

◊ 彼はなんだか変な人だ（他總有點兒奇怪）。

… なんて

用法 ①「なんて」是副助詞，接在體言和用言的簡體後面，常用於口語表達。

✿表示用輕蔑的語氣把說話者認為愚蠢、無聊的事提出來，相當於漢語的「…這種…」「…什麼的」。

◊ 勉強なんていやだ（我討厭學習）。

◊ あの人の言うことなんて、嘘に決まっています（他說的話肯定是謊話）。

◊ こんな安い給料でまじめに働くなんて馬鹿らしい（工資這麼低還認真工作，真是傻瓜）。

用法 ②接在名詞加斷定助動詞「だ」和用言的簡體後面。它是一種通俗的口語形式。

✿表示出乎意料的心情，相當於漢語的「沒想到」「…這種事」。

◊ あの人が学者だなんて（真沒想到那個人竟然是學者）。

◊ 日本へ留学するなんて夢にも思わなかった（去日本留學什麼的，連做夢也沒有想過）。

◊ これほど美味しいなんて、感心したよ（沒想到這麼好吃，佩服佩服）。

なんでも … そうだ / なんでも … らしい

用法　「なんでも」是副詞、同傳聞助動詞「そうだ」相呼應。它也可以用「らしい」「という話だ」「ということだ」等表達形式替換。「そうだ」是形容動詞型的傳聞助動詞，接在活用詞的簡體形後面。「らしい」接在名詞、形容動詞詞幹和動詞、形容詞簡體後面。

✽在沒有確切把握的情況下轉述從別人那裏聽來的內容，相當於漢語的「聽說」「據說」。

◊なんでも近いうちに昇給するそうだ (聽說最近好像要漲工資)。

◊噂によると、なんでも彼らは広島に引っ越したそうだ (據說他們搬到廣島去了)。

◊なんでも彼女はもうすぐ結婚するらしい (聽說她很快就要結婚了)。

◊なんでもあの店の中華料理は美味しいらしい (據說那家店的中國菜很好吃)。

なんでもない

用法　「なんでもない」是一個詞團，起形容詞的作用。它既可以結句也可以後接體言做定語。

✽表示某件事不值一提，沒什麼大不了的，相當於漢語的「算不了什麼」「沒什麼」「輕而易舉」「沒啥」「不要緊」等。

◊あの頃の苦労に比べれば、こんな苦労はなんでもない (和那時候的辛苦比起來，這種辛苦算不了什麼)。

◊なんでもないことにそんなに大騒ぎするな (不要為一點小事就那樣大吵大鬧)。

◊それは毎日見られるなんでもない事だ (這是每天都司空見慣的事)。

◊あの奴を負かすのはなんでもない (輕而易舉就能打敗那個傢伙)。

なんと … (こと / の) だろう

用法　「なんと」是副詞、同表示推量的「だろう」相呼應。當「だろう」接在用言後面時，常常要名詞化，構成用言加形式體言「こと」或「の」。在口語中常用「なんて … (こと/の) だろう」的形式。

✽用於表達吃驚、驚訝或贊嘆的心情，相當於漢語的「多麼 … 啊」「真 …」。

◊なんときれいな花だろう (多麼美麗的花啊)。

◊なんと似ていることだろう (何其相似)。

◊ 同じ国の人間が殺しあうとは、なんと悲惨なことだろう（同一個國家的人互相殘殺，這是多麼悲惨的事啊）。

◊ 彼女の気持ちが理解できなかったなんて、俺はなんと馬鹿だったのだろう（竟然沒能理解她的心情，我真傻）。

◊ 彼の演奏はなんとすばらしいのだろう（他的演奏真棒）。

なんという

用法 ①「なんという」是一個詞團，接在體言、連體修飾語加名詞的後面。

✿表示吃驚或贊嘆的心情，相當於漢語的「簡直太」「真是太」「多麼」。

◊ 海外旅行へ出発する日にパスポートを忘れるとは、なんというバカだろう（居然在出發去國外旅行的日子裏忘記帶護照，真是太沒頭腦了）。

◊ お前という奴は、なんという親不孝者なんだ（你這傢伙簡直太不孝了）。

◊ 一瞬の内にして、家族全部を失ってしまうなんて、なんということだ（轉眼之間就失去了全家人，太惨了）。

◊ なんといううまい餃子なんだ。他の店のとは月とすっぽんだ（多好吃的餃子啊。和其他店相比有著天壤之別）。

◊ 若いのになんという冷静沈着な人物なのであろう（他雖然年輕，卻是一個沉著冷静的人）。

用法 ②「なんという」可以寫成「何という」，接在體言後面，和疑問句相呼應。

✿表示詢問事物的名稱或人名，相當於漢語的「叫做什麼的⋯」。

◊ これは何という花ですか（這個叫什麼花）？

◊ あの人は何という名前だか、知りません（我不知道那個人叫什麼名字）。

◊ さっき食べた青いのは何という野菜ですか（剛才吃的綠色蔬菜叫什麼）？

なんといっても

用法 「なん」是不定代詞，可以寫成「何」，格助詞「と」是「言う」的內容，「ても」是表示逆接的接續助詞。「何と言っても」在句子中起副詞作用。

✿表示排除眾多的事例，相當於漢語的「不管怎麼說」「終究」。

◊ なんといっても、生活は向上した（不管怎麼説，生活變好了）。

◊ なんといっても自分の目で見て確かめるに越したことはないよ（不管怎麼説，最好自己親眼確認一下）。

◊ 日数を長引かすことはなんといっても不利だ（拖長時日終究是不利的）。

◊ <u>何と言っても</u>一番愛しているのは自分の 両 親だ(不管怎麼説，最愛的人是
自己的父母)。

なんとか

用法 ①「なんとか」是副詞，在句子中做狀語。常用「なんとかする」「なんと
かなる」的形式。 ✱表示有意識地想盡各種辦法、採取各種手段去做很難辦
的事情，相當於漢語的「想辦法」「想方設法」。

◊ <u>なんとか</u>して有名になりたいというのが、当時の 私 の夢でした(想辦法出
名，這是我當時的夢想)。

◊ お 忙 しいことは 承 知していますが、<u>なんとか</u>明日までに仕上げていただ
けないでしょうか(我知道您很忙，但能不能請您想想辦法在明天之前做完
啊)。

◊ <u>なんとか</u>してください(請給我想個辦法)。

◊ <u>なんとか</u>してやろう(我給你想想辦法)。

◊ 心配しないで、<u>なんとか</u>なるさ(請不必擔心，總會有辦法的)。

◊ 杉山さんの 病 気は確かに<u>なんとか</u>ならないのですか(杉山君的病確實沒有
辦法醫治了嗎)?

用法 ②作為副詞單獨使用。 ✱表示雖然是很困難或不是十分滿意的狀況，但
總算可以做到某事了，相當於漢語的「總算」「好歹」「勉強」。

◊ 命 だけは<u>なんとか</u>とりとめた(勉強保住了一條命)。

◊ 安月 給 だが、<u>なんとか</u>食べていくことはできる(雖然工資低，但總算還能
糊口)。

◊ これだけ 蓄 えがあれば<u>なんとか</u>なるだろう(有了這些積蓄，好歹能過得去
吧)。

用法 ③「なんとか」是一個詞團，其中「なん」是不定代詞，「とか」是副助詞。
它常同動詞「言う」連用。 ✱表示不具體明説，或是對於説的內容不能確定或
者除此之外還説了其他內容，相當於漢語的「這個那個」「什麼」等。

◊ 山村さんはその提案について<u>なんとか</u>言ましたか(山村先生就那個提案説了
些什麼)?

◊ <u>なんとか</u>言って行きなさい(你講幾句再走)。

◊ <u>なんとか</u>言われるのがいやだ(我討厭被人家説東道西的)。

◊ そのうち<u>なんとか</u>言ってくるだろう(不久會跟我説一聲的)。

◊ 黙っていないでなんとか言ったらどうなんだ（別老不說話，說點什麼好不好）。

◊ 彼女は自信を 失 ったとかなんとか言っていたようだ（她好像說過失去了自信什麼的）。

なんとかいう

用法 「なんとかいう」是詞組，其中「なん」是不定代詞，「とか」是副助詞。它接在名詞前面做定語，一般用於口語表達。

❁用於指稱不知道或不能確定名稱的人或物，相當於漢語的「叫什麼的」「叫…還是什麼的」。

◊ そのなんとかいう池はどこにあるか（你說的那個叫什麼的池塘在哪裏）。

◊ 大阪の「野田工業」とかなんとかいう会社倒産したそうだ（聽說大阪一家叫野田工業還是什麼的公司倒閉了）。

◊ 田中とかなんとかいう 男 の人が訪ねてきたよ（有一個叫田中還是什麼的男人來拜訪過了）。

なんとしても … つもりだ

用法 「なんとしても」是一個詞團，在句子中起副詞作用，是「どうしても」的書面語表達。它同「つもりだ」相呼應。「つもり」是形式體言，接在動詞原形後面。

❁表示不管用什麼辦法都打算這麼做，相當於漢語的「無論如何也要…」「想盡辦法也要…」。

◊ なんとしても 私 はあの人に 会って話しをするつもりだ（無論如何我都要見他，跟他談談）。

◊ なんとしてもあのパーティーに参加するつもりだ（想盡辦法也要參加那個晚會）。

◊ なんとしても相手に勝つつもりだ（無論如何也要戰勝對手）。

なんとしても … なければならない

用法 「なんとしても」是一個詞團，在句子中起副詞作用，是「どうしても」的書面語表達。它同「… なければならない」相呼應。「なければならない」接在動詞「ない」形後面。

❁表示不管用什麼方法都必須做到某件事，相當於漢語的「無論如何都必須…」。

◊ なんとしても戦争の再発だけは防がなければならない（無論如何都必須防止戦争再次爆發）。

◊ なんとしても今日の決勝戦に勝たなければならない（無論如何都必須在今天的決賽中獲勝）。

◊ なんとしても安全のことを第一にしなければならない（無論如何必須把安全放在第一位）。

なんとしても … たい（と思う）

用法　「なんとしても」是一個詞團，在句子中起副詞作用，是「どうしても」的書面語表達。它同「… たい」或「… たいと思う」相呼應。「たい」是形容詞型的希望助動詞，接動詞的「ます」形。

✿ 表示無論如何都想做某事，相當於漢語的「無論如何都想 …」「無論如何也想 …」「非常想 …」等。

◊ あの水墨繪をなんとしても手に入れたい（我很想得到那幅水墨畫）。

◊ なんとしても横田さんには負けたくない（無論如何也不想輸給横田君）。

◊ なんとしても彼女を守りたいと思っている（無論如何都想保護她）。

◊ なんとしてもその名門校に入りたいと思う（無論如何都想進那所名校）。

なんとしても … う（よう）と思う

用法　「なんとしても」是一個詞團，在句子中起副詞作用，是「どうしても」的書面語表達。它同「… う（よう）と思う」或「… う（よう）とする」相呼應。「う（よう）」是意志助動詞，其中「う」接在五段動詞意志形後面，「よう」接在一段動詞、「サ變」動詞和「カ變」動詞的意志形後面。五段動詞在接「う」時要將其詞尾變成該行的「オ段」，一段動詞後接「よう」時，去掉該詞的詞尾「る」即可，「サ變」動詞後接「よう」為「しよう」，「カ變」動詞後接「よう」為「來よう」。

✿ 表示想盡辦法也要做到某事，相當於漢語的「無論如何都要 …」「無論如何也要 …」。

◊ 鈴木さんはなんとしても一流の会社に入ろうと思っている（鈴木無論如何都想進一流的公司）。

◊ 私は大学を出てなんとしてもアメリカに留学しようと思う（我無論如何也要去美國留學）。

◊ 田中さんはなんとしてもその宝石を手に入れようと思った（田中無論如何也要把那塊寶石弄到手）。

なんとなく

用法　「なんとなく」是副詞，在句子中做狀語。

✽表示不明理由的某種感覺。還表示無意識中發生的行為和現象，相當於漢語的「總覺得」「不由得」「無意中」「不知不覺」。

◊ なんとなく泣きたくなる（不知為何，總覺得想哭）。

◊ あの喫茶店の新しいウェートレスがなんとなく好きなので、毎日通ってしまう（因為對那家咖啡店新來的女服務員有莫名的好感，所以每天都去）。

◊ なんとなく駅まで来てしまった（無意中來到了車站）。

◊ 話し合っているうちに、なんとなく私が責任者を引き受ける羽目になった（談著談著，我不知不覺就接受了當員責人這個差使）。

なんとはなしに

用法　「なんとはなしに」是副詞，同「なんとなく」一樣。

✽表示不知為何，隱隱地總有某種感覺。此外，還表示無意識中發生的行為和現象。相當於漢語的「總覺得」「不知為什麼」「不由得」「無意中」。

◊ なんとはなしに気が沈んだ（總覺得無精打采／意志消沉）。

◊ なんとはなしにそう決まってしまった（不知為什麼就那樣決定了）。

◊ 友達と町を散歩してなんとはなしに喫茶店に来た（和朋友沿著馬路散步不由得來到了咖啡館）。

なんとも … ない

用法　「なんとも」是副詞，同否定式謂語相呼應。

✽表示全面的否定，相當於漢語的「什麼也沒 …」「怎麼也不 …」「無法 …」。

◊ なんとも説明がつかない（怎麼也無法說明）。

◊ 結っ果がどうなるかはまだなんとも言えない（結果會怎樣還很難說）。

◊ もはやなんとも手の施しようがない（已經無計可施了）。

なんともない

用法　①「なんともない」是一個詞團，在句中直接做謂語。

✽表示不在乎、無所謂的心情。相當於漢語的「沒什麼」「不要緊」。

◊A：あの映画、怖かっただろう（那部電影恐怖吧）。

B：いいえ、<u>なんとも</u>なかったよ（不，沒什麼恐怖的）。

◊悪口ぐらい<u>なんとも</u>ありません（說點壞話算不了什麼）。

◊この日記が他人に見られても<u>なんともない</u>（這本日記就算被其他人看到了也不要緊）。

用法　②接在形容詞「く」形加副助詞「も」的後面。

✽表示強烈否定的心情，相當於漢語的「一點兒也不⋯」「根本不⋯」。

◊嬉しくも<u>なんともない</u>（一點也不高興）。

◊そんなくだらないもの、ほしくも<u>なんともない</u>（我根本不想要那種無聊的東西）。

◊彼の言った笑い話は面白くも<u>なんともない</u>（他講的笑話一點也不有趣）。

なんら⋯ない

用法　「なんら」是副詞，同否定式謂語相呼應。

✽表示強烈的否定，相當於漢語的「絲毫沒有⋯」「毫無⋯」。

◊われわれは<u>なんら</u>これに束縛され<u>ない</u>（我們絲毫沒有受此束縛）。

◊<u>なんら</u>断る理由は<u>ない</u>（沒有任何理由拒絕）。

◊修正案の実質は原案と<u>なんら</u>変わりが<u>ない</u>（修正方案的本質和原方案毫無不同）。

なんらの（體言）も⋯ない

用法　「なんら」是副詞，可以寫成「何ら」。「の」是格助詞。「なんらの」後續體言再接副助詞「も」同否定式謂語相呼應。它是一種十分鄭重的表達方式，在口語中常用「なんの（體言）も⋯ない」的形式。

✽表示強烈否定心情，相當於漢語的「沒有絲毫的⋯」。

◊野村さんには<u>なんらの</u>悔恨も<u>ない</u>らしい（野村君好像沒有絲毫的悔恨）。

◊彼らの対応には<u>なんらの</u>誠意も感じられ<u>ない</u>（從他們的應對態度中絲毫感覺不到誠意）。

◊高橋さんは<u>何らの</u>理由も<u>なく</u>辞職した（高橋先生沒有任何理由就辭職了）。

に

に（格助詞）

用法　「に」是格助詞，接在名詞的後面。

✻① 表示動作發生的某一時間點，相當於漢語的「在」「於」，或不翻譯。

◊ 先週の日曜日にどこへも行かなかった（在上個星期天，我哪兒也沒有去）。

◊ 田中さんは三年後に帰国するはずだ（田中先生應該於3年後回國）。

◊ 青木さんは六月三日の朝に故里を離れて上京した（青木君於6月3日的早晨離開家鄉去東京的）。

◊ 毎朝六時半に起床する学生は少ない（每天早上6點半起床的學生不多）。

✻② 表示存在的場所，相當於漢語的「在…裏」「…裏」「在…」。

◊ 部長は事務室にはいません（部長不在辦公室裏）。

◊ ベッドの下に洗面器がある（床下面有臉盆）。

◊ 部屋に電話がある（房間裏有電話）。

✻③ 表示動作或作用的方向、目的地、到達點，相當於漢語的「往…」「給…」「向…」，或靈活翻譯。

◊ 友達に葉書を出した（給朋友發了明信片）。

◊ 次の角で左に曲りなさい（在下一個拐角處向左拐）。

◊ 飛行機で大阪の関西空港に着いた（乘飛機到達了大阪的關西機場）。

◊ 明日出張で札幌に行く予定だ（明天準備出差去札幌）。

✻④ 表示人或事物作用的場所，相當於漢語的「在」，或靈活翻譯。

◊ 窓辺に人が立っているようだ（好像有人站在窗戶邊）。

◊ 姉は今でも九州に住んでいる（我姐姐至今仍住在九州）。

◊ 壁に世界地図が張ってある（牆上貼著世界地圖）。

◊ 妹は人形を箱に入れた（妹妹把娃娃放在了盒子裏）。

✻⑤ 接在數量詞之間，表示比例、分配基準，相當於漢語的「每」，或靈活翻譯。

◊ この雑誌は一年に四回発行される（這種雜誌每年發行4次）。

◊ そう会は三年に一度開かれる（總會每3年召開1回）。

◊ 十人に一人りが試験に合格した（每10個人中有一人合格）。

✱⑥ 表示比較的基準，需要靈活翻譯。

♢ 人生はよく川に喩えられる（人生經常被比喻為一條河流）。

♢ 兄に比べると背が低い（和哥哥相比，我個子不高）。

♢ この子はお父さんに似ている（這孩子長得像他父親）。

♢ AはBに等しい（A 等於 B）。

✱⑦ 表示原因，相當於漢語的「因為」「由於」「因…」。

♢ 恥ずかしさに赤面した（由於害羞而臉紅）。

♢ うれしさに躍り上がった（因為高興而跳起來了）。

♢ 彼らは飢えに苦しんでいた（他們忍飢挨餓）。

♢ 寒さにふるえた（因寒冷而打顫）。

✱⑧ 表示評價的基準，需要靈活翻譯。

♢ 中村さんは中国の歴史に詳しい（中村先生精通中國的歷史）。

♢ 私の家は学校に近い（我家離學校近）。

♢ 兄はお酒に弱い（我哥哥不能喝酒）。

♢ ここは物には不便だ（這裏買東西不方便）。

✱⑨ 表示資格、名目、借口，相當於漢語的「作為」「以…為」。

♢ 今日は山田先生の代わりに私が授業をやることになった（今天規定由我代替山田老師上課）。

♢ 三千万円を資本に会社を始めた（以3000萬日元為資本辦起了公司）。

♢ 誕生祝いに両親から時計をもらった（作為生日慶賀，父母給了我一支手錶）。

♢ 記念に学校の正門で写真を撮った（作為紀念，在學校正門口拍了照片）。

♢ 病気を理由に会社を休んだ（以生病為理由不去公司上班）。

✱⑩ 表示被動語態和使役態的動作者，相當於漢語的「被」「讓」「使」「叫」等。

♢ 私はルームメートに財布を取られた（我被同屋的人拿了錢包）。

♢ その話しはみんなに知られている（那種事情大家都知道）。

♢ この問題なら学生に答えさせたほうがいい（這個問題，還是讓學生回答為好）。

♢ 佐藤さんは癌に悩まされている（佐藤先生為癌症所苦）。

✱⑪ 表示變化的結果，相當於漢語的「成為」「變為」「為」等。

♢ お湯が水になった（開水變涼了）。

♢ 信号が赤に変わった（信號燈變成了紅色）。

◊田中さんは医学部を卒業してお医者さんになった（田中君醫學系畢業後成為一名醫生）。

✿⑫表示動作的對象，相當於漢語的「對」「向」「給」。

◊君にだけ話す事だから、内緒にしてください（這只是對你講的事情，請保密）。

◊神に誓う（向神發誓）。

◊この問題が分からないので、先生に聞きました（我不懂這個問題，就請教了老師）。

✿⑬表示狀態、情形，動詞常用「ずに」的形式，需要靈活翻譯。

◊岡田さんは一言も言わずに出て行った（岡田君一句話也沒說就走了）。

◊ありのままに言いなさい（請你如實說）。

◊小野さんは仰向けに寝ている（小野君仰面躺著）。

✿⑭表示可能含義動詞和尊敬含義動詞的主語。

◊なにか私にできることはありませんか（有需要我幫忙的事嗎）？

◊さっき加藤さんが何を言っていたのか、皆さんにわかりますか（剛才加藤先生說的什麼，大家明白嗎）？

◊女王陛下には予定どおりご出発になった（女王陛下按預定計畫已經出發了）。

◊先生にはお変わりございませんか（老師您一切都好嗎）？

に（併列助詞）

用法　①「に」是併列助詞，前面接動詞「ます」形，後面接同一動詞的各種形式。　✿表示某一動作的重複，強調所說動作的程度非常激烈，相當於漢語的「…了又…」「再三」「萬分」。

◊待ちに待った息子の帰国の日が、いよいよ近づいた（盼望已久的兒子回國的日子越來越近了）。

◊飛行機の出発の刻限が近づいているのに、成田に向かう途中で渋滞に巻き込まれ、私は焦りに焦った（離飛機起飛的時刻越來越近了，但是在通往成田機場的路上遇上了堵車，我焦急萬分）。

◊走りに走ってようやく間に合うことができた（拼命地跑，總算趕上了）。

◊昨夜は山田と飲みに飲んで、気がついたら駅のベンチに寝ていた（昨晚和山田喝了又喝，等到醒過來的時候發現自己躺在車站的長椅上）。

用法　②接在名詞後面。　✿表示添加、併列，相當於漢語的「和」。

♦ 黒のスーツに黒のネクタイの男が突然訪ねてきた（有一個穿著黑西服戴著黑領帶的男子突然來訪過）。

♦ 日本では朝食はご飯に魚に味噌汁ぐらいですます家が多い（在日本，很多家庭早飯只吃點米飯、魚和醬湯）。

♦ 鞄の中にノートに教科書に、それから字引もある（書包裏有筆記本、課本，還有字典）。

… にあきる

用法　「に」是格助詞，「あきる」是一段自動詞，可以寫成「飽きる」。該句型接在名詞和動詞加形式體言「の」後面。　✿表示對某件事感到厭倦，再也不想做了，相當於漢語的「…夠了」「厭倦了…」。

♦ 毎日するので、掃除にあきてしまった（因為每天都要打掃，所以對此已經感到厭倦了）。

♦ こんなつまらない人生にはもうあきた（這種無聊的人生我已經過夠了）。

♦ 田中さんは最近活字を読むのにあきて、漫画を読み始めた（田中最近厭倦了看鉛字，開始看起漫畫來了）。

♦ 今の子供はすぐ学校へ行くのにあきる（現在的孩子很容易厭煩上學）。

… にあたいする

用法　①「に」是格助詞，「あたいする」是「サ變」動詞，可以寫成「値する」。該句型接在表示價格的名詞後面。

✿表示某樣東西值多少錢，相當於漢語的「價值」。

♦ この花瓶は一万円にあたいする（這個花瓶價值一萬日元）。

♦ 十万円にあたいするデジカメを壊してしまった（把價值十萬日元的數位相機弄壞了）。

♦ 彼の友情は千金に値する（他的友情價值千金）。

用法　②接在名詞、動詞原形後面。

✿表示因具有某種內涵而理當得到某種待遇。相當於漢語的「值得」。

♦ 彼の行為は賞賛にあたいする（他的行為值得讚揚）。

♦ この新興産業は投資に値する（這個新興產業值得投資）。

♦ 村上春樹の小説は読むにあたいする（村上春樹的小說值得一讀）。

♦ 軽蔑するに値する（應該蔑視）。

◊ その問題はこれ以上の論議に値しない（那個問題不值得再討論下去了）。

…に（は）あたらない

用法　「に」是格助詞。「は」是副助詞，加強否定語氣，可以省略。「あたらない」是五段動詞「あたる」的否定式。該句型接在動詞原形後面。

✱表示用不著做某事，經常接在表示心理活動或感情之類的動詞之後，相當於漢語的「不必」「用不著」。

◊ 優秀な田中君のことだから、論文を一週間で仕上げたと聞いても驚くにはあたらない（田中是很優秀的，所以就算你聽說他用一週就寫好了論文也用不著吃驚）。

◊ 心配するにはあたりません。たいした病気でもないから、二、三日休んだら治るでしょう（不必擔心。也不是什麼嚴重的病，休息兩三天應該能好）。

◊ 彼女はもう社會人なんだ。一人りで解決できるだろう。助けてやるにはあたらない（她已經走上社會了，一個人應該能解決吧。用不著幫她）。

◊ 彼が会議で一言も発言しなかったからといって責めるにはあたらない（不必因為他在會議上一句話都沒說就責備他）。

◊ 一家水入らずの団欒だから、遠慮するにはあたらない（都是自家人歡聚在一起，無需客氣）。

◊ 彼女が未婚の母だったからって驚くにはあたらない（不必因為她是一個未婚媽媽，就感到吃驚）。

…にあたり／…にあたって（は）

用法　「に」是格助詞。「あたり」是五段動詞「あたる」的連接式，可以同「あたって」替換。當加強語氣時，「あたって」後面可以接副助詞「は」。一般說來，「にあたり」比「にあたって」更為鄭重。該句型接在名詞和動詞原形後面。它多用於書面語表達，口語表達為「…の時に」。　✱表示已經到了某件事馬上就要開始的階段，相當於漢語的「值此…之際」「在…之時」。

◊ 開会にあたり、一言ご挨拶を述べさせていただきます（值此會議召開之際，請允許我講幾句話）。

◊ アパートに入居するにあたり、隣近所に挨拶回りをするのは日本の習慣です（在入住公寓的時候，挨個兒和鄰居們打招呼是日本的習慣）。

◊ 卒業にあたって、みんなで記念文集でも作りませんか（值此畢業之際，

大家一起做一本紀念文集吧)。

◊ お嬢さんをお嫁に出すにあたってのお気持ちはいかがでしたか(您女兒出嫁時您的心情如何啊)。

… にあって

用法 「に」是格助詞。「あって」是五段動詞「ある」的連接式。該句型接在體言後面。

✿表示動作進行的狀況、時間、場所等,相當於漢語的「在…情況下」「在」。

◊ この不況下にあって、大学生の就職難は一段と厳しさを増してきた(在這種不景氣的情況下,大學生的就業難問題越來越嚴重了)。

◊ 大臣という職にあって、不正を働いていたとは許せない(身居大臣這一要職居然貪污,這是無法原諒的)。

◊ 母は病床にあって、なおも子供たちのことを気に掛けている(母親身在病床,還在惦記孩子們)。

◊ この非常時にあって社長である私は何をすべきか(在這個非常時期,作為總經理的我應該做些什麼呢)。

… にある

用法 「に」是格助詞。「ある」是表示存在的五段動詞。該句型接在體言後面。

✿表示說明原因、問題、目的、責任、理由等所在,相當於漢語的「取決於…」「在於…」「處於…」。

◊ 勝敗はこの一戦にある(勝敗在此一戰)。

◊ 昇進するもしないも君の腕にある(能否晉升取決於你的本事)。

◊ この事件の責任は彼にある(這起事件的責任在他)。

◊ 柴田さんが書いた文章の主旨は敬語の使い方を説明することにある(柴田寫的文章宗旨在於說明敬語的使用方法)。

◊ 問題はどのように実践するかにある(問題在於如何實踐)。

… に行く

用法「に」是表示目的的格助詞,後續動詞多為「行く」「来る」「帰る」「戻る」等。該句型接在帶有動詞含義的名詞以及動詞「ます」形後面。

✿表示來去的目的,相當於漢語的「去(來)幹…」「去(來)做…」

◊ いまデパートへ買物に行く（馬上去商店買東西）。

◊ 石原さんは教室へ自習に行った（石原同學去教室自習了）。

◊ いっしょに映画を見に行きますか（一起去看電影嗎）?

◊ 何をしに来たのか（你幹什麼來了）?

◊ 図書館へ本を返しに行きたい（我想去圖書館還書）。

◊ 傘を取りに家へ戻った（回到家裏取傘）。

… にいたって（は）/ … にいたると

用法 ①「に」是格助詞。「いたって」是五段動詞「いたる」的連接式，可以寫成「至って」，其後加副助詞「は」起加強語氣的作用。「にいたって（は）」接在名詞和動詞原形後面，多用於不好的情況，後面一般接否定的表現形式。它可以同「にいたると」替換。 ✿表示到了某種地步或達到某個階段，相當於漢語的「到了…階段」「到了…地步」。

◊ 彼はいよいよ留年という事態にいたっては、親に本当のことを言わざるを得なかった（事態發展到了即將留級這一步，他不得不向父母道出了實情）。

◊ 事ここに至っては、策の施しようもない（事情到了這個地步，已經無計可施了）。

◊ 癌も全身に転移するにいたると、もはや打つ手はない（到了癌症轉移到全身這個階段，已經沒有辦法了）。

◊ 別居するに至ると、離婚はもはや時間の問題だ（到了分居的地步的話，離婚也只是個時間問題了）。

用法 ②接在體言後面。 ✿表示舉出一個比較極端的或更進一步的事例並對其進行闡述，相當於漢語的「至於」「談到」。

◊ 孫に至っては、祖母の年齢どころか名前さえ知らない（至於孫子，不要說祖母的年齡了，連她的名字都不知道）。

◊ その日は遅刻する人が多く、山田君にいたっては、1時間も遅れてきた（那天很多人遲到，至於山田君，竟然遲到了1個小時）。

◊ 原因は大体明らかにされたが、措置にいたっては、もう少し検討したいと思う（原因已經大體上查明了，至於要採取的措施，我想再討論一下）。

… にいたる

用法 「に」是格助詞。「いたる」是五段動詞，可以寫成「至る」。該句型接在名

詞和動詞的原形後面。 ✿可以表示到達某個空間場所，也可以表示事物最終
發展到了某個程度或某種階段，相當於漢語的「到達」「達到」「以至…」。

◊ この川は大草原を横切って流れ、やがては海にいたる(這條河横穿大草原，
然後到達大海)。

◊ 一国の大臣の発言が、国際的な対立に至ることもある(一個國家的部長的發
言，有時會導致國際性的對立)。

◊ 日本経済は1950年代の前半には、戦前並の水準に回復するにいたった(日
本經濟在20世紀50年代前期恢復到了戰前的水準)。

◊ 仕事がまだ完成するに至らない時、彼は重い病気にかかってしまった(工
作還沒有完成的時候，他得了重病)。

… にいわせれば

用法 「に」是表示使役態的動作者。「いわせれば」是「言う」的使役態「言わせ
る」的假定形。該句型接在表示人或組織的名詞後面。

✿表示按照某人的說法，後項所描述的意見是充滿自信的，相當於漢語的「在…
看來」「照…的說法」「…認為」。

◊ 私にいわせれば、あなたの言っていることは世の中に通らないよ(我認
為，你所說的在社會上行不通)。

◊ あの人にいわせれば、こんな辞書はまったく使い物にならないということ
らしい(照他的說法，這種字典根本不能用)。

◊ 私たちに言わせれば、世代が違えば考え方も違うのは当然なことだ(在我
們看來，時代不同，思考方法就不一樣，這是理所當然的事)。

… において

用法 「において」是一個詞團，接在名詞後面，是書面語表達，相當於口語中的
格助詞「で」或「に」。該句型表示強調時可以後接副助詞「は」或「も」。

✿表示動作進行的場所、時間、狀況、領域等，相當於漢語的「在…上」「在…
方面」「於…」等。

◊ 日本社会において最重視されるのは、「和」と言えよう(在日本社會中，最
受重視的可以說是「和」)。

◊ その時代において、女性が学問を志すのは珍しいことであった(在那個
時代，女性立志研究學問是很少見的)。

◊ 当時の 状 況 において戦争反対を 訴 えるのは限りなく勇気のいることだった (在當時的情況下，呼籲反對戰爭是需要莫大的勇氣的)。

◊ 外交において腕を振るう (在外交方面發揮才幹)。

◊ 彼は仕事の 上 においては厳しい人だが、私生活においては 、いいパパだ (他在工作上是一個很嚴厲的人，但在生活中則是一個好爸爸)。

◊ 二 十一世紀においても、おそらく戦争と貧困はこの地 球 上 からなくならないだろう (即使在21世紀，戰爭和貧困恐怕也不會從這個地球上消失吧)。

… に応じた / … に応じて

用法　「に」是格助詞。「応じた」是動詞「応じる」的過去式。該句型前後接名詞，在句子中起連體詞作用。在句中做狀語時，用「…に応じて」的形式。

✽表示前項是依據，後項視前項的情況而定，相當於漢語的「根據…」「按照…」「適應…」。

◊ 社員の能 力 や 業 績に応じた 給 料 を支払う (根據公司職員的能力和業績來支付工資)。

◊ 気候や風土に応じた 食 文化が育つ (適應氣候和水土的飲食文化發展了起來)。

◊ お 客 さまの要望に応じて六十回までの分割払いができます (根據客人的要求，最多可分60次付款)。

◊ 収 入 に応じて生活のしかたを変える (按照收入改變生活方式)。

… における

用法　「における」是一個詞團，可以寫成「に於ける」，在句子中起連體詞作用，前後都接名詞。該句型一般不用於口語表達。

✽表示某件事情發生或某種狀態存在時成為其背景的場所、時間或領域，相當於漢語的「在」「在…的」「…中的」「在…上」「在…方面」等。

◊ 国際経済における基本原則は市 場 を通じた公正な 競 争だ (國際經濟中的基本原則是透過市場進行公平競爭)。

◊ 学校における母語の使用が禁止された (禁止在學校使用母語)。

◊ この論文では江戸時代における庶民と武士の暮らし方の比較をしてみた (這篇論文試著比較了江戶時代的庶民和武士的生活方式)。

◊ 現代数学における難題をいくつか解決した（解決了若干現代數學中的難題）。

◊ 田中さんは音楽における才能がすばらしい（田中同學在音樂方面的才能很出色）。

… に（は／も）及ばない

用法 ①「に」是格助詞。「及ばない」是五段動詞「及ぶ」的否定式。根據句意表示強調的時候，可以在「に」和「及ばない」之間加副助詞「は」或「も」。該句型接在表示人或組織的名詞後面，可以同「に（は／も）及ぶまい」替換。

✤ 表示水準、能力、程度等方面趕不上「に」前面所提到的人或組織，相當於漢語的「不及」「比不上」「趕不上」。

◊ 英語では小川さんに及ばない（在英語方面，我不及小川同學）。

◊ 彼の芸はまだ師匠には遠く及ばない（他的技藝還遠比不上師父）。

◊ 私はあの人の足元にも及ばない（我遠趕不上那個人）。

用法 ②接在名詞和動詞原形後面。

✤ 表示沒有做某件事的必要。相當於漢語的「不必…」「用不著…」。

◊ 当たり前のことをしただけだ。お礼には及ばない（只是做了理應做的事而已。不必道謝）。

◊ これによって多少の影響は出ているが、心配には及ばない（雖然因此多多少少產生了一點影響，但不必擔心）。

◊ わざわざお越しになるには及びませんでしたのに（您本不需特地跑一趟的）。

◊ 分かりきったことだから、わざわざ説明するには及ばない（這件事已經非常清楚了，用不著特地說明）。

… に（は）… がある（いる）

用法 這是一個存在句的句型。「に」是格助詞，接在表示地點的名詞後面。「が」是格助詞，接在表示物品、人或動物的名詞後面。「は」是副助詞，表示強調。「ある」是五段自動詞，表示無生命物體的存在。「いる」是一段自動詞，表示有生命物體（人和動物）的存在。

✤ 表示某處有某人或某物，相當於漢語的「在…有…」。

◊ 机の上に本がある（桌上有書）。

◊ うちにはガスがある（我家有煤氣）。

◊ 教室に学生が十人いる（教室裏有10名學生）。

◊ 以前は、この川には魚がいた（以前這條河裏是有魚的）。

… にかかっている

用法　「に」是格助詞，「かかっている」是五段動詞「かかる」的持續體。該句型接在動詞原形加「か/かどうか/か否か」、形容詞原形和形容動詞詞幹加「かどうか/か否か」、名詞、名詞加「（の）いかん」的後面。

✱表示某件事情取決於「に」前面所提到的東西。相當於漢語的「取決於 …」「要看 …」「全在於 …」。

◊「アジアの時代」が満開するかどうかは、この地域の国々が協力と対決のどちらを選ぶかにかかっている（「亞洲時代」能否全面到來，取決於該地區的各國選擇合作還是對立）。

◊ 所得向上の問題を解決できるかどうかは、民営企業が発展できるかどうかにかかっている（能否解決提高收入的問題取決於民營企業能否發展）。

◊ 日本の将来は構造改革が成功するか否かにかかっている（日本的未來取決於國家結構改革能否成功）。

◊ 明日、ハイキングに行けるかどうかは天気のいい悪いにかかっている（明天能否去遠足，就全看天氣的好壞了）。

◊ 新製品の登場は質の良いか否かにかかっている（新産品的上市全在於品質是否過關）。

◊ 新製品の売れ行きは宣伝が十分か否かにかかっている（新産品的銷售情況取決於宣傳是否充分）。

◊ 採否はいつも君の判断にかかっている（採納與否全看你的判斷了）。

◊ 今度の面接が合格できるかどうかは普段の努力にかかっている（這次面試能否通過取決於平時的努力）。

◊ 家族の絆はコミュニケーションのいかんにかかっている（家庭成員之間的聯繫取決於如何交流）。

◊ 両国は国交を樹立できるかどうかは両首脳の話し合いいかんにかかっている（兩國能否建交取決於兩國首腦的會談情況如何）。

… にかかったら / … にかかっては / … にかかると

用法　「に」是格助詞，「かかったら」是五段動詞「かかる」的過去假定形。該句型接在表示人或人的言行的名詞後面，可以同「… にかかっては」「… にかか

ると」替換。

✱表示提示，後項對某人或其言行有著不同尋常的表現，相當於漢語的「說到…」「提起…」「對於…」。

◊ 山田さんの作曲にかかったら、知らない人はいないだろう (提起山田先生的作曲，恐怕沒有人不知道吧)。

◊ あなたにかかったら私も嫌とは言えなくなる (對於你，就連我也無法說不願意)。

◊ 彼の毒舌にかかっては社長も太刀打ちできない (提起他的刻薄話，連總經理也比不過他)。

◊ 学生の正当な要求にかかってはできるだけ満たすように努力する (對於學生的正當要求，要努力儘量滿足)。

◊ 彼女にかかるといつも知らないうちにイエスと言わされてしまう (對於她，我總是不知不覺中就答應了她的要求)。

◊ みんなの意見にかかると、よく検討する必要があると思う (說到大家的意見，我認為要好好地研究)。

…にかかわらず

用法 「に」是格助詞，「かかわらず」是五段動詞「かかわる」的否定式。該句型多接在正反對立含義的辭彙後面。可以接體言、體言加「のいかん」和用言後面。當前面接動詞時，要用「するしない/するかしないか」的形式。當前面接形容詞時，要用形容詞「い」加相同形容詞「くない」的形式，也可以用正反含義的形容詞。當前面接形容動詞時，要用正反含義的形容詞詞幹。另外，還可以前接「あるなし」「良し悪し」等慣用的形式。該句型可以用「…に(は)かかわりなく」替換。

✱表示不管前項提到的情況如何，後項都會發生，相當於漢語的「無論…都…」「無論…與否」「不管…都…」。

◊ 試合は晴雨にかかわらず決行する (比賽無論天氣如何都將舉行)。

◊ 金額の多少にかかわらず、寄付は大歓迎です (不管金額的多少，歡迎捐款)。

◊ あのデパートは曜日にかかわらず、いつも込んでいる (那家百貨商店不管星期幾都很多人)。

◊ お酒を飲む飲まないにかかわらず、参加者には一人3千円払っていただきます (不管是否喝酒，參加者每人請交3000日元)。

◊ 両親が賛成するかしないかに<u>かかわらず</u>、私は彼女と結っ婚しようと思う（不管父母是否贊成，我都要和她結婚）。

◊ 当社は学校の成績のいい悪いに<u>かかわらず</u>、やる気のある人材を求めている（我們公司不論在校成績的好壞，需要有幹勁的人才）。

◊ 値段が高い高くないに<u>かかわらず</u>、好きなら買う（無論價格高低，只要喜歡就買）。

◊ 出された料理は好ききらいに<u>かかわらず</u>、全部食べなさい（上的菜不管喜不喜歡吃，都要全部吃掉）。

◊ 歌が上手下手に<u>かかわらず</u>、みんな合唱団に参加してもいい（不管歌唱得好不好，大家都可以參加合唱團）。

◊ 結っ果の良し悪しに<u>かかわらず</u>彼の努力は評価されるだろう（不管結果的好壞如何，他的努力是會受到好評的吧）。

◊ 障害のあるなしに<u>かかわらず</u>、より健康に生きようと努力する（無論有沒有殘疾，都努力生活得更健康）。

… にかかわる

用法 「に」是格助詞，「かかわる」是五段動詞。該句型接在名詞後面可以結句，也可以前後接名詞做定語。

✿表示與某人或某事物有關聯，而且一般是比較重大的關聯，相當於漢語的「關係到…」「涉及到…」「影響到…」。

◊ 命に<u>かかわる</u>ような病気じゃないから、安心してくれ（不是什麼有生命危險的病，放心吧）。

◊ 交通だの住宅だの、国民の生活に<u>かかわる</u>問題は先に解決しなければならない（交通、住宅等與人民生活有關的問題必須首先解決）。

◊ このプロジェクトに<u>かかわる</u>スタッフは午ご後一時から会議がある（與這個項目有關的人員下午1點開始開會）。

◊ こんなひどい商品を売ったら店の評判に<u>かかわる</u>（賣這種劣質商品的話會影響到商店的聲譽）。

… に限って

用法 「に」是格助詞，「限って」是五段動詞「かぎる」的連接式。該句型接在名詞後面，和「だけ」的意思差不多，不過語氣更強烈。它可以同「…に限り」替

換。

✵表示限定範圍，相當於漢語的「只有」「唯有」「偏偏」。

◊ うちの子に限って、そんな悪いことをするはずがない（我家的孩子不可能做那種壞事）。

◊ 彼は忙しい時きに限って、会社を休む（他偏偏在公司忙的時候請假）。

◊ その日に限って帰りが早かった（唯有那天回去早了）。

◊ けちな人に限って、他の人のことを「あいつはけちだ」と言うものだ（只有自己吝嗇的人才會說別人是小氣鬼）。

… に限らず

用法 「に」是格助詞，「限らず」是五段動詞「かぎる」的否定式。該句型接在名詞後面。

✵表示不僅僅是前項，後項也包括在內，相當於漢語的「不僅」「不限於」。

◊ この家に限らず、この辺りの家はみんな庭の手入れがいい（不僅是這家，這一帶人家的庭院都收拾得不錯）。

◊ 東京ディズニーランドは休日に限らず、普段の日も込んでいる（東京迪斯尼樂園不僅是假日，平時也很多人）。

◊ この講座は学生に限らず、一般の人に公開されている（這個講座不僅面向學生，也對公眾開放）。

… に限る

用法 ①「に」是格助詞，「かぎる」是五段動詞。該句型接在名詞後面，用以結句。　✵表示限定範圍，相當於漢語的「只限於」。

◊ 入場者は女性に限る（入場者只限女性）。

◊ 貸間あり、学生に限る（有房招租，只限學生）。

◊ 応募作品は原稿用紙四百枚以内に限る（應徵作品的篇幅限於400張稿紙以內）。

用法 ②接在名詞、動詞的原形或「ない」形、形容詞原形加「の」、形容動詞連體形「な」加「の」後面。　✵表示說話人主觀上認為某樣東西或某件事是最好的，相當於漢語的「最好」。

◊ 何と言っても、夏は冷たいビールに限る（不管怎麼說，夏天還是喝冰啤酒最舒服）。

◊ 疲れたときは何も 考 えず、ゆっくり休むに限る（累了的時候最好什麼也不
要想，好好休息）。

◊ 太りたくなければ、とにかくカロリーの高いものを食べないに限る（如果不
想變胖的話，最好不要吃高熱量的東西）。

◊ ワインは古いのに限る（葡萄酒還是年代久的最好喝）。

◊ せっかくテレビを買いかえるのなら、画面がきれいなのに限る（好不容易要
換台電視，最好買台畫面清晰點的）。

… にかけたら / … にかけては

用法　「に」是格助詞，「かけたら」是一段動詞「かける」的過去假定形。該句型
接在體言後面。它可以同「…にかけては」替換。

✿ 表示以相關事物為對象，對其技術、素質、能力等方面進行肯定的評價，相當
於漢語的「在…方面」「論…」。

◊ 記憶 力 にかけたら、彼女は學校 中 の學生の中で五本の指に入るだろう
（論記憶力，她在全校的學生中也是名列前茅的吧）。

◊ あなたを愛することにかけたら、私 は他の誰にも負けない（在愛你這件事
上，我不輸給其他任何人）。

◊ 餃子作りにかけては、彼の右に出る人は少ない（論做餃子，很少有人做得
比他好）。

◊ 忍耐力 にかけては人より優れているという自信がある（在忍耐力方面，我
自信要比別人強）。

… にかけて

用法　「に」是格助詞，「かけて」是一段動詞「かける」的連接式。該句型接在體
言後面，在句中做狀語，可以同「…にかけては」替換。做定語時，用「にかけ
ての＋名詞」的形式。

✿ 表示對某事物進行評價，相當於漢語的「在…方面」「論…」。

◊ 大塚さんは事務処理にかけてすばらしい能 力 を持っている（大塚先生在處
理事務方面有著非凡的才能）。

◊ 鈴木さんは足の速さにかけてかなり自信がある（鈴木同學在跑步快方面很有
自信）。

◊ 木村さんは誠実な 男 だが、商 売にかけての才能はあまり期待できない（木

村雖然是一個誠實的男子，但是在做生意方面看不出有什麼才幹）。

… にかけても

用法 「に」是格助詞，一般接在「命・名譽・威信・信用・面子・面目・～の名」等名詞後面。 ✱表示後項是前項的決心和誓言，無論如何都要做到某事，相當於漢語的「賭上」「拼上」「不要」。

◊ 命にかけても、あなたをお守りいたします（拼了性命也要保護你）。

◊ 面子にかけても約束は守る（即使丟面子也要遵守約定）。

◊ 警察の名誉にかけても犯人を逮捕すべきだ（即使賭上警察的名譽也應該把犯人繩之以法）。

… にかたくない

用法 「に」是格助詞，「かたくない」是形容詞「かたい」的否定式。該句型接在名詞和動詞原形後面。它一般多接在「想像（する）・理解（する）・察する」等辭彙的後面，是比較生硬的書面語。

✱表示從某種狀況、情形中很容易想像或理解，相當於漢語的「不難」「容易」。

◊ 彼が親の死後どうしたか、想像にかたくない（不難想像他在父母去世後的境況）。

◊ 豊かな社会に憧れる開発途上国の人々の気持ちは、理解するにかたくない（發展中國家的人們嚮往富裕社會的心情是不難理解的）。

◊ 外国に子供を留学させている親の心配は、察するにかたくない（孩子在國外留學的父母的擔心是不難覺察的）。

… にかわって

用法 「に」是格助詞，「かわって」是五段動詞「かわる」的連接式。該句型接在表示人或組織的名詞的後面。其比較鄭重的書面語表達是「…にかわり」。

✱表示本來應由某人做的事改由其他人來做，相當於漢語的「代替」「替」「代表」。

◊ 首相にかわって、外相が外国の来賓を出迎えた（外交部長代替首相迎接了外國來賓）。

◊ 私にかわって尋ねてみてください（請替我問一下）。

◊ 親族一同にかわって、ご挨拶申し上げます（我代表所有的親屬講幾句）。

◊ 二十一世紀は欧米にかわり、アジアが世界をリードする時代の幕開けとなるだろう (21世紀，也許亞洲將開始取代歐美成為世界的領導勢力吧)。

… に関して / … に関しての / … に関する

用法 「に」是格助詞，「関して」是「サ變」動詞「関する」的連接式。該句型接在體言後面，修飾後面的用言，在句中做狀語。做定語修飾後面的名詞時，可以用「…に関しての」和「…に関する」的形式。它一般用於書面語或比較鄭重的會話、演說中。　✿表示事物和行為所涉及的對象，相當於漢語的「有關…」「關於…」「對於…」。

◊ このプロジェクトに関して、一切の責任は私が負っている (關於這個項目，所有的責任由我來負)。

◊ その写真に関して面白い話しがある (關於那張照片，有個有趣的故事)。

◊ この報告ではその件に関して何も言っていない (這份報告對於這一事件沒有提及)。

◊ 今回の「二十年後の私」に関してのアンケートはとても興味深かった (這次有關「20年後的我」的問卷調查非常有意思)。

◊ 最近、日本に関する書籍は多くあるが、どれも大同小異だ (最近有很多關於日本的書籍，但都大同小異)。

◊ それは防衛に関する論争だ (那是關於防衛的論爭)。

… に気が付く

用法 「に」是格助詞，「気が付く」是一個慣用句。該句型接在名詞、動詞體言化後面。　✿表示注意或覺察到某件事或某樣東西，相當於漢語的「注意到…」「意識到…」「發覺…」。

◊ 自分の誤りに気が付く (注意到自己的錯誤)。

◊ 彼は差し迫った危険にほとんど気が付かずにいる (他幾乎沒有發覺已經逼近的危險)。

◊ 食べ終わって財布を忘れたことに気が付いた (吃完後發現忘了帶錢包)。

◊ パソコンのまわりにほこりがあるのに気が付いた (發現電腦周圍有灰塵)。

… にきまっていた

用法 「に」是格助詞，「きまっていた」是五段自動詞「きまる」的過去持續體。

該句型接在動詞連體修飾形後面。

✽表示回憶過去，帶有客觀地敘述過去的某一事實，相當於漢語的「一定」「肯定」「準…」「必定」。

◊ 小学生の時、學校に遅れたら先生に厳しく叱られるにきまっていた（上小學時，遲到了就一定會受到老師的嚴厲批評）。

◊ 昔、このあたりは雨が降ると、道が悪くなるにきまっていた（過去，這一帶一下雨，道路就準不好走）。

◊ 私は子供の時き、風邪をひいたら、注射を受けるにきまっていた（我小時候，一感冒就肯定要打針）。

…にきまっている

用法　「に」是格助詞，「きまっている」是五段自動詞「きまる」的持續體。該句型接在名詞、動詞和形容詞連體修飾形、形容動詞詞幹後面。它是「に違いない」的口語形式。

✽表示說話人充滿自信的、非常肯定的推斷，當自己的推斷與別人有差異時用「にきまっているじゃない（か/の）」的形式，相當於漢語的「肯定」「一定」「必然」「必定」「準…」等。

◊ あいつの言うことなんか、信じられるものか。ほらにきまっている（那傢伙說的話豈能相信。肯定是在吹牛）。

◊ こんなに急に痩せるなんて変だ。きっと何か悪い病気にきまっている（突然那麼消瘦可真奇怪，肯定是得了什麼不好的疾病）。

◊ この薬を飲めば、治るにきまっている（吃了這藥，病肯定能好）。

◊ あんなにわがままをしていたら、いつかはひどい目に会うにきまっている（那麼任性的話，早晚肯定會吃苦頭的）。

◊ 三十分も遅く出ていったのだから、遅刻したにきまっているじゃないの（晚了30分鐘出門，那還不肯定遲到啦）。

◊ 伊藤さんの作った寿司は美味しいにきまっている（伊藤君做的壽司一定很好吃）。

◊ そんな暗いところで本を読んだら目に悪いにきまっている（在那麼昏暗的地方看書，必然會把眼睛搞壞的）。

◊ 一度にこんなにたくさんのものを食べるのは無理にきまっている（一次吃這麼多東西肯定是做不到的）。

… にくい

用法　「にくい」是形容詞型的接尾詞，接在動詞的「ます」形後面。

✱表示由於客觀上的原因，動作或行為難以進行，相當於漢語的「不容易…」「不好…」「難以…」。

◊ この録音テープは雑音が入っていて、聞き取りにくい（這盒錄音磁帶有雜音，不容易聽懂）。

◊ 課長はいつもやりにくい仕事を人にやらせる（科長總是讓別人做難做的工作）。

◊ 私の医者としての経験からすると、こういう患者は治りにくい（從我當醫生的經驗來説，這樣的患者很難治好）。

… に比べて

用法　「に」是表示比較的格助詞，「比べて」是一段他動詞「比べる」的連接式。該句型接在名詞、動詞原形加形式體言「の」後面。

✱表示併列兩個或兩個以上的事物，就某一點進行比較或對比，相當於漢語的「與…相比」「比起…來」「同…比起來」。

◊ 人生は喜びに比べて苦しみの方が多いのかもしれない（比起喜悦來，人生中的痛苦可能更多）。

◊ 本が好きな兄に比べて、弟は活動的で、スポーツが得意だ（與喜歡讀書的哥哥相比，弟弟更活躍，擅長體育運動）。

◊ ワープロを使うと、手で書くのに比べて字もきれいだし早い（使用文字處理機，字比手寫的漂亮，而且速度快）。

◊ 大都市間を移動するのに比べて、田舎の町へ行くのは何倍も時間がかかる（與在大城市間移動比起來，去農村的鎮子要花好幾倍的時間）。

… に加えて

用法　「に」是格助詞，「加えて」是一段他動詞「加える」的連接式。該句型接在名詞、動詞原形加形式體言「の」或「こと」、形容詞原形加形式體言「の」或「こと」、形容動詞連體形「な」加形式體言「の」或「こと」後面。

✱表示某件事並未到此結束，再加上別的事物的意思，即事物的累加，相當於漢語的「加上…」「除了…之外」「而且…」「加之」。

◊ 入学試験では、筆記試験の成績に加えて面接での人物評価も重要視される(在入學考試中,除了筆試的成績之外,面試中的評價也很受重視)。

◊ 激しい風に加えて、雨もひどくなってきた(狂風大作,加之雨又下得很大)。

◊ この子は人一倍食べるのに加えて、体を動かそうとしないので、肥満児になってしまった(這個孩子比別人多吃一倍東西,又不運動,所以成了肥胖兒童)。

◊ 大企業の社員は賃金が高いのに加えて休暇も多い(大企業的員工工資高,假期也多)。

◊ 退職してからというもの、毎日が暇なのに加えて交際も途絶え、生きる張り合いがなくなった(自從退休以後,每天很閒,加上和別人沒什麼来往,活得沒什麼勁)。

… に越したことはない

用法　「に」是表示比較的格助詞,「越した」是五段他動詞「越す」的過去式。該句型接在名詞、動詞原形或「ない」形、形容詞原形、形容動詞詞幹後面。

✱表示某種做法是最好的,一般用於對別人提出勸告、建議或要求,相當於「最好是…」「莫過於…」「再好不過…」。

◊ 中国語を学ぶなら、中国人の先生に越したことはない(要學漢語的話,最好找中國人當老師)。

◊ すぐ解決できれば、それに越したことはない(如果能馬上解決再好不過了)。

◊ 直接会って話すに越したことはないが、電話でもかまわないだろう(最好是能夠直接見面談,不過打電話也可以吧)。

◊ あんな悪者には関わらないに越したことはない(最好不要跟那種壞人扯上關係)。

◊ 品質に違いがないなら、価格が安いに越したことはない(如果品質上沒有區別的話,最好能便宜點)。

◊ 体は丈夫に越したことはない(身體最好結實點)。

… にこたえて

用法　「に」是格助詞,「こたえて」是一段自動詞「こたえる」的連接式。該句型經常接在「呼びかけ・好意・要望・ニーズ・希望・期待・意見・要請」等詞語後面,在句中做狀語。其定語形式為「…にこたえる」。

✿表示為了前項得以實現，後項而採取某種行動或措施，相當於漢語的「應…」「響應」「根據」「按照」。

◊ 学生の要望にこたえて、図書室を増設した(應學生的要求，增設了圖書室)。

◊ 政府の呼びかけにこたえて、環境衛生を守らなければならない(必須響應政府號召，保護環境衛生)。

◊ 中国の体操チームは、国民の期待にこたえて、見事に金メダルを取った(中國體操隊沒有辜負人民的期望，獲得了金牌)。

◊ アンコールにこたえて、ピアニストは再び舞台に登場した(應觀眾們再來一個的要求，鋼琴家再次登上了舞台)。

◊ 内閣は国民の期待にこたえるような有効な解決策を打ち出してもらいたい(希望內閣制訂出一個應國民所期待的有效的解決方案)。

… に際して

用法　「に」是格助詞，「際して」是「サ變」動詞「際する」的連接式。該句型接在名詞和動詞原形後面，是一種書面語表達。用「…に際しての」的形式可以修飾名詞。　✿表示動作、行為的時間或場合，相當於漢語的「當…之際」「在…時候」「當…時」。

◊ 別れに際して、彼は私に声もかけなかった(分別的時候，他連招呼都沒有和我打)。

◊ 今回の初来日に際して、大統領は通商代表団を伴ってきた(此次的首次訪日，總統帶來了貿易代表團)。

◊ 出国するに際して、税関で所持品の検査を受けた(出國的時候，在海關接受了所攜帶物品的檢查)。

◊ 受験に際しての注意事項が書いてありますから、ご一読ください(上面寫有考試時的注意事項，請讀一下)。

… に先立って / … に先立つ

用法　「に」是格助詞，「先立って」是五段自動詞「先立つ」的連接式。該句型接在名詞和動詞原形後面。「に先立って」的書面語形式是「に先立ち」。「に先立つ」後接名詞。　✿多用於表示在前項事件實現之前，作為一種準備應該先做好某事，相當於漢語的「在…之前」「在…前頭」「先於…」。

◊ 一行に先立って歩く(走在一行人的前面)。

◊ 日本はアジア諸国に先立って非軍事平和国家の道を進み、模範となるべきだ（日本應該先於亞洲各國走非軍事化和平國家的道路，成為其模範）。

◊ 出発に先立ち、忘れ物はないか、各自点検してほしい（在出發之前，希望大家各自檢查一下有沒有忘記東西）。

◊ 開会を宣言するに先立って、今回の災害の犠牲者に黙祷を捧げたいと思います（在宣布會議開始之前，我想先為本次災難的遇難者默哀）。

◊ 移転に先立つ調査に、時間もお金もかかってしまった（搬家前的調查花了不少時間和錢）。

… に如かず

用法　「に」是格助詞，「如かず」是文語「如く」的否定式。該句型接在體言或動詞的原形後面。

✽表示沒有比這樣更好的了，相當於漢語的「不如…」「以…為好」。

◊ 百聞は一見に如かず（百聞不如一見）。

◊ 遠い親戚は近隣に如かず（遠親不如近鄰）。

◊ 三十六計逃げるにしかず（三十六計走為上策）。

◊ 疲れた時に眠るに如かず（疲勞的時候不如睡一覺）。

… に従って / に従い

用法　①「に」是格助詞，「從って」是五段自動詞「從う」的連接式。該句型接在表示人、規則或指示的名詞後面。「に従い」是「に従って」的書面語形式。

✽表示按照前項的指示或跟隨前項行動，相當於漢語的「按照」「依照」「根據」「遵從」「跟隨」。

◊ 能力に従ってクラス分けをする（按照能力分班）。

◊ 矢印に従って進んでください（請按照箭頭的指示方向前進）。

◊ 犬は主人に従って歩いている（狗在跟著主人走）。

◊ ガイドの指示に従い行動すること（要按照導遊的指示行動）。

◊ 医者の勧告に従って、禁煙した（我遵從醫生的勸告，戒菸了）。

用法　②接在動詞性質的名詞和動詞原形後面。「に従い」是「に従って」的書面語形式。　✽表示隨著前項的變化，後項也相應地發生變化，相當於漢語的「隨著」「伴隨」「越…越…」。

◊ 物価の上昇に従って、リサイクル運動への関心が高まってきた（隨著物

價的上漲，對廢物再利用運動的關心就高漲起來）。

◊ 時代の変化に従って、使わなくなる言葉が確かにある（隨著時代的變化，確實有的辭彙不再使用了）。

◊ 上流に行くに従って、川幅が狭くなり、流れも急になってきた（越往上游去，河就越窄，水流也越急）。

◊ 上へ上るに従って気圧が下がる（越往上升，氣壓就越低）。

◊ 年をとるに従い動作も鈍くなる（隨著漸漸變老，動作也變遲鈍了）。

疑問詞＋にしたって

用法　「に」是格助詞，「たって」是表示逆接的接續助詞，同「ても」可以替換。該句型接在疑問詞或疑問詞加用言簡體後面。它是「にしても」的口語表達形式。

✿表示不管前項如何，後項的事情與預測的不同，相當於漢語的「無論…」。

◊ どちらにしたって勝てる見込みはほとんどない（無論從哪方面看，都沒有獲勝的希望）。

◊ 誰にしたって、こんな問題にはかかわりあいたくない（無論誰都不想同這樣的問題有瓜葛）。

◊ どんなに忙しかったにしたって、電話ぐらい掛けられたはずだ（無論多忙，打個電話的時間總應該有的）。

◊ 何をやるにしたって金がかかる（無論做什麼都要花錢）。

… にしたって

用法　①「に」是格助詞，「たって」是表示逆接的接續助詞，同「ても」可以替換。該句型接在表示人或事物的名詞後面，是「… にしても」的口語表達形式。　✿表示從許多事物中舉例加以說明，相當於漢語的「就連 … 也 …」「即使 … 也 …」。

◊ 結婚式にしたって、あんなに派手にやる必要はなかった（即使是婚禮也沒有必要那麼鋪張）。

◊ 住む所にしたって、探すのには一苦労だ（就連住所找起來也是一件挺辛苦的事情）。

◊ 先生にしたって、この難題は解けない（即使是老師也解不開這道難題）。

用法　②該句型接在動詞原形後面。　✿表示逆接關係，後續的事情與事先預測

的不同，相當於漢語的「即使…也…」。

◊ 時間があるにしたって、太極拳をやるのは無理だ（即使有時間也打不了太極拳）。

◊ 家を買うにしたって、都内ではとても手が出ない（即使買房子，在東京都內也買不起）。

◊ 独身でいるにしたって、幸せではない（即使獨身，也不幸福）。

… にしたら

用法 「に」是格助詞，「たら」是過去助動詞「た」的假定形。該句型接在表示人或組織的名詞後面，和「…にすれば」用法相同。

✿表示站在別人的角度來推測他人的想法，不能用於有關說話者本人的立場，相當於漢語的「作為…來說」「對…來說」。

◊ 彼にしたら、あのように言うしかなかったのだろう（作為他來說，大概只能那樣說了吧）。

◊ 子供を外国へ一人で行かせるのは親にしたら心配なことだろう（讓孩子一個人去外國，作為父母應該很擔心吧）。

◊ A国にしたら、米国の人権政策は内政干渉として目に映ることだろう（美國的人權政策對A國來說是對其內政的干涉吧）。

… にして

用法 ①「に」是格助詞，「して」是文語格助詞在現代日語中的殘留。該句型接在表示年齡、時間段的名詞後面，可以用格助詞「で」替換。

✿表示到了某個階段才出現某種事態和情況，相當於漢語的「到了…才…」。

◊ 五十にして初めて自分の本を出した（到了50歲才出版了自己寫的書）。

◊ 四十にして子宝に恵まれた（到了40歲才得了個寶貝孩子）。

◊ この歳にして初めて人生のなんたるかが分かった（到了這個歲數才懂得了什麼是人生）。

◊ ローマは一日にしてならず（羅馬不是一天建成的）。

用法 ②接在特定的名詞和副詞後面，如「幸いにして」「不幸にして」「一瞬にして」「緊急にして」等。

✿表示強調短暫的時間、狀態等，需要根據情況靈活翻譯。

◊ 今にして思えば、当時、確かに私が悪かったのだ（現在想來當時確實是我

不好)。

◊ このような偉業は、私心のない彼にして、はじめて成し遂げることができ
たのだ(這種偉業只有毫無私心的他才能完成)。

◊ 火がついたと思ったら、一瞬にして燃え尽きてしまった(剛起火,一瞬間
就全部燒光了)。

◊ 一言にして答えてみなさい(請用一句話來回答)。

◊ 貴族の第一子には生まれながらにして爵位がつく(貴族的第一個兒子生來
就有爵位)。

用法 ③該句型接在普通名詞後面,主要用於書面語表達。它同「であって、同
時に」相似。 ✱表示兼有前後兩種屬性和特徵,既可以是併列,也可以是逆
接,相當於漢語的「是 … 同時也是 …」「雖然 … 但是 …」。

◊ 高橋さんは政治家にして、かつ敬虔なクリスチャンでもあった(高橋先生是
政治家,同時也是一個虔誠的基督教徒)。

◊ 外交官にして外国に行ったことがないというのはおかしい(雖然是外交官卻
沒去過外國,這很奇怪)。

◊ 教師にして学問のなんであるかを知らない(身為教師卻不知學問為何物)。

◊ 先生にして学生である。というのは、学生に教えると同時に、学生からも
いろいろ教わるからである(是教師,又是學生。這是因為老師在教學生的同
時又從學生那裏學到不少東西)。

◊ 彼は人にして人ではない(他是人又不是人 / 他長著一副人的模樣,卻沒有人
的心腸)。

… にしては

用法 「に」是格助詞,「ては」是接續助詞。該句型接在名詞、動詞的簡體後面。
✱表示實際情況和一般常識或標準不相符,超過或不及預想的標準,相當於漢語
的「雖然 … 可是 …」「作為 … 來說」「照 … 來說」等。

◊ 一流のデパートにしては品物の種類が少ない(作為一流的百貨商店來說,
商品的種類比較少)。

◊ このアパートは都心にしては家賃が安い(這個公寓雖然在市中心,但房租卻
很便宜)。

◊ 君にしては、自分の考えを率直に言うべきだ(照你來說,應該把自己的
想法坦率地說出來)。

◊ 二年もアメリカに留学していたにしては、君の英語は少しも上達していないね（雖說你去美國留學了兩年，但是英語一點兒也沒長進啊）。

◊ 近々結っ婚するにしてはあまり楽しそうな様子ではない（雖然最近就要結婚了，但卻不是很開心）。

◊ 始めたばかりにしては、ずいぶん上達したものだ（就剛開始做來說，已經相當不錯了）。

… にしてみれば / にしてみたら

用法 「に」是格助詞，「してみれば」可以同「してみたら」替換。該句型接在表示人或組織的名詞後面。 ✤表示站在某人或某組織的立場上來考慮、來說，相當於漢語的「對…來說」「從…的角度來看」「在…看來」等。

◊ 車椅子の人にしてみれば、駅の階段や歩道橋は、そびえ立つ山のようなものだろう（對於坐輪椅的人來說，車站的台階和人行天橋可能和聳立的山峰一樣吧）。

◊ 所長にしてみれば、本社の命令である以上、従わないわけにはいかなかった（從所長的角度來說，既然是總公司的命令，就不得不服從）。

◊ 中国にしてみれば、それは絶対に許せないことだ（在中國看來，那是絕對不能原諒的事情）。

◊ 私にしてみたら、済んだことは過ぎさせよう（在我看來，過去的事情就讓它過去吧）。

◊ 年寄りにしてみたら、たくさんの電話番ばん号を覚えるのはとても難しい（對老年人來說，記很多的電話號碼是很難的）。

疑問詞＋にしても

用法 「に」是格助詞，「ても」是表示逆接的接續助詞。該句型接在疑問詞或含有疑問詞的動詞短語簡體後面。一般常和「いずれ・だれ・なに」等疑問詞一起使用。

✤表示排除一切條件，相當於漢語的「無論…都…」「不管…都…」。

◊ いずれにしてももう一度会ってよく話をしよう（不管怎樣，再碰一次頭好好談談吧）。

◊ だれにしてもそんなことはやりたくない（無論誰都不想做那種事）。

◊ 何をするにしても、よく考えてから行動しなさい（不管做什麼事，請認眞

考慮後再行動)。

◊ 誰がやったにしても、我々全員で責任を取らなければならない（不管是誰做的，我們所有的人都必須負起責任）。

◊ どんな安いものを食べているにしても、一日は十元以上はかかるだろう（無論吃多麼便宜的東西，一天也要花10元以上）。

… にしても（逆接讓步）

用法 「に」是格助詞，「ても」是表示逆接的接續助詞。該句型接在名詞、動詞和形容詞的連體修飾形、形容動詞詞幹後面。後項謂語可以是消極的，也可以是積極的。它可以同「…にしろ」或「…にせよ」替換。

✽表示讓步，退一步承認、肯定前項條件，並在後項中敘述與前項相矛盾的內容，相當於漢語的「就算…也…」、「即使…也…」。

◊ 母にしても初めから賛成していたわけではない（即使是母親，也不是一開始就贊成的）。

◊ 貧しいにしても、人から施しは受けたくない（就算窮，也不想接受別人的施捨）。

◊ テニスが上手にしても、たいしたものではない（即使網球打得好，也沒有什麼了不起的）。

◊ 青木さんは故里に帰るにしても長くはいられないと思う（我想青木就算回家鄉，也不會待久的）。

◊ 頭にきたにしても、手をあげたのはやり過ぎだ（就算很生氣，動手打人也太過分了）。

◊ 口にしないにしても、暗示などしたに違いない（即使嘴裏沒有說，也一定暗示了什麼）。

… にしても（假定條件）

用法 「に」是格助詞，「ても」是表示逆接的接續助詞。該句型接在名詞和名詞加「である」、動詞和形容詞的簡體後面，可以同「…にしろ」或「…にせよ」替換。它常和「たとえ」「どんなに」「いくら」等副詞相呼應。

✽表示雖然現在不是這樣，但即使是這樣的話也會產生後項所提到的事，相當於漢語的「就算…的話，也…」、「即使…的話，也…」。

◊ いくら冗談にしても、ほどがある（就算是開玩笑的話，也要有分寸）。

◊ 子供のいたずらである<u>にしても</u>、笑って済ませられない（即使小孩子惡作劇的話，也不能就一笑了之）。

◊ たとえ何十万かの金が借りられる<u>にしても</u>、焼け石に水だ（就算能借到幾十萬塊錢的話，也是杯水車薪）。

◊ どんなに私を嫌っている<u>にしても</u>、こんな仕打ちはあんまりだ（即使討厭我的話，這種做法也太過分了）。

◊ 仮に君の主張が正しい<u>にしても</u>、僕の主張が間違っているとは限らない（就算你的看法是正確的話，我的看法也不一定不對）。

…にしても…にしても

用法 「に」是格助詞，「ても」是表示逆接的接續助詞。該句型接在名詞、動詞和形容詞簡體、形容動詞詞幹後面，可以同「…にしろ…にしろ」或「…にせよ…にせよ」替換。

✱ 舉出同類或對立的兩個事物，表示無論哪一方都是如此，相當於漢語的「…也好…也好」「無論是…還是…」。

◊ 本当<u>にしても</u>嘘<u>にしても</u>、実物を見てからのことにしよう（真話也好，謊言也好，等看到實物後再下結論吧）。

◊ 賛成だった<u>にしても</u>反対だった<u>にしても</u>、一旦決まったからには、君にも従ってもらう（不管你曾經贊成還是反對，既然已經決定了，你就要服從）。

◊ 高い<u>にしても</u>安い<u>にしても</u>、必要な物は買わざるを得ない（貴也好便宜也好，必需的東西是不得不買的）。

◊ 行く<u>にしても</u>行かない<u>にしても</u>、一応準備だけはしておきなさい（去也好不去也好，都請事先做好準備）

◊ 勝った<u>にしても</u>負けた<u>にしても</u>、よく頑張ったとほめてやりたい（無論是贏了還是輸了，都要表揚他很努力）。

◊ 静か<u>にしても</u>静かではない<u>にしても</u>図書館で本をよむ人が多い（無論安不安靜，在圖書館看書的人都很多）。

…にしのびない

用法 「に」是格助詞，「しのびない」是形容詞，可以寫成「忍びない」。該句型接在動詞原形後面。

✱ 表示不忍心做某件事，相當於漢語的「不忍」「不忍心」。

◊ その惨状は見るにしのびない（其慘狀目不忍睹）。

◊ 彼を正視するにしのびなかった（不忍正視他）。

◊ けっこう古いおもちゃだが、亡くなったおじいさんからのプレゼントだから、捨てるに忍びない（雖然是很舊的玩具了，但這是去世的爺爺送給我的，我不忍心扔掉）。

◊ 友達の哀願を断るに忍びなかった（不忍心拒絕朋友的祈求）。

…に準じて

用法　「に」是格助詞，「準じて」是「サ變」動詞「準じる」的連接式。該句型接在體言後面。

✿表示以某樣東西為標準或參照物，相當於漢語的「按照…」「參照…」「以…為標準」「以…為依據」「根據…」。

◊ 収入に準じて会費を出す（按照收入的多少繳納會費）。

◊ 先例に準じて処置する（參照先例來處理）。

◊ 日本の法律に準じて量刑する（按照日本的法律量刑）。

◊ 物価は市場に準じて上がる（物價根據市場來上漲）。

…にしろ／…にせよ

用法　①「に」是格助詞，「しろ」是「サ變」動詞「する」的命令形，可以同「せよ」替換。該句型接在體言、形容動詞詞幹、動詞和形容詞的簡體後面，是「…にしても」的鄭重的書面語表達形式。

✿表示逆接的讓步關係，相當於漢語的「即便是…也…」「即使…也…」「儘管…但是…」。

◊ 課長にしろ残業しなければいけない（即便是科長也必須加班）。

◊ 忙しかったにしろ電話をかけるぐらい時間があるだろう（雖然很忙，但打個電話的時間總會有吧）。

◊ 交通が不便にしろ、環境はすばらしいものだ（儘管交通不便，但是環境優美）。

◊ 今度の事件とは関係がなかったにせよ、あのグループの人たちが危ないことをしているのは確かだ（雖然和這次的事件沒有關係，但是那些人確實在做危險的事）。

◊ 坂本さんほどではないにせよ、小林さんだってときどき遅れてくる（小林

有時也會遲到，儘管沒有坂本那麼頻繁)。

用法 ②該句型接在體言和體言加「である」、動詞和形容詞的原形後面。它常和「たとえ」「どんなに」「いくら」等副詞相呼應。

✿表示假定的條件，相當於漢語的「即使…也…」。

◊ 他人のことにしろ、手を拱いて傍観してはいけない (即使他人的事情，也不能袖手旁觀)。

◊ 自分の子供であるにしろ、甘やかして育ててはならない (即使是自己的孩子也不能嬌生慣養)。

◊ たとえ家を買うにしろ、親にお金を出してもらうわけにはいかない (即使買房子的話，也不能讓父母出錢)。

◊ どんなことをするにせよ、十分な計画と準備が必要だ (不管做任何事情，都需要周密的計畫和充分的準備)。

◊ 料理がまずいにせよ、体のために食べるべきだ (即使飯菜不好吃的話，為了身體也應該吃)。

…にしろ…にしろ/…にせよ…にせよ

用法 「に」是格助詞，「しろ」是「サ變」動詞「する」的命令形，可以同「せよ」替換。該句型接在名詞、動詞和形容詞簡體、形容動詞詞幹後面，是「…にしても…にしても」的鄭重的書面語表達形式。

✿舉出同類或對立的兩個事物，表示無論哪一方都是如此，相當於漢語的「不論…都…」「…也好…也好」「無論是…還是…」「無論…都…」等。

◊ 男にしろ女にしろみんな平等だ (不論男女，都一律平等)。

◊ 大国にせよ小国にせよ、それぞれ長所と短所を持っているものだ (國家無論大小都各有其長處和短處)。

◊ 行くにしろ行かないにしろ早く決めなさい (無論去還是不去，都要儘早決定)。

◊ 信じるにせよ信じないにせよそれは本当の事実だ (相信也好，不相信也好，這是一個真的事實)。

◊ 賛成するにしろ反対するにしろすべてはこの計画どおりに実施しよう (贊成也罷，反對也罷，一切都要按照這個計畫實施)。

◊ 高いにせよ安いにせよ必要でないものは決して買わない (無論是便宜還是貴，不需要的東西堅決不買)。

◊ うまいにしろ下手にしろとにかく参加すべきだ (無論擅不擅長，總之都要參加)。

… にすぎない

用法 「に」是表示限定範圍的格助詞，「すぎない」是一段動詞「すぎる」的否定式。該句型接在名詞和動詞簡體後面。

✿ 通常表示程度較低、沒什麼了不起等輕視的感情，帶有一種消極評價的語氣，相當於漢語的「只不過…」「只是…而已」。

◊ その話しは、単なる噂にすぎなかった (那件事只不過是謠言)。

◊ コンピューターも人間が作った機械にすぎない (電腦也只不過是人類製造的機器而已)。

◊ 英語ができるといっても、日常のやさしい会話ができるにすぎない (雖說會英語，但只是會日常的簡單會話而已)。

◊ 当然のことをしたにすぎない (只不過做了理所當然的事而已)。

… に … ずつ

用法 「に」是表示比例的格助詞，接在名詞後面。「ずつ」是副助詞，接在數量詞後面。

✿ 表示數量的平均分配，相當於漢語的「每…」。

◊ 一人に三枚ずつ渡す (每人給3張)。

◊ これからに二週間に三課ずつ教えていくのだ (從現在開始每兩週教3課)。

◊ 不景気で、月に二割ぐらいずつ売り上げが減ってきた (由於不景氣，銷售額每月減少兩成左右)。

◊ 私は一日に林檎を二つずつ食べる (我一天吃兩個蘋果)。

… にする

用法 「に」是表示結果的格助詞。該句型接在名詞或名詞加助詞後面。

✿ 表示選擇和決定，相當於漢語的「決定」「選定」「定於」。

◊ 飲み物はコーヒーにする (飲料我要咖啡)。

◊ 今度のキャプテンは西田さんにしよう (這次選定西田當隊長吧)。

◊ アメリカに留学するのはいつにしますか (決定什麼時候去美國留學)。

◊ 会議は五時からにする (會議定於5點開始)。

◊ ズボンはちょっと長いのにしたい (褲子想要件長點的)。

… に沿う / … に沿った / … に沿って

用法　「に」是格助詞。該句型接在表示河流、道路、政策、方針、主旨、程序等的名詞後面，在句中做定語，可以同「… に沿った」替換。用「… に沿って」的形式，在句中做狀語。

✿表示沿著、按照方針政策等來做事，相當於漢語的「沿著」「順著」「按照」。

◊ この川に沿う道は高速道路だ (沿著這條河的馬路是高速公路)。

◊ マニュアルに沿った手紙の書き方しか知らない (只會按照手冊上所說的方法寫信)。

◊ 川に沿って山を下る (沿著河下山)。

◊ 書いてある手順に沿ってやってください (請按照寫好的順序做)。

◊ 政府の方針に沿って実施する (按照政府的方針來實施)。

… に相違ない

用法　「に」是格助詞，「相違ない」是形容詞。該句型接在名詞、動詞和形容詞的簡體、形容動詞詞幹後面，和「… に違いない」基本相同，只不過多用於書面語表達。　✿表示比較肯定的推測，相當於漢語的「一定是」「肯定是」。

◊ 犯人はあの男に相違ない (犯人肯定是那個男的)。

◊ これを知ったら、彼はきっと怒るに相違ない (如果他知道了這件事，一定會生氣的)。

◊ 途中できっと何事か起ったに相違ない (肯定是在途中發生了什麼事)。

◊ 大手メーカーだから、製品の検査が相当厳しいに相違ない (因為是大型製造企業，所以產品的檢驗一定相當嚴格)。

◊ 今回の見合いはたいへん愉快に相違ない (這次相親一定會很愉快)。

… に即して

用法　「に」是格助詞，「即して」是「サ變」動詞「即する」的連接式。該句型多接在表示事實、經驗、規範等名詞後面。

✿表示依照、參照的根據，相當於漢語的「按照」「根據」「結合」。

◊ 現実に即して考える (根據實際情況加以考慮)。

◊ 実戦に即して訓練をするべきだ (應該結合實戰來進行訓練)。

◊ 試験中の不正行為は、校則に即して処理する（考試中的作弊行為將根據校規進行處理）。

… に対して（動作的對象）

用法 「に」是格助詞，「対して」是「サ變」動詞「対する」的連接式。該句型接在名詞後面，在句中做狀語。做定語修飾名詞時，可以用「…に対しての」「…に対する」的表達方式。　❋表示動作、感情涉及的對象，一般多用於以人為對象，或與人接觸時的場合，後項多為面對對象所採取的行為、態度等，相當於漢語的「對…」「對於…」。

◊ 目上の人に対して敬語を使わなければならない（對上司必須使用敬語）。

◊ 教師が学生の質問に対して答える（老師對學生的提問進行回答）。

◊ この商品に対してのご意見を伺いたいです（我想問一下您對於這件商品的意見）。

◊ 青年の親に対する反抗心は、いつ頃生まれ、いつ頃消えるのだろうか（青年人對父母的逆反心理是什麼時候產生，又是什麼時候消失的呢）。

… に対して / … に対する（對比）

用法 「に」是格助詞，「対して」是「サ變」動詞「対する」的連接式。該句型接在名詞、動詞和形容詞簡體加形式體言「の」、形容動詞詞幹加「なの」或「であるの」後面，在句中做狀語。做定語修飾名詞時，可以用「…に対する」的表達方式。　❋用於列舉兩個對比性的事物，相當於漢語的「與…相比」「相反…」「與…相反」「與…相對」。

◊ 日本人の平均寿命は、男性七十八歳に対して、女性八十三歳だ（日本人的平均壽命是男性78歲，女性83歲）。

◊ 口語に対する文語体は古い文体である（和口語相對的文語體是一種舊文體）。

◊ 「大」に対する語は何か（與「大」相對的詞是什麼）？

◊ 彼が自民党を支持しているのに対して、彼女は共産党を支持している（他支持自民黨，而她卻支持共產黨）。

◊ 春は雨が多いのに対して、夏は乾燥している（與春天多雨相比，夏天很乾燥）。

◊ 弟が社交的であるのに対して、兄は内向的な性格だ（與擅長社交的弟弟相比，哥哥性格內向。）

◊ 兄が面目なのに対して、弟は不真面目だ（哥哥認真，相反弟弟不認真）。

… にたえない

用法　①「に」是格助詞，「たえない」是一段動詞「たえる」的否定式。該句型接在「見る・む・正視する・聞く」等極少數幾個動詞原形後面。

✲表示由於某種令人不快的感受或心理壓抑而不能做某事，相當於漢語的「不忍…」「不堪…」「沒法…」。

◊ 彼の論文は読むにたえないものだ。ひどすぎる（他的論文沒法讀，太差了）。

◊ 事故現場はまったく見るにたえないありさまだった（事故現場的情形實在是慘不忍睹）。

◊ あの人の話はいつも人の悪口ばかりで、聞くにたえない（他盡說別人壞話，不堪入耳）。

用法　②接在「感謝・無念・遺憾・悲しみ・同情・～の念・～の思い」等表示感情的名詞後面，一般作為比較生硬的客套話使用。

✲表示強調感情的程度，相當於漢語的「不勝」「無比」「太…了」。

◊ 皆さんの御期待に応えることができず、慚愧にたえません（辜負了各位的期望，不勝慚愧）。

◊ このようなお言葉をいただき、感謝の念にたえません（承蒙您這麼說，不勝感激）。

◊ 手塩にかけて育てた愛弟子がこんな死に方をするなんて、無念にたえない（親手培養出來的得意門生竟然這樣死了，真是太可惜了）。

… にたえる

用法　①「に」是格助詞。該句型接在名詞後面。

✲表示經得住、承受得起，相當於漢語的「經受住…」「能承受…」。

◊ この家は強震にたえるように建築されている（這戶人家是按照能經受住強震的標準建造的）。

◊ この木は厳しい冬の寒さにたえて、春になると美しい花を咲かせる（這種樹能經受住冬天的嚴寒，一到春天就綻放出美麗的花朵）。

◊ この作業服は高温にたえる（這件工作服能承受高溫）。

用法　②接在「鑑賞・批判・む・見る」等少數「サ變」動詞詞幹和動詞原形後面，是一種表達說話者主觀評價的句型。

✿表示值得去做，相當於漢語的「值得 …」。

◊ 多くの絵画が陳列されているが、鑑賞<u>にたえる</u>作品は少ない (雖然陳列著不少繪畫作品，但值得鑑賞的很少)。

◊ 杉山さんは読者の批判<u>にたえる</u>文章を書いた (杉山君寫了一篇值得讀者去評判的文章)。

◊ 読む<u>にたえる</u>記事が書けるようになるまでには相当の訓練が要る (在能寫出值得一讀的新聞報導之前，需要相當的訓練)。

… に足りない / … に足らない

用法　「に」是格助詞。「足りない」是一段動詞「足りる」的否定式。該句型接在動詞原形後面，和「… に足らない」意思一樣。「… に足らない」是書面語表達。　✿表示不足掛齒，程度甚微，相當於漢語的「不值得 …」「不足以 …」「用不著 …」。

◊ そのことは問題にする<u>に足りない</u> (那件事不值得作為一個問題來考慮)。

◊ 彼など恐れる<u>に足りない</u> (用不著害怕像他這種人)。

◊ これぐらいのことは驚く<u>に足りない</u> (這點小事不足為奇)。

◊ 野原さんの書いた本は論ずる<u>に足りない</u> (野原寫的書不值得拿來討論)。

◊ 中村さんは心が狭く、自分のことばかり考えている男なので共に語る<u>に足らない</u> (中村是一個心胸狹窄，只考慮自己的人，所以不足以同日再語)。

◊ それはごく普通の物だから、珍重する<u>に足らない</u> (那是一個極普通的東西，所以不值得珍惜)。

… に足りる / … に足る

用法　「に」是格助詞。「… に足りる」和「… に足る」意思一樣，但後者是文語動詞，一般用於書面語。它們都接在動詞原形後面，是一種表示客觀的理性評價的句型。

✿表示在質、量和條件上都滿足要求，相當於漢語的「值得 …」「足以 …」。

◊ この本は一読する<u>に足りる</u> (這本書值得一讀)。

◊ ついに一生をかけて研究する<u>に足りる</u>テーマを見つけた (終於找到值得花費畢生精力去研究的課題了)。

◊ 学校で子供たちが信頼する<u>に足る</u>教師に出会えるかどうかが問題だ (問題是孩子們能否在學校遇到值得信賴的老師)。

◊ 予想通り満足するに足る成績だった（正如預想的那樣，成績足以令人滿意的）。

… に違いない

用法　「に」是格助詞。「違いない」是形容詞。該句型接在名詞（或是名詞加「である」）、助詞、形容動詞詞幹（或是詞幹加「である」）、動詞和形容詞的簡體後面。

✽表示說話人根據以往的經驗或直覺來判斷某件事應該是如此的。它常與副詞「きっと」一起使用。該句型比「でしょう」具有較高的確信度。它相當於漢語的「一定」「肯定」「準是」。

◊ そんな素晴らしい車に乗っている人はきっと金持ちに違いない（乘坐那種豪華車子的一定是有錢的人）。

◊ あれは井上さんの忘れ物だったに違いない（那準是井上君遺忘的東西）。

◊ 体がだるいのは風邪を引いたからに違いない（身體無力肯定是感冒的原因）。

◊ 夏休みだから、学校はとても静かに違いない（因為是暑假，所以學校一定很安靜）。

◊ お誕生日のパーティーはきっと賑やかだったに違いない（你的生日晚會一定很熱鬧）。

◊ このテレビなら、値段が高いに違いない（這種電視機，價格肯定高）。

◊ ハルビンはずいぶん寒かったに違いない（哈爾濱肯定相當冷了）。

◊ この空模様では、明日はきっと雨が降るにちがいない（看這天氣情況，明天準要下雨）。

◊ 野上さんはいま教室で勉強しているに違いない（野上同學現在一定在教室裏學習）。

… について / … につき / … についちゃ

用法　「に」是格助詞。「ついて」是五段動詞「つく」的連接式。該句型接在名詞後面，和「… に関して」基本相同。「… につき」是「… について」的鄭重說法，再更鄭重的說法是「… につきまして」。「… についちゃ」是「… についは」的口語縮略形式，是對「… について」進行強調的句型。另外，還可以用「… についての」這一句型修飾名詞。根據句義可以在「… について」後面加上副助詞「は」或「も」。

✱表示提出話題，並對該話題進行闡述，相當於漢語的「關於 …」「就 …」「有關 …」。

◊ この件について、君の率 直 な意見を聞かせてくれ (關於這件事，我想聽一下你坦率的意見)。

◊ 昨日の提案については付け加えたい説明がある (關於昨天的提案還想加一點說明)。

◊ 殺人事件の理由についても知りたい (我還想知道有關殺人事件的理由)。

◊ 本 部の移転問題につき審議が 行 われた (就總部的遷移問題進行了審議)。

◊ この点につきましてご説明いたします (關於這一點我來說明一下)。

◊ 君の功績についちゃ、僕たちも 十 分認めているんだよ (關於你的功勞，我們也是充分肯定的)。

◊ ことの善悪についての判断ができなくなっている (無法就事情的善惡做出判斷)。

◊ 敬語についての使い方はなかなか複雑だね (有關敬語的使用方法很複雜啊)。

… につき

用法　「に」是格助詞。該句型接在名詞後面，多用於告示、信函和通知中，口語中不常用，同「により」「という 理由で」的含義相同。

✱表示說明理由，相當於漢語的「因為 …」「由於 …」「因 …」。

◊ 準 備 中 につき、今しばらくお待ちください (因為正在準備，請稍候)。

◊ 店内改装 中 につき、しばらく 休 業 いたします (由於店內正在改換裝潢，所以暫時停業)。

◊ この手紙は 料 金不足につき、返送されました (這封信由於郵資不足，被退回來了)。

◊ 病 気につき欠席します (因病缺席)。

… につき / … について

用法　「に」是格助詞。「… につき」和「… について」與此接續方法一樣，前後都接數量詞。「… につき」是「… について」的鄭重說法。

✱表示將前項的數量詞作為一個標準單位進行分配，相當於漢語的「每 …」。

◊ 一人につき五 十 円の参観 料 をいただきます (每人收 50 日元的参觀費)。

◊ 参加者二 百 人につき、五人の随行員がついた (每 200 名参加者配有 5 名随行

人員)。

◇ 乗客一人について三つまでの手荷物を持ち込むことができる(每位乘客最多可以携帶3件手提行李)。

◇ 作業員四人について一部屋しか割り当てられなかった(只能每4名工人住一個房間)。

… につけ / … につけて / … につけても

用法 「に」是格助詞。「つけ」是一段動詞「つける」的中頓形式,有時也可以用「つけて」和「つけても」的形式。該句型接在體言、動詞和形容詞原形後面。「何かにつけ」和「何事につけ」是固定用法,前者表示「一有機會就」,後者表示「不管什麼情況下」。

✱ 表示每當遇到相同的情況時,都會產生同樣的心情或想法,相當於漢語的「一…就…」「每當…的時候,就…」。

◇ 彼は何かにつけ私のことを目のかたきにする(他一有機會就把我視為眼中釘)。

◇ 何事につけて我慢が肝心だ(不管遇到什麼事,忍耐都是最重要的)。

◇ 彼女の姿を見るにつけ、その時のことが思い出される(每當看到她的身影,就會想起那時的事來)。

◇ 今日の祖国の繁栄を思うにつけ、戦場に散っていった戦友のことが偲ばれる(每當想起祖國今日的繁榮,就會緬懷在戰場上犧牲的戰友們)。

… につけ … につけ

用法 「に」是格助詞。「つけ」是一段動詞「つける」的中頓形式。該句型接在表示對比含義的體言、動詞和形容詞原形後面。

✱ 列舉兩種對比含義的事物,表示無論在哪種情況下都會產生後項的結果,相當於漢語的「…也好…也好」「無論…還是…」。

◇ 昔から人間は悲しみにつけ喜びにつけ、言葉でそれを表してきた(自古以來,無論是悲傷還是歡喜,人類都用語言來表達)。

◇ 雨につけ風につけ、故郷のことが思い出される(下雨也好,刮風也罷,都會想起故鄉)。

◇ 祖国のニュースを見るにつけ聞くにつけ、国にいる妻のことが案じられる(無論是聽到還是看到祖國的消息,都會掛念身在國內的妻子)。

◊ 話しがまとまる<u>につけ</u>、まとまらない<u>につけ</u>、仲介の労を取ってくれた方にはお礼をしなければならない(談得成也好,談不成也好,都必須感謝從中幹旋的人)。

◊ 寒い<u>につけ</u>心配し、暑い<u>につけ</u>心配し、母が子を思う愛は海より深い(冷也擔心,熱也擔心,母親對孩子的愛比海還深)。

◊ いい<u>につけ</u>悪い<u>につけ</u>、彼の影響力は大きい(好也罷壞也罷,他的影響力是很大的)。

… につれて

用法 「に」是格助詞。「つれて」是一段動詞「つれる」的連接式,可以用「連れて」表示。該句型接在名詞和動詞原形後面。書面語常用「…につれ」的形式。

✱表示隨著前項情況的發生和變化,後項也發生了相應的變化,相當於漢語的「隨著…」「伴隨著…」。

◊ 町の発展<u>に連れて</u>、前になかった新しい問題が生まれてきた(隨著城鎮的發展,出現了以前沒有過的問題)。

◊ 経験を積む<u>に連れて</u>、人は慎重になる(隨著經驗的積累,人會變得慎重)。

◊ 国際化が進む<u>に連れ</u>、従来の教育の在り方についても、改革が迫ることだろう(隨著國際化的發展,對以前教育方式的改革也將提上日程吧)。

… にて

用法 「にて」是格助詞,接在名詞後面,是鄭重的書面語表達,相當於口語的「で」。

✱表示動作發生的場所、原因、時間、手段,相當於漢語的「在…」「用…」「因…」「需要…」等。

◊ 校門前<u>にて</u>記念写真を撮影する(在校門前拍攝紀念照片)。

◊ 頭痛<u>にて</u>欠席する(因頭疼而缺席)。

◊ この仕事は一か月<u>にて</u>完成する(這項工作需要1個月完成)。

◊ 会場係は当方<u>にて</u>手配いたす(會場工作人員由我們安排)。

◊ 飛行機<u>にて</u>イスラエルに行く(乘飛機去以色列)。

… に照らして

用法 「に」是格助詞。「照らして」是五段動詞「照らす」的連接式。該句型接在

名詞後面。

✽表示以前項為標準或參照物來進行後項動作，相當於漢語的「參照」「依據」「根據」。

◊ 法律に照らして処分する (依法懲處)。

◊ 史実に照らして考える (依據史實來考慮)。

◊ 教育課程が教育の目的に照らして体系的に編成されている (教育課程是根據教育目的有體系地編排的)。

… にとって

用法 「に」是格助詞。該句型接在表示人、組織以及物的名詞後面，後續的謂語部分含有「可能」「不可能」「好壞」「重要」「必要」這類表示評價的詞語。像表示「贊成」「反對」「感謝」等表明態度的詞語不適用。該句型強調時可以後接副助詞「は」或「も」，做定語時可以用「にとっての」的表達形式。

✽表示從某一立場上看或從某方面考慮，相當於漢語的「對於 … 而言」「對於 … 來說」。

◊ それは彼らにとってよいことだ (那對於他們來說是一件好事)。

◊ 食後に一服吸うのが谷川さんにとって習慣となった (飯後吸支菸對谷川先生來說已經形成了一種習慣)。

◊ 石油は現代の工業にとって必要な原料だ (石油對現代工業而言是必不可少的原料)。

◊ 度重ねる自然災害が国家の再建にとっては大きな痛手となった (接二連三的自然災害對重建國家來說成了一個重創)。

◊ この問題は大学生にとっても難しいです (這個問題對大學生來說也很難)。

◊ それは共産党員にとっての義務です (那對共產黨員來說是義務)。

二度と … ない / 二度と … まい / 二度と … もんか

用法 「二度と」是副詞，和否定式謂語「ない」「まい」和「もんか」相呼應。其中「ない」接在動詞的「ない」形後面。「まい」和「もんか」接在動詞原形後面。

✽表示強烈的否定，相當於漢語的「再也不 …」「絕對不再 …」。

◊ 同じ間違いは二度と犯さないようにしよう (不要再犯同樣的錯誤了)。

◊ あんなにサービスの悪いレストランには二度と行きたくない (我再也不想去服務態度那麼差的西餐廳了)。

◊ 二度とないチャンスを掴んだ(抓住了千載難逢的機會)。

◊ 二度と言うまいと誓う(發誓再也不説了)。

◊ こんなつまらない小説は二度と読むまい(這種無聊的小説再也不看了)。

◊ あの礼儀の知らないやつに二度と会うもんか(我才不要再見到那個不懂禮貌
的傢伙呢)。

◊ 横山さんは信用のない人だ。彼の話しなんか二度と信じるもんか(横山是一
個沒有信譽的人。他的話誰還再相信呢)。

… にとどまらず

用法　「に」是格助詞。「とどまらず」是五段自動詞「とどまる」的否定式。該句
型接在表示地域、時間等名詞或助詞後面。

✿表示一件事已經超過了某個較小的範圍,開始波及一個較大的範圍,相當於漢
語的「不僅僅 …」「不限於 …」。

◊ その流行は大都市にとどまらず地方にも広がっていった(其流行不限於大
城市,也擴展到了地方上)。

◊ 干ばつはその年だけにとどまらず、その後三年間も続いた(乾旱不僅僅發生
在當年,其後又持續了3年)。

◊ 西村さんの研究はインドの宗教のみにとどまらず、日本の宗教にまで
及んでいる(西村先生的研究不僅限於印度宗教,還涉及日本宗教)。

… にとどまる

用法　「に」是格助詞。「とどまる」是五段自動詞。該句型接在體言、動詞的簡
體後面。

✿表示不超過某個範圍,局限於某種程度,相當於漢語的「只是 … 而已」「只限
於 …」。

◊ 好奇心にとどまって探検に行った(只是出於好奇心才去探険的)。

◊ それはただ机上の空論にとどまる(這只是紙上談兵而已)。

◊ 協議は問題点を挙げるにとどまった(協商只限於列舉問題點)。

◊ 私は相手を驚かせたにとどまる(我只是嚇唬了對方而已)。

… に伴い / … に伴って

用法　「に」是格助詞。「伴い」是五段自動詞「伴う」的中頓形式。該句型接在名

詞、動詞原形或形式體言加「の」後面。「…に伴い」比「…に伴って」語氣生硬，是一種正式的書面語表達。該句型一般不用於私人的事情，而用於規模較大的變化。

✱表示後項的情況伴隨著前項一起發生，或者後項隨著前項的變化而變化，相當於漢語的「隨著」「伴隨著」。

◊ 医学の進歩に伴い、人々の平均寿命も延びてきた（隨著醫學的進步，人們的平均壽命也延長了）。

◊ 地震に伴って津波が起った（伴隨著地震，發生了海嘯）。

◊ 外国での生活に慣れるに伴って、よく眠れるようになった（隨著對國外生活的適應，睡眠情況也變好了）。

◊ 問題解決の能力は、経験を重ねるに伴って、だんだん身に付いてくる（解決問題的能力是伴隨著經驗的積累，就逐漸地掌握了）。

◊ 学生数が増えるのに伴って、学生の質も多様化してきた（隨著學生數量的增加，學生的品質也變得參差不齊了）。

…に（同一動詞可能態）ない／…に（同一動詞可能態）ず

用法　「に」是併列助詞，接在動詞原形後面，否定助動詞「ない」或「ず」接在同一動詞可能態的「ない」形後面。表示強調時，「に」後面可以加副助詞「も」。「ない」既可以結句，也可以做定語。「ず」是文語的殘留，多用於中頓，是書面語的表達形式。

✱表示想做某事也做不成，相當於漢語的「想…卻不能…」「想…也不能…」。

◊ 人手が足りないのでやめるにやめられない（因為人手不夠，想辭職也辭不了）。

◊ 雨が降っているので、行くにも行けない（因為在下雨，所以想去也去不了）。

◊ 泣くに泣けない思いをする（感到想哭也哭不出來）。

◊ 部品もないし、道具もないので、直すに直せず、困っている（沒有零件也沒有工具，想修也修不了，正在為難）。

…に（も）なく

用法　「に（も）なく」是詞團，接在名詞後面。

✱表示與其人或其物的平常情況或性質不同，相當於漢語的「與…不同」「和平時的…不一樣」。

◊ 好天気に恵まれたおかげか、今年は例年になく、蜜柑が豊作だった（可能

是天氣好的原因，今年和往年不同，橘子大豐收了）。

◊ 店の中はいつになく静かだった（店裏面與平時不同，很安靜）。

◊ 今日は柄にもなく背広なんかを着ている（今天穿著不相配的西服）。

◊ 我にもなく部下を大声で怒鳴ってしまった（和平時的自己不一樣，大聲斥責了部下）。

… になっている

用法　「に」是表示結果的格助詞，「なっている」是五段動詞「なる」的持續體形式。該句型接在體言後面。

✿表示客觀事物呈現的狀態，而不表示轉化，多是事物的構成成分或位置，相當於漢語的「是」。

◊ 右は郵便局で左は銀行になっている（右邊是郵政局，左邊是銀行）。

◊ 前はロビーで後ろは受け付けになっている（前面是大廳，後面是接待處）。

◊ ここから山道になっている（由此就是山路了）。

… になり … になりして

用法　「に」是格助詞，「なり」是五段動詞「なる」的中頓。「して」是文語助詞的殘留，表示動作進行的狀態，構成連用修飾語。該句型接在成對的方位詞後面。

✿表示位置變化不定，相當於漢語的「忽而在 … 忽而在 …」「一會兒在 … 一會兒在 …」。

◊ 犬は後になり先になりしてその主人についてきた（小狗跑前跑後地跟著它的主人）。

◊ レスリングの試合で山田さんと田中さんは上になり下になりして戦った（摔跤比賽，山田和田中一會兒你在上，一會兒我在上，進行較量）。

◊ 車を引く場合、落合さんは左になり右になりして力を貸してくれる（拉車時，落合君忽而在左，忽而在右，幫我出力）。

… には / … にも

用法　①「には」是由格助詞「に」加上表示強調的副助詞「は」構成。有時也可以用「にも」的形式。副助詞「も」表示添加。該句型接在名詞後面。

✿表示時間、場所、方向、動作對象等，相當於漢語的「在」「向」，或靈活翻譯。

◊ 春には 桜 が咲く（春天櫻花會開）。

◊ 十 時には帰ってくると思う（我想10點會回來的）。

◊ 結 局 国には帰らなかった（最終沒有回國）。

◊ あそこにも人がいます（那裏也有人）。

◊ 田中さんにも教えてあげよう（也告訴田中吧）。

用法 ②接在表示人的名詞後面，一般只用「には」的形式，不用「にも」。

✿表示對於某人來說，相當於漢語的「對…來說」。

◊ このセーターは 私 には大きすぎる（這件毛衣對我來說太大了）。

◊ この問題は 難 しすぎて 私 には分からない（這道題太難了，我不懂）。

◊ この仕事は経験のない人には無理だろう（這項工作對於沒有經驗的人來說可能做不了吧）。

用法 ③接在表示身份、地位高於自己的人的名詞後面，只用於鄭重的書信。

✿表示尊敬的對象，一般不需要翻譯。

◊ 皆様にはお変わりなくお過ごしのことと存じます（想必大家和以前一樣過得很好吧）。

◊ ご家族の皆様方にもお健やかにお過ごしのことと拝察申し上げます（我想您的家人也都身體很健康吧）。

◊ 先生にはお元気でいらっしゃることとお 喜 び申し上げます（老師身體健康，備感欣慰）。

用法 ④接在動詞原形後面，只用「には」的形式，不用「にも」。

✿表示為了達到前項的目的，必須做後項的動作。相當於漢語的「為了」「想要」。

◊ そこに行くには険しい山を越えなければならない（想要去那裏就必須翻過一座險峻的山）。

◊ 医者になるには、国家試験に合格することが必要だ（為了成為醫生，需要通過國家考試）。

◊ 健康を維持するには早寝早起きが一番だ（想要保持健康，早睡早起是最好的方法）。

… には … が

用法 「には」接在動詞、形容詞原形後面，接續助詞「が」接在同一動詞、形容詞的敬體或簡體後面，在口語中常用「けれども」的表達形式。如果接「サ變」動詞時，前一個用動詞原形，後一個用「する」或「した」的形式就可以了。

✿表示雖然做了或要做某事，但對於其結果沒有把握或不滿意，相當於漢語的「…是…，但是…」。

◊ 行くには行くが、彼に会えるかどうかは分からない (去是要去，但不知能不能見到他)。

◊ 一応説明するにはしたのですが、まだみんな、十分に理解できていないようでした (說明是大致說明了一下，但是大家好像還沒有充分理解)。

◊ 約束するにはしたけれども、できるかどうか自信がない (定是定好了，但沒有信心一定能夠完成)。

◊ 痛いには痛いが、我慢できないほどではない (疼是疼，但還可以忍受)。

◊ 忙しいには忙しいですが、一、二時間お供するくらいは何でもない (忙是忙，但是陪同你們一兩個小時沒有問題)。

… にはかぎりがある

用法　「に」是個助詞，「かぎり」是五段動詞「かぎる」的名詞形式，可以寫成「限り」。該句型接在體言後面。其否定式為「…には限りがない」。

✿表示該事物具有限度，相當於漢語的「有限」。

◊ 資源には限りがある (資源有限)。

◊ 人間の力には限りがある (人的力量有限)。

◊ 宇宙の広がりには限りがないようだ (宇宙好像是廣闊無垠的)。

◊ 人間の欲望には限りがない (人的慾望無限)。

… には変わりはない

用法　「に」是格助詞，「変わり」是五段自動詞「変わる」的名詞形式。該句型接在名詞、名詞加「である (の/こと)」、用言體言化後面。

✿表示即使有這樣那樣的情況存在，但在某一點上是不變的，相當於漢語的「還是」「仍然」「都要」「和…沒有兩樣」等。

◊ 参考にならないかもしれないが、貴重な意見には変わりはない (雖然可能無法提供參考，但仍然是很寶貴的意見)。

◊ 山田さんの様子には何ら変わりはなかった (山田還是原來的樣子)。

◊ 実の父でなくてもやっぱり自分の父であることには変わりはない (雖然不是親生父親，但仍然是自己的父親)

◊ 誰が主催者であろうと安全が求められることには変わりはない (不管誰是主

辨者，都要求確保安全）。

◊ 女性の 就 職 率は上がっているが、男性と比べると低いことには変わりは
ない（雖然女性的就業率在上升，但還是比男性低）。

◊ 今は少しましになってはいるが、苦手なのには変わりはない（雖然現在強點
了，但還是不擅長）。

… にはむりがある

用法　「に」是格助詞，「むり」是名詞，可以寫成「無理」。該句型接在名詞、動
詞原形或形式體言化加「の」後面。

✽表示某件事或某樣東西有不合理的地方或不太可能實現，相當於漢語的「有不
合理的地方」「不切合實際」「不太可能做到」。

◊ 今度の計画には無理がある（這次的計畫有不合理的地方）。

◊ この工事を三ヶ月で完成させるというのにはむりがある（說要3個月完成這
項工程，這不切合實際）。

◊ 学費を全部自分で負担するにはむりがある（不太可能做到學費全部由自己來
負擔）。

… に反して／… に反する／… に反した

用法　「に」是格助詞，「反して」是「サ變」動詞「反する」的連接式。該句型主要
接在「予想・期待・予測・意志・願い・希望・規則・法律」等名詞後面，在
句中做狀語，是書面語表達。它可以同「… とは反対に」「… とは違って」互
換。做定語時，可以用「… に反する」或「… に反した」的形式修飾體言。

✽表示「違反、相反、對立」等意思。相當於漢語的「與 … 不同」「違反了 …」。

◊ 会 社 命じたことに反して、彼は独断で交 渉 を進めた（他違反了公司的命
令，按照自己的意志進行了交涉）。

◊ 年初の予測に反して、今年は天候不 順 の年となった（與年初的預測相反，
今年是氣候反常的一年）。

◊ 努 力 したが、みんなの期待に反する結果となってしまった（雖然努力了，
但得到的結果卻和大家期望的相反）。

◊ わが国の法に反する者は、国籍の如何を問わず、わが国の法によって裁か
れる（違反了我國法律的人，不管其國籍如何，都將按照我國法律進行制裁）。

◊ それは明らかに文明の進歩に反した蛮行だ（那明顯是與文明進步相對立的野

蠻行為）。

… に控えて

用法 ①「に」是格助詞，「控えて」是一段他動詞「控える」的連接式。該句型接在表示時間的名詞後面。

❀表示時間的臨近，相當於漢語的「臨近」「面臨」「接近」「靠近」等。

◊ 出発を間近に控えて、とてものんびりとしてはいられない（馬上就要出發了，根本沒有時間悠閒地遊玩）。

◊ 期末試験を来週に控えて、みんな一生懸命頑張っている（下週就要臨近期末考試了，大家都在拼命地努力）。

◊ バスケットボールの試合を十日後に控えて選手たちは練習に余念がない（還有10天就要進行籃球比賽了，選手們都在埋頭苦練）。

用法 ②該句型接在表示空間的詞語後面。

❀表示它就在自己的身後，相當於漢語的「背靠…」「身後靠著…」。

◊ その村は背後に山を控えていて、昔からいろいろな生活資材などを山得てきた（那個村莊背後靠山，自古以來，人們就從山上獲取各種生活資料）。

◊ あそこは後ろに大河を控えて、ずっと前から稲作りが盛んだ（那裏背後靠著一條大河，很久以前就盛行種植水稻）。

◊ 西原さんの別荘は後ろに富士山を控えて景色のよい場所にある（西原先生的別墅位於背靠富士山、景色優美的地方）。

… にひきかえ

用法 「に」是格助詞，「ひきかえ」是一段自動詞「ひきかえる」的中頓形式，可以寫成「引き換え」。該句型接在名詞和用言的體言化後面。在口語中，一般多用「…に比べて」的形式。

❀表示前後兩項事物正好相反或相差甚遠，是一種很主觀的判斷，相當於漢語的「與…相反」「與…不同」「相反…」。

◊ 昨日の雨天にひきかえ、今日は晴天だ（昨天是雨天，相反今天是晴天）。

◊ 努力家の姉にひきかえ、弟は怠け者だ（與非常努力的姐姐相反，弟弟是個懶鬼）。

◊ 昔の若者がよく本を読んだのにひきかえ、今の若者は活字はどうも苦手のようだ（過去年輕人經常讀書，而現在的年輕人卻好像比較怕讀鉛字）。

◊ 金持ちには倹約家が多いの<u>にひきかえ</u>、貧乏人はとかくお金があると使ってしまう傾向がある（有錢人很多都是勤儉節約的，與此相反，窮人總是具有一有錢就把它用掉的傾向）。

◊ 御主人は無口なの<u>にひきかえ</u>、奥さんはおしゃべりだ（丈夫是個話很少的人，與此相反，妻子是個能說會道的人）。

… にほかならない

用法　①「に」是格助詞，「ほかならない」是詞團，可以寫成「他ならない」。該句型接在體言後面，是一種比較生硬的書面語表達。

✽表示除此以外沒有別的東西，具有一種強烈否定其他選擇的斷定語氣，相當於漢語的「正是」「不外乎是」「無非是」。

◊ 言語は意思伝達の手段<u>にほかならない</u>（語言不外乎是傳遞意義的手段）。

◊ 今日のわが国の繁栄は、国民のたゆまぬ努力の結っ果<u>にほかならない</u>（我國能有今天的繁榮，正是國民們不懈努力的結果）。

◊ 事故の原因は、スピードの出し過ぎ<u>にほかならない</u>（事故的原因無非是速度過快）。

用法　②接在動詞簡體加表示原因的接續助詞「から」或表示原因的形式體言「ため」後面。

✽表示斷定事情的原因不是別的，就是這個，相當於漢語的「正是」「不外乎是」「無非是」。

◊ 私が太極拳をやっているのは、健康を増進するため<u>にほかならない</u>（我練太極拳無非是為了增進健康）。

◊ このプロジェクトが軌道に乗ったのは、先生のお力添えがあったから<u>にほかなりません</u>（這個項目能走上正軌正是因為有了老師您的援助）。

◊ 池田さんが今日遅れてきたのはそれなりの理由があるから<u>に他ならない</u>（池田君今天來晚了無非是有相應的理由的）。

… にまちがいない

用法　「に」是格助詞，「まちがい」是「まちがう」的名詞形式，可以寫成「間違い」。該句型接在體言後面，同「…にちがいない」可以替換。只不過，後者推測的語氣強一些。

✽表示準確無誤地判斷，相當於漢語的「一定是 …」「肯定（是）…」「是 … 沒

錯」。

◇ あの人は弁護士にまちがいない（那個人一定是律師）。

◇ それは橋本さんの車に間違いない（那肯定是橋本先生的車子）。

◇ 約一か月の調査で、この猫は山猫に間違いないという自信が出来上がった（經過大約1個月的調查，可以有把握地說這種貓是山貓沒錯）。

… にまで

用法 該句型由格助詞「に」和副助詞「まで」疊加形成，接在名詞後面。

✽①用來舉出一個極端的事例，暗示一般的場合就更不用說了，相當於漢語的「甚至」「連…都」。

◇ そんなことをすると、子供にまで笑われるよ（做那種事的話，連孩子都會笑你的哦）。

◇ 先生は学生たちの健康にまでたいへん気を使っている（老師甚至連學生的健康都很關心）。

◇ 山の上にまでだんだん畑がつくられていた（連山上都漸漸開出了旱田）。

✽②表示終點、到達點，即事物進展到某種地步或程度，相當於漢語的「到」。

◇ スピーカーから流れる放送は、会場の隅々にまで広がってゆく（揚聲器中傳出來的廣播響遍了會場的每一個角落）。

◇ 今年になってこの工場の製品は四種類から三十種類にまで増えた（今年，這家工廠的產品由4種增加到了30種）。

◇ 長距離バスはへんぴな山村にまで路せんを延ばしている（長途汽車把路線延伸到了偏僻的山村）。

… にみる

用法 「に」是格助詞，「みる」是上一段他動詞，可以寫成「見る」。該句型前後都接名詞，在句中做定語。

✽表示從某件事物中看到的，或者某件事物中顯現出的東西，相當於漢語的「從…中看到的」「…中顯現出的」「…中反映的」。

◇ 最近の新聞の論調にみる経済偏重の傾向は目にあまるものがある（最近報紙的論調中顯現出來的偏重經濟的傾向有時令人看不下去）。

◇ 流行歌にみる世相は面白い（流行歌曲中反映的世態是很有趣的）。

◇ アンケートにみる消費者の意向は会社の参考になる（問卷調查中顯示出來

的消費者的意向對公司是個參考）。

… にむかって

用法　「に」是格助詞，「むかって」是五段自動詞「むかう」的連接式，可以寫成
「向かって」，接在名詞後面。

✿表示面對著某人或某物，或者表示動作、行為的方向或目標，相當於漢語的
「對著…」「向著…」「朝著…」「面對…」「面向…」「對…」「向…」等。

◊ 親にむかって、そんなことを言ってはいけない（不能對父母講那樣的話）。

◊ 机 にむかって本をよむ（伏案讀書）。

◊ この飛行機は今ボストンにむかっている（這架飛機現在正飛往波士頓）。

◊ 年の暮れに向かって何かと 忙 しい（臨近年底，感到有些忙碌）。

◊ 船はサンフランシスコに向かって走っている（船駛向舊金山）。

◊ マリア像に向かって祈りを捧げる（對著瑪利亞的像祈禱）。

◊ 理想の大学の建設にむかって、みんなでがんばろう（為了建設理想的大學，
大家一起努力吧）。

… にむけて

用法　「に」是格助詞，「むけて」是一段他動詞「むける」的連接式，可以寫成
「向けて」。該句型接在表示場所、方位、人或組織、事物的名詞後面。

✿表示動作行為所面對的方向、目標、目的以及某人、某物，相當於漢語的「向
著…」「面對…」「朝著…」「向…」「朝著…目標（方向）」等。

◊ 背を入口にむけて座っている（背對入口坐著）。

◊ アメリカにむけて、強い態度を取り続けた（一直對美國採取強硬態度）。

◊ 探検隊は北 極 に向けて 出 発した（探險隊向北極出發了）。

◊ 国連は人々に向けて戦争の 終 結を訴えた（聯合國向人們呼籲結束戰爭）。

◊ 国際会議の開催にむけてメンバー全員の 協 力 が求められた（為了迎接國
際會議的召開，要求全體成員共同合作）。

… にめんした／… にめんして

用法　「に」是格助詞，「めんした」是「サ變」自動詞「めんする」的過去式，可以
寫成「面した」。該句型前後都接名詞，在句中做定語。它也可以同「に面す
る」替換。做狀語時，用「… に面して」的表達形式。結句時常用「… に面して

いる」的形式。

✿表示面向著某個寬闊的場所或面對某種事態，相當於漢語的「面對…」「面向…」「面臨…」。

◊ リゾート地のホテルで、海に面した部屋を予約した（在療養勝地的賓館裏預訂了面向大海的房間）。

◊ 太平洋に面する陸地は海洋気候の影響が強い（面向太平洋的陸地受海洋氣候影響大）。

◊ 彼は危機的な事態にめんしても冷静に対処できる人だ（他是個即使面對危急事態也能夠冷静處理的人）。

◊ 敵は滅亡に面してあがいている（敵人面對著滅亡在做掙扎）。

◊ この家は広い道路に面している（這所房子面向寬闊的馬路）。

◊ 今にして登山隊は危険に面している（現在登山隊正面臨著危險）。

…にもかかわらず

用法 「に」是格助詞，「も」是副助詞。「かかわらず」是「かかわる」的否定式。該句型接在名詞、動詞和形容詞的簡體或體言化「の」、形容動詞詞幹加「な の」或「である」後面。

✿表示結果與根據某種事實所做出的推斷相反，後項多表示說話人的驚訝、意外、不滿、批評等心情，相當於漢語的「雖然…但是」「儘管…卻」。

◊ この通りは駐車禁止にもかかわらず、車を止めている人が大勢いる（儘管這條馬路禁止停車，但還是有很多人在此停車）。

◊ 彼は医者から酒を止められているにもかかわらず、毎日のように飲んでいる（儘管醫生不許他喝酒，但他還是每天都喝）。

◊ あれほど注意しておいたにもかかわらず、彼は今日も遅刻した（儘管事先那麼提醒他注意，他今天又遲到了）。

◊ 雨が降っているのにもかかわらず、サッカーの試合は行われた（雖然在下雨，但還是舉行了足球比賽）。

◊ 若いにもかかわらず、家でお母さんを手扱うとは、感心な娘さんだ（雖然年輕，卻已經在家裏幫母親忙了，真是個令人佩服的女兒）。

◊ 彼は目が不自由なのにもかかわらず、高校を首席で卒業した（他雖然眼睛不好，但仍以第一名的成績高中畢業了）。

◊ 佐藤教授の本は内容が専門的であるにもかかわらず、一般の人にもわかり

やすい（佐藤教授的書雖然內容專業性很強，但一般人也很容易看懂）。

に基づいた／…に基づいて

用法　「に」是格助詞，「基づいた」是五段自動詞「基づく」的過去式。該句型接在名詞後面，在句中做定語。它也可以同「に面する」替換。做狀語時，用「…に基づいて」的表達形式。其中「基づいて」是「基づく」的連接式。

❋表示以某事物為基礎或根據，相當於漢語的「按照…」「根據…」「基於…」。

◊長年の経験に基づいた判断だから、信頼できる（這是基於多年的經驗做出的判斷，可以信賴）。

◊これは事実に基づく小説だから、迫力がある（這是根據事實寫成的小說，所以很扣人心弦）。

◊みんなの意見に基づいて、見学に行くところを決める（根據大家的意見決定去哪裏參觀）。

◊語学学校ではテストの成績に基づいて、クラス分けをする（語言學校根據考試的成績進行分班）。

…にもならない

用法　「に」是格助詞，「も」是副助詞。「ならない」是五段自動詞「なる」的否定式。該句型一般接在「冗談・焚きつけ・気」等名詞後面。

❋表示某件事或東西沒什麼價值，連一個較低的層次都達不到，相當於漢語的「連…都成不了」。

◊あまりにばかばかしい話で、冗談にもならない（這件事太荒謬了，連笑話都算不上）。

◊こんなに細い木では焚きつけにもならない（這麼細的木頭連引火用都不夠）。

◊彼の考え方があまりに子供っぽいので、腹を立てる気にもならなかった（他的想法太幼稚了，讓人連生氣的心情都沒有）。

…にもほどがある

用法　「に」是格助詞，在此表示抽象的存在。「も」是副助詞，在此表示暗示其他。「ほど」在此是表示程度的名詞。該句型接在名詞、動詞和形容詞原形、形容動詞詞幹後面。

❋表示某件事情不能過分，需要有分寸。相當於漢語的「…也要有分寸」「不能過

於…」「太…了」。

◊ 冗談にもほどがある（開玩笑也要有個分寸）。

◊ 欲張るにもほどがある（不能過於貪得無厭）。

◊ 図々しいにもほどがある（臉皮不能太厚）。

◊ こんなことをするなんて、非常識にもほどがある（竟然做這種事，這也太荒唐了）。

… にもまして

用法　「にもまして」是一個詞團，接在名詞和疑問詞後面。

✿表示兩個事物相比較，某事物要比另一事物程度更高，相當於漢語的「比…都」「比…更」。

◊ 今日の君は、いつにもましてきれいだね（今天你比任何時候都要漂亮啊）。

◊ あなたの一言は、何にもまして私を勇気づけてくれた（你的一句話比什麼都能給我勇氣）。

◊ もともと頑固な人だったが、年を取ると以前にもまして頑固になった（本来就是個頑固的人，上了年紀之後比以前更頑固了）。

◊ 私自身の結っ婚問題にもまして、気がかりなのは姉の離婚問題だ（比我自己的結婚問題更讓我擔心的是姐姐的離婚問題）。

… によって / … による（手段、媒介）

用法　「に」是格助詞，「よって」是五段自動詞「よる」的連接式。該句型接在名詞後面，在句中做狀語。「…による」前後接名詞，在句中做定語。

✿表示以某件事為手段、方法，相當於漢語的「透過…」「靠…」「憑藉…」。

◊ この件は話し合いによって解決しよう（透過協商來解決這件事吧）。

◊ コンピューターによって大量の文書管理が可能になった（憑藉電腦，大批量的文件管理已成為可能）。

◊ 給料をカットすることによって、不況を乗り切ろうとしている（想靠削減工資來渡過不景氣的時期）。

◊ 温泉による治療は効果的だ（透過溫泉治療的效果不錯）。

… によって / … による（原因）

用法　「に」是格助詞，「よって」是五段自動詞「よる」的連接式。該句型接在名

詞（包括形式名詞「こと」）後面，在句中做狀語。「…による」前後接名詞，在句中做定語。

✿表示前項是後項的原因，相當於漢語的「因為…」「由於…」。
◊ 地震によって壁が崩れた（由於地震，牆壁倒塌了）。
◊ 資源保護への意識が高まったことによって、ごみの分別化が進んでいる（由於資源保護意識的增強，垃圾的分類越來越細緻）。
◊ 交通事故による死亡者が年々増えている（因交通事故而喪生的人年年都在增加）。
◊ タバコによる火災が多い（因香菸引起的火災不少）。

… によって（被動）

用法　「に」是格助詞，「よって」是五段自動詞「よる」的連接式。該句型接在名詞後面。一般它可以用格助詞「に」替換，不過當後項動詞是「設計する・書く・作る」等帶有生產性意義的詞語時，不能和「に」互換。

✿表示被動句中的施動者，相當於漢語的「被…」「由…」。
◊ この建物は有名な建築家によって設計されたそうだ（據說這棟建築物是由有名的建築家設計的）。
◊ アメリカはコロンブスによって発見された（美洲是由哥倫布發現的）。
◊ その村の家の多くは洪水によって押し流された（那個村子的很多人家都被洪水沖走了）。

… によって / … による（情況）

用法　「に」是格助詞，「よって」是五段自動詞「よる」的連接式。該句型接在名詞後面，在句中做狀語。它多和後項表示「多種多樣」「各不相同」「不確定」等意義的句子相呼應。結句時，用「…による」的形式。

✿表示根據前項的種種情況，相當於漢語的「根據…」「因…」。
◊ 人によって考え方が違う（想法因人而異）。
◊ 風の吹き方によって魚がたくさんとれたりとれなかったりすることもある（根據風向，有時能捕到很多魚，有時則捕不到魚）。
◊ 好みによって、人々の髪型や服装はまちまちだ（因喜好不同，人們的髮型和服裝各不相同）。
◊ 合格するか否かは、君自身による（能否及格要看你自己）。

… によって／… による（依據）

用法 「に」是格助詞，「よって」是五段自動詞「よる」的連接式。該句型接在名詞、疑問詞加「か」後面。「… による」用於結句。

✿表示以此為根據或依據，相當於漢語的「根據…」「依照…」。

◊ 遠足に行くかどうかは、あしたの天気によって決めよう（去不去遠足，根據明天的天氣決定吧）。

◊ 恒例によって会議の後に夕食会を設けることにした（依照慣例，決定在會議結束後舉行晚餐會）。

◊ 試験の成績よりも通常の授業でどれだけ活躍したかによって成績をつけようと思う（比起考試的成績來，我想根據平時在課堂上的活躍程度來打分）。

◊ 論文中の数値は、実験データによる（論文中的數值來源於實驗數據）。

（體言）によって決まる

用法 「に」是格助詞，「よって」是五段自動詞「よる」的連接式。該句型接在名詞後面。

✿表示根據某樣事物來決定，相當於漢語的「由…決定」「根據…來決定」。

◊ 人間の行為は、自分の気分と周りの人の行為によって決まる（人類的行為由自己的心情和周圍人的行為所決定）。

◊ 大統領選挙の結果は、五十一州の選挙結果の総合によって決まる（總統選舉的結果由51個州選舉結果的綜合情況來決定）。

◊ 賃金は労働組合と大学との交渉によって決まる仕組みに変わるのだ（工資變成了由工會和大學之間進行的交涉來決定）。

… によってのみ

用法 「に」是格助詞，「よって」是五段自動詞「よる」的連接式。「のみ」是表示限定的副助詞。該句型接在名詞後面。

✿表示只有以某件事為手段、方法，相當於漢語的「只有憑藉…」「只有透過…」。

◊ 拉致問題は日朝国交正常化によってのみ解決可能だ（綁架問題只有透過日朝兩國邦交正常化才能得以解決）。

◊ 成功は弛まぬ努力によってのみ得られる（成功只有透過不懈的努力才能得到）。

◇ 市場経済は自由競争<u>によって</u>のみ成り立つ（市場經濟只有透過自由競爭才得以成立）。

… によっては

用法　「に」是格助詞，「よって」是五段自動詞「よる」的連接式，「は」是副助詞。該句型接在體言後面。

✽表示前項強調個別情況，即後項的內容在前項的個別情況下成立，相當於漢語的「有的…」「某些…」。

◇ 旅行のコースは季節<u>によっては</u>変更することもある（旅遊路線在某些季節會發生變化）。

◇ 学校<u>によっては</u>男子学生の長髪を禁止したりもする（有的學校禁止男生留長髮）。

◇ 事と次第<u>によっては</u>、裁判に訴えなければならない（在某些事情中和某些情況下，必須訴諸法庭）。

… によらず

用法　「に」是格助詞，「ず」是文語的否定助動詞，接在動詞的「ない」形後面。該句型接在體言、疑問詞後面。在口語中常用「…によらないで」的表達形式。

✽表示不管前項或不按照前項的情況或與前項有出路，後項都已然照舊，相當於漢語的「不按…」「不論…」「和…不同」。

◇ 成績<u>によらず</u>、クラスを分ける（不按照成績分班）。

◇ 学歴<u>によらず</u>、人材を求める（不按學歷來招募人才）。

◇ 彼は見かけ<u>によらず</u>頑固な男だ（和外表不同，他是個頑固的男人）。

◇ 生物は何物<u>によらず</u>、空気がなくては生存できない（任何生物，如果沒有空氣就無法生存）。

◇ 罪を犯した人は誰<u>によらず</u>、法律に問われるべきだ（犯了罪的人無論是誰都應該受到法律制裁）。

… によると / … によれば

用法　「に」是格助詞，「と」是表示假定的接續助詞。該句型接在體言後面，常與句末傳聞表達形式的「そうだ」「ということだ」，以及推測表達形式的「だろ

う」「らしい」等相呼。它可以同「…によれば」替換。

✤表示傳聞的根據或判斷的依據，相當於漢語的「據…說」「根據」。

◊ 天気予報によると、今日は夕方から雨になるそうだ (根據天氣預報，今天傍晚開始下雨)。

◊ 経済専門家の予想によると、円高傾向は今後も続くということだ (據經濟專家預測，日元今後仍將繼續升值)。

◊ 説明書によれば、この冷蔵庫はアイスクリームも作れる (據說明書說，這種冰箱還可以做冰淇淋)。

◊ 妹からの手紙によれば、弟は今年、インドで自転車旅行をするとのことだ (據妹妹的來信說，弟弟今年要騎自行車在印度旅行)。

…によるところ (が) 大きい / …によるところ (が) 大である

用法　「に」是格助詞，「ところ」是形式體言。「が」是格助詞，有時可以省略。「大きい」同「大である」意思一樣。它們都接在體言後面。只不過，前者是口語表達，後者是書面語表達。

✤表示某事的成立與另一事物關係密切，相當於漢語的「與…有很大關係」「在很大程度上是由於…」。

◊ 彼の成功は友人の協力によるところが大きい (他的成功在很大程度上是依靠朋友的協助)。

◊ 胃が弱くなったのは飲みすぎによるところが大きい (胃變得不好在很大程度上是由於飲酒過量)。

◊ これは日本人独特の考え方によるところが大である (這與日本人獨特的思維方式有很大關係)。

◊ 日本に木造の家が多いのは日本の気候や地震の影響によるところ大である (日本用木材建造的房子多，這與受日本的氣候、地震等影響關係很大)。

…にわたって / …にわたり

用法　「に」是格助詞，「わたって」是五段動詞「わたる」的連接式，而「…にわたり」則是「わたる」的中頓。兩個句型都接在表示期間、次數、場所範圍等的名詞後面，是書面語表達。

✤表示動作或行為涉及到的時間範圍或具有空間感覺的範圍，強調其規模之大，

相當於漢語的「歷時…」「長達…」等，很多場合需要靈活翻譯。

◊ この研究グループは大気汚染の調査を十年にわたって続けてきた（這個研究小組10年來一直堅持進行大氣污染的調查）。

◊ 私たちは前後三回にわたって、この問題を検討した（我們先後3次研究探討了這個問題）。

◊ エイズは全世界にわたって多くの死者を出している（愛滋病在全世界造成了很多人的死亡）。

◊ 彼の研究は多岐にわたり、その成果は世界中の学者に強い影響を与えた（他的研究涉及很多領域，其成果對全世界的學者影響很大）。

… にわたる（體言）

用法　「に」是格助詞，「わたる」在此後接名詞做連體修飾語。該句型接在表示期間、次數、場所範圍等的名詞後面。

✽表示某一動作、狀態在某一時間、範圍內一直延續，相當於漢語的「長達…」「涉及…」等，很多場合需要靈活翻譯。

◊ 二十余年にわたる英国の支配が終わり、その国はやっと独立した（長達20多年的英國統治結束了，那個國家終於獨立了）。

◊ アジア各国にわたる不景気（波及亞洲各國的經濟蕭條）。

◊ 五回にわたる交渉でやっと話がまとまった（經過5次交涉，終於談妥了）。

名詞+に同一名詞+をかさねる

用法　「に」是格助詞，表示添加。「を」是格助詞，表示他動詞的對象語。「かさねる」是一段他動詞，可以同五段他動詞「つむ」和一段他動詞「くわえる」替換。該句型「に」的前後要接同一個名詞。

✽表示不斷反覆、不斷疊加某樣東西或某件事。根據後面的動詞靈活翻譯。

◊ 研究に研究をかさねる（反覆研究）。

◊ 大昔の人々は時刻を知るために工夫に工夫をかさねた（很久以前的人們為了掌握時間，進行了一次又一次的努力）。

◊ 苦労に苦労をつむ（歷經千辛萬苦）。

◊ 実験に実験をくわえる（不斷進行實驗）。

…ぬ

用法　「ぬ」是文語否定助動詞「ず」的連體修飾形，接在動詞或助動詞的「ない」形後面。但「サ變」動詞「する」接「ぬ」時，要用「せぬ」的形式。它相當於現代日語口語的否定助動詞「ない」。

❉表示否定，相當於漢語的「不…」「沒…」。

◊ 親<ruby>親<rt>おや</rt></ruby>が行<ruby>行<rt>い</rt></ruby>かせぬ（父母不讓去）。

◊ 知<ruby>知<rt>し</rt></ruby>らぬが仏<ruby>仏<rt>ほとけ</rt></ruby>（不知道就不心煩）。

◊ 急<ruby>急<rt>いそ</rt></ruby>いで対策<ruby>対策<rt>たいさく</rt></ruby>を考<ruby>考<rt>かんが</rt></ruby>えなければならぬ（必須快點考慮對策）。

◊ 予期<ruby>予期<rt>よき</rt></ruby>せぬ事件<ruby>事件<rt>じけん</rt></ruby>が起<ruby>起<rt>おこ</rt></ruby>った（發生了沒有想到的事情）。

…ぬきで／…ぬきの

用法　「ぬき」是「ぬく」的名詞形式，「で」是表示方式的格助詞。該句型接在名詞後面，在句中做狀語。做定語時，用「ぬきの」的表達形式。「ぬきで」還可以用「名詞＋を（は）ぬきにする」的形式替換。

❉表示除去、省略、省掉、取消等含義，相當於漢語的「沒有」「不算」「去掉」「省去」等。

◊ あのレストランの昼食<ruby>昼食<rt>ちゅうしょく</rt></ruby>はサービス料<ruby>料<rt>りょう</rt></ruby>ぬきで、二千円<ruby>二千円<rt>にせんえん</rt></ruby>だ（那家餐廳的午飯不算服務費是2000日元）。

◊ 料理屋<ruby>料理屋<rt>りょうりや</rt></ruby>の支払<ruby>支払<rt>しはら</rt></ruby>いはチップ抜<ruby>抜<rt>ぬ</rt></ruby>きで一万円<ruby>一万円<rt>いちまんえん</rt></ruby>だった（飯館的費用，去掉小費，是1萬日元）。

◊ おせじ抜<ruby>抜<rt>ぬ</rt></ruby>きで君<ruby>君<rt>きみ</rt></ruby>は確<ruby>確<rt>たし</rt></ruby>かに美人<ruby>美人<rt>びじん</rt></ruby>だなあ（不說奉承話，你確實很漂亮啦）。

◊ 冗談<ruby>冗談<rt>じょうだん</rt></ruby>はぬきにして、内容<ruby>内容<rt>ないよう</rt></ruby>の討議<ruby>討議<rt>とうぎ</rt></ruby>に入<ruby>入<rt>はい</rt></ruby>ろう（不要開玩笑了，開始討論內容吧）。

◊ 俺<ruby>俺<rt>おれ</rt></ruby>にとって酒<ruby>酒<rt>さけ</rt></ruby>ぬきの人生<ruby>人生<rt>じんせい</rt></ruby>なんて、気<ruby>気<rt>き</rt></ruby>の抜<ruby>抜<rt>ぬ</rt></ruby>けたビールみたいなものだ（對我來說，沒有酒的人生就像沒氣的啤酒一樣）。

◊ 妻<ruby>妻<rt>つま</rt></ruby>の協力<ruby>協力<rt>きょうりょく</rt></ruby>をぬきにしては、私<ruby>私<rt>わたし</rt></ruby>は何一<ruby>何一<rt>なにひと</rt></ruby>つできなかったと言<ruby>言<rt>い</rt></ruby>えるだろう（可以說如果沒有妻子的幫助，我什麼事也做不成吧）。

… ぬきに

用法 「ぬき」是「ぬく」的名詞形式,「に」是格助詞。該句型接在名詞後面,同可能態否定式謂語相呼應。

✿表示沒有前項的事物,就不能實現後項的情況,相當於漢語的「沒有…就不可能…」。

◊ 資金援助ぬきに研究を続けることは不可能だ(在沒有資金援助的情況下繼續進行研究是不可能的)。

◊ 今度の実験の成功は皆さんのご協力ぬきにはなかなかできない(這次試驗的成功沒有大家的協助是不可能實現的)。

◊ この企画の実施は社長の支持抜きに語れない(這項計畫的實施沒有總經理的支持,就無從談起)。

… ぬく

用法 「ぬく」是結尾詞,接在動詞的「ます」形後面構成五段複合動詞。

✿①表示經受了多種痛苦、挫折,堅持做完了一切必做的事情或其過程,相當於漢語的「…到最後」「一直到底」。

◊ 歯を食いしばってゴールまで走りぬいた(咬緊牙關,一直跑到了終點)。

◊ これは私たちが十分に考えぬいて出した結論だ(這是我們經過充分考慮後得出的結論)。

◊ 一度始めたからには、あきらめずに最後までやりぬこう(既然開始做了,就不要放棄一直做到底吧)。

✿②表示程度很高,相當於漢語的「非常」「完全」「十分」。

◊ 彼は幼い子供を失ったことを悲しみぬいて、自分の命を絶ったという(據說他失去幼子後極其傷心,並結束了自己的生命)。

◊ 彼はこのことには弱りぬいていた(他對這件事情一籌莫展)。

◊ 彼は酒を四十年も造り続けてきたので、酒造りのことは知りぬいている(他釀了40年的酒,所以對釀酒非常了解)。

… ぬばかり(に)

用法「ぬ」是文語完了助動詞,在口語中可以發生音便為「ん」。「ばかり」是副助詞。「に」是格助詞,有時可以省略。該句型接在動詞的「ない」形後面,在句

中做狀語。「サ變」動詞「する」接「ぬ(ん)ばかりに」時，要用「せぬ(ん)ば
かりに」的形式。「ぬ(ん)ばかりの」可以修飾後面的名詞做定語。「ぬ(ん)ば
かりだ」用以結句，做謂語。

✽表示某一狀態眼看就要出現，相當於漢語的「快要…」「幾乎要…」「馬上就
要…」。

◊ 泣かぬばかりに懇願した(幾乎要哭出來地懇求)。

◊ 志望學校に受かった山田さんは飛び上がらんばかりに喜んだ(山田同學考
上了自己志願的學校，高興得要跳起來了)。

◊ おまえは馬鹿だと言わぬばかりの顔をした(那副表情好像馬上就要說「你是
混蛋」)。

◊ 失望せんばかりの時、いいニュースが耳に入った(在快要絕望的時候，傳來
了好消息)。

◊ その話しを聞いて、鈴木さんはかんかんに怒らぬばかりだった(聽到這句
話，鈴木先生幾乎要大發雷霆)。

… ぬまに

用法 「ぬ」是文語否定助動詞「ず」的連體修飾形。「ま」是名詞，可以寫成
「間」。「に」是表示時間的格助詞。該句型接在動詞的「ない」形後面，是一種
慣用句式的固定表達方式。「サ變」動詞「する」接「ぬまに」時，要用「せぬま
に」的形式。

✽表示當某物不存在或事情不做的時候，相當於漢語的「在不…之時」「在沒…
的時候」。

◊ 鬼のいぬまに洗濯(閻王不在，小鬼當家)。

◊ 知らぬまにこんなに遠くまで來てしまった(不知不覺來到了這麼遠的地
方)。

ね

… ねばならない

用法　「ね」是否定助動詞「ぬ」的假定形。「ば」是表示假定的接續助詞。「ならない」是五段自動詞「なる」的否定式。該句型接在動詞的「ない」形後面，是「なければならない」的書面語形式。不過，當接在「サ變」動詞「する」後面時，要用「せねばならない」的表達形式。

❋表示不這樣做不行，相當於漢語的「必須」「一定要」。

◊レポートは金曜日までに出さねばならない (報告必須在週五前交)。

◊非は向こうにある。私が頭を下げねばならないような筋合いはない (是對方不對，我沒有理由必須低頭認錯)。

◊平和の実現のために努力せねばならない (必須為實現和平而努力)。

… ねばならぬ / ねばならん

用法　「ね」是否定助動詞「ぬ」的假定形。「ば」是表示假定的接續助詞。「ぬ」是文語否定助動詞「ず」的連體修飾形，在現代日語口語中發生音便為「ん」。該句型接在動詞的「ない」形後面。不過，當接在「サ變」動詞「する」後面時，要用「せねばならない」的表達形式。「…ねばならぬ」和「ねばならん」可以互換，都屬於書面語表達。

❋是比「ねばならない」更加文語化的表達方式。相當於漢語的「必須」「一定要」。

◊我々としても、反省せねばならぬ点は多々ある (作為我們來說，也有很多必須反省的地方)。

◊一人の国民として、自分の国のことをよく考えねばならん (作為一個國民，必須好好思考自己國家的事情)。

◊産地から直送させねばならんところだが、どうもそうもいかん (本來必須讓其從產地直接運送過來，但實在辦不到)。

…の（格助詞）

用法　①「の」是主格助詞，接在謂語較短的主謂短語做定語修飾後面的名詞（不包括形式名詞）後面，代替格助詞「が」。　✽表示提示主語，不用翻譯。

◊ 春は花の咲く季節だ（春天是花開的季節）。

◊ 田中さんはあの背の高い人だ（田中是那個個子高的人）。

◊ 彼のかいたえはすばらしい（他畫的畫太棒了）。

用法　②「の」是格助詞，接在名詞、副詞或其他助詞後面，使前面的部分成為定語。有時後面的名詞可以省略。

✽表示所有、所屬、內容、場所、目的、手段、原因、數量、時間、對象、材料、同格等，相當於漢語的「的」，很多場合需要靈活翻譯。

◊ これは私の財布じゃないか（這不是我的錢包嗎）。

◊ それらは全部学校の財産ですか（那些都是學校的財產嗎）？

◊ 世界歴史の授業が好きだ（我喜歡上世界歷史課）。

◊ 雪のような白さだ（像雪一樣白）。

◊ ラーメンなら、駅前のそば屋のが安くて美味しいよ（拉麵的話，車站前面的麵館的又便宜又好吃）。

◊ 上の引き出しに判子がある（上面的抽屜裏有印章）。

◊ 私は心からのもてなしを受けた（我受到了熱情的款待）。

◊ 予防の注射が必要だ（有必要打預防針）。

◊ 勝利の喜びでなみだが流れた（由於勝利的喜悅而流下眼淚）。

◊ 大体の人は何か趣味を持っている（一般人都有某種愛好）。

◊ この電車は午ご前六時の新潟行き急行です（這趟電車是早晨6點開往新潟的特快）。

◊ 事態の収拾には時間がかかった（花了很長時間處理這個事情）。

◊ 野菜の水餃子が食べたい（我想吃蔬菜水餃）。

◊ 留学生の田中さんはとても明るい（留學生田中很開朗）。

用法　③「の」是形式體言，接在用言的連體修飾形後面，後續助詞。　✽將某一

個用言或句子當做體言，使之成為主語、賓語、對象語等，一般不譯出來。

◊ 交通が便利なのがいい（交通方便好）。

◊ 海外留学に行くのをやめた（我放棄了去海外留學）。

◊ 青いのが好きだ（我喜歡藍色的）。

用法 ④「の」是形式體言，接在用言的連體修飾形後面，後續斷定助動詞「だ」。體言用「な＋のだ」的形式。在口語中，「の」發生音便為「ん」。

✽表示說明、解釋事實、理由、根據，或表示強調，需要靈活翻譯。

◊ どうしても万里の長城を登りに行くのだ（無論如何也要去爬一下萬里長城）。

◊ その日は、わたしは会社に遅れなかったのだ（那天，我去公司上班並沒有遲到）。

◊ 私は電子辞書がほしいのだ（我想要一個電子詞典）。

◊ 小林さんは野球が上手なのだ(小林棒球打得是好)。

◊ 西原さんはひどい風邪なのだ（西原得了重感冒）。

… の（終助詞）

用法 接在名詞或形容動詞詞幹加「な」或「だった」、動詞和形容詞的普通體後面。該用法主要是婦女或兒童用語。為了加強語氣，可以和終助詞「よ」或「ね」連用。

✽位於句末，表示委婉的斷定、感嘆、親切的追問、命令等，需要靈活翻譯。

◊ そこが私の育った所なの（那裏是我生長的地方）。

◊ 私もそれが大好きなの（我也很喜歡那個）。

◊ あのうわさ、やっぱり本当だったの（那個傳言果然是真的）。

◊ どこで買ったの（在哪裏買的）？

◊ まだ痛いの（還疼嗎）？

◊ ねえ、どうしたのよ（我說，你怎麼了）？

◊ ご飯は黙って食べるの（吃飯時不許說話）。

（體言）のあげく（に）

用法 「の」是格助詞，「あげく」是名詞。「に」是格助詞，有時常常省略。該句型接在名詞後面，多用於消極的場合。

✽表示後項是前項的狀態持續以後的結果，相當於漢語的「…到後來」「最終」

「最後」。

◊ 長い 間 苦労のあげく、とうとう 病 床 に倒れてしまった（由於長期勞累，最終病倒了）。

◊ 無理な練 習 のあげく、健康を害してしまった（過度的練習最終損害了健康）。

◊ いろいろな出来事のあげくに、二人が殺された（發生了很多事情，最後兩個人被殺了）。

… のあまり（に）

用法　「の」是格助詞，「あまり」是名詞。「に」是表示原因的格助詞，有時常常省略。該句型接在名詞後面。

✿接在表示感情、狀態的名詞後面，表示其極端的程度，以至引起了後項的消極結果。相當於漢語的「過度…」「過於…」「太…」。

◊ 母は悲しみのあまり、病 の 床 についてしまった（母親由於過度悲傷，病倒在了床上）。

◊ 忙 しさのあまり、友達に電話するのを忘れた（由於太忙，忘了給朋友打電話）。

◊ 彼は 驚 きのあまりに、手に持っていた茶碗を落としてしまった（他由於過度吃驚，手裏的飯碗掉到了地上）。

… の至り

用法　「の」是格助詞，「至り」是五段動詞「至る」的名詞形式。該句型接在名詞後面，只用於正式的、鄭重的場合。

✿表示達到極至，處於最高狀態，相當於漢語的「無比」「非常」「之極」。

◊ 憧 れの女優に握手してもらって、もう感激の至りだ（和崇拜的女演員握了手，真是無比激動）。

◊ ノーベル 賞 をいただき光栄の至りです（得到諾貝爾獎，感到光榮至極）。

◊ こんなに親切にしていただき、恐 縮 の至りです（受到如此熱情的接待，非常過意不去）。

… の上で（は）

用法　①「の」是格助詞，「上」是名詞，「で」是格助詞。「は」是副助詞，可以省

略。該句型接在表示數據、圖紙等的名詞後面。

✿表示根據前項的訊息，相當於漢語的「在…上」「根據…」。

♢暦の上ではもう春だというのに、まだまだ寒い日が続いている（日曆上已經是春天了，可是寒冷的天氣仍然持續著）。

♢データの上では視聴率は急上昇しているが、周りの人に聞いても誰もそんな番組は知らないと言う（從數據上來看收視率急劇上升，可是問問周圍的人，都說不知道這個節目）。

♢間取りは図面の上でしか確認できなかったが、すぐにそのマンションを借りることに決めた（雖然只是在圖紙上確認了一下房間佈局，但馬上就決定租那間公寓）。

用法　②「の」是格助詞，「上」是名詞，「で」是格助詞。「は」是提示助詞，可以省略。該句型接在名詞後面。

✿表示在某個方面，相當於漢語的「…上」「…方面」。

♢文法の上では問題はない（語法上沒有問題）。

♢我々は原則の上で譲歩することはできない（我們在原則方面不能讓步）。

♢彼は見かけの上では、健康な人と変わらないが、不治の病に冒されているのだそうだ（他在外表上和健康的人沒有兩樣，但據說得了不治之症。）

用法　③只用「…の上で」的形式，接在含有動詞性質的名詞後面。

✿表示在前項的基礎上做後項的事情，相當於漢語的「…之後」。

♢熟考の上で返事する（仔細考慮之後再回答）。

♢どの大学を受験するかは、両親との相談の上で決めようと思う（我想跟父母商量之後再決定考哪所大學）。

♢検討の上で、その結果を発表するつもりだ（我想商討之後再公布其結果）。

…のか

用法　①「のか」為終助詞，接在名詞加「な」或「だった」、用言簡體後面，是一種口語表達，要將其讀成降調。

✿表示用略帶吃驚的語氣述說發現事實與自己原來的判斷不同，相當於漢語的「原來」。

♢なんだ、猫だったのか。誰か人がいるのかと思った（什麼嘛，原來是貓啊。我還以為有人在呢）。

♢彼は知っていると思っていたのに。全然知らなかったのか（我還以為他知道

呢，原來他一點兒都不知道啊）。

◊ なんだ。まだ誰も来ていないのか。僕が一番遅いと思ってたのに（原來一個人都還沒來啊。我還以為我來得最晚呢）。

◊ 妹さんはこんなにきれいだったのか（原來你妹妹這麼漂亮啊）。

用法 ②「のか」為終助詞，接在名詞加「な」或「だった」、用言簡體後面，是一種口語表達。要將其讀成上升的語調。

✿表示向對方提出問題或徵求對方的確認，相當於漢語的「…嗎」。

◊ これはあなたのかばんなのか（這是你的包嗎）？

◊ どうすればいいのか（怎麼辦好呢）？

◊ 朝の5ご時？そんなに早く起きるのか（早上5點？要那麼早起嗎）？

◊ 君は娘に恋人がいたことも知らなかったのか（你連女兒有了戀人都不知道嗎）？

◊ 君は田中さんのことが好きなのか（你喜歡田中嗎）？

用法 ③「の」是形式體言，「か」是表示不定的副助詞。該句型接在名詞加「な」或「だった」、用言連體形後面。

✿表示不確定的原因或理由，相當於漢語的「可能因為…」「可能是…」。

◊ 今日は休みなのか、部屋には一人もいない（可能因為今天放假吧，房間裏一個人也沒有）。

◊ 風邪を引いたのか、寒気がする（可能是感冒了吧，身上發冷）。

◊ 今日は特別に早かったのか、教室にはまだ誰の姿も見えない（可能因為今天來得特別早，教室裏一個人也沒有）。

… のかぎり

用法 「の」是格助詞，「かぎり」是五段自動詞「かぎる」的名詞形式，可以寫成「限り」。該句型接在名詞後面。

✿表示達到最高限度，盡其所有一切，相當於漢語的「竭盡…」「盡…」。

◊ 力のかぎり戦ったのだから負けても悔いはない（已經盡全力去戰鬥了，所以即使輸了也沒有悔恨）。

◊ 悪事のかぎりを尽くす（幹盡了壞事）。

◊ 選手たちは命の限り戦ったが、惜しくも敗れてしまった（選手們拼命苦戰，可惜還是輸了）。

◊ あの大統領は、権力の絶頂にあった頃ぜいたくのかぎりを尽くしてい

たそうだ (聽說那個總統在其權利頂峰時，曾竭盡奢華之能事)。

… のが好きだ / … のが大好きだ

用法 「の」是形式體言，「が」是表示對象的格助詞，「好きだ」和「大好きだ」都是形容動詞。這兩個句型都接在用言的連體修飾形後面。其中，「… のが大好きだ」比「… のが好きだ」在喜歡的程度上更深一層。

✿表示喜歡某件事或喜歡做某件事，相當於漢語的「喜歡」「很喜歡」。

◊ 海で泳ぐのが好きだ (我喜歡在海裏游泳)。

◊ 一人で図書館で本をよむのが好きだ (我喜歡一個人在圖書館讀書)。

◊ 自分で料理を作るのが大好きだ (很喜歡自己做菜)。

◊ 友達と一緒に旅行するのが大好きだ (很喜歡和朋友一起旅行)。

… の極み

用法 「の」是格助詞，「極み」是名詞。該句型接在有限的名詞後面。一般它用於書面和鄭重的會話中。

✿表示一種極度、最高的狀態，相當於漢語的「… 之極」「最 …」「無比 …」。

◊ この世の幸せの極みは子や孫に囲まれて暮らすことだという人もいる (也有人說，世上最大的幸福就是生活在一群兒孫當中)。

◊ 不眠不休で子供を看護をした母も、とうとう疲労の極みに達した (母親不眠不休地看護孩子，終於到達了疲勞的頂點)。

◊ 資産家の一人息子として、贅沢の極みを尽くしていた (作為資本家的獨生兒子，他極盡奢侈之能事)。

… のこと

用法 「の」是格助詞，「こと」是名詞。該句型接在名詞後面。

✿表示對於某一事物，不是將其作為一個單獨的個體，而是將其周圍的各種情況以及對其的回憶、聲音，甚至氣味等都混合在一起，作為一個綜合體來看待。多用於表示感覺、思考、感情、語言活動等動詞的對象，需要靈活翻譯。

◊ あなたのことは一生忘れない (我一輩子也忘不了你)。

◊ パーティーのこと、もう山田さんに言った? (晚會的事你對山田說了嗎)?

◊ あの人と話をすると、国の母のことを思い出す (一和那個人說話，就會想起身在祖國的母親)。

◊ 私 のこと、好き？(喜歡我嗎)？

… のことで

用法 「の」是格助詞,「こと」是名詞。「で」是格助詞。該句型接在名詞後面,與「質問する・話す」等與語言活動有關的動詞一起使用,在句中起副詞作用。主要用於開始陳述理由、講解情況等場合。

✽表示就某一事項進行陳述,相當於漢語的「關於…」。

◊ 先生、レポートのことで、ご相談したいことがあるんですが(老師,關於書面報告的事想跟您商量一下)。

◊ さっきのお話 のことで質問があるんですが(關於剛才您說的話,我有個問題)。

◊ 君が昨日出した企画書のことで、課 長 が 話 があるそうだよ(聽說關於你昨天提出的計畫書,科長要找你談談)。

疑問詞 … のだ(表示疑問)

用法 「の」是形式體言,「だ」是斷定助動詞。該句型接在疑問詞加「な」、用言連體修飾形後面。

✽表示要求自己或聽者就某個問題作出說明,相當於漢語的「… 呢」。

◊ こんな馬鹿げたことを言い出したのは誰なのだ(說出這種混賬話的是誰呢)？

◊ 彼は 私 を避けようとしている。いったい 私 の何が気に入らないのだ(他總是躲著我,到底是不喜歡我什麼呢)？

◊ 彼女はいったいいつ来るのだ(她到底什麼時候來呢)？

… のだ

用法 「の」是形式體言,「だ」是斷定助動詞。該句型接在名詞加「な」、用言連體修飾形後。口語中,可以用「…んだ」的表達形式。

✽①用於說明一件事情的原因或理由,對其進行解釋,相當於漢語的「因為」。

◊ 昨日は学校を休んだ。頭 が痛かったのだ(昨天沒去學校,因為頭痛)。

◊ お母さん、お金をください。物が買いたいのだ(媽,給我點兒錢,因為我想買東西)。

◊ 道路が 渋 滞している。きっとこの先で工事をしているのだ(道路堵塞,一定是前面在施工)。

◊ 妙子は私のことが嫌いなのだ。だって、このところ私を避けようとしているもの（妙子一定是討厭我，因為她最近總是躲著我）。

✿②表示說話人為了說服他人而堅持自己的強硬主張或表示決心。相當於漢語的「…是…的」。

◊ これはお前にやるのだ（這是給你的）。

◊ 誰がなんと言おうと、私の意見は間違っていないのだ（不管誰說什麼，我的意見是沒錯的）。

◊ やっぱりこれでよかったのだ（果然是這樣為好）。

✿③表示命令對方做某事。需要靈活翻譯。

◊ さっさと帰るのだ（快點回去）。

◊ お客さんの前で行儀よくするのだよ（在客人面前要有禮貌哦）。

◊ 勉強するのだ（該學習啦）。

… のつもりだ

用法　「の」是格助詞，「つもり」是名詞。該句型接在體言後面，用於結句。其連用修飾形為「…のつもりで」。

✿表示自己或他人是這樣想或這樣認為的，但是這種想法不一定與事實相符，相當於漢語的「以為…」「當成…」。

◊ ミスが多かったが、今日の試合は練習のつもりだったからそれほど気にしていない（雖然失誤很多，但我們只是把今天的比賽當成練習，所以並不十分在意）。

◊ 軽い冗談のつもりだったのに、彼はそれを本気にして怒り出した（我本來以為只是開了一個小小的玩笑，可是他卻當真並生氣了）。

◊ 自分では一人前のつもりでいるようだが、私から見ればまだ半人前のひよっこだ（雖然他認為自己已經能夠獨當一面了，但在我看來他還是一個不成熟的小毛孩）。

◊ なによ、あの人、女王のつもりかしら（什麼呀，她以為自己是女王啊）。

… ので

用法　「ので」是接續助詞，接在名詞、形容動詞詞幹加「な」、動詞和形容詞的簡體或敬體後面。後項一般為已經成立或確實成立的事，不能用命令、推測、禁止等主觀性強的表達方式。語氣較柔和，女性比較常用。在口語中，有

時也用「んで」的形式。

✽表示前項的某種客觀原因造成了後項的結果，強調的重點在後項，相當於漢語的「因為…」「因…」。

◊ まだ未成年なので、お酒は飲めない（因為尚未成年，所以不能喝酒）。

◊ ここが不便なので、引っ越すことにした（因為這裏不方便，所以決定搬家）。

◊ 雨が降りそうなので試合は中止する（因為好像要下雨了，所以比賽中止）。

◊ 風が強いのでほこりがひどい（因為風大，所以漫天灰塵）。

◊ ストライキで電車が止まったので遅れた（因為罷工，火車不開了，所以遲到了）。

◊ A：これからお茶でもどうですか（接下來去喝點茶怎麼樣）。

B：すみません、ちょっと用事がありますので（對不起，我有點兒事）。

… のではない

用法 「の」是形式體言，「ではない」是簡體「である」的否定式。該句型接在動詞原形後面。在口語中，常說成「…んじゃない」的形式。

✽表示命令對方不要做某事，相當於漢語的「不要」「不許」。

◊ そんな根も葉もないことを言うのではない（不要說那種無憑無據的話）。

◊ 生水を飲むのではないよ（不許喝生水哦）。

◊ もう中学生になったのだから、遊んでばかりいるのではない（已經是初中生了，不要光顧著玩）。

… の … ないの

用法 ①「の」是表示併列的副助詞，接在動詞或形容詞原形後面。「ない」接在動詞「ない」形或形容詞「く」後面。多使用「…の…ないのと」的表現形式。

✽舉出具有對比性的內容，表示截然相反的兩種選擇，相當於漢語的「…啦，不…啦」。

◊ 行くの行かないのと言い争っている（在爭論著去還是不去）。

◊ 結婚したいのしたくないのとわがままを言う（一會兒說想結婚啦，一會兒說不想結婚啦，盡說些任性的話）。

◊ 会社を辞めるの辞めないのと悩んでいた（辭不辭去公司的工作，很苦惱）。

用法 ②「の」是表示併列的副助詞，接在動詞或形容詞原形後面。「ない」接在動詞「ない」形或形容詞「く」後面。多使用「…の…ないのって」的表現形

式，屬於通俗的口語表達。

✿表示程度很高，相當於漢語的「太…」「…極了」「…死了」。

◊痛いの痛くないのって、思わず大声で叫んじゃったよ（疼死了，不禁大聲叫了起來）。

◊驚くの驚かないのって、てっきり女と思っていたのに、なんと男だったんだ（太吃驚了，我以為肯定是女的，沒想到是個男的）。

◊寒いの寒くないのって、耳を切るほどだよ（凍死了，簡直都要把耳朵凍下來了）。

… のなか

用法　「の」是格助詞，「なか」是名詞，可以寫成「中」。該句型接在名詞後面。

✿表示在某個空間、範圍之內，相當於漢語的「…之中」「…裏」。

◊部屋のなかには誰がいるの（房間裏有誰）？

◊かばんのなかから本を取り出す（從包裏拿出書）。

◊箱のなかへ入れる（放入箱中）。

◊他人の心のなかは外からは見えない（別人的內心世界從外面是看不見的）。

… のなかで（は）

用法　「の」是格助詞，「なか」是名詞，可以寫成「中」。「で」是表示範圍的格助詞。「は」是副助詞，有時可以省略。該句型接在體言之後，後項一般含有「もっとも」「一番」等表示最高級的副詞。

✿表示在3個或3個以上的人或事物的範圍，相當於漢語的「在…中」。

◊ぎょうざは中華料理のなかでもっとも好きなものの一つだ（在中國菜中，餃子是我最喜歡吃的東西之一）。

◊横山さんはクラスのなかでもっとも背が高い人だ（横山同學是班上個子最高的人）。

◊三人兄弟のなかでは、次男が一番優秀だ（在兄弟3人中，二兒子最優秀）。

◊ワインとビールと日本酒の中で、ワインが一番好きだ（在紅酒、啤酒和日本酒中，最喜歡紅酒）。

… の名において

用法　「の」是格助詞，「名」是名詞。「において」是詞團。該句型接在名詞後

面，一般用於書面語表達。

✽表示以某種堂而皇之的理由做某事，相當於漢語的「以…的名義」「打著…的旗號」。

◊ 愛国の名において、移民を排斥する（打著愛國的旗號，排斥移民）。

◊ 会員は協会の承認を得なければ、協会の名において資金を支出することができない（會員如果沒有得到協會的批准，就不能以協會的名義支出現金）。

◊ 本研究会の決算は、会長の名において会員に報告しなければならない（本研究會的決算必須以會長的名義向會員報告）。

… のに

用法　①「のに」是接續助詞，接在名詞加「な」或「だった」、用言的連體修飾形後面。

✽表示逆態接續，前後項是已經確定的事實，而後項往往帶有意外、不滿、埋怨等語感，相當於漢語的「可是」「卻」。

◊ もう夜中なのにまだ帰っていない（已經半夜了，然而還沒回來）。

◊ 今晩中に電話するつもりだったのに、うっかり忘れてしまった（本來打算今晚打電話的，可是不小心忘了）。

◊ 家が近いのによく遅刻する（家近卻老是遲到）。

◊ 雨が降っているのに出かけていった（下著雨卻出門了）。

◊ 合格すると思っていたのに、不合格だった（本以為能及格，誰知不及格）。

◊ あの中国人は日本語は上手なのに、英語はうまくない（那個中國人日語說得很好，可是英語不行）。

用法　②「のに」是終助詞，接在用言的簡體後面，多用於口語表達。

✽表示事與願違時的遺憾、惋惜、後悔、責備、不滿等心情，相當於漢語的「卻…」「可是…」。

◊ 注意しておいたのに（事先提醒他了，可是…）。

◊ 絶対来るとあんなに固く約束したのに（說得好好的一定會來，可是…）。

◊ この部屋がもう少し広ければいいのに（這個房間要是再大點就好了）。

◊ 勤務時間さえ合えば、この仕事は私にぴったりなのに（只要上班時間合適的話，這項工作對我來說是再合適不過的，可是…）。

用法　③由形式體言「の」加上格助詞「に」構成，接在動詞原形後面。

✿表示目的，前項為意志性動詞，後項表示說話人的評價，或者為達到目的所做的動作或必須的條件，相當於漢語的「用於…」「為了…」。

◊この部屋は静かで勉強するのにいい（這個房間很安靜，用於學習不錯）。

◊宿題をやるのに二時間かかった（花了兩個小時用於做作業）。

◊暖房は冬を快適に過ごすのに不可欠だ（為了舒適地渡過冬天，暖氣是不可缺少的）。

◊学校へ通うのにバスを利用している（我坐公共汽車去學校）。

… の … のと（言って）

用法 「の」是表示併列的副助詞，「と」是表示內容的格助詞。「言って」是五段動詞「言う」的連接式，有時可以省略。該句型接在動詞或形容詞普通體、形容動詞原形後面。

✿表示舉出同類事物為例，多為說三道四地發牢騷，相當於漢語的「說…啦…啦」。

◊頭が痛いの気が進まないのと言っては、誘いを断っている（他每次都說頭疼啦，沒什麼心情啦什麼的，拒絕了邀請）。

◊腹がへったの喉が渇いたのと言い出す人は一人もいなかった（沒有一個人說肚子餓啦口渴啦之類的話）。

◊形が気に入らないの色が嫌いだのと、気難しいことばかり言っている（淨說些什麼款式不中意啦顏色不喜歡啦之類的難伺候的話）。

… のは … おかげだ

用法 「の」是形式體言，「は」是提示助詞。「おかげ」是名詞，可以寫成「お陰」。「のは」接在用言連體修飾形後面，「おかげだ」接在名詞加格助詞「の」、用言連體修飾形後面。

✿這是一種因果倒裝的表達句式。前項是結果，後項是造成這項結果的直接原因。內容大多是受益的，如果是消極的內容，則帶有挖苦、責備的語感。它相當於漢語的「之所以…是因為」「多虧…」「都怪…」。

◊頭痛が治ったのはこの薬のおかげだ（頭痛好了，多虧了這種藥）。

◊今年の冬は風邪を一度も引かなかったのは、毎日冷水浴をしているおかげだ（今年冬天之所以一次都沒有感冒是因為我每天都洗冷水澡）。

◊先生に叱られたのはお前のおかげだ（都怪你，我才會被老師罵）。

… のは … からだ

用法 「の」是形式體言，「は」是提示助詞。「から」是表示原因的接續助詞。「のは」接在用言連體修飾形後面，「からだ」接在用言簡體後面。

✿ 前項給出結果，後項說明原因，是一種因果倒裝的表達句式，相當於漢語的「之所以 … 是因為 …」。

◊ 飛行機の到着が遅れたのは天気が悪かったからだ（飛機之所以晚點是因為天氣不好）。

◊ 今日眠いのは、ゆうべ遅くまでテレビを見ていたからだ（今天犯困是因為昨晚看電視看到很晚）。

◊ 旅行に行かないのは、お金がないだけでなく、暇もないからだ（之所以不去旅遊，是因為不僅沒錢，也沒時間）。

◊ 僕が君を叱るのは、君に期待しているからだ（我之所以責罵你，是因為對你有所期待）。

… のは … せいだ

用法 「の」是形式體言，「は」是提示助詞。「せい」是名詞。「のは」接在用言的連體修飾形後面，「せいだ」接在名詞加「の」、用言的連體修飾形後面。

✿ 這是一種因果倒裝句，前項是令人不滿的結果，後項是導致該結果的原因，相當於漢語的「… 是由於 …」。

◊ 頭がふらふらするのは熱のせいだ（頭暈是由於發熱的緣故）。

◊ 試合に負けたのは私がミスをしたせいだ（比賽輸了是由於我的失誤）。

◊ ハイキングが延期したのは雨のせいだ（郊遊延期了是因為下雨）。

… のは … ためだ

用法 「の」是形式體言，「は」是提示助詞。「ため」是名詞。「のは」接在用言的連體修飾形後面，「ためだ」接在名詞加「の」、用言的連體修飾形後面。

✿ 前項給出結果，後項說明原因，是一種因果倒裝句，相當於漢語的「之所以 … 是因為 …」。

◊ そのビルが強盗に入られたのは警備員を雇っていないためだ（那座大樓之所以進了強盜是因為沒雇保安）。

◊ あくびが出るのは睡眠不足のためだ（之所以打呵欠是因為睡眠不足）。

◊ 彼が国に帰った<u>の</u>は、子供たちに会う<u>ため</u>だ（他回國是為了見孩子們）。

… のはむりもない / … のもむり（は）ない

用法 「の」是形式體言，「は」是提示助詞。「むりもない」是一個短語。該句型接在用言連體修飾形後面，可以同「…のもむり（は）ない」互換。

✿表示在某種條件下，出現某種過分的事情也是理所當然的，相當於漢語的「也難怪」「合乎情理」「理所當然」。

◊ 急に後ろから肩を叩かれたから、びっくりする<u>のはむりもない</u>（突然被人從後面拍了一下肩膀，吃驚是理所當然的）。

◊ 趣味はないから、一人のとき退屈な<u>のはむりもない</u>（因為沒有什麼興趣愛好，所以也難怪一個人的時候會覺得無聊）。

◊ こんなに似ているのだから、間違える<u>のもむりはない</u>（這麼相似，也難怪會弄錯）。

◊ あんなに遊んでばかりいては成績が悪い<u>のもむりはない</u>（那樣光是玩的話，成績不好也是理所當然的）。

… のは … ゆえだ

用法 「の」是形式體言，「は」是提示助詞。「ゆえ」是名詞。「のは」接在用言的連體修飾形後面，「ゆえだ」直接接在名詞後面。該句型一般用於書面語表達。

✿表示在很困難的情況下還要去做某事的原因，相當於漢語的「…是因為…」。

◊ 死の危険を冒して犯人を捕まえた<u>のは</u>警察の使命感<u>ゆえだ</u>（冒著死亡的危險抓住犯人是因為有警察的使命感）。

◊ 命をかけても冬山登山に行く<u>のは</u>冬山の魅力<u>ゆえだ</u>（拼命也要去爬冬天的山是因為它太有吸引力了）。

… のまえに /（動詞原形）まえに

用法 「の」是格助詞，「まえ」是名詞，可以寫成「前」。「に」是格助詞。「…のまえに」不僅可以接在具有動詞性質的名詞後面，也可以接在普通名詞的後面。「…まえに」接在動詞原形後面。若表示強調時，可在「…（の）まえに」後面加副助詞「は」。

✿接在動作性詞語後面表示在前項動作發生之前做後項的動作，相當於漢語的「…之前」。接在普通名詞後面，表示空間上的前方，相當於漢語的「在…前

面」「…前面」。

◊ 食事のまえに手を洗いましょう (吃飯前洗一下手吧)。

◊ 授業のまえに先生のところへ行くように言われた (我被告知要在上課之前去老師那裏一趟)。

◊ 私は、夜寝るまえに軽く一杯酒を飲むことにしている (我在晚上睡覺之前要喝一小杯酒)。

◊ 結婚するまえには、大阪の会社に勤めていた (結婚前在大阪的公司工作)。

◊ 駅のまえに大きなマンションが建った (車站前面建起了一棟很大的高級公寓)。

… のみ

用法 「のみ」是文語副助詞，接在體言和助詞後面，是書面語表達，在口語中常用「だけ」或「ばかり」。

✿表示只限於此，相當於漢語的「只」「僅」。

◊ 金のみが人生の目的ではない (人生的目標不僅是錢)。

◊ 静かでただ波の音のみ聞こえる (安靜得只聽得到波濤的聲音)。

◊ 人間にのみ考える力がある (只有人類具有思考能力)。

… のみだ

用法 「のみ」是文語副助詞，「だ」是斷定助動詞。該句型接在名詞和動詞原形後面，用於書面語表達，意思和「だけだ」一樣。

✿表示各種內容和範圍的限定，相當於漢語的「只是」「只有」。

◊ 洪水の後に残されたのは、石の土台のみだった (洪水過後留下的只有石頭做的地基)。

◊ 用意は全部できた。あとは決行するのみだ (全部準備好了，剩下的只有實行了)。

◊ こんな土砂降りでは、あきらめるのみだ (下這麼大的雨，只好放棄了)。

◊ 成功するためには、ひたすら努力あるのみだ (為了成功，只有不停地努力)。

… のみか … (も)

用法 「のみ」是文語副助詞，「か」是副助詞。「のみか」接在名詞、用言連體修飾形後面，同「ばかりか」用法一樣。

✿表示遞進、添加，相當於漢語的「不僅…而且…」。

◊ 空気なくしては、人間のみか、動物も存在しえないのだ（如果沒有空氣，不僅是人類，而且動物也無法生存）。

◊ タイに端を発した金融危機は、近隣諸国のみか、日本にまで波及した（從泰國開始的金融危機不僅波及其鄰近國家，甚至波及了日本）。

◊ 日本語ができるのみか、英語もできる（不僅會說日語，而且會說英語）。

◊ 頭を下げないのみか、最後まで戦おうと頑張っている（不僅不認輸，而且努力戰鬥到底）。

…のみならず（…も）

用法　「のみ」是文語副助詞。「のみならず」相當於「だけではなく」，接在體言、形容詞和動詞連體修飾形、形容動詞詞幹加「である」以及部分助詞後面，是「…だけでなく…も」的書面語表達形式。

✿表示遞進、添加，相當於漢語的「不僅…而且…」。

◊ 環境問題は途上国のみならず、世界の問題である（環境問題不僅是發展中國家的問題，也是世界的問題）。

◊ 彼は頭がよいのみならず、勤勉でもある（他不僅聰明，而且很勤奮）。

◊ 彼の言うとおりにすれば、手間が省けるのみならず、経費も節約できる（照他說的去做的話，不僅能節省時間，而且還能節約經費）。

◊ 鈴木さんは出張先でトラブルを起こしたのみならず、課長への報告も怠った（鈴木不僅在出差地惹了麻煩，而且沒向課長報告）。

◊ 彼はハンサムであるのみならず、優れた才能も持っている（他不僅長相英俊，還擁有卓越的才能）。

◊ 欧米からのみならず、東南アジア、中東などからも大勢の留学生が来日している（很多來日本的留學生不僅來自歐美，而且還來自東南亞、中東等地區）。

…のもと（で）

用法　「の」是格助詞，「もと」是名詞。「で」是格助詞，在非常鄭重的場合可以省略。該句型接在名詞後面，一般用於書面語表達。

✿多表示具體的場所或在受到某種影響的範圍內，後項一般為表示動作的動詞，相當於漢語的「在…之下」。

◊ 電車は星空のもとで走っている（列車在星空下行駛）。

◊ 彼は優れた先生のもとでみっちり基礎を学んだ（他在優秀老師的門下打下了堅實的基礎）。

◊ 各国の選挙監視団の監視のもと、建国以来初の民主的な選挙が行なわれた（在各國的選舉監督團的監督下，進行了建國以來的首次民主選舉）。

…のもとに

用法 「の」是格助詞，「もと」是名詞，「に」是格助詞。該句型接在體言後面，一般用於書面語表達或鄭重的場合。

✿表現條件、前提，後項一般為表示存在或狀態的動詞，相當於漢語的「在…條件下」「在…之下」。

◊ 張 先生のご指導のもとに研 究を続けております（在張老師的指導下，正繼續進行著研究）。

◊ 来週の月曜日に返すという約束のもとに彼にお金を貸した（在說好下週一還的前提下把錢借給了他）。

◊ 開発という名のもとに、森林が伐採され山が削られ、海が埋め立てられている（在開發的名義下，森林被採伐，山被削掉，海被填平）。

◊ 国家の保護のもとに、福祉事業が速やかに進められるようになった（在國家的保護下，福利事業得以迅速發展）。

は

は

用法 ①「は」是提示助詞，有的語法書也將其稱之為系助詞，接在體言的後面。

❀表示提示主題、對比、區別於其他事物。

◊ これはエンジンだ（這是發動機）。

◊ 山田さんは来るが、田中さんは来ない（山田君來，可田中君不來）。

◊ タバコは絶対だめだよ（菸是絕對不行的）。

用法 ②「は」是副助詞，有的語法書也將其稱之為提示助詞，接在助詞或用言連用形後面。

❀表示強調或加強否定語氣。

◊ 強くは要求できない（不能強求）。

◊ 行きはするが、いまは無理だ（去是要去的，但是現在不行）。

◊ すぐにはご返事できない（我不能馬上答覆）。

◊ 私はパイロットではない（我不是飛行員）。

◊ よく知ってはいるが、今言えない（我倒是非常清楚，可是現在不能說）。

…ば（假定）

用法 「ば」是表示假定的接續助詞，接在名詞或形容動詞詞幹加「なら」或「であれ」（接「なら」時「ば」可以省略。「であれ」是比較生硬的書面形式）、形容詞詞幹加「けれ」、動詞假定形後面。

❀表示假定的條件，如果前項成立後項就成立，前後項一般都是未實現的事情，相當於漢語的「如果…」。

◊ もし私が彼の立場なら（ば）、やっぱり同じように考えるだろう（如果我站在他的立場上的話，也會和他想的一樣吧）。

◊ 学生ならば、料金は安くなるか（如果是學生的話，費用會低一點嗎）？

◊ どんな苦境も健康であれば乗り越えられる（不管什麼樣的困境，如果健康的話就可以渡過去）。

◊ もし天気が悪ければ、試合は中止になるかもしれない（如果天氣不好的話，比賽可能會中止）。

◊ 手術をすれば助かるだろう（如果手術的話應該有救吧）。

◊ 田中さんが行かなければ、私も行かない（如果田中不去，我也不去）。

場合

用法　「場合」是名詞，接在名詞加「の」、用言的連體修飾形後面。

✿表示從可能發生的情況中只舉出一種作為問題提出來，相當於漢語的「時候」「情況」。

◊ 雨天の場合は順延する（遇到雨天就順延）。

◊ 学校を休む場合は、必ず先生に連絡してください（不來學校時，請一定要和老師聯繫）。

◊ この契約が成立した場合には、謝礼を差し上げます（這份合同簽訂之後，會給您酬謝的）。

◊ 今はぐずぐずしている場合ではない（現在不是磨磨蹭蹭的時候）。

◊ 炊き上がりがかたい場合には、次回より十パーセント～二十パーセントの水を追加して炊いてみてください（煮好的飯太硬時，下次多加10%~20%的水煮煮看）。

◊ 陸からの救助が困難な場合には、ヘリコプターを利用することになるだろう（在從陸地救援很困難的時候，也許會動用直升機吧）。

場合によっては

用法　「場合」是名詞。「に」是格助詞，「よって」是五段自動詞「よる」的連接式，「は」是副助詞。該句型在句中作為獨立成分使用。

✿表示在某些情況下會發生後項的事情，相當於漢語的「有時」「某些情況下」。

◊ 場合によってはこの契約を破棄しなければならないかもしれない（某些情況下可能必須取消這份合同）。

◊ 審査は通常は三ヶ月、場合によっては半年以上かかることもある（審查一般是3個月，有時要花半年以上）。

◊ 場合によっては、使用料を支払っていただくこともあります（有時會收取使用費）。

場合もある

用法　「場合」是名詞。該句型接在動詞原形後面，有時也可以說「場合があ

る」。

✿表示有發生某種情況的可能，相當於漢語的「有時」「也有 … 的情況」。

◊規則どおりにいかない場合もある (有時會不按規章辦事)。

◊患者の様態によっては手術できない場合もある (根據患者的情況，有時不能做手術)。

◊親の叱りは子供を深く傷つける場合もある (父母的責罵有時會深深地傷害孩子)。

◊都合により、プログラムの一部を変更する場合がある (根據情況，有時會變更部分計畫)。

場合を除いて … ない

用法 「場合」是名詞。「除いて」是五段他動詞「除く」的連接式。該句型接在名詞加「の」、用言的連體修飾形後面，常與後項的否定形式相呼應。

✿用於舉出發生了某種特殊情況，闡述在這種情況下的例外，相當於漢語的「除了 … 時候」「除了 … 情況下」。

◊緊急の場合を除いて、非常階段を使用しないでください (除了緊急的時候，請不要使用緊急出入樓梯)。

◊病気になった場合を除いて、学校を休んではいけない (除了生病，不能不來學校)。

◊病気や怪我など特別な場合を除いて、再試験は行なわない (除了生病、受傷等特殊情況，不予進行補考)。

… ばいい / … ばよい

用法 「ば」是表示假定的接續助詞，「いい」是形容詞，可以同「よい」替換。該句型接在動詞假定形後面。「… ばよい」比「… ばいい」語氣更加鄭重一些。

✿表示勸誘或提議對方採取某種行為方式，相當於漢語的「… 就行」「… 好了」「可以 …」。

◊休みたければ休めばいい (要是想休息的話就休息好了)。

◊お金がないのなら、お父さんに借りればいい (沒錢的話向你父親借好了)。

◊話したいことがあれば、遠慮なしにどんどん話せばよい (有話想說的話，不用客氣，儘管說出來好了)。

◊自分で正当と考えた抗議は、平気ですればよい (自己認為正當的抗議可以鎮靜地提出來)。

…ばいい（のに）/…ばよかった（のに）

用法　「ば」是表示假定的接續助詞，「いい」是形容詞，「のに」是終助詞，用於句末，也可以省略。該句型接在用言假定形後面，可以同「…ばよかった（のに）」替換。但語感略有不同。

✿用於事情實際上沒有發生或現狀與期待不符時，表示說話人的遺憾心情或對聽話人的責備，相當於漢語的「要是…就好了（可惜）」「…該多好」。

◊ 幸子さんもパーティーに出席してくれればいいなあ（幸子也出席晚會該多好）。

◊ もっと家が広ければいいのに（房子要是再大點兒就好了）。

◊ あんな映画、見に行かなければよかった（那種電影不去看就好了）。

◊ 体がもっと丈夫であればよかったのに（身體要再結實點就好了）。

◊ あのことを彼に言わなければよかったのに（要是不對他說那件事就好了）。

…はいざしらず/…ならいざしらず

用法　「は」是提示助詞，「いざしらず」是文語表現。該句型接在名詞後面，可以同「ならいざしらず」替換，相當於現代日語口語的「…はともかくとして」「…は別として」。

✿表示前後項一般陳述的是對比性的事項，後項的事情在程度和特殊性上比前項更高，相當於漢語的「…姑且不談」「…不得而知」。

◊ 昔はいざしらず、今は会社を六つも持つ大実業家だ（以前怎麼樣不得而知，現在是一個擁有六家公司的大實業家）。

◊ 他の人はいざしらず、私はあの人の言うことを信じている（別人怎麼樣姑且不論，我是相信那個人說的話的）。

◊ 子供ならいざしらず、大学生がそんなことも知らないなんて（孩子姑且不談，大學生連那種事都不知道就有點不像話了）。

◊ 専門家ならいざしらず、素人ではこの機械を修理することはできないよ（專家暫且不論，外行人是無法修理這台機器的）。

はおろか…も

用法　「は」是提示助詞，「おろか」是副詞。「も」是副助詞，可以和副助詞「さえ」「まで」「すら」替換。該句型接在名詞（包括形式名詞）後面，多與否定或

消極含義的表達方式相呼應，用於陳舊生硬的文體中，在口語中常用「…どころか」的形式。

✱表示前項的一般情況就不用說了，連後項較極端的事例也不例外，相當於漢語的「別說…就連…也」「不用說…就連…也…」。

◊ お金はおろか、身ぐるみも剥がされた（別說錢了，就連身上的衣服都被扒光了）。

◊ 一万円はおろか、千円も持っていない（別說1萬日元了，就連1千日元也沒有）。

◊ 彼は漢字はおろか平仮名さえよめない（不用說漢字了，就連平假名他也不會讀）。

◊ 腰が痛くて、立ち上がることはおろか、寝ているのさえ辛い（腰疼，不用說站了，就連躺著都難受）。

◊ 定期券はおろか、財布まで忘れた（不用說月票了，就連錢包也忘了帶）。

◊ 今度の天災のために、家財はおろか家まで失ってしまった（由於這次天災，不用說家裏的東西了，就連房子都沒了）。

◊ 発見された時、その男の人は住所はおろか名前すら記憶していなかったという（據說那個男的被發現時，不要說住址了，連自己的名字都不記得了）。

數量詞＋ばかり

用法　「ばかり」是副助詞，接在數量詞後面。

✱表示大致的數量，相當於漢語的「大約」「左右」。

◊ 三日ばかり会社を休んだ（有3天左右沒去公司上班）。

◊ 五分ばかり待ってくれ（等我5分鐘左右）。

◊ この道を百メートルばかり行くと大きな道路に出る（沿著這條路走100公尺左右，就會走到一條大馬路上）。

◊ 来るのは少しばかり遅すぎたようだ（好像來得稍微有點兒晚了）。

…ばかり（限定）

用法　①「ばかり」是副助詞，接在名詞和名詞加助詞的後面。

✱表示除了前項之外沒有別的，用於述說很多同樣的東西、多次重複同樣的事，相當於漢語的「只」「淨」「總是」。

◊ この頃、夜遅く変な電話ばかりかかってくる（最近深夜總是有奇怪的電話打

過來)。

◊ 酒_{さけ}ばかり飲_のむ(淨喝酒)。

◊ 子供_{こども}とばかり遊_{あそ}んでいる(總是和小孩玩)。

◊ 父_{ちち}は末_{すえ}っ子_こにばかり甘_{あま}い(父親總是嬌慣最小的孩子)。

用法 ②「ばかり」是副助詞,接在名詞後面,常用「…ばかりは」的表達形式,是一種生硬的書面語,用於會話中給人以陳舊誇張的感覺。

✿表示強調其他的事暫且不論,唯獨這件事或至少在這個時候,相當於漢語的「只有」「唯有」。

◊ そればかりはお許_{ゆる}しください(唯有這點請您原諒)。

◊ 命_{いのち}ばかりはお助_{たす}けください(請救我一命)。

◊ 今度_{こんど}ばかりは許_{ゆる}せない(只有這次絕不能原諒)。

◊ 他_{ほか}のことは譲歩_{じょうほ}してもいいが、この条件_{じょうけん}ばかりは譲_{ゆず}れない(其他事情上可以讓步,只有這項條件不能讓)。

… ばかりか

用法「ばかりか」是一個詞團,由副助詞「ばかり」和「か」構成。該句型接在名詞、用言連體修飾形後面,常和後項的副助詞「も」「さえ」「まで」「すら」等相呼應。後項一般不接表示命令、禁止的句子。

✿表示後項的程度超過前項,帶有一種遞進的關係,相當於漢語的「不僅…而且…」。

◊ そのうわさは、クラスメートばかりか、先生_{せんせい}にまで広_{ひろ}まっている(那個傳言不僅被班上的人知道了,而且還傳到了老師那裏)。

◊ この頃_{ごろ}彼_{かれ}は遅刻_{ちこく}が多_{おお}いばかりか、授業中_{じゅぎょうちゅう}に居眠_{いねむ}りすることさえある(最近他不僅經常遲到,甚至有時上課還打瞌睡)。

◊ 歩_{ある}けないばかりか、立_たつこともできない(不僅不能走,而且也不能站)。

◊ 私_{わたし}はその交通事故_{こうつうじこ}の現場_{げんば}に居合_{いあ}わせたばかりか、この目_めで見_みたのだ(我不僅在那場交通事故的現場,還親眼目睹了那場事故)。

◊ 薬_{くすり}を飲_のんだが、全然_{ぜんぜん}きかないばかりか、かえって気分_{きぶん}が悪_{わる}くなってきた(喝了藥不僅完全沒有效果,反而難受了起來)。

… ばかりだ

用法 ①「ばかり」是副助詞,「だ」是斷定助動詞。該句型接在動詞原形後面,

用以結句。其中頓形為「ばかりで」。

✿表示事態不斷地向不好的方向發展變化，相當於漢語的「越發…」「一個勁地…」「不斷…」。

◊コンピューターが導入されてからも、仕事は増えるばかりでちっとも楽にならない (使用電腦之後，工作一個勁地增加，一點兒也沒變輕鬆)。

◊毎年物価が上がるので、生活は苦しくなるばかりだ (每年物價都在上漲，生活越發艱苦了)。

◊地球の資源は減るばかりだから、なるべく大切に使おう (地球上的資源不斷減少，讓我們儘量珍惜使用吧)。

用法 ②「ばかり」是副助詞，「だ」是斷定助動詞。該句型接在動詞過去式「た」後面，用以結句。其中頓形為「ばかりで」。其定語形式為「ばかりの」。

✿表示某種動作或行為剛剛結束，相當於漢語的「剛剛」。

◊去年会社に入ったばかりだ (去年剛進公司)。

◊日本に来たばかりで、まだ日本語がよく話せない (剛剛來到日本，還不怎麼會說日語)。

◊今、風呂から上がったばかりだ (剛剛洗完澡)。

◊買ったばかりのテレビはもう壊れた (剛買的電視機就已經壞了)。

用法 ③「ばかり」是副助詞，「だ」是斷定助動詞。該句型接在動詞原形後面。當其後接名詞時，要用「ばかりの」的表達形式。

✿表示所有的準備工作都已經完成，處於隨時可以做某事的狀態，相當於漢語的「只等」「就等」。

◊部品も全部そろって後は組み立てるばかりだ (零件也全部備齊了，就等組裝了)。

◊果樹園のリンゴは赤く実り、収穫を待つばかりだ (果園的蘋果已經結出了紅色的果實，只等採摘了)。

◊料理もできた。ビールも冷えている。後はお客の到着を待つばかりだ (菜也做好了，啤酒也冰上了，就等客人來了)。

◊みんなが出発するばかりの時になって、突然、一人がお腹が痛いと言い出した (就在大家只等出發的時候，突然一個人說肚子疼)。

…ばかりでなく…も

用法 「ばかり」是副助詞。「ばかりでなく」接在名詞、名詞加「である」、用言

連體修飾形後面。後項除了用副助詞「も」以外，還可以用「まで」「さえ」「だって」等。口語中常用「…だけじゃなくて…も」的表達形式。

✿表示前後兩項是追加性的遞進關係，相當於漢語的「不僅…而且…」。

◊彼の名は国内ばかりでなく、広く海外にも知られている（他的名字不僅在國內，而且在國外也廣為人知）。

◊あの人は有名な学者であるばかりでなく、環境問題の活動家でもある（那個人不僅是位有名的學者，而且還是環境保護的積極分子）。

◊今住んでいるアパートは狭いばかりでなく、駅からも遠く不便だから、引っ越すことにした（現在住的公寓不僅狹小，而且離車站也遠，很不方便，所以決定搬家）。

◊自分の研究をするばかりでなく、専門の違う分野の本も読んだほうがいい（不僅要進行自己的研究，最好也要讀一讀其他領域的書）。

◊この花は色がきれいなばかりでなく、香りもとてもいい（這種花不僅漂亮，味道也很好聞）。

… ばかりに

用法　「ばかり」是副助詞，「に」是格助詞。該句型接在名詞加「である」、形容詞原形、動詞過去式簡體後面，後項一般是比較消極的內容。

✿表示就是因為前項的原因，而產生了後項的結果，相當於漢語的「正因為…」「就是因為…」。

◊医者であるばかりに、日曜日でも働かなければならない（正因為是醫生，所以星期天也必須工作）。

◊学歴がないばかりに、いい会社に就職できない（就是因為沒有學歷，所以不能就職於好公司）。

◊とても暑いばかりに、食欲はないのだ（正因為很熱，所以沒有食慾）。

◊油断したばかりに、事故を起こしてしまった（就是因為疏忽大意而引發了事故）。

◊その一問ができなかったばかりに落ちた（就是因為那一題沒做出來，所以落榜了）。

… ばかりの

用法　「ばかり」是副助詞，「の」是格助詞。該句型接在動詞原形後面，多為慣

用的表達方式，是一種書面語表達。

❀表示事物所比喻的程度之甚，相當於漢語的「幾乎…」「簡直…」「就要…」。

◊ 頂上からの景色は輝くばかりの美しさだった (從山頂看到的景色絢麗多彩)。

◊ 透き通るばかりの肌の白さに目を奪われた (眼睛被透明白皙的皮膚吸引了)。

◊ 雲つくばかりの大男が現れた (一個頂天立地的大個子出現了)。

… ばかりになっている

用法 「ばかり」是副助詞。該句型接在動詞原形後面，可以和「ばかりだ」互換。 ❀表示準備已完成，隨時可以進入下一個行動，相當於漢語的「就等…」「只等…」。

◊ 船は出港するばかりになっている (船就等出港了)。

◊ 荷造りも終わり、もう運び出すばかりになっている (行李打包也結束了，就等著將其搬出去了)。

◊ 夕食の支度も終わり、もう食べるばかりになっているのに、子供たちはまだ帰ってこない (晚飯已經準備好，就等著吃飯了，可是孩子們還沒回來)。

… ばこそ (表示否定)

用法 「ば」是文語接續助詞，「こそ」是表示加強語氣的提示助詞。該句型接在五段動詞的「ない」形後面 (接「ある」時用「あらば」的形式)，是文語殘留，只用於書面語和鄭重的場合。

❀表示強烈的否定，相當於漢語的「決不…」「完全不…」。

◊ 押しても突いても動かばこそ (不管是推還是戳，都決不動一下)。

◊ 情け容赦もあらばこそ (毫無情面)。

◊ 他人の意見を聞かばこそ、ますます反抗的になった (完全不聽別人的意見，越來越採取對抗的態度)。

… ばこそ (表示原因)

用法 「ば」是文語接續助詞，「こそ」是表示加強語氣的提示助詞。該句型接在名詞和形容動詞詞幹加「であれ」、動詞和形容詞的假定形後面，多與「のだ」相呼應，用於書面語或鄭重的場合。

❀表示對最根本的原因、理由進行強調，相當於漢語的「正因為…」。

◊ 優れた教師であればこそ、学生からあれほど慕われるのだ（正因為是優秀的老師，才會受到學生如此的愛戴）。

◊ 練習が楽しければこそ、もっとがんばろうという気持ちにもなれるのだ（正因為練習很愉快，才會想再多練一點的）。

◊ 質もいいし、値段も安ければこそ、それを買ってきたのだ（正因為品質好，價格又便宜，所以才把它買了回來）。

◊ 体が健康であればこそ、つらい仕事もやれる（正因為身體健康，所以能做一些辛苦的工作）。

◊ 本をよめばこそ、物の道理が分かるのだ（正因為讀了書，才明白事理）。

◊ あなたのことを思えばこそ、注意しているのだ（正因為替你著想，才提醒你的）。

◊ 愛があればこそ、どんな苦しい生活にも我慢できた（正因為有愛，才忍受了困苦的生活）。

…はさておき

用法　「は」是提示助詞，「さておき」是五段他動詞「さておく」的中頓形式。該句型接在名詞或簡體句後面，含義和「…は別として」差不多，有時也可以用「…はさておいて」的表達形式。

✱表示暫不考慮前項，先談論後項，相當於漢語的「暫且不說」「姑且不論」「先不管」。

◊ この会社では給料の額はさておき、仕事の内容が私には合わない（暫且不說這個公司的工資有多少，工作的內容就不適合我）。

◊ 責任は誰にあるのかはさておき、今は今後の対策を考えるべきだ（先不管責任在誰，現在應該考慮今後的對策）。

◊ 就職するかどうかはさておき、来年卒業できるかどうか心配したほうがいい（暫且不論是否工作的問題，先想想明年能否畢業吧）。

◊ 彼のことはさておいて、君はいったいどうするんだ（他的事暫且不談，你到底怎麼辦）。

…はしない／やしない／もしない

用法　「は」是提示助詞，可以同其他提示助詞「や」和「も」替換。「しない」是「サ變」動詞「する」的否定式。該句型接在動詞「ます」形後面，是動詞「な

い」形的強調用法。

✾表示強烈的否定，相當於漢語的「決不…」「根本不…」。

◊ 話し間違っても、笑われはしない（即使說錯了，也決不會被人笑話的）。

◊ そんな馬鹿なことを僕はやりはしない（那種蠢事我是決不會做的）。

◊ 耳遠くて聞こえやしない（耳背，根本聽不見）。

◊ これではゆっくり食事もできやしない（這下連飯也不能好好吃了）。

◊ ありもしないことを言いふらしてはいけない（不許散布那些根本沒有的事）。

はじめは …（た）が、いまでは …

用法　「はじめは」可以寫成「始めは」，用於句子的開首。「が」是表示轉折關係的接續助詞，接在過去式「た」後面。「が」可以換成「けど」。「いまでは」可以寫成「今では」，用於後項的開首。

✾表示過去和現在兩種情況的對比，前項是過去的情況，後項是現在的情況，相當於漢語的「開始時…，但現在…」。

◊ 始めは慣れなかったが、今ではすっかり慣れた（開始時不習慣，但現在已經完全習慣了）。

◊ 始めは不思議に思ったのだが、いまでは何とも思わなくなった（開始時覺得不可思議，但現在覺得沒什麼了）。

◊ はじめは面白かったが、今ではつまらなくてたまらない（開始時很有意思，但現在極其無聊）。

… はずがない / … はずはない

用法　「はず」是形式體言。該句型接在連體詞、用言連體修飾形後面。「… はずがない」同「… はずはない」用法相同。

✾表示以某種情理、經驗為依據，推斷某件事完全不可能發生。和「… わけがない」意思基本相同。相當於漢語的「不可能」「不會」。

◊ 鍵がない？そんなはずはない。さっき机の上に置いたんだから（鑰匙不見了？不可能，我剛才放在桌子上了）。

◊ そんなことは子供に分かるはずがない（那種事孩子不可能明白的）。

◊ 今頃買いに行っても店に残っているはずがないよ。あれは人気商品なんだから（現在去買的話店裏也不會有剩的了，因為那是搶手貨）。

◊ それほど難しい問題ではないから、君にできないはずがない（題目不是很

難，你不可能不會做)。

◊ 子供でも登れる山だから、危険なはずがない (是座連孩子都能爬上去的山，不會有危險的)。

… はずだ

用法 ①「はず」是形式體言，「だ」是斷定助動詞。該句型接在名詞加格助詞「の」、用言連體修飾形後面，用以結句。

✱ 表示說話人以情理、經驗、習慣、記憶等為依據，判斷事物的發展理應如此，其判斷的根據在邏輯上必須是合乎情理的，相當於漢語的「應該」「按道理來說應該」。

◊ あれから四年たったのだから、今年はあの子も卒業のはずだ (從那以來已經過了4年了，今年那孩子也應該畢業了)。

◊ 星がいっぱい出ているし、明日あしたは晴れるはずだ (有很多星星，明天應該是個晴天)。

◊ 昨日は電話で知らせたから、彼は知っているはずだ (昨天打電話通知過他了，他應該知道)。

◊ 山田さんは今週は東京に行くと言っていたから、明日の会議には来ないはずだ (山田說過本週要去東京，所以明天的會議他應該不會來了)。

◊ 確かここに置いたはずなのに、いくら探しても見当たらない (我記得是放在這裏的，可是怎麼找也找不到)。

用法 ②「はず」是形式體言，「だ」是斷定助動詞。該句型接在用言連體修飾形後面。

✱ 表示說話人原來認為某件事很奇怪或無法理解，但現在發現了能夠解釋該事的原因，因此可以理解了，相當於漢語的「怪不得…」「難怪…」。

◊ さっきから道が妙にすいていると思っていたが、すいているはずだ。今日は日曜日だ (剛才就覺得路上車很少，難怪車輛少，原來今天是星期天)。

◊ こんなにサービスが悪くては、客が来ないはずだ (服務這麼差，怪不得沒顧客來)。

◊ 寒いはずだ。今日は大寒だそうだ (難怪這麼冷。據說今天是大寒)。

◊ お父さんもお母さんもきれいな方だから、娘さんもきれいなはずだ (父母都很漂亮，難怪女兒也漂亮)。

… はずだった

用法 「はず」是形式體言,「だった」是斷定助動詞「だ」的過去式。該句型接在用言連體修飾形後面。在句子中,常用「はずだったが」「はずだったのに」「はずだったけれど」等逆接的形式。

✱表示本來認為會這樣,但是實際發生的事情卻並非如此,多含有說話人意外、失望、後悔等心情,相當於漢語的「本應該 … 但 …」。

◊ 理論上 はうまくいくはずだったが、実際にやってみると、うまくいかなかった(從理論上來說應該行得通的,但真的做起來以後發現行不通)。

◊ 行かないはずだったが、急 に気が変わった(本來應該不去的,但突然改變了主意)。

◊ 初めの計画では、道路はもっと北側を通るはずだったのに、いつの間にか変更されてしまった(最初的計畫中,應該是馬路建得再靠北一些的,但是不知什麼時候被改了)。

◊ そのレストランで 昼 食をする人は少ないはずだったけど、今日はなぜか大勢の人がいた(本來在那家餐廳吃午飯的人應該很少的,但是今天不知為什麼人很多)。

… はずではなかった

用法 「はず」是形式體言,「ではなかった」是「ではない」的過去式。該句型接在名詞加格助詞「の」、連體詞、用言連體修飾形後面。在句子中,常用「こんなはずではなかった」「… はずではなかったのに」的表達形式。

✱表示實際情況與說話人的預測不同時的失望和後悔的心情,相當於漢語的「本來不該」。

◊ 本当は一人りのはずではなかったのだけれど(其實本來不應該是一個人的)。

◊ 彼が来るはずではなかったのに(本來不應該是他來的)。

◊ こんなに高いはずではなかったのに、いつの間に値上がりしたんだ(本來不應該這麼貴的,不知什麼時候漲價了)。

◊ こんなはずじゃなかったのに(本來不該是這樣的)。

… はずみ

用法 「はずみ」是五段自動詞「はずむ」的名詞形式。該句型接在名詞加格助詞

「の」、動詞連體修飾形後面。

✿表示因前一動作或行為的影響而產生了後項的事情，用於發生了預想不到或沒有準備的事情之時，需要根據上下文靈活翻譯。

◊ 衝突のはずみで、乗客は車外にほうり出された（由於撞車的慣性，乘客們被拋到了車外）。

◊ この間は、もののはずみで「二度と来るな」と言ってしまった（前幾天我順口說出了「你不要再來了」這句話）。

◊ 階段を降りるはずみに足を滑らした（要下樓梯的時候腳滑了一下）。

◊ 彼とはふとしたはずみで知り合った（和他是偶然相識的）。

…ばそれまでだ

用法 「ば」是表示假定的接續助詞，「それまで」是一個詞團。該句型接在動詞假定形後面，可以同「…たらそれまでだ」替換。「…たらそれまでだ」接在動詞「て」形後面。

✿表示如果發生前項的事的話，事情的發展就到此結束了，相當於漢語的「如果…的話就完了」「如果…的話就沒用了」。

◊ いくらお金を貯めても、死んでしまえばそれまでだ（不管存了多少錢，人死了的話就沒用了）。

◊ 鍵を三つもつけたといっても、掛け忘れればそれまでだ（雖說裝了3把鎖，但如果忘記鎖的話就沒用了）。

◊ 一度赤ん坊が目を覚ましたらもうそれまでだ。自分のことは何もできない（一旦孩子醒了就完了，自己的事什麼也做不成）。

◊ この機会を逃したらそれまでで、もう二度と彼には会えないだろう（錯過這次機會的話就完了，可能再也見不到他了）。

…ば…だけ

用法 「ば」是表示假定的接續助詞，接在用言假定形後面，「だけ」接在同一用言原形後面。該句型可以同「…ば…ほど」互換。

✿表示一方程度的變化會引起另一方程度相應的變化，相當於漢語的「越…越…」。

◊ 交渉は時間をかければかけるだけ余計にもつれていった（談判時間花得越長，就越變得錯綜複雜起來）。

◊ ピアノは練習すればするだけよく指が動くようになる (越是練習鋼琴，手指頭的動作就越靈活)。

◊ 建物は高ければ高いだけ見晴らしがいい (建築物越高，從上面眺望的景緻就越好)。

◊ 早ければ早いだけいい (越快越好)。

はたして … だろうか / はたして … かどうか

用法　「はたして」是副詞，同表示疑問的「だろうか」和「かどうか」相呼應，是一種書面語的表達方式。「だろうか」接在體言、形容動詞詞幹、形容詞、動詞的簡體形後面。「かどうか」接在體言、形容動詞詞幹和動詞、形容詞的原形後面。

✿表示說話人對事情能否按預想的那樣發展持懷疑態度，相當於漢語的「到底」「究竟」。

◊ この程度の補償金で、はたして被害者は納得するだろうか (這點賠償金，到底受害人能不能接受呢)？

◊ これははたして本物だろうか (這究竟是不是真貨)？

◊ はたして、どのチームが優勝するだろうか (到底哪個隊能奪冠呢)？

◊ はたして誰の言っていることが真実なのだろうか (到底誰說的是真話呢)？

◊ 説明書の通りに組み立ててみたが、はたしてこれでうまく動くものかどうか自信がない (照說明書說的組裝起來了，但是能不能動起來我一點兒自信也沒有)。

◊ 午後から雨が降るというが、はたして降るかどうか (說是下午要下雨，到底會不會下呢)？

… は … です

用法　「は」是提示助詞，接在名詞後面。「です」是斷定助動詞「だ」的敬體。該句型是一個判斷句式。其現在否定式為「ではありません」。

✿表示有待於說明的主題，它相當於漢語的「… 是 …」。

◊ これはハンカチです (這是手帕)。

◊ 世界地図はあれです (世界地圖是那張)。

◊ ここは学校です (這裏是學校)。

◊ 郵便局はそこです (郵局在那裏)。

◊ 私は新入社員です（我是公司的新職員）。

… は … ですか

用法 「は」是提示助詞，接在名詞後面提示有待於說明的主題。「ですか」由判斷助動詞「です」和表示疑問的終助詞「か」複合構成。該句型是一般疑問句的句型。

❋表示疑問或向對方徵求確認，相當於漢語的「… 是 … 嗎？」

◊ あなたは李さんですか（你是小李嗎）？

◊ 郵便局は五時までですか（郵局是5點下班嗎）？

◊ ここは博物館ですか（這裏是博物館嗎）？

◊ 日本料理は美味しいですか（日本菜好吃嗎）？

… は＋疑問詞+ですか

用法 「は」是提示助詞，接在名詞後面提示有待於說明的主題。「ですか」由判斷助動詞「です」和表示疑問的終助詞「か」複合構成，接在疑問詞後面。該句型是一個特殊疑問句的表達形式。

❋表示要求對方就某個問題作出回答，需要靈活翻譯。

◊ このかばんは誰のですか（這個包是誰的）？

◊ 学校は何時からですか（學校幾點開始上課）？

◊ 宿題は何ですか（作業是什麼）？

◊ 一番好きなのはどれですか（最喜歡的是哪個）？

… はというと

用法 「は」是提示助詞，「というと」是一個詞團。該句型接在體言後面。

❋表示將某事作為對比性話題提出，一般可以不譯出。

◊ 両親はのんびり過ごしている。私はというと、毎日馬か牛のようにただ忙しく働いている（父母過得很悠閒。我卻只是每天像牛馬一樣忙碌地工作著）。

◊ ここ十年間で保育所の数は大幅に増えたようだ。しかし、私の地域はというと、まったく増えていない（最近10年托兒所的數量好像有大幅度的增長。可是在我住的地區卻絲毫不見增多）。

◊ 一方、日本人はというと、あっさりした味が好きだ（另一方面，日本人喜歡

清淡的口味)。

… はとにかく（として）

用法　「は」是提示助詞，「とにかく」是副詞。「として」是詞團，有時可以省略。該句型接在體言後面。

✿表示前項與後項相比，後項更重要或應該先做，相當於漢語的「姑且不談」「暫且不說」。

♢見かけはとにかく、味はよい（外觀暫且不說，味道不錯）。

♢あいさつはとにかく、まずは中にお入りください（暫且別忙著打招呼，請您先進去吧）。

♢成績はとにかくとして、明るくて思いやりのあるいい子供だ（成績姑且不談，卻是個活潑開朗、關心他人的好孩子）。

… はともかく（として）/ … ならともかく（として）

用法　「は」是提示助詞，「とにかく」是副詞。「として」是詞團，有時可以省略。該句型接在名詞後面，同「… ならともかく（として）」可以替換。

✿表示暫且擱置或默認前項，而將後項作為談論的中心內容，相當於漢語的「姑且不提」「暫且不論」「先不談」。

♢能力はともかく、もうあの年では勤まらない（能力先不談，年紀已經那麼大了，無法勝任）。

♢費用の問題はともかく、旅行の目的地を決めるほうが先だ（暫且不談費用問題，應該先決定旅遊的目的地）。

♢勝敗はともかくとして、一生懸命に頑張ろう（勝敗暫且不論，我們拼命努力吧）。

♢十代の子供ならともかく、あの年で分別のない話だ（如果是10來歲孩子的話也就算了，但那麼大歲數了還說那種話就沒頭腦了）。

疑問詞＋… ば … のか

用法　「ば」是表示假定的接續助詞，接在用言假定形後面。「のか」接在動詞原形後面。句尾除了用「のか」外，還可以用「のだろう（か）」的表達形式。

✿表示反問，含有一種焦躁、絕望的心情，相當於漢語的「… 才能 … 呢」。

♢いったいどういうふうに説明すれば分かってもらえるのか（到底要怎麼説明

你才能明白呢)？

◊ どれだけ待てば、手紙は来るのか(要等多久才能收到信啊)。

◊ 人間は、いったい何度同じ過ちを繰り返せば、気がすむのだろうか(人到底要犯多少次同樣的錯誤才算完呢)。

… は別として

用法　①「は」是提示助詞,「別」是名詞,「として」是詞團。該句型接在體言後面,也可以說成「…は別にして」「…を別にして」的形式。

✱表示前項是例外或另當別論,先談論後項的話題,相當於漢語的「另當別論」「除了…」。

◊ スミスさんは別として、普通、外国人はあまり味噌汁が好きではない(史密斯先生另當別論,一般來說,外國人都不太喜歡味噌湯)。

◊ あの学校は、バレーボールは別として、ほかのスポーツではたいした選手がいないようだ(那所學校除了排球,在別的體育項目上好像沒有出色的運動員)。

◊ 彼は眠っている時は別として、暇な時はない(他除了睡覺的時間以外,沒有閒著的時候)。

◊ 君を別にして全員が賛成している(除了你,大家都同意)。

用法　②該句型接在體言、詞團「かどうか」、疑問詞加「か」後面。用法同「…はともかくとして」差不多,也可以說成「…は別にして」的形式。

✱表示前項的事情暫且不談,先說後項的事,相當於漢語的「暫且不論」「姑且不管」。

◊ 好き嫌いは別として、ボーダレスの時代に進みつつある(好惡暫且不論,我們正在進入無邊界的時代)。

◊ 良し悪しは別にして、それが現実だ(好壞暫且不論,這就是現實)。

◊ 実現可能かどうかは別として、この計画は一度検討してみる価値はあると思う(姑且不管是否有可能實現,我認為這個計畫有討論的價值)。

◊ 誰が言ったかは別として、今回のような発言が出てくる背景には根深い偏見が存在すると思われる(是誰說的暫且不論,我總覺得這次發言的背後存在根深蒂固的偏見)。

…ば…ほど

用法　「ば」是表示假定的接續助詞,接在名詞或形容動詞詞幹加「であれ」、形

容詞或動詞假定形後面，副助詞「ほど」接在「ある」(前項為名詞或形容動詞時)、同一形容詞或動詞原形後面。

✤表示隨著一件事情的進行，其他的事情也隨之呈正比或反比進展，相當於漢語的「越…越…」。

◊ 活発で優秀な學生であればあるほど、知識を一方的に与えるような授業はつまらなく感じるのだろう(大概越是活潑優秀的學生，越會覺得單方面灌輸知識的課沒意思吧)。

◊ お礼の手紙を出すのは早ければ早いほどいい(感謝信寄得越早越好)。

◊ どうしたらいいのか、考えれば考えるほど分からなくなってしまった(怎麼辦才好，越想越搞不清楚)。

◊ 野菜は新鮮であればあるほど、ビタミンが多く含まれている(蔬菜越新鮮，所含維他命就越多)。

…ば…まで(のこと)だ/…なら…まで(のこと)だ

用法 「ば」是表示假定的接續助詞，接在用言假定形後面，可以同表示假定的「なら」替換。「なら」接在形容詞或動詞原形後面。「まで」是副助詞，接在動詞原形後面。

✤表示即使前項的假設成為事實也不要緊，還有後項這種解決方法，相當於漢語的「如果…的話，…就是了」。

◊ 高ければ買わないまでのことだ(如果貴的話不買就是了)。

◊ タクシーがなければ、歩いて帰るまでだ(如果沒有出租車的話，走回去就是了)。

◊ 父があくまで反対するなら、家を出るまでのことだ(如果父親一直反對的話，大不了離開家就是了)。

◊ 会社倒産するなら、一からやり直すまでだ(如果公司倒閉了的話，從頭再來就是了)。

…はむりだ

用法 「は」是提示助詞，「むりだ」是形容動詞，可以寫成「無理だ」。該句型接在名詞、名詞加助詞、動詞原形加形式體言「の」後面。

✤表示難以做到、非常困難、不可能，相當於漢語的「不行」「不可能」「難以做到」。

◊ 今はむりだ (現在不行)。
◊ その仕事は彼にはむりだ (那項工作他難以勝任)。
◊ 一日に新しい漢字を五十も覚えるのはむりだ (一天記50個新漢字很難做到)。
◊ このお天気に、子供に家にいろというのはむりだ (這麼好的天氣,想讓孩子呆在家裏是不可能的)。

… はもちろん (のこと) … (も / でも)

用法 「は」是提示助詞,「もちろん」是副詞。該句型接在名詞或名詞加助詞後面,常與後項表示添加的提示助詞「も」和副助詞「でも」等相呼應。

✿表示一般程度的前項自不待言,就連程度較高的後項也不例外,相當於漢語的「不用說…就連…也…」「不僅…也…」。

◊ 英語はもちろん、フランス語もドイツ語も話せる (不用說英語,就連法語和德語也會說)。
◊ この本は勉強にはもちろん役に立つし、見るだけでも楽しい (這本書不僅對學習有幫助,光是看看也很有趣)。
◊ 山田さんは自分の専門についてはもちろん、専門以外のことでもよく知っている (山田先生關於自己的專業自不必說,就連專業以外的事情也知道不少)。
◊ 美味しいご飯を食べるには、米の品質はもちろんのこと、米の炊き方がポイントだ (要想吃到好吃的米飯,米的品質自不待言,煮法是關鍵)。

… はもとより … (も)

用法 「は」是提示助詞,「もとより」是副詞。該句型接在名詞(包括形式名詞)後面,與「…はもちろん」含義基本相同,多用於書面語表達。

✿表示前項自不待言,後項也不例外,相當於漢語的「…自不必說,就連…也…」。

◊ 遊園地は休日はもとより、平日も人でいっぱいだ (遊樂場在節假日自不必說,就連平時人也很多)。
◊ 結果はもとより、その過程も大切だ (結果自不必說,其過程也很重要)。
◊ 迎えに行くのはもとより、彼の滞在中一切の世話をしなければならない (去接他就不用說了,還要照顧好他逗留期間的一切)。
◊ 対人関係づくりが苦手なのはもとより、自分自身の意見すら持っていない

若者が増えている (不善於建立人際關係就不用說了，甚至沒有自己的見解，這樣的年輕人正在增加)。

… 反面 / … 半面

用法　「反面」和「半面」都是名詞，接在名詞加「である」、形容詞或動詞原形、形容動詞詞幹加「な」或「である」後面。

✽表示某件事物的兩種相反的傾向或性質，相當於漢語的「一方面…，但另一方面…」。

◊ おじは頑固者である反面、涙もろい性格だ (叔叔是個很頑固的人，但另一方面又愛流眼淚)。

◊ 父は非常にきびしい反面、やさしいところもある (父親雖然非常嚴厲，但也有溫柔的地方)。

◊ この薬はよく効く反面、副作用も強い (這種藥很有效，但另一方面，副作用也很大)。

◊ 郊外に住むのは、通勤には不便な半面、身近に自然があるというよさもある (住在郊外雖然上班不方便，但另一方面也有靠近大自然這一好處)。

◊ 化学繊維は丈夫である反面、火に弱いという欠点がある (化纖很結實，但另一方面，也有不耐火的缺點)。

ひいては

用法 「ひいては」是副詞，用來連接前後兩個句子或兩個對等的成分。

✿表示遞進關係，後項的程度比前項更高，相當於漢語的「進而…」「甚至…」。

◊ 無謀な森林の伐採は森に住む小動物の命を奪うだけではなく、ひいては地球的規模の自然破壊につながるものである (盲目的森林砍伐不僅奪去了住在那裏的小動物的生命，進而還會導致全球性的自然破壞)。

◊ アジアの平和ひいては世界の平和に力を尽くしたい (我想為亞洲和平，進而為世界和平盡一份力)。

◊ そうすればあなたご自身のためにも、ひいては町のためにもなることでしょう (那樣做的話對您自己，甚至對城市都是有好處的)。

ひけをとる / ひけをとらない

用法 「ひけをとる」和「ひけをとらない」都是一個慣用句，接在名詞加格助詞「に」後面或作為獨立成分使用。「に」前面的名詞表示比較的對象。

✿表示和其他東西比起來的優劣程度。「ひけをとる」表示遜色於某樣東西，相當於漢語的「遜色…」「不如…」「比不上…」。「ひけをとらない」表示不遜色於某樣東西，後者用得較多，相當於漢語的「不遜色於…」「不亞於…」「不輸給…」。

◊ 中国人留学生は創意的研究を進めることになると、少しひけをとる (中國留學生在進行創造性研究方面稍有遜色)。

◊ あの子は勉強はだめだけど、いたずらにかけては、誰にもひけをとらない (那孩子學習不行，可是淘氣卻不亞於任何人)。

◊ 私たち女性は決して男性にひけをとらないわ (我們女性決不遜色於男性)。

◊ 彼女は数学は弱いが、英語ではクラスの誰にもひけをとらない (她數學比較差，但在英語方面卻不亞於班上任何人)。

ひた（動詞ます型）に（同一動詞）

用法 「ひた」是接頭詞，相當於「ひたすら」，接在動詞前面。「に」是格助詞，接在動詞「ます」形後面，再後續同一動詞的各種形式。重複使用同一個動詞是為了加強語氣。

✽表示只做這一件事而不做別的事，相當於漢語的「一個勁地」。

◊ ひた謝りに謝った（一個勁地道歉）。

◊ 山をひた登りに登っている（正在一個勁地爬山）。

◊ 少女はひた叫びに叫んで、救助を求める（少女一個勁地喊叫著求救）。

◊ 子供がひた泣きに泣く（孩子一個勁地哭）。

ひとくちに … といっても

用法 「ひとくちに」起副詞作用，同表示逆接的「といっても」相呼應。「といっても」接在體言後面。

✽表示雖然作了簡單的歸類，但實際上情況很複雜，相當於漢語的「雖然統稱…，但…」「雖然都叫…，但…」。

◊ ひとくちに俳優といってもいろいろある（雖然都叫演員，但也有很多種）。

◊ ひとくちに敬語といっても丁寧語もあるし、尊敬語もあるし、謙譲語もある（雖然統稱敬語，但既有鄭重語，又有尊敬語，還有謙讓語）。

◊ ひとくちにアジアといっても、広大で、多種多様な文化があるのだ（雖然統稱亞洲，但地域寬廣，有著多種多樣的文化）。

◊ ひとくちに日本人の考えといっても、いろいろな考え方があるので、どうとは決めにくいのだ（雖然都叫日本人的想法，但因為有多種思維方式，所以很難決定怎麼樣）。

ひとたび … と / ひとたび … ば / ひとたび … たら

用法 「ひとたび」是副詞，同表示假定的接續助詞「と」「ば」「たら」相呼應。「と」接在動詞原形後面，「ば」接在動詞假定形後面，「たら」接在動詞「て」形後面。

✽表示一旦發生了前項的情況，就如何如何，相當於漢語的「一旦」「如果」。

◊ ひとたび決心すると、最後までやりぬかなければならない（一旦下定決心，就必須做到最後）。

◊ これらの情報がひとたびインターネットに流出すれば、元にはもどらない (這些訊息一旦傳到因特網上，就不能回到原來的狀態了)。

◊ ひとたび事が起こったら大変だ (一旦出事可不得了)。

◊ ひとたび事故が起ったら、すぐに知らせてくれ (如果發生事故，請馬上通知我)。

ひとつ

用法　「ひとつ」是副詞，在句中做狀語。

✿是日常口語慣用的表達方式，相當於漢語的「一點兒」「稍微」。

◊ ひとつ飲んでみよう (喝一點試試吧)。

◊ ひとつ頼まれてほしいことがあるんですが (有點兒事想拜託您)。

◊ ひとつよろしくお願いします (請多關照)。

◊ ひとついかがですか (您稍微來點兒怎麼樣)。

(體言) ひとつ … ない

用法　「ひとつ」是副詞，同否定式謂語相呼應。「ひとつ」接在名詞或疑問詞後面，「ない」接在動詞的「ない」形後面。

✿表示全面否定，加強否定的語氣。有時也可以用「體言＋ひとつない」的形式。相當於漢語的「一點都沒」「連…都不」。

◊ あの人は手紙ひとつ満足に書けない (那個人連封信都寫不好)。

◊ 今年の冬は風邪ひとつ引かなかった (今年冬天一點都沒感冒)。

◊ 辺りはしいんとして、物音ひとつしない (周圍非常安靜，一點聲音都沒有)。

◊ 昨日から何ひとつ食べていない (從昨天起就一點東西都沒吃)。

◊ 雲ひとつない青空 (萬里無雲的藍天)。

一つとして … ものはない / 一人として … ものはない

用法　「一つとして」和「一人として」都是詞團。前者用於物，後者用於人。「ものはない」接在用言的連體修飾形後面，多用於書面語表達。

✿表示一個人或一樣東西也沒有，起加強否定語氣的作用，相當於漢語的「一個 (人) 也沒有」「沒有一個 (人)」。

◊ 一つとして満足なものはない (沒有一個令人滿意的)。

◊ ここは機械がたくさんあるが、一つとして満足に動くものはない (這裏有很

多機器，但沒有一台能好好運轉的）。

◊ この問題は、今まで誰<u>一人として</u>解けた<u>ものはない</u>（這道題目到現在沒有一個人能解答）。

◊ <u>一人として</u>感心しない<u>ものはない</u>（沒有一個人不佩服的）。

一(ひと)つには … ためである

用法　「ため」是形式體言，接在名詞加格助詞「の」、用言連體修飾形後面，是一種書面語的表達方式。

✱表示幾個原因中的一個，相當於漢語的「原因之一是…」。

◊ 彼の性格が暗いのは、<u>一つには</u>さびしい少年時代を送った<u>ためである</u>（他性格陰鬱的原因之一是他的少年時代很孤獨）。

◊ 日本人にとって英語の発音が難しいのは、<u>一つには</u>「子音の独立」の<u>ためである</u>（對日本人來說英語的發音很難，原因之一是「輔音獨立」）。

◊ 市民ホールが建たなかったのは<u>一つには</u>予算不足の<u>ためである</u>（市民大廳沒有建成的原因之一是預算不足）。

一(ひと)つには … 二(ふた)つには

用法　「は」是提示助詞，表示對比。「一つに」和「二つに」起副詞作用。

✱表示在想列舉的事物中舉出最重要的兩個事物，相當於漢語的「第一…，第二…」。

◊ 旅行に行かないのは、<u>一つには</u>時間がかかるし、<u>二つには</u>金がないからだ（沒去旅行，第一是因為費時間，第二是因為沒錢）。

◊ <u>一つには</u>、健康、<u>二つには</u>、勉強（第一要健康，第二要好好學習）。

◊ ここに来たのは、<u>一つには</u>旅行のためで、<u>二つには</u>人探しのためだ（來這裏第一是為了旅遊，第二是為了找人）。

一(ひと)つも … ない

用法　「一つ」後續副助詞「も」同否定式謂語相呼應。「ない」接在形容詞「く」形、動詞「ない」形後面。

✱表示強烈的否定說法，相當於漢語的「根本不…」「完全不…」「一點都不…」。

◊ この料理は<u>一つも</u>うまく<u>ない</u>（這菜一點都不好吃）。

◊ 彼の答えは<u>一つも</u>正しく<u>ない</u>（他的答案完全不對）。

◊ この頃のファッションなんか、一つもいいと思わない (我覺得最近的時裝一
點都不好)。

◊ あいつは、君の忠告なんか一つも覚えていないよ (那傢伙一點都沒把你的
忠告放在心上)。

一通りではない

用法 「一通り」是名詞。該句型接在提示助詞「は」後面。

❋表示不是一般的程度，相當於漢語的「非同一般」「非同尋常」。

◊ 成功するまでの彼の努力は、一通りではなかった (他在成功之前付出的努
力是非同尋常的)。

◊ ソフトサイエンスは一通りではない学問だ (軟科學是非同一般的學問)。

◊ 両親の心配は一通りではなかった (父母的擔心非同一般)。

◊ その知らせを聞いた王さんの悲しみは一通りではない (聽到那個消息，小王
萬分悲傷)。

ひとり…だけでなく／ひとり…のみならず

用法「ひとり」是副詞，「だけでなく」接在名詞後面，是一種書面語表達，用於
比較嚴肅的話題，可以同「のみならず」替換。一般說來句型「ひとり…のみ
ならず」比「ひとり…だけでなく」更加文語化。

❋表示不限於某事物、某個範圍之內，相當於漢語的「不僅僅…」「不只是…」。

◊ 今回の水不足はひとりA県だけでなく、わが国全体の問題である (這次的供
水不足不只是A縣的問題，我們全國都存在這個問題)。

◊ 子供のいじめは、ひとり日本だけでなく世界諸国の問題でもある (兒童受欺
負不僅僅是日本的問題，也是世界各國的問題)。

◊ 環境汚染問題は、ひとりわが国のみならず全世界の問題でもある (環境污
染問題不僅僅是我國的問題，也是全世界的問題)。

◊ このBGOの組織には、ひとりイギリスのみならず、多くの国の人々が参加
している (不僅僅是英國，許多國家的人都參加了這個BGO組織)。

ひょうしに

用法 「ひょうし」是名詞，「に」是格助詞。該句型接在動詞的過去式簡體後面。

❋表示因某動作或行為而引發了後項意外的事情，相當於漢語的「剛一…就」。

◊笑ったひょうしに入歯が外れた（剛一笑，假牙就掉下来了）。

◊転んだひょうしに靴が脱げた（剛一跌倒鞋就掉了）。

◊よろけたひょうしに壁に頭をぶつけた（一個趔趄，頭撞到了牆上）。

◊自転車を避けようとしたひょうしに転んでしまった（剛想躱開自行車就摔倒了）。

ひょっとしたら … かもしれない / ひょっとすると … かもしれない

用法　「ひょっとしたら」和「ひょっとすれば」都是詞團，起副詞作用，同「かもしれない」相呼應，用法及含義同「もしかすると … かもしれない」一樣。「かもしれない」接在名詞、動詞和形容詞普通體、形容動詞詞幹後面。

✽表示也許某種情況會發生，是一種把握性很低的推測，相當於漢語的「也許」「說不定」「可能」。

◊ひょっとしたら彼は外出したかもしれない（說不定他已經出去了）。

◊その後、彼から全然便りがないから、ひょっとしたら、もうこの世にいないかもしれない（那以後再也沒收到過他的信。也許他已經不在人世了）。

◊この道具はひょっとしたら便利かもしれない（這個工具也許比較方便）。

◊パリでひょっとすると彼に会えるかもしれない（說不定在巴黎能遇見他）。

◊ひょっとするとその噂は本当かもしれない（也許那個傳言是真的）。

… ふう

用法 ①「ふう」是接尾詞，可以寫成「風」，接在名詞後面。修飾名詞時，用「…ふうの」的表達形式。

✿表示具有某種風格和樣式，相當於漢語的「風味」「樣式」「風格」等。

◊ 私は昔ふうの人間だ (我是一個舊派的人)。

◊ あの寺は中国風だ (那座寺廟具有中國風格)。

◊ 去年の旅行の時き、田舎風の食事をしてみた (去年旅遊的時候，嚐了鄉村風味的飯菜)。

◊ 音楽家だというので、ちょっと変わった人間を想像していたが、やってきたのはサラリーマン風のごく普通の男だった (因為聽說是音樂家，所以就想像他是個有點古怪的人，但是來的卻是個工薪族打扮極其普通的男子)。

用法 ②「ふう」是名詞，接在形容詞和形容動詞連體修飾形、動詞持續體「ている」形和過去式「た」形後面。

✿表示某種樣子，相當於漢語的「樣子」。

◊ そんなに嫌がっているふうでもなかった (並沒有表現出很討厭的樣子)。

◊ 何も知らないくせに知ったふうなことを言うな (明明什麼都不知道，你說話時就別裝出一副知道的樣子了)。

◊ 男は何気ないふうを装って近づいてきた (那個男的裝作若無其事的樣子靠了過來)。

◊ 偉そうなふうをしている (好像一副很了不起的樣子)。

◊ 最近、松下さんはずいぶんやつれて、生活にも困っているふうだった (最近，松下君很憔悴，一副窮困潦倒的樣子)。

… ふしがある

用法 「ふし」是名詞。該句型接在動詞或形容詞的連體修飾形後面。

✿表示某種樣子顯現出來，相當於漢語的「有 … 之處」。

◊ 彼はどうも行くのをいやがっているふしがある (總覺得他好像有點兒不想

去)。

◇犯人は、その日被害者が家にいることを知っていたと思われる<u>ふしがある</u>（讓人感到犯人好像知道那天被害人在家）。

◇その男の言動には、どことなく怪しい<u>ふしがある</u>（總覺得那個男人的言行有可疑之處）。

◇彼女の話しには疑うたがわしい<u>ふしがある</u>（她的話裏有可疑之處）。

… ぶり

用法　①「ぶり」是接尾詞，接在名詞、動詞「ます」形後面。一般「食べる」「飲む」常變為「食べっぷり」「飲みっぷり」的形式。

❋表示某事物或動作的樣子、狀況、情景，相當於漢語的「樣子」「狀態」「情況」。

◇最近の彼女の活躍<u>ぶり</u>は、みんなが知っている（最近她活躍的情況，大家都知道）。

◇会社における彼の地位はそれほど高くないが、彼の仕事<u>ぶり</u>は高く評価されている（在公司中他地位不是很高，但他的工作情況深受好評）。

◇その会社の営業<u>ぶり</u>は堅実だ（那家公司的經營狀況很穩固）。

◇彼は飲みっ<u>ぷり</u>はいいね（他喝起酒來真爽快）。

◇間違いを指摘された時の、彼のあわて<u>ぶり</u>といったらなかった（當錯誤被指出來的時候，他驚慌的樣子就別提了）。

用法　②「ぶり」是接尾詞，接在表示時間的名詞後面。「ぶりに」和「ぶりで」在句中做狀語。「ぶりの」在句中做定語。

❋表示再次做很長時間沒做的事，相當於漢語的「時隔」「隔了」「經過」。

◇今日は久し<u>ぶり</u>に温泉に浸かった（今天泡了很久沒泡的温泉）。

◇十数年<u>ぶり</u>に国に帰った（時隔十幾年，又回到了祖國）。

◇お久し<u>ぶり</u>ですね。お元気ですか（好久沒有見面了，您身體好嗎）？

◇病気が治って、二週間<u>ぶり</u>で退院した（病好了，住了兩週醫院才出院了）。

◇五年<u>ぶり</u>の帰国だから、家族がとても喜んだ（隔了5年才回家，所以家人都很高興）。

… ぶる

用法　「ぶる」是接尾詞，接在名詞、形容動詞詞幹後面，構成五段活用的自動

詞。

✿表示故意做出某種樣子，包含著說話人很強的厭惡感、相當於漢語的「擺出…
的樣子」「裝成…」。

◊ 父は学者ぶって解説を始めた (爸爸擺出一副學者的樣子開始了解說)。

◊ 聖人君子ぶった奴ほど、腹の中が汚い奴が多いのだ (很多人越是裝成正人
君子，內心越是骯髒)。

◊ あの人は上品ぶってはいるが、たいした家柄の出ではない (那個人雖然裝
出一副高雅的樣子，但是出身門第並不是很高貴)。

◊ たかが女にふられたぐらいで、そんなに深刻ぶるなよ (不就是被女人甩了
嘛，不要裝得那麼嚴肅)。

…ぶん

用法 ①「ぶん」是名詞，可以寫成「分」，接在表示人的名詞加「の」、動詞連體
修飾形後面。

✿表示所分得的份兒、部分、事物的程度和樣子、應盡的本分和義務、身份和地
位，相當於漢語的「份兒」「部分」「樣子」「本分」「身份」等。

◊ このケーキ、四等分したよ。これは僕の分だ (已經把這個蛋糕分成4等份
了，這是我的那份)。

◊ 子供に食べさせる分まで奪われてしまった (連給孩子吃的那份都被搶走了)。

◊ 使った分だけお支払いくだされば結構です (您只要付給我用過的那份錢就可
以了)。

◊ この分なら、明日あしたは晴天だろう (照這樣子，明天會是個晴天)。

◊ 学生は学生としての分を尽くせ (學生要遵守學生的本分)。

◊ 分を過ぎた生活は止めなさい (不要過那種與自己身份不相符的生活)。

用法 ②「ぶん」是接尾詞，可以寫成「分」，接在數量詞、時間名詞以及帶有動
詞性質的名詞後面。

✿表示分量、部分，相當於漢語的「部分」，有時需要靈活翻譯。

◊ 来月分の食費まで先に使ってしまった (連下個月的伙食費都提前用完了)。

◊ 四人分の握りずしを注文した (點了4個人吃的攥壽司)。

◊ 部屋を借りるためには、はじめには家賃の三か月分のお金が必要だ (為了租
房，開始要先交相當於3個月房租的錢)。

◊ 追加分は明日あしたの午後お送りします (追加部分明天下午給您送来)。

◊ 収入の増加分を学校に寄付する（把收入的增加部分捐給學校）。

… ぶん（だけ）

用法 「ぶん」是名詞，可以寫成「分」。「だけ」是表示限定的副助詞，有時可以省略。該句型接在名詞加格助詞「の」、用言連體修飾形後面。

✱表示事物的程度，需要靈活翻譯。

◊ 一年間の休職の分だけ、仕事がたまっていた（因為休息了一年，所以相應地工作積壓了很多）。

◊ 彼を信頼していた分だけ裏切られた時のショックも大きかった（正因為很信賴他，所以被出賣時受的打擊也相應地很大）。

◊ 外で元気な分、彼は家ではおとなしい（他在外面活潑，在家裏老實）。

◊ 食べれば食べた分太る（吃得越多，相應就會越胖）。

… ぶんには

用法 「ぶん」是名詞，可以寫成「分」。該句型接在用言連體修飾形後面。

✱表示假如只是前項這個樣子的話，後項也說得過去，相當於漢語的「如果只是…」「假如只是…」。

◊ 私に言うぶんにはかまわないが、君の口のきき方は他の人には誤解をあたえかねないよ（如果只是對我說的話沒關係，但是你的說話方式容易造成別人的誤解）。

◊ パソコンは性能がいいに越したことはないが、ワープロや電子メールに使うぶんには、古い機種で事足りる（電腦最好具有良好的性能，但如果只是用來做文字處理和收發電子郵件的話，老的機型就夠用了）。

◊ はたで見ているぶんには楽しそうだが、自分でやってみるとどんなに大変かがわかる（如果只是在一旁看的話好像很愉快，但自己做做看就明白有多麼辛苦了）。

… べからざる

用法 「べから」是文語助動詞「べし」的「ない」形。「ざる」是文語否定助動詞「ず」的連體修飾形。該句型接在動詞原形後面再後續體言，主要用於書面語表達。

✿表示其行為或事態不正確、不好，相當於漢語的「不能」「不可」「不該」。

◊彼は母親に対して言うべからざることを言ってしまったと後悔している（他正在後悔對母親說了不該說的話）。

◊彼の暴力は許すべからざる行為である（他的暴力是不能容許的行為）。

◊川端康成は日本の文学史上、欠くべからざる作家だ（川端康成是日本文學史中不可或缺的作家）。

… べからず

用法 「べから」是文語助動詞「べし」的「ない」形。「ず」是文語否定助動詞。該句型接在動詞原形後面，用於結句。它只用於書面語，口語中一般說「… てはいけない」。多見於警告、引起注意的告示、揭示牌等。

✿是語氣很強烈地表示禁止的說法，用來結句，相當於漢語的「禁止 …」「不得 …」「不許 …」。

◊立ち入るべからず（禁止入內）。

◊落書きするべからず（不得亂寫亂畫）。

◊犬に小便させるべからず（禁止讓狗在此處小便）。

◊芝生を踏むべからず（不許踐踏草坪）。

… べき / … べきだ / … べきで（は）ない

用法 「べき」是文語助動詞「べし」的連體修飾形，接在動詞原形後面。接「サ變」動詞「する」時，可以用「するべき」和「すべき」這兩種形式。「べき」後接名詞，「べきだ」和「べきで（は）ない」用來結句。口語和書面語中都可以使用。

✿表示這麼做或不這麼做雖然不是法律條文或書面規定，但仍然是人應盡的義務，相當於漢語的「(不)應該…」「(不)應當…」。

◊ 納めるべき税金は早いところ払ってしまおう(該繳納的稅金早點兒交了吧)。

◊ エジプトのピラミッドは永遠にのこすべき人類の遺産である(埃及的金字塔是應該永遠保存下去的人類遺產)。

◊ 学生は勉強す(る)べきだ(學生應該學習)。

◊ 友達の言うことは信じるべきだ(應該相信朋友說的話)。

◊ 会社の電話を私用で使うべきでない(不應該用公司的電話來辦私事)。

◊ 他人の私生活に干渉す(る)べきでない(不應該干涉他人的私生活)。

…べく

用法　「べく」是文語助動詞「べし」的連用修飾形，接在動詞原形後面，只用於書面語表達，相當於現代日語口語中的「ために」。接「サ變」動詞「する」時，常用「すべく」的形式。

✿表示目的，相當於漢語的「為了…」。

◊ 日本の文学を勉強すべく日本へ留学した(為了學習日本文學而到日本留學)。

◊ 大学に進むべく上京した(為了上大學而去了東京)。

◊ けい費を減らすべく方法を講ずる(為了減少經費而採取辦法)。

◊ 大学に合格したことを親に伝えるべく、国際電話をかけた(為了告訴父母自己考上了大學，打了國際長途)。

…べし

用法　「べし」是文語助動詞，接在動詞原形後面。接「サ變」動詞「する」時，可以用「するべし」和「すべし」這兩種形式。在現代語中，除了慣用的表達方式以外，很少使用這種表達方式。

✿表示那樣做是理所當然的，相當於漢語的「應該…」「必須…」「要…」。

◊ 後生おそるべし(後生可畏)。

◊ 学校の規則を厳守すべし(必須嚴格遵守學校的規章制度)。

◊ 借りたものは返すべし(借的東西要還)。

…べくもない

用法　「べく」是文語助動詞「べし」的連用修飾形，接在動詞原形後面，是一種

生硬的文語表達方式，在現代日語中只很少地用於書面語。接「サ變」動詞「する」時，常用「すべく」的形式。

✿表示做不到、不可能，相當於漢語的「無從…」「無法…」。

◊多勢に無勢では勝つべくもない（以寡敵眾，無法取勝）。

◊彼の優れた能力にはとうてい及ぶべくもない（怎麼也趕不上他那卓越的才能）。

◊当方の非は否定すべくもない（我方的錯誤無可否認）。

へたをすると

用法 「へたをすると」是一個是慣用說法，作為獨立成分起副詞作用。

✿表示說話者一種擔心和不安，搞不好的話，會導致一種壞結果，相當於漢語的「弄不好」「搞不好」。

◊風邪のようなありふれた病気でもへたをすると命とりになることがある（像感冒這樣的常見病弄不好也會要人命的）。

◊道を歩いていたら、上から植木鉢が落ちてきた。へたをすると大怪我をするところだった（在路上走的時候，上面掉下來一個花盆。〔我〕差點兒受重傷）。

◊へたをすると、彼を見失ってしまうかもしれない（弄不好的話可能會盯不住他）。

べつだん … ない

用法 「べつだん」是副詞，可以寫成「別段」，與否定式謂語相呼應。它多用於書面語表達。

✿表示並未達到特別的程度或不是特別值得一提，相當於漢語的「並不…」「並沒有什麼…」。

◊これは別段名文というのではない（這並不是什麼名文）。

◊別段変わったことはない（並沒有什麼特別的事情）。

◊彼はいつもより口数が少ないようだったが、私はべつだん気にもしなかった（他好像比平時話少，但我並沒有特別在意）。

べつに … ない

用法 「べつに」是副詞，可以寫成「別に」，與否定式謂語相呼應。

❀表示並不特別值得一提，相當於漢語的「並沒有…」「不怎麼…」。

◊ 今度の日曜日は別に予定はない (這個星期天並沒有什麼安排)。

◊ ストーブがなくても、別に寒いとも思わない (即使沒有火爐也不怎麼覺得冷)。

◊ 味はまあまあで、べつに美味しいものとは言えない (味道馬馬虎虎，談不上好吃)。

◊ 別に珍しくもない (並沒有什麼稀奇的)。

…へ…へと

用法 「へ」是表示方向的格助詞，「へと」修飾後面的動詞。兩個「へ」可以接在同一名詞後面，也可以接在同類的不同名詞後面。

❀表示動作、作用或狀態不停地向著某個方向移動或發展，相當於漢語的「一直向…」「不停地向…」。

◊ 彼は馬に跨って、先へ先へと走ってゆく (他騎馬一直向前奔去)。

◊ 渡り鳥が、北へ北へと飛びたっていった (候鳥不停地向北方飛去)。

◊ 住宅地は郊外へ郊外へと、伸びている (住宅區不停地向郊外延伸)。

ほ

… ほう

用法 「ほう」是名詞，可以寫成「方」，接在表示方位和方向的名詞加格助詞「の」、動詞連體修飾形後面。

❀①表示大致的方向、方位，相當於漢語的「方向」「方」「邊」。

◊ 西の方に月が見える（西邊能看見月亮）。

◊ 彼は関西の方に住んでいる（他住在關西那邊）。

◊ 太陽が沈むほうに向かって鳥が飛んでいった（鳥向著太陽落山的方向飛去）。

◊ 田中さんが歩いて行った方にはバス停がある（田中走去的方向有公共汽車站）。

❀②指兩個事物的其中一方，需要靈活翻譯。

◊ 私たちは皆の方についた（我們都站在他這邊）。

◊ その小ちいさい方をください（請給我那個小的）。

◊ どちらでもあなたの好きな方で結構です（不管是哪個，只要您喜歡就好）。

◊ 二つの作品のうち先生が手伝った方はさすがに完成度が高い（兩部作品中還是老師指導過的那部完成得好）。

… ほうがいい／… ほうがよい／… ほうがよろしい

用法 「ほう」是名詞，可以寫成「方」。「が」是表示主語的格助詞。形容詞「いい」可以同「よい」「よろしい」替換。只不過「よろしい」比「いい/よい」顯得更鄭重。該句型接在名詞加格助詞「の」、動詞原形和動詞過去式「た」形後面。一般說來勸說對方的要做的行為，用動詞過去式。只是對自己講或包括自己在內的行為時，用動詞原形。前接否定時只能接「ない」後面，而不能接在「なかった」的後面。

❀表示說話者提出勸告或建議，認為這樣做好，相當於漢語的「最好 …」「還是 … 為好」。

◊ 洋室より和室のほうがいい（日本式房間還是比西洋式房間好）。

◊ 僕は心を静めて今夜早く眠る方がいい（我今晚還是平心靜氣地早些睡為好）。

◊ やはり自転車で行くほうがよい（我們還是騎自行車去為好）。

♢ 高校(こうこう)ぐらいは卒業(そつぎょう)した方がよい(高中還是念完比較好)。

♢ あなたはやせているから、もっと食(た)べた方がいい(你很瘦,最好再多吃點)。

♢ 退院(たいいん)したばかりなんだから、あまり無理(むり)をしないほうがいいと思(おも)うよ(因為你剛出院,我想還是不要太勉強的好)。

♢ この場合(ばあい)は夫婦(ふうふ)で行(い)かれた方がよろしいでしょう(這種情況下最好是夫婦倆一起去吧)。

… ほうがましだ

用法 「ほう」是名詞,可以寫成「方」。「が」是表示主語的格助詞。「ましだ」是形容動詞。該句型接在名詞加格助詞「の」、形容動詞和動詞的連體修飾形、形容詞原形後面,可以同「… よりましだ」替換。

✱ 表示說話人在比較兩個都不太滿意的事時做出的不情願的選擇。相當於漢語的「還是 … 好些」「還不如 …」。

♢ A:テストとレポートとどっちがいい(考試和寫報告哪個好)?

　 B:レポートのほうがましだろう(還是寫報告好些吧)。

♢ 出(で)かけるよりも、家(いえ)でテレビを見(み)ているほうがましだ(與其出去,不如在家看電視)。

♢ 人(ひと)の物(もの)を盗(ぬす)むくらいなら死(し)んだほうがましだ(與其去偷別人的東西,還不如死了的好)。

♢ こんなものなら、ないよりましだ(這樣的東西,還不如沒有的好)。

… ほうが … より(も)

用法 「ほう」是名詞,可以寫成「方」。「が」是表示主語的格助詞,「より」是表示比較的格助詞,「も」是加強語氣的副助詞,有時可以省略。「… 方が」接在名詞加格助詞「の」、用言的連體修飾形後面。「… より(も)」接在名詞、用言連體修飾形後面。「ほうが」和「より(も)」的位置可以互換。

✱ 表示將兩個事物進行比較,一方比另一方程度更高,相當於漢語的「… 比 … 更 …」「與其 … 倒不如 …」。

♢ 生活(せいかつ)は今(いま)のほうが前(まえ)より楽(らく)だ(現在的生活比以前更輕鬆)。

♢ 加藤(かとう)さんよりも佐藤(さとう)さんのほうが、親切(しんせつ)に相談(そうだん)に乗(の)ってくれる(比起加藤君來,佐藤君更熱情地幫我商量解決問題)。

♢ 高(たか)いより安(やす)いほうがいいに決(き)まっている(當然是便宜比貴好)。

◊ 新幹せんで行くほうが飛行機で行くより便利だ（坐新幹線去比坐飛機去方
　便）。

◊ 生き恥をさらすより死んだほうがましだ（與其活著受辱，倒不如死了的好）。

… ほうだ

用法　「ほう」是形式體言。該句型接在名詞加格助詞「の」、用言的連體修飾形
　後面，其否定式是「…方ではない」。其定語形式為「ほうの」。

✿表示幾個當中選擇一個，相當於漢語的「屬於…」「算是…」。

◊ 秋山さんは甘党の方だ（秋山屬於喜歡甜食的人）。

◊ 彼は口が軽いほうだ（他屬於嘴巴不嚴的人）。

◊ このロープは丈夫な方だ（這種纜繩算是結實的）。

◊ 彼女は子供を連れていないほうの人だ（她是一個不帶孩子的人）。

◊ お酒は飲むほうではない（不太喝酒）。

放題

用法　「放題」是接尾詞，接在動詞「ます」形和希望助動詞「たい」後面。

✿表示無限制地、隨心所欲地、自由地去做某事，需要靈活翻譯。

◊ 食べ放題飲み放題で三千円といった店が増えている（付3000日元就可以隨便
　吃喝的店正在增多）。

◊ 病気をしてからは、あんなに好きだった庭いじりもできず、庭も荒れ放題
　だ（生病後，曾經非常喜歡的修整庭院也做不了了，庭院完全荒蕪了）。

◊ 言いたい放題のことを言う（想說什麼就說什麼）。

◊ 誰も叱らないものだから、子供たちはやりたい放題部屋の中を散らかして
　いる（因為沒人責罵，孩子們隨心所欲地把房間弄得一團糟）。

… ほか／… ほかに（は）／ほかの

用法　「ほか」是名詞，接在名詞加格助詞「の」、用言連體修飾形後面（有時前面
　可以不接任何成分）。「…ほか」或「…ほかに（は）」一般後續句子，「…ほか
　の」用來修飾名詞在句中做定語。　✿表示除了某個事物或某人之外，相當於
　漢語的「除了…」「除…之外」「別的」「另外」。

◊ 時刻とカレンダーが表示されるほか、アラームの機能もある（除了可以顯
　示時間和日期外，還有鬧鐘的功能）。

◊ 今日のパーティーには、学生のほかに先生方もお呼びしてある（今天的晚會除了學生之外，還邀請了老師）。
◊ 今日は授業に出るほかには特に何も予定はない（今天除了上課之外沒什麼特別的安排）。
◊ ほかにもっと適当な人がいる（有其他更合適的人）。
◊ それはほかの人にま似できないことだ（那是別人無法模仿的事）。

ほかでもなく

用法「ほか」是名詞。「ほかでもなく」作為獨立成分在句子中起副詞作用。

✽表示加強對判斷句的陳述，強調不是別的，正是後項所說的東西，相當於漢語的「不是別的，正是…」「不是…而恰恰是…」。
◊ この砂漠化を引き起こしたのはほかでもなく、私たち人間である（引起沙漠化的不是別的，正是我們人類）。
◊ 彼の悪口を言う人はほかでもなく、あなただ（說他壞話的不是別人，是你）。
◊ 中国が核兵器を開発しているのは、ほかでもなく、核大国の核独占を打破るためである（中國研製核武器不是為了別的，正是為了打破核大國的核壟斷）。

ほかならぬ（體言）

用法「ほか」是名詞。「ぬ」是否定助動詞「ず」的連體修飾形，接在動詞「ない」形後面，後續名詞做定語。該句型可以獨立使用，在句中做定語。它是書面語表達，可以說成「ほかならない」，相當於口語的「ほかではない」。

✽表示非同尋常、特殊的意義，相當於漢語的「不是別人，既然是…」「不是別的」「不尋常的…」「重要的…」。
◊ ほかならぬ君のことだから、必ず助けてあげる（不是別人，既然是你的事，我一定會幫忙的）。
◊ 今度の実験の成功のかげに、ほかならぬ彼の努力があったことを誰も知らない（這次實驗成功的背後有他的艱辛努力，這點誰都不知道）。
◊ ほかならないあなたのお言葉ですから、信用しましょう（既然您這麼說，那我就相信吧）。

…ほか（に）…ない

用法「ほか」是名詞。「に」是格助詞，可以省略。該句型接在名詞加格助詞

「の」、名詞或動詞原形加格助詞「より」後面，同否定式謂語相呼應。

✿表示只限這一項，排除其他，相當於漢語的「除了…之外，沒有…」「只有…」。

◊ 私のほかに誰も行かなかった（除了我之外，誰都沒有去）。

◊ 君のほかに、信頼できる人はいない（除了你之外，再也沒有可以信賴的人了）。

◊ 田中さんよりほかに頼れる人はいない（除了田中先生以外，沒有可以依靠的人）。

◊ 風邪を引いているよりほか、病気のところはない（除了感冒以外，沒有別的病）。

◊ 努力するよりほかに、成功する道はない（只有努力才能成功）。

… ほか (は) ない

用法　「ほか」是名詞。提示助詞「は」可以省略。該句型接在動詞原形或動詞原形加格助詞「より」後面，是書面語表達。在口語中，可以說成「…しかない」「…ほかしかたがない」的形式。

✿表示雖然不符合自己的心願，但因沒有其他辦法，只好不得已為之，相當於漢語的「只好…」「只得…」「只有…」。

◊ 気は進まないが、上司の命令であるので従うほかはない（雖然不太想那麼做，但因為是上司的命令，只好服從）。

◊ 薬を飲みつづけるだけでは治らないと医者に言われたので、手術をするほかはなかった（因為醫生說光靠堅持吃藥治不好，所以只好做了手術）。

◊ せっかくの縁談だが、本人が嫌だというからには、断るよりほかない（雖然好不容易有人來提親，但既然本人不願意，只好回絕了）。

◊ 父が病気だから、学校をやめて働くよりほかない（因為父親患病，所以我只好退學去工作）。

ほしい / ほしがる

用法　「ほしい」是形容詞，其對象語為格助詞「が」；「ほしがる」是五段他動詞，其賓語是格助詞「を」。「ほしい」用於第一人稱，在問句中可以用於第二人稱。「ほしがる」用於第三人稱。

✿表示想要某樣東西，相當於漢語的「想要…」。

◊ あのおもちゃがほしい（我想要那個玩具）。

◊ 時間がもっとほしい（想要更多的時間）。

◊ お茶がほしいですか (你要喝茶嗎)？

◊ 人の物をほしがるな (不要貪圖別人的東西)。

◊ 赤ん坊が乳をほしがって泣いている (嬰兒哭著要喝奶)。

數量詞＋ほど

用法　「ほど」是副助詞，接在表示數量的名詞後面。在表示時間時，前面只能接表示時間段的詞 (幾小時、幾天等)，不能接表示時間點的詞 (幾點鐘)，表示時間點的左右要用「ごろ」。

✿表示大概的數量，相當於漢語的「大約」「左右」。

◊ 教室にはまだ二十人ほどいる (教室裏還有20個人左右)。

◊ 仕事はまだ半分ほど残っている (工作還有一半左右沒做完)。

◊ 先生は十日ほど前に日本へ行った (老師在10天左右之前去了日本)。

… ほど (程度)

用法　「ほど」是副助詞，接在名詞、形容詞和動詞原形後面。

✿用某種比喻或具體事例表示動作和狀態處於什麼程度，相當於漢語的「…得」「…那樣」。

◊ 医者の話しでは、腫瘍は親指の先ほど大きい (據醫生說，腫瘤有大拇指尖那麼大)。

◊ この商品は面白いほどよく売れる (這種商品熱銷得讓人覺得好笑)。

◊ 泣きたいほど悔しかった (懊悔得想哭)。

◊ そのニュースを聞いて、彼は飛び上がるほど驚いた (聽到這個消息，他吃驚得差點兒跳起來)。

◊ 息子が病気だという知らせを受けて、母親は夜も眠れないほど心配した (得知兒子生病的消息，母親擔心得晚上睡不著覺)。

… ほど (越来越)

用法「ほど」是副助詞，接在名詞、形容詞和動詞原形後面，同「…ば…ほど」差不多。有時它也可以用「ほどに」這種形式，多為書面語表達。

✿表示後項隨著前項的變化而變化，相當於漢語的「越…越…」。

◊ まじめな人ほどストレスが溜まる (越是認真的人越容易精神緊張)。

◊ 商品というものは、値段が高いほど品質がいいとは限らない (商品這東西

未必價格越高品質就越好)。

◊ 北へ行くほど寒くなる (越往北越冷)。

◊ 酔うほどに、宴 は賑やかになっていった (大家喝得越醉,宴會越是變得熱鬧起來)。

… ほどだ / … ほどの

用法 「ほど」是副助詞。「ほどだ」接在名詞、形容詞和動詞簡體後面,用來結句。「ほどの」後接名詞,在句中做定語。

✱用某種比喻或具體事例表示動作和狀態處於什麼程度,相當於漢語的「甚至」「那樣的」,有時需要靈活翻譯。

◊ ずいぶん元気になって、昨日なんか外に散歩に出かけたほどだ (精神好多了,昨天甚至到外面去散步了)。

◊ その子のえは非常 に優れていて、大人も舌を巻くほどだ (那孩子畫的畫非常好,甚至連大人都讚嘆不已)。

◊ 嬉しくて 涙 が出るほどだった (高興得眼淚都要流出來了)。

◊ かおに米粒ほどのにきびができた (臉上長了個米粒那麼大的粉刺)。

◊ それは子供にとって死にたいほどのつらい経験なのかもしれない (那對於孩子來說也許是痛苦得想去死)。

… ほどでもない

用法 「ほど」是副助詞。該句型接在動詞原形後面。 ✱表示事情還沒有發展到前項所說的地步,相當於漢語的「還不至於…」「還沒到…的地步」。

◊ 興 味はあるが急いで買うほどでもない (雖然有興趣,但還不至於急著買)。

◊ 店の仕事はちょっと大変だが、バイトを雇うほどでもない (雖然店裏的工作有點辛苦,但還沒有到要雇人的地步)。

◊ 数字からすれば特に心配するほどでもないだろうが、しかしながら現実は大きく違っている (雖然從數字來看還不至於特別擔心,但現實卻大大地不同)。

… ほど … はない

用法 「ほど」是副助詞,接在體言(包括形式體言)後面。「は」是提示助詞,接在體言後面。

✱表示說話人主觀認為某事物在同類事物中是程度最高的，相當於漢語的「最…」「沒有比…更…的了」。

◊ 弱い者いじめほど、卑劣な行為はない（沒有比欺負弱者更卑劣的行為了）。

◊ これほどすばらしい作品は他にない（沒有比這更好的作品了）。

◊ 川口さんほどよく勉強する学生はいない（沒有比川口更用功的學生了）。

◊ 子供に先立たれることほどつらいことはない（沒有比白髮人送黑髮人更痛苦的事了）。

… ほどの（體言）ではない

用法　「ほど」是副助詞，「の」是格助詞。「ほどの」前面接動詞連體修飾形，後面接體言。

✱表示並沒有達到某種程度，含有沒什麼了不起、並不是重大問題的意思，相當於漢語的「用不著…」「沒有達到…的程度」「不至於…」。

◊ 医者に行くほどのけがではない（這點傷用不著去看醫生）。

◊ 期待したほどの会社ではない（這家公司並沒有我期待的那麼好）。

◊ 落第したからといって、死ぬほどのことではない（雖然沒考上，但也用不著去死）。

◊ 今の職業は一生を賭けるほどのものではない（現在的職業還不至於讓我花費畢生的精力）。

ほとんど … ない

用法　「ほとんど」是副詞，同否定式謂語相呼應。

✱表示量非常少或頻率很低，相當於漢語的「幾乎不」「幾乎沒有」「極少」。

◊ 成功の見込みはほとんどない（幾乎沒有成功的希望）。

◊ 彼を覚えている者はほとんどいなかった（幾乎沒人記得他）。

◊ 給料日前でほとんど金がない（發工資之前幾乎沒有錢）。

◊ 彼は酒はほとんど飲まない（他極少喝酒）。

ま

… まい

用法 ①「まい」是否定意志助動詞，在口語中接在動詞的原形後面，非五段動詞也可以接在「ない」形後面，「サ變」動詞「する」後續「まい」構成「するまい」或「しまい」，「カ變」動詞「来る」後續「まい」構成「来るまい」或「来まい」。它只用於第一人稱，是書面語表達，相當於口語中的「… ないつもりだ」「… ないようにしよう」的形式。

✼表示說話人強烈的否定意志，相當於漢語的「不打算 …」「決不 …」。

◊ 鈴木さんは無責任な人だ。もう二度とあんな人に仕事を頼むまい（鈴木是個不負責任的人，以後再也不把工作委託給他做了）。

◊ 二日酔いの 間 はもう二度と飲みすぎるまいと思うが、ついまた飲みすぎてしまう（宿醉的時候想再也不多喝了，可是不知不覺又會喝過量）。

◊ 親に心配をかけまいと思い、何も話さないでおいた（不想讓父母擔心，所以就什麼也沒對他們說）。

◊ 彼は実に利己的な人だ。もう二度と一緒に仕事をするまい（他是個非常自私的人，我再也不跟他一起工作了）。

用法 ②「まい」是否定推量助動詞，接續方法同上。另外，接「ない」時要用「あるまい」的形式。它一般用於書面語表達，相當於口語中的「… ないだろう」。

✼表示否定內容的推測，相當於漢語的「不會 … 吧」「也許不 …」「大概不 …」。

◊ もう春だから、少し寒くなっても雪は降るまい（已經是春天了，所以即使有點冷也不會下雪吧）。

◊ 誰が勧めても、向こうはとても聞き入れてくれまい（不管誰去勸說，對方大概都很難答應吧）。

◊ この事件は複雑だから、そう簡単には解決するまい（這起事件很複雜，大概沒那麼簡單就能解決吧）。

◊ この天気では、山に登る人もあるまい（這種天氣的話，不會有人爬山吧）。

… まいか

用法 「まい」是否定推量助動詞,「か」是表示疑問的終助詞。它主要是以名詞或形容動詞詞幹加「(なの)ではあるまいか」、形容詞或動詞的連體修飾形加「のではあるまいか」的形式出現。

❈表面上是問句的形式,但實際上是表達說話人的主張,是說話人的一種推測,相當於漢語的「不是…嗎」「難道不是…嗎」「…吧」。

◊知識のみを偏重してきたことは、現在の入試制度の大きな欠陥 (なの) ではあるまいか (只偏重知識,難道不是現在的入學考試制度的一大缺陷嗎)?

◊我々にとって、世界の文化事業にもっと援助することが重要 (なの) ではあるまいか (對我們來說,重要的正是進一步援助世界的文化事業嗎)?

◊水不足が続くと、今年も米の生産に影響が出るのではあるまいかと心配だ (如果缺水持續下去的話,我擔心會影響今年米的收成)。

◊佐藤さんは知らないふりをしているが、全部分かっているのではあるまいか (佐藤裝作不知道的樣子,實際上他全都清楚吧)。

◊誰よりも本人が一番苦しいのではあるまいか (本人比誰都痛苦吧)。

… まいとする

用法 「まい」是否定意志助動詞,在口語中接在動詞的原形後面,非五段動詞也可以接在「ない」形後面。「サ變」動詞「する」後續「まい」構成「するまい」或「しまい」。「カ變」動詞「来る」後續「まい」構成「来るまい」或「来まい」。該句型是一種比較生硬的書面語表達方式,相當於口語中的「…ないようにする」。使用其中頓形「…まいとして」時,可以省略「して」。

❈表示主體內心不願意某種情況出現,相當於漢語的「不願…」「不想…」。

◊園子さんは泣くまいとして、歯を食いしばった (園子同學不想哭,於是緊咬牙關)。

◊授業に遅れまいとして、急いで地下鉄に乗ってきた (不想上課遲到,所以匆忙坐地鐵趕來了)。

◊目にあふれる涙を人に見られまいとして、体を脇へそらしている (不想讓人看見眼裏含著的淚水,所以把身體側了過去)。

◊あの人は誰にも負けまいと、一生懸命勉強した (那個人不願輸給任何人,所以拼命地學習)。

…まいものではない／…まいものでもない

用法　「まい」是否定推量助動詞。該句型接在動詞原形後面。「まい」遇到非五段動詞時，也可以接在「ない」形後面。「サ變」動詞「する」後續「まい」構成「するまい」或「しまい」。「カ變」動詞「来る」後續「まい」構成「来るまい」或「来まい」。　✽表示某種情況有存在的可能性，相當於漢語的「不見得不…」「也不見得不…」「有可能…」。

◊ 途中で病気になるまいものではないから、薬を忘れないように（路上不見得不生病，所以要記得帶藥）。

◊ そういうことだって、あるまいものでもないさ（那種事，也不見得沒有呀）。

◊ そんな古い時代のえなら、西安の博物館へ行けば、見られまいものでもない（那種古畫，到西安的博物館去的話，有可能看到）。

◊ そんな要求だったら、時きと場合によっては、承諾しまいものでもない（這種要求在某些時間和場合下，有可能會被答應）。

まさか…とは思わなかった

用法　「まさか」是副詞，同否定式謂語相呼應。「と」是格助詞，為五段動詞「思う」的內容。「は」是副助詞，加強否定的語氣。「思わなかった」是「思う」的過去否定式。「とは思わなかった」接在名詞加斷定助動詞「だ」和用言的原形後面。該句型除了「とは思わなかった」外，還可以用「とは予想していなかった」「とは想像していなかった」等。　✽表示說話人沒有料到某事會發生，因而感到驚奇，相當於漢語的「真沒想到…」。

◊ まさかあの人は泥棒だとは思わなかった（眞沒想到那個人是小偷）。

◊ まさか私がクラスで一番になるとは思わなかった（眞沒想到我成了班上的第一名）。

◊ 山田さんが病気で入院しているとは聞いていたが、まさかこんなに悪いとは思わなかった（我聽說山田因病住院了，但眞沒想到這麼嚴重）。

◊ まさかこんな大惨事になるとは誰も予想していなかった（誰都沒想到會釀成這麼大的慘劇）。

まさか…ないだろう／まさか…まい

用法　「まさか」是副詞，同推量的否定式謂語相呼應。其中，「まさか…まい」

只用於書面語表達。

✤表示說話人覺得某事不會發生，相當於漢語的「不會…吧」「未必…」。

◊ まさかあの人がそんなばかなことを言うはずがないだろう（那個人不可能說那樣的蠢話吧）。

◊ 彼には何度も念を押しておいたから、まさか遅れることはないだろう（叮囑了他好幾次，他不會遲到吧）。

◊ まさか彼は知らないだろう（他未必知道）。

◊ まさか、あなた、あの人と結婚する気じゃないでしょうね（你不會打算和那個人結婚吧）。

◊ あんなに何度も練習したのだから、まさか失敗することはあるまい（練習了那麼多次，不會失敗吧）。

まさかの

用法　「まさか」是副詞，「の」是格助詞。該句型後續體言在句子中做定語。

✤表示某件事發生的可能性極小，相當於漢語的「萬一」「一旦」。

◊ 健康には自信があるが、家族のことを考えてまさかの時のために保険に入っている（雖然對自己的健康很有信心，但考慮到家裏人，為防萬一還是入了保險）。

◊ まさかの場合は、ここに電話してください（萬一有什麼事，請打這個電話）。

◊ まさかの時にはおじの所へ行け（萬一有什麼事的時候去你叔叔那裏）。

まさに…う（よう）としている

用法　「まさに」是副詞。「う（よう）」是意志助動詞，接在動詞的意志形後面，即一段動詞去掉詞尾「る」直接加「よう」，五段動詞是把詞尾變成該行的「オ段」之後再接「う」構成長音，「サ變」動詞「する」的意志形態是「しよう」，「カ變」動詞「来る」的意志形態是「こよう」。　✤表示某件事馬上就要進行、就快開始了，相當於漢語的「即將」「將要」「正要」。

◊ 花のつぼみはまさに綻びようとしている（花蕾含苞欲放）。

◊ 列車はまさに発車しようとしていた（火車正要發車）。

◊ まさに沈もうとするところを救われた（正要沉下去的時候被救了）。

◊ 私が到着した時、会議はまさに始まろうとしているところだった（我到的時候，會議正要開始）。

… まじき

用法 「まじき」是文語否定助動詞「まじ」的連體修飾形。它接在名詞加「にある」、動詞原形後面，後續體言在句中做定語。一般說來，它常用於指責、責難，後接的體言為「こと・行為・発言・態度」等名詞，是一種生硬的書面語表達形式。

✿表示某人的言行與其所處的立場、地位、身份不相稱，相當於漢語的「不應有的」「不應該的」。

◊ あの大臣は、日本の責任について言うまじきことを言ってしまったため、辞職に追い込まれた (那位大臣關於日本的責任說了不該說的話，所以被迫辭職了)。

◊ たばこを吸うなんて高校生にあるまじきことだ (吸菸是高中生不應有的行為)。

◊ 列に割り込むなど紳士にあるまじき行為だ (作為紳士，插隊是不應有的行為)。

◊ これは警察官としてあるまじき行為だ (這是警官不應有的行為)。

まして (や) … だろう / まして (や) … ものか / まして (や) … はずがない

用法 「まして」是副詞。「ましてや」語氣比較強。「だろう」表示推量，接在體言、形容動詞詞幹和形容詞、動詞、助動詞的簡體後面，其敬體是「でしょう」。「ものか」表示反問，接在形容動詞詞幹「な」、動詞或形容詞原形後面。「はずがない」表示不可能，接在用言連體修飾形後面。

✿把兩個人或兩件事加以比較，表示連程度較低的都如此，程度較高的當然也是如此或更加如此，相當於漢語的「何況」「況且」「更」。

◊ 弟子の作品があれほど立派なのだから、ましてやその師の作品はもっと立派だろう (弟子的作品都那麼出色，老師的作品一定更出色吧)。

◊ 僕でさえ無理なのに、まして君にはできるものか (連我都不行，何況你，怎麼可能做得到)。

◊ 若者でも大変なのに、まして老人に耐えられるはずがない (連年輕人都很辛苦，何況老人更不可能受得了)。

◊ 彼女は言葉遣いも知らないし、まして行儀など知るはずがない (她連說話的措辭都不知道，更不可能知道禮儀)。

まず

用法 ①作為副詞使用。 ✿表示順序，相當於漢語的「首先」「最初」。

◊ まず第一に事故の原因について調べてみよう (首先第一點，調查一下事故的原因)。

◊ まず必要なのは資金です (首先需要的是資金)。

◊ まず用事を済ませてから遊ぶことにしよう (先辦完事再玩吧)。

◊ 日本の年中行事として、まず盆と正月が挙げられる (提起日本的節日，首先可以舉出盂蘭盆節和新年)。

用法 ②用「まずは」的形式，作為副詞使用。這種形式在書信中使用得較多。

✿表示「雖不完全，但大致如此」「雖不充分，但姑且 …」的含義，相當於漢語的「謹此」「姑且」「暫且」。

◊ まずは一安心した (暫且安心了)。

◊〈手紙〉まずはご報告まで (〈信件〉謹此奉告)。

◊〈手紙〉まずはお礼まで (〈信件〉謹致謝意)。

◊〈手紙〉まずは用件のみにて、失礼いたします (〈信件〉暫且就此擱筆)。

用法 ③作為副詞使用，相當於「おそらく」的用法。

✿表示推測，相當於漢語的「大概」「大致」「差不多」「大體上」。

◊ そんな万能の人はまずいない (那麼萬能的人大概不會有的)。

◊ それならまず合格だろう (要是這樣的話，大體上會及格的)。

◊ まず大丈夫、うまく行くといってよい (大致沒問題，可以說會順利的)。

用法 ④作為副詞使用。

✿表示別的事情先不管，相當於漢語的「總之」「不管怎樣」「暫且」。

◊ まず一休みしませんか (不管怎樣，休息一會兒好嗎)？

◊ まず一安心だ (暫且安心點了)。

◊ まず乾杯しましょう (總之，乾杯吧)！

また

用法 ①作為接續詞使用，前後接同一名詞。 ✿表示同一物體的連接狀或同一事物接連不斷發生的狀態，相當於漢語的「接連 …」「不斷 …」。

◊ 一行は、山また山の奥地に進んで行った (一行人向著綿綿群山的深處進發)。

◊ 勉強また勉強の毎日がつづいている (每天都在不斷學習)。

◊人また人で、歩くこともできない（人挨著人，走都走不了）。

用法 ②作為接續詞使用。

✱表示與先前所述事物有關，再附加說明或附加其他事物，相當於漢語的「還…」「另外…」。

◊教科書は、大学生協で購入できる。また、大きな書店でも販売している（教科書可以在大學服務部買到。另外，大書店也有售）。

◊十月から大手私鉄の運賃が平均二十パーセント値上げされる。また、地下鉄、市バスも来年四月に値上げを予定している（從十月開始大的私營鐵路公司的票價平均上漲20%。另外，地鐵和城市公車也定於明年四月漲價）。

◊〈テレビのニュースで〉現在、新幹線は京都神戸間が不通になっております。また、在来線は大阪神戸間が不通になっております〈電視新聞報導〉現在，新幹線京都至神戸段暫停運營。另外，大阪和神戸間的舊線路也暫停運營）。

用法 ③作為接續詞使用。

✱表示列舉併列的事項，相當於漢語的「而且…」「同時…」。

◊外交官でもあり、また詩人でもある（是個外交官，同時也是個詩人）。

◊この本は面白く、またためにもなる（這本書很有趣，而且還能從中受益）。

◊喫煙は健康に悪いし、また、周囲の迷惑にもなる（吸菸不僅對健康有害，而且會給周圍的人帶來麻煩）。

用法 ④作為接續詞使用。　✱表示從句中提供的兩種選擇中選一種，相當於漢語的「或者…」「要不然…」。

◊参加してもよい。また、参加しなくてもよい（參加也行。或者不參加也行）。

◊彼が来てもよい。また君でもよい（他來也行。要不然你來也行）。

◊黒か青のインクで書くこと。また、ワープロの使用も可（要用黑色或藍色的墨水書寫。或者用文字處理機也可以）。

用法 ⑤作為副詞使用。

✱表示同樣的事情反覆發生，相當於漢語的「又…」「再…」「還…」。

◊また飛行機が落ちたらしい（好像又有飛機墜毀了）。

◊また優勝した（又奪冠了）。

◊またおいでください（歡迎再來）。

◊昨夜また地震があった（昨天又發生地震了）。

用法 ⑥作為副詞使用，與「いったい・どうして・これは」等詞語相呼應。

✲表示說話人驚奇、不可思議的心情，相當於漢語的「到底…」「究竟…」「可…」。
◊いったいまたどうしてそんなことを（到底為什麼要做那種事）？
◊しかしまた、よくしゃべる女(おんな)だ（這個女人可眞能說）。
◊どうしてまた、こんなことになったのだろうか（究竟為什麼會變成這樣）？

まだ…ある

用法　「まだ」是副詞。「ある」是表示存在、擁有的五段自動詞。
✲表示還留有某些東西或時間等，相當於漢語的「還有…」。
◊開演(かいえん)までには、まだ時間(じかん)がある（離開演還有一段時間）。
◊休暇(きゅうか)まではまだ十日(とおか)ある（離放假還有10天）。
◊まだ他(ほか)にも話(はな)したいことがある（還有其他話想說）。
◊二階(にかい)にもまだこれくらいの本(ほん)がある（二樓也還有這麼多的書）。

まだ…ない

用法　「まだ」是副詞，和否定式謂語相呼應。　✲表示所預定的事現在還未進行或還沒有完成，相當於漢語的「還未…」「還沒…」。
◊事故(じこ)の原因(げんいん)は、まだわかっていない（事故的原因還不清楚）。
◊病気(びょうき)がまだ治(なお)らない（病還沒治好）。
◊外国(がいこく)にはまだ一度(いちど)も行(い)ったことがない（還沒有去過一次外國）。
◊その時(と)きはまだ何(なに)が起(お)ったのかわからなかった（那時還不知道發生了什麼事）。

まったく（肯定）

用法　「まったく」是副詞，與肯定式謂語相呼應。
✲表示加強肯定的語氣，相當於漢語的「完全…」「簡直…」「眞…」「實在…」。
◊これとこれはまったく同(おな)じものだ（這個和這個是完全一樣的東西）。
◊あなたの考(かんが)えはまったく正(ただ)しい（你的想法完全正確）。
◊まったくいやな雨(あめ)だなあ（眞是討厭的雨啊）。
◊この時計(とけい)はまったく調子(ちょうし)が狂(くる)っている（這個手錶完全不準）。

まったく…ない

用法　「まったく」是副詞，與否定式謂語相呼應。
✲表示強烈的否定，相當於漢語的「完全沒有…」「根本不…」「一點都不…」。

◊昨日の授業はまったく面白くなかった(昨天的課一點都沒意思)。

◊事件とはまったく関係がない(和事情完全沒有關係)。

◊私はまったく知らない(我根本不知道)。

◊この一週間まったく雨が降っていない(這一週一點兒雨都沒下)。

（體言）まで

用法 ①「まで」是格助詞，接在表示地點或人的名詞後面。

✽表示目的地，相當於漢語的「到…」。

◊公園まで走りましょう(跑到公園吧)。

◊大阪までは列車で行って、あとは飛行機にした(坐火車到大阪，剩下的行程坐飛機)。

◊川幅が広くて、向こう岸まで泳げそうもない(河面很寬，不可能游得到對岸)。

◊わからないことがありましたら、係りまでおたずねください(如果有不明白的，請到主管人員處询問)。

用法 ②「まで」是格助詞，接在表示時間的名詞後面。

✽表示在前項所說的時間點以前，後項的動作或事件一直持續著。後項要用持續動詞，不能用瞬間動詞。相當於漢語的「到…」「在…之前」。

◊三時まで勉強する(學習到3點)。

◊昨日は結っ局朝方まで飲んでいた(結果昨天一直喝到早上)。

◊祖父は死ぬ直前まで意識がはっきりしていた(祖父一直到臨死前意識都很清醒)。

◊寝坊してしまって、起きた時は約束の時間まで後十分しかなかった(睡過了頭，起來的時候離約定的時間只有10分鐘了)。

用法 ③「まで」是副助詞，接在名詞後面。

✽表示舉例，說話者往往帶有驚奇的口氣敘述「不用說一般能考慮到的範圍，甚至涉及到一般想不到的範圍」，相當於漢語的「甚至…」「連…」。

◊老人まで踊っている(連老人都在跳舞)。

◊君までそんなことを言うのか(連你都那麼說啊)。

◊子供まで僕をばかにする(連孩子都瞧不起我)。

◊今年はいいことばかりだ。新しい家に引っ越したし、子供も生まれた。その上、宝くじまで当たった(今年盡是好事。搬了新家，生了孩子。甚至還中了彩票)。

まで / …までして

用法 「まで」是副助詞，接在接續助詞「て」後面，五段動詞要發生音便。「までして」接在名詞後面。　✽表示極端例子，強調甚至連那種程度的事情也會發生或出現，相當於漢語的「甚至…」「連…」「就算…」。

◊ 彼は、友達を騙してまで、出世したいのだろうか（難道他為了出人頭地，連朋友都欺騙嗎）？

◊ 結婚を反対されたが、家出をしてまで彼と結っ婚したかった（雖然大家都反對這樁婚事，但就算是離家出走我也想和他結婚）。

◊ 私は人に迷惑をかけてまで自分の意志を貫こうとは思わない（我不是那種就算給別人添麻煩也要貫徹自己意圖的人）。

◊ 徹夜までして頑張ったのに、テストでいい点が取れなかった（甚至都熬夜學習了，可是測驗中還是沒能取得好成績）。

◊ いろいろほしい物はあるが、借金までして買いたいとは思わない（雖然有很多東西想要，但並沒想要借錢買）。

…までだ / …までのことだ（結果）

用法 「まで」是副助詞，「だ」是斷定助動詞。該句型接在動詞或形容詞的過去式簡體後面，可以同「…までのことだ」替換。　✽表示說話人所做的事只有這點理由，沒有其他意思，相當於漢語的「不過是…」「只是…」。

◊ 合格したのは運がよかったまでだ（及格只不過是運氣好而已）。

◊ 聞かれたから答えたまでで、別に深い意味はない（只不過被問起就回答了而已，並沒有什麼深意）。

◊ そんなに怒ることはない。本当のことを言ったまでだ（用不著那麼生氣。我只不過說了實話而已）。

◊ あなたがやれと言ったから、やったまでのことだ（你叫我做，我就做了，僅此而已）。

…までだ / …までのことだ（主張、斷定）

用法 「まで」是副助詞，「だ」是斷定助動詞。該句型接在動詞原形後面，可以同「…までのことだ」替換。　✽表示說話者「現在的方法即使不行也不灰心，再採取別的辦法」的決心，相當於漢語的「大不了…就是了」。

◊ 仮_{かり}に今回_{こんかいしっぱい}失敗しても、また一_{いち}からやり直_{なお}すまでだ(就算這次失敗了,大不了從頭再來一次就是了)。

◊ 条件_{じょうけん}がなかったら、自分_{じぶん}でそれをつくりだすまでだ(沒有條件的話,自己創造條件就是了)。

◊ 父_{ちち}があくまで反対_{はんたい}するなら、家_{いえ}を出_でるまでのことだ(如果父親無論如何都反對的話,大不了離開這個家)。

◊ やってみて、もしできなければ、やめるまでのことだ(試著做做看,如果做不了,不做就是了)。

… までに

用法 「まで」是格助詞,「に」是格助詞。該句型接在表示時間的名詞或表示事件的短句後面,後項不能用持續動詞。

✤表示動作的期限或截止日期,相當於漢語的「在…之前」「到…為止」。

◊ 火曜日_{かようび}までに本_{ほん}を返_{かえ}さなければなりません(必須在星期二之前把書還了)。

◊ この実験_{じっけん}は、今_{いま}までに何度_{なんど}も失敗_{しっぱい}した(這項實驗到目前為止失敗了很多次)。

◊ 九時_{くじ}までにここに来_きてください(請在9點前到這裏來)。

◊ 夏休_{なつやす}みが終_おわるまでにこの小説_{しょうせつ}をよんでしまいたい(我想在暑假結束前把這部小説讀完)。

… までもない / … までもなく

用法 「まで」是副助詞。該句型接在動詞原形後面,可以結句。有時也可以用「… までのこともない」的形式。「… までもなく」是其中頓形。

✤表示事情尚未達到需要做某事的程度,即沒有必要做某事,相當於漢語的「不必…」「用不著…」「無須…」。

◊ この本_{ほん}は私_{わたし}が貸_かしてあげるから、買_かうまでもないよ(這本書我借給你,用不著買)。

◊ こんなあたりまえのことは、わざわざ説明_{せつめい}するまでもない(這種理所當然的事無須特意說明)。

◊ 私_{わたし}は母_{はは}に催促_{さいそく}されるまでもなく、すぐに兄_{あに}に手紙_{てがみ}を出_だした(我不用母親催,立即給哥哥寄了信)。

◊ 中国一_{ちゅうごくいち}の川_{かわ}は言_いうまでもなく長江_{ちょうこう}です(不用説,中國最大的河流是長江)。

◊ この程度_{ていど}の風邪_{かぜ}なら、医者_{いしゃ}に行_いくまでのこともない(這點感冒的話,用不著去看

醫生)。

… まま (で)

用法 「まま」是形式體言，接在名詞加格助詞「の」、動詞過去式簡體或否定形、形容詞原形、形容動詞「な」形後面。　❋表示在原有狀態持續著的條件下做後項的動作或行為，相當於漢語的「就那樣」「保持著原樣」。

◊ トマトは生のまま食べたほうがうまい (番茄就那樣生吃好吃)。

◊ 日本酒はあたためて飲む人が多いが、私は冷たいままで飲むのが好きだ (很多人喜歡把日本清酒熱一熱再喝，但我喜歡就那樣喝冷的)。

◊ 年をとっても、きれいなままでいたい (就算上了年紀，也還是希望保持原來漂亮的樣子)。

◊ クーラーをつけたまま寝ると風邪をひきますよ (那樣開著冷氣睡覺的話會感冒的哦)。

◊ 急いでいたので、さようならも言わないまま、帰ってきてしまった (因為很急，所以沒說再見就回來了)。

… まま (に)

用法 「まま」是形式體言，「に」是格助詞，可以省略。該句型接在少數動詞原形後面。　❋表示按前面所接動詞的內容行事，相當於漢語的「照…那樣」。

◊ 足の向くまま、気の向くままに、地球を歩いてみたい (我想隨心所欲地信步環遊地球)。

◊ あなたの思うまま、自由に計画を立ててください (就照你想的那樣自由地制訂計畫吧)。

◊ 友人に勧められるままに生命保険に入ったが、なんとその保険会社倒産してしまった (我按照朋友勸說的那樣入了壽險，可沒想到那家保險公司倒閉了)。

◊ 彼は、上司に命令されるままに行動していただけだ (他只是照上司命令的那樣去行動了而已)。

… ままにする

用法 「まま」是形式體言，「に」是格助詞。該句型接在連體詞、動詞過去式的簡體後面，可以同「…ままにしておく」替換。

❋表示使前項的狀態一直持續著，不去改變它，需要靈活翻譯。

◇病気はだんだん悪くなってきている。このままにしてはいけない（病越來越嚴重了，不能任其發展下去）。

◇暑いのでドアは開けたままにしてください（天熱，門就那麼開著吧）。

◇命ぜられたままにする（唯命是從）。

◇彼女をそのままにしておいたほうがいい（還是讓她一個人呆著的好）。

… ままを

用法　「まま」是形式體言，「を」是格助詞。該句型接在少數動詞的過去式簡體後面。比較常用的有「感じたまま・見たまま・聞いたまま・思ったまま」等。

✲表示不加改變，按照原樣的意思，需要靈活翻譯。

◇人から聞いたままを友達に話した（把從別人那裏聽來的話原原本本地講給朋友聽了）。

◇遠慮なく、思ったままを言ってください（不用客氣，怎麼想的就怎麼說好了）。

◇見たままを話してください（請把你所看到的情況說一下）。

… まみれ

用法　「まみれ」是接尾詞，接在少數名詞後面，構成複合名詞。

✲表示物體表面上沾滿了令人不快的液體或髒東西，相當於漢語的「沾滿」。

◇二人とも、血まみれになるまで戦った（兩人都一直戰鬥到渾身是血）。

◇足跡から、犯人は泥まみれの靴を履いていたと思われる（從腳印上可以判斷，犯人穿的是沾滿了泥的鞋子）。

◇子供たちは汗まみれになっても気にせずに遊んでいる（孩子們雖然渾身是汗，但還是滿不在乎地玩耍著）。

◇一ヶ月も乗っていないので、自転車はほこりまみれになっている（因為一個月沒騎了，所以現在自行車沾滿了灰）。

まもなく

用法　「まもなく」是副詞。它比「すぐに」更為鄭重。

✲表示在下一件事情發生之前僅有一點點時間，相當於漢語的「不久」「馬上」「很快」。

◇まもなく試験が始まる（考試馬上要開始了）。

◇一学期も終わりに近づき、まもなく楽しい夏休みがやってくる（學期快結束

了，不久就是愉快的暑假了）。

◊ 列車はまもなく発車いたします（火車馬上就要發車了）。

◊ 彼は自分がどこにいるのかまもなく分かった（他很快就知道了自己在什麼地方）。

まるで … かのように

用法 「まるで」是副詞。「かのように」是詞團，接在名詞加「である」、動詞和形容詞的簡體後面。

✤ 表示將某種狀態比作其他，儘管實質不同，但看起來卻非常相似，相當於漢語的「彷彿 … 一樣」「就像 … 一樣」。

◊ そのホテルはまるで自分の家であるかのように快適だ（那家賓館就像自己家一樣舒適）。

◊ 昨日あんなに大きな事件があったのに、街はまるで何事もなかったかのように平静を取りもどしていた（昨天發生了那麼大的事，可是今天街上恢復了平静，就像什麼事也沒發生過一樣）。

◊ 彼はまるで何でも知っていたかのように話していた（他說得就像他什麼都知道一樣）。

◊ まるで潮が引けていくかのように消えていく（彷彿退潮一樣消失了）。

まるで … ない / まるっきり … ない

用法 「まるで」是副詞，同否定式謂語相呼應。「まるっきり」是口語形式，書面形式是「まるきり」。

✤ 表示全面徹底的否定，相當於漢語的「完全不 …」「根本不 …」「一點也不 …」。

◊ 彼は英語がまるで話せない（他完全不會講英語）。

◊ 私はあの事件とはまるで関係がない（我和那起事件完全沒有關係）。

◊ 彼の言うことはまるでなっていない（他說的太不像話了）。

◊ そのことはまるっきり知らない（根本不知道那件事）。

◊ 息子は私の言うことをまるきり聞かない（兒子一點也不聽我的話）。

まるで … ようだ / まるで … みたいだ

用法 「まるで」是副詞，同比況助動詞「ようだ」和「みたいだ」相呼應。其中，形容動詞型活用的「ようだ」接在名詞加格助詞「の」、動詞連體修飾形後面，形容動詞型活用的「みたいだ」接在名詞、動詞的簡體後面。其連用修飾形分

別是「ように」和「みたいに」，連體修飾形分別是「ような」和「みたいな」。

✱把兩樣東西加以比較，表示它們雖然實際上不同，但是卻非常相似，相當於漢語的「簡直就像…一樣」「宛如…一般」。

◊ 毎日雨で、まるで梅雨のようだ（每天都下雨，簡直就像梅雨天一樣）。

◊ まるで姉のように僕を可愛がってくれた（就像姐姐一樣疼愛我）。

◊ 彼は二日間まるで死んだように眠っていた（他整整睡了兩天，簡直就像死了一樣）。

◊ 彼はまるでお酒を飲んだような顔をしている（他的臉就像喝了酒一樣）。

◊ あの人は体が大きくて、まるでお相撲さんみたいだ（那個人身材魁梧，簡直就像相撲運動員一樣）。

◊ まるでただみたいに安い（便宜得就像不要錢一樣）。

◊ この薬はまるでチョコレートみたいな味がする（這種藥的味道簡直像巧克力一樣）。

◊ まるで天国にいるみたいだ（就好像在天堂裏一樣）。

◊ まるで夢を見ているみたいな感じがする（感覺就像做夢一般）。

まん（が）いち…たら

用法　「まん（が）いち」是副詞，可以寫成「万が一」，很多情況下可以同「万一」替換。「たら」是表示假定的接續助詞，接在動詞或助動詞的「て」形後面。

✱表示對可能性極小且自己不希望發生的事的假定，相當於漢語的「萬一…的話」「如果…」。

◊ まんいち約束を破ったら、お小遣いはあげないよ（如果你不守約的話，就不給你零用錢）。

◊ まんいち行けなくなったらどうしよう（萬一去不了的話怎麼辦）？

◊ まんがいち事故が起ったら、この出口から外へ出てください（萬一發生了事故，請從這個出口出去）。

◊ 注意して作った品物ですが、まんいち悪いところがありましたら、すぐ店にお知らせください（這是精心製作的東西，萬一有不好的地方，請您立即通知店裏）。

まん（が）いち…ても

用法　「まんがいち」是副詞，可以寫成「万が一」，很多情況下可以同「万一」替

換。「ても」是表示逆接的接續助詞，接在動詞或助動詞的「て」形後面。

✿表示即使可能性極小且自己不希望發生的事發生了，也要做後項的動作，相當於漢語的「就算萬一…」「即使萬一…」。

◊ まんいち彼が来なくても 私たちだけでやろう（就算萬一他不來，我們也要自己做）。

◊ まんがいち負けても、がっかりすることはない（就算萬一輸了，也沒必要失望）。

◊ まんいち電池が切れても、データが消えることはない（即使萬一電池沒電了，數據也不會消失）。

まんざら … ではない / まんざら … でもない

用法 「まんざら」是副詞，同否定式謂語「ではない」或「でもない」相呼應，相當於「必ずしも」。

✿對事物表示消極否定，並非絕對否定，相當於漢語的「並不完全」「未必一定」。

◊ 彼のことはまんざら知らないわけでもない（他的事並非完全不知道）。

◊ 彼女のよう子では、まんざら彼が嫌いでもないようだ（從她的樣子看來，好像未必討厭他）。

◊ この子の言うことはまんざら嘘でもなさそうだ（這個孩子的話似乎並非完全是謊話）。

◊ 俺もまんざら捨てたものではない（我也並非一無是處的）。

まんざらでもない

用法 「まんざら」是副詞。該句型可以結句，常以「まんざらでもないようだ」「まんざらでもないみたいだ」「まんざらでもないをしている」等形式出現。

✿對某件事相當滿意的委婉表現，即內心其實是很滿意的，但是不好意思直接說出來，相當於漢語的「還可以」「還行」「很高興」。

◊ 子供のことをほめられて彼はまんざらでもない様子だった（孩子被表揚了，他一副很高興的樣子）。

◊ 大学入試に及第した青山さんはまんざらでもない顔をしている（大學考試合格的青山同學一副喜形於色的神情）。

◊ この品ならまんざらでもない（這個東西還不錯）。

◊ 学生時代の成績はまんざらでもない（學生時代的成績還可以）。

み

…（に）見える

用法 「見える」是一段動詞。「に」是格助詞，接在名詞、形容動詞詞幹後面。形容詞用其連用修飾形「く」直接加「見える」的形式。

✿表示外表看到的樣子、狀態，或者表示外表看起來似乎是這樣，但實際上並非如此，相當於漢語的「看上去好像…」。

◊雲の形が羊に見える（雲的形狀看上去像隻羊）。

◊あの人は五十歳だが、四十歳にしか見えない（他已經50歲了，但看上去好像只有40歲）。

◊これは変に見える（這看上去好像非常奇怪）。

◊ハイヒールをはくと背が高く見える（一穿上高跟鞋就好像個子高了）。

…みこみがある

用法 「みこみ」是名詞，可以寫成「見込み」。該句型接在名詞加格助詞「の」、動詞原形後面。可以用「…みこみのある」的形式來修飾名詞。否定式可以用「みこみはない」的形式。

✿表示某事有發生的可能或有希望，相當於漢語的「有希望」「有可能」。

◊この訴訟は勝訴のみこみがある（這場官司有希望勝訴）。

◊彼が来る見込みはほとんどない（他幾乎沒有來的可能）。

◊彼は将来みこみのある人物だ（他是一個將來很有希望的人）。

◊全快の見込みのない患者（不可能痊癒的患者）。

…みこみだ

用法 「みこみ」是名詞，可以寫成「見込み」。「だ」是斷定助動詞。該句型接在名詞加格助詞「の」、動詞原形後面，是一種比較生硬的書面語表達形式，多用於新聞報導中。

✿表示對將來的事情的預測或預定，相當於漢語的「預計」「估計」「預定」。

◊彼は今年三月卒業のみこみだ（他定於今年3月畢業）。

◊ 本年の米作は平年以上の見込みだ（估計今年的稻穀收成比常年要好）。

◊ 一週間でできあがるみこみだ（預計一個星期能完成）。

◊ 応募者は二千名に達する見込みだ（預計報名者將達到2000人）。

… 見込み違いだ／… 見込み外れだ

用法 句型「見込み違いだ」和「見込み外れだ」完全相同，可以單獨結句，也可以接在格助詞「の」後面。其中斷定助動詞「だ」一般用「だった」的形式。

✿表示一切和預想的不同，相當於漢語的「看錯了」「估計錯了」「沒想到…」。

◊ 彼に大いに期待していたが、全くの見込み違いだった（本來對他抱以很大的期望，結果完全看錯了）。

◊ 株価が下がったのは見込み違いだった（沒想到股價下跌了）。

◊ 今年は冷夏で、クーラーなどの電気製品はさっぱり売れなかった。猛暑を期待していたのに、見込み外れだった（今年是涼夏，空調等電器根本賣不掉。本來期待一個酷熱的夏天的，結果估計錯了）。

… みたいだ／… みたいな／… みたいに

用法 ①「みたいだ」是形容動詞型比況助動詞，接在名詞、動詞或形容詞簡體後面，主要用於口語表達。「… みたいだ」用於結句，「… みたいな」是連體修飾形後續體言做定語，「… みたいに」是連用修飾形後續用言做狀語。加強語氣時，可以同副詞「まるで」相呼應。

✿表示比喻，列舉相似的例子來比喻事物的狀態、性質、形狀、動作，相當於漢語的「像…一樣」「就像…」。

◊ 君ってまるで子供みたいだね（你簡直就像個孩子）。

◊ その地方の方言に慣れるまでは、まるで外国語を聞いているみたいだった（在習慣那個地方的方言之前，簡直就像是在聽外語）。

◊ 飛行機みたいな形の雲が浮かんでいる（飄著一朵飛機狀的雲彩）。

◊ 彼女はまるで蚊の鳴くみたいな小さな声で、「はい」と答えた（她像蚊子哼一樣的小聲回答「是」）。

◊ もう九月も半ばなのに、真夏みたいに暑い（已經是9月中旬了，可是卻像盛夏一樣熱）。

◊ 私ばかりが悪いみたいに言わないでよ。あなただって悪いんだから（不要說得好像都是我不好似的，其實你也不對）。

◊ 死んでいる<u>みたいに</u>生きたくない（我不想像行屍走肉那樣活著）。

用法 ②「みたいだ」是形容動詞型比況助動詞，接在名詞後面，只用「…みたいな」和「…みたいに」這兩種形式。

✿表示從同類事物中舉出一兩個作為例子，相當於漢語的「像…那樣」「像…這樣」。

◊ あんた<u>みたいな</u>恥知らずには、今まで会ったことがないわ（像你這樣的不知羞恥的人我還是第一次遇到）。

◊ 東京や大阪<u>みたいな</u>大都会には住みたくない（我不想住在像東京、大阪那樣的大城市裏）。

◊ 君<u>みたいに</u>上手に歌が歌いたい（我想像你一樣唱歌唱得那麼好）。

用法 ③「みたいだ」是形容動詞型比況助動詞，接在名詞、動詞或形容詞簡體、形容動詞詞幹後面，只能用「…みたいだ」的形式。

✿表示說話人根據自己的感官所感受到的東西來做出不是很肯定的推斷，相當於漢語的「好像…」。

◊ 試験は来週<u>みたいだ</u>（考試好像是在下週）。

◊ あの人は近所の人じゃない<u>みたいだ</u>ね（那個人好像不是住在這附近的人啊）。

◊ 風邪を引いた<u>みたいだ</u>（好像感冒了）。

◊ あの人はとても困っている<u>みたいだ</u>（那個人好像現在很為難）。

◊ 今度発売された辞書は、すごくいい<u>みたいだ</u>よ（這次上市的辭典好像很不錯哦）。

◊ 安部さんは辛いものが大好き<u>みたいだ</u>（安部君好像很喜歡吃辣的東西）。

みだりに … てはいけない / みだりに … てはならない

用法 「みだりに」是副詞，同表示禁止的表達方式相呼應。「…てはいけない」和「…てはならない」都是表示禁止的句型，接在動詞的「て」形後面。該句型是一種生硬的書面語表達形式，口語中一般用「勝手に…てはいけない/てはならない」。

✿表示禁止在未經允許的情況下隨便做某事，相當於漢語的「不能隨便…」「不得隨便…」。

◊ みだりに鳥を取っ<u>てはいけない</u>（不能隨便捕鳥）。

◊ みだりに出歩い<u>てはいけない</u>（不許隨便外出走動）。

◊ みだりに展示品に触っ<u>てはならない</u>（不得隨意觸碰展示品）。

◊ みだりに花を折ってはならない（不許隨便折花）。

みだりに … ないでください / みだりに … （する）な

用法　「みだりに」是副詞，同表示否定的謂語相呼應。「ないでください」接在動詞「ない」形後面。而「な」是表示否定的終助詞，接在動詞原形後面。這兩個句型都是生硬的書面語表達形式，口語中一般用「勝手に … しないでください」。「（する）な」比「ないでください」更為生硬。

✱表示讓別人不要在未經允許的情況下隨便做某事，相當於漢語的「請不要隨便 …」「請勿隨便 …」「不要擅自 …」。

◊ みだりに動物にえさを与えないでください（請不要隨便給動物餵食）。

◊ みだりに入らないでください（請不要擅自進入）。

◊ 持ち場をみだりに離れるな（請勿隨便離開工作崗位）。

◊ みだりに人を疑うな（不要胡亂懷疑別人）。

見るからに

用法　「見るからに」是詞團，在句中起副詞作用。

✱表示從外觀上很容易判斷，一看就知道，相當於漢語的「看上去就 …」。

◊ 見るからにいやなやつだ（看上去就是一個令人討厭的傢伙）。

◊ 部屋に入ってきたのは、見るからに品のよい中年の女性だ（走進屋裏的是一個看上去就很有風度的中年婦女）。

◊ 孫たちに囲まれて、おじいさんは見るからにうれしそうだった（被孫子們圍著，老爺爺看上去很高興的樣子）。

◊ このコートは見るからに安物だ（這件大衣看上去就是便宜貨）。

… 向きだ / … 向きに / … 向きの

用法 ①「向き」是接尾詞，「だ」是斷定助動詞。「向きだ」接在表示方位的名詞後面，用於結句。「向きに」用於修飾用言做狀語，「向きの」用於修飾名詞做定語。「前向きに」是習慣用語，表示「以積極的態度」。

✿表示正對著某個方向，相當於漢語的「朝…」「向…」。

◊ この窓は北向きだ（這扇窗戶朝北）。

◊ 右向きに置いてください（請面向右邊擺放）。

◊ 前向きに検討したいと考えております（我們想以積極的態度來討論）。

◊ 南向きの部屋は明るくて暖かい（朝南的房間既明亮又暖和）。

用法 ②「向き」是接尾詞，「だ」是斷定助動詞。「向きだ」接在名詞後面。其否定形式是「… 向きではない」或「… 不向きだ」。「向きに」用於修飾用言做狀語，「向きの」用於修飾名詞做定語。

✿表示適合某人或某事，相當於漢語的「適合於…」。

◊ このデザインは中国人向きだ（這種款式適合中國人）。

◊ このスキーコースは勾配が急だから、初心者向きではない（這條滑雪路線的坡很陡，不適合初學者）。

◊ この機械は大きすぎて家庭で使うのには不向きだ（這個機器太大，不適合在家庭裏使用）。

◊ 日本人向きに作られた中華料理は、味が淡泊だ（迎合日本人的口味做出來的中國菜味道比較清淡）。

◊ これは外国人向きの読物だ（這是適合外國人看的讀物）。

… 向けだ / … 向けに / … 向けの

用法「向け」是接尾詞，「だ」是斷定助動詞。「向けだ」接在名詞後面。「向けに」用於修飾用言做狀語，「向けの」用於修飾名詞做定語。

✿表示以某一事物或某人為特定的對象或把某一事物或某人作為對象，相當於漢語的「面向…」「為…而」。

◊ この説明書は外国人向けだが、日本人がよんでもとても面白く、ためになる（這份説明書雖然是為外國人寫的，但是日本人看了也很有趣、很受益）。

◊ これは幼児向けに書かれた本だ（這是面向幼兒的書）。

◊ 輸出向けの製品はサイズが少し大きくなっている（為出口而生產的產品的尺寸稍微大一點）。

◊ この自動車はアジア市場向けの低燃費の小型車だ（這種汽車是面向亞洲市場的低燃耗的小型車）。

むしろ

用法　「むしろ」是副詞。

✱將兩個事物加以比較，表示從某方面來說，其中一方程度更高一些，相當於漢語的「倒不如說…」「反倒…」「寧願…」。

◊ 景気はよくなるどころか、むしろ悪くなってきている（經濟形勢不但沒有好轉，反倒越來越差）。

◊ 僕はむしろこう考える（我倒是這樣想）。

◊ 邪魔しようと思っているわけではない。むしろ君たちに協力したいと思っているのだ（並不是想打擾你們，倒不如說是想幫助你們）。

◊ 用がなければむしろ家にいたい（要是沒事的話我寧願呆在家裏）。

むやみに / やたらに

用法　「むやみに」和「やたらに」都是副詞。除了這兩種形式之外，還可以用「むやみやたらに」這一形式用以強調。

✱表示不考慮後果會怎樣而做出的輕率行為，相當於漢語的「胡亂」「隨便」「過度」。

◊ 最近、父は年のせいか、むやみに怒る（大概是因為年齡的關係，最近父親總是亂發脾氣）。

◊ 人の物にむやみに触らないほうがいい（最好不要亂動別人的東西）。

◊ むやみにほめるな（不要過分誇獎）。

◊ やたらに金を使う（胡亂花錢）。

◊ この学校はやたらに規則を変更するので困る（這所學校老是隨意更改規定，真頭疼）。

◊ むやみやたらに食べると腹をこわすぞ（亂吃東西的話會弄壞肚子的哦）。

無理をする

用法 「無理をする」是一個短語。

✿ 表示強行去做難度很大或做不到的事，相當於漢語的「過度勞累」「硬撐 …」「勉強 …」。

◊ そんなに<u>無理をする</u>と、病気はどんどん悪くなる一方だよ（如果那樣過度勞累的話，病會越來越嚴重的哦）。

◊ 少し<u>無理をし</u>て高い家具を買う（有點打腫臉充胖子地去買貴的傢具）。

◊ あの会社は不動産取引でかなり<u>無理をし</u>ていたようだ（那家公司在房產交易上好像在拼命硬撐）。

… めく

用法　「めく」是接尾詞，接在名詞後，按五段動詞活用。

✿表示帶有該名詞的要素、特徵，相當於漢語的「像…樣子」「帶有…氣息」。

◊少しずつ春めいてきた（春意漸濃）。

◊彼の言葉は、僕にはどこか皮肉めいて聞こえた（他的話在我聽來某些地方帶有諷刺的味道）。

◊その男は謎めいた薄笑いを浮かべて、部屋を出ていった（那名男子面帶神秘兮兮的冷笑走出了房間）。

めったに … ない

用法　「めったに」是副詞，同否定式謂語相呼應。

✿表示某件事發生的次數非常少，相當於漢語的「很少…」「難得…」。

◊こんな事故はめったにない（這種事故很少發生）。

◊私は病気のため休んだことはめったにない（我很少因病請假）。

◊こんな現象はめったに見られない（這種現象很少能見到）。

◊勉強が忙しくてめったに帰らない（學習很忙，難得回家）。

目に見えて

用法　「目に見えて」是慣用句「目に見える」的連接式，可以單獨使用在句中做狀語。

✿表示某件事物的變化很顯著，相當於漢語的「眼看著…」「顯著地」。

◊目に見えて上達する（進步很顯著）。

◊目に見えて快方に向かっている（眼看著他的病一天天好了起來）。

◊王さんは日本で留学した後、生活能力が目に見えて高まった（小王在日本留學之後，生活能力顯著提高了）。

… も（添加）

用法 「も」是提示助詞，接在名詞和名詞加助詞後面。

✿表示再附加上同一類型的事物，相當於漢語的「也」「又」。

◊ 私も彼を知っている（我也知道他）。

◊ 今日もまた雨だ（今天也是雨天）。

◊ 東京へ行くので、帰りに静岡にも寄ってくる（因為要去東京，所以回來時也順便去一趟靜岡）。

◊ 代表は、アジアやヨーロッパからばかりでなく、アフリカからも来ている（不僅有來自亞洲和歐洲的代表，也有來自非洲的代表）。

… も（極端事例）

用法 「も」是副助詞，接在名詞、名詞加助詞、動詞原形加形式體言「の」或「こと」後面。有時它也可以與「さえ」「まで」等一起使用，以加強語氣。

✿列舉極端的事例，暗示比其程度低的事物當然更是那樣，相當於漢語的「連…也…」「甚至…都…」。

◊ スミスさんは、かなり難しい漢字もよめる（史密斯連很難的漢字都會讀）。

◊ 子供にも分かる（連小孩都知道）。

◊ 立っていることもできないほど疲れた（累得連站也站不住了）。

◊ あんなやつは顔を見るのもいやだ（那種人我連看都不想看他一眼）。

◊ 頭が痛い時には、小さな音でさえも我慢できない（頭痛的時候，甚至連很小的聲音也忍受不了）。

疑問詞＋も（全面肯定）

用法 「も」是副助詞，接在疑問詞、疑問詞加助詞後面，與肯定式謂語相呼應。

✿表示全面肯定，相當於漢語的「無論…」「不管…」。

◊ 山田さんはいつも本をよんでいる（山田不管什麼時候都在看書）。

◊ どれも僕のものだ（無論哪個都是我的）。

◊ どちらも正しい(無論哪個都是對的)。

◊ 誰もが彼の勝利を信じていた(所有人都曾相信他會勝利)。

◊ いろいろな方法はあるが、どれにもメリット、デメリットがある(有很多種方法，但不管哪種方法都既有優點又有缺點)。

疑問詞＋も（全面否定）

用法 「も」是副助詞，接在疑問詞、疑問詞加助詞後面，與否定式謂語相呼應。

✤表示全面否定，相當於漢語的「無論…都不…」「不管…都不…」「沒有…」。

◊ どこも悪いところはない(沒有什麼地方不好)。

◊ これはまだ誰も知らないことだ(這還是一件誰都不知道的事)。

◊ 何も見えなかった(什麼也沒看到)。

◊ どちらも正しくない(無論哪個都不對)。

◊ あの人はどこにもいなかった(無論哪裏都找不到那個人)。

數量詞＋も

用法 「も」是副助詞，接在數量詞後面。

✤表示強調數量多、程度高，相當於漢語的「竟」，很多場合需要靈活翻譯。

◊ 学校から駅まで三十分もかかる(從學校到車站要花30分鐘之久)。

◊ 反戦デモには十万人もの人が参加した(反戰遊行有多達10萬的人參加)。

◊ 雪が一メートルも積もった(雪竟然積了1公尺厚)。

◊ 今日で十日も雨が降り続いている(到今天為止已經連著下了10天雨了)。

數量詞＋も…か

用法 「も」是副助詞，接在數量詞後面，與疑問句相呼應。一般以表示推量的「だろうか」「あろうか」的形式出現。

✤表示說話人主觀上判斷的大體數量，相當於漢語的「大概有…」「可能有…」。

◊ 事故にあってから、救出されるまで一時間もあったでしょうか、夢中だったのでよくわかりません(從發生事故到被救出大概有一個小時吧，因為當時太緊張了，所以不太清楚)。

◊ 直径三センチもあろうかという氷の塊が降ってきた(下起了直徑大約有3公分的冰雹)。

◊ 昔、家の庭に大きな木があった。高さは五メートルもあっただろうか。杉

か何かだったと思う（以前我家的院裏有一棵大樹。大概有5公尺高吧。好像是杉樹還是什麼樹來著）。

…も…し…も…（し…）

用法　「も」是提示助詞，接在名詞後面。「し」是接續助詞，接在活用詞的簡體或敬體後面。

✿表示兩個同類事項的羅列，相當於漢語的「既…又…」「又…又…」。

◊ あの子は頭もいいし、性格もいい（那孩子既聰明，性格又好）。

◊ ロボットを使えば、時間も節約できるし、人件費もかからなくなるだろう（如果使用機器人的話，既可以節省時間，又可以不花人事費）。

◊ 忘年会には山田も来たし、松本も来た（年終聯歡會上山田來了，松本也來了）。

◊ 李さんは日本語も話せるし、英語もペラペラだし、本当に羨ましい（小李既會說日語，英語也講得很好，眞羨慕他）。

數量詞＋も…ない

用法　「も」是副助詞，接在數量詞後面，同否定式謂語相呼應。

✿表示數量少，程度低，需要靈活翻譯。

◊ 財布の中には五百円も残っていない（錢包裏連500日元都沒有）。

◊ 泳ぐのは苦手で、ほんの五メートルも泳げない（游泳不行，連短短的5公尺都游不了）。

◊ ベッドに入って十分もたたないうちに寝てしまった（上床後不到10分鐘就睡著了）。

◊ 教室には四人もいない（教室裏連4個人都不到）。

最小數量＋も…ない

用法　「も」是副助詞，接在「一人・一つ・一回・少し」等表示最小限量的數量詞後面。

✿表示完全的否定，相當於漢語的「一…也沒…」「一…也不…」。

◊ ここには学生は一人りもいない（這裏一個學生也沒有）。

◊ あそこへは一度も行ったことがない（一次也沒有去過那裏）。

◊ 彼女のことは一日も忘れたことはない（一天也沒有忘記過她）。

◊ この料理は少しも美味しくない（這菜一點也不好吃）。

…も…なら…も

用法　①「も」是提示助詞，接在體言後面。「なら」是斷定助動詞「だ」的假定形，接在名詞、形容動詞詞幹後面，和「…も…ば…も」的意思相同。

❀表示兩種類似事項的並存，相當於漢語的「既…又」。

◊今度の仕事は予算も不足なら、スタッフも足りないので、成功は望めそうもない（這次的工作既預算不足，人手又不夠，不太可能成功）。

◊あのメーカーの製品は値段も手ごろなら、アフターサービスもきちんとしているので、人気がある（那個廠家的產品價格適中，售後服務又好，所以很受歡迎）。

◊あれも嫌ならこれも嫌、一体何がしたいのかはっきりしろ（那個也不好這個也不好，說清楚你到底想做什麼）！

用法　②用「AもAならBもBだ」這一形式（A、B都是表示人或組織的名詞）。有時「なら」可以用「だが」替換。

❀表示對A、B雙方都表示譴責，需要靈活翻譯。

◊こんな事件を起こすなんて、親も親なら子も子だ（竟然弄出了這種事，大人和孩子都不好）。

◊あそこは店長も店長なら店員も店員だ。客に対する態度がとても悪い（那裏的店長和店員都不怎麼樣，對客人的態度很不好）。

◊わいろをもらう政治家も政治家だが、それを贈る企業も企業だ（收受賄賂的政治家不好，行賄的企業也不對）。

數量詞＋も…ば／數量詞＋も…たら

用法　「も」是副助詞，接在數量詞後面。「ば」是表示假定的接續助詞，接在動詞假定形後面。「たら」是過去助動詞「た」的假定形，接在動詞「て」形後面。這兩種句型的句尾常用「だろう」「と思う」等表示說話人推測的表達方式。

❀表示有這種程度的數量就足以完成某事，相當於漢語的「…的話就…」。

◊この仕事なら、三日もあれば十分だ（這項工作3天就足夠了）。

◊雨はだんだん小降りになってきた。あと半時間もすればきれいに晴れ上がるだろう（雨越來越小。再過30分鐘天就會放晴了吧）。

◊もうしばらく待ってください。十分もしたら、先生は戻っていらっしゃると思います（請再稍微等會兒。我想老師再過10分鐘就回來了）。

◊ このあたりは、自然が豊かだが、もう十年もたったら、開発されてしまうだろう (這一帶自然資源很豐富，但再過10年的話，也要被開發吧)。

…も…ば…も

用法 「も」是提示助詞，接在體言後面。「ば」是表示假定的接續助詞，接在形容詞和動詞的假定形後面。該句型與「…も…なら…も」相同。

✿ 表示兩個同類事項的併列或兩個對照性事項的併列，相當於漢語的「既…又…」。

◊ このラーメン屋は量も多ければ値段も安く、学生に人気がある (這家拉麵館的分量足，價格又低，很受學生歡迎)。

◊ 日本の夏は温度も高ければ湿度も高く、本当に過ごしにくい (日本的夏天温度高濕度也高，真的很難過)。

◊ あの人は才能豊かで、プロ並に歌も歌えればダンスも上手だ (那個人多才多藝，唱歌唱得和職業歌手差不多，舞也跳得不錯)。

◊ 彼女は小学生なのに、母を助けて家事も手伝えば、学校の勉強も怠らない (她只是個小學生，可是既幫媽媽做家務活，學校的學習也不放鬆)。

◊ 名前も言わなければ住所も告げず、私を助けてくれた彼は立ち去った (既沒有說名字，也沒有告訴我住址，他幫了我之後就離去了)。

…も…も…ない

用法 「も」是提示助詞，接在體言、形容動詞詞幹、形容詞「く」形、動詞「ます」形後面，很多是固定的習慣用法。前面接動詞時，要用「…も…もしない」的形式。

✿ 列舉出成對的單詞，表示不是其中任何一方，相當於漢語的「既不…又不」「既沒…又沒…」。

◊ 根も葉もない噂をたてられる (被人散布了毫無根據的謠言)。

◊ 最近は男も女もない時代だ (最近是一個不分男女的時代)。

◊ 寒くも暑くもなく、ちょうどいい気候だ (既不冷也不熱，這氣候正好)。

◊ 趣味で音楽をやるのに上手も下手もない (因為興趣而從事的音樂，不分什麼好壞)。

◊ 成績は上がりも下がりもしない。現状維持だ (成績既沒提高也沒降低，保持現狀)。

…もあれば…もある/…もいれば…もいる/…もあるし…もある

用法 「も」是副助詞，接在體言和形式體言後面。「ば」和「し」都是接續助詞。五段動詞「ある」表示無生命的物體，一段動詞「いる」表示有生命的人或動物。

✽ 列舉某些事物的變化情況，表示有不同的情況存在，帶有對照含義，相當於漢語的「既有…也有…」「有…也有…」。

◊ 日本人の家は、全部洋風の家もあれば、全部たたみの家もある（日本人的房子既有全部是西洋式的，也有全部鋪榻榻米的）。

◊ 授業が終わったら、すぐ帰る時もあれば、図書室で勉強する時もある（上完課後，有時馬上回家，有時在圖書室學習）。

◊ 起きる時間は決まっていない。早く起きることもあれば遅く起きることもある（起床的時間不一定。有早起的時候，也有晚起的時候）。

◊ この学校を卒業した後、帰国する人もいれば、進学する人もいる（從這所學校畢業後，有人回國，有人升入高一級的學校）。

◊ クラスには、アメリカから来た人もいれば、ヨーロッパやアフリカから来た人もいる（班上既有來自美國的人，也有來自歐洲和非洲的人）。

◊ 言葉の使い方次第で相手を怒らせることもあるし、喜ばせることもある（根據語言使用方法的不同，有時會讓對方生氣，有時會讓對方高興）。

◊ この近くには映画館もあるし劇場もある（這附近有電影院，也有劇場）。

… もあろうに

用法 「も」是副助詞，「あろう」是五段動詞「ある」的推量形，「に」是表示逆接的接續助詞。該句型接在「人・時・場所・ところ・折り・こと」等名詞後面。

✽ 表示後項和前項是矛盾的，後項常常帶有意外或不滿、責備等語氣，需要靈活翻譯。

◊ こともあろうに、真夏の熱帯に行くなんて（竟然在盛夏到熱帶去）。

◊ 人もあろうに、忙しい僕をひっぱり出して散歩するなんて、本当に閉口した（叫誰不行，竟然拉我這個忙人出去散步，真受不了）。

◊ 折りもあろうに、こんな時にやってきた（什麼時候來不行，偏偏在這個時候來了）。

◊ 場所もあろうに、私をあんなところへ連れて行った（去什麼地方不好，偏偏帶我去那種地方）。

… もいいかげんにしろ / … もいいかげんにしなさい

用法 「も」是副助詞，「いいかげんにしろ」是「いい加減にする」的命令形。該句型接在名詞、動詞原形加形式體言「の」後面。「しろ」比「しなさい」語氣更強烈。

✿表示做某件事也要有個分寸，要懂得適可而止，相當於漢語的「別…了」「…也要有個分寸」。

◊ 冗談もいいかげんにしろ（別開玩笑了）。

◊ 金儲けもいいかげんにしろ（賺錢也要有個分寸）。

◊ なめるのもいいかげんにしろ（別小看人）。

◊ 甘えるのもいいかげんにしなさい（撒嬌也要有個分寸）。

もう（肯定）

用法 「もう」是副詞，同肯定式謂語相呼應。

✿表示行為或事情到某個時間已經完了，相當於漢語的「已經…」「已…」。

◊ もう夜が明けた（天已經亮了）。

◊ 食事はもうできている（飯已經做好了）。

◊ 彼の娘はもう大学を卒業したそうだ（聽說他女兒已經大學畢業了）。

◊ 病気はもう治った（病已治好）。

もう … ない

用法 「もう」是副詞，同否定式謂語相呼應。

✿以某個點為界限，表示從那以後此前曾經存在的某種狀態已不復存在。相當於漢語的「不再…」「已不…」「已經沒有…」。

◊ 山田さんはもうここにはいない（山田已經不在這裏了）。

◊ 疲れて、もう何も考えられなくなった（累了，已經什麼事也想不了了）。

◊ もう何も教えるものはない（已經沒有什麼東西可以教你了）。

◊ こんな待遇の悪い職場にはもう我慢ができない（在待遇這麼差的單位，已經無法忍受了）。

もうすぐ

用法 「もうすぐ」是副詞，比「すぐ」表示的時間長，常用於口語。

❋表示從現在到某事發生為止沒多少時間了，相當於漢語的「馬上就」「很快就」。

◊田中さんはもうすぐ来ます（田中馬上就來）。

◊もうすぐクリスマスだ（馬上就到耶誕節了）。

◊桜の花はもうすぐ咲きそうだ（眼看櫻花就快開了）。

◊もうすぐここに三十階建てのマンションが建つそうだ（聽說這裏馬上要建一棟30層的高級公寓）。

もう少しで … ところだった

用法 「もう少しで」是詞團，起副詞作用。「ところ」是形式體言，接在動詞原形後面。在口語中常用「もうちょっとで」代替「もう少しで」。該句型可以同「もう少しで … そうになった」替換。

❋表示某件事情差點就要發生了，相當於漢語的「差點 …」「險些 …」「幾乎就要 …」。

◊もう少しで車にはねられるところだった（差點被汽車撞了）。

◊もう少しで乗り遅れるところだった（差點沒趕上車）。

◊もう少しで首を切られるところだった（險些被解雇）。

◊私は今、熱い鍋にさわって、もうちょっとでやけどをするところでした（我剛才碰到了熱鍋，差點燙傷）。

もうひとつ … ない / いまひとつ … ない

用法 「もうひとつ」和「いまひとつ」都為詞團，起副詞作用，同否定式謂語相呼應。

❋表示沒有達到說話人所期待的程度，相當於漢語的「不夠 …」「不太 …」。

◊この車の乗り心地はもうひとつよくない（這輛小轎車坐著不夠舒服）。

◊給料はいいが、仕事の内容がもうひとつ気に入らない（雖然工資不錯，但對工作的內容不太滿意）。

◊今年のみかんは、甘味がもうひとつ足りない（今年的橘子不夠甜）。

◊この映画はいまひとつ迫力がない（這部電影不夠扣人心弦）。

… もかまわず

用法 「も」是副助詞，「かまわず」是五段動詞「かまう」的否定式。該句型接在體言、用言加形式體言「の」後面。

✿表示對某件事不介意、不放在心上，相當於漢語的「不顧 …」「不管 …」。

◊最近電車の中で人目もかまわず化粧している女をよく見かける（最近在火車裏經常看見旁若無人地在化妝的女性）。

◊父は身なりもかまわず出かけるので、一緒に歩くのが恥ずかしい（因為父親出門時總是不修邊幅，所以我跟他走在一起總覺得難為情）。

◊彼女は雨の中を、服が濡れるのもかまわず、歩き去っていった（她不顧衣服被雨淋濕，走向了遠處）。

◊アパートの隣の人は、夜る遅いのもかまわず、いつも大きな音で音楽を聞いている（公寓裏的鄰居不顧夜已深，聽音樂時總是把聲音開得很大）。

… もさることながら

用法 「も」是副助詞，「さる」是文語連體詞。該句型接在體言後面。

✿表示前項不容忽視，後項更是如此，是一種比較委婉的表達方式，重點在後項，相當於漢語的「… 不用說，… 更 …」「不僅 …，… 更 …」。

◊鈴木教授は学問的業績もさることながら、学生を指導する力も抜群だ（鈴木教授的學術成就自不待言，指導學生的能力也是超群的）。

◊このドレスはデザインもさることながら、色使いがすばらしい（這件女式禮服不僅款式好，配色更是絕妙）。

◊体の大きさもさることながら、声の大きさでも彼は目立っている（他不僅體形魁梧，更是一個引人注目的大嗓門）。

◊経済問題の解決には、政府の対応もさることながら、国民の態度も重要な要素となる（要解決經濟問題，政府的對策自不待言，國民的態度更是一個重要因素）。

もしかすると … かもしれない

用法 「もしかすると」是詞團，起副詞作用，同表示推量的詞語相呼應。「かもしれない」接在名詞、動詞和形容詞簡體（或簡體加形式體言「の」）、形容動詞詞幹後面，也可以同「かも分からない」替換。「もしかすると」可以和「もし

かしたら」「もしかして」互換。

✽表示對某件事發生的可能性的推測，一般來說發生的可能性很小，相當於漢語的「或許…」「說不定…」。

◊ もしかすると、もうこれっきり会えないかもしれない（或許從此以後再也見不了面了）。

◊ イタリア・チームは強いですが、日本も調子がいいので、もしかすると勝てるかもしれない（雖然義大利隊很強，但日本隊狀態也不錯，或許能贏）。

◊ 彼に電話をかけても出ないので、もしかするともう帰国したのかもしれない（給他打電話他也不接，說不定已經回國了）。

◊ もしかすると、参加者は少ないかもしれない（或許參加的人數不會多）。

◊ もしかすると、近くのこのレストランの料理は安くて美味しいのかもしれない（說不定附近的這家餐館飯菜既便宜又好吃）。

◊ 彼女はいつも彼の話ばかりしているので、もしかすると彼のことが好きかもしれない（她總是提起他，說不定她喜歡他）。

◊ 彼はこの二、三日大学に出て来ない。もしかすると彼は病気かもしれない（他這兩三天沒來大學。或許他生病了）。

もし…ば／もし…たら／もし…なら（ば）

用法　「もし」是副詞，與假定句式相呼應。「ば」是表示假定的接續助詞，接在用言假定形後面。「たら」是過去助動詞「た」的假定形，接在動詞「て」形、形容詞「かっ」形、體言加「だっ」後面。「なら（ば）」是斷定助動詞「だ」的假定形，接在名詞、動詞和形容詞原形、形容動詞詞幹後面。

✽表示順態接續的假定條件，相當於漢語的「如果…的話，就…」。

◊ もし希望者が多ければ、バスの台数を増やせばいい（如果想去的人多的話，增加大巴的數量就行了）。

◊ もし来なければ電話を掛けよう（如果不來的話就打電話吧）。

◊ もし天気がよかったら、あの浜辺まで行こう（如果天氣好的話，我們就去那個海邊吧）。

◊ もし寒かったら、厚着をしてください（如果冷的話，就請多穿一點兒）。

◊ もし午後雨が降ったら、傘を持って迎えに来てください（如果下午下雨的話，請拿傘來接我）。

◊ もし私があの人だったら、そんなことはしない（如果我是那個人的話，是

不會做那種事的)。

◊ 明日もし雨なら、僕はどこへも行かない(明天如果下雨的話,我什麼地方都不去)。

◊ もし暑いなら上着を脱いでください(如果熱的話,請把上衣脱了吧)。

◊ 先生がもしいらっしゃるなら、喜んでお待ち申し上げます(如果老師您要來的話,我們會高興地恭候的)。

◊ もしこの本が好きなら、あげてもいいよ(如果你喜歡這本書的話,送給你也行)。

もしも

用法　「もしも」是副詞,為「もし」的強調形式,多與「たら」「ば」「なら」等表示條件的句式相呼應。

✱表示作出某種假定的判斷,相當於漢語的「假如…」「如果…」。

◊ もしも私が遅れたら、先に行ってください(如果我遲到了,你就先去吧)。

◊ もしも僕が君の立場だったら、違う行動を取ると思う(如果我站在你的立場上,我想我會採取不同的行動)。

◊ もしも私があなたなら、そんなことはしない(假如我是你,就不會做那種事)。

◊ もしも私が君ぐらい若ければ世界中を飛び回っているだろう(如果我像你那麼年輕的話,現在大概正在周遊世界各國吧)。

もっとも

用法　「もっとも」是接續詞,有時後項的句末使用接續助詞「が」「けど」等。

✱表示對前文的內容給予部分糾正,相當於漢語的「話雖如此」「不過」「可是」。

◊ 明日は出かけるつもりだ。もっとも雨が降れば別だが(明天準備出去。不過下雨的話就另當別論了)。

◊ 毎日五時まで会社に勤めている。もっとも土曜日は午ご前だけだ(每天在公司工作到5點,不過週六只有上午工作)。

◊ この事故では、橋本さんに責任がある。もっとも、相手の村田さんにも落度があったことは否定できない(這次的事故橋本有責任。話雖如此,對方村田也有過錯,這點是不能否認的)。

◊ 日本人は刺身が好きだ。もっとも例外はいるが(日本人喜歡生魚片,可是也有例外。)

もっぱら

用法　「もっぱら」是副詞。

✤表示幾乎只做某一件事，相當於漢語的「專門…」「主要…」「淨…」。

◊ それはもっぱら外国へ輸出される（那東西專門向國外出口）。

◊ 最近スポーツはもっぱらテニスだ（最近的運動主要是打網球）。

◊ いろいろな酒類があったが、彼はもっぱら日本酒ばかり飲んでいた（有很多種酒，可他淨喝日本酒）。

◊ 今はもっぱら論文執筆に打ち込んでいる（現在一心撲在寫論文上）。

…も…ないで/…も…ず（に）

用法　「も」是副助詞，接在名詞後面。「ないで」接在動詞「ない」形後面，「サ變」動詞「する」接「ないで」時，要用「しないで」的形式。「ないで」可以同文語否定助動詞「ず（に）」替換。「ず（に）」接在動詞「ない」形後面，「サ變」動詞「する」接「ず」時，要用「せず（に）」的形式。一般說來「…も…ず（に）」是「…も…ないで」的書面表達方式。

✤表示加強否定，一般用於說話人對應該做的事沒有做表示驚訝、愕然，相當於漢語的「也不」。

◊ 夕方になっても、電気もつけないで、本に熱中していた（到了傍晚，燈也不開，一直在埋頭看書）。

◊ 山田さんは怒ったのか、さようならも言わないで帰ったしまった（山田可能生氣了，連再見也不說就回去了）。

◊ 私は深く考えもせず、失礼なことを言ってしまった（我也沒多考慮，說了失禮的話）。

◊ 彼女は食事もとらずに、けが人の看病をしている（她連飯也不吃，一直看護著傷員）。

…もなければ…もない

用法　兩個「も」都是副助詞，接在體言後面。「なければ」是「ない」的假定形。

✤表示既沒有前項，也沒有後項，兩樣東西都不存在，相當於漢語的「既沒有…，又沒有…」。

◊ 彼は大学へ行く気もなければ、仕事をする気もないらしい（他好像既不想上

大學，又不想工作）。

◊ この部屋には、机もなければ、椅子もない（這個房間裏既沒有書桌，又沒有椅子）。

◊ 僕は金もなければ才能もない平凡な男だ（我是一個既沒錢又沒才的平凡男子）。

… もなにもない

用法　「も」是副助詞，「なにもない」是詞團。該句型接在體言和動詞原形後面。

✿表示加強否定，需要靈活翻譯。

◊ 愛もなにもない乾いた心に潤いがもどってきた（沒有任何愛的乾涸的心靈重新獲得了滋潤）。

◊ 政治倫理もなにもない政界には、何を言っても無駄だ（對於沒有任何政治倫理的政界，說什麼都是徒勞的）。

◊ A：反対なさるじゃないかと心配しているんですが（我在擔心你會不會反對呢）。

　B：反対するもなにもない。喜んで応援するよ（什麼反對不反對的。我很樂意支持你）。

　A：被害状況をよく調べましてから、救助隊を派遣するかどうか決定したいと考えております（我考慮在仔細調查受害狀況後再決定是否派遣救援隊）。

　B：何を言っているんだ。調べるもなにもないだろう。これだけけが人が出ているんだから（你說什麼呢。有什麼調查不調查的。已經有這麼多人受傷啦）。

… もの

用法　①「も」是副助詞，「の」是格助詞。「もの」前面接數量詞，後面接名詞。

✿表示強調數量之多，相當於漢語的「多達…」。

◊ 何万人もの人々が広場に集まった（好幾萬人聚集到了廣場上）。

◊ 彼は若いとき、十数カ国もの国に行っていた（他年輕時去過多達十幾個的國家）。

◊ 地球の表面積は五億平方キロメートルで、日本の千倍以上もの広さがある（地球的表面積是5億平方公里，是日本面積的1000多倍）。

用法　②「もの」是終助詞，接在簡體句後面，用於句末。它多見於婦女和兒童

的口語中。其更隨便的說法是「もん」，年輕男女都可以使用。另外，它還經常和「だって」搭配使用，這時具有撒嬌的語氣，主要用於兒童和年輕女子的口語。

✿表示說明理由，進行辯解，相當於漢語的「因為…嘛」。

◊ A：どうして今度の旅行に行かないんだ（為什麼這次旅行你不去）？

　　B：だって、お金がないんだもの（因為沒錢嘛）。

　　A：またTシャツ買ってきたの。たくさんあるじゃないの（又買T恤了，不是有很多嘛）。

　　B：だって、こんなのほしかったんだもの（因為我想要這樣的嘛）。

◊ 借りたお金は返しておきました。もらいっぱなしではいやだもの（借的錢已經還了。因為我討厭借東西不還）。

◊ A：どうして抗議しないんだ（為什麼不抗議）？

◊ B：だって仕方がないもの（因為沒辦法嘛）。

… ものか／… もんか／… ものですか

用法　「ものか」是終助詞，接在形容動詞「な」形、動詞和形容詞原形後面。接在句末，讀降調。「もんか」多為男性用語，「ものですか」用於比較鄭重的場合，女性比較多用。

✿表示強烈的否定或反駁，相當於漢語的「怎麼會…」「哪能…」「豈…」。

◊ 持って生まれた性格が、そう簡単に変わるものか（與生俱來的性格豈會那麼容易就改變）。

◊ 誘われたって、誰が行くものか（就算受到了邀請，誰會去啊）。

◊ 日本の夏などインドに比べて暑いものか（日本的夏天怎麼會比印度熱呢）。

◊ はさみなんか必要なもんか（怎麼會要剪刀這種東西呢）。

◊ ちょっと歩いたくらいで疲れるものですか（才走了一點點路，怎麼會累呢）。

… ものがある

用法　「もの」是形式體言，接在形容動詞「な」形、動詞和形容詞原形後面。

✿表示某事物中含有某些特徵，而且說話人對這些特徵持積極肯定的態度，相當於漢語的「有…的一面」「是…的」「有價值」。

◊ 彼のスピーチには、人人の胸を打つものがあった（他的演講中有能打動人心的東西）。

◊ 彼の潜在能力にはすばらしいものがある (他的潛能裏有很優秀的東西)。

◊ 彼の功績は顕著なものがある (他的功勞是很顯著的)。

◊ 彼女の計画書は結局通らなかったが、いくつかの点で見るべきものがある (雖然她的計畫書最終沒被批准，但在很多方面都有值得一看的東西)。

… ものだ（當然）

用法　「もの」是形式體言，接在形容動詞「な」形、動詞和形容詞原形後面。

✖表示理所當然、應該，主要用於對真理、普遍性的事物加以敘述，也用於訓誡或表示事物的規律性，相當於漢語的「應該」「本來」。

◊ もう十時半だよ。早く寝なさい。子供は十時前に寝るものだ (已經10點半了，快點睡覺，小孩子應該在10點前睡覺)。

◊ 自分のことは自分でするものだ (自己的事情應該自己做)。

◊ 人生なんて、はかないものだ (人生是短暫無常的)。

◊ 人間は本来自分勝手なものだ (人本來就是自私自利的)。

◊ 腐ったものを食べると、腹を壊してしまうものだ (吃了腐爛的東西就會弄壞肚子)。

… ものだ（回憶）

用法　「もの」是形式體言，接在動詞和形容詞過去式的簡體後面。

✖表示懷著感慨的心情回憶過去經常出現或做的事，相當於漢語的「過去經常」「過去總是」。

◊ 学生のころは、金がなかったものだ (學生時代總是沒錢)。

◊ この川で君とよく泳いだものだ (我過去經常和你在這條河裏游泳啊)。

◊ 子供のころは体が弱くて、しょっちゅう風邪を引いていたものだ (小時候身體不好，經常感冒)。

◊ 学生時代にはよく遅くまで帰らなかったものだ (學生時代經常很晚都不回家)。

… ものだ（感嘆、願望）

用法　「もの」是形式體言，接在形容動詞「な」形、動詞和形容詞連體修飾形後面。其前面接「たい」「ほしい」時表示強調內心的願望。

✖對某事物表示感嘆，帶有贊嘆、驚訝等語感，相當於漢語的「真…啊」「太…了」。

◊ 時間がたつのは、本当に速いものだ（時間過得真快啊）。

◊ とかく病気になると健康の大切さがよくわかるものだ（經常生病就知道健康的重要性了）。

◊ 昔と比べると、最近はずいぶん便利になったものだ（和以前比起來，最近真是方便了很多）。

◊ この試験で六十点取れれば、立派なものだ（如果能在這個考試中拿到60分的話，就很了不起了）。

◊ 十年間のうちに、環境問題を少しでも解決したいものだ（很想在10年內多少解決一點環境問題）。

◊ このような高級車に一度でもいいから乗ってみたいものだ（真想坐坐這種高級車，哪怕一次也行）。

◊ このまま平和な生活がつづいてほしいものだ（真希望和平的生活就這樣持續下去）。

…もので／…ものだから

用法　「もので」是詞團，接在名詞和形容動詞「な」形、動詞和形容詞連體修飾形後面，起接續助詞的作用，可以同「ものだから」替換。它常用於會話中的解釋和辯白，後項不能使用命令、勸誘、禁止等表達方式結句。口語中可以說「もんで」或「もんだから」。

✱表示原因、理由，表示前項的原因是說話者意料之外的、非本意的，後項多為比較消極的結果，相當於漢語的「因為…」「由於…」。

◊ 今週は忙しかったもので、お返事するのがつい遅くなってしまいました（因為這週很忙，所以不知不覺給您回話晚了）。

◊ 食いしん坊なもんで、よく腹を壊している（由於貪吃，所以經常吃壞肚子）。

◊ 友人が来日したものだから学校を休んでしまった（因為朋友來日本了，所以請假沒去學校）。

◊ ぐっすり寝ていたものだから、火事に全然気が付かなかった（因為睡得很死，所以一點也不知道失火了）。

◊ 彼がこの本をあまりに薦めるものだから、つい借りてしまった（由於他極力推薦這本書，所以就借了）。

◊ 英語が苦手なものですから、海外旅行は尻ごみしてしまいます（因為英語不好，所以畏縮著不敢去海外旅行）。

… ものではない

用法 ①「もの」是形式體言。該句型接在動詞原形後面，在口語中常用「ものじゃない」或「もんじゃない」。

✿表示不應該做某事，主要用於對別人進行勸誡，相當於漢語的「不該…」「不應該…」。

◊いくらうまくてもそんなにたくさん食べるものではない（再好吃也不應該吃那麼多）。

◊人の悪口を言うものではない（不該說別人的壞話）。

◊知らないくせに知っているようなふりをするものじゃない（不應該不懂裝懂）。

用法 ②多接在可能動詞過去式的簡體後面。

✿表示強烈的否定，多用於負面評價事物，相當於漢語的「不能」「怎麼能」。

◊こんな酸っぱいみかん、食べられたもんじゃない（這麼酸的橘子怎麼能吃啊）。

◊こんな下手な写真など、人に見せられたものではない（拍得這麼難看的照片，不能給別人看）。

◊あいつに任せたら何をしでかすか分かったものではない（交給那傢伙去辦的話，不知道會搞出什麼事來）。

… ものでもない

用法 「もの」是形式體言。該句型接在含有「輕視」含義的動詞過去式簡體後面。

✿表示事物並不是前面所述的那麼差，相當於漢語的「並不是那麼…」「並不能那麼…」。

◊素人ばかりの劇だが、すぐれたところもあり、そう馬鹿にしたものでもない（雖然都是外行演的戲，但也有不錯的地方，並不能那麼小看他們）。

◊年をとったといっても、私のテニスの腕はまだ捨てたものでもない（雖然我已經年紀大了，但打網球的技術並不是那麼差）。

◊みんな、主任になったばかりの佐々木さんを若すぎて頼りないと言うが、彼の行動力はそう見くびったものでもない（大家雖然都說剛當上主任的佐佐木太年輕、不可靠，但並不能小看他的辦事能力）。

… ものとしてある

用法 「もの」是形式體言。「ある」是補助動詞，表示結果的存續和行為的完成。該句型接在活用詞的連體修飾形後面。 ✱表示某種規定或是看法一直持續下來，相當於漢語的「規定 …」「一直認為 …」。

◊ 身体健康者でなければ、ジェット機のパイロットになれない<u>ものとしてある</u>（規定身體不健康的人不能當噴氣式飛機的駕駛員）。

◊ 昔から菊の種の採取は至極難しい<u>ものとしてある</u>が、温室さえあれば、冬に種が取れる（人們一直以來都認為菊花的花籽極難採集，但只要有了温室，冬天就能採集到）。

◊ 対外貿易その他の経済交流には、すべて人民元をもって計算・決済すべき<u>ものとしてある</u>（對外貿易和其他經濟交流，都規定全部以人民幣計算和結賬）。

… ものなら／… もんなら

用法 「もの」是形式體言，「なら」是斷定助動詞「だ」的假定形。該句型主要接在動詞可能態和形容詞的原形後面。「… もんなら」用於口語。其後項常含有希望、請求、意志等用法。

✱表示假設一件不大可能實現的事，相當於漢語的「如果能 … 的話」。

◊ 夫も子供も残して行ける<u>ものなら</u>世界中を一人で旅してみたい（如果能扔下丈夫和孩子不管的話，我想一個人周遊世界）。

◊ そんなにたくさん食べられる<u>ものなら</u>、食べてごらん（如果能吃那麼多的話就吃吃看吧）。

◊ できる<u>もんなら</u>、一か月ぐらい休暇を取りたいなあ（如果可以的話，真想休一個月的假啊）。

◊ もし願いがかなう<u>もんなら</u>、この美術館にある絵が全部ほしい（如果願望能夠實現的話，我想要這個美術館裏所有的畫）。

◊ そんなことでいい<u>もんなら</u>、誰でもできる（如果那樣就行的話，誰都能做）。

… ものの

用法 「ものの」是接續助詞，接在體言加斷定助動詞「である」、用言連體修飾形後面。該句型是一種比較弱的逆接，語氣比接續助詞「が」「けれども」更加緩和。

✿表示既定的逆接條件，前項是已經成立的事實，但後項並沒有像人們一般認為的那樣繼續發展下去，相當於漢語的「雖然…」「雖說…」。

◊ 日本は経済大国であるものの、まだ国際社会に地位が低いと考える人はかなりいる (相當多的人認為日本雖然是經濟大國，但是國際地位還不高)。

◊ 苦しいことは苦しいものの、また楽しいこともある (雖說苦是苦點兒，但也有快樂的事情)。

◊ あの人は頭はよかったものの、体が弱い (那個人雖然頭腦聰明，但身體不好)。

◊ 頭では分かっているものの、実際に使い方を言葉で説明するのは難しい (雖然心裏明白，但真的要用語言說明使用方法是很難的)。

◊ 大学は出たものの、就職難で仕事が見つからない (雖然大學畢業了，但是因為就業難，所以找不到工作)。

◊ 教師たちは熱心なものの、学生たちにはやる気がほとんどない (雖然老師們很熱心，但學生們沒什麼幹勁)。

…ものを

用法 「ものを」是接續助詞，接在用言連體修飾形後面。它與「のに」用法相似，多含有責備、不滿、遺憾的語氣。也可以省略後項，作為終助詞使用。

✿表示確定的逆接條件，即前項沒有發展成預期的那樣，相當於漢語的「卻…」「可是…」。

◊ そんなに上手に歌えるものを、なぜ歌わなかったのか (唱得那麼好，為什麼不唱呢)？

◊ 連絡してくれれば迎えに行ったものを、ちょっと水臭いじゃないか (聯繫我的話就去接你了，有點見外了吧)。

◊ 若いうちに勉強しておけばよいものを、毎日遊んでいる (趁著年輕多學點東西該多好，卻每天都在玩)。

◊ もう少し早く対策を取ればよかったものを、放っておいたので、手遅れになってしまった (早點採取對策就好了，由於放任不管，已經為時太晚了)。

◊ あの時薬さえあれば彼は助かったものを (那時只要有藥他就得救了，可是…)。

◊ ちょっと気をつければいいものを (稍微注意點就行了，可是…)。

もはや（肯定）

用法 「もはや」是副詞，同肯定式謂語相呼應。

✽表示敘述以往的經過，將其告一段落，或表示現狀已經如此，相當於漢語的「已經…」。

♢少し前までは車を持つことが庶民の夢だったが、もはや一家に車二台の時代だ（直到不久前為止擁有轎車還是一般百姓的夢想，但現在已經到了一家有兩輛車的時代了）。

♢君との仲ももはやこれまでだ（和你的交情也已經到此為止了）。

♢医者を呼んでももはや手遅れだ（即使叫醫生也已經晚了）。

♢彼はもはや立ち上がる気力を失っている（他已經沒力站起来了）。

もはや … ない

用法 「もはや」是副詞，同否定式謂語相呼應。

✽表示持續到現在的狀態再也不能持續下去了，相當於漢語的「已經不…」「已經沒…」。

♢もはや間に合わない（已經來不及了）。

♢この理論が時代遅れになった今、彼から得るものはもはや何もない（在這一理論已落後於時代的今天，從他那裏已經得不到任何東西了）。

♢長年彼のうそにだまされてきて、もはや誰一人として彼を信じる者はなかった（他長年說話騙人，已經沒有一個人相信他了）。

♢終戦から半世紀もたっている。もはや戦後ではないという人もいる（二戰已經結束半個世紀了。有人說現在已經不是戰後了）。

もろとも

用法 「もろとも」是副詞，接在體言後面，是「共」的強調形式。

✽表示與某人或某物一起，相當於漢語的「一起」「一同」。

♢死なばもろとも（要死一起死）。

♢船もろとも沈む（和船一起沉沒）。

♢親子もろとも火事で焼け死んだ（大人和孩子一起被火燒死了）。

♢工場は機械もろとも吹き飛んだ（工廠和機器一起被吹得飛了起来）。

…や

用法「や」是副助詞，接在體言後面。

✿表示不完全列舉，相當於漢語的「…啦」「…和…等」。

◊ バスは中学生や高校生ですぐにいっぱいになった（公共汽車立刻就被初中生和高中生等擠滿了）。

◊ 新聞や雑誌をよむ（看報紙、雜誌等）。

◊ 行きや帰りによく出会う（去的時候或來的時候經常遇見）。

◊ その村には米や野菜はあるが、肉はなかなか手に入らない（那個村子裏有米啦蔬菜啦等，但很難弄到肉）。

數量詞＋や+數量詞

用法「や」是副助詞，前後都接數量詞。數量詞一般使用帶有「1」和「2」的數字。 ✿列舉出大約的數量，表示不是什麼大不了的數字，可以不翻譯。

◊ 彼女ももうすぐ二十歳なんだから、ボーイフレンドが一人りや二人りいてもおかしくない（她也快20歲了，有一兩個男朋友也不奇怪）。

◊ 狭い部屋ですが、一晩や二晩なら我慢できるだろう（雖然房間很小，但一兩晚應該是可以忍受的）。

◊ 彼は気前がいいから、五万や十万なら理由を聞かずに貸してくれる（他很大方，5萬10萬的不問理由就借給我了）。

◊ うちの息子は一度外国に出かけると一か月や二か月はなんの連絡もない（我兒子一旦出國，就一兩個月沒有任何聯繫）。

…や否や

用法「や否や」是詞團，接在動詞原形後面，前項多為瞬間動詞，後項不用意志、命令、推量等表達方式結句。該句型是一種書面語表達方式。在口語中，常用「…とすぐ」的表達形式。

✿表示兩個動作緊接著發生，相當於漢語的「一…就…」。

◊ 老人は風呂から上がるや否や倒れたそうだ（聽說老人剛洗完澡就倒下了）。

◊ 彼は飛行機を降りるや否や、母親の入院先にかけつけた（他一下飛機就趕往母親住院的地方）。

◊ 彼はそれを聞くや否や、ものも言わずに立ち去った（他一聽那個，什麼也沒說就離開了）。

◊ その薬を飲むや否や、急に眠気が襲ってきた（一吃了那藥，就突然犯睏起來）。

…や…た

用法 「や」是接續助詞，接在動詞原形後面。它的後項常用動詞的過去式，意思和「や否や」差不多，兩者都是書面語。不過，該句型是一種更為老式的說法。

✿表示在一個動作之後馬上進行下一個動作，相當於漢語的「一 … 就 …」「剛 … 就 …」。

◊ 家に駆け込むや、わっと泣き出した（剛一跑進家門就哇地一聲哭了起來）。

◊ 「父死す」の電報を受け取るや、すぐさま彼は汽車に飛び乗った（接到「父親去世」的電報，他立刻飛奔坐上了火車）。

◊ 目覚ましが鳴るや飛び起きた（鬧鐘一響就飛身起床了）。

◊ 一つ論文を書き終えるや、またすぐ次のに取り掛かった（剛寫完一篇論文，馬上又著手寫下一篇）。

…や…や…（など）

用法 「や」是副助詞，常和副詞「など」相呼應使用。其前後都接體言（包括形式體言）。有時也可以只用一個「や」。 ✿表示列舉一些同類事物，並暗示還有其他的同類事物，相當於漢語的「… 等」。

◊ 新聞やラジオやテレビなどで報道する（用報紙、廣播、電視等進行報導）。

◊ 机の上に、本や雑誌や文房具などがある（書桌上有書、雜誌、文具等）。

◊ よく見ると、黄色いのや赤いのや、さまざまな色合いがある（仔細一看，有黄的、紅的等各種色調）。

◊ アメリカや日本などが反対の意向を表明した（美國和日本等國表示反對）。

やがて

用法 「やがて」是副詞。

✱表示時間的自然變化，相當於漢語的「不久」「馬上」。

◊ 秋が終わり、やがて厳しい冬がやってきた (秋天過去了，不久嚴冬就到來了)。

◊ やがてもどってくるだろう (不久就要回來了吧)。

◊ 私 もやがて三 十 になる (我不久也要30歲了)。

◊ 日が沈み、やがて月が出てきた (日落後，不久月亮就出來了)。

… やすい

用法 「やすい」是形容詞活用的接尾詞，接在動詞「ます」形後面。其反義句型是「…にくい」。 ✱表示某動作、行為易於進行，或者某事很容易發生，相當於漢語的「容易…」「好…」。

◊ この辞書は引きやすい (這部字典很好查)。

◊ この薬品は水に溶けやすい (這種藥品易溶於水)。

◊ その町は物価も安く、人も親切で住みやすいところだ (那個小鎮物價便宜，人也很熱情，是個住著很舒服的地方)。

◊ 勝つと油断しやすい (一旦取勝就容易麻痺大意)。

やっと

用法 「やっと」是副詞，後項多用動詞過去式。

✱① 表示經過一番艱苦努力或很長時間之後，說話人所期待的事終於實現了，相當於漢語的「終於…」「好不容易…」。

◊ やっと問題が解けた (終於把題目做出來了)。

◊ 苦労の末やっと完成した (經過一番辛苦，終於完成了)。

◊ いろいろな字引を調べて、やっとわかった (查了很多種字典，好不容易明白了)。

◊ 貯金もかなりできた。これでやっと独立できる (也存了不少錢。這樣終於可以自立了)。

✱② 表示好不容易才勉強達到某種程度，相當於漢語的「好容易才…」「勉強…」「剛剛…」。

◊ やっと飛行機に間に合った (終於趕上了飛機)。

◊ 退 職 してからは、国から支払われる年金で、やっと生活している (退休後，靠國家支付的養老金勉強維持生活)。

◊ 柿の実は、大人が背伸びをして<u>やっと</u>届くところにあった (柿子長在大人伸長手臂才勉強能夠到的地方)。

◊ この本はすごく難しくて、なかなか進まない。三時間かかって、<u>やっと</u>五ページだ (這本書很難，所以進度很慢。花了3個小時才剛剛看了5頁)。

やっとのことで

用法 「やっとのことで」是副詞「やっと」的強調形。

✽表示經過非常大的艱辛和努力才做到了後項所說的事，相當於漢語的「好不容易才…」。

◊ <u>やっとのことで</u>、一戸建ての家を手に入れた (好不容易才買了套單門獨户的房子)。

◊ <u>やっとのことで</u>試験にパスした (好不容易才通過了考試)。

◊ <u>やっとのことで</u>彼を説き伏せた (好不容易才說服了他)。

◊ かれは<u>やっとのことで</u>起き上がった (他好不容易站了起來)。

やむをえず / やむなく

用法 「やむをえず」是詞團，起副詞作用，可以同「やむなく」替換。「やむなく」是形容詞「やむない」的連用修飾形。

✽表示雖然主觀上不願意，但由於客觀存在的種種原因，不得不進行某個動作，相當於漢語的「不得已」「沒辦法」。

◊ 雨が降ってきたので、<u>やむをえず</u>家へ引き返した (因為下起雨來了，不得已只好返回家裏)。

◊ 父が失業したため、<u>やむをえず</u>、進学をあきらめた (因為父親失業了，我不得已放棄了升學的念頭)。

◊ <u>やむなく</u>その仕事を引き受けた (不得已接受了那項工作)。

◊ <u>やむなく</u>辞表を出した (不得已遞交了辭呈)。

ややもすれば…がちだ / ややもすれば…やすい

用法 「ややもすれば」是詞團，起副詞作用，可以同「ややもすると」替換。它常和由接尾詞「がち」「やすい」組成的複合詞相呼應。「がち」「やすい」都接在動詞「ます」形後面。

✽表示很容易變成某種狀態，相當於漢語的「動不動就…」「很容易就…」。

◊ 初心者はややもすれば無理をしがちだ (初學者很容易蠻幹)。

◊ 人はややもすれば利己的になりがちである (人很容易變得自私自利)。

◊ そのような人たちは、ややもすれば迷信に陥りやすい (那種人動不動就會陷入迷信)。

◊ 決心がややもすれば崩れやすい (決心很容易垮掉)。

疑問詞＋やら／疑問詞 … のやら

用法 「やら」是副助詞，接在疑問詞後面。「のやら」接在含有疑問詞的用言連體修飾形後面。其中「の」是形式體言。

✱表示不能清楚地指出或者特定說話中提到的某樣東西，需要靈活翻譯。

◊ 妻の誕生日がいつやらはっきり覚えていない (記不清妻子的生日是什麼時候了)。

◊ いつのことやらさっぱり分からない (完全不清楚是什麼時候的事情)。

◊ 会議の後でどこやら高そうなバーに連れて行かれた (會後被帶到不知什麼地方的一家好像很貴的酒吧去了)。

◊ 昨日の昼に何を食べたのやらまったく思い出せない (一點都想不起來昨天午飯吃了些什麼)。

◊ お祝いに何をあげていいのやら分からない (不知道送什麼作為賀禮好)。

…やら…やら

用法 ①「やら」是副助詞，接在名詞、形容詞或動詞原形後面，有時可以用3個「やら」。

✱表示列舉一些同類事物或現象中有代表性的東西，並暗示有其他同類事物或現象，相當於漢語的「…啦…啦」「又…又…」。

◊ 熊やらりすやらいろいろな動物が出てきた (出來了熊啦、松鼠啦等很多動物)。

◊ 物価が高いやら忙しいやらで、日本での生活は大変だ (物價又高，人又忙，在日本的生活真是辛苦)。

◊ びっくりするやら悲しむやら、ニュースを聞いた人たちの反応はさまざまだ (聽了這則新聞的人們反應各異，有人吃驚，有人悲傷)。

◊ 殴るやら蹴るやら、最後にはナイフまで持ち出すやら、もう誰にも二人のけんかを止めようがなかった (又打又踢，最後還拿出了刀，已經沒有人能阻

止兩人打架了)。

用法 ②接在形容詞或動詞連體修飾形加形式體言「の」後面。

✤列舉相反的兩種情況,表示不知道是哪種情況,經常用於說話人難以判斷,或對話題中的人物態度不明朗感到不高興的場合,相當於漢語的「是…還是…」。

◊喜んでいいの<u>やら</u>悲しんでいいの<u>やら</u>、自分でもよくわからない心境だった(自己也不清楚是高興好還是悲傷好)。

◊行きたいの<u>やら</u>行きたくないの<u>やら</u>、あの人の気持ちはどうも分からない(怎麼也不明白那個人的想法,到底是想去還是不想去)。

◊損しているの<u>やら</u>、得をしているの<u>やら</u>、一向に分からない(是虧了還是賺了,一點也不清楚)。

◊息子に結婚する気があるの<u>やら</u>ないの<u>やら</u>、私には分からない(我不知道兒子想不想結婚)。

…やれ…だ、やれ…だと

用法 「やれ」是感嘆詞,同斷定助動詞「だ」相呼應。後一個「やれ」同「だと」形相呼應。「だ」和「だと」都接在體言後面。

✤用來列舉兩個併列的事項,相當於漢語的「又是…又是…」「一會兒…一會兒…」。

◊僕のことを<u>やれ</u>馬鹿だ、<u>やれ</u>のろまだと言いつづけた(不停地說我,一會說我是傻瓜,一會說我是笨蛋)。

◊<u>やれ</u>会議だ、<u>やれ</u>ゴルフだとうちの主人は家にいることがめったにない(又是開會又是打高爾夫,我丈夫很少在家)。

◊人々は<u>やれ</u>すしだ、<u>やれ</u>天ぷらだと、着いたばかりの私たちをあたたかく迎えてくれた(人們熱情地歡迎我們,又是讓我們吃壽司,又是讓我們吃油炸蝦)。

ゆ

… ゆえ（に）/ … ゆえの

用法　「ゆえ（に）」是接續助詞，有時「に」可以省略。它接在體言、形容動詞詞幹、形容詞和動詞連體修飾形後面，也可以接在名詞加格助詞「の」或加斷定助動詞「である」的後面。「ゆえ（に）」具有文語色彩，只用於書面。其更具有文語表達的形式是「がゆえ（に）」。「ゆえの」可以修飾後面的名詞做定語。該句型主觀色彩較濃，後項可以用推量、意志、命令、勸誘、願望等表達方式。

✽表示原因、理由，文語色彩較濃，相當於漢語的「因為…（所以）」「由於…」。

◊ 幼い子供ゆえ、どうか許してください（因為是年幼的孩子，請原諒他吧）。

◊ 貧困のゆえに高等教育を受けられない子供たちがいる（因為貧困，有些孩子無法接受高等教育）。

◊ 真理あるゆえに、反駁をおそれないのだ（因為是真理，所以不怕反駁）。

◊ 悪天候ゆえに旅行は延期された（由於天氣不好，旅行推遲了）。

◊ 大事ゆえに、きちんと保存した（因為重要，就好好保存下來了）。

◊ 背が高いゆえ、困ることだってあるのです（因為個子高，有時會比較麻煩）。

◊ 仕事が忙しかったゆえに、健康を害したのだ（因為工作太忙而損害了健康）。

◊ 気候が似ているがゆえ、両国の農産物の種類もあまり変わっていない（因為氣候相似，所以兩國農作物的種類也差不多）。

◊ 忠告を聞かなかったゆえに、大きな事故を引き起こしたのだ（由於沒聽忠告，所以引起了大的事故）。

◊ 病気でなく年齢ゆえの目の衰えと知って安心すると同時に、老いを感じてしまった（得知視力衰退不是疾病而是年齡的關係後總算放心了，不過同時也感到自己老了）。

◊ 犯行の原因は家族の愛情が乏しかったゆえのことだろうか（犯罪的原因是缺乏家人的疼愛吧）。

… よい / … いい

用法 「よい」和「いい」在此都是形容詞型的接尾詞，接在意志動詞「ます」形後面，而不能接非意志動詞，這點跟「… やすい」不太一樣。在口語中，多使用「… いい」的形式。　✿表示行為主體的一種主觀評價，有舒適、方便的感覺，相當於漢語的「容易」「好…」。

◊ もっと見<ruby>見<rt>み</rt></ruby>よいところへ行<ruby>行<rt>い</rt></ruby>こう (去看得更清楚的地方吧)。

◊ この本<ruby>本<rt>ほん</rt></ruby>は字<ruby>字<rt>じ</rt></ruby>が大<ruby>大<rt>おお</rt></ruby>きいので、たいへん読<ruby>読<rt>よ</rt></ruby>みよい (這本書的字大，讀起來很舒服)。

◊ 大<ruby>大<rt>おお</rt></ruby>きくてゆったりとした座<ruby>座<rt>すわ</rt></ruby>りいい椅<ruby>椅<rt>い</rt></ruby>子<ruby>子<rt>す</rt></ruby>を買<ruby>買<rt>か</rt></ruby>った (買了一張又大又寬綽、坐起來很舒服的椅子)。

… ようがない / … ようもない

用法 「よう」是名詞型的接尾詞。「ようがない」接在動詞「ます」形後面，可以同「ようもない」替換。

✿表示沒有辦法做某事，通常帶有束手無策、相當無奈的感覺，相當於漢語的「無法…」「沒辦法…」。

◊ 交<ruby>交<rt>こう</rt></ruby>通<ruby>通<rt>つう</rt></ruby>の便<ruby>便<rt>べん</rt></ruby>が悪<ruby>悪<rt>わる</rt></ruby>いので、間<ruby>間<rt>ま</rt></ruby>に合<ruby>合<rt>あ</rt></ruby>いようもない (由於交通不便，所以無法按時到達)。

◊ あの人<ruby>人<rt>ひと</rt></ruby>の住<ruby>住<rt>じゅう</rt></ruby>所<ruby>所<rt>しょ</rt></ruby>も電<ruby>電<rt>でん</rt></ruby>話<ruby>話<rt>わ</rt></ruby>番<ruby>番<rt>ばん</rt></ruby>号<ruby>号<rt>ごう</rt></ruby>も分<ruby>分<rt>わ</rt></ruby>からないから、知<ruby>知<rt>し</rt></ruby>らせようがない (因為不知道那個人的住址和電話，所以沒辦法通知他)。

◊ 彼<ruby>彼<rt>かれ</rt></ruby>の行<ruby>行<rt>ゆ</rt></ruby>く先<ruby>先<rt>さき</rt></ruby>が分<ruby>分<rt>わ</rt></ruby>からないので連<ruby>連<rt>れん</rt></ruby>絡<ruby>絡<rt>らく</rt></ruby>しようがない (因為不知道他去哪裏了，所以無法聯繫)。

◊ あの人<ruby>人<rt>ひと</rt></ruby>はどうしようもない怠<ruby>怠<rt>なま</rt></ruby>け者<ruby>者<rt>もの</rt></ruby>だ (那個人是無可救藥的懶鬼)。

◊ 夜<ruby>夜<rt>よる</rt></ruby>遅<ruby>遅<rt>おそ</rt></ruby>く、電<ruby>電<rt>でん</rt></ruby>車<ruby>車<rt>しゃ</rt></ruby>もバスもなくなり、どうしようもなく歩<ruby>歩<rt>ある</rt></ruby>いて帰<ruby>帰<rt>かえ</rt></ruby>った (夜深了，沒有火車和公共汽車，沒辦法只好走了回去)。

… ようだ / … ような / … ように

用法 ①「ようだ」是比況助動詞，接在名詞加格助詞「の」、動詞和形容詞連體

修飾形後面。「ようだ」用於結句，「ような」用來修飾名詞，「ように」用來修飾用言。在口語中，一般多使用形容動詞型的比況助動詞「みたいだ」「みないな」和「みたいに」。

✲表示比喻，也就是把事物的狀態、性質、形狀及動作的狀態比喻成與此不同的其他事物，相當於漢語的「像…一樣」「…似的」。

◇この雪はまるで綿のようだ（這雪簡直就像棉花一樣）。

◇五月が来たばかりなのにま夏のような暑さだ（剛到5月，可是熱得就和盛夏一樣）。

◇彼女の 心 は 氷 のように冷たい（她的心冷若冰霜）。

◇家族が一同にそろい、あたかも盆と 正 月が一緒に来たようだ（家人都聚在一起，簡直就像盂蘭盆節和新年一起到來了一樣）。

◇身を切るような寒さが続いている（徹骨的寒冷在持續著）。

◇男 は狂ったように走りつづけた（那個男的像瘋了一樣不停地跑）。

◇新製品は面白いようによく売れた（新產品賣得非常好）。

用法　②接在名詞加格助詞「の」或「ではない」、用言的連體修飾形後面。

✲表示說話人對某事物持有的印象或推測性的判斷，從事物的外觀、自己的感覺等進行表述，有時也可以表示委婉的判斷，相當於漢語的「好像…」「似乎…」。

◇李さん、この部屋が山崎さんの部屋のようだ（小李，這個好像是山崎先生的房間）。

◇あの人はこの大学の学生ではないようだ（那個人好像不是這所大學的學生）。

◇先生はお酒がお好きなようだ（老師好像喜歡喝酒）。

◇こちらの方がもっと美味しいようだ（這個好像更好吃）。

◇隣 の部屋に誰かいるようだ（隔壁房間好像有人）。

◇あの話しは以前にどこかで聞いたようだ（那件事好像以前在哪裏聽說過）。

◇せっかくセーターを編んであげたのに、気にいらないようだ（特意織了件毛衣給他，可是他好像不喜歡）。

◇新 しい 療 法が用いられてから、彼の 病 気は快方に向かっているように思われる（自從用了新療法以後，他的病情似乎正在好轉）。

用法　③接在名詞加格助詞「の」、動詞連體修飾形後面。在此沒有「ようだ」這一形式，只有「ような/ように」的形式。

✲表示前項所述事實或已知事實與後項要敘述的事實一致，相當於漢語的「和…

一様」「與…相同」。

◊ 例年のように 十 二月三 十 一日に忘年会を 行 う（和往年一樣，在12月31日舉行年終聯歡會）。

◊ ご存知のように、日本は人口密度の高い国だ（如您所知，日本是一個人口密度很高的國家）。

◊ 私 が発音するように後について言ってください（請按我的發音跟著我說）。

◊ この実験結っ果では、私 が期待していたようなデータは得られなかった（這次的實驗結果，沒有得到我期待的數據）。

ようするに

用法 「ようするに」是副詞。 ✿表示歸納這之前所敘述的內容，拿出自己的結論或問及對方的結論，相當於漢語的「總而言之」「總之」。

◊ ようするに彼は日和見主義者だ（總之他是個機會主義者）。

◊ ようするに彼はあきらめればよいのだ（總而言之，他死心就行了）。

◊ いろいろ理由はあるが、ようするに君の 考 えは甘い（雖然有各種理由，不過總而言之你的想法太天真了）。

◊ ようするに看護婦さんが足りないのだ（總之護士是不夠的）。

…ようで（は）

用法 「よう」是名詞型的接尾詞。「で」是格助詞，「は」是表示強調的副助詞，有時可以省略。該句型接在動詞「ます」形後面，也可以用「…ようによっては」替換。

✿表示對事物的認識就看怎樣理解了，相當於漢語的「就看如何…」「取決於…」。

◊ 気の持ちようで何とでもなることだ（這事就看你如何想了，怎麼都行）。

◊ 物は言いようで角が立つ（話要看如何表述了，說不好會傷人的）。

◊ 考 えようではサラリーマン生活も悪くない（就取決於如何認為了，工薪者的生活也不差）。

…ようでは（消極含義）

用法 「よう」是名詞，「では」是接續助詞。該句型接在用言連體修飾形後面，同消極的謂語相呼應。

✿表示假定條件，並且在這種條件下產生的後果是消極的、不如意的，相當於漢語的「如果…的話，就…」。

◊ そうタバコを吸いすぎるようでは、今に体を壊してしまうよ（如果那樣吸菸過量的話，很快就會把身體搞垮的）。

◊ お母さんと一緒でないと困るようでは、どこへも行けないよ（如果不和母親在一起就不行的話，哪兒也去不了哦）。

◊ こんな漢字がよめないようでは、外国の人に笑われる（如果這種漢字都不會讀的話，會被外國人笑話的）。

◊ 京都への旅行が不安なようでは、留学なんかできないよ（如果去京都旅遊都會感到不安的話，是沒辦法去留學的）。

… ような感じがする / … ような気がする

用法 「ような」是比況助動詞「ようだ」的連體修飾形。「感じがする」是詞團，可以同「気がする」替換。該句型接在名詞加格助詞「の」、動詞和形容詞連體修飾形後面。

✿表示說話人的感覺或主觀的判斷、推測，相當於漢語的「覺得好像…」「感覺…」。

◊ 運動したら、何だか体が軽くなったような感じがする（運動之後，總感覺好像身體變輕了）。

◊ 誰か入ってきたような感じがする（覺得好像有人進來了）。

◊ ここはあそこよりずっと寒いような気がする（感覺這裏比那兒冷多了）。

◊ 悪いのは私のような気がする（覺得好像是我不好）。

… ようなら

用法 「よう」是名詞。「なら」是斷定助動詞「だ」的假定形。該句型接在用言連體修飾形後面。有時也可以用「ようだったら」的形式。

✿表示假定，相當於漢語的「如果…的話，那麼…」「如果…的話，就…」。

◊ この薬を飲んでも熱が下がらないようなら、医者と相談したほうがよいでしょう（如果吃了這藥熱還不退的話，那麼最好去找醫生商量一下）。

◊ 君が行くようなら、伝言を頼むよ（如果你去的話，拜託你捎個口信）。

◊ 体の具合が悪いようなら、ここ二、三日は学校を休みなさい（如果身體不好的話，這兩三天就向學校請假吧）。

◊ 遅れる<u>ようだったら</u>、お電話ください(如果要遲到的話,請給我電話)。

…ように

用法 ①「ように」是比況助動詞「ようだ」的連用修飾形,接在動詞原形和動詞否定式的簡體後面。與「…ために」相比,「…ために」要求前後項的主體必須是一致的,而且前項的動詞必須是意志性的,而「…ように」不要求前後項主體一致,當其前後項主體一致時,前項中的動詞必須是非意志性的,或是動詞的可能態,當其前後項主體不一致時,前項動詞沒有限制。有時後項可以省略,用「ように」結句。另外,有時還可以省略「に」。 ✿表示為了實現前項的目標而做後項動作,相當於漢語的「以便…」「為了…」。

◊ 野菜がよく育つ<u>ように</u>肥料をやる(施肥以便蔬菜茁壯生長)。

◊ 朝早く起きられる<u>ように</u>、たいてい九時ごろには寝る(為了早上能早起,一般9點左右睡覺)。

◊ 転ばない<u>ように</u>気をつけて歩いてください(走路請小心,以免跌倒)。

◊ 子供にもよめる<u>よう</u>名前に振り仮名をつけた(給名字標了假名,以便孩子也能讀)。

◊ 会議は午後三時からです。時間に遅れない<u>ように</u>(會議下午3點開始,請不要遲到)。

用法 ②接在動詞原形或動詞否定式的簡體後面。後項多用「言う・伝える」等表示傳達的動詞。有時可以省略「に」。

✿表示間接引用所要求的內容,需要靈活翻譯。

◊ ベルが鳴ったら、教室に入る<u>ように</u>先生から言われた(老師叫我們鈴一響就進教室)。

◊ 戻りましたら、家に電話する<u>よう</u>お伝えください(他回來後,請轉告他,讓他給家裏打個電話)。

◊ これからは遅刻しない<u>ように</u>注意しておいた(提醒他今後不要遲到)。

◊ 隣の人にステレオの音量を下げてもらう<u>ように</u>頼んだ(請求鄰居把立體聲音響的音量調低)。

用法 ③接在動詞或動詞否定式後面。後項多使用「祈る・祈念する・望む・念じる・願う・希望する・期待する」等動詞,有時後項可以省略,用「ように」結句。「に」有時也可以省略。

✿對自己或他人表示祈禱、希望,需要靈活翻譯。

◊ 息子が大学に合格できる<u>よう</u>神に祈った（向神祈禱，希望兒子可以考上大學）。

◊ 早く全快なさいます<u>よう</u>、祈念いたしております（祝早日痊癒）。

◊ どうか合格できます<u>ように</u>（祝你能考上）。

◊ すべてがうまくいきます<u>よう</u>（祝你一切順利）。

… ようにして

用法　「ように」是比況助動詞「ようだ」的連用修飾形。「して」是「サ變」動詞「する」的連接式，接在動詞原形後面。

✿表示以前項的方式做後項的動作，需要靈活翻譯。

◊ あの人は足を引きずる<u>ようにして</u>、歩いている（那人拖著腿走路）。

◊ 煙の中を這う<u>ようにして</u>、逃げていった（在煙霧中爬著走了）。

◊ 先生は學生たちに支えられる<u>ようにして</u>、山の頂上へ登ってきました（老師被學生們攙扶著爬向山頂）。

◊ 琉球列島は、九州の南方に点々と一線をなす<u>ようにして</u>並んでいる（琉球列島連成一線，排列在九州南面）。

… ようにしてください／… ようにしなさい

用法　「ように」是比況助動詞「ようだ」的連用修飾形。「して」是「サ變」動詞「する」的連接式。「ください」是特殊五段動詞「くださる」的命令形。「なさい」是特殊五段動詞「なさる」的命令形。它們都接在動詞原形或動詞否定式的簡體後面。其中，前者比後者更客氣。

✿表示向對方委婉地提出要求、希望或提醒其注意，相當於漢語的「請」。

◊ 毎日、新聞を読む<u>ようにしてください</u>（請每天讀報紙）。

◊ 忘れ物をしない<u>ようにしてください</u>（請不要忘記東西）。

◊ 部屋を出る前に、電気を消す<u>ようにしなさい</u>（走出房間之前請關燈）。

◊ 私語は慎む<u>ようにしなさい</u>（請不要交頭接耳）。

… ようにする／… ようにしている

用法　「ように」是比況助動詞「ようだ」的連用修飾形。「する」是「サ變」動詞。該句型接在動詞原形或動詞否定式的簡體後面，可以同「… ようにしている」替換。其中，「している」是「サ變」動詞「する」的持續體。　✿表示為了達到

前項所說的目的、目標而努力，相當於漢語的「努力做到…」「爭取…」。

◊ あしたからもっと早く起きるようにする（從明天開始我爭取更早起床）。

◊ 大きな活字を使い、老人にも読みやすいようにする（使用大號鉛字，努力做到讓老人讀起來也方便）。

◊ 利用できる廃品はできる限り利用するようにしている（儘可能利用可以利用的廢品）。

◊ 油ものは食べないようにしている（不吃油膩的食物）。

… ようにと

用法 ①「ように」是比況助動詞「ようだ」的連用修飾形。「と」是表示內容的格助詞，後面省略了「思って」。該句型接在動詞簡體後面。

❀表示目的，相當於漢語的「為了…」。

◊ 風邪を引かないようにと、お父さんは子供に毛布をしっかりかけてやった（為了不讓孩子感冒，父親給他嚴實地蓋上了毛毯）。

◊ 彼はいつ呼ばれても、すぐに起きられるようにと、一晩中着物を着たまま寝ていた（為了能隨叫隨起，他整晚和衣而眠）。

◊ 私は朝の急行に間に合うようにと、目覚し時計を五時になるように掛けた（為了能趕上早上的快車，我把鬧鐘調到了5點）。

◊ 彼を怒らせないようにと、なるべく穏やかに話してやった（為了不惹他生氣，儘量平靜地講給他聽）。

用法 ②「ように」後面省略了「しなさい」，「と」是表示內容的格助詞。該句型接在動詞簡體後面，其後續動詞多為表示訴說、請求、命令之類的動詞。

❀表示希望，相當於漢語的「希望…」「要…」。

◊ お医者さんは酒は健康に有害だから、飲まないようにと言った（醫生說酒有害健康，希望不要喝）。

◊ 借りた物は早く返すようにと注意した（提醒他借別人的東西要早點兒還）。

◊ 一日でいいからテープレコーダーを貸してくれるようにと頼んだ（拜託別人把錄音機借給我，哪怕一天也行）。

◊ 部長にコピーを三十部取るようにと言われた（部長讓我複印30份）。

… ようになる

用法 「ように」是比況助動詞「ようだ」的連用修飾形。「なる」是五段動詞。該

句型接在動詞原形或動詞否定式的簡體後面，多用「ようになった」的形式。

✱表示從某種不可能的狀態改變至可能的狀態，或從不做某種事改變至開始做某種事，多用於表示行為、生活方式、思考方式、能力等等的變化，相當於漢語的「變得…」。

◊ 何回も読んでいるうちに、だんだん読める<u>ようになった</u>（讀了很多遍，漸漸地會讀了）。

◊ 息子は中学校に入って、よく勉強する<u>ようになった</u>（兒子在進了初中之後，學習變得用功了）。

◊ 以前は無口だったが、最近はよくしゃべる<u>ようになった</u>（以前不愛說話，最近變得能說會道了）。

◊ 注意したら、文句を言わない<u>ようになった</u>（提醒了他之後，他變得不再發牢騷了）。

… ように見える

用法 「ように」是比況助動詞「ようだ」的連用修飾形。「見える」是一段他動詞。該句型接在名詞加格助詞「の」、用言連體修飾形後面。

✱表示說話者從所看到的情況加以判斷，多用於實際上判斷不正確的場合，相當於漢語的「看似…」「看上去好像…」。

◊ 本物の<u>ように見える</u>が、実はにせ物だ（看上去像真的，其實是假貨）。

◊ ずいぶん進んだ<u>ように見える</u>（看上去進展很快）。

◊ 彼は賛成している<u>ように見える</u>が、本当のところは分からない（他看上去好像贊成，但是不知道實際上是怎麼想的）。

◊ 便利な<u>ように見えた</u>ので買ってきたが、使ってみるとたいしたことはなかった（看著方便買了回來，但用了一下發現也沒什麼）。

… ようにみせる

用法 「ように」是比況助動詞「ようだ」的連用修飾形。「みせる」是一段他動詞，可以寫成「見せる」。該句型接在名詞加格助詞「の」、用言連體修飾形後面。

✱表示實際上不是那樣，卻做出假象給人看，相當於漢語的「使人看上去像…」「造成…的假象」「裝出」。

◊ 昼間に撮影したシーンを夜間の<u>ようにみせる</u>ことができる（可以讓白天拍的景色看上去像是晚上拍的）。

◊ 犯人は、わざとドアを壊して外部から進入したように見せている(兇手故意把門弄壊，造成一種從外面進入的假象)。

◊ 彼は娘の家出をあまり気にしていないように見せてはいるが、本当は心配でたまらないのだ(他雖然裝出一副不怎麼在意女兒離家出走的樣子，但實際上擔心得不得了)。

◊ 彼は人当たりがよいようにみせている(他裝出一副待人和氣的樣子)。

ようやく

用法 ①「ようやく」是副詞。它多用於事情符合說話者願望的時候，但並不是說話者特別期盼的事情。如果要表示說話者期盼已久的事情實現了，感到高興、放心，一般用「やっと」。

✽表示自然現象逐漸變化的狀態，也可以表示經過長時間之後事態發生了變化或者說話人所預料所期待的事情實現了，相當於漢語的「好不容易…」「總算…」「漸漸…」。

◊ ようやく秋もたけなわになった(秋意漸濃)。

◊ 東の空がようやく白み始めた(東邊的天空開始漸漸泛白)。

◊ ようやく雨が止んだ(雨總算停了)。

◊ 来年は娘もようやく卒業だ(明年女兒也總算要畢業了)。

用法 ②「ようやく」是副詞。✽表示經過時間和辛苦、勞累實現了的狀態，相當於漢語的「勉強」「好不容易」。

◊ 何時間にもわたる手術の結っ果、ようやく命を取りとめた(經過長達幾個小時的手術，好不容易保住了性命)。

◊ タクシーを飛ばして、ようやく時間に間に合った(駕著計程車飛奔，好不容易趕上了)。

◊ 両親から援助を受けて、ようやく生計をたてている(接受了父母的援助，才勉強能維持生計)。

◊ 人に支えてもらって、ようやく歩ける状態だ(讓人攙扶著才勉強能走路)。

よくしたものだ

用法 「よくしたものだ」是一個慣用表達，接在體言加提示助詞「は」後面，有時也可以單獨使用。該句型的中頓形式是「よくしたもので」。

✽表示說話者對事物巧妙程度的驚嘆、感嘆或佩服，相當於漢語的「太好了」「太

巧了」「恰巧」。

◊ 入学から卒業まで一度も病気にならなかったのはよくしたものだと橋本さんは言った（橋本說，從入學到畢業沒生過一次病，真是太好了）。

◊ よくしたもので彼が病気になったら娘が帰ってきた（真是太巧了，他生病時他女兒正好回來了）。

◊ よくしたものだね。呼びに行こうと思っていたら、彼の方から来た（真是太巧了，我正打算去叫他，他卻自己來了）。

よく（も）…ものだ

用法　「よく」是副詞。「も」是副助詞，有時可以省略。「もの」是形式體言。該句型接在動詞過去式「た」簡體後面。

✿表示對意外的事情和行為抱有驚訝、敬佩、譴責等心情，相當於漢語的「竟然…」「居然…」。

◊ こんなに短い時間でよくもやり遂げたものだ（竟然在這麼短的時間內完成了）。

◊ こんな難しい問題が、よく解けたものだ（居然能解答這麼難的問題）。

◊ 恥ずかしげもなく、よくも口に出せたものだ（也不害臊，居然能說得出口）。

◊ こんな小ちいさい記事がよく見つけられたものだ（竟然能找到這麼小的報導文章）。

…由

用法　「由」是名詞，接在名詞加格助詞「の」、用言連體修飾形後面，多用於書信等。

✿表示傳聞，相當於漢語的「聽說…」「據說…」。

◊ ご病気の由、心からお見舞い申し上げます（聽說您病了，謹致以衷心的慰問）。

◊ 試験に合格の由、ただ今電報を受け取りました（剛剛接到電報，說你考上了）。

◊ 来月は久しぶりに上京なさる由、その時はぜひご一報ください（聽說您事隔很久之後將於下月來京，到時請務必通知我一聲）。

◊ お手紙によれば、近くご結婚なさる由、誠におめでとうございます（您來信說最近要結婚了，我謹表衷心的祝賀）。

よしんば … ても / よしんば … でも

用法 「よしんば」是文語副詞，同逆態接續助詞「ても」相呼應。「ても」接在動詞的「て」形、形容詞的「く」後面，「でも」接在名詞後面。「よしんば」也可以用「よし」代替。

✽表示和說話者意願相反的假定，多含有不滿的語氣，相當於漢語的「即使…也…」「就算…也…」。

◊ よしんば今日は昼食を抜きにしても、その練習問題はやりあげてしまう（就算今天不吃午飯，也要把那個練習題做完）。

◊ よしんば彼がそう言っても、それは私の気持ちを代表しない（即使他那麼說了，那也不代表我的想法）。

◊ よしんば悲しくても他人の手前、泣いてはいけません（即使再悲傷，當著別人的面不要哭泣）。

◊ よしんば高い給料でも、あの会社に入りたくない（就算工資高，我也不想進那家公司）。

◊ よしんば金持ちでも幸せとは限らない（即使有錢也未必幸福）。

よしんば … としても

用法 「よしんば」是文語副詞，同逆態接續助詞「ても」相呼應。「と」是格助詞，接在體言、動詞過去式「た」簡體後面。「よしんば」也可以用「よし」代替。該句型同「よしんば … ても」一樣。

✽表示和說話者意願相反的假定，相當於漢語的「即使…也…」「就算…也…」。

◊ よしんばそれが事実としても、君のしたことは許されない（即使這是事實，你的所作所為也不會被原諒）。

◊ よしんば彼が謝ったとしても、私は絶対に許さない（即使他道歉了，我也決不原諒）。

◊ よしんば彼が来たとしても、私は会わない（就算他來了，我也不會見他）。

◊ よしんば彼が怒っていたとしても、私の決意は変わらない（就算他會生氣，我的決心也不會變）。

… 予定だ

用法 「予定」是名詞，接在體言加格助詞「の」、動詞原形後面。

❋表示預先決定今後的行動或安排，相當於漢語的「預定 …」「定於 …」。

◊ 電車は五時三十分に到 着 の予定だ (火車定於5點半到達)。

◊ 会は土曜日の晩の予定だ (會議定於週六晚上召開)。

◊ 来月は大阪で実 習 する予定だ (預定下個月在大阪學習)。

◊ 先月、旅行する予定だったが、病 気で行けなくなった (本來上個月預定去旅遊的，可是因病沒能去成)。

よほど

用法 「よほど」是副詞，單獨使用。在口語中加強語氣時可以用「よっぽど」。

❋表示從一般標準來看已並非一般程度，相當於漢語的「頗 …」「相當 …」。

◊ よほどの物知りに違いない (一定是一個知識相當淵博的人)。

◊ よほどでなければ凍らない (不是相當冷的話不會凍住的)。

◊ あいつはよほど金にこまっているらしい。昨日も友達に昼ごはんをおごってもらっていた (那傢伙好像手頭相當拮据，昨天也是讓朋友請他吃的午飯)。

◊ 私 にとって日本語は話すよりよむほうがよっぽど楽です (對我來說，讀日語比說日語輕鬆多了)。

よもや … ないだろう / よもや … まい

用法 「よもや」是副詞，同否定式推量形相呼應。一般用於發生或存在的可能性很小的事，比「まさか … ないだろう」的可能性還要小。「よもや … まい」用於書面語表達。

❋表示不相信句中所述的情況會發生或存在，相當於漢語的「不會 …」「不至於…」。

◊ よもや彼はそんなことはすまいと思った (我以為他不會做那種事的)。

◊ よもや彼が負けることはあるまい (他不會輸吧)。

◊ あれほど念を押したのだから、よもや忘れはしないだろう (我那麼叮囑他了，他不至於忘了吧)。

◊ いくらお金に困っているといっても、よもやサラ金に手を出したりはしていないだろう (不管多缺錢，總不至於去借高利貸吧)。

◊ よもや彼が行かないことはないだろう (他不會不去吧)。

…より

用法 ①「より」是格助詞，接在體言、助詞、動詞簡體後面，可以在其後面加副助詞「は」「も」表示強調。

✿表示以前項為基準進行比較，相當於漢語的「比…」。

◊ このシャツのほうがさっき見たのより色がきれいだ（這件襯衫的顏色比剛才看到的那件漂亮）。

◊ 私はあなたより若い（我比你年輕）。

◊ 募金は思ったより集まりが少ない（募捐所得比想像的要少）。

◊ やらずに後悔するよりは、無理にでもやってみた方がいい（與其沒做而後悔，還不如蠻幹一下試試）。

◊ 彼は今までよりよく働くようになった（他比以前工作更努力了）。

用法 ②「より」是格助詞，接在表示時間或地點的名詞後面。用法和含義與格助詞「から」一樣，不過多用於書面語和鄭重場合下的口語表達。

✿表示時間或地點的起點，相當於漢語的「從…」「自…」「離…」。

◊ 公園より一キロ離れた所で子供が見つかった（在離公園1公里的地方發現了孩子）。

◊ 友達より手紙が来た（朋友來信了）。

◊ 当店は八月十三日より十五日まで休業いたします（本店自8月13日起至15日暫停營業）。

◊ 九時より会議がある（9點開始有個會）。

用法 ③「より」是接尾詞，接在表示方向、方位、場所、性格、立場等名詞後面。

✿表示偏向或靠近、接近某一方面，相當於漢語的「偏…」「靠近…」。

◊ 今日は南よりの風、晴れでしょう（今天刮南風、晴天）。

◊ 海よりの地帯は快適だ（沿海的地帶舒適）。

◊ それを壁よりに置いてください（請把這個東西靠牆放）。

◊ 野上さんの性格は内気よりだ（野上同學的性格偏內向）。

用法 ④「より」是副詞，單獨使用。

✿表示事物的程度，相當於漢語的「更加…」「更…」。

◊ より一層勉強するよう望む（希望更加努力學習）。

◊ より正確に言えば地震が三時十三分六秒にあった（更為準確地說，地震發

生在凌晨3點13分6秒）。

♪ 新しいビルはより高くなる傾向にある（新大樓更趨向高）。

… よりいっそ（のこと）

用法 「より」是格助詞，「いっそ」是副詞。該句型接在名詞、動詞連體修飾形簡體後面，後項多伴有意志、願望、判斷、勸誘等表達方式。

✿表示不要老是做前項的動作，而要大膽地進行後項的動作，相當於漢語的「與其 … 不如 …」「與其 … 乾脆 …」。

♪ 休職よりいっそ転職を考えてみたらどうですか（與其停職不如考慮換個工作）。

♪ 車を待つよりいっそ歩いていこう（與其等車不如步行去吧）。

♪ 彼に誘われるのを待っているより、いっそのこと自分から誘ってみたらいいんじゃないでしょうか（與其等他來邀請你，不如你自己試著去邀請他怎麼樣）。

… よりしか … ない／… よりしかない

用法 「より」是格助詞，「しか」是副詞，同否定式謂語相呼應。該句型接在名詞、動詞連體修飾形簡體後面。

✿表示排除其他內容，只限定在前項的內容上，相當於漢語的「只有 …」「只好 …」「只 …」。

♪ 柿の木の枝には小ちいさい柿よりしか残っていない（柿子樹的樹枝上只剩下了小柿子）。

♪ 日本へは一度よりしか行ったことがない（只去過一次日本）。

♪ 果物はりんごとバナナよりしかない（水果只有蘋果和香蕉）。

♪ 黙ってみているよりしかない（只好默默地看著）。

… より（も／は）… ほうが

用法 「より」是格助詞，接在名詞、動詞連體修飾形簡體後面。「より」後面可以加副助詞「も」或「は」表示強調，有時可以省略。「ほう」是名詞，接在體言加格助詞「の」、動詞連體修飾形簡體後面。

✿表示比起前項來，後項更如何如何，相當於漢語的「比起 … 來，… 更 …」。

♪ 私は文学より数学のほうが好きだ（比起文學來，我更喜歡數學）。

◊ 昨年よりも今年の冬のほうが寒い（比起去年，今年冬天更冷）。

◊ 休みの日は外へ出かけるよりうちでごろごろしているほうが好きだ（在休息日，比起外出我更喜歡在家閒待著）。

◊ 電車で行くより、新幹せんで行くほうが速くていい（比起坐火車，坐新幹線去更快更好）。

… より … (の) ほうがいい

用法 「より」是格助詞，接在體言、動詞連體修飾形簡體後面。「ほう」是名詞，接在體言加格助詞「の」、動詞連體形簡體後面。該句型一般用於提建議，「ほう」前面接動詞用原形表示對自己或包括自己在內的人提出建議，接過去式「た」的簡體後面是對他人提出建議。

✿表示比起前項來，說話者認為後項更好，相當於漢語的「比起 … 來，… 更好」「與其 … 不如 … 的好」。

◊ 病気の時は、薬を飲むよりむしろ寝たほうがいい（生病的時候，比起吃藥來，睡覺更好）。

◊ 聞くより見るほうがいい（耳聞不如眼見）。

◊ このパソコンより、そのパソコンのほうがいい（那台電腦比這台電腦更好）。

… より (は) … ほうがましだ

用法 「より」是格助詞，接在體言、動詞連體修飾形簡體後面。「ほう」是名詞，接在體言加格助詞「の」、動詞連體修飾形簡體後面。

✿表示說話人在比較前項和後項時選擇後項，一般用於對前後兩項都不太滿意時做出的不情願的選擇。「より」後面可以加「は」表示強調。相當於漢語的「比起 … 來，還是 … 好些」「與其 … 不如 …」。

◊ こんな生き方をしているよりは、死んだほうがましだ（與其這樣活著，還不如死了的好）。

◊ 出かけるより家でテレビを見ているほうがましだ（比起外出來，還是在家看電視的好）。

◊ インフレは貨幣に対する信用崩壊だから、インフレよりまだデフレのほうがましだ（因為通貨膨脹會導致對貨幣的信用崩潰，所以比起通貨膨脹來還是通縮好些）。

… より（ほか）仕方がない

用法 「より」是格助詞。該句型接在動詞原形後面。名詞「ほか」有時可以省略。

✿表示為了解決某個問題，即使不情願也只能那麼做，相當於漢語的「只有」「只好」「只能」。

◊お金がないのなら、旅行はあきらめるより仕方がない（如果沒錢的話，只能放棄去旅遊的念頭了）。

◊自分の失敗は自分で責任を持って始末するより仕方がない（自己的失敗只有自己來承擔責任）。

◊暇がないから、断るよりほか仕方がない（因為沒空，所以只好拒絕）。

… より（も／は）むしろ … ほうがいい

用法 「より」是格助詞，接在動詞連體修飾形簡體後面。「より」後面可以加副助詞「も」或「は」表示強調，有時可以省略。「むしろ」是副詞。「ほう」是名詞，常接在動詞過去式「た」的簡體後面。

✿表示說話者認為後一種做法比前一種好，相當於漢語的「與其 … 不如 …」。

◊人に聞くよりむしろ自分で考えてみたほうがいい（與其問別人，不如自己試著考慮一下）。

◊あの人は政治家というよりむしろ文学者と言ったほうがいい（那個人與其說是政治家，不如說是文學家）。

◊家で作るよりもむしろ出来合いのものを買ったほうがいい（與其在家裏做，不如買現成的）。

… よりも

用法 「より」是格助詞，「も」是加強語氣的副助詞。該句型接在名詞、疑問詞、動詞連體修飾形簡體後面。在口語中，可以用「… よりか」的形式。

✿表示比起前項還是後項比較好，相當於漢語的「比起 … 還是 …」「比 … 還 …」。

◊魚は牛肉よりも値段が高いそうだ（聽說魚比牛肉還要貴）。

◊これは何よりも結っ構な品だ（這是比什麼都好的東西）。

◊夏休みには海へ行くよりも山へ行きたい（暑假比起去海邊來，我更想去爬

山)。

◊ 仕事は思ったよりも大変だった(工作比預想的還辛苦)。

◊ 去年よりか泳ぎがずっと上手になった(游泳比去年強多了)。

◊ 映画を見るよりか小説でも読んだほうがいい(比起看電影來，還是讀讀小說什麼的好)。

…(という)より(も)むしろ

用法 「という」是詞團，接在名詞、形容動詞詞幹、動詞和形容詞原形後面，有時可以省略。「より」是格助詞，接在名詞、動詞連體修飾形後面。「も」是加強語氣的副助詞，有時可以省略。「むしろ」是副詞，修飾後面的句子。

✿表示對兩個事物進行比較後，選擇後者，相當於漢語的「與其 … 倒不如 …」「比起 … 寧可 …」。

◊ 二人の会話は議論というよりむしろ喧嘩と言ったほうがぴったりだ(兩人的對話與其說是討論，不如說吵架更合適)。

◊ 彼の書いた英文は、できが悪いというより、むしろもう絶望的だと言ったほうがいいくらいひどい(他寫的英文與其說寫得不好，不如說已經差到了令人絕望的地步)。

◊ 大都会よりもむしろ地方の中小都市で働きたいと考える人が増えてきている(與其在大城市工作，不如在地方上的中小城市工作，這樣想的人正在增多)。

◊ 私は人と話し合うよりもむしろ一人で本を読むほうが好きだ(比起和別人說話來，我寧可一個人看書)。

ら

…らしい

用法　①「らしい」是形容詞型推量助動詞，接在名詞、形容動詞詞幹、動詞和形容詞簡體後面，用於句末。其中頓形是「らしく」，敬體是「らしいです」，過去式是「らしかった」。其否定式為「ないらしい」。它常和副詞「どうも」「どうやら」相呼應。

✱表示說話者認為句中所述內容是確信程度相當高的事物。該判斷的根據是從外部得來的訊息或是可觀察的事物等客觀的東西，而不是純粹的主觀推測，相當於漢語的「好像…」「似乎…」。

◊ 天気予報によると、明日は雨らしいです (根據天氣預報，明天好像有雨)。

◊ みんなの噂では、あの人は国では翻訳家としてかなり有名らしい (據大家說，那個人在國內作為翻譯家好像相當有名)。

◊ 黒い雲が出てきた。どうやら雨が降るらしい (黑雲出現了，好像要下雨了)。

◊ 夜中に雨が降ったらしく、地面が濡れている (昨晚似乎下雨了，地面是濕的)。

◊ 高木さんは急いでいるらしかったので、私は彼に何も言わなかった (高木君好像很匆忙，所以我對他什麼也沒有說)。

◊ もう九時だ、あの人は今日は来ないらしい (已經9點了，那個人今天好像不會來了)。

◊ 李さんに聞いたが、この映画は面白いらしい (問了小李，這部電影好像很有趣)。

用法　②「らしい」是形容詞型活用的接尾詞，接在體言後面。其連用修飾形是「らしく」或「らしくて」，其否定式是「らしくない」。　✱表示充分反映出了該事物所具備的典型特徵，相當於漢語的「像…」「典型的」。

◊ そんなことを言うのはいかにも彼らしい (說那種話真像他的為人)。

◊ 弱音を吐くなんて君らしくないね (居然說洩氣話，這可不像你啊)。

◊ 今日は春らしい天気だ (今天的天氣像個春天的樣子)。

◊ 彼はいかにも芸術家らしく奇抜なかっこうで現れた (他完全以典型藝術家的奇特打扮出現了)。

體言＋らしい＋同一體言

用法 「らしい」是形容詞型活用的接尾詞，前後接同一名詞。 ✽表示具備了該名詞應有的特性，相當於漢語的「像樣的」「典型的」「有⋯樣的」等。

◊ 僕は 男 らしい 男 になりたい（我想做一個像樣的男子漢）。

◊ あの 人は本当に先生らしい先生ですね（那個人眞有老師的樣子啊）。

◊ 彼の家には家具らしい家具もない（他家連件樣的傢具都沒有）。

◊ このところは雨らしい雨も降っていない（最近連陣像樣的雨都沒下過）。

◊ 日本語らしい日本語を勉 強したい（我想學習地道的日語）。

⋯られる／⋯れる（可能）

用法 「られる・れる」為可能態助動詞，按照一段動詞活用。其中，「られる」接在一段動詞和「カ變」動詞的「ない」形後面。「れる」接在五段動詞「ない」形後面，不過一般都會進行約音，如「行く」→「行かれる」→「行ける」，即把五段動詞的詞尾從「ウ段」變到「エ段」，再加「る」。「サ變」動詞是把「する」變成「できる」。 ✽① 表示憑能力、技術或意志的力量能夠做到某事，相當於漢語的「能」「會」「可以」。

◊ 専攻は 日本語だから、日本語が話せる（因為專業是日語，所以能說日語）。

◊ 車 掌 はすべての駅名が覚えられる（乘務員能記住所有的站名）。

◊ 彼にできないスポーツはない（沒有他不會的體育運動）。

◊ 明日用事があって、来られない（明天有事，不能來了）。

✽② 表示根據狀況或機會，某件事是有可能實現的，相當於漢語的「能」「可以」。

◊ 両 親に言えないことでも、友達になら言える（即使是對父母不能說的事，對朋友的話就可以說）。

◊ この動物園では、子供は無 料でイルカのショーが見られる（在這個動物園，孩子們可以免費看海豚表演）。

◊ 仕事場の人は誰でもそのファックスが使用できる（辦公室的人誰都可以用那台傳眞機）。

✽③ 表示從某事物的性質或屬性來看可以，相當於漢語的「能」「可以」。

◊ この 泉 の水は飲める（這個泉水可以喝）。

◊ この 教 室は三 百 人は楽に入れる（這個教室可以輕鬆地容納300人）。

◊ この野菜は生では食べられない（這種蔬菜不能生吃）。

… られる / … れる（被動）

用法 ①「られる・れる」是表示被動語態的助動詞，按照一段動詞活用。其中，「られる」接在一段動詞和「カ變」動詞的「ない」形後面。「れる」接在五段動詞「ない」形後面。「サ變」動詞是把「する」變成「される」。在被動語態中，施動者用格助詞「に」、詞團「によって」或格助詞「から」來提示，有時施動者會被省略。「られる・れる」接在他動詞後面。　＊表示某人或某物直接承受了動詞所表示的動作，相當於漢語的「被」「受到」「由」。

◊ 私は彼から多くのことを教えられた（我被他教會了很多東西）。

◊ 子供のころ、私は特に母に甘やかされた（小時候，我受到了母親特別的寵愛）。

◊ 来月発表される車のカタログを手に入れた（我弄到了下個月將要發售的轎車的商品目錄）。

◊ 近頃、この言葉がよく使われているようだ（最近，這個詞好像經常被使用）。

◊ 地震後、その教会は地域の住民によって再建された（地震過後，那個教堂由當地居民進行了重建）。

用法 ②接在部分自動詞和他動詞的被動語態，在此施動者只能用「に」來提示。當動詞為他動詞時，施動者可以省略。

＊表示說話人由於某事態發生而間接地受到了不好的影響，不翻譯成「被」。

◊ 大雨に降られて運動会を来週に延ばした（由於下大雨，所以把運動會推遲到了下週）。

◊ 友達に来られて出られなくなった（朋友來了，不能出去了）。

◊ 彼は奥さんに逃げられて、すっかり元気をなくしてしまった（他老婆跑了，他很沮喪）。

◊ 今あなたに会社をやめられるのは痛手だ（你現在離開公司是我們的重大損失）。

◊ 狭い部屋でタバコを吸われると気分が悪くなる（如果小房間裏有人抽菸的話我就覺得不舒服）。

用法 ③他動詞帶賓語的被動語態，所屬物用格助詞「を」來提示，施動者用格助詞「に」來提示。　＊表示主語的所屬物直接受到了某個動作的影響，因而主語間接受到了該動作的影響，相當於漢語的「被」。

◊ 私は妹にケーキを食べられた（我的點心被妹妹吃掉了）。

◊ 友達からの手紙を母に見られた（朋友的來信被母親看了）。

◊ 森さんは知らない人に名前を呼ばれた（森先生被不認識的人叫了名字）。

◊ 先生に発音をほめられて英語が好きになった（發音被老師表揚了，因此喜歡上了英語）。

… られる／… れる（自發）

用法 「られる・れる」是表示自發的助動詞，按照一段動詞活用。其中，「られる」接在一段動詞和カ變動詞的「ない」形後面。「れる」接在五段動詞「ない」形後面。「サ變」動詞是把「する」變成「される」。表示自發的助動詞，一般接在表示心理活動、感官作用的詞後面。 ✿表示自然而然產生的心理狀態或與感官有關的狀態，相當於漢語的「不禁」「不由得」。

◊ この写真を見ると、幼い時きのことが思い出される（一看這張照片，就不禁想起幼時的事情）。

◊ 気の毒に思われてならない（不禁覺得很可憐）。

◊ 涼しさが訪れてくると、つくづく故郷が偲ばれてならない（一涼起來，就不禁產生深切的懷鄉之情）。

◊ なんとなく肌寒さが感じられる（不知為何，不由得感到一絲寒意）。

◊ そう言えば、私もそんなふうに考えられた（這麼說來，我也不由得那麼想了）。

… られる／… れる（尊敬）

用法 「られる・れる」是表示尊敬的助動詞，按照一段動詞活用。其中，「られる」接在一段動詞和カ變動詞的「ない」形後面。「れる」接在五段動詞「ない」形後面。「サ變」動詞是把「する」變成「される」。其尊敬程度低於「いらっしゃる」「おっしゃる」等尊敬語動詞和「お（ご）…になる」的動詞構成式。

✿表示對話題中提到的人物的尊敬，不需要翻譯。

◊ 先生も行かれるそうです（聽說老師也去）。

◊ もう帰られますか（您這就回去了嗎）？

◊ 皆さんが来られると、大変賑やかになります（大家一來，將會變得很熱鬧）。

◊ 今度上京きされる時は、まっすぐ僕の家へいらっしゃい（下次您來京的時候，請直接來我家）。

ろ

ろくでもない

用法 「ろくでもない」是一個詞團，在句子中起形容詞的作用。它後接體言。

✱表示什麼價值也沒有、微不足道、不值錢，相當於漢語的「不怎麼樣」「沒什麼價值」「無聊的」。

◊ろくでもない本ばかり読む(淨讀一些無聊的書)。

◊花子はろくでもない男に夢中になっている(花子對一個不怎麼樣的男人著了迷)。

◊彼はきっとろくでもないことを企んでいるのだろう(他一定在搞什麼鬼名堂)。

ろくに…ない / ろくな…ない

用法 「ろく」是形容動詞。「ろくに」是連用修飾形，後接動詞。「ろくな」是連體修飾形，後接名詞。它們同否定式謂語相呼應。

✱表示沒有達到令人滿意的程度，往往帶有不滿、輕蔑的語氣，相當於漢語的「不能好好的」「…不好」「沒有像樣的」。

◊ろくに日本語も話せない(連日語都講不好)。

◊この頃の学生は、ろくに勉強もしないで遊んでばかりいる(最近的學生也不好好學習，只知道玩)。

◊そんな雑誌、ろくに読まなくても大体どんなことが書いてあるかは見当がつくよ(那種雜誌不用好好看也能猜到大體寫了些什麼)。

◊この本屋にはろくな本はない(這家書店沒有像樣的書)。

◊こんな安月給ではろくな家に住めない(工資這麼低的話，住不上像樣的房子)。

◊上司には怒られるし、彼女にはふられるし、ろくなことがない(被上司罵了一通，又被女朋友甩了，沒一件好事)。

ろくろく … ない

用法 「ろくろく」是副詞，與否定式謂語相呼應，和「ろくに … ない」一樣，是其口語的表達形式。

✱表示沒有達到令人滿意的程度，相當於漢語的「沒能好好地」「沒有充分地」。

◊ ゆうべ<u>ろくろく</u>寝<u>なかった</u>（昨晚沒能睡好）。

◊ 今日は朝から<u>ろくろく</u>食事もできなかった（今天從早上開始連飯也沒能好好吃）。

◊ 彼女はその手紙を<u>ろくろく</u>読みも<u>しない</u>で破り捨ててしまった（她沒仔細看就把信撕掉並扔了）。

わ

… わけがない / … わけはない

用法 「わけ」是形式體言。「わけがない」接在名詞「な」或「である」、用言連體修飾形後面，也可以說成「… わけはない」。它基本上可以同「… はずがない」替換。

✽表示說話者的主觀判斷，從道理上強調或確信某事完全不可能發生，相當於漢語的「不會」「不可能」。

◊あいつが犯人なわけがないじゃないか（他怎麼可能是犯人呢）。

◊こんな忙しい時期にスキーに行けるわけがない（這麼忙的時候不可能有空去滑雪）。

◊そんなことを聞かれても、僕はそこにいなかったのだから、知っているわけがない（你問我那件事，可當時我不在那裏，不可能知道）。

◊こんなに低温の夏なんだから、秋にできる米がおいしいわけがない（夏天氣溫這麼低，所以秋天成熟的米不會好吃的）。

◊住まいの隣が工事中で静かなわけはない（住處的旁邊正在施工，不可能安靜）。

… わけだ

用法 「わけ」是形式體言。「だ」是斷定助動詞。該句型接在名詞加「な」或「である」、用言連體修飾形後面。

✽① 表示從某個事實、情況自然而然得出的結果或必然導致的結論，相當於漢語的「當然」「就是」「難怪」。

◊イギリスとは時差が八時間あるから、日本が十一時ならイギリスは三時なわけだ（和英國有8個小時的時差，所以如果日本是11點的話，英國就是3點）。

◊そんなことを言ったら、彼が怒るわけだよ（如果說了那種話，他當然會生氣了）。

◊よく似ているわけだよ。なんとあの二人は双子だそうだ（難怪很像，聽說那兩個人居然是雙胞胎）。

◊ 彼女は中国に三年間働いていたので、中国の事情にかなり詳しいわけだ（她在中國工作過3年，對中國的情況當然了如指掌）。

◊ 道理で寒かったわけだ。今朝は零下十度まで下がったそうだ（難怪那麼冷，聽說今天早上温度降到了零下10度）。

◊ 日本に十年もいたから、日本語が上手なわけだ（在日本住了10年，日語當然好了）。

✿②表示原因、理由，相當於漢語的「因為」。

◊ 誰でもいずれ結婚するわけだから、普段から貯金しておかなければならない（不管是誰，早晚都要結婚的，所以平時必須存錢）。

◊ 彼女は猫を三匹と犬を一匹飼っている。一人暮らしで寂しいわけだ（她養了三隻貓和一條狗，因為一個人生活很寂寞）。

◊ 姉は休みの度に海外旅行に出かける。日常の空間から脱出したいわけだ（姐姐每逢休假就去國外旅遊，因為她想脫離日常所生活的空間）。

… わけではない / … わけでもない

用法　「わけ」是形式體言。「ではない」是斷定助動詞「だ」的否定式。該句型接在用言體修飾形後面，可以同「わけでもない」替換。

✿表示否定按通常的道理所作的推測，相當於漢語的「並不是…」「並非…」。

◊ 私の部屋は本で埋まっているが、全部読んだわけではない（我的房間裏堆滿了書，但並沒有全部讀過）。

◊ 努力したから、いい仕事ができるわけでもない（並不是說努力了就能做好工作）。

◊ 足を怪我しているが、歩けないわけではない（雖然腳受傷了，但並非不能走路）。

◊ このレストランはいつも客がいっぱいだが、だからといって、特別においしいわけではない（這家餐廳總是顧客盈門，雖說如此，也並非特別好吃）。

◊ 私は普段あんまり料理をしないが、料理が嫌いなわけではない。忙しくてやる暇がないだけなのだ（我平時不怎麼做菜，但並不是討厭做菜，只是很忙沒時間做而已。）

… わけにはいかない

用法　「わけ」是形式體言。「に」是格助詞，「は」是加強否定語氣的副助詞。「い

かない」是五段動詞「いく」的否定式。該句型接在動詞原形或動詞否定式的簡體後面。

✿表示不能做某事、不可能做某事，其原因不是沒有能力去做，而是從一般常識、社會倫理、過去的經驗來考慮，某事是不能做的，相當於漢語的「不能」「不可」。

◊ 病院にステレオを持っていくわけにはいかない（不能把立體聲音響帶到醫院去）。

◊ もう九時を過ぎているが、この仕事を終えるまでは帰るわけにはいかない（雖然已經過了9點了，但是不做完這項工作不能回家）。

◊ 一週間も掃除をしていないから、今日はしないわけにはいかない（已經一個星期沒打掃了，今天非打掃不可）。

◊ 親戚のうちの引越しだから、手伝わないわけにはいかない（因為親戚搬家，所以不得不幫忙）。

わざわざ

用法 「わざわざ」是副詞，用於修飾動詞。

✿表示並不是做別的事情時順便做某件事，而是專門為了某件事而做的。另外，還表示不是出於義務，而是出於好意、善意、擔心等才做的。它相當於漢語的「特意」。

◊ そのためわざわざ来たのだ（特意為此而來的）。

◊ わざわざでなくてもおついでで結構です（您不必特意去做，只要順便做一下就行了）。

◊ わざわざ届けてくださって、本当にありがとうございました（特意給我送來，真是太感謝了）。

◊ 風邪だというから、わざわざみかんまで買ってお見舞いに行ったのに、その友達はデートに出かけたという（聽說朋友感冒了，特意買了橘子去看望他，可是他家裏人卻說他出去約會了）。

わずか

用法 「わずか」是形容動詞。

✿表示說話人認為數量很少或程度很輕，相當於漢語的「僅僅」「一點」「少」。

◊ 部屋にはわずかな本があった（房間裏有少量的書）。

♪ 財布の中に残っていたのはわずか二百円だった (錢包裏僅剩200日元了)。
♪ 彼のわずかな楽しみを奪うものではない (不應該剝奪他僅有的一點樂趣)。
♪ 英語をわずかばかり話します (只會說一點點英語)。

わりと / わりに

用法 「わりと」和「わりに」都是副詞，修飾後面的用言。一般說來，「わりと」比「わりに」更口語化。

✿表示與從某種狀況中想像的事加以比較，發現事實與預想的不同，可以用於正負兩面的評價，相當於漢語的「比較」「挺」。
♪ 今日の試験はわりと簡単だった (今天的考試比較簡單)。
♪ 野球の嫌いな人がわりと多いらしい (好像討厭棒球的人比較多)。
♪ 今年はわりに雪が少なかった (今年的雪比較少)。
♪ わりにうまくいった (挺順利的)。

… わりに (は)

用法 「わりに」是詞團，後續副助詞「は」表示強調，有時可以省略。它接在名詞加格助詞「の」、用言連體修飾形後面，一般用於口語。

✿表示後項的敘述與前項的事實比較起來不相稱，相當於漢語的「雖然…但是」「與…比起來」。
♪ 彼女は年齢のわりには若く見える (與她的年齡相比，她顯得年輕)。
♪ このレストランの料理は高いわりにはおいしくない (這家西餐廳的菜雖然貴，但是不好吃)。
♪ 彼は何事にもまじめなわりには人から好かれていない (他雖然對什麼事都很認真，但不受別人的喜愛)。
♪ よく食べるわりに太らない (雖然吃得多，但卻不發胖)。
♪ 雪が降っているわりにあまり寒くない (雖然下著雪，但卻不太冷)。
♪ 勉強しなかったわりには成績がよかった (雖然不學習，成績卻很好)。

を

を（格助詞）

用法 「を」是格助詞，接在體言的後面。

✿① 表示他動詞的賓語，動作的對象，不需要翻譯。

♦ 毎日新聞を読むのが好きだ（我喜歡每天看報紙）。

♦ 警官は泥棒の腕をつかんだ（警察抓住了小偷的臂膀）。

♦ たらいに水を入れた（把水倒入盆裏了）。

✿② 表示使役態中自動詞的被使役者，相當於漢語的「讓」「叫」等。

♦ 先生は池田さんを帰らせて、下田さんをのこらせた（老師讓池田君回去了，而叫下田君留下了）。

♦ 授業の後、高木さんを事務室に来させてください（課後，請叫高木同學到辦公室來一下）。

♦ 母は妹を窓際に立たせた（母親叫妹妹站在了窗邊）。

✿③ 表示自動詞移動的場所，不需要翻譯。

♦ 友達と銀座通りを歩いた（我和朋友行走在銀座大街）。

♦ 列車は利根川を渡った（列車穿過了利根川）。

♦ 飛行機はパリ上空を飛んだ（飛機在巴黎的上空飛翔）。

✿④ 表示經過的時間，不需要翻譯。

♦ 夏休みを海外旅行で過ごした（整個暑假都在國外旅行）。

♦ あのお婆さんは寝たきりで五年を送った（那個老婆婆卧床不起5年了）。

♦ 杜若が今を盛りと咲いている（燕子花現在正在盛開）。

♦ 長い年月を経る（經過漫長的歲月）。

✿⑤ 表示好惡、願望、可能等詞語的對象，不需要翻譯。

♦ 若者はたいていそういった考えを嫌う（年輕人大多討厭那種觀點）。

♦ どちらをお好みですか（你喜歡哪一個）？

♦ 紅茶を飲みたいな（我想喝紅茶啊）。

♦ 両親の健康を案じた（我擔心父母的健康）。

♦ 中国語を話せるかい（你會說中國話嗎）？

… をあてにする

用法 「を」是格助詞,「あて」是名詞。該句型接在名詞後面。其中頓形為「… を あてにして」。

❉表示以前項為依靠,指望前項,相當於漢語的「指望」「靠」「相信」。

◊ 友人の援助をあてにする(指望朋友的援助)。

◊ 君をあてにするよ(全靠你啦)。

◊ 彼の助けをあてにしていたが外れた(本來指望他幫忙,結果落空了)。

◊ 君の話しをあてにしてこの品を買ったのだ(相信你的話才買了這樣東西的)。

… をいう

用法 「を」是格助詞,「いう」是五段他動詞,可以寫成「言う」。該句型接在名詞後面。

❉表示說了這樣的話,前項是說話的內容,相當於漢語的「說」。

◊ おじさんにお礼を言なさい(對叔叔說聲謝謝)。

◊ 彼女は言いたいことを言った(她說了想說的話)。

◊ 物語の中では動物がものをいう(傳說故事中動物會說話)。

◊ 友達にひどいことを言って嫌われてしまった(對朋友說了很過分的話,他討厭我了)。

… をおいて … ない

用法 「をおいて」是一個詞團,接在體言或形式體言後面,與否定式謂語相呼應。該句型多用於給予高度評價的場合。

❉表示前項是獨一無二的,相當於漢語的「除了…沒有」「只有」。

◊ この役にぴったりの女優は彼女をおいてほかにいない(最適合這個角色的女演員只有她)。

◊ 彼をおいて、この仕事を任せられる人間はいないだろう(除了他,大概沒有人能勝任這項工作了)。

◊ これをおいてほかに道はない(除此之外沒有其他辦法)。

◊ 私の部屋に合うテーブルはこの白くて丸いのをおいてほかにない(除了這張白色的圓桌,沒有其他桌子適合我的房間)。

… を限りに

用法 ①「を」是格助詞,「限り」是名詞,「に」是格助詞,表示限定。該句型接在表示時間或事件的名詞後面。

✽表示以某個時間或事件為最後期限,需要靈活翻譯。

◊ 来週の月曜日を限りに、実験報告を出してください(請在下週一之前把實驗報告交上來)。

◊ 今日を限りに、会社をやめる(從今天開始辭職不幹了)。

◊ この試合を限りに引退するつもりだ(打算這場比賽之後就引退)。

◊ あの女優は今日の公演を限りに舞台生活を終わりにした(那名女演員把今天的公演作為她舞台生涯的終點)。

用法 ②該句型接在表示能力的名詞後面。

✽表示將某種能力發揮到最大限度,相當於漢語的「竭盡」。

◊ 力を限りに、敵を崖から突き落とした(竭盡全力將敵人推下了懸崖)。

◊ みんなは声を限りに叫んだが、何の返事も返ってこなかった(大家都聲嘶力竭地喊了,可是沒有任何回應)。

… を皮切りとして / … を皮切りに(して)

用法 「を」是格助詞,「皮切り」是名詞。「… を皮切りとして」接在名詞後面,可以同「… 皮切りに(して)」互換。

✽表示某事物發生或發展的開始,一般後項是敘述這之後繁榮、飛躍、發展的情景,相當於漢語的「以 … 為開端」「從 … 開始」。

◊ この青年文化交流会を皮切りとして、新しい両国の連帯を作り出そう(以這次青年文化交流會為開端,開展兩國的新的合作吧)。

◊ 今日を皮切りに本会の活動は始まる(從今天開始進行本會的活動)。

◊ 開会式を皮切りにいろいろな行事が行われた(以開幕式為開端,舉行了各種各様的活動)。

◊ この作品を皮切りにして、彼女はその後、多くの小説を発表した(以這部作品為開端,她後來發表了許多小説)。

… をきっかけとして / … をきっかけに(して)

用法 「を」是格助詞,「きっかけ」是名詞。「… をきっかけとして」接在名詞後

面，可以同「… をきっかけに（して）」互換。

✲表示某事產生或發生的原因、動機、機會，相當於漢語的「以 … 為契機」「從 … 開始」「趁著」。

◇あるコンサートを聞きに行ったのをきっかけとして、そのバンドの大ファンになった（以去聽一次音樂會為契機，成了那個樂隊的狂熱愛好者）。

◇ある新聞記事をきっかけとして、十年前のある出来事を思い出した（以某一篇新聞報導為契機，我想起了10年前發生的某一事件）。

◇彼女は卒業をきっかけに髪を切った（她趁著畢業把頭髮剪了）。

◇若い頃の留学をきっかけに、その国に二十年間暮らすことになった（從年輕時留學開始，在那個國家生活了20年）。

◇彼は就職をきっかけにして、生活を変えた（他以就職為契機，改變了生活）。

… を禁じえない

用法　「を」是格助詞，「禁じえない」是由「禁じる」和「える」複合成「禁じえる」後，再接「ない」構成。該句型接在表示感情的名詞後面。

✲表示不能不產生某種心情，無法抑制某種情緒的產生，相當於漢語的「不禁 …」「無法抑制」「不能不令人 …」。

◇君がこんな失敗をするとは、僕は失望を禁じえない（沒想到你會有這樣的失敗，我不禁感到失望）。

◇殺人犯に対する憎しみを禁じえない（無法抑制對於殺人犯的憎恨）。

◇その番組を見たとき、私は涙を禁じえなかった（看到那個節目的時候，我不禁流淚了）。

◇あの劣等生であった彼が、会社の社長になったなんて、驚きを禁じえない（曾經是劣等生的他竟然成了公司的總經理，不能不令人感到吃驚）。

… を契機として / … を契機に（して）

用法　「を」是格助詞，「契機」是名詞。「… を契機として」接在名詞後面，可以同「… を契機に（して）」互換。其用法和含義同「… をきっかけとして / … をきっかけに（して）」差不多，但該句型的後項多為表示積極意義的句子，而且一般用於書面語表達。

✲表示某事產生或發生的原因、動機、機會，相當於漢語的「以 … 為契機」「趁

著」。

◊ 病気を契機に酒をやめた（趁著生病把酒戒了）。

◊ 彼女は大学入学を契機として親元を出た（她以上大學為契機，離開了父母）。

◊ この災害を契機にして、我が家でも防災対策を強化することにした（發生了這次災害之後，我家也加強了防災措施）。

… をこめて

用法 「を」是格助詞，「こめて」是一段他動詞「こめる」的連接式。該句型接在名詞後面。一般多接在「感謝・愛・愛情・思い・心・熱意・情熱・怒り・祈り・願い・力・〜の気持ち」等詞後面。

✱ 表示為了做某事而傾注某種感情或力量，相當於漢語的「傾注」「滿懷」。

◊ 彼は望郷の思いをこめて、その歌を作った（他滿懷望郷之情創作了這首歌）。

◊ あなたに、愛をこめてこの指輪を贈ります（滿懷愛意，把這枚戒指送給你）。

◊ 母は心をこめてセーターを編んでくれた（母親傾注心血為我織了毛衣）。

◊ お世話になった感謝の気持ちをこめて手紙を書いた（滿懷深受關照的感謝之情寫了信）。

… を楽しみにする

用法 「を」是格助詞，「しみ」是名詞。該句型接在名詞後面，常用其持續體的形式。

✱ 表示以高興的心情盼望某事發生，相當於漢語的「盼望」「期待」。

◊ お目にかかる日を楽しみにしています（盼望著與您見面）。

◊ 今度の研修旅行を楽しみにしている（期盼著下次的進修旅行）。

◊ 子供たちの成長を楽しみにしている（期待著孩子們成長）。

… をたよりに

用法 「を」是格助詞，「たより」是名詞。該句型接在名詞後面。

✱ 表示憑藉或依靠某人或某物來進行後項動作，相當於漢語的「藉助」「依靠」。

◊ 地図一枚をたよりに山を登る（藉助一張地圖登山）。

◊ 息子をたよりに暮らす（依靠兒子生活）。

◊ 辞書をたよりに、日本の小説を読む（藉助辭典讀日本小説）。

…を中心とした / …を中心として / …を中心とする / …を中心に（して）/ …を中心にした / …を中心にする

用法　「を」是格助詞，「中心」是名詞。上述句型都接在名詞後面。其中，「…を中心とした」「…を中心とする」既可以結句，也可以做定語，同「…を中心に（して）」「…を中心にする」可以互換。「…を中心として」是「…を中心とする」的連接式，在句中做狀語，可以同「…を中心に（して）」替換。

✿表示前項是後項行為、狀態或組織的中心，相當於漢語的「以…為中心」。

◊ この研究会では公害問題を中心としたさまざまな問題を話し合う（這次研討會上將討論以公害問題為中心的各種問題）。

◊ 今回の活動は上海を中心として繰り広げられている（這次的活動以上海為中心展開）。

◊ 山本さんを中心とする新しい委員会ができた（以山本為中心的委員會成立了）。

◊ 都心を中心に半径五十キロの範囲にマンションを探そうと思っている（我想在離市中心50公里以內的範圍裏找公寓）。

◊ 広場は噴水を中心にして作られている（廣場以噴泉為中心而修建）。

◊ ここは茶道工芸美術品を中心にした美術館だ（這裏是以茶道的工藝美術品為中心收藏品的美術館）。

…を通じて / …を通して（時間、空間）

用法　「を」是格助詞，「通じて」是「サ變」自動詞「通じる」的連接式。該句型接在表示時間和空間的名詞後面，有時可以同「…を通して」互換。需要注意的是「…を通して」前面一般只接表示時間的名詞，而「…を通じて」前面既可以接表示時間的名詞，又可以接表示空間的名詞。

✿表示在整個期間、整個範圍內，相當於漢語的「整個」。

◊ テレビは全国を通じて放送されている（電視節目在全國播放）。

◊ この辺りは四季を通じて観光客のたえることがない（這一帶一年四季來觀光的客人絡繹不絕）。

◊ この地方は一年を通して雨の降る日が少ない（這個地方一年到頭很少下雨）。

◊ この一週間を通して、外に出たのはたったの二度だけだ（在整個這一週內，只出去過兩次）。

… を通じて / … を通して（手段）

用法 「を」是格助詞，「通じて」是「サ變」自動詞「通じる」的連接式。該句型接在名詞後面，可以同「… を通して」互換。

✿表示透過某種媒介或方式來達到某種目的，相當於漢語的「透過」。

◊ 学生の意見は先生を通じて、校長先生に伝えられた（學生的意見透過老師傳達給了校長）。

◊ ラジオを通じて警報を出す（透過收音機來發送警報）。

◊ 現象を通して本質をつかむ（透過現象抓住本質）。

◊ 実験を通して得られた結っ果しか信用できない（只有透過實驗得到的結果才可信）。

… を … と言う

用法 「を」是格助詞，為五段他動詞「言う」的賓語，接在名詞或形式體言的後面。「と」是格助詞，為「言う」的內容，接在名詞後面。

✿表示前面的敘述是後面的名詞的具體所指，相當於漢語的「把 … 叫做 …」「把 … 稱為 …」。

◊ 雨が多く降る時期を梅雨と言う（把多雨季節叫做梅雨期）。

◊ 朝の七時から九時までの時間をラッシュアワーと言う（把早上7點到9點這段時間叫做上班高峰期）。

◊ 三月三日の祭りのことをひな祭りと言う（把3月3日的節日叫做偶人節）。

◊ 決まった時間より早く帰ることを早退と言う（把比規定時間早回家叫做早退）。

… を … と思う

用法 「を」是格助詞，為五段他動詞「思う」的賓語，接在名詞後面。「と」是格助詞，為「思う」的內容，接在名詞、用言的簡體後面。

✿用於就某事物發表感想、印象或判斷，相當於漢語的「以為」「覺得」「認為」。

◊ 最初は保子さんを男の子だと思った（我原來以為保子是個男孩）。

◊ みんな、彼の提案を実現不可能だと思って相手にしなかった（大家都覺得他的提議是不可能實現的，都不理他）。

◊ 彼女の横顔を美しいと思った（我覺得她的側臉很美）。

◊ みんなが彼のことを死んだと思っていた（大家都以為他已經死了）。

…を…とする／を…とした／…を…として

用法 「を」和「と」都是格助詞，接在體言或形式體言的後面。「…を…として」是「…を…とする」的連接式，在句中做狀語。「…を…とする」和「…を…とした」可以用來結句，也可以用來修飾名詞。

✿表示把一種事物當做或設定為另一種事物，或表示決定、認定的內容，相當於漢語的「把…當做」「以…為」。

◊ この大会に参加できるのは社会奉仕を目的とする団体だけです（能参加本次大會的只有以服務社會為目的的團體）。

◊ 私は恩師の生き方を手本としている（我把恩師的生活方式作為榜樣）。

◊ ここは大学に落ちた人を対象とした塾だ（這裏是以沒考上大學的人為對象的補習班）。

◊ 来年、大学に入ることを目標として勉強している（把明年考上大學作為目標，正在努力學習）。

◊ 彼は実在する人物をモデルとして小説を書いた（他以真人為原型寫了小說）。

…をともにする

用法 「を」是格助詞，「とも」是名詞，可以寫成「共」。該句型接在名詞後面。

✿表示共同經歷前項的事情，相當於漢語的「同」「共」「一起」。

◊ 苦労をともにする友達こそ、本当の友達だ（同患難的朋友才是真正的朋友）。

◊ 祖国と運命をともにする（與祖國共命運）。

◊ 生涯を共にする（共度一生）。

◊ 夕食を共にした（一起吃了晚飯）。

…をとわず

用法 「を」是格助詞，「とわず」是五段他動詞「問う」的否定式，可以寫成「問わず」。該句型接在名詞後面。一般多接在「年齢・職歴・性別・曜日・経験・身分・季節」和「有無・男女・公私・昼夜・大小・内外・成否」等成對的名詞後面。有時在書面語中也可以使用「…はとわず」的形式。

✿表示與前接事物無關、不將其作為問題考慮，相當於漢語的「不管…」「不

分…」「不論…」「不限…」。

◊ 意欲のある人なら、年齢や学歴を問わず採用する（如果是有熱情的人，不論年齡和學歷如何都將錄用）。

◊ 彼らは昼夜をとわず作業を続けた（他們不分晝夜地連續工作）。

◊ 理由のいかんをとわず、入学金は返却しない（不管理由如何，都不退入學費）。

◊ 国は大小のいずれを問わず、それぞれ長所と短所を持っている（國家不論其大小如何，都有各自的優點和缺點）。

◊ （アルバイトの広告で）販売員募集。性別は問わず（〔招聘打工人員的廣告〕招募銷售人員。性別不限）。

…を…にする／…を…にした／…を…に（して）

用法　「を」和「に」都是格助詞，接在名詞後面。「…を…に（して）」是「…を…にする」的連接式，在句中做狀語。「…を…にする」和「…を…にした」可以用來結句，也可以用來修飾名詞。與「…を…とする」比較起來，「…を…にする」是本質上、實際上的改變，而「…を…とする」是形式上、用法上的改變。

✱表示把前項事物變成（或轉換成、培養成等）後項事物，相當於漢語的「把…變成」「使…成為」「以…為」。

◊ 水を氷にする（把水變成冰）。

◊ 二階以上を住宅にする（把二樓以上變成住宅）。

◊ 廃物を生産に役立つものにする（把廢物變成對生產有用的東西）。

◊ 長男を学者に、長女を医者にするつもりだ（我準備把長子培養成學者，把長女培養成醫生）。

◊ 客間を子供の勉強部屋にした（把客廳變成了孩子的學習房間）。

◊ 星の光をたよりに暗い夜道を歩く（借助星光走漆黑的夜路）。

◊ 本を枕にして昼ひる寝した（以書為枕睡了午覺）。

…をぬきにして

用法　「を」是格助詞，「ぬき」是動詞，可以寫成「抜き」。該句型接在名詞後面。有時「を」可以換成「は」，也可以用「…をぬきにしての」的形式修飾名詞。

✱表示省去本來應該做的事項，需要靈活翻譯。

◊ 今日はかたい話をぬきにして、気楽に楽しく飲もう（今天不談嚴肅的話題，輕鬆愉快地喝酒吧）。

◊ 交通機関についての問題は乗客の安全をぬきにして論じることはできない（關於交通工具的問題，不能脫離乘客的安全來討論）。

◊ 余談はぬきにして審議を進めましょう（閒言少敘，開始審議吧）。

◊ テレビを抜きにしての生活なんて考えられない（無法想像沒有電視的生活）。

… をぬきにしては

用法　「を」是格助詞，「ぬき」是動詞，可以寫成「抜き」。「ては」是表示條件的接續助詞。該句型接在名詞後面。

✿表示沒有前項的話後項難以成立，後項為否定的表達方式，相當於漢語的「如果不…」「如果沒有…」。

◊ 観光事業の発展をぬきにしては、この国の将来はありえない（如果不發展觀光事業的話，這個國家就沒有前途）。

◊ 料理の上手な山田さんをぬきにしてはパーティーは開けない（如果沒有擅長做菜的山田的話，晚會就開不起來）。

◊ 馬を抜きにしては、昔の戦争を語ることはできない（如果不談馬的話，就無法講述過去的戰爭）。

… をのぞいて（は）

用法　「を」是格助詞，「のぞいて」是五段他動詞「除く」的連接式，可以寫成「除いて」。「は」是表示強調的提示助詞。該句型接在名詞或助詞後面。

✿表示不包括在某範圍之內，相當於漢語的「除了…」「不算…」。

◊ 出張中の山下さんをのぞいて、全員集まった（除了正在出差的山下，全部的人都到齊了）。

◊ 十ページから十五ページをのぞいて、あと全部を試験の範囲とする（除了10~15頁之外，剩下的全部作為考試範圍）。

◊ 火曜日をのぞいては、いつでもあいております（我除了週二以外，任何時間都有空）。

◊ その国は、真冬の一時期を除いては大体温暖な気候だ（那個國家除了隆冬時期，基本上是溫暖的氣候）。

… をはじめ（として）/ … をはじめとする

用法 「を」是格助詞，「はじめ」是名詞。「… をはじめ（として）」是「… をはじめとする」的連接式，在句中做狀語，接在名詞後面。其中，「として」有時可以省略。「… をはじめとする」在句中做定語修飾名詞。

✽ 前項是最具代表性的東西，然後擴展到一個較廣的範圍，相當於漢語的「以 … 為首」「以及」。

◊ 日本の伝統芸能としては、歌舞伎をはじめ、能、茶の湯、生け花などが挙げられる（日本的傳統技藝以歌舞伎為首，還可以舉出能樂、茶道、插花等）。

◊ 彼の葬儀には、友人知人をはじめ、面識のない人までが参列した（朋友熟人，甚至沒見過面的人都參加了他的葬禮）。

◊ 社長をはじめとして、社員全員が式に出席した（總經理以及全體公司職員都出席了儀式）。

◊ 東京の霞ヶ関には、国会議事堂をはじめとして国のいろいろな機関が集まっている（以國會議事堂為首的各種國家機關聚集在東京的霞關）。

◊ 通産大臣をはじめとする代表団は欧米各国を訪問した（以通産大臣為首的代表團訪問了歐美各國）。

… をふりだしに

用法 「を」是格助詞，「ふりだし」是名詞。「に」是格助詞。該句型接在名詞後面。

✽ 表示以前項為起點、開端、出發點，相當於漢語的「從 … 開始」「以 … 為起點」。

◊ 彼は新聞記者をふりだしに世に出た（他從當報社記者開始走上了社會）。

◊ 吉田さんは山形県をふりだしに各県の知事を務めた（吉田先生從山形縣開始，歷任各縣的知事）。

◊ 彼は給仕をふりだしに最後は社長になった（他從打雜的當起，最後做了總經理）。

… を前に（して）

用法 「を」是格助詞，「前」是名詞。該句型接在名詞後面。其中「して」可以省略。另外，可以用「… を前にした」的形式做定語，修飾名詞。

✿表示在空間上或時間上很接近，相當於漢語的「面臨…」「面對…」。

◊卒業を前にして、毎日忙しくてたまらない（面臨畢業，每天忙碌不堪）。

◊難問を前にして、頭を抱え込む（面對難題，抱頭苦想）。

◊テーブルの上の書類の山を前に、どうしたらいいのか、途方にくれてしまった（面對桌上的一堆文件束手無策，不知如何是好）。

◊この部分は、自然の脅威を前にした人間の弱さを巧みに描いている（這部分巧妙地描寫了人類面臨大自然威脅時的脆弱）。

… を身に付ける

用法　「を」是格助詞。「身に付ける」是慣用句，具有他動詞的性質。該句型接在名詞後面。

✿表示掌握了某項技能、技藝等，相當於漢語的「掌握」「學會」。

◊一芸を身に付ける（掌握一門技藝）。

◊大学で勉強して、日本語を身に付ける（在大學學習，掌握日語）。

◊日本の名作をよみながら速読力を身に付ける（讀日本的名作來學會迅速閱讀）。

… をめぐって

用法　「を」是格助詞。「めぐって」是五段他動詞「めぐる」的連接式。該句型接在名詞後面。另外，可以用「…をめぐる」和「…をめぐっての」這兩種形式做定語修飾名詞。

✿用於提示以某事件為中心的周邊事件，相當於漢語的「圍繞…」。

◊彼の死因をめぐって、いろいろな噂が流れている（圍繞他的死因，有各種各樣的傳聞）。

◊原発の賛否をめぐって、議論が白熱している（圍繞著是否同意原子能發電的問題，議論呈白熱化的狀態）。

◊マンション建設をめぐる争いがようやく解決に向かった（圍繞公寓建設的爭端終於有望解決了）。

◊教育改革をめぐっての議論の中では、知識詰つめ込み教育がもたらす弊害が中心テーマとなった（在圍繞教育改革的議論中，填鴨式教育帶來的弊端成為了中心話題）。

… をもって（手段、媒介）

用法 「を」是格助詞。「もって」是五段他動詞「もつ」的連接式。該句型接在名詞後面，多用於正式文件。作為口語，它用於鄭重場合，是一種比較生硬的表達方式，可以用格助詞「で」取代。有時，也用「… をもってすれば」的表達方式。

❊表示行為的手段、方法或工具，相當於漢語的「以」「用」「憑」。

◊ 身をもって模範を示す（以身作則）。

◊ これをもって挨拶とさせていただきます（以此作為我的講話內容）。

◊ 収入の多少をもって、その人の値打ちを決めることはできない（不能以收入的多少來決定一個人的價值）。

◊ 君の能力をもってすれば、どこに行ってもやっていけると思う（我覺得憑你的能力，到哪裏都能做得很好）。

… をもって（界限、範圍）

用法 「を」是格助詞。「もって」是五段他動詞「もつ」的連接式。該句型接在名詞後面，多用於正式文件，作為口語則用於鄭重場合。有時在更鄭重的場合用「… をもちまして」的形式。

❊表示限度或界限，即某件事情到此為止，需要靈活翻譯。

◊ 以上をもって会議を終わらせていただきます（會議到此結束）。

◊ 今回をもって、前期の授業を終了します（前半學期的課到這一次結束）。

◊ 英語の試験は六十点をもって合格点とする（英語考試以60分為及格線）。

◊ 当店は七時をもちまして閉店とさせていただきます（本店7點關門）。

… をもとに（して）/ … をもとにした

用法 「を」是格助詞，「もと」是名詞。「… をもとに（して）」是連用修飾形，接在名詞後面。「… をもとにした」是連體修飾形。

❊主要表示製造或創作某物的基礎、原型和素材，相當於漢語的「以 … 為根據」「以 … 為基礎」。

◊ この案は住民の意見をもとにして作成したのだ（這個方案是根據居民的意見而制定的）。

◊ 試験の結っ果をもとにしてクラス分けを行なう（根據考試結果來分班）。

◊ この映画は同名 小説をもとに、作り替えたものである（這部電影是根據同名小説改編的）。

◊ 史実をもとにした作品を書き上げた（寫完了一部基於史實的作品）。

… をものともせず（に）

用法 「を」是格助詞，「もの」是名詞。「と」是格助詞，「も」是表示加強否定語氣的副助詞。「せず」是「サ變」動詞「する」的否定式。格助詞「に」有時可以省略。該句型接在名詞後面，同後項積極的行為相呼應，只用於書面語表達。

✿表示不顧及前者，不畏懼由此造成的困難等，相當於漢語的「不顧」「無視」「不把…放在眼裏」。

◊ 不自由な 体 をものともせずに頑張り抜く（不顧身殘，奮鬥到底）。

◊ 周 囲の反対をものともせずに、自分が正しいと思う道を歩み続ける（不顧周圍的反對，沿著自己認為正確的道路走下去）。

◊ いかなる困難をものともせず、ひたすら前に進む（不把任何困難放在眼裏，勇往直前）。

◊ 消 防隊は燃え盛る 炎 をものともせず必死の 消 火に当たった（消防隊不顧熊熊燃燒的火焰，拼命救火）。

… を余儀なくされた

用法 「を」是格助詞，「余儀なく」是形容詞「余儀ない」的連用修飾形。「された」是「サ變」動詞「する」的被動態過去式。該句型接在名詞和形式體言後面，是書面語表達。

✿表示沒有辦法，不得已只能那麼做，相當於漢語的「不得已…」「只好…」。

◊ 内閣は総辞職を余儀なくされた（內閣只好集體辭職）。

◊ せっかく入った大学であったが、次郎は 病 気のため退学を余儀なくされた（次郎好不容易才考上大學，但是因為生病，只好退學了）。

◊ 火山の噴火で家を 失 った人々は避難所暮らしを余儀なくされた（由於火山噴發而失去家園的人們不得已在避難所生活）。

◊ 不景気のため、多くの人が 職 場を離れることを余儀なくされた（由於經濟不景氣，很多人不得已而離開了單位）。

… をよそに

用法 ①「を」是格助詞,「よそ」是名詞。該句型接在名詞後面,多用於貶義的場合。

❀表示對前項毫不在乎,無視前項,相當於漢語的「不顧」「不管」。

◊ 両親の反対をよそに、彼は彼女と結婚した (他不顧父母的反對,和她結婚了)。

◊ 家族の心配をよそに、一人で旅行に出かけた (不顧家人擔心,一個人出去旅行了)。

◊ 隣国の警告をよそに、あの国は核実験をやった (那個國家不顧鄰國的警告,進行了核試驗)。

◊ 家族の期待をよそに、彼は結局、大学に入らずにアルバイト生活を始めた (他不管家人對他的期待,最終沒有進大學而開始了打工生活)。

用法 ②該句型接在某些表示狀態的名詞後面。

❀表示與前項沒有關係,不為其煩惱,不受其影響,相當於漢語的「不受…影響」「無視」。

◊ 高速道路の渋滞をよそに、私たちはゆうゆうと新幹線で東京に向かった (我們沒受高速公路堵車的影響,不慌不忙地坐新幹線去往東京)。

◊ 昨今の不景気をよそに、デパートのお歳暮コーナーでは高額のお歳暮に人気が集まっている (百貨商店的年終禮品櫃台沒有受到近來經濟不景氣的影響,貴重的年終禮品很搶手)。

◊ 最近結婚した友達は、最近の海外旅行ブームをよそに、奈良へ新婚旅行に出かけた (最近結婚的朋友無視最近的海外旅行熱,蜜月旅行去了奈良)。

… を例にとって

用法 「を」是格助詞,「例」是名詞。「とって」是五段他動詞「とる」的連接式。該句型接在名詞後面。

❀表示把某個事物當成例子,相當於漢語的「以…為例」。

◊ 日本を例にとって考えてみよう (以日本為例來考慮一下吧)。

◊ サッカーを例にとって見る (以足球為例來看)。

◊ 私たちの日ごろの生活を例にとって、自分と周りの人との関係を考えてみよう (以我們的日常生活為例來考慮一下自己和周圍的人的關係吧)。

ん

…んがため（に）/ …んがための

用法　「んがため（に）」是一個詞團，「ん」是文語完了、推量助動詞「ぬ」的音便形式，接在動詞的「ない」形後面。接「サ變」動詞「する」時用「せ」。其後項一般不接請求、命令等意志性的表達方式。該句型是一種生硬的書面語。「…んがため（に）」做狀語，而「…んがための」做定語。

✱表示為了達到前項積極的目的，採取後項的行為，含有願望較迫切的語感，相當於漢語的「為了」。

◊ 人間は生きんがために、心ならずも悪事を働いてしまう場合がある（人為了生存，有時也會違心做壞事）。

◊ 子供を救わんがため命を落とした（為了救孩子而丟了性命）。

◊ 学生たちは試験に合格せんがために夜遅くまで勉強した（學生們為了考試及格，學習到很晚）。

◊ 痩せんがためのメニューを作ってもらった（請人制定了減肥的食譜）。

…んとする

用法　「ん」是文語完了、推量助動詞「ぬ」的音便形式，接在動詞的「ない」形後面。接「サ變」動詞「する」時用「せ」。該句型是「…（よ）うとする」的文語形式。當行為主體是人或動物時，接在意志動詞後。當主體是無生命物時，接在非意志動詞後面。

✱一方面表示主體想做某事的意志，另一方面表示即將出現某種情況、狀態，相當於漢語的「想要」「將要」。

◊ ドアを開かんとした時、ピストルの音が聞こえた（剛想開門時，聽到了手槍的聲音）。

◊ 私は彼を止めんとしたが、彼は振り向こうともせず、戦場へと向かった（我想阻止他的，可是他頭也不回地走向了戰場）。

◊ 今年もまた、あと一日で終わらんとしている（今年還有一天就將結束了）。

◊ 太陽が沈まんとするころ、彼の飛行機は空港を飛び立った（太陽即將落山的

時候，他坐的飛機從機場起飛了）。

…んばかりだ／…んばかりに／…んばかりの

用法 「ん」是文語完了、推量助動詞「ぬ」的音便形式，接在動詞的「ない」形後面。接「サ變」動詞「する」時用「せ」。「…んばかりだ」用於結句，「…んばかりに」用作狀語，「…んばかりの」用作定語。

✿表示距離某個動作的實現已經很近了，相當於漢語的「眼看就要」「幾乎要」「差點要」。

◊ 宝くじにあたった彼は喜んで飛び上がらんばかりだった（他中了彩票，高興得幾乎要跳起來了）。

◊ 彼が泣き出さんばかりに頼むので、仕方なく引き受けた（他央求我時幾乎要哭出來了，所以沒辦法我只好答應了）。

◊ 気も転倒せんばかりに驚いた（嚇得幾乎神魂顛倒了）。

◊ デパートはあふれんばかりの買い物客でごった返していた（百貨商店擠滿了購物的人，都快滿出來了）。

◊ 空には厚い雨雲があって、今にも降り出さんばかりの様子だった（天空陰雲密布，看樣子馬上就要下雨了）。

附　錄

近義慣用型列表

說明：以下列表按照漢語意思相近或相同的慣用型分類，以首字拼音順序排列。每條慣用型後的數字為其所在正文中的頁碼。

C

對比

G

概　數

感慨・感嘆

感情・感受

H

K

Y

參考文獻

1.グループジャマシイ。日本語文型辭典。東京：くろしお出版，1998。

2.北京對外貿易大學，商務印書館，小學館。日中詞典。東京：小學館，1998。

3.北京對外貿易大學，商務印書館，小學館。中日詞典。東京：小學館，1998。

4.北川千里，井口厚夫，鎌田修。外國人のための日本語例文・問題シリーズ。東京：荒竹出版，1987。

5.友松悅子，宮本淳，和栗雅子。どんな時どう使う日本語表現文型（中・上級）。東京：アルク，1998。

6.小學館。國語大辭典。東京：小學館，2000。

7.新村。廣辭苑（第5版）。東京：岩波書店，2003。

8.金田一京助，山田忠雄，柴田武，等。新明解國語辭典（第5版）。東京：三省堂，1998。

9.Microsoft/Shogakukan Bookshelf Basic。國語辭典，1998。

10.グループジャマシイ。日本語句型詞典。徐一平，陶振孝，巴爾維，等譯。北京：外語教學與研究出版社，2002。

11.馬鳳鳴。新編日語句型。上海：上海外語教育出版社，1999。

12.劉曉華，羅麗杰。日語近義句型辨析。大連：大連理工大學出版社，2003。

13.劉桂雲。日語慣用句型表現手冊（日本語國際水平考試一、二級適用）。大連：大連理工大學出版社，2000。

14.陳書玉。日語慣用型。北京：商務印書館，1980。

15.張建華。國際日語水平考試400句型（1、2級）。天津：南開大學出版社，2001。

16.王銳。日語慣用型詳解。世界圖書出版公司，2000。

17.何文曄，徐斐。日語能力考試語法精解（1、2級）。上海：上海外語教育出版社，1999。

18.常波濤。日語慣用句型手冊。大連：大連理工大學出版社，1999。

19.周炎輝。日語慣用型。北京：高等教育出版社，1983。

國家圖書館出版品預行編目資料

日語常用慣用型 ／ 葉 琳　主編
——初版，——臺北市，大展，2016〔民105.12〕
面；21公分 ——（日語加油站；10）
ISBN 978－986－346－139－5（平裝）
1.日語　2.慣用語
803.135　　　　　　　　　　　　　105019363

【版權所有・翻印必究】

日語常用慣用型

主　　編／葉　　琳
責任編輯／張　　雯
發 行 人／蔡 森 明
出 版 者／大展出版社有限公司
社　　址／台北市北投區（石牌）致遠一路2段12巷1號
電　　話／（02）28236031・28236033・28233123
傳　　眞／（02）28272069
郵政劃撥／01669551
網　　址／www.dah-jaan.com.tw
E - mail ／ service@dah-jaan.com.tw
登 記 證／局版臺業字第2171號
承 印 者／傳興印刷有限公司
裝　　訂／眾友企業公司
排 版 者／弘益電腦排版有限公司
授 權 者／安徽科學技術出版社
初版1刷／2016年（民105年）12月
　　　　　　　　　　　　　　　　定　價／600元

●本書若有破損、缺頁請寄回本社更換●

大展好書　好書大展
品嘗好書　冠群可期

大展好書　好書大展
品嘗好書· 冠群可期